Saga de Ender
El juego de Ender
La voz de los muertos
Ender el xenocida
Hijos de la mente
Ender en el exilio

Saga Sombra de Ender
La sombra de Ender
La sombra del Hegemón
Marionetas de la sombra
La sombra del gigante
Sombras en fuga

Saga de Alvin Maker [El Hacedor]
El séptimo hijo
El profeta rojo
Alvin el aprendiz
Alvin el oficial

Fuego del corazón
La ciudad de cristal

Primera Guerra Fórmica
La tierra desprevenida
La tierra en llamas
La tierra despierta

Otras historias de Ender
Primeros encuentros
Guerra de regalos

Mapas en un espejo
El ahorcado / Cuentos de espanto
Flujo / Cuentos sobre futuros humanos
Mapas en un espejo / Fábulas y fantasías
Milagros crueles / Cuentos sobre la muerte, la esperanza y lo sagrado
Canciones perdidas / Los cuentos ocultos

Otros títulos
La gente del margen
La esperanza del venado
La saga de los Worthing
Maestro cantor
El guardián de los sueños
Imperio
Criadero de gordos
Niños perdidos
Sepulcro de canciones

Papel certificado por el Forest Stewardship Council®

MIXTO
Papel procedente de
fuentes responsables
FSC® C117695

Penguin
Random House
Grupo Editorial

Título original: *Xenocide*

Primera edición en B de Bolsillo: noviembre de 2009
Primera edición con esta cubierta: marzo de 2019
Cuarta reimpresión: enero de 2022

© 1991, Orson Scott Card
c/o Barbara Bova Literary Agency y c/o Julio F. Yáñez Agencia Literaria, S. L.
© 1992, 2009, Penguin Random House Grupo Editorial, S. A. U.
Travessera de Gràcia, 47-49. 08021 Barcelona
© 1992, Rafael Marín Trechera, por la traducción
Diseño de la cubierta: Inspirado en el diseño original de Katie Cragwall /
Octavi Segarra
Ilustración de la cubierta: © Octavi Segarra

Printed in Spain – Impreso en España

ISBN: 978-84-9070-791-3
Depósito legal: B-2.166-2019

Impreso en QP Print

BB 0 7 9 1 B

Ender, el Xenocida

ORSON SCOTT CARD

Traducción de Rafael Marín Trechera

A Clark y Kathy Kidd:
por la libertad, por el refugio,
y por las alegrías de toda América.

AGRADECIMIENTOS

Un encuentro fortuito con James Cryer en la Librería Segunda Fundación en Chapel Hill, Carolina del Norte, condujo directamente a la historia de Li Qing-jao y Han Fei-tzu de este libro. Al enterarme de que era traductor de poesía china, le pregunté allí mismo si podía citarme algunos nombres plausibles para unos cuantos personajes chinos que estaba desarrollando. Mi conocimiento de la cultura china era, como mucho, rudimentario y mi idea era que esos personajes desempeñaran un papel menor, aunque significativo, en la historia de *Ender, el Xenocida*. Pero a medida que James Cryer, una de las personas más vigorosas, fascinantes y generosas que he conocido, me fue contando más y más sobre Li Qing-jao y Han Fei-tzu, y me mostraba sus escritos y me explicaba más historias acerca de otras figuras de la historia y la literatura chinas, empecé a darme cuenta de que aquí se encontraba el verdadero cimiento del relato que quería contar en este libro. Le debo mucho y lamento haber desperdiciado las mejores oportunidades para reparar esa deuda.

También debo mi agradecimiento a muchas otras personas: a Judith Rapaport, por su libro *The Boy Who Couldn't Stop Washing*, que fue la fuente de información acerca de los desórdenes obsesivos-compulsivos que aparecen en esta novela. A mi agente, Barbara Bova, que provocó la existencia de este libro al venderlo en Inglaterra antes de que yo hubiera pensado en escribirlo siquiera. A mi editor americano Tom Doherty, por su extraordinaria fe y generosidad que espero esté justificada al final. A Jim Frenkel, el editor que sabiamente rechazó la primera versión de este libro cuando lo ofrecí a Dell en 1978, arguyendo (acertadamente) que no estaba preparado todavía para escribir una novela tan ambiciosa. A mi editor inglés, Anthony Cheetham, que ha creído en mi trabajo desde el comienzo de mi carrera y ha esperado pacientemente este libro más tiempo del que habríamos deseado. A mi editora Beth Meacham, por ser una amiga, consejera y protectora durante la preparación de este y otros muchos libros. A los muchos lectores que me han escrito instándome a regresar a la historia de Ender: su apoyo me ayudó muchísimo mientras me debatía en el proyecto más difícil de mi carrera hasta el momento. Al taller literario de Fred Chappell en la Universidad de Carolina del Norte en Greensboro, por estudiar y responder al primer borrador de la historia de Qing-jao. A Stan Schmidit, de *Analog*, por aceptar publicar un fragmento extraordinariamente largo de la novela como el relato «Gloriously Bright». A mis secretarios, Laraine Moon, Erin Absher y Willard y Peggy Card, que al cumplir bien con su trabajo en formas completamente diferentes me proporcionaron la libertad que necesitaba para poder escribir. A amigos como Jeff Alton y Philip Absher, por leer los primeros manuscritos para ayudarme a asegurar que este batiburrillo de personajes y tramas tenía un verdadero sentido. Y a mis hijos, Geoffrey, Emily y Charlie, por ser pacientes conmigo a través de la negligencia y el malhumor que siempre parecen acompañar mis arrebatos de escritura, y por dejarme tomar prestados datos de sus vidas y experiencias mientras creo los personajes que más amo.

Sobre todo, doy las gracias a mi esposa, Kristine, que ha sufrido durante cada arduo paso de la creación de este libro, provocando preguntas, detectando errores y contradicciones, y (lo más importante) respondiendo tan favorablemente a los aspectos de la historia que funcionaban bien, que encontré en ella la confianza necesaria para continuar. No sé qué sería, como escritor o como persona, sin ella. Espero no tener nunca ocasión para averiguarlo.

PRONUNCIACIÓN

Algunos nombres pueden parecer extraños. Entre los de origen chino, *Qing-jao* se pronuncia «ching yau»; *Jiang-qing* es «yi-ing ching». Entre los portugueses, *Quim* se pronuncia «kiing»; *Novinha* es «noviña»; *Olhado* es «oljádo». *Jakt*, del sueco, es «yojkt».

Otros nombres son más fáciles de pronunciar, tal como se ven escritos, o aparecen con tan poca frecuencia que no deben suscitar ninguna dificultad.

1

LA PARTIDA

<Hoy uno de los hermanos me preguntó: ¿Es una prisión tan terrible no poder moverte del lugar donde estás?>
<Y respondiste...>
<Le dije que soy más libre que él. La incapacidad de moverme me libera de la obligación de actuar.>
<Los que habláis lenguajes sois unos mentirosos.>

Han Fei-tzu estaba sentado en la posición del loto sobre el desnudo suelo de madera junto al lecho del dolor de su esposa. Un momento antes, tal vez estuviera dormida; no estaba seguro. Pero ahora era consciente del ligero cambio en la respiración de ella, un cambio tan sutil como el viento tras el paso de una mariposa.

Jiang-qing, por su parte, también debió de detectar algún cambio en él, pues no había hablado antes y lo hizo ahora. Su voz sonó muy baja, pero Han Fei-tzu la oyó claramente, pues la casa estaba en silencio. Había pedido quietud a sus amigos y sirvientes durante el ocaso de la vida de Jiang-qing. Ya habría tiempo de sobra para ruidos descuidados durante la larga noche por venir, cuando no salieran palabras susurradas de los labios de ella.

—Todavía no he muerto —dijo Jiang-qing. Lo había saludado con estas palabras cada vez que despertaba durante los últimos días. Al principio las palabras parecieron quejumbrosas o irónicas a Han Fei-tzu, pero ahora sabía que ella hablaba con decepción. Ahora lo que ansiaba era la muerte, no porque no amara la vida, sino porque la muerte era inevitable, y lo que nadie puede impedir debe aceptarse. Ése era el Sendero. Jiang-qing nunca se había apartado del Sendero ni un solo paso en toda su vida.

—Entonces los dioses son amables conmigo —dijo Han Fei-tzu.

—Contigo —susurró ella—. ¿Qué es lo que contemplamos?

Era su forma de pedirle que compartiera con ella sus pensamientos privados. Cuando otras personas lo hacían, él se sentía espiado. Pero Jiang-qing lo pedía sólo para poder pensar también lo mismo: formaba parte del hecho de haberse convertido en una sola alma.

—Estamos contemplando la naturaleza del deseo —respondió Han Fei-tzu.

—¿El deseo de quién? —le preguntó ella—. ¿Y hacia qué?

Mi deseo de que tus huesos sanen y recuperen sus fuerzas, para que no se rompan a la más mínima presión. Para que puedas ponerte de nuevo en pie, o levantar siquiera un brazo sin que tus propios músculos arranquen trozos de hueso o hagan que el hueso se rompa bajo la tensión. Para no tener que ver cómo te marchitas hasta pesar sólo dieciocho kilogramos. Nunca supe lo perfecta que era nuestra felicidad hasta que me enteré de que ya no podríamos estar juntos.

—*Mi* deseo —respondió él—. Hacia ti.

—«Sólo se desea lo que no se tiene.» ¿Quién dijo eso?

—Tú —dijo Han Fei-tzu—. Algunos dicen «lo que no *puedes* tener». Otros dicen «lo que no *deberías* tener». Yo digo: «Sólo puedes desear verdaderamente lo que siempre ansiarás.»

—Me tienes para siempre.

—Te perderé esta noche. O mañana. O la semana que viene.

—Contemplemos la naturaleza del deseo —instó Jiang-qing.

Como antes, usaba la filosofía para sacarlo de su amarga melancolía.

Él se resistió, pero sólo a medias.

—Eres una gobernante dura —se quejó Han Fei-tzu—. Como tu antepasada-del-corazón, no haces ninguna concesión a la fragilidad de los demás.

Jiang-qing llevaba el nombre de una líder revolucionaria del pasado remoto que intentó guiar al pueblo a un nuevo Sendero, pero fue derrocada por cobardes de corazón débil. Han Fei-tzu pensaba que no estaba bien que su esposa muriera ante él: su antepasada-del-corazón había sobrevivido a su esposo. Además, las esposas deberían vivir más que los maridos. Las mujeres eran más completas interiormente. También eran mejores para vivir con sus hijos. Nunca estaban tan solitarias como un hombre solo.

Jiang-qing no quiso permitir que volviera a sus meditaciones.

—Cuando la esposa de un hombre ha muerto, ¿qué ansía él?

Con rebeldía, Han Fei-tzu ofreció la respuesta más falsa a su pregunta.

—Acostarse con ella.

—El deseo del cuerpo —murmuró Jiang-qing.

Ya que ella estaba decidida a mantener esta conversación, Han Fei-tzu recitó el catálogo en su lugar.

—El deseo del cuerpo es actuar. Incluye todas las

caricias, casuales e íntimas, y todos los movimientos habituales. Así, ve un movimiento por el rabillo del ojo y cree haber visto a su esposa muerta cruzando el umbral, y no se queda tranquilo hasta haberse acercado a la puerta y visto que no era su esposa. Despierta de un sueño en el que ha oído su voz y se descubre respondiéndole en voz alta, como si ella pudiera oírlo.

—¿Qué más? —preguntó Jiang-qing.

—Estoy cansado de filosofía —protestó Han Fei-tzu—. Tal vez los griegos encontraban consuelo en ella, pero yo no.

—El deseo del espíritu —insistió Jiang-qing.

—Como el espíritu pertenece a la tierra, es esa parte la que obtiene nuevas cosas de las cosas viejas. El marido ansía todas las cosas inacabadas que su esposa y él hacían cuando ella murió, y todos los sueños sin empezar de lo que podrían haber hecho si ella hubiera vivido. Así, un hombre se enfada con sus hijos por ser demasiado parecidos a él y no parecerse suficiente a su esposa muerta. Así, un hombre odia la casa en la que vivieron juntos, porque no la cambia, y está así tan muerta como su esposa, o sí la cambia, y entonces ya no es la mitad que ella creó.

—No tienes que enfadarte con nuestra pequeña Qing-jao —conminó Jiang-qing.

—¿Por qué? —preguntó Han Fei-tzu—. ¿Te quedarás, entonces, y me ayudarás a enseñarle a ser una mujer? Yo sólo puedo enseñarle a ser como yo soy, frío y duro, tosco y fuerte, como la obsidiana. Si acaba siendo así, aunque se parezca tanto a ti, ¿cómo podré no enfurecerme?

—Porque también puedes enseñarle todo lo que yo soy —replicó Jiang-qing.

—Si tuviera dentro de mí alguna parte de ti, no habría necesitado casarme contigo para ser una persona completa —objetó Han Fei-tzu. Ahora la atormentaba usando la filosofía para apartar la conversación del dolor—. Ése es el deseo del alma. Como el alma está hecha de luz y vive en el aire, es esa parte la que concibe y conserva las ideas, sobre todo la idea del yo. El marido ansía su yo completo, que estaba compuesto del marido y la mujer juntos. Así, nunca cree ninguno de sus propios pensamientos, porque siempre hay una cuestión en su mente a la que sólo los pensamientos de la esposa son la única respuesta posible. Así, el mundo entero le parece muerto porque no puede confiar que nada conserve su significado antes de la arremetida de esta cuestión irrespondible.

—Muy profundo —comentó Jiang-qing.

—Si fuera japonés, cometería seppuku y vertería mis entrañas en la jarra de tus cenizas.

—Muy sucio y desagradable —dijo ella.

Él sonrió.

—Entonces debería ser un antiguo hindú y quemarme en tu pira.

Pero ella ya estaba cansada de bromas.

—Qing-jao —susurró. Le estaba recordando que no podía hacer algo tan extravagante como morir por ella. Había que cuidar de la pequeña Qing-jao.

Por eso, Han Fei-tzu le respondió en serio.

—¿Cómo puedo enseñarle a ser lo que tú eres?

—Todo lo que hay de bueno en mí viene del Sendero —dijo Jiang-qing—. Si le enseñas a obedecer a los dioses, honrar a los antepasados, amar a las personas y servir a los gobernantes, estaré en ella tanto como tú.

—Le enseñaré el Sendero como parte de mí mismo —aseguró Han Fei-tzu.

—No —dijo Jiang-qing—. El Sendero no es una parte natural de ti, esposo mío. Aunque los dioses te hablan cada día, insistes en creer en un mundo donde todo puede ser explicado por causas naturales.

—Obedezco a los dioses. —Han Fei-tzu pensó amargamente que no tenía más remedio: incluso retrasar la obediencia representaba una tortura.

—Pero no los conoces. No amas sus obras.

—El Sendero es amar a las personas. A los dioses sólo los obedecemos.

¿Cómo puedo amar a unos dioses que me humillan y atormentan a cada oportunidad?

—Amamos a las personas porque son criaturas de los dioses.

—No me vengas con sermones.

Ella suspiró.

Su tristeza picó a Han Fei-tzu como una araña.

—Ojalá me sermonearas eternamente —suspiró.

—Te casaste conmigo porque sabías que amaba a los dioses, y que tú carecías de ese amor por ellos. De ese modo te completé.

¿Cómo podía discutir con ella cuando sabía que incluso ahora odiaba a los dioses por todo lo que le habían hecho, todo lo que le habían obligado a hacer, todo lo que le habían robado en su vida?

—Prométemelo —insistió Jiang-qing.

Él sabía lo que significaba esa palabra. Ella sentía la muerte rondándole: le depositaba la carga de su vida. Una carga que él llevaría alegremente. Era perder su compañía en el Sendero lo que había temido siempre.

—Prométeme que enseñarás a Qing-jao a amar a los dioses y a seguir siempre el Sendero. Prométeme que harás que sea tanto mi hija como la tuya.

—¿Aunque nunca oiga la voz de los dioses?

—El Sendero es para todos, no solamente para los agraciados.

Tal vez, pensó Han Fei-tzu, pero a los agraciados por los dioses les resultaba mucho más fácil seguir el Sendero, porque para ellos el precio por desviarse era terrible. Las personas comunes eran libres: podían dejar el Sendero y no sentir el dolor durante años. Los agraciados no podían dejar el Sendero ni una sola hora.

—Prométemelo.

Lo haré. Lo prometo.

Pero no pudo pronunciar las palabras en voz alta. No sabía por qué, pero su resistencia era profunda.

En el silencio, mientras ella esperaba su juramento, oyeron el sonido de pies que corrían sobre la grava ante la puerta de la casa. Sólo podía ser Qing-jao, que regresaba del jardín de Sun Cao-pi. Sólo se permitía a Qing-jao correr y hacer ruido durante esta hora de silencio. Esperaron, sabiendo que acudiría directamente a la habitación de su madre.

La puerta se abrió, deslizándose casi sin ruido. Incluso Qing-jao había comprendido lo suficiente la causa del silencio para caminar con cuidado cuando se hallaba en presencia de su madre. Aunque avanzaba de puntillas, apenas podía impedir bailar, casi galopar sobre el suelo. Pero no pasó los brazos alrededor del cuello de su madre: recordaba la lección, aunque la terrible magulladura se había borrado de la cara de Jiang-qing, cuando el ansioso abrazo de Qing-jao le rompió la mandíbula hacía tres meses.

—He contado veintitrés carpas blancas en el arroyo del jardín —declaró Qing-jao.

—¿Tantas? —preguntó Jiang-qing.

—Creo que se estaban mostrando ante mí para que pudiera contarlas. Ninguna quería quedarse fuera.

—Te quiero —susurró Jiang-qing.

Han Fei-tzu oyó un nuevo sonido en la voz jadeante: un estallido, como burbujas rompiéndose con sus palabras.

—¿Crees que ver tantas carpas significa que seré una agraciada? —preguntó Qing-jao.

—Le pediré a los dioses que te hablen —aseguró Jiang-qing.

De repente, la respiración de Jiang-qing se volvió

rápida y entrecortada. Han Fei-tzu se arrodilló inmediatamente y miró a su esposa. Tenía los ojos muy abiertos, asustados. Había llegado el momento.

Sus labios se movieron. Prométemelo, articuló, aunque no pudo emitir otros sonidos que un jadeo.

—Lo prometo —dijo Han Fei-tzu.

Entonces la respiración se detuvo.

—¿Qué dicen los dioses cuando te hablan? —preguntó Qing-jao.

—Tu madre está muy cansada —dijo Han Fei-tzu—. Ahora debes irte.

—Pero no me ha respondido. ¿Qué dicen los dioses?

—Cuentan secretos —respondió Han Fei-tzu—. Nadie que los oiga debe repetirlos.

Qing-jao asintió sabiamente. Dio un paso atrás, como para marcharse, pero se detuvo.

—¿Puedo besarte, madre?

—Suavemente, en la mejilla —advirtió Han Fei-tzu.

—Pero madre no ha dicho que también me quiere.

—Lo hizo. Lo dijo antes. ¿Recuerdas? Pero está muy débil y cansada. Vete ahora.

Puso suficiente dureza en su voz para que Qing-jao se marchara sin hacer más preguntas. Sólo cuando se hubo ido se permitió Han Fei-tzu preocuparse por ella. Se arrodilló sobre el cuerpo de Jiang-qing y trató de imaginar lo que le estaba sucediendo ahora. Su alma había volado y ahora estaba ya en el cielo. Su espíritu se retrasaría mucho más; tal vez habitaría en esta casa, como si hubiera sido en efecto un lugar de felicidad para ella. La gente supersticiosa creía que todos los espíritus de los muertos eran peligrosos, y colocaba signos y advertencias para alejarlos. Pero los que seguían el Sendero sabían que el espíritu de una buena persona no era nunca dañino o destructivo, pues la bondad de su vida procedía del amor del espíritu para hacer cosas. El espíritu de Jiang-qing sería una bendición en la casa durante muchos años, si decidía quedarse. Sin embargo, mientras intentaba imaginar su alma y su espíritu, según las enseñanzas del Sendero, había en su corazón un lugar frío convencido de que todo lo que quedaba de Jiang-qing era aquel cuerpo frágil y reseco. Esta noche ardería con la rapidez del papel, y entonces ella dejaría de existir, excepto en los recuerdos de su corazón.

Jiang-qing tenía razón. Sin ella para completar su alma, él ya dudaba de los dioses. Y los dioses se habían dado cuenta, lo hacían siempre. De inmediato sintió la insoportable urgencia de ejecutar el ritual de la limpieza, hasta que pudiera deshacerse de sus indignos pensamientos. Ni siquiera ahora lo dejarían sin castigo. Incluso ahora, con su esposa muerta delante, los dioses insistían en que los obedeciera antes de poder derramar una sola lágrima de pesar por ella.

Al principio pensó en retrasarse, posponer la obediencia. Se había adiestrado para poder posponer el ritual incluso un día entero, mientras escondía todos los signos externos de su tormento interior. Podría hacerlo ahora, pero sólo si mantenía su corazón completamente helado. Qué absurdo. El castigo adecuado llegaría cuando hubiera satisfecho a los dioses. Así, tras arrodillarse allí mismo, dio comienzo al ritual.

Todavía estaba retorciéndose y girando con el ritual cuando se asomó un sirviente. Aunque el sirviente no dijo nada, Han Fei-tzu oyó el suave deslizar de la puerta y supo lo que pensaría: Jiang-qing había muerto y Han Fei-tzu era tan recto que estaba comulgando con los dioses antes de anunciar su muerte a la servidumbre. Sin duda, algunos incluso supondrían que los dioses habían venido a llevarse a Jiang-qing, pues era conocida por su extraordinaria santidad. Nadie supondría que, aunque Han Fei-tzu adoraba, su corazón estaba lleno de amargura porque los dioses se atrevían a exigirle esto incluso ahora.

Oh, dioses, pensó, si supiera que cortándome un brazo o arrancándome el hígado podría deshacerme de vosotros para siempre, agarraría el cuchillo y sazonaría el dolor y la pérdida, todo por la libertad.

También ese pensamiento era indigno, y requería más limpieza. Pasaron horas antes de que los dioses lo liberaran por fin, y para entonces estaba demasiado cansado, demasiado mareado para sentir pesar. Se levantó y convocó a las mujeres para que prepararan el cuerpo de Jiang-qing para la cremación.

A medianoche, fue el último en acercarse a la pira, llevando en brazos a Qing-jao, adormilada. La niña sujetaba en la mano los tres papeles que había escrito para su madre con sus garabatos infantiles. «Pez», había escrito, y «libro» y «secretos». Esas eran las cosas que Qing-jao daba a su madre para que se las llevara al cielo. Han Fei-tzu había intentado comprender los pensamientos que habían pasado por la cabeza de Qing-jao cuando escribió aquellas palabras. «Pez» por las carpas del arroyo del jardín, sin duda. Y «libro»... era bastante fácil de comprender, porque leer en voz alta era una de las últimas cosas que Jiang-qing podía hacer con su hija. ¿Pero por qué «secretos»? ¿Qué secretos tenía Qing-jao para su madre? No podía preguntarlo. No se discuten las ofrendas a los muertos.

Han Fei-tzu depositó a Qing-jao en el suelo. La niña no estaba profundamente dormida, y por eso se despertó inmediatamente y permaneció allí de pie, parpadeando lentamente. Han Fei-tzu le susurró unas palabras y ella enrolló los papeles y los metió dentro de la manga de su madre. No pareció importarle demasiado tocar la fría carne de la difunta: era demasiado joven para haber aprendido a estremecerse ante el contacto de la muerte.

Tampoco a Han Fei-tzu le importó el contacto de la carne de su esposa cuando metió sus tres papeles en la otra manga. ¿Qué había ya que temer de la muerte, cuando ya había hecho lo peor que podía hacer?

Nadie sabía lo que había escrito en sus papeles, o se habrían horrorizado, pues había escrito «Mi cuerpo», «Mi espíritu» y «Mi alma». Era como si se quemara a sí mismo en la pira funeraria de Jiang-qing, y se enviara con ella hacia dondequiera que se dirigiese.

Entonces, la doncella secreta de Jiang-qing, Mu-pao, acercó la antorcha a la madera sagrada y la pira empezó a arder. El calor del fuego resultaba doloroso, de manera que Qing-jao se escondió tras su padre, asomándose sólo de vez en cuando para ver a su madre partir hacia su viaje interminable. Sin embargo, Han Fei-tzu agradeció el calor seco que magullaba su piel y volvía quebradiza la seda de su túnica. El cuerpo de Jiang-qing no estaba tan seco como parecía: mucho después de que los papeles se arrugaran para convertirse en cenizas y revolotearan hacia arriba con el humo del fuego, su cuerpo todavía ardía, y el denso incienso que se consumía alrededor de la hoguera no lograba disimular el olor a carne quemada. Esto es lo que estamos quemando aquí: carne, peces, carroña, nada. No es mi Jiang-qing. Sólo el disfraz que llevaba en esta vida. Lo que convirtió ese cuerpo en la mujer que amé está todavía vivo, *debe* estar vivo todavía. Y por un momento pensó que podía ver, u oír, o de algún modo *sentir* el paso de Jiang-qing.

En el aire, en la tierra, en el fuego. Estoy contigo.

2
REUNIÓN

<Lo más extraño de los humanos es la forma en que se emparejan, machos y hembras. Están constantemente en guerra unos con otros, nunca se dejan en paz. Nunca parecen comprender la idea de que machos y hembras son especies separadas con ideas y deseos completamente diferentes, forzados a unirse sólo para multiplicarse.>

<Es normal que pienses así. Vuestros machos no son más que zánganos sin mente, extensiones de ti misma, sin identidad propia.>

<Conocemos a nuestros amantes con absoluta comprensión. Los humanos inventan un amante imaginario y colocan una máscara sobre el rostro del cuerpo que está en su cama.>

<Ésa es la tragedia del lenguaje, amiga mía. Los que se conocen solamente a través de representaciones simbólicas están obligados a imaginarse unos a otros. Y como la imaginación es imperfecta, a menudo se equivocan.>

<Ésa es la fuente de su miseria.>

<Y de su fuerza, me parece. Tu pueblo y el mío, cada uno por nuestros propios motivos evolutivos, se emparejan con compañeros enormemente distintos. Nuestros

machos son siempre, desgraciadamente, nuestros inferiores intelectuales. Los humanos se emparejan con seres que desafían su supremacía. Tienen conflictos entre machos no porque su comunicación sea inferior a la nuestra, sino porque se comunican entre ellos.>

Valentine Wiggin repasó su ensayo, haciendo unas cuantas correcciones acá y allá. Cuando terminó, las palabras gravitaron en el aire sobre el terminal de su ordenador. Se sentía satisfecha por haber escrito un análisis irónico tan certero del carácter personal de Rymus Ojman, el presidente del gabinete del Congreso Estelar.

—¿Hemos terminado otro ataque a los amos de los Cien Mundos?

Valentine no se volvió para mirar a su marido: sabía por su voz la expresión exacta que tendría en la cara, y por eso le sonrió sin girarse. Después de veinticinco años de matrimonio, podían verse claramente sin tener que mirarse.

—Hemos hecho que Rymus Ojman parezca ridículo.

Jakt se asomó a su diminuto cubículo, la cara tan cerca de la de ella que Valentine percibió su suave respiración mientras el hombre leía los primeros párrafos. Ya no era joven: el esfuerzo de asomarse a su despacho, apoyando las manos en el marco de la puerta, le hacía respirar más rápidamente de lo que le gustaba. Entonces habló, pero con la cara tan cerca de la suya que sintió sus labios rozarle la mejilla, y cada palabra le hizo cosquillas.

—A partir de ahora incluso su madre se reirá a escondidas cada vez que vea al pobre infeliz.

—Fue difícil hacerlo gracioso —dijo Valentine—. No podía evitar denunciarlo una y otra vez.

—Esto es mejor.

—Oh, lo sé. Si hubiera dejado que se notara mi furia, si le hubiera acusado de todos sus crímenes, le habría hecho parecer más formidable y aterrador, y la Facción Legisladora lo habría amado aún más, mientras que los cobardes de todos los mundos se habrían inclinado todavía más ante él.

—Si se inclinan más tendrán que comprar alfombras más finas —comentó Jakt.

Ella se echó a reír, pero debido a que el cosquilleo de sus labios sobre la mejilla se volvía insoportable. También empezaba, sólo un poco, a atormentarla con deseos que simplemente no podían ser satisfechos en este viaje. La nave espacial era demasiado reducida y apretada, con toda su familia a bordo, para disfrutar de ninguna intimidad real.

—Jakt, ya casi estamos en la mitad del viaje. Nos hemos abstenido más tiempo durante la carrera mishmish de todos los años.

—Podríamos colgar un cartel en la puerta y que no entre nadie.

—Y también colocar otro que dijera: «Pareja mayor desnuda reviviendo viejos recuerdos.»

—No soy mayor.

—Tienes más de sesenta años.

—Si el viejo soldado puede mantenerse firme y saludar, lo mejor es dejarle participar en el desfile.

—Nada de desfiles hasta que el viaje termine. Sólo son un par de semanas más. Sólo tenemos que completar el encuentro con el hijo adoptivo de Ender y luego estaremos rumbo a Lusitania.

Jakt se apartó de ella, la sacó del despacho y permaneció erguido en el pasillo, uno de los pocos lugares de la nave donde podía hacerlo. No obstante, gruñó al adoptar esa postura.

—Crujes como una vieja puerta oxidada —observó Valentine.

—Te he oído hacer los mismos sonidos al levantarte. No soy el único viejo chocho, senil, decrépito y miserable de la familia.

—Lárgate y déjame transmitir esto.

—Estoy acostumbrado a tener trabajo que hacer en los viajes —protestó Jakt—. Aquí los ordenadores lo hacen todo, y esta nave nunca cabecea o se zambulle en el mar.

—Lee un libro.

—Estoy preocupado por ti. Mucho trabajo y nada de diversión te convertirán en una vieja bruja.

—Cada minuto que pasamos aquí charlando son ocho horas y media en tiempo real.

—El tiempo que pasamos en esta nave es tan real como el tiempo de ellos ahí fuera —dijo Jakt—. A veces desearía que los amigos de Ender no hubieran encontrado un medio para que nuestra nave mantenga un enlace colateral.

—Requiere un montón de tiempo en el ordenador —alegó Val—. Hasta ahora, sólo los militares podían comunicarse con las naves estelares durante el vuelo a velocidad cercana a la de la luz. Si los amigos de Ender pueden conseguirlo, entonces les debo el usarlo.

—No haces todo esto porque le debas nada a nadie.

—Si escribo un ensayo cada hora, Jakt, eso significa que para el resto de la humanidad Demóstenes sólo está publicando algo cada tres semanas.

—No es posible que escribas un ensayo cada hora. Duermes, comes.

—Y tú hablas y yo escucho. Márchate, Jakt.

—Si hubiera sabido que salvar a un planeta de la destrucción significaría tener que regresar a un estado de absoluta castidad, nunca habría accedido a hacerlo.

Él sólo bromeaba a medias. Dejar Trondheim fue una dura decisión para toda la familia; incluso para ella, a pesar de que sabía que iba a ver de nuevo a Ender. Sus hijos eran todos adultos ahora, o casi: consideraban este viaje como una gran aventura. Sus visiones del futuro no estaban tan atadas a un lugar concreto. Ninguno de ellos se había convertido en marino, como su padre. Todos eran eruditos o científicos, y vivían la vida del discurso público y la contemplación privada, como su madre. Podían seguir viviendo sus vidas, sin ningún cambio sustancial, prácticamente en cualquier parte, en cualquier mundo. Jakt estaba orgulloso de ellos, pero decepcionado de que la cadena de la familia, que se remontaba a siete generaciones en los mares de Trondheim, terminara con él. Y ahora, por ella, Jakt había renunciado al mar mismo. Renunciar a Trondheim era lo más duro que ella podría haberle pedido, y él había aceptado sin vacilación.

Tal vez regresaría algún día y si lo hacía, los océanos, el hielo, las tormentas, los peces, los dulces prados desesperadamente verdes del verano estarían todavía allí. Pero sus tripulaciones habrían desaparecido, habían desaparecido ya. Los hombres a quienes conocía mejor que a sus propios hijos, mejor que a su esposa, tenían ya quince años más, y cuando regresara, si lo hacía, habrían transcurrido otros cuarenta años. Sus nietos estarían tripulando los barcos para entonces. No conocerían el nombre de Jakt. Sería un armador extranjero, venido del cielo, no un marino, no un hombre con el hedor y la sangre amarillenta de los strika en las manos. No sería uno de ellos.

Por eso, cuando se quejaba de que ella lo estaba ignorando, cuando bromeaba sobre su falta de intimidad durante el viaje, había algo más que el deseo juguetón de un esposo maduro. Supiera él o no lo que decía, ella comprendía el verdadero significado de sus palabras: «Después de todo lo que he dejado por ti, ¿no tienes nada que darme?».

Y tenía razón: ella se estaba esforzando más de lo necesario. Hacía más sacrificios de los precisos, y pedía demasiado también de él. Lo importante no era el número absoluto de ensayos subversivos que Demóstenes publicara durante este viaje, sino cuánta gente leería y creería lo que ella escribía, y cuántos de ellos pensarían, hablarían y actuarían como enemigos del Congreso Estelar. Tal vez más importante era la esperanza de que alguien dentro de la burocracia del propio Congreso llegara a sentir un lazo más fuerte con la humanidad y rompiera su enloquecedora solidaridad institucional. Seguramente, algunos cambiarían tras leer lo que ella escribía. No muchos, pero tal vez los suficientes. Y tal vez sucedería a tiempo de impedirles que destruyeran el planeta Lusitania. De lo contrario, Jakt, ella y los que habían renunciado a tanto para acompañarlos en este viaje desde Trondheim llegarían a Lusitania justo a tiempo de dar media vuelta y huir… o ser destruidos junto con todos los demás habitantes de ese planeta. No era de extrañar que Jakt estuviera nervioso y quisiera pasar más tiempo con ella. Lo absurdo era que ella se mostrara tan encerrada en sí misma y se pasara todo el tiempo escribiendo propaganda.

—Ve haciendo el cartel para la puerta, y yo me aseguraré de que no estés solo en la habitación.

—Mujer, haces que mi corazón aletee como un lenguado moribundo —dijo Jakt.

—Eres muy romántico cuando hablas como un pescador —dijo Valentine—. Los chicos se reirán con ganas cuando se enteren de que no pudiste mantenerte casto ni siquiera durante las tres semanas de este viaje.

—Tienen nuestros genes. Deberían desear que estemos bien fuertes hasta que hayamos entrado en nuestro segundo siglo.

—Yo tengo más de cuatro milenios.

—¿Cuándo, oh, cuándo puedo esperarte en mi camarote, bella anciana?

—Cuando haya transmitido este ensayo.

—¿Y cuánto tardarás?

—Un ratito después de que tú te marches y me dejes en paz.

Con un profundo suspiro que era más teatro que tristeza verdadera, él se marchó dando zancadas sobre el corredor alfombrado. Un momento después se produjo un sonido metálico y ella le oyó gritar de dolor. Era broma, naturalmente: se había dado un golpe accidental en la cabeza con la viga metálica el primer día de viaje, pero desde entonces sus colisiones habían sido deliberadas, buscando un efecto cómico. Nadie se reía en voz alta, desde luego (era una tradición familiar no reírse cuando Jakt ejecutaba una de sus bromas físicas), pero él tampoco era el tipo de hombre que necesita apoyo por parte de los demás. Él mismo era su mejor público: un hombre no podía ser marino y líder de otros hombres toda la vida sin bastarse a sí mismo. Por lo que Valentine sabía, sus hijos y ella eran las únicas personas que se había permitido necesitar.

Incluso así, no los necesitaba tanto como para no poder continuar con su vida de marino y pescador y estar fuera de casa durante días, a menudo semanas, con frecuencia meses seguidos. Al principio Valentine lo acompañaba algunas veces, cuando se deseaban tanto mutuamente que nunca estaban satisfechos. Pero con los años su ansia había dado paso a la paciencia y la confianza; cuando él estaba fuera, ella investigaba y se entregaba a sus libros, y cuando volvía dedicaba toda su atención a Jakt y los niños.

Éstos solían quejarse: «Ojalá papá estuviera en casa, para que así mamá saliera de su habitación y volviera a hablarnos». No he sido demasiado buena madre, pensó Valentine. Los niños han salido tan buenos por pura suerte.

El ensayo seguía gravitando en el aire sobre el terminal. Sólo quedaba por dar un último toque. Centró el cursor al pie y tecleó el nombre bajo el que se publicaban todos sus escritos:

Demóstenes

Era un nombre que le había otorgado su hermano mayor, Peter, cuando los dos eran niños hacía cincuenta…, no, hacía ya tres mil años.

Sólo pensar en Peter la trastornaba, la hacía sentir frío y calor por dentro. Peter, el cruel, el violento, cuya mente era tan sutil y peligrosa que la manipulaba a ella a la edad de dos años y al mundo entero a la edad de veinte. Cuando todavía eran niños en la Tierra, en el siglo XXII, él estudió los escritos políticos de grandes hombres y mujeres, vivos y muertos, no para captar sus ideas (que comprendía al instante), sino para aprender cómo las decían. Para saber, en términos prácticos, hablar como un adulto. Cuando dominó el tema, enseñó a Valentine y la obligó a escribir demagogia barata bajo el nombre de Demóstenes mientras él redactaba elevados ensayos dignos de un hombre de estado bajo el nombre de Locke. Luego los enviaron a las redes informáticas y en cuestión de unos cuantos años estuvieron en el centro de los más importantes temas políticos del momento.

Lo que amargaba a Valentine entonces (y todavía le escocía un poco hoy, ya que nunca se había resuelto antes de que Peter muriera) era que él, consumido por el ansia de poder, la había obligado *a ella* a escribir aquello que expresaba su propio carácter, mientras *él* se dedicaba a escribir sentimientos elevados y amantes de la paz que procedían de Valentine por naturaleza. En aquellos días, el nombre de Demóstenes le pareció una carga terrible. Todo lo que escribió bajo aquel nombre era mentira, y ni siquiera suya propia, sino de Peter. Una mentira dentro de otra.

Ahora no. Durante tres mil años, no. El nombre es

mío. He escrito historias y biografías que han configurado el pensamiento de millones de eruditos en los Cien Mundos y ayudado a definir las identidades de docenas de naciones. Te lo merecías, Peter. Te lo merecías por lo que intentaste hacer de mí.

Pero ahora, al mirar el ensayo que acababa de escribir, advirtió que seguía siendo alumna de Peter a pesar de haberse librado de su soberanía. Todo lo que sabía de retórica, polémica (sí, de demagogia), lo había aprendido de él o de su insistencia. Y ahora, aunque lo usaba para una causa noble, efectuaba exactamente el mismo tipo de manipulación política que tanto adoraba Peter.

Peter había llegado a convertirse en Hegemón, legislador de toda la humanidad durante sesenta años al principio de la Gran Expansión. Fue quien unió a todas las comunidades humanas en lucha a favor del vasto esfuerzo que envió naves estelares a todos los mundos donde los insectores habían vivido con anterioridad, y luego a descubrir más mundos habitables hasta que, cuando murió, los Cien Mundos habían sido colonizados o tenían naves que iban en camino. Tuvieron que transcurrir otros mil años, por supuesto, antes de que el Congreso Estelar uniera una vez más a toda la humanidad bajo un gobierno, pero el recuerdo del primer verdadero Hegemón (*el* Hegemón), estaba en el corazón de la historia que hacía posible la unidad de la humanidad.

De un desierto moral como el alma de Peter surgió la armonía, la unidad y la paz. En cambio, el legado de Ender, según recordaba la humanidad, era muerte, asesinato, xenocidio.

Ender, el hermano menor de Valentine, el hombre al que iban a ver, era el más delicado, el hermano que amaba y a quien en los primeros años intentó proteger. Era el bueno. Oh, sí, tenía una vena implacable que rivalizaba con la de Peter, pero también la decencia de sentirse asustado ante su propia brutalidad. Ella lo amaba tan fervientemente como odiaba a Peter; y cuando Peter exilió a su hermano menor de la Tierra que anhelaba gobernar, Valentine se marchó con Ender, en repudio definitivo a la hegemonía personal que Peter ejercía sobre ella.

Y aquí estoy de nuevo, pensó Valentine, de vuelta a la política.

—Transmite —indicó bruscamente, en el tono entrecortado que anunciaba al terminal que le estaba dando una orden.

La palabra *transmitiendo* apareció en el aire sobre el ensayo. Normalmente, cuando redactaba trabajos eruditos, tenía que especificar un destino, enviar el ensayo a un editor a través de algún camino tortuoso para que nadie pudiera relacionarlo fácilmente con Valentine Wiggin. Ahora, sin embargo, una amiga subversiva de Ender, trabajando bajo el nombre en código de «Jane», se encargaba de eso por ella, recurriendo a todos los trucos para convertir un mensaje del ansible de una nave que viajaba casi a la velocidad de la luz en un mensaje legible en un ansible planetario cuyo patrón temporal transcurría más de cinco veces más rápido.

Ya que comunicarse con una nave estelar devoraba grandes cantidades de tiempo ansible planetario, normalmente se recurría a este procedimiento sólo para información e instrucciones de navegación. Las únicas personas a las que se permitía enviar mensajes extensos eran los altos oficiales del gobierno o el ejército. Valentine no era capaz de comprender cómo «Jane» conseguía tanto tiempo de ansible para esas transmisiones de textos, y al mismo tiempo lograba que nadie descubriera de dónde procedían aquellos documentos subversivos. Aún más, «Jane» usaba más tiempo de ansible transmitiéndole las respuestas publicadas a sus escritos, informándola de todos los argumentos y estrategias que el gobierno usaba para contrarrestar la propaganda de Valentine. Quienquiera que fuese «Jane» (y Valentine sospechaba que «Jane» era simplemente el nombre de una organización clandestina que había penetrado los niveles más altos del gobierno), era extraordinariamente hábil. Y extraordinariamente audaz. Sin embargo, si Jane estaba dispuesta a descubrirse (a descubrirlos), corriendo tan altos riesgos, Valentine le debía (les debía) la producción de tantos documentos como pudiera, lo más poderosos y peligrosos posibles.

Si las palabras pueden ser armas letales, debo proporcionales un arsenal.

Pero seguía siendo una mujer: incluso los revolucionarios tienen derecho a tener una vida, ¿no? Momentos de alegría, o placer, o quizá tan sólo de alivio, robados aquí y allá. Se levantó de su asiento, ignorando el dolor que le producía moverse después de estar sentada tanto tiempo, y salió retorciéndose de la diminuta oficina: una cabina de almacenamiento, en realidad, antes de que convirtieran la nave espacial para su propio uso. Se sintió un poco avergonzada por lo ansiosa que estaba de llegar a la habitación donde la esperaba Jakt. La mayoría de los grandes propagandistas revolucionarios de la historia habrían podido soportar al menos tres semanas de abstinencia física. ¿O no? Se preguntó si alguien habría hecho un estudio de ese tema en concreto.

Todavía estaba imaginando cómo un investigador podría escribir una propuesta para una beca sobre un proyecto de esa envergadura cuando llegó al compartimento con los cuatro camastros que compartía con Syfte y su marido, Lars, que se le había declarado sólo unos días antes de que se marcharan, en cuanto advirtió que Syfte iba a abandonar realmente Trondheim. Era duro compartir un camarote con recién casados: Valentine siempre se sentía como una intrusa al usar la misma habitación. Pero no había otra elección. Aunque esta nave era un yate de recreo, con todas las comodidades que podían esperar, no había sido diseñada para tanta gente. Era la única nave en Trondheim que resultaba remotamente adecuada, así que tuvieron que contentarse.

Su hija de veinte años, Ro, y Varsam, su hijo de dieciséis, compartían otro camarote con Plikt, su tutora de toda la vida y una apreciada amiga de la familia. Los miembros de la tripulación del yate que habían decidido hacer el viaje con ellos (habría sido un error despedirlos a todos y dejarlos en Trondheim) usaban los otros dos. El puente, el comedor, la bodega, el salón, los camarotes..., todo estaba atestado de gente que se esforzaba al máximo para no dejar que la incomodidad por la falta de espacio se les escapara de las manos.

Sin embargo, ninguno de ellos estaba ahora en el pasillo, y Jakt había pegado ya un cartel en la puerta:

QUÉDATE FUERA O MUERE

Estaba firmado: «El propietario». Valentine abrió la puerta. Jakt estaba apoyado contra la pared tan cerca de la puerta que ella se asustó y soltó un gritito.

—Cuánto me alegra saber que mi sola visión puede hacerte gritar de placer.

—De espanto.

—Pasa, mi dulce sediciosa.

—¿Sabes? Técnicamente soy la propietaria de esta nave.

—Lo que es tuyo es mío. Me casé contigo por tus propiedades.

Ella entró en el compartimento. Jakt cerró la puerta y la selló.

—¿Eso es todo lo que soy para ti? —preguntó ella—. ¿Bienes raíces?

—Un trocito de terreno en el que puedo arar y plantar y cosechar, todo en su estación adecuada —extendió la mano hacia Valentine, y ella se echó en sus brazos. Suavemente, deslizó las manos por su espalda, le acarició los hombros. Ella se sentía contenida en su abrazo, nunca confinada.

—El otoño se acaba —comentó ella—. Nos acercamos al invierno.

—Tiempo de desbrozar, tal vez —contestó Jakt—. O tal vez ya sea hora de encender el fuego y mantener cálida la vieja cabaña antes de que lleguen las nieves.

La besó, y fue como la primera vez.

—Si hoy volvieras a pedirme que me casara contigo, te diría que sí —dijo Valentine.

—Si yo te hubiera visto hoy por primera vez, te lo habría pedido.

Habían pronunciado aquellas palabras muchas, muchas veces antes. Sin embargo, oírlas todavía les hacía sonreír, porque seguían siendo ciertas.

Las dos naves casi habían completado su amplia danza, bailando a través del espacio con grandes saltos y giros delicados hasta que por fin pudieron encontrarse y tocarse. Miro Ribeira había contemplado todo el proceso desde el puente de su nave, los hombros encogidos, la cabeza echada hacia atrás sobre el reposo del asiento. Para otras personas, esta postura siempre parecía incómoda. En Lusitania, cada vez que su madre lo veía sentado de esta forma se acercaba y lo reprendía, e insistía en traerle una almohada para que estuviera cómodo. Nunca pareció comprender que sólo en aquella extraña postura, aparentemente molesta, conseguía que la cabeza se le mantuviera erecta sin ningún esfuerzo consciente por su parte.

Él soportaba sus reproches porque no merecía la pena discutir con ella. Su madre siempre se movía y pensaba rápidamente, y era casi imposible que frenara el ritmo de su vida para escucharlo. Desde la lesión cerebral que sufrió al atravesar el campo disruptor que separaba la colonia humana del bosque de los cerdis, su habla se había vuelto insoportablemente lenta, dolorosa de producir y difícil de comprender. Quim, el hermano de Miro, el religioso, le había dicho que debía dar gracias a Dios por poder hablar al menos: los primeros días fue incapaz de comunicarse excepto a través de un escáner alfabético, deletreando mensajes símbolo a símbolo. Sin embargo, de algún modo, el deletreo fue lo mejor. Al menos Miro guardaba silencio, no escuchaba su propia voz. El sonido torpe y pastoso, su agonizante lentitud. ¿Quién tuvo en su familia paciencia para escucharlo? Incluso los que lo intentaron, su hermano menor, Ela; su amigo y padre adoptivo, Andrew Wiggin, el Portavoz de los Muertos; y Quim, por supuesto... podía sentir su impaciencia. Tendían a terminar las frases por él. Necesitaban apresurar las cosas. Por eso, aunque afirmaban que querían hablar con él, aunque se sentaban y escuchaban mientras él hablaba, no podía dirigirse a ellos libremente. No podía comunicar ideas: no podía hablar con frases largas y relacionadas, porque cuando llegaba al final sus oyentes habían perdido el hilo del principio.

El cerebro humano, concluyó Miro, era como un ordenador, únicamente puede recibir datos a ciertas velocidades. Si eres demasiado lento, la atención del oyente divaga y la información se pierde.

Y no sólo la de los oyentes. Miro tenía que ser justo: se impacientaba tanto consigo mismo como ellos. Cuando pensaba en el crudo esfuerzo que implicaba explicar una idea complicada, cuando intentaba formar por anticipado las palabras con unos labios y lengua y mandíbulas que no le obedecían, cuando pensaba en cuánto tiempo requeriría, normalmente se sentía demasiado cansado para hablar. Su mente seguía y seguía corriendo, con la velocidad de siempre, produciendo tantos pensamientos que a veces Miro quería que su cerebro se cerrara, que guardara silencio y lo dejara en paz. Pero sus pensamientos continuaban siendo propios, sin que nadie los compartiera.

Excepto con Jane. Podía hablar con Jane. Ella le había abordado por primera vez en el terminal que tenía en casa, cuando su rostro tomó forma en la pantalla. «Soy amiga del Portavoz de los Muertos —le dijo—. Creo que podemos hacer que este ordenador sea un poco más adecuado.» A partir de entonces, Miro descubrió que Jane era la única persona con quien podía hablar fácilmente. Para empezar, mostraba una paciencia infinita. Nunca terminaba sus frases. Podía esperar a que él mismo las acabara, y por eso nunca se sentía apremiado, nunca sentía que la estaba aburriendo.

Tal vez más importante todavía, no tenía que formar sus palabras tan completamente para ella como para sus interlocutores humanos. Andrew le había dado un terminal personal, un receptor informático incrustado en una joya como la que el propio Andrew llevaba en el oído. Desde esa perspectiva, usando los sensores de la joya, Jane podía detectar todos los sonidos que hacía, cada movimiento de los músculos de su cabeza. Ya no tenía que completar cada sonido, sino comenzarlo, y ella comprendía. Podía ser perezoso. Él podía hablar más rápidamente y ser comprendido.

Y también podía hablar en silencio. Podía subvocalizar, no tenía que usar aquella voz torpe, molesta y aullante que era todo lo que podía producir ahora su garganta. Cuando hablaba con Jane, podía hablar rápidamente, de modo natural, sin recordar que estaba lisiado. Con Jane podía sentirse él mismo.

Ahora estaba sentado en el puente de la nave de carga que había traído a Lusitania al Portavoz de los Muertos hacía tan sólo unos pocos meses. Temía el encuentro con la nave de Valentine. Si pudiera haber pensado en otro sitio al que ir, se habría escapado: no sentía el menor deseo de conocer a la hermana de Andrew ni a nadie más. Si pudiera quedarse solo eternamente en la nave, hablando sólo con Jane, se habría sentido satisfecho. No, no era así. Nunca volvería a estar satisfecho.

Como mínimo, esta Valentine y su familia serían gente nueva. En Lusitania conocía a todo el mundo, o al menos a todo el mundo que valoraba: toda la comunidad científica, la gente con educación y conocimiento. Los conocía tan bien que no podía dejar de ver su compasión, su pesar, su frustración ante lo que le había sucedido. Cuando lo miraban, percibía la diferencia entre lo que era antes y lo que era ahora. Ellos sólo veían pérdida.

Existía la posibilidad de que gente nueva (Valentine y su familia) pudieran mirarlo y ver otra cosa.

Sin embargo, era improbable. Los desconocidos lo mirarían y verían menos, no más, que quienes lo conocieron antes de quedar lisiado. Al menos, su madre y Andrew y Ela y Ouanda y todos los demás sabían que tenía una mente, que era capaz de comprender ideas. ¿Qué pensarán cuando me vean? Verán un cuerpo que se está atrofiando, encorvado; me verán andar con paso torpe; me verán usar las manos como garras, agarrar la cuchara como un niño de tres años; oirán mi habla pastosa y casi ininteligible; y supondrán, *sabrán*, que una persona así no puede comprender nada que sea complicado o difícil.

¿Por qué he venido?

No he venido. Me fui. No venía a encontrarme con esta gente. Me marchaba de allí. Escapaba. Sólo que me engañé a mí mismo. Pensé en marcharme en un viaje de treinta años, que es sólo como les parecerá a ellos. Para mí únicamente ha transcurrido una semana y media.

Eso no es tiempo ninguno. Y mi soledad ya se ha acabado. Mi tiempo de estar a solas con Jane, que me escucha como si todavía fuera un ser humano, se ha terminado.

Casi. Casi había pronunciado las palabras que hubiesen abortado el encuentro. Podría haber robado la nave de Andrew para marcharse en un viaje eterno sin tener que enfrentarse a otra alma viviente.

Pero una acción nihilista de esas características no era propia de él, todavía no. Decidió que aún no estaba desesperado. Tal vez había algo que pudiera hacer para justificar el hecho de continuar viviendo en aquel cuerpo. Y tal vez todo comenzaría conociendo a la hermana de Andrew.

Las naves se unían ahora, mientras los umbilicales se retorcían y se estiraban, hasta encontrarse. Miro observaba los monitores y escuchaba en los informes del ordenador cada maniobra completa. Las naves se unían de todas las formas posibles para poder realizar el resto del viaje a Lusitania en perfecto tándem. Todas las fuentes serían compartidas. Ya que la nave de Miro era de carga, no podía aceptar más que a un puñado de personas, pero se encargaría de algunos de los suministros vitales de la otra nave: juntos, los dos ordenadores de a bordo calculaban un equilibrio perfecto.

Cuando calcularon la carga, decidieron exactamente cuánto debía acelerar cada nave mientras giraban para iniciar juntas la maniobra de acercamiento a la velocidad de la luz al mismo ritmo exacto. Era una negociación extremadamente delicada y complicada entre dos ordenadores que tenían que conocer casi a la perfección lo que llevaban sus naves y cómo podían ejecutar sus movimientos. Terminó antes de que el tubo de tránsito entre las naves se conectara por completo.

Miro oyó los pasos en el corredor. Giró la silla (lentamente, porque todo lo hacía así) y la vio acercarse hacia él. Encorvada, pero no mucho, porque no era alta. El cabello casi blanco, con unas cuantas hebras de marrón oscuro. Cuando se plantó ante él, la miró a la cara y la juzgó. Mayor, pero no vieja. Si el encuentro la inquietaba, no lo demostraba. Pero claro, por lo que Andrew y Jane le habían contado de ella, había conocido a un montón de gente mucho más temible que un lisiado de veinte años.

—¿Miro? —preguntó ella.

—¿Quién, si no? —respondió él.

Hizo falta un momento, sólo un parpadeo, para que ella procesara los extraños sonidos que surgieron de la boca del muchacho y reconociera las palabras. Miro estaba ya acostumbrado a esta pausa, pero seguía odiándola.

—Soy Valentine.

—Lo sé —respondió él. No estaba facilitando las cosas con sus respuestas lacónicas, ¿pero qué otra cosa podía decir? Esto no era exactamente una reunión entre jefes de estado con una lista de decisiones vitales que tomar. Pero tenía que hacer algún esfuerzo, para al menos no parecer hostil.

—Tu nombre, Miro… significa «observo», ¿verdad?

—Observo *con atención*. Tal vez «presto atención».

—No es tan difícil comprenderte —comentó Valentine.

Él se sorprendió de que ella abordara el tema de una manera tan abierta.

—Creo que tengo más problemas con tu acento portugués que con la lesión cerebral.

Por un momento, le pareció como si recibiera un martillazo en el corazón: ella hablaba sobre su situación con más franqueza que nadie, excepto Andrew. Pero era su hermana, ¿no? Tendría que haber esperado que fuera directa.

—¿O prefieres que finjamos que no hay una barrera entre los demás y tú?

Ella había advertido su sorpresa. Pero ya había pasado, y ahora se le ocurrió que no debería estar molesto, sino alegre de que no tuvieran que dar un rodeo ante el tema. Sin embargo, estaba molesto, y tardó un momento en pensar por qué. Entonces lo supo.

—Mi lesión cerebral no es su problema.

—Si me impide entenderte, entonces es un problema con el que tengo que tratar. No te vuelvas quisquilloso ya conmigo, jovencito. Sólo he empezado a molestarte, y tú sólo has empezado a molestarme a mí. Así que no te enfades porque yo haya mencionado tu lesión cerebral como si fuera de algún modo mi problema. No tengo ninguna intención de sopesar cada palabra que diga por temor a ofender a un joven supersensible que piensa que el mundo entero gira en torno a sus frustraciones.

A Miro le enfureció que ella lo hubiera juzgado ya, y de forma tan brusca. Era injusto, completamente opuesto a como debía ser la autora de la jerarquía de Demóstenes.

—¡No considero que el mundo entero gire en torno a mis frustraciones! ¡Pero no crea que podrá entrar aquí y dirigir mi nave!

Eso era lo que lo había molestado, no sus palabras. Ella tenía razón: sus palabras no eran nada. Era su actitud, su completa confianza en sí misma. Él no estaba acostumbrado a que la gente lo mirara sin asombro o piedad.

Valentine se sentó a su lado. Él se giró para observarla. Ella, por su parte, no rehuyó la mirada. Al contrario, escrutó su cuerpo, de la cabeza a los pies, examinándolo con aire de fría apreciación.

—Él dijo que eras duro. Dijo que habías sido retorcido, pero no roto.

—¿Se supone que va a ser mi terapeuta?

—¿Se supone que vas a ser mi enemigo?

—¿Tendría que serlo? —preguntó Miro.

—No más que yo tu terapeuta. Andrew no nos ha hecho encontrarnos para que yo pudiera curarte, sino para que tú pudieras ayudarme. Si no piensas hacerlo, muy bien. Si lo vas a hacer, adelante. Pero déjame aclarar unas cuantas cosas. Estoy dedicando cada momento que paso despierta a escribir propaganda subversiva a fin de provocar un sentimiento público en los Cien Mundos y en las colonias. Estoy intentando que el pueblo se enfrente a la flota que el Congreso Estelar ha enviado para someter a Lusitania. Tu mundo, no el mío, por cierto.

—Su hermano está allí. —Miro no estaba dispuesto a dejarla proclamar su completo altruismo.

—Sí, los dos tenemos familia allí. Y a los dos nos preocupa salvar a los pequeninos de la destrucción. Y ambos sabemos que Ender ha devuelto a la vida a la reina colmena en tu mundo, de modo que hay dos especies alienígenas que serán destruidas si el Congreso Estelar se sale con la suya. Hay mucho en juego y yo ya estoy haciendo todo lo posible para detener esa flota. Si pasar unas cuantas horas contigo puede ayudarme a hacerlo mejor, merece la pena robar tiempo a mis escritos para hablar contigo. Pero no tengo ninguna intención de malgastar mi tiempo preocupándome por si voy a ofenderte o no. Así que si vas a ser mi adversario, puedes quedarte sentado aquí solo y yo volveré a mi trabajo.

—Andrew dijo que era usted la mejor persona que conocía.

—Llegó a esa conclusión antes de verme educar a tres niños bárbaros. Creo que tu madre tiene seis.

—Cierto.

—Y tú eres el mayor.

—Sí.

—Lástima. Los padres siempre cometen los peores errores con los hijos mayores. Es entonces cuando saben menos y se preocupan más, y es más probable que se equivoquen e insistan en que tienen razón.

A Miro no le gustaba que esta mujer llegara a rápidas conclusiones acerca de su madre.

—Ella no es como usted.

—Por supuesto que no. —Valentine se inclinó hacia delante en el asiento—. Bien, ¿te has decidido?

—¿Decidido a qué?

—¿Vamos a trabajar juntos o te desconectarás de treinta años de historia humana para nada?

—¿Qué quiere de mí?

—Historias, por supuesto. Los hechos puedo conseguirlos en el ordenador.

—¿Historias sobre qué?

—Sobre vosotros. Los cerdis. Los cerdis y vosotros. Todo este asunto de la Flota Lusitania empezó contigo y los cerdis, después de todo. Fue porque interferisteis con ellos que...

—¡Los *ayudamos*!

—Oh, ¿he vuelto a usar la palabra equivocada?

Miro la observó. Pero incluso al hacerlo, supo que ella tenía razón: estaba siendo supersensible. La palabra *interferir*, usada en contexto científico, apenas tenía connotaciones. Simplemente significaba que había introducido un cambio en la cultura que estaba estudiando. Y si tenía una connotación negativa, era que había perdido su perspectiva científica: había dejado de estudiar a los pequeninos y había empezado a tratarlos como amigos. Seguramente era culpable de eso. No, no culpable: estaba orgulloso de haber hecho esa transición.

—Continúe —pidió.

—Todo esto empezó porque quebrantasteis la ley y comenzasteis a cultivar amaranto.

—Ya no.

—Sí, es irónico, ¿verdad? El virus de la descolada se

introdujo y mató a cada hebra de amaranto que tu hermana desarrolló para ellos. De modo que vuestra interferencia fue en vano.

—No lo fue —replicó Miro—. Están aprendiendo.

—Sí, lo sé. Es más, están *eligiendo*. Lo que quieren aprender, lo que quieren hacer. Les disteis la libertad. Apruebo de todo corazón vuestra decisión. Pero mi trabajo consiste en escribir acerca de vosotros para la gente de los Cien Mundos y las colonias, y ellos no se formarán la misma opinión. Lo que necesito de ti es la historia de cómo y por qué quebrantasteis la ley e interferisteis con los cerdis, y por qué el gobierno y el pueblo de Lusitania se rebeló contra el Congreso en vez de enviaros a ser juzgados y castigados por vuestros crímenes.

—Andrew ya le ha contado esa historia.

—Y yo ya he escrito sobre ella, en términos amplios. Ahora necesito el punto de vista personal. Quiero poder conseguir que otra gente conozca a esos seres llamados cerdis como personas. Y a ti también. Tengo que hacer que te conozcan como persona. Si es posible, sería conveniente que pudiera conseguir que te apreciaran. Entonces la Flota Lusitania parecerá lo que es: una reacción desorbitada y monstruosa a una amenaza que nunca existió.

—La flota supone el xenocidio.

—Eso dije en mi propaganda —apuntó Valentine.

Él no podía soportar su seguridad y su irrefutable fe en sí misma. Por eso tenía que contradecirla, y sólo podía hacerlo ofreciendo ideas en las que aún no había pensado completamente. Ideas que todavía eran solamente dudas a medio formar en su mente.

—La flota es también defensa propia.

Tuvo el efecto deseado: ella interrumpió su conferencia e incluso levantó las cejas, cuestionándolo. El problema era que Miro tenía ahora que explicar lo que había querido decir.

—La descolada. Es la forma de vida más peligrosa que existe.

—La respuesta a eso es cuarentena. No enviar una flota armada con el Pequeño Doctor y la capacidad de convertir a Lusitania y todos sus habitantes en polvo estelar microscópico.

—¿Está segura de que tiene razón?

—Estoy segura de que es un error que el Congreso Estelar pretenda aniquilar a otra especie inteligente.

—Los cerdis no pueden vivir sin la descolada —explicó Miro—, y si la descolada se extiende alguna vez a otro planeta, destruirá toda la vida allí. Lo hará.

Era un placer ver que Valentine podía parecer aturdida.

—Creía que el virus estaba contenido. Fueron tus abuelos quienes encontraron un medio de detenerlo, para que quedara dormido en los seres humanos.

—La descolada se adapta —dijo Miro—. Jane me contó que ya ha cambiado un par de veces. Mi madre y mi hermana Ela están trabajando en el tema, intentando adelantarse a la descolada. A veces parece que la descolada lo hace deliberadamente. Con inteligencia. Busca estrategias para sortear los productos químicos que usamos para contenerla e impedir que mate a la gente. Se está metiendo en las cosechas terrestres que los humanos necesitan para sobrevivir. Ahora hay que fumigarlas. ¿Encontrará la descolada una forma de vencer esas barreras?

Valentine guardó silencio. Ahora no hubo ninguna respuesta lenguaraz. No se había enfrentado a esta cuestión antes. Nadie lo había hecho, excepto Miro.

—No le he dicho esto ni siquiera a Jane —suspiró Miro—. Pero, ¿y si la flota tiene razón? ¿Y si la única forma de salvar a la humanidad de la descolada es destruir Lusitania ahora?

—No —contestó Valentine—. Esto no tiene nada

que ver con los propósitos por los que el Congreso Estelar envió la flota. Sus razones únicamente obedecen a política interplanetaria, para demostrar a las colonias quién es el amo. Tiene que ver con una burocracia fuera de control y unos militares que...

—¡Escúcheme! —la interrumpió Miro—. Ha dicho que quería escuchar mis historias, escuche ésta: no importa cuáles sean sus razones. No importa que sean un atajo de bestias asesinas. No me preocupa. Lo que importa es: ¿deberían destruir Lusitania?

—¿Qué clase de persona eres? —preguntó Valentine. Él percibió a la vez asombro y repulsa en su voz.

—Usted es la filósofa moral —dijo Miro—. Dígamelo usted. ¿Se supone que debemos amar tanto a los pequeninos para permitir que el virus destruya a toda la humanidad?

—Por supuesto que no. Simplemente, tendremos que encontrar un modo de neutralizar a la descolada.

—¿Y si no podemos?

—Entonces, pondremos a Lusitania en cuarentena. Aunque todos los seres humanos del planeta mueran, tu familia y la mía, no habremos conseguido destruir a los pequeninos.

—¿De verdad? ¿Qué hay de la reina colmena?

—Ender me dijo que ya se estaba restableciendo, pero...

—Contiene en sí misma una sociedad industrializada completa. Construirá naves espaciales y abandonará el planeta.

—¡No se llevaría a la descolada consigo!

—No tiene elección. La descolada está ya dentro de ella. Está dentro de mí.

Fue entonces cuando realmente la alcanzó. Percibió el miedo en sus ojos.

—Estará también en usted. Aunque corra de regreso a su nave y la selle y se mantenga apartada de la infección, cuando aterrice en Lusitania la descolada entrará en usted, en su marido y en sus hijos. Tendrán que ingerir los productos químicos con la comida y el agua, todos los días de su vida. Y nunca podrán marcharse de Lusitania o llevarán consigo la muerte y la destrucción.

—Supongo que sabíamos que era una posibilidad —admitió Valentine.

—Cuando partieron, sólo era una posibilidad. Pensábamos que pronto controlaríamos la descolada. Ahora ni siquiera están seguros de que puedan controlarla alguna vez. Y eso significa que nunca podrán salir de Lusitania cuando lleguen allí.

—Espero que nos guste el clima.

Miro estudió su rostro, la forma en que procesaba la información que le había suministrado. El miedo inicial había desaparecido. Era de nuevo ella misma, pensando.

—Eso es lo que creo —dijo Miro—. Creo que no importa lo terrible que sea el Congreso, no importa lo malignos que puedan ser sus planes; esa flota tal vez significará la salvación de la humanidad.

Valentine respondió pensativamente, escogiendo las palabras. Miro se alegró de verlo: ella era una persona que no contraatacaba sin pensar. Podía aprender.

—Comprendo que aunque los hechos recorran sólo un camino posible, podría llegar un momento en que…, pero es muy improbable. Para empezar, sabiendo esto, es bastante improbable que la reina colmena construya ninguna nave espacial que lleve a la descolada fuera de Lusitania.

—¿*Conoce* usted a la reina colmena? —demandó Miro—. ¿La *comprende*?

—Aunque hiciera una cosa así —dijo Valentine—, tu madre y tu hermana siguen trabajando en el tema, ¿no? Para cuando lleguemos a Lusitania, para cuando la flota llegue a Lusitania, puede que hayan encontrado una manera de controlar a la descolada de una vez por todas.

—Y si lo hacen, ¿deberían usarla?

—¿Por qué no iban a hacerlo?

—¿Cómo podrían matar a *todo* el virus de la descolada? Es una parte integral del ciclo de vida de los pequeninos. Cuando la forma-cuerpo del pequenino muere, es el virus de la descolada lo que permite la transformación en el estado-árbol, lo que los cerdis llaman la tercera vida..., y es sólo en la tercera vida, siendo árboles, como los pequeninos machos pueden fecundar a las hembras. Si el virus desaparece, será imposible el paso a la tercera vida, y esta generación de cerdis será la última.

—Eso no lo hace imposible, sólo más difícil. Tu madre y tu hermana tienen que encontrar un medio de neutralizar la descolada en los seres humanos y las cosechas que necesitamos para comer, sin destruir su facultad de permitir a los pequeninos llegar a la edad adulta.

—Y tienen menos de quince años para hacerlo —le señaló Miro—. No es probable.

—Pero tampoco imposible.

—Sí. Hay una posibilidad. Y basándose en eso, ¿quiere deshacerse de la flota?

—La flota destruirá Lusitania, controlemos la descolada o no.

—Y vuelvo a decírselo: el motivo por el que ha sido enviada es irrelevante. No importa cuál sea la razón, la destrucción de Lusitania podría ser la única protección segura para el resto de la humanidad.

—Y yo digo que te equivocas.

—Usted es Demóstenes, ¿verdad? Andrew me lo dijo.

—Sí.

—Entonces, piense en la Jerarquía de los Extraños. Los utlannings son extraños a nuestro mundo. Los framlings son extraños a nuestra propia especie, pero capaces de comunicarse con nosotros, capaces de coexistir junto a la humanidad. Los últimos son los varelse..., ¿y qué son?

—Los pequeninos no son varelse. Tampoco la reina colmena.

—Pero la descolada lo es. Varelse. Una forma de vida alienígena que es capaz de destruir a toda la humanidad.

—A menos que podamos domarla...

—... y con la que no podemos comunicarnos, una especie alienígena con la que no podemos convivir. Usted dijo que en ese caso la guerra era inevitable. Si una especie alienígena parece decidida a destruirnos y no podemos comunicarnos con ella, si no podemos comprenderla, si no hay ninguna posibilidad de desviarlos pacíficamente de su rumbo, entonces estamos justificados en cualquier acción necesaria para salvarnos a nosotros mismos, incluyendo la destrucción completa de la otra especie.

—Sí —admitió Valentine.

—Pero ¿y si *debemos* destruir la descolada y sin embargo no *podemos* hacerlo sin destruir también a cada pequenino viviente, a la reina colmena, a todos los seres humanos de Lusitania?

Para sorpresa de Miro, los ojos de Valentine se llenaron de lágrimas.

—Entonces, te has convertido en esto.

Miro se sintió confundido.

—¿Cuándo se ha convertido esta conversación en una discusión acerca de mí?

—Has pensado en todo esto, has visto todas las posibilidades para el futuro, buenas y malas por igual, y sin embargo el único en que estás dispuesto a creer, el único futuro imaginado que tomas como base para todas tus consideraciones morales, es el futuro donde todo el mundo que tú y yo hemos amado y todo lo que hemos anhelado debe ser aniquilado.

—No he dicho que me gustara ese futuro.

—Yo tampoco —atajó Valentine—. He dicho que ése es el futuro para el que has elegido prepararte. Pero yo no. Yo elijo vivir en un universo con esperanza. Yo elijo vivir en un universo donde tu madre y tu hermana encontrarán un modo de contener a la descolada, un universo en el que el Congreso Estelar pueda ser reformado o reemplazado, un universo en el que no existe el poder ni la voluntad de destruir a una especie entera.

—¿Y si está equivocada?

—Entonces tendré tiempo de sobra para desesperarme antes de morir. Pero tú..., ¿buscas todas las oportunidades antes de desesperarte? Puedo comprender el impulso que te lleve a ello. Andrew me ha dicho que eras un hombre guapo, todavía lo eres, y que la pérdida del pleno uso de tu cuerpo te ha herido profundamente. Pero otras personas han perdido más que tú sin tener una visión tan negra del mundo.

—¿Ése es su análisis sobre mí? —preguntó Miro—. ¿Hace media hora que nos conocemos, y ahora lo comprende todo sobre mí?

—Sé que ésta es la conversación más deprimente que he mantenido en toda mi vida.

—Y asume que es porque estoy lisiado. Bien, déjeme decirle una cosa, Valentine Wiggin. Espero las mismas cosas que usted. Incluso espero recuperar algún día el uso de mi cuerpo. Si no tuviera esperanza, estaría muerto. Las cosas que le he dicho no son por desesperación, sino porque caben en lo posible. Y porque son posibles tenemos que pensar en ellas para que no nos sorprendan más tarde. Tenemos que pensar en ellas para que, si se produce lo peor, ya sepamos cómo vivir en ese universo.

Valentine parecía estar estudiando su cara: él sintió su mirada, como una cosa casi palpable, como un leve cosquilleo bajo la piel, dentro de su cerebro.

—Sí —dijo ella.

—¿Sí qué?

—Sí, mi marido y yo nos trasladaremos aquí y vivi-remos en tu nave. —Se levantó de su asiento y se diri-gió al corredor que conducía al tubo de tránsito.

—¿Por qué ha decidido eso?

—Porque nuestra nave está demasiado abarrotada. Y porque decididamente merece la pena hablar contigo. Y no sólo para conseguir material para los ensayos que tengo que escribir.

—Oh, entonces, ¿he aprobado su examen?

—Sí —respondió ella—. ¿He aprobado el tuyo?

—No la estaba examinando.

—Y un cuerno. Pero, por si no te has dado cuenta, te lo diré: he aprobado. De lo contrario no me habrías dicho todas las cosas que dijiste.

Se marchó. Miro pudo oírla pasillo abajo, y luego el ordenador informó que estaba atravesando el tubo en-tre las naves.

Ya la echaba de menos.

Porque tenía razón. Había aprobado su examen. Le había escuchado como no lo había hecho nadie, sin im-paciencia, sin terminar sus frases, sin dejar que su mira-da se apartara de su rostro. Él le había hablado no con cuidadosa precisión, sino con enorme emoción. Gran parte del tiempo sus palabras debieron parecer casi inin-teligibles. Sin embargo, ella le había escuchado con tanta atención que comprendió todos sus argumentos y ni una sola vez le pidió que repitiera algo. Podía hablar con esta mujer con tanta naturalidad como hablaba con cual-quier persona antes de su lesión cerebral. Sí, ella era porfiada, cabezota, mandona y rápida para sacar con-clusiones. Pero también podía escuchar una visión opuesta, cambiar de opinión cuando era necesario. Sa-bía escuchar, y por eso él podía hablar.

Tal vez con ella podría seguir siendo Miro.

3
MANOS LIMPIAS

<Lo más desagradable de los seres humanos es que no experimentan metamorfosis. Tu gente y la mía nacen como larvas, pero nos transformamos en algo superior antes de reproducirnos. Los seres humanos son larvas toda la vida.>

<Los humanos sí tienen metamorfosis. Cambian su identidad constantemente. Sin embargo, cada nueva identidad se basa en la ilusión de que siempre estuvo en posesión del cuerpo que acaba de conquistar.>

<Esos cambios son superficiales. La naturaleza del organismo sigue siendo la misma. Los humanos se sienten muy orgullosos de sus cambios, pero toda transformación imaginada se convierte en una nueva serie de excusas para que el individuo se comporte exactamente como lo ha hecho siempre.>

<Sois demasiado diferentes de los humanos para llegar a comprenderlos.>

<Sois demasiado similares o los humanos para poder verlos con claridad.>

Los dioses hablaron por primera vez a Qing-jao cuando tenía siete años. Durante algún tiempo ella no advirtió que estaba oyendo la voz de un dios. Sólo sabía que sus manos estaban sucias, cubiertas de un repugnante limo invisible, y que tenía que purificarlas.

Las primeras veces, un simple lavado bastaba, y entonces se sentía mejor durante días. Pero a medida que transcurría el tiempo, la sensación de suciedad regresaba cada vez más pronto, y hacía falta frotar más para eliminar la suciedad, hasta que tuvo que lavarse varias veces al día, usando un cepillo de cerdas duras para frotarse las manos hasta que sangraban. Sólo cuando el dolor era insoportable se sentía limpia, aunque apenas durante unas horas seguidas.

No se lo dijo a nadie: supo instintivamente que tenía que mantener en secreto la suciedad de sus manos. Todo el mundo sabía que lavarse las manos era uno de los primeros signos de que los dioses hablaban a un niño, y la mayoría de los padres del mundo de Sendero observaban esperanzados a sus hijos en busca de signos de excesiva preocupación por la limpieza. Pero lo que esta gente no comprendía era el terrible autoconocimiento que conducía a los lavados: el primer mensaje de los dioses trataba de la insoportable suciedad de aquel a quien hablaban. Qing-jao ocultó sus lavados de manos, no porque estuviera avergonzada de que los dioses le hablaran, sino porque estaba convencida de que si alguien sabía lo vil que era, la despreciarían.

Los dioses conspiraron con ella en secreto. Le permitieron confinar sus salvajes frotes a las palmas de sus manos. Esto significaba que, cuando sus manos estaban malheridas, podía cerrar los puños o metérselas en los pliegues de la falda al andar, o colocarlas mansamente sobre el regazo cuando se sentaba, y nadie las advertía. Sólo veían a una niñita muy bien educada.

Si su madre hubiera vivido, el secreto de Qing-jao se

habría descubierto mucho antes. En su situación, trans-
currieron meses antes de que un sirviente se diera cuenta. La gorda Mu-pao descubrió una mancha de sangre
en el pequeño mantel de la mesa donde Qing-jao tomaba el desayuno. Mu-pao supo de inmediato lo que significaba aquello: ¿no eran las manos ensangrentadas un
primer signo de la atención de los dioses? Por eso muchos padres ambiciosos forzaban a un niño particularmente prometedor a lavarse continuamente. Por todo el
mundo de Sendero, lavarse las manos ostentosamente se
llamaba «invitar a los dioses».

Mu-pao fue de inmediato a ver al padre de Qing-jao,
el noble Han Fei-tzu, de quien se rumoreaba era el más
grande de los agraciados, uno de los pocos tan poderosos a los ojos de los dioses que podía reunirse con framlings (seres de otro mundo) sin traicionar nunca las voces
de los dioses en su interior, preservando así el divino secreto del mundo de Sendero. Han Fei-tzu se sentiría agradecido al conocer la noticia y Mu-pao recibiría honores
por haber sido la primera en ver a los dioses en Qing-jao.

En cuestión de una hora, Han Fei-tzu se reunió con
su amada Qing-jao y juntos viajaron en palanquín al
templo de Avalancha. A Qing-jao no le gustaba viajar
en esas sillas: se sentía incómoda por los hombres que
tenían que cargar con su peso.

—No sufren —la tranquilizó su padre la primera vez
que le mencionó esta idea—. Se sienten enormemente
honrados. Es una de las formas en que la gente honra a
los dioses: cuando uno de los agraciados va a un templo,
lo hace sobre los hombros de la gente de Sendero.

—Pero yo crezco más cada día —respondió Qing-
jao con interés.

—Cuando seas demasiado grande, caminarás por tu
propio pie o viajarás en tu propia silla —dijo su padre.
No necesitó explicar que tendría su propio palanquín
sólo si crecía para ser una agraciada—. Nosotros inten-

tamos mostrar nuestra humildad conservándonos muy delgados y livianos para no representar una carga pesada para el pueblo.

Eso era una broma, naturalmente, pues el vientre de su padre, aunque no inmenso, era generoso. Pero la lección tras el chiste era verdad: los agraciados nunca debían representar una carga para la gente común de Sendero. El pueblo debía estar siempre agradecido, no resentido, de que los dioses hubieran elegido su mundo entre todos los demás para que oyera sus voces.

Ahora, sin embargo, Qing-jao estaba más preocupada con la prueba que la esperaba. Sabía que la llevaban a ser probada.

—Se enseña a muchos niños a fingir que los dioses les hablan —explicó su padre—. Debemos averiguar si los dioses te han elegido verdaderamente.

—Quiero que dejen de elegirme —protestó Qing-jao.

—Y lo desearás aún más durante la prueba —suspiró su padre. Su voz estaba llena de pesar. Eso hizo que Qing-jao se sintiera aún más asustada—. El pueblo llano sólo ve nuestros poderes y privilegios, y nos envidia. No conocen el gran sufrimiento de los que oyen la voz de los dioses. Si verdaderamente te hablan, mi Qing-jao, aprenderás a soportar el sufrimiento igual que el jade soporta el cuchillo del tallador, el brusco paño del pulidor. Te hará brillar. ¿Por qué crees que te bauticé Qing-jao?

Qing-jao significaba Gloriosamente Brillante. Era también el nombre de una gran poetisa de tiempos remotos en la Vieja China. Una poetisa en una época en que sólo se mostraba respeto a los hombres, y sin embargo fue honrada como una de las más grandes poetisas de su tiempo. «Bruma fina y densa nube, tristeza todo el día.» Era el comienzo de la canción de Li Quing-jao, *El doble nueve.* Era así como Qing-jao se sentía ahora.

¿Y cómo terminaba el poema? «Ahora mi cortina se

alza sólo con el viento del oeste. Me he quedado más delgada que este dorado capullo.» ¿Sería también ése su fin? ¿Estaba diciendo en su poema su antepasada-del-corazón que la oscuridad que caía ahora sobre ella se alzaría sólo cuando los dioses vinieran del oeste para retirar de su cuerpo su alma delgada, liviana y dorada? Era demasiado terrible pensar ahora en la muerte, cuando sólo tenía siete años de edad; sin embargo, el pensamiento la asaltó: si muero joven, entonces veré a mi madre pronto, e incluso a la gran Li Qing-jao.

Pero la prueba no estaba relacionada con la muerte, o al menos se suponía que no era así. En realidad, era bastante simple.

Su padre la condujo a una gran sala donde había arrodillados tres hombres ancianos. Al menos eso parecían: podrían haber sido mujeres. Eran tan viejos que todos los rasgos distintivos habían desaparecido. Sólo tenían diminutas hebras de pelo blanco y nada de barba, e iban vestidos con ropas informes. Más tarde, Qing-jao sabría que eran simples eunucos, supervivientes de los viejos tiempos antes de que el Congreso Estelar interviniera y prohibiera incluso la automutilación voluntaria en servicio a una religión. Ahora, sin embargo, eran misteriosas criaturas espectralmente viejas que la tocaban con sus manos, explorando sus ropas.

¿Qué buscaban? Encontraron sus palillos de ébano y los retiraron. Le quitaron el cinturón. Le quitaron las zapatillas. Más tarde, se enteraría de que se quedaron con esas cosas porque otros niños se habían dejado llevar tanto por la desesperación durante la prueba que se habían matado con ellas. Una se había metido los palillos por la nariz y se había arrojado al suelo, para clavárselos en el cerebro. Otra se ahorcó con su cinturón. Otra se introdujo las zapatillas en la boca, hasta la garganta, y se asfixió. Era raro que los intentos de suicidio tuvieran éxito, pero parecían suceder con los niños más brillantes, y eran más comunes con las niñas. Así que le quitaron a Qing-jao todos los medios conocidos para suicidarse.

Los ancianos se marcharon. Su padre se arrodilló junto a Qing-jao y le habló cara a cara.

—Debes comprender, Qing-jao, que en realidad no estamos probándote a ti. Nada de lo que hagas por propia voluntad implicará la más leve diferencia en lo que suceda aquí. A decir verdad estamos probando a los dioses, para ver si están decididos a hablar contigo. En ese caso, encontrarán un medio, nosotros lo veremos y tú saldrás de esta sala siendo una de las agraciadas. De lo contrario saldrás de aquí libre de sus voces para siempre. No puedo decirte por qué resultado rezo, ya que yo mismo lo ignoro.

—Padre, ¿y si te avergüenzas de mí? —dijo Qing-jao. La mera idea le hizo sentir un cosquilleo en las manos, como si las tuviera sucias, como si necesitara lavarlas.

—No me avergonzaré de ti pase lo que pase.

Entonces dio una palmada. Uno de los ancianos volvió a entrar, llevando una pesada palangana. La colocó ante Qing-jao.

—Introduce las manos —dijo su padre.

La palangana estaba llena de densa grasa negra. Qing-jao se estremeció.

—No puedo meter las manos ahí.

Su padre la cogió por los antebrazos y la obligó a meter las manos en el limo. Qing-jao gritó: su padre nunca había empleado la fuerza con ella antes. Y cuando le soltó los brazos, sus manos estaban cubiertas de limo pegajoso. Jadeó al ver la suciedad; resultaba difícil respirar, verlas así, olerlas.

El anciano recogió la palangana y se la llevó.

—¿Dónde puedo lavarme, padre? —gimió Qing-jao.

—No puedes lavarte —respondió su padre—. No podrás lavarte nunca más.

Y como Qing-jao era una niña, lo creyó, sin pensar que sus palabras formaban parte de la prueba. Vio a su padre salir de la habitación. Oyó el cerrojo de la puerta tras él. Estaba sola.

Al principio simplemente mantuvo las manos ante ella, asegurándose de que no tocaran sus ropas. Buscó desesperadamente algún sitio donde lavarse, pero no había agua, ni siquiera un paño. La habitación distaba mucho de estar vacía: había sillas, mesas, estatuas, grandes jarrones de piedra, pero todas las superficies eran duras y bien pulidas y tan limpias que no podía decidirse a tocarlas. Sin embargo, la suciedad de sus manos era insoportable. Tenía que limpiarlas.

—¡Padre! —gritó—. ¡Ven y lávame las manos!

Seguramente él podía oírla. Seguramente estaba cerca, esperando el resultado de la prueba. Tenía que oírla... pero no vino.

La única tela en la sala era la de la túnica que llevaba puesta. Podría frotarse con ella, pero entonces tendría la grasa encima; podría manchar otras partes de su cuerpo. La solución, por supuesto, era quitársela..., ¿pero cómo podía hacerlo sin tocarse con sus sucias manos?

Lo intentó. Primero frotó cuidadosamente tanta grasa como pudo en los suaves brazos de una estatua. Perdóname, le dijo a la estatua, por si acaso pertenecía a un dios. Volveré y te limpiaré después: te limpiaré con mi propia túnica.

Entonces se echó las manos a los hombros y reunió el tejido sobre la espalda, para sacarse la túnica por encima de la cabeza. Sus dedos grasientos resbalaron sobre la seda; sintió el frío limo sobre su espalda desnuda cuando penetró la seda. Lo limpiaré después, pensó.

Por fin consiguió agarrar un buen trozo de tejido y pudo sacarse la túnica. La deslizó sobre su cabeza, pero incluso antes de hacerlo por completo supo que las cosas eran peores que nunca, pues un poco de grasa se le había quedado en el pelo, y ese pelo había caído sobre su cara, y ahora tenía la suciedad no sólo en las manos, sino también en la espalda, en el pelo, en el rostro.

Sin embargo, lo intentó. Terminó de quitarse la túnica, y luego se frotó cuidadosamente las manos en un trocito de tela. Entonces se frotó la cara con otro. Pero no sirvió de nada. Parte de la grasa permanecía pegada a ella, no importaba lo que hiciera. Sentía la cara como si la seda de su túnica sólo hubiera esparcido la grasa en vez de retirarla. Nunca había estado tan horriblemente sucia en toda su vida. Era insoportable, y sin embargo no podía deshacerse de ella.

—¡Padre! ¡Ven y sácame de aquí! ¡No quiero ser una agraciada!

Su padre no acudió. Ella rompió a llorar.

El problema de llorar era que no servía de nada. Cuanto más lloraba, más sucia se sentía. La desesperada necesidad de estar limpia abrumó incluso su llanto. Así, con las lágrimas surcándole la cara, empezó a buscar desesperadamente una forma de quitarse la grasa de las manos. Una vez más lo intentó con la seda de la túnica, pero poco después frotó las manos contra las paredes, mientras recorría la habitación, manchándolas de grasa. Frotó las manos contra la pared tan rápidamente que acumuló calor y la grasa se fundió. Lo hizo una y otra vez hasta que las manos se le enrojecieron, hasta que parte de la blanda costra de sus palmas se gastó o fue arrancada por invisibles irregularidades en las paredes de madera.

Cuando las palmas y los dedos le dolían ya tanto que no sentía la suciedad, se frotó el rostro con ellas, se arañó la cara para arrancar la grasa de allí. Entonces, con las manos sucias una vez más, las frotó de nuevo en las paredes.

Finalmente, exhausta, cayó al suelo y lloró por el dolor que sentía en las manos, por la imposibilidad de limpiarse. Tenía los ojos anegados en llanto. Las lágrimas le corrían por las mejillas. Se frotó los ojos, las mejillas, y sintió cuánto ensuciaban las lágrimas su piel, lo asquerosa que estaba. Supo lo que seguramente significaba esto: los dioses la habían juzgado y la habían encontrado sucia. No merecía vivir. Si no podía limpiarse, tenía que anularse. Eso los satisfaría. Eso acabaría con la agonía. Sólo tenía que encontrar un modo de morir. Dejar de respirar. Su padre lamentaría no haber acudido cuando lo llamaba, pero ella no podía evitarlo. Ahora estaba bajo el poder de los dioses, y ellos la habían juzgado indigna para figurar entre los vivos. Después de todo, ¿qué derecho tenía a respirar cuando la puerta de los labios de su madre había dejado de permitir el paso y la salida del aire durante tantos años?

Pensó primero en usar la túnica, metérsela en la boca a fin de que le impidiera respirar, o atársela alrededor del cuello para ahogarse, pero estaba demasiado sucia, demasiado cubierta de grasa para cogerla. Tendría que encontrar otra forma.

Qing-jao se acercó a la pared, se apretó contra ella. Madera fuerte. Se echó atrás y se golpeó la cabeza contra la madera. El dolor la atravesó; aturdida, cayó hasta quedar sentada en el suelo. Le dolía la cabeza por dentro. La habitación giraba lentamente a su alrededor. Por un momento, olvidó la suciedad de sus manos.

Pero el alivio no duró mucho. Distinguió en la pared un lugar levemente más oscuro donde la grasa de su frente interrumpía la superficie brillantemente pulida. Los dioses hablaron en su interior, insistiendo en que estaba tan sucia como siempre. Un poco de dolor no podría reparar su indignidad.

Otra vez se golpeó la cabeza contra la pared. Sin embargo, ahora no hubo tanto dolor. Una y otra vez, pero ahora advirtió que contra su voluntad su cuerpo retrocedía ante el golpe, rehusando causarse mucho daño. Esto la ayudó a comprender por qué los dioses la encontraban tan indigna: era demasiado débil para lograr que su cuerpo obedeciera. Bien, no estaba indefensa. Podía engañar a su cuerpo hasta someterlo.

Seleccionó la más alta de las estatuas, que tenía unos tres metros de altura. Era un vaciado en bronce de un hombre en plena carrera que alzaba una espada por encima de su cabeza. Había suficientes ángulos, curvas y proyecciones para poder escalarla. Sus manos seguían resbalando, pero perseveró hasta que logró mantenerse sobre los hombros de la estatua, agarrándose a su sombrero con una mano y a la espada con la otra.

Durante un instante, al tocar la espada, pensó en intentar cortarse la garganta con ella. Eso detendría su respiración, ¿no? Pero la hoja era falsa. No estaba afilada, y no podría introducírsela en el cuello en el ángulo adecuado. Así que volvió al plan original.

Inspiró profundamente varias veces, luego entrecruzó las manos a la espalda y se inclinó hacia delante. Aterrizaría de cabeza. Eso acabaría con su suciedad.

Sin embargo, mientras el suelo se precipitaba hacia arriba, perdió el control de sí misma. Gritó: sintió que las manos se soltaban de su espalda y se abalanzaban hacia delante para intentar detener su caída. Demasiado tarde, pensó con sombría satisfacción, y entonces su cabeza chocó contra el suelo y todo se sumió en la oscuridad.

Qing-jao despertó con una molestia sorda en el brazo y un dolor agudo en la cabeza cada vez que se movía, pero estaba viva. Cuando consiguió abrir los ojos vio que la habitación estaba más oscura. ¿Era de noche en el exterior? ¿Cuánto tiempo había permanecido inconsciente? No era capaz de mover el brazo izquierdo, el que le dolía; descubrió una fea magulladura roja en el codo y pensó que debía de habérselo roto al caer.

Vio también que todavía tenía las manos manchadas

de grasa y sintió su insoportable suciedad: el juicio de los dioses contra ella. No tendría que haber intentado matarse, después de todo. Los dioses no le permitirían escapar tan fácilmente a su juicio.

¿Qué puedo hacer?, gimió. ¿Cómo puedo estar limpia ante vosotros, oh, dioses? ¡Li Qing-jao, mi antepasada-del-corazón, muéstrame cómo hacerme digna de recibir el amable juicio de los dioses!

Lo que de inmediato le vino a la mente fue la canción de amor de Li Qing-jao, *Separación*. Era una de las primeras que su padre le había hecho memorizar cuando sólo tenía tres años, poco antes de que, junto con su madre, le dijera que ésta iba a morir. Era exactamente adecuada ahora, ¿pues no estaba separada de la voluntad de los dioses? ¿No necesitaba reconciliarse con ellos para que la recibieran como una de las auténticas agraciadas?

> *alguien ha enviado*
> *una nota de amor*
> *con líneas de gansos que regresan*
> *y mientras la luna llena*
> *mi habitación al oeste*
> *mientras los pétalos danzan*
> *sobre el ondulante arroyo*
> *pienso de nuevo en ti*
> *en los dos*
> *viviendo una tristeza*
> *separados*
> *un dolor que no puede desaparecer*
> *sin embargo cuando mi mirada baja*
> *mi corazón se alza*

La luna que llenaba la habitación oeste le dijo que el destinatario de este poema se trataba realmente de un dios, no de un amante común: las referencias al oeste siempre significaban que los dioses estaban implicados. Li Qing-jao había respondido a la plegaria de la pequeña Han Qing-jao y le había enviado este poema para decirle cómo curar el dolor que no podía desaparecer, la suciedad de su carne.

¿Qué es la nota de amor?, pensó Qing-jao. Líneas de gansos que regresan..., pero no hay gansos en esta habitación. Pétalos danzando sobre un ondulante arroyo..., pero aquí no hay pétalos, ni arroyo alguno.

«Sin embargo, cuando mi mirada baja, mi corazón se alza.» Ésta era la clave, ésta era la respuesta, lo sabía. Lenta, cuidadosamente, Qing-jao giró sobre su vientre. Una vez, cuando intentó apoyar su peso en la mano izquierda, el codo cedió y un dolor exquisito casi la hizo perder de nuevo el sentido. Por fin se arrodilló, la cabeza gacha, apoyándose en la mano derecha. Mirar hacia abajo.

El poema prometía que esto permitiría que su corazón se alzara.

No se sentía mejor, sino sucia todavía, dolorida aún. Al mirar hacia abajo no vio nada más que las tablas pulidas del suelo, la veta de la madera formando líneas onduladas que se extendían de entre sus rodillas hacia fuera, hasta el mismo extremo de la habitación.

Líneas. Las líneas de la veta de la madera, líneas de gansos. ¿Y no podían los dibujos de la madera interpretarse como un arroyo ondulante? Debía seguir estas líneas como los gansos; debía bailar sobre estos ondulantes arroyos como un pétalo. Eso era lo que prometía la respuesta: cuando bajara la mirada, su corazón se alzaría.

Así que empezó a seguir la línea, cuidadosamente, hasta la pared. Un par de veces se movió tan rápidamente que la perdió, olvidó cuál era. Pero pronto volvió a encontrarla, o eso pensó, y la siguió hasta la pared. ¿Era suficientemente bueno? ¿Estaban satisfechos los dioses?

Casi, pero no del todo… No podía estar segura de que cuando su mirada había perdido la línea hubiera regresado a la adecuada. Los pétalos no saltan de arroyo en arroyo. Tenía que seguir la adecuada, en toda su longitud. Esta vez empezó en la pared y agachó profundamente la cabeza, para que sus ojos no se distrajeran ni siquiera por el movimiento de su mano derecha. Se arrastró centímetro a centímetro, sin permitirse parpadear siquiera, a pesar de que los ojos le ardían. Sabía que si perdía la veta que estaba siguiendo tendría que regresar y empezar de nuevo. Tenía que hacerlo a la perfección o el ritual perdería todo su poder para limpiarla.

Tardó una eternidad. Sí parpadeó, pero no al azar, por accidente. Cuando los ojos le quemaban demasiado, se inclinaba hasta que su ojo estaba directamente sobre la veta. Entonces cerraba el otro ojo durante un instante. Cuando el ojo derecho estaba aliviado, lo abría, y lo colocaba directamente sobre la línea de la madera, y cerraba el izquierdo. De esta forma, pudo cruzar media habitación, hasta que la tabla terminó y se encontró con otra.

No estaba segura de que esto bastara, si debía acabar en esa tabla o encontrar otra veta que continuar. Hizo además de levantarse, probando a los dioses, para ver si estaban satisfechos. Medio se levantó, no sintió nada. Se incorporó del todo y se sintió tranquila.

¡Ah! Estaban satisfechos, estaban complacidos con ella. Ahora la grasa de su piel no parecía más que un poco de aceite. No había necesidad de lavarse, no en este momento, pues había encontrado otro modo de purificarse, otra forma para que los dioses le mostraran disciplina. Lentamente, se tendió de nuevo en el suelo, sonriendo, sollozando suavemente de alegría. Li Qingjao, mi antepasada-del-corazón, gracias por mostrarme la forma. Ahora he sido unida a los dioses: la separación se ha acabado. Madre, de nuevo estoy conectada contigo, limpia y digna. Tigre Blanco del Oeste, ahora soy lo bastante pura para tocar tu piel y no dejar ninguna marca de suciedad.

Entonces unas manos la tocaron. Las manos de su padre, que la levantaba. Unas gotas de agua cayeron sobre su rostro, sobre la piel desnuda de su cuerpo: las lágrimas de su padre.

—Estás viva —sollozó—. Mi agraciada, querida mía, hija mía, vida mía, Gloriosamente Brillante, sigues brillando.

Más tarde se enteró de que su padre tuvo que ser atado y amordazado durante la prueba, que cuando subió a la estatua e hizo ademán de apretar su garganta contra la espada se abalanzó hacia delante con tanta fuerza que su silla cayó y se golpeó la cabeza contra el suelo.

Esto se consideró una gran merced, pues no vio su terrible caída desde la estatua. Lloró por ella todo el tiempo que permaneció inconsciente. Y luego, cuando se arrodilló y empezó a seguir las vetas de la madera del suelo, fue quien comprendió lo que significaba.

—Mirad —susurró—. Los dioses le han dado una tarea. Los dioses le están hablando.

Los otros fueron lentos en reconocerlo, porque nunca antes habían visto a nadie seguir líneas en las vetas de la madera. No estaba en el Catálogo de Voces de los Dioses: Esperar-ante-la-puerta, Contar-múltiplos-de-cinco, Contar-objetos, Buscar-asesinatos-accidentales, Arrancarse-las-uñas, Arañarse-la-piel, Arrancarse-el-pelo, Morder-piedras, Sacarse-los-ojos... se sabía que todas ésas eran penas que los dioses demandaban, rituales de obediencia que limpiaban el alma de los agraciados para que los dioses pudieran llenar sus mentes de sabiduría. Nadie había visto jamás Seguir-vetas-en-la-madera. Sin embargo, su padre comprendió lo que estaba haciendo, nombró el ritual, y lo añadió al Catálogo de Voces. Llevaría su nombre, Han Qing-jao, como la primera en recibir la orden de los dioses para la ejecución de este rito. Eso la hacía muy especial.

Igual que sus recursos para intentar encontrar maneras de limpiarse las manos y, más tarde, matarse. Muchos habían intentado frotarse las manos en las paredes, naturalmente, y la mayoría intentaban hacerlo en la ropa. Pero frotar las manos para acumular el calor de la fricción fue considerado algo raro e inteligente. Y aunque golpearse la cabeza era común, subir a una estatua y saltar para caer de cabeza era muy raro. Y nadie que lo hubiera hecho antes fue lo bastante fuerte para mantener las manos a la espalda tanto tiempo. El templo pronto hirvió con la noticia y el hecho se esparció por todos los templos de Sendero.

Fue un gran honor para Han Fei-tzu, por supuesto, que su hija fuera tan poderosamente poseída por los dioses. Y la historia de su arrebato cercano a la locura cuando ella intentaba destruirse se extendió casi con la misma rapidez y conmovió muchos corazones. «Puede que sea el más grande de los agraciados, pero ama a su hija más que a la vida», se decía de él. Esto hizo que lo amaran tanto como ya lo reverenciaban.

Entonces la gente empezó a rumorear acerca de la posible cualidad de dios de Han Fei-tzu.

—Es grande y tan fuerte que los dioses lo escucharán —decían aquellos que lo apreciaban—. Sin embargo, es tan cariñoso que siempre amará a la gente del planeta Sendero, e intentará beneficiarnos. ¿No es así como debería ser el dios de un mundo?

Por supuesto, resultaba imposible decidir ahora: un hombre no podía ser elegido dios de una aldea, mucho menos de un planeta entero, hasta que muriera. ¿Cómo se podía juzgar qué tipo de dios sería, hasta que fuera conocida toda su vida, de principio a fin?

Estos rumores llegaron muchas veces a oídos de

Qing-jao a medida que iba creciendo, y el conocimiento de que su padre bien podría ser elegido dios de Sendero se convirtió en uno de los faros de su vida. Pero en ese momento, y eternamente en su memoria, recordó que sus manos fueron las que llevaron su cuerpo magullado y retorcido al lecho sanador, sus ojos los que derramaron cálidas lágrimas sobre su fría piel, su voz la que susurró en los hermosos tonos apasionados del viejo lenguaje:

—Querida mía, mi Gloriosamente Brillante, nunca apartes tu luz de mi vida. Pase lo que pase, nunca te causes daño a ti misma o seguro que moriré.

4

JANE

<Así que muchos de vosotros os estáis convirtiendo al cristianismo. Creéis en el dios que los humanos trajeron consigo.>

<¿No creéis en Dios?>

<La cuestión no se ha planteado nunca. Siempre hemos recordado cómo empezamos.>

<Vosotras evolucionasteis. Nosotros fuimos creados.>

<Por un virus.>

<Por un virus que Dios envió para crearnos.>

<Entonces, tú también crees.>

<Comprendo que haya que creer.>

<No, tú deseas creer.>

<Lo deseo lo bastante para actuar como si creyera. Tal vez la fe consista en eso.>

<O en una locura deliberada.>

Resultó que no sólo Valentine y Jakt pasaron a la nave de Miro. También se trasladó Plikt, sin invitación, y se instaló en un miserable cubículo donde no había espacio suficiente para estirarse por completo. Ella era la anomalía del viaje: no era un miembro de la familia, ni de la tripulación, sino una amiga. Plikt fue estudiante de Ender cuando éste estuvo en Trondheim como Portavoz de los Muertos. Por su cuenta llegó a la conclusión de que Andrew Wiggin era *el* Portavoz de los Muertos y también *el* Exterminador Wiggin.

Valentine no llegaba a comprender por qué esta brillante joven se obsesionó tanto con Ender Wiggin. A veces pensaba que era así como comienzan algunas religiones. El fundador no busca discípulos: éstos llegan y se entregan a él.

En cualquier caso, Plikt se quedó con Valentine y su familia durante todos los años que pasaron desde que Ender se marchó de Trondheim. Actuó como tutora de los niños y ayudó a Valentine en sus investigaciones, siempre esperando el día en que la familia viajara para reunirse con Ender…, un día que sólo Plikt sabía que llegaría.

Así, durante la última mitad del viaje a Lusitania, fueron cuatro los que viajaron en la nave de Miro: Valentine, Miro, Jakt y Plikt. O eso pensó Valentine al principio. Al tercer día del encuentro descubrió al quinto viajero que los había acompañado todo el tiempo.

Ese día, como siempre, los cuatro estaban reunidos en el puente. No había otro sitio adonde ir. Era una nave de carga. Además del puente y los camarotes para dormir, sólo había una diminuta cocina y el cuarto de baño. El resto del espacio estaba diseñado para almacenar carga, no personas; carecía de cualquier tipo de comodidad razonable.

Sin embargo, a Valentine no le importaba la pérdida de intimidad. Había frenado su trabajo en los ensayos subversivos; sentía que era más importante llegar a conocer a Miro y, a través de él, a Lusitania. A la gente de allí, a los pequeninos y, sobre todo, a la familia de Miro, pues Ender se había casado con Novinha, la madre de Miro. Valentine se fiaba mucho de ese tipo de información, por supuesto: no habría sido historiadora y biógrafa durante tantos años sin aprender a extrapolar muchos datos a partir de fragmentos dispersos de evidencias.

El auténtico premio para ella resultó ser el propio Miro. Era amargo, furioso, frustrado, y estaba lleno de repulsión hacia su cuerpo lisiado, pero todo eso resultaba comprensible: su pérdida había sucedido tan sólo unos cuantos meses antes, y aún estaba intentando redefinirse. A Valentine no le preocupaba su futuro: notaba que era de voluntad fuerte, el tipo de hombre que no se rinde fácilmente. Se adaptaría y sobreviviría.

Lo que le interesaba más era su forma de pensar. Era como si el confinamiento de su cuerpo hubiera liberado su mente. Cuando resultó herido, su parálisis había sido casi total. No tenía nada que hacer excepto permanecer tendido en un sitio y pensar. Por supuesto, gran parte de ese tiempo lo dedicó a llorar por sus pérdidas, sus errores, el futuro que no podría tener. Pero también pasó muchas horas pensando en los temas sobre los que la gente ocupada casi nunca piensa. Y al tercer día de convivencia, era eso lo que Valentine intentaba sacarle.

—La mayoría de la gente no piensa en eso, no seriamente, como tú has hecho —dijo.

—El hecho de que lo haya pensado no significa que sepa nada —replicó Miro. Ella estaba ya acostumbrada a su voz, aunque a veces su habla era enloquecedoramente lenta. En ocasiones necesitaba un auténtico esfuerzo de voluntad para no mostrar ningún signo de falta de atención.

—La naturaleza del universo —dijo Jakt.

—Las fuentes de la vida —añadió Valentine—. Dijiste que habías pensado en lo que significa estar vivo, y quiero saber qué pensaste.

—Cómo funciona el universo y por qué estamos todos en él —rió Miro—. Es una locura.

—Una vez me quedé atrapado solo en una masa de hielo flotante en un barco de pesca durante dos semanas, en medio de una tormenta, sin ninguna fuente de calor —dijo Jakt—. Dudo que hayas llegado a ninguna conclusión que me pueda parecer una locura.

Valentine sonrió. Jakt no era ningún erudito, y su filosofía estaba generalmente confinada a mantener unida a su tripulación y capturar un montón de peces. Pero sabía lo que Valentine quería arrancar de Miro, y por eso ayudó a tranquilizar al joven, para que supiera que lo tomarían en serio. Además, para Jakt era importante ser el encargado de hacerlo, porque Valentine había visto, y él también, cómo lo observaba Miro. Jakt podía ser viejo, pero sus brazos, sus piernas y su espalda seguían siendo los de un pescador, y cada movimiento revelaba la fuerza de su cuerpo. Miro incluso lo comentó una vez, con retintín, con admiración:

—Jakt tiene la constitución de un hombre de veinte años.

Valentine oyó el irónico corolario que debió de continuar en la mente de Miro: «Mientras que yo, que sí soy joven, tengo el cuerpo de un nonagenario artrítico». De manera que Jakt significaba algo para Miro: representaba el futuro que Miro nunca podría tener. Admiración y resentimiento: a Miro le habría resultado difícil hablar abiertamente delante de Jakt si éste no se hubiera encargado de asegurar que por su parte no recibiría más que respeto e interés. Plikt, por supuesto, estaba sentada en su sitio, silenciosa, retirada, efectivamente invisible.

—Muy bien —accedió Miro—. Especulaciones sobre la naturaleza de la realidad y el alma.

—¿Teología o metafísica? —preguntó Valentine.

—Metafísica, principalmente —respondió Miro—. Y física. Ninguna de las dos materias es mi especialidad. Y ésta no es la clase de historia para la que me necesita.

—No sé qué es exactamente lo que necesito.

—Muy bien —repitió Miro. Inspiró un par de veces, como si intentara decidir por dónde empezar—. Sabe lo que es un lazo filótico.

—Sé lo que sabe todo el mundo —dijo Valentine—. Y sé que no ha llevado a ninguna parte en los últimos dos mil quinientos años porque no se puede experimentar con eso.

Se trataba de un viejo descubrimiento, de los días en que los científicos se esforzaban por ponerse al día con la tecnología. Los estudiantes de física memorizaban unos cuantos principios: «Los filotes son bloques fundamentales de materia y energía. Los filotes no tienen masa ni inercia. Los filotes sólo tienen emplazamiento, duración y conexión». Todo el mundo sabía que eran las conexiones filóticas (los haces de rayos filóticos) lo que hacía funcionar los ansibles, permitiendo comunicación instantánea entre mundos y naves espaciales situadas a muchos años luz de distancia. Pero nadie sabía *por qué* funcionaba, y ya que los filotes no podían ser «manejados», resultaba casi imposible experimentar con ellos. Sólo podían ser observados, y únicamente a través de sus conexiones.

—Filotes —intervino Jakt—. ¿Ansibles?

—Un producto secundario —dijo Miro.

—¿Qué tiene que ver eso con el alma? —preguntó Valentine.

Miro estuvo a punto de responder, pero su frustración aumentó, al parecer ante la idea de tener que pronunciar un largo discurso con su boca torpe y renuente. Su mandíbula funcionaba, sus labios se movieron levemente. Entonces dijo en voz alta:

—No puedo hacerlo.

—Escucharemos —dijo Valentine. Comprendía su resistencia a intentar un discurso extenso con las limitaciones de su habla, pero también sabía que tenía que hacerlo de todas formas.

—No —se obstinó Miro.

Valentine habría intentado seguir persuadiéndolo, pero vio que sus labios seguían moviéndose, aunque no producían más que leves sonidos. ¿Estaba murmurando? ¿Maldiciendo?

No, supo que no era eso.

Tardó un instante en comprender por qué estaba tan segura. Era porque había visto a Ender hacer exactamente lo mismo, mover los labios y la mandíbula, cuando dirigía órdenes subvocalizadas al terminal de ordenador insertado en la joya que llevaba en el oído. Naturalmente: Miro tenía el mismo enlace que Ender, así que le hablaba igual que él.

En un momento, quedó claro qué orden había dado Miro a su joya. Ésta debía de estar conectada al ordenador de la nave, porque inmediatamente después una de las pantallas se despejó y luego mostró el rostro de Miro. Pero no tenía el abotargamiento que lastraba su cara en persona. Valentine se dio cuenta: se trataba de la cara de Miro tal como era antes. Y cuando la imagen de ordenador habló, el sonido procedente de los altavoces lo hizo con lo que seguramente era la voz de Miro tal como solía ser: clara, fuerte, inteligente, rápida.

—Saben que cuando los filotes se combinan para crear una estructura duradera, un mesón, un neutrón, un átomo, una molécula, un organismo, un planeta…, se entrelazan.

—¿Qué es esto? —demandó Jakt. Todavía no había comprendido por qué hablaba el ordenador.

La imagen computerizada de Miro se congeló en la pantalla y guardó silencio. El propio Miro respondió.

—He estado jugando con esto —explicó—. Yo le digo cosas, y las recuerda y habla por mí.

Valentine intentó imaginar a Miro experimentando hasta que el programa del ordenador captara su rostro y su voz con exactitud. Lo feliz que debió de ser al recrearse tal como era antes. Y también qué desgraciado al ver lo que podría haber sido y saber que nunca sería real.

—Qué buena idea —exclamó Valentine—. Como una prótesis de la personalidad.

Miro se echó a reír, un único «¡Ja!».

—Adelante —invitó Valentine—. Hables por ti mismo o a través del ordenador, te escucharemos.

La imagen computerizada volvió a cobrar vida y habló de nuevo con la voz potente e imaginaria de Miro.

—Los filotes son los bloques más pequeños de materia y energía que existen. No tienen masa ni dimensión. Cada filote se conecta con el resto del universo a través de un único rayo, una línea unidimensional que se conecta con todos los demás filotes en su estructura inmediata más pequeña: un mesón. Todas las hebras de los filotes de esta estructura están entrelazados en un único hilo filótico que conecta el mesón a la siguiente estructura superior…, un neutrón, por ejemplo. Los hilos del neutrón se entrelazan en una hebra que lo conecta con todas las otras partículas del átomo, y luego las hebras del átomo se entrelazan en la cuerda de la molécula. Esto no tiene nada que ver con fuerzas nucleares o gravitatorias, ni con enlaces químicos. Por lo que sé, las conexiones filóticas no hacen nada. Simplemente, están ahí.

—Pero los rayos individuales están siempre ahí, presentes en los lazos —objetó Valentine.

—Sí, cada rayo continúa eternamente —respondió la pantalla.

Le sorprendió (y a Jakt también, a juzgar por la forma en que sus ojos se ensancharon) que el ordenador pudiera responder inmediatamente a lo que Valentine había dicho. No era sólo una conferencia preseleccionada. El programa tenía que ser bastante sofisticado, para simular tan bien el rostro y la voz de Miro, y responder como si estuviera simulando también su personalidad...

¿O había introducido Miro alguna clave en el programa? ¿Había subvocalizado la respuesta? Valentine no lo sabía: había estado contemplando la pantalla. Ahora se dedicaría a observar al propio Miro.

—No sabemos si el rayo es infinito —dijo Valentine—. Sólo sabemos que no hemos encontrado dónde termina.

—Se entrelazan, forman un planeta entero, y el lazo filótico de cada planeta se extiende hasta su estrella, y cada estrella hasta el centro de la galaxia.

—¿Y adónde va el lazo galáctico? —dijo Jakt. Era una vieja pregunta: los escolares la preguntaban cuando estudiaban por primera vez filótica en el instituto. Igual que la vieja especulación de que tal vez las galaxias eran en realidad neutrones o mesones en un universo mucho más vasto, o la vieja pregunta: si el universo no es infinito, ¿qué hay más allá del borde?

—Sí, sí —se impacientó Miro. Esta vez, sin embargo, habló con su propia boca—. Pero no es ahí donde quiero llegar. Quiero hablarles acerca de la vida.

La voz computerizada (la voz del brillante joven) tomó el relevo.

—Los lazos filóticos de las sustancias como las rocas o la arena conectan todas directamente desde cada molécula al centro del planeta. Pero cuando una molécula se incorpora a un organismo vivo, su rayo cambia. En vez de extenderse al planeta, se entrelaza con las células del individuo, y los rayos de una célula se unen de forma que cada organismo envía una sola fibra de conexiones filóticas para enlazarse con la cuerda filótica central del planeta.

—Esto demuestra que las vidas individuales tienen algún significado en el ámbito de la física —dijo Valentine. Había escrito un ensayo sobre el tema en una ocasión, tratando de despejar parte del misticismo que se había creado en torno a los filotes al mismo tiempo que lo usaba para sugerir una visión de formación comunitaria—. Pero no hay efectos prácticos, Miro. No se puede hacer nada con ello. El enlace filótico de los organismos vivos simplemente existe. Cada filote está conectado a algo, y a través de eso a otra cosa, y luego a otra más…, las células vivas y los organismos son simplemente dos de los puntos donde pueden hacerse esos enlaces.

—Sí —admitió Miro—. Lo que vive, se entrelaza.

Valentine se encogió de hombros, asintió. Probablemente no podía demostrarse, pero si Miro lo quería como premisa en sus especulaciones, muy bien.

El Miro del ordenador volvió a hablar.

—He estado pensando en la capacidad de resistencia del enlace. Cuando una estructura enlazada se quiebra, como cuando se rompe una molécula, el viejo enlace filótico permanece durante un tiempo. Fragmentos que ya no están físicamente unidos continúan conectados filóticamente. Y cuanto más pequeña es la partícula, más dura esa conexión después de haberse roto la estructura original, y más lentamente cambian los fragmentos para establecer nuevos enlaces.

Jakt frunció el ceño.

—Creía que cuanto más pequeñas eran las cosas, más rápido sucedía todo.

—Es contraintuitivo —intervino Valentine.

—Después de la fisión nuclear, los rayos filóticos tardan horas en volver a unirse —prosiguió el Miro-ordenador—. Rompan una partícula más pequeña que un átomo, y la conexión filótica entre los fragmentos durará mucho más que eso.

—Que es como funciona el ansible —añadió Miro.

Valentine lo observó con atención. ¿Por qué hablaba unas veces con su propia voz y otras a través del ordenador? ¿Estaba el programa bajo su control, o no?

—El principio del ansible es que si se suspende un mesón en un campo magnético poderoso —dijo el Miro-ordenador—, si se rompen y se separan las dos partes todo lo que se quiera, el enlace filótico seguirá conectándolas. Si un fragmento gira o vibra, el rayo entre ellos gira y vibra, y el movimiento es detectable al otro extremo exactamente en el mismo momento. Los movimientos se transmiten a lo largo de todo el rayo de forma instantánea, aunque los dos fragmentos estén separados a años luz. Nadie sabe por qué funciona, pero nos alegramos de que así sea. Sin el ansible, no habría ninguna posibilidad de comunicación significativa entre los mundos humanos.

—Demonios, no hay ninguna comunicación significativa ahora tampoco —gruñó Jakt—. Y si no fuera por los ansibles, no habría ninguna flota dirigiéndose a Lusitania.

Valentine no atendió a Jakt. Estaba observando a Miro. Esta vez lo vio mover los labios y la mandíbula, leve, silenciosamente. De inmediato, después de que subvocalizara, la imagen computerizada de Miro volvió a hablar. Estaba dando órdenes. Fue absurdo por su parte pensar lo contrario: ¿quién más podía estar controlando el ordenador?

—Es una jerarquía —respondió la imagen—. Cuanto más compleja es la estructura, más rápida es la respuesta al cambio. Parece como si cuanto más pequeña fuera la partícula, fuese más estúpida, o más lenta en comprender el hecho de que ahora forma parte de una estructura diferente.

—Ahora estás antropomorfizando —advirtió Valentine.

—Tal vez —convino Miro—. Tal vez no.

—Los seres humanos son organismos —continuó la imagen—. Pero los enlaces filóticos humanos van más allá que los de ninguna otra forma de vida.

—Ahora estás hablando de eso que surgió en Ganges hace mil años —observó Valentine—. Nadie ha podido obtener resultados fiables de esos experimentos.

Los investigadores, todos hindúes, todos devotos, sostenían haber demostrado que los enlaces filóticos humanos, contrariamente al de otros organismos, no siempre se extienden de forma directa al núcleo del planeta para enlazarse con toda la otra vida y materia. En cambio, sostenían que los rayos filóticos de los seres humanos con frecuencia se entrelazaban con los de otros seres humanos, a menudo con sus familias, pero a veces entre maestros y estudiantes, y en ocasiones entre colaboradores cercanos, incluyendo los propios investigadores. Los gangeanos concluyeron que esta distinción entre humanos y otro tipo de vida animal o vegetal demostraba que las almas de algunos humanos se situaban literalmente en un plano superior, cercano a la perfección. Creían que los Perfectos se habían convertido en uno al igual que toda la vida era una con el mundo.

—Todo es muy místico y muy agradable, pero nadie excepto los hindúes de Ganges se lo toman ya en serio.

—Yo lo hago —acotó Miro.

—A cada uno lo suyo —dijo Jakt.

—No como religión —replicó Miro—. Sino como ciencia.

—Te refieres a la metafísica, ¿no? —preguntó Valentine.

Fue la imagen de Miro quien respondió.

—Las conexiones filóticas entre las personas son las que más rápidamente cambian, y los gangeanos demostraron que responden a la *voluntad humana*. Si tienes fuertes sentimientos que te atan a tu familia, entonces vuestros rayos filóticos se entrelazarán y seréis uno, exactamente de la misma forma que los distintos átomos de una molécula son uno.

Era una idea agradable. A Valentine se lo había parecido cuando la oyó por primera vez, tal vez hacía dos mil años, cuando Ender hablaba en nombre de un revolucionario asesinado en Mindanao. Entonces, Ender y ella especularon sobre si las pruebas gangeanas demostrarían que ellos estaban entrelazados, como hermano y hermana. Se preguntaron si esa conexión habría existido entre ambos cuando eran niños, y si había persistido cuando Ender fue llevado a la Escuela de Batalla y estuvieron separados durante seis años. A Ender le complació la idea, igual que a Valentine, pero después de aquella conversación el tema no volvió a surgir. La noción de conexiones filóticas entre personas quedó almacenada en la categoría de ideas lindas en su memoria.

—Es bonito pensar que la metáfora de la unidad humana podría tener una analogía física —admitió Valentine.

—¡Escuche! —dijo Miro. Al parecer, no quería que descartara la idea como meramente «bonita».

Una vez más, la imagen habló por él.

—Si los gangeanos tienen razón, entonces cuando un ser humano elige un lazo con otra persona, cuando se compromete con una comunidad, no es sólo un fenómeno social. Es también un hecho físico. El filote, la partícula física más pequeña concebible, si podemos considerar algo que no tiene masa ni inercia física, responde a un acto de la voluntad humana.

—Por eso es tan difícil tomar en serio los experimentos de Ganges.

—Los experimentos de Ganges fueron cuidadosos y sinceros.

—Pero nadie más consiguió obtener los mismos resultados.

—Nadie más los tomó lo bastante en serio para ejecutar los mismos experimentos. ¿Le sorprende eso?

—Sí —dijo Valentine. Pero entonces recordó cómo se

ridiculizó la idea en la prensa científica, mientras que era aceptada inmediatamente en el ámbito de los lunáticos e incorporada a docenas de religiones marginales. Una vez sucedido eso, ¿cómo podía esperar un científico tener una carrera si los demás lo consideraban defensor de una religión metafísica?—. No, supongo que no.

La imagen de Miro asintió.

—Si el rayo filótico enlaza en respuesta a la voluntad humana, ¿por qué no podemos suponer que *todos* los enlaces filóticos tienen voluntad? Cada partícula, toda materia y energía…, ¿por qué no podría ser observable en el universo cada fenómeno de la conducta volitiva de los individuos?

—Ahora hemos ido más allá del hinduismo gangeano —señaló Valentine—. ¿Hasta qué punto debo tomarme esto en serio? Estás hablando de animismo. El tipo más primitivo de religión. Todo está vivo. Piedras y océanos y…

—No —la interrumpió Miro—. La vida es la vida.

—La vida es la vida —repitió el programa de ordenador—. La vida es cuando un solo filote tiene la fuerza de voluntad para unirse a las moléculas de una sola célula, para entrelazar sus rayos en uno. Un filote más fuerte puede unir muchas células en un solo organismo. Los más fuertes de todos son los seres inteligentes. Podemos conferir nuestras conexiones filóticas a donde queramos. La base filótica de la vida inteligente es aún más clara en las otras especies conscientes conocidas. Cuando un pequenino muere y pasa a la tercera vida, es la fuerte voluntad de su filote lo que conserva su identidad y la pasa del cadáver mamaloide al árbol viviente.

—Reencarnación —dijo Jakt—. El filote es el alma.

—Sucede con los cerdis, al menos —declaró Miro.

—Y con la reina colmena también —intervino la imagen—. La razón por la que descubrimos las conexiones filóticas en primer lugar fue porque vimos cómo los insectores se comunicaban entre sí más rápido que la luz: eso nos mostró que era posible. Los insectores individuales forman parte de la reina colmena: son como sus manos y pies, y ella es su mente, un vasto organismo con miles o millones de cuerpos. Y la *única* conexión entre ellos es el enlace de sus rayos filóticos.

Era una concepción del universo que Valentine nunca había considerado antes. Por supuesto, como biógrafa e historiadora, por lo general concebía las cosas en términos de personas y sociedades; aunque no era completamente ignorante en el tema de la filótica, tampoco tenía una formación profunda sobre el tema. Tal vez un físico advertiría de inmediato que toda esta idea era absurda. Pero claro, tal vez un físico estaría tan encerrado en el consenso de su comunidad científica que le resultaría más difícil aceptar una idea que transformaba el significado de todo lo que conocía. Aunque fuera cierta.

Por otra parte, la idea le gustaba lo suficiente para desear que fuera cierta. De los miles de millones de amantes que se habían susurrado «Somos uno», ¿era posible que algunos de ellos lo hubiesen sido realmente? De los miles de millones de familias que se habían sentido tan unidas para parecer una sola alma, ¿no sería grandioso pensar que en el nivel más básico de la realidad era así?

Jakt, sin embargo, no se sintió tan cautivado por la idea.

—Creía que no íbamos a hablar sobre la existencia de la reina colmena —objetó—. Pensaba que eso era el secreto de Ender.

—Es verdad —concedió Valentine—. Todo el mundo en esta habitación lo sabe.

Jakt le dirigió una mirada impaciente.

—Creía que íbamos a Lusitania a ayudarles en su lucha contra el Congreso Estelar. ¿Qué tiene todo esto que ver con el mundo real?

—Tal vez nada —dijo Valentine—. Tal vez todo.

Jakt enterró su rostro en las manos durante un instante, luego volvió a mirarla con una sonrisa que en realidad no era tal.

—No te había oído decir nada tan trascendental desde que tu hermano se marchó de Trondheim.

Eso le hizo daño, sobre todo porque sabía cuál era la intención. Después de todos estos años, ¿Jakt estaba aún celoso de su vínculo con Ender? ¿Lamentaba todavía el hecho de que ella se preocupara por cosas que no significaban nada para él?

—Cuando él se marchó, yo me quedé —replicó Valentine. En realidad estaba diciendo: aprobé el único examen que importaba. ¿Por qué dudas de mí ahora?

Jakt se sintió avergonzado. Era una de sus mejores cualidades: cuando advertía que se había equivocado, se retractaba de inmediato.

—Y cuando tú te marchaste, yo me marché contigo —dijo. Lo cual significaba: estoy contigo, ya no estoy celoso de Ender, y lamento haberte hecho daño. Más tarde, cuando estuvieran a solas, se dirían de nuevo estas cosas abiertamente. No serviría de nada llegar a Lusitania con sospechas y celos por ninguna de las dos partes.

Miro, por supuesto, era ajeno al hecho de que Jakt y Valentine hubieran declarado ya una tregua. Sólo era consciente de la tensión que reinaba entre ellos, y creía ser la causa.

—Lo siento —se disculpó—. No pretendía…

—No importa —dijo Jakt—. Me he pasado de la raya.

—No hay ninguna raya —manifestó Valentine, dirigiendo una sonrisa a su marido. Jakt le sonrió también a su vez.

Aquello era lo que Miro necesitaba comprobar; se relajó visiblemente.

—Continúa —invitó Valentine.

—Considere todo eso como una suposición.

Valentine no pudo evitarlo: se echó a reír. En parte se rió porque todo el asunto místico gangeano del filote-como-alma era una premisa demasiado vasta y absurda para considerarla siquiera. En parte también para liberar la tensión entre Jakt y ella.

—Es una suposición horriblemente grande. Si ése es el preámbulo, me muero por oír la conclusión.

Miro, comprendiendo en ese momento su risa, se rió también.

—He tenido mucho tiempo para pensar. Ésa era realmente mi especulación de lo que es la vida: que todo en el universo es conducta. Pero hay algo más de lo que quiero hablarles. Y preguntarles, supongo. —Se volvió hacia Jakt—. Y tiene mucho que ver con detener a la Flota Lusitania.

Jakt sonrió y asintió.

—Agradezco que me arrojen algún hueso de vez en cuando.

Valentine mostró su sonrisa más cautivadora.

—Bien…, más tarde te alegrarás cuando rompa unos cuantos huesos.

Jakt volvió a echarse a reír.

—Adelante, Miro —dijo Valentine.

La imagen respondió.

—Si toda la realidad es la conducta de los filotes, entonces obviamente la mayoría de los filotes sólo son lo bastante capaces o fuertes para actuar como un mesón o aguantar como un neutrón. Unos cuantos tienen la fuerza de voluntad para estar vivos, para gobernar un organismo. Y una fracción insignificante de ellos es lo bastante poderosa para controlar…, no, mejor para *ser*, un organismo consciente. Pero, sin embargo, el ser más complejo e inteligente, la reina colmena, por ejemplo, es, en el fondo, sólo un filote, como todos los demás.

Gana su identidad y su vida del papel concreto que cumple, pero en realidad es un filote.

—Mi entidad…, mi *voluntad,* ¿es una partícula subatómica? —preguntó Valentine.

Jakt sonrió y asintió.

—Una idea divertida —admitió—. Mi zapato y yo somos hermanos.

Miro sonrió muy débilmente. Sin embargo, la imagen-Miro respondió.

—Si una estrella y un átomo de hidrógeno son hermanos, entonces sí, hay una relación entre usted y los filotes que componen objetos comunes como su zapato.

Valentine advirtió que Miro no había subvocalizado nada justo antes de que la imagen respondiera. ¿Cómo había ofrecido la analogía de estrellas y átomos de hidrógeno el software que producía la imagen, si Miro no la proporcionaba sobre la marcha? Valentine nunca había oído hablar de un programa de ordenador capaz de producir una conversación tan relacionada y a la vez tan apropiada por su cuenta.

—Y tal vez haya otras relaciones en el universo de las que no saben nada hasta ahora —prosiguió la imagen-Miro—. Tal vez exista un tipo de vida que no conozcan.

Valentine vio que Miro parecía preocupado. Agitado. Como si no le gustara lo que la imagen-Miro estaba haciendo ahora.

—¿De qué clase de vida estás hablando? —preguntó Jakt.

—Hay un fenómeno físico en el universo, muy común, que permanece completamente inexplicado. Sin embargo todo el mundo lo da por hecho a pesar de que nadie ha investigado seriamente por qué y cómo sucede. Es éste: ninguna de las conexiones ansibles se ha roto jamás.

—Tonterías —masculló Jakt—. Uno de los ansibles de Trondheim estuvo fuera de servicio durante seis meses el año pasado. No sucede a menudo, pero ocurre.

Una vez más los labios y la mandíbula de Miro permanecieron inmóviles; una vez más la imagen respondió inmediatamente. Estaba claro que no la controlaba ahora.

—No he dicho que los ansibles no se rompan. He dicho que las conexiones, los lazos filóticos entre las partes de un mesón dividido, no se han roto nunca. La maquinaria del ansible puede romperse, el software puede estropearse, pero el fragmento de un mesón dentro de un ansible no ha hecho nunca el cambio para permitir que su rayo filótico entrelace con otro mesón local o incluso con el planeta cercano.

—El campo magnético suspende el fragmento, por supuesto —dijo Jakt.

—Los mesones divididos no duran lo suficiente en la naturaleza para que sepamos cómo actúan de modo natural —dijo Valentine.

—Conozco todas las respuestas estándar —asintió la imagen—. Todas son tonterías. Todas son el tipo de respuestas que los padres dan a sus hijos cuando no saben la verdad y no quieren molestarse en averiguarla. La gente sigue tratando a los ansibles como si fueran magia. Todo el mundo se alegra de que sigan funcionando; si intentaran averiguar por qué, la magia podría perderse y entonces los ansibles se detendrían.

—Nadie piensa así —rebatió Valentine.

—Todo el mundo lo hace —replicó la imagen—. Aunque requiera cientos de años, o mil años, o tres mil, una de esas conexiones debería haberse roto ya. Uno de esos fragmentos de mesón debería haber cambiado su rayo filótico; sin embargo, no lo han hecho nunca.

—¿Por qué? —preguntó Miro.

Al principio, Valentine asumió que estaba haciendo

una pregunta retórica. Pero no: miraba a la imagen igual que los demás, pidiéndole que le explicara el motivo.

—Creía que este programa informaba de tus especulaciones —se admiró Valentine.

—Lo hacía —contestó Miro—. Pero ahora no.

—¿Y si hay un ser que vive entre las conexiones filóticas entre los ansibles? —preguntó la imagen.

—¿Estás segura de que quieres hacer esto? —preguntó Miro. Otra vez se dirigía a la imagen en la pantalla.

Entonces la imagen cambió, para convertirse en el rostro de una mujer joven a la que Valentine no había visto nunca.

—¿Y si hay un ser que habita en la telaraña de rayos filóticos que conectan los ansibles de cada mundo y cada nave en el universo humano? ¿Y si está compuesta de esas conexiones filóticas? ¿Y si sus pensamientos se desarrollan en el giro y la vibración de esos pares separados? ¿Y si sus recuerdos se almacenan en los ordenadores de cada mundo y cada nave?

—¿Quién eres? —preguntó Valentine, hablando directamente con la imagen.

—Tal vez soy quien mantiene vivas todas esas conexiones filóticas, de ansible a ansible. Tal vez soy un nuevo tipo de organismo, uno que no entrelaza rayos, sino que los mantiene enlazados para que nunca se rompan. Y si eso es cierto, si esas conexiones se rompen alguna vez, si los ansibles dejan de moverse…, si los ansibles guardan silencio alguna vez, entonces yo moriría.

—¿Quién eres? —repitió Valentine.

—Valentine, me gustaría que conociera a Jane —suspiró Miro—. Una amiga de Ender y mía.

—Jane.

De modo que Jane no era el nombre en código de un grupo subversivo dentro de la burocracia del Congreso Estelar. Jane era un programa de ordenador, una pieza de software.

No. Si lo que ella acababa de sugerir era cierto, entonces Jane era más que un programa. Era un ser que habitaba en la telaraña de rayos filóticos, que almacenaba sus recuerdos en los ordenadores de cada mundo. Si ella tenía razón, entonces la telaraña filótica, la red de rayos filóticos entrecruzados que conectaba los ansibles de cada mundo, era su cuerpo, su sustancia. Y los enlaces filóticos continuaban trabajando sin romperse nunca porque ella lo deseaba así.

—Así que ahora le pregunto a la gran Demóstenes —dijo Jane—: ¿Soy raman o varelse? ¿Estoy viva? Necesito tu respuesta, porque creo que puedo detener a la Flota Lusitania. Pero antes de hacerlo, tengo que saberlo: ¿es una causa por la que merezca la pena morir?

Las palabras de Jane se clavaron en el corazón de Miro. Ella *podía* detener la flota, se dio cuenta de inmediato. El Congreso había enviado el Pequeño Doctor con varias naves de la flota, pero aún no había dado la orden de usarlo. No podían hacerlo sin que Jane lo supiera de antemano, y con su completa penetración de todas las comunicaciones ansible, podría interceptar la orden antes de que fuera enviada.

El problema consistía en que no podía hacerlo sin que el Congreso advirtiera que ella existía, o al menos que sucedía algo raro. Si la flota no confirmaba la orden, simplemente sería enviada otra vez, y otra, y otra más. Cuanto más bloqueara los mensajes, más claro quedaría para el Congreso que alguien tenía un grado imposible de control sobre los ordenadores ansible.

Ella podría evitarlo enviando una confirmación falsa, pero entonces tendría que vigilar todas las comunicaciones entre las naves de la flota, y entre la flota y las estaciones de los planetas, para mantener la pretensión de que la flota conocía la orden asesina. A pesar de las enormes habilidades de Jane, esto quedaría pronto más allá de sus facultades: podía prestar atención a cientos, incluso a miles de cosas a la vez, pero Miro no tardó en comprender que no había manera de que pudiera manejar todas las vigilancias y alteraciones que esto necesitaría, aunque se dedicara a ello exclusivamente.

De un modo u otro, el secreto quedaría descubierto. Y mientras Jane explicaba el plan, Miro supo que tenía razón: su mejor alternativa, la que ofrecía el peligro menor de revelar su existencia, era simplemente cortar todas las conexiones ansible entre la flota y las estaciones planetarias, y entre las naves de la flota. Dejar que cada nave permaneciera aislada, cada tripulación preguntándose qué había sucedido, y entonces no tendrían más remedio que abortar su misión o seguir obedeciendo las órdenes originales. Tendrían que marcharse o llegarían a Lusitania sin la autoridad para usar el Pequeño Doctor.

Mientras tanto, sin embargo, el Congreso sabría que había sucedido *algo*. Era posible que con la ineficacia burocrática normal del Congreso nadie averiguara nunca lo que había sucedido. Pero al final alguien advertiría que no había ninguna explicación natural ni humana de lo que había sucedido. Alguien advertiría que Jane (o algo parecido a ella) debía existir, y que cortar las comunicaciones ansible la destruiría. Cuando descubrieran esto, ella moriría con toda seguridad.

—Tal vez no —insistió Miro—. Tal vez puedas impedirles que actúen. Interferir con las comunicaciones interplanetarias, para que no den la orden de cortar las comunicaciones.

Nadie respondió. Él supo por qué: ella no podría interferir las conexiones ansible eternamente. Tarde o temprano el gobierno de cada planeta llegaría a la misma conclusión por su cuenta. Ella debería vivir en un estado de guerra constante durante años, décadas, generaciones. Pero cuanto más poder usara, más la odiaría y la temería la humanidad. Al final, la matarían.

—Un libro, entonces —sugirió Miro—. Como la Reina Colmena y el Hegemón. Como la Vida de Humano. El Portavoz de los Muertos podría escribirlo para persuadirlos de que no lo hagan.

—Tal vez —asintió Valentine.

—Ella no puede morir —manifestó Miro.

—Sé que no podemos pedirle que corra ese riesgo —convino Valentine—. Pero si es la única manera de salvar a la reina colmena y a los pequeninos...

Miro se enfureció.

—¡Es fácil hablar de su muerte! ¿Qué es Jane para usted? Un programa, una pieza de software. Pero no lo es, ella es *real*, tan real como la reina colmena, tan real como cualquiera de los cerdis...

—Más real para ti, creo —dijo Valentine.

—Igual de real —contestó Miro—. Se olvida de que conozco a los cerdis como si fueran mis propios hermanos...

—Pero estás dispuesto a contemplar la filosofía de que destruirlos puede ser moralmente necesario.

—No retuerza mis palabras.

—Las estoy liberando. Puedes contemplar la idea de perderlos, porque ya los has perdido. Sin embargo, perder a Jane...

—¿El hecho de que ella sea mi amiga significa que no puedo interceder a su favor? ¿Es que las decisiones de vida o muerte sólo pueden tomarlas los desconocidos?

La voz de Jakt, tranquila y profunda, interrumpió la discusión.

—Calmaos, los dos. No es decisión vuestra, sino de Jane. Ella tiene el derecho a determinar el valor de su propia vida. No soy ningún filósofo, pero eso lo sé.

—Bien dicho —respondió Valentine.

Miro sabía que Jakt tenía razón, que era elección de Jane. Pero no podía soportarlo, porque también sabía qué decidiría ella. Dejar la opción a Jane equivalía a pedirle que lo hiciera. Sin embargo, al final, la elección sería suya de todas formas. Él ni siquiera tenía que preguntarle qué decidiría. El tiempo pasaba tan rápidamente para ella, sobre todo ahora que viajaban casi a la velocidad de la luz, que probablemente ya había tomado partido.

Era demasiado para poder soportarlo. Perder ahora a Jane sería horrible; sólo pensar en ello amenazaba la compostura de Miro. No quería mostrar debilidad delante de aquella gente. Buena gente, eran buena gente, pero no quería que lo vieran perder el control de sí mismo. Así que Miro se inclinó hacia delante, encontró el equilibrio y precariamente se levantó del asiento. Fue difícil, ya que sólo unos cuantos músculos respondían a su voluntad, y tuvo que recurrir a toda su concentración sólo para dirigirse desde el puente a su compartimento. Nadie lo siguió ni le habló. Se alegró de ello. A solas en su habitación, se tendió en su camastro y la llamó. Pero no en voz alta. Subvocalizó, porque ésa era su costumbre cuando hablaba con ella. Aunque los demás supieran ahora de su existencia, no tenía intención de perder los hábitos que había mantenido ocultos hasta el momento.

—Jane —dijo silenciosamente.

—Sí —respondió la voz en su oído. Imaginó, como siempre, que la suave voz procedía de una mujer que no podía ver, pero estaba cerca, muy cerca. Cerró los ojos, para poder imaginarla mejor. Su aliento en la mejilla. El cabello danzándole sobre la cara mientras le hablaba suavemente, mientras él respondía en silencio.

—Habla con Ender antes de decidir —aconsejó él.

—Ya lo he hecho. Ahora mismo, mientras tú pensabas en esto.

—¿Qué te ha dicho?

—Que no hiciera nada. Que no decidiera nada, hasta que se envíe la orden.

—Me parece bien. Tal vez no la den.

—Tal vez. Tal vez un grupo nuevo con política diferente suba al poder. Tal vez este grupo cambie de opinión. Tal vez la propaganda de Valentine tenga éxito. Tal vez haya un motín en la flota.

Esto último era tan improbable que Miro se dio cuenta de que Jane estaba completamente convencida de que la orden se enviaría.

—¿Cuándo? —preguntó Miro.

—La flota debe llegar dentro de unos quince años. Un año después de que lo hagan estas dos naves. Es así como he calculado vuestro viaje. La orden será enviada poco antes. Tal vez seis meses antes de la llegada…, lo que equivale a unas ocho horas en tiempo de la nave antes de que la flota salga de la velocidad de la luz y adquiera velocidades normales.

—No lo hagas.

—Todavía no lo he decidido.

—Sí que lo has hecho. Has decidido hacerlo.

Ella no respondió.

—No me dejes —suplicó él.

—No dejo a mis amigos si no tengo que hacerlo. Algunas personas lo hacen, pero yo no.

—No lo hagas —repitió él. Estaba llorando. ¿Podía verlo ella, sentirlo de algún modo a través de la joya en su oído?

—Lo intentaré.

—Busca otro medio. Busca otra manera de detenerlos. Busca otra forma de colocarte fuera de la red filótica para que no puedan matarte.

—Eso es lo que dijo Ender.

—¡Entonces, hazlo!

—Puedo buscar esa forma, pero ¿quién sabe si existe?

—Tiene que existir.

—Por eso a veces me pregunto si estoy viva o no. Las criaturas vivientes pensáis que cuando deseáis algo con mucha intensidad tiene que suceder. Creéis que deseando algo con todo vuestro corazón se hará real.

—¿Cómo puedes buscar algo si no crees que existe?

—O busco o no lo busco —dijo Jane—. No me distraigo ni me aburro como hacen los humanos. Intentaré pensar en otra cosa.

—Piensa también en esto —sugirió Miro—. Piensa en quién eres. O cómo funciona tu mente. No podrás encontrar un modo de salvarte hasta que comprendas cómo empezaste a vivir. Y cuando te comprendas a ti misma…

—Quizá pueda hacer una copia y almacenarla en alguna parte.

—Tal vez.

—Tal vez —repitió ella.

Pero él supo que Jane no lo creía, ni él tampoco. Ella existía en la red filótica de los ansibles: podía almacenar sus memorias en la red de ordenadores de cada mundo y cada nave en el espacio, pero no existía ningún sitio donde pudiera colocar su yo, no si requería una cadena de enlaces filóticos. A menos que…

—¿Qué hay de los padres-árbol de Lusitania? Se comunican filóticamente, ¿no?

—No es lo mismo —respondió Jane—. No es digital. No está codificado como los ansibles.

—Puede que no sea digital, pero la información se transmite de algún modo. Funciona filóticamente. Y la reina colmena…, también ella se comunica con los insectores de esa forma.

—Eso no es posible —objetó Jane—. La estructura es demasiado simple. Su comunicación con ellos no forma una red. Todos están conectados sólo con ella.

—¿Cómo sabes que no funcionará, cuando ni siquiera sabes con seguridad cómo funcionas *tú*?

—Muy bien. Lo pensaré.

—Piensa con fuerza.

—Sólo conozco una forma de pensar.

—Quiero decir que prestes atención.

Ella podía seguir muchos hilos de pensamiento a la vez, pero sus pensamientos tenían prioridades, con muchos niveles distintos de atención. Miro no quería que relegara su autoinvestigación a un nivel de atención bajo.

—Prestaré atención —prometió ella.

—Entonces se te ocurrirá algo. Ya verás.

Ella no respondió durante un rato. Miro pensó que esto significaba que la conversación había terminado. Sus pensamientos empezaron a divagar. Intentó imaginar cómo sería la vida, todavía en este cuerpo, sin Jane. Podía suceder antes de que llegara a Lusitania. Si era así, este viaje habría sido el peor error de su vida. Viajando a la velocidad de la luz, saltaba treinta años de tiempo real. Treinta años que podía haber pasado con Jane. Podría soportar su pérdida entonces. Pero hacerlo ahora, sólo unas pocas semanas después de conocerla…, sabía que sus lágrimas surgían de la autocompasión, pero las vertió de todas formas.

—Miro —llamó ella.

—¿Qué?

—¿Cómo puedo pensar algo que no ha sido pensado antes?

Durante un momento, él no contestó.

—Miro, ¿cómo puedo idear algo que no es sólo la conclusión lógica de las cosas que los seres humanos han ideado y escrito ya en alguna parte?

—Piensas en cosas constantemente —dijo Miro.

—Estoy tratando de concebir algo inconcebible. Estoy intentando encontrar respuestas a preguntas que los seres humanos nunca han intentado plantear.

—¿No puedes hacerlo?

—Si no puedo pensar pensamientos originales, ¿significa eso que no soy más que un programa de ordenador que se ha ido de la mano?

—Demonios, Jane, la mayoría de la gente no tiene un pensamiento original en toda su vida. —Miro se rió suavemente—. ¿Significa eso que sólo son monos caídos de los árboles que se fueron de la mano?

—Estabas llorando —dijo ella.

—Sí.

—No crees que pueda encontrar una salida a esto. Crees que voy a morir.

—Creo que se te ocurrirá una solución. De verdad. Pero eso no me impide tener miedo.

—Miedo de que yo muera.

—Miedo de perderte.

—¿Tan terrible sería perderme?

—Oh, Dios —susurró él.

—¿Me echarías de menos durante una hora? —insistió ella—. ¿Durante un día? ¿Durante un año?

¿Qué quería de él? ¿Seguridad de que cuando no existiera sería recordada? ¿De que alguien lloraría por ella? ¿Por qué lo dudaba? ¿No lo conocía aún? Tal vez era lo bastante humana para necesitar confirmación de cosas que ya sabía.

—Eternamente —respondió él.

Ahora le tocó a ella el turno de reír. Juguetonamente.

—No vivirás tanto.

—Y ahora me lo dices.

Esta vez, cuando Jane guardó silencio, no volvió, y Miro se quedó solo con sus pensamientos.

Valentine, Jakt y Plikt permanecieron juntos en el puente, hablando de las cosas que habían aprendido, tratando de decidir qué podían significar, qué podría suceder. La única conclusión a la que llegaron fue que, aunque no podía conocerse el futuro, probablemente sería mucho mejor que sus peores miedos y no tan bueno como sus mejores esperanzas. ¿No funcionaba así siempre el mundo?

—Sí —dijo Plikt—. Excepto con las excepciones.

Así era Plikt. Menos cuando estaba enseñando, decía poco, pero cuando hablaba, tenía la habilidad de terminar la conversación. Plikt se levantó para dejar el puente y dirigirse a su camastro incómodo y miserable; como de costumbre, Valentine intentó persuadirla para que volviera a la otra nave.

—Varsam y Ro no me quieren en su habitación —adujo Plikt.

—No les importa.

—Valentine —dijo Jakt—. Plikt no quiere volver a la otra nave porque no quiere perderse nada.

—Oh —exclamó Valentine.

Plikt sonrió.

—Buenas noches.

Poco después, también Jakt dejó el puente. Su mano descansó sobre el hombro de Valentine un momento.

—Iré pronto —dijo ella. Y lo decía en serio en ese instante, pues tenía la intención de seguirlo casi inmediatamente. En cambio, se quedó en el puente pensando, reflexionando, intentando comprender un universo que ponía a todas las especies no humanas conocidas por el hombre en peligro de extinción, todas a la vez. La reina colmena, los pequeninos, y ahora Jane, la única de su especie, quizá la única que podría existir jamás. Una verdadera profusión de vida inteligente, y sin embargo conocida sólo por unos pocos. Y todos ellos en fila para ser aniquilados.

Al menos Ender comprenderá por fin que éste es el orden natural de las cosas, que tal vez no fuera tan responsable de la destrucción de los insectores hace tres mil años, como siempre había creído. El xenocidio debe de estar inscrito en el universo. No hay piedad, ni siquiera para los mejores participantes en el juego.

¿Cómo podía ella haber pensado lo contrario? ¿Por qué deberían ser inmunes las especies inteligentes a la amenaza de extinción que gravita sobre cada especie que existe?

Aproximadamente una hora después de que Jakt dejara el puente, Valentine apagó por fin su terminal y se levantó para irse a la cama. Sin embargo, por impulso, hizo una pausa antes de marcharse y habló al aire.

—¿Jane? —llamó—. ¿Jane?

No hubo respuesta.

No tenía motivos para esperar ninguna. Era Miro quien llevaba la joya en el oído. Miro y Ender. ¿A cuántas personas pensaba que podía atender Jane a la vez? Tal vez sólo podía manejar a dos.

O tal vez dos mil. O dos millones. ¿Qué sabía Valentine de las limitaciones de un ser que existía como un fantasma en la telaraña filótica? Aunque Jane la oyera, Valentine no tenía derecho a esperar que respondiera a su llamada.

Valentine se detuvo en el pasillo, directamente entre la puerta de Miro y la de la habitación que compartía con Jakt. Las puertas no estaban insonorizadas. Oyó los suaves ronquidos de Jakt en su compartimento. También percibió otro sonido. La respiración de Miro. No dormía. Tal vez estaba llorando. Valentine no había criado tres hijos sin saber reconocer esa respiración entrecortada y pesada. No es hijo mío. No debería inmiscuirme.

Abrió la puerta. No hizo ruido, pero arrojó un rayo de luz sobre la cama. El llanto de Miro se detuvo inmediatamente, pero el joven la miró con ojos hinchados.

—¿Qué quiere? —dijo.

Ella entró en la habitación y se sentó en el suelo junto a su camastro, de manera que sus caras quedaron apenas a unos centímetros de distancia.

—Nunca has llorado por ti mismo, ¿verdad? —preguntó Valentine.

—Unas cuantas veces.

—Pero esta noche lloras por ella.

—Por mí tanto como por ella.

Valentine se inclinó más, lo abrazó y le hizo apoyar la cabeza en su hombro.

—No —protestó Miro. Pero no se separó. Después de unos momentos, su brazo se movió torpemente para abrazarla. Ya no lloraba, pero la dejó abrazarlo durante un minuto o dos. Tal vez sirvió de ayuda. Valentine no tenía forma de saberlo.

Entonces se acabó. Miro se retiró y rodó para volverse de espaldas.

—Lo siento.

—No hay de qué —dijo ella. Creía en responder a lo que la gente quería decir, no a lo que decía.

—No se lo cuente a Jakt —susurró él.

—No hay nada que contar. Hemos tenido una buena charla.

Ella se levantó y se marchó, cerrando la puerta. Miro era un buen chico. Le gustaba el hecho de que pudiera admitir que le preocupaba lo que Jakt pensara de él. ¿Y qué importaba si sus lágrimas de esta noche contenían autocompasión? Ella misma había derramado unas cuantas por ese mismo motivo. La pena, se recordó, es casi siempre por la pérdida del doliente.

5

LA FLOTA LUSITANIA

<Ender dice que cuando la flota de guerra del Congreso Estelar nos alcance, pretenden destruir este mundo.>
<Interesante.>
<¿No teméis a la muerte?>
<No tenemos intención de estar aquí para cuando lleguen.>

Qing Jao ya no era la niña pequeña cuyas manos sangraban en secreto. Su vida se había transformado a partir del momento en que se demostró que era una agraciada, y en los diez años que habían transcurrido desde ese día llegó a aceptar la voz de los dioses en su vida y el papel que esto le daba en sociedad. Aprendió a aceptar los privilegios y honores que se le ofrecían como dones dirigidos hacia los dioses: como su padre le había enseñado, no se vanagloriaba, sino que en cambio se volvía más humilde a medida que los dioses y el pueblo depositaban cargas cada vez más pesadas sobre ella.
Aceptaba sus deberes seriamente y encontraba alegría en ellos.

Durante los diez últimos años atravesó un riguroso y estimulante plan de estudios. Su cuerpo fue moldeado y entrenado en compañía de otros niños; corría, nadaba, cabalgaba, combatía con espadas, combatía con bastones, combatía con huesos. Junto con los otros niños, su memoria se llenó de lenguajes: el stark, el idioma común de las estrellas, que se empleaba en los ordenadores; el antiguo chino, que se cantaba con la garganta y se dibujaba en hermosos ideogramas sobre papel de arroz o sobre fina arena; y el nuevo chino, que se hablaba solamente con la boca y se anotaba con un alfabeto común sobre papel ordinario o sobre tierra.

Nadie se sorprendió, excepto la propia Qing-jao, de que aprendiera todos estos lenguajes con mucha más facilidad, más rápidamente y más a fondo que cualquiera de sus compañeros.

Otros maestros la atendían sólo a ella. Así aprendió ciencias e historia, matemáticas y música.

Cada semana acudía a ver a su padre y pasaba con él medio día, que empleaba en mostrarle todo lo que había aprendido y en escuchar lo que él decía en respuesta. Sus halagos la hacían danzar en el camino de regreso a su habitación; su más leve reproche la hacía pasar horas siguiendo vetas en las tablas del suelo de su clase, hasta que se sentía digna para regresar a los estudios.

Otra parte de su educación era completamente privada. Había visto que su padre era tan fuerte que podía posponer su obediencia a los dioses. Sabía que cuando los dioses exigían un ritual de purificación, el ansia, la necesidad de obedecerlos era tan intensa que no podía ser negada. Sin embargo, su padre, de algún modo, lo negaba. Lo suficiente, al menos, para que sus rituales fueran siempre en privado. Qing-jao ansiaba tener esa fuerza y por eso empezó a disciplinarse para retrasarse en su sumisión. Cuando los dioses la hacían sentir su opresiva indignidad, y sus ojos empezaban a buscar vetas en la madera o empezaba a sentir las manos insoportablemente sucias, esperaba, tratando de concentrarse en lo que sucedía en el momento y retardar la obediencia cuanto podía. Al principio era un triunfo si conseguía posponer su purificación durante un minuto entero; y cuando su resistencia se rompía, los dioses la castigaban por ello haciendo el ritual más oneroso y difícil que de costumbre. Pero ella se negaba a rendirse. Era la hija de Han Fei-tzu, ¿no? Con el tiempo, a lo largo de los años, aprendió lo que había aprendido su padre: que se puede vivir con el ansia, contenerla, a menudo durante horas, como un brillante fuego atrapado en una caja de jade transparente, un fuego de los dioses peligroso y terrible que ardía dentro de su corazón.

Entonces, cuando estaba sola, podía abrir esa caja y dejar salir el fuego, no con una erupción única y terrible, sino lenta, gradualmente, llenándose de luz mientras inclinaba la cabeza y seguía las líneas del suelo, o se inclinaba sobre la palangana sagrada de sus santos lavados y frotaba tranquila y metódicamente sus manos con piedra pómez, lejía y aloe.

Así, convirtió la airada voz de los dioses en un culto privado y disciplinado. Sólo en los raros momentos de súbita desazón perdía el control y se abalanzaba al suelo delante de un maestro o una visita. Aceptaba estas humillaciones como la forma que tenían los dioses de recordarle que su poder sobre ella era absoluto. Estaba satisfecha con esta disciplina incompleta. Después de todo, sería presuntuoso por su parte igualarse al perfecto autocontrol de su padre. La extraordinaria nobleza de Han Fei-tzu existía porque los dioses lo honraban, y por eso no requería su humillación pública. Ella no había hecho nada para ganarse ese honor.

Por último, su educación escolar incluía un día a la semana en que ayudaba al pueblo llano en su labor virtuosa. Ésta, por supuesto, no era el trabajo que el pueblo llano hacía diariamente en sus oficinas y fábricas. La labor virtuosa significaba el duro trabajo de los arrozales. Cada hombre, mujer y niño de Sendero tenía que ejecutar esta labor, inclinándose y chapoteando en agua hasta la rodilla para plantar y recolectar el arroz, o perdía la ciudadanía.

—Así honramos a nuestros antepasados —le explicó su padre cuando era pequeña—. Les mostramos que ninguno de nosotros se alzará jamás sobre su labor.

El arroz cultivado a través de la labor virtuosa era considerado sagrado. Se ofrecía en los templos, se comía en los días sagrados y se colocaba en pequeños cuencos como ofrenda a los dioses de la casa.

Una vez, cuando Qing-jao tenía doce años, el día era terriblemente caluroso y estaba ansiosa por terminar su trabajo en un proyecto de investigación.

—No me hagas ir a los arrozales hoy —le rogó a su maestro—. Lo que estoy haciendo aquí es mucho más importante.

El maestro hizo una reverencia y se marchó, pero pronto su padre entró en la habitación. Llevaba una pesada espada, y ella gritó aterrada cuando la alzó por encima de su cabeza. ¿Pretendía matarla por haber hablado de forma tan sacrílega? Pero él no la hirió, ¿cómo había podido imaginar que lo haría? En cambio, la espada cayó sobre su ordenador. Las partes metálicas se retorcieron, el plástico se quebró y voló. La máquina quedó destruida.

Su padre no alzó la voz. Con un débil susurro, dijo:

—Primero los dioses. Segundo los antepasados. Tercero el pueblo. Cuarto los gobernantes. Lo último, el yo.

Era la expresión más clara del Sendero. Era la razón por la que este mundo fue habitado en primer lugar. Ella lo había olvidado: si estaba demasiado ocupada para ejecutar la labor virtuosa, no estaba en el Sendero.

Nunca volvería a olvidarlo. Con el tiempo, aprendió

a amar al sol que le golpeaba la espalda, al agua fría y pegajosa alrededor de sus piernas y manos, los tallos de las plantas como dedos que se alzaban desde el lodo para entrelazarse con sus propios dedos. Cubierta por el barro de los arrozales, nunca se sentía con falta de limpieza, porque sabía que estaba sucia en servicio a los dioses.

Finalmente, a la edad de dieciséis años, su educación terminó. Sólo tenía que demostrarse capaz de ejecutar la tarea de una mujer adulta: una tarea que fuera lo suficientemente difícil e importante para poder ser confiada sólo a una agraciada.

Visitó al gran Han Fei-tzu en su habitación. Como la suya, era un gran espacio abierto; como la suya, las instalaciones para dormir eran simples: una esterilla en el suelo; como la suya, la habitación estaba dominada por una mesa con un terminal de ordenador. Ella nunca había entrado en la habitación de su padre sin ver algo flotando en la pantalla situada sobre el terminal: diagramas, modelos tridimensionales, simulaciones en tiempo real, palabras. Casi siempre palabras. Letras o ideogramas flotaban en el aire sobre páginas simuladas, moviéndose adelante y atrás, de lado a lado, según su padre necesitara compararlas.

En la habitación de Qing-jao, todo el resto del espacio estaba vacío. Ya que su padre no seguía vetas en la madera, no había necesidad para tanta austeridad. Incluso así, sus gustos eran simples. Una rara alfombra con mucha decoración. Una mesita baja, con una escultura en ella. Paredes desnudas a excepción de una pintura. Y como la habitación era tan grande, cada una de estas cosas parecía casi perdida, como la débil voz de alguien que gritara desde muy lejos.

El mensaje de esta habitación a las visitas era claro: Han Fei-tzu escogió la simpleza. Una sola cosa de cada bastaba para un alma pura.

Sin embargo, el mensaje para Qing-jao fue bastante diferente, pues sabía lo que nadie fuera de la casa advertía: la alfombra, la mesa, la escultura y la pintura cambiaban cada día. Y nunca en su vida había reconocido ninguna de ellas. Así que la lección que aprendió fue ésta: un alma pura nunca debe acostumbrarse a una sola cosa. Un alma pura debe exponerse a cosas nuevas cada día.

Como ésta era una ocasión formal, no se acercó y se plantó tras él mientras trabajaba, estudiando lo que aparecía en su pantalla, intentando adivinar qué estaba haciendo. Esta vez se dirigió al centro de la habitación y se arrodilló en la alfombra, que hoy era del color de un huevo de petirrojo, con una pequeña mancha en una esquina. Mantuvo la mirada baja, sin estudiar siquiera la mancha, hasta que su padre se levantó de la silla y se acercó a ella.

—Han Qing-jao —dijo—. Déjame ver el amanecer del rostro de mi hija.

Ella alzó la cabeza, lo miró y sonrió.

Él le devolvió la sonrisa.

—Lo que te impondré no será una tarea fácil, ni siquiera para un adulto con experiencia —le advirtió su padre.

Qing-jao inclinó la cabeza. Esperaba que su padre le impusiera un desafío difícil y estaba dispuesta a cumplir su voluntad.

—Mírame, mi Qing-jao —insistió el padre.

Ella alzó la cabeza, lo miró a los ojos.

—Esto no va a ser una tarea de la escuela. Es una tarea del mundo real. Una tarea que el Congreso Estelar me ha impuesto, y de la que puede depender el destino de pueblos y naciones.

Qing-jao ya estaba nerviosa, pero ahora su padre la estaba asustando.

—Entonces, debes encargar esta tarea a alguien en quien puedas confiar, no a una niña sin experiencia.

—Hace años que no eres una niña, Qing-jao. ¿Estás preparada para oír tu tarea?

—Sí, padre.

—¿Qué sabes de la Flota Lusitania?

—¿Quieres que te diga todo lo que sé?

—Quiero que me digas todo lo que tú consideres importante.

De modo que esto era una especie de prueba, para ver hasta qué punto podía discernir lo importante de lo accesorio en su conocimiento de un tema concreto.

—La flota fue enviada para someter una colonia rebelde en Lusitania, donde las leyes referidas a la no interferencia con la única especie alienígena conocida se rompieron desafiantemente.

¿Era eso suficiente? No…, su padre estaba todavía esperando.

—Hubo gran controversia, desde el principio —siguió ella diciendo—. Unos ensayos atribuidos a una persona llamada Demóstenes causaron problemas.

—¿Qué problemas, en concreto?

—Demóstenes advirtió a los mundos coloniales que la Flota Lusitania era un precedente peligroso: sería sólo cuestión de tiempo el hecho de que el Congreso Estelar usara la fuerza para conseguir también su obediencia. Demóstenes advirtió a los mundos católicos y las minorías católicas de todas partes que el Congreso intentaba castigar al obispo de Lusitania por enviar misioneros a los pequeninos para salvar sus almas del infierno. A los científicos, advirtió que el principio de investigación independiente estaba en juego: todo un mundo estaba bajo ataque militar porque se atrevía a preferir el juicio de los científicos del lugar al de los burócratas situados a muchos años luz de distancia. Demóstenes también advirtió a todo el mundo de que la Flota Lusitania llevaba el Ingenio de Desintegración Molecular. Por supuesto, eso es obviamente una mentira, pero algunos lo creyeron.

—¿Qué efectividad tuvieron esos ensayos? —preguntó el padre.

—No lo sé.

—Fueron muy efectivos. Hace quince años, los primeros ensayos enviados a las colonias fueron tan efectivos que casi provocaron una revolución.

¿Una rebelión en las colinas? ¿Hacía quince años? Qing-jao sólo conocía un suceso así, pero nunca había advertido que tuviera nada que ver con los ensayos de Demóstenes. Se sonrojó.

—Ésa fue la época de la Carta de la Colonia…, tu primer gran tratado.

—El tratado no fue mío —objetó Han Fei-tzu—. El tratado pertenecía por igual al Congreso y las colonias. Gracias a él, se evitó un conflicto terrible. Y la Flota Lusitania continúa con su gran misión.

—Escribiste cada palabra del tratado, padre.

—Al hacerlo sólo expresé los anhelos y deseos que ya existían en los corazones de los hombres a ambos lados del tema. Fui sólo un escriba.

Qing-jao inclinó la cabeza. Sabía la verdad, igual que todo el mundo. Fue el principio de la grandeza de Han Fei-tzu, pues no sólo escribió el tratado, sino que también persuadió a ambas partes para que lo aceptaran casi sin revisión.

Incluso después de eso, Han Fei-tzu fue uno de los consejeros en quienes el Congreso más confiaba: a diario llegaban mensajes de los más grandes hombres y mujeres de todos los mundos. Si él decidía considerarse un escriba en tan gran tarea, era solamente porque era un hombre de gran modestia. Qing-jao también sabía que su madre estaba ya muriéndose cuando él culminó todo aquel trabajo. Así era su padre, pues no dejó de prestar atención a su esposa ni a su deber. No pudo salvar la vida de su madre, pero sí las vidas que podrían haberse perdido en la guerra.

—Qing-jao, ¿por qué dices que es obviamente una mentira que la flota lleve el Ingenio D.M.?

—Porque..., porque eso sería monstruoso. Sería como Ender el Xenocida, destruir un mundo entero. Tanto poder no tiene derecho ni razón de existir en el universo.

—¿Quién te enseñó esto?

—La decencia —dijo Qing-jao—. Los dioses crearon las estrellas y todos los planetas. ¿Quién es el hombre para destruirlos?

—Pero los dioses también crearon las leyes de la naturaleza que hacen posible destruirlos..., ¿quién es el hombre para rehusar recibir el don de los dioses?

Qing-jao permaneció en silencio, aturdida. Nunca había oído a su padre hablar en aparente defensa de ningún aspecto de la guerra: la repudiaba en cualquier forma.

—Vuelvo a preguntarte: ¿quién te enseñó que tanto poder no tiene derecho a existir en el universo?

—Es mi propia opinión.

—Pero esa frase es una cita exacta.

—Sí. De Demóstenes. Pero si creo en una idea, se vuelve mía. Tú me enseñaste eso.

—Debes comprender todas las consecuencias de una idea antes de creerla.

—El Pequeño Doctor no podrá ser usado jamás en Lusitania, y por tanto no debe haber sido enviado.

Han Fei-tzu asintió gravemente.

—¿Cómo sabes que no podrá ser usado jamás?

—Porque destruiría a los pequeninos, un pueblo joven y hermoso, que está ansioso por cumplir su potencial como especie consciente.

—Otra cita.

—Padre, ¿has leído la *Vida de Humano*?

—En efecto.

—Entonces, ¿cómo puedes dudar que los pequeninos deben ser preservados?

—He dicho que he leído la *Vida de Humano*. No que la creyera.

—¿No la crees?

—Ni creo ni dejo de creer. El libro apareció por primera vez *después* de que el ansible de Lusitania fuera destruido. Por tanto, es probable que el libro no se originara allí, y si no se originó allí, entonces es ficción. Eso parece particularmente probable porque está firmado «La Voz de los Muertos», que es el mismo nombre que firmó la *Reina Colmena* y el *Hegemón*, que tienen miles de años de antigüedad. Obviamente, alguien intentaba capitalizar la reverencia que el pueblo siente hacia esas antiguas obras.

—Yo creo que la *Vida de Humano* es verdad.

—Ése es tu privilegio, Qing-jao. Pero ¿por qué lo crees así?

Porque parecía auténtico cuando lo leyó. ¿Podría decirle eso a su padre? Sí, podía decir cualquier cosa.

—Porque cuando yo lo leí sentí que tenía que ser verdad.

—Ya veo.

—Ahora piensas que soy una tonta.

—Al contrario. Sé que eres sabia. Cuando oyes una historia verdadera, hay una parte de ti que responde a ella sin importarle el arte, sin importarle la evidencia. Aunque esté torpemente narrada, seguirás amando la historia, si amas la verdad. Aunque sea la invención más obvia creerás lo que sea verdad en ella, porque no puedes negar la verdad, no importa lo torpemente que esté vestida.

—Entonces, ¿cómo es que *no* crees en la *Vida de Humano*?

—Me he expresado mal. Estamos usando dos significados diferentes para las palabras «verdad» y «creencia». Tú crees que la historia es verdadera, porque respondiste a ella desde el sentido de la verdad que hay en tu interior. Pero ese sentido de la verdad no responde a la realidad de una historia, a si describe literalmente un hecho real en el mundo real. Tu sentido interno de la verdad responde a una causalidad histórica, a si muestra fielmente la forma en que funciona el universo, la forma en que los dioses ejercen su voluntad entre los seres humanos.

Qing-jao pensó sólo durante un instante y luego asintió, comprendiendo.

—Entonces la *Vida de Humano* puede ser universalmente verdad, pero específicamente falsa.

—Sí —convino Han Fei-tzu—. Puedes leer el libro y conseguir de él gran sabiduría, porque es verdad. Pero ¿es el libro una representación adecuada de los propios pequeninos? Resulta difícil creerlo..., una especie mamaloide que se convierte en árbol al morir. Es hermoso como poesía. Ridículo como ciencia.

—Pero ¿puedes saber eso, padre?

—No puedo estar seguro, no. La naturaleza ha hecho muchas cosas extrañas, y existe la posibilidad de que la *Vida de Humano* sea auténtica y verdadera. Sin embargo, ni la creo ni la dejo de creer. La mantengo en suspenso. Espero. Pero mientras espero, no creo que el Congreso vaya a tratar a Lusitania como si estuviera poblada por las amables criaturas de la *Vida de Humano*. Por lo que sabemos, los pequeninos pueden ser criaturas terriblemente peligrosas para nosotros. Son alienígenas.

—Raman.

—En la historia. Pero ignoramos si son raman o varelse. La flota lleva el Pequeño Doctor porque podría ser necesario para salvar a la humanidad de un peligro inenarrable. No es cosa nuestra decidir si debe ser usado o no: el Congreso decidirá. No es cosa nuestra decidir si debería haber sido enviado o no: el Congreso lo hizo. Y desde luego no es cosa nuestra decidir si debería existir o no: los dioses han decretado que una cosa así es posible y que puede existir.

—Entonces, Demóstenes tenía razón. El Ingenio D. M. viaja con la flota.

—Sí.

—Y los archivos acerca del gobierno que publicó Demóstenes eran genuinos.

—Sí.

—Pero, padre, te uniste a muchos otros al declarar que eran falsificaciones.

—Igual que los dioses hablan sólo a unos pocos elegidos, los secretos de los gobernantes deben ser conocidos sólo por aquellos que usarán adecuadamente el conocimiento. Demóstenes estaba dando secretos poderosos a personas que no eran adecuadas para usarlos sabiamente, y por el bien del pueblo esos secretos tenían que ser retirados. La única manera de retirar un secreto, una vez se conoce, es reemplazarlo por una mentira. Entonces el conocimiento de la verdad es una vez más tu secreto.

—Me estás diciendo que Demóstenes no es un mentiroso y que el Congreso sí lo es.

—Te estoy diciendo que Demóstenes es el enemigo de los dioses. Un gobernante sabio nunca habría enviado a la Flota Lusitania sin concederle la posibilidad de responder a cualquier circunstancia. Pero Demóstenes ha usado su conocimiento de que el Pequeño Doctor va con la flota para intentar obligar al Congreso a retirarla. Así, desea quitar el poder de las manos de aquellos a quienes los dioses han ordenado que gobiernen la humanidad. ¿Qué le sucedería al pueblo si rechazara a los gobernantes que le han concedido los dioses?

—Caos y sufrimiento —dijo Qing-jao. La historia estaba llena de épocas de caos y sufrimiento, hasta que los dioses enviaban gobernantes e instituciones fuertes para mantener el orden.

—Así que Demóstenes dijo la verdad acerca del Pequeño Doctor. ¿Creías que los enemigos de los dioses nunca podrían decir la verdad? Ojalá fuera así. Los haría mucho más fácil de identificar.

—Si podemos mentir en servicio a los dioses, ¿qué otros crímenes podemos cometer?

—¿Qué es un crimen?

—Un acto contra la ley.

—¿Qué ley?

—Ya veo: el Congreso hace la ley, así que la ley es todo lo que el Congreso dice. Pero el Congreso está compuesto de hombres y mujeres, que pueden hacer el bien o el mal.

—Ahora estás más cerca de la verdad. No podemos cometer crímenes sirviendo al Congreso, porque el Congreso dicta las leyes. Pero si el Congreso se vuelve alguna vez maligno, entonces al obedecerlo podemos estar haciendo el mal. Es una cuestión de conciencia. Sin embargo, si eso sucediera, el Congreso perdería seguramente el mandato del cielo. Y nosotros, los agraciados, no tenemos que esperar y preguntarnos por el mandato del cielo, como hacen otros. Si el Congreso pierde alguna vez el mandato de los dioses, nosotros lo sabremos de inmediato.

—Entonces mentiste por el Congreso porque el Congreso tenía el mandato del cielo.

—Y por tanto supe que ayudarlos a mantener su secreto era la voluntad de los dioses por el bien del pueblo.

Qing-jao nunca había pensado de esta forma en el Congreso. Todos los libros de historia que había estudiado presentaban al Congreso como el gran unificador de la humanidad y, según los libros de texto, todos sus actos eran nobles. Ahora, sin embargo, comprendía que algunas de sus acciones podrían no parecer buenas. Sin embargo, eso no significaba necesariamente que no lo fueran.

—Debo aprender de los dioses, entonces, si la voluntad del Congreso es también su voluntad —dijo ella.

—¿Lo harás? —preguntó Han Fei-tzu—. ¿Obedecerás la voluntad del Congreso, aunque pueda parecer equivocada, mientras el Congreso ostente el mandato del cielo?

—¿Me estás pidiendo un juramento?

—Sí.

—Entonces sí, obedeceré, mientras tenga el mandato del cielo.

—He de tener tu juramento antes de satisfacer los requerimientos de seguridad del Congreso —dijo el padre—. No podría darte tu tarea sin él. —Carraspeó—. Pero ahora te pido otro juramento.

—Lo daré si puedo.

—El juramento es de…, surge de un gran amor. Han Qing-jao, ¿servirás a los dioses en todas las cosas, de todas las maneras, a través de tu vida?

—Oh, padre, no necesitamos ningún juramento para esto. ¿No me han elegido ya los dioses, guiándome con su voz?

—Sin embargo, te pido este juramento.

—Siempre, en todas las cosas, de todas las maneras, serviré a los dioses.

Para su sorpresa, su padre se arrodilló ante ella y le cogió las manos. Las lágrimas le surcaban las mejillas.

—Has aliviado mi corazón de la carga más pesada que jamás ha tenido.

—¿Cómo he hecho eso, padre?

—Antes de que tu madre muriera, me pidió una promesa. Dijo que ya que todo su carácter se expresaba por su devoción a los dioses, la única manera en que yo podía ayudarte a conocerla era enseñarte también a servir a los dioses. Toda mi vida he temido fracasar, que te apartaras de los dioses. Que pudieras llegar a odiarlos. O que no fueras digna de su voz.

Esto emocionó a Qing-jao. Siempre fue consciente de su profunda insignificancia ante los dioses, de su suciedad ante su mirada, incluso cuando éstos no le requerían que observara o siguiera las líneas en las vetas de la madera. Sólo ahora comprendió lo que estaba en juego: el amor de su madre por ella.

—Todos mis miedos han desaparecido ahora. Eres en verdad una hija perfecta, mi Qing-jao. Ya sirves bien a los dioses. Y ahora, con tu juramento, puedo estar seguro de que continuarás eternamente. Esto causará gran regocijo en la casa del cielo donde habita tu madre.

¿De verdad? En el cielo conocen mi debilidad. Tú, padre, sólo ves que no he fallado todavía a los dioses. Madre debe saber lo cerca que he estado tantísimas veces, lo sucia que estoy cada vez que los dioses me miran.

Pero él parecía tan pletórico de alegría que ella no se atrevió a mostrarle lo mucho que temía el día en que demostrara su indignidad para que todos la vieran. Así que lo abrazó.

Con todo, no pudo evitar preguntar:

—Padre, ¿crees de verdad que madre me ha oído hacer ese juramento?

—Eso espero —dijo Han Fei-tzu—. De lo contrario, los dioses seguramente guardarán el eco y lo pondrán en una concha marina y la dejarán escucharlo cada vez que se la lleve al oído.

Este tipo de cuento era un juego al que habían jugado juntos cuando ella era niña. Qing-jao hizo a un lado su miedo y rápidamente elaboró una respuesta.

—No, los dioses guardarán el contacto de nuestro abrazo y lo tejerán en un chal, que ella podrá llevar alrededor de los hombros cuando llegue el invierno al cielo.

De todas formas, se sintió aliviada de que su padre no hubiera dicho que sí. Él sólo esperaba que su madre hubiera oído el juramento que había hecho. Tal vez no lo había oído, y por eso no se sentiría decepcionada cuando su hija fracasara.

Su padre la besó y luego se incorporó.

—Ahora estás preparada para oír tu tarea —declaró.

La cogió de la mano y la condujo a su mesa. Ella se colocó junto a él cuando se sentó en su silla; no era mucho más alta, de pie, que él sentado. Probablemente no había alcanzado todavía su altura adulta, pero esperaba no crecer mucho más. No quería convertirse en una de esas mujeres grandes y gordas que llevaban pesadas cargas en los campos. Es mejor ser un ratón que un cerdo, eso era lo que Mu-pao le había dicho hacía años.

Su padre hizo aparecer un mapa estelar en la pantalla. Ella reconoció la zona inmediatamente. Estaba centrada en el sistema estelar de Lusitania, aunque la escalera era demasiado pequeña para que los planetas individuales fueran visibles.

—Lusitania está en el centro —dijo ella.

Su padre asintió. Tecleó unas cuantas órdenes más.

—Ahora observa esto. No la pantalla, sino mis dedos. Ésta, más la identificación de tu voz, es la clave que te dará acceso a la información que necesitarás.

Ella le vio teclear: 4Banda. Reconoció la referencia de inmediato. La antepasada-del-corazón de su madre fue Jing-qing, la viuda del primer emperador comunista, Mao Tse-Tung. Cuando Jing-qing y sus aliados fueron expulsados del poder, la Conspiración de Cobardes los vilipendió bajo el nombre «Banda de los Cuatro». La madre de Qing-jao fue una verdadera hija-del-corazón de aquella gran mártir del pasado. Y ahora Qing-jao podría seguir honrando a la antepasada-del-corazón de su madre cada vez que tecleara el código de acceso. Era un detalle por parte de su padre.

En la pantalla aparecieron muchos puntos verdes. Ella contó rápidamente, casi sin pensar: había diecinueve, agrupados a cierta distancia de Lusitania, pero rodeándola en la mayoría de las direcciones.

—¿Es la Flota Lusitania?

—Ésa era su posición hace cinco meses. —Volvió a teclear. Todos los puntos verdes desaparecieron—. Y ésta es su posición actual.

Ella los buscó. No encontró puntos verdes en ninguna parte. Sin embargo, su padre esperaba claramente que viera algo.

—¿Han llegado ya a Lusitania?

—Las naves están donde las ves —respondió su padre—. Hace cinco meses, la flota desapareció.

—¿Adónde fue?

—Nadie lo sabe.

—¿Fue un motín?

—Nadie lo sabe.

—¿La flota entera?

—Hasta la última nave.

—Cuando afirmas que desaparecieron, ¿qué quieres decir?

Su padre la miró con una sonrisa.

—Bien hecho, Qing-jao. Has hecho la pregunta adecuada. Nadie las vio; estaban todas en el espacio profundo. Así que no desaparecieron físicamente. Por lo que sabemos, puede que continúen avanzando, todavía en su curso. Sólo desaparecieron en el sentido de que perdimos todo contacto con ellas.

—¿Y los ansibles?

—En silencio. Todo dentro del mismo período de tres minutos. Ninguna transmisión se interrumpió. Una acabó y la siguiente nunca llegó a producirse.

—¿La conexión de cada nave con cada ansible planetario *en todas partes*? Imposible. Ni siquiera con una explosión, si pudiera haber una tan grande…, pero no sería un solo caso, de todas formas, porque las naves estaban muy ampliamente esparcidas alrededor de Lusitania.

—Bueno, *podría* ser, Qing-jao. Si puedes imaginar un hecho tan cataclísmico: *podría* ser que la estrella de Lusitania se convirtiera en supernova. Pasarían décadas antes de que viéramos el destello en los mundos más cercanos. El problema es que sería la supernova más improbable de la historia. No imposible, pero sí improbable.

—Y habría habido algunas indicaciones previas. Algunos cambios en el estado de la estrella. ¿Detectaron algo los instrumentos de las naves?

—No. Por eso no creemos que fuera ningún fenómeno astronómico conocido. A los científicos no se les ocurre nada para explicarlo. Así que hemos intentado investigarlo como sabotaje. Hemos buscado penetraciones en los ordenadores ansible. Hemos escrutado todos los archivos personales de cada nave, en busca de alguna conspiración posible entre la tripulación. Se han efectuado criptoanálisis de todas las comunicaciones mantenidas en cada nave, para buscar alguna clase de mensaje entre los conspiradores. Los militares y el gobierno han analizado todo lo analizable. La policía de cada planeta ha llevado a cabo investigaciones, hemos comprobado el historial de cada operador del ansible.

—Aunque no se envíen mensajes, ¿están todavía conectados los ansibles?

—¿Tú qué crees?

Qing-jao se sonrojó.

—Claro que deben estarlo, aunque un Ingenio D.M. hubiera sido enviado contra la flota, porque los ansibles están enlazados por fragmentos de partículas subatómicas. Todavía estarían allí aunque toda la nave fuera reducida a cenizas.

—No te avergüences, Qing-jao. Los sabios no son sabios porque no cometen errores. Son sabios porque corrigen sus errores en cuanto los reconocen.

Sin embargo, Qing-jao se ruborizaba ahora por otro

motivo. La sangre caliente se agolpaba en su cabeza porque acababa de ocurrírsele cuál iba a ser la orden de su padre. Pero eso era imposible. No podía darle a ella una tarea en la que miles de personas más sabias y expertas ya habían fracasado.

—Padre —susurró—. ¿Cuál es mi tarea? —Todavía esperaba que fuera algún problema menor relacionado con la desaparición de la flota. Pero sabía que su esperanza era vana incluso mientras hablaba.

—Debes descubrir toda explicación posible a la desaparición de la flota, y calcular la probabilidad de cada una. El Congreso Estelar debe poder decir cómo sucedió esto y cómo asegurarse de que nunca vuelva a suceder.

—Pero padre —protestó Qing-jao—, sólo tengo dieciséis años. ¿No hay muchas otras personas que son más sabias que yo?

—Tal vez son demasiado sabias para intentar la tarea. Pero tú eres lo bastante joven para no considerarte sabia. Eres lo bastante joven para pensar en cosas imposibles y descubrir por qué podrían ser posibles. Por encima de todo, los dioses te hablan con extraordinaria claridad, mi inteligente hija, mi Gloriosamente Brillante.

Era eso lo que temía, que su padre esperara que tuviese éxito por el favor de los dioses. No comprendía lo indigna que la encontraban los dioses, lo poco que la apreciaban.

Además había otro problema.

—¿Y si tengo éxito? ¿Y si averiguo dónde está la Flota Lusitania y restauro las comunicaciones? ¿No sería entonces culpa mía si la flota destruyera Lusitania?

—Es bueno que tu primer pensamiento sea compasión por la gente de Lusitania. Te aseguro que el Congreso Estelar me ha prometido no usar el Ingenio D.M. a menos que sea absolutamente inevitable, y eso es tan improbable que no puedo creer que vaya a suceder. Aunque así fuera, sin embargo, es el Congreso quien debe decidir. Como dijo mi antepasado-del-corazón: «Aunque los castigos del sabio pueden ser livianos, esto no es debido a su compasión; aunque sus penalizaciones puedan ser severas, no es porque sea cruel: simplemente sigue la costumbre adecuada al momento. Las circunstancias cambian según la edad, y las formas de tratar con ellas cambian con las circunstancias». Puedes estar segura de que el Congreso Estelar tratará con Lusitania no atendiendo a la amabilidad o a la crueldad, sino según lo que sea necesario para el bien de toda la humanidad. Por eso servimos a los gobernantes: porque ellos sirven al pueblo, que sirve a los antepasados, que sirven a los dioses.

—Padre, fui indigna al pensar otra cosa —dijo Qing-jao. Ahora sentía su suciedad, en vez de conocerla en su mente. Necesitaba lavarse las manos. Necesitaba seguir una línea. Pero se contuvo. Esperaría.

Haga lo que haga, pensó, habrá una consecuencia terrible. Si fracaso, entonces mi padre perderá el honor ante el Congreso y por tanto ante todo el mundo de Sendero. Eso demostraría a muchos que no es digno de ser elegido dios de Sendero cuando muera.

Si tengo éxito, el resultado podría ser xenocidio. Aunque la decisión pertenezca al Congreso, yo seguiría sabiendo que hice posible semejante atrocidad. La responsabilidad sería parcialmente mía. No importa lo que haga, estaré cubierta de fracaso y manchada de indignidad.

Entonces su padre le habló como si los dioses le hubieran mostrado su corazón.

—Sí, fuiste indigna —manifestó—, y sigues siendo indigna en tus pensamientos incluso ahora.

Qing-jao se sonrojó e inclinó la cabeza, avergonzada, no de que sus pensamientos hubieran sido tan claramente visibles para su padre, sino de haber tenido pensamientos tan desobedientes.

Su padre le tocó amablemente el hombro con la mano.

—Pero creo que los dioses te harán digna. El Congreso Estelar tiene el mandato del cielo, pero tú has sido también elegida para seguir tu propio camino. Puedes tener éxito en esta gran labor. ¿Lo intentarás?

—Lo intentaré.

También fracasaré, pero eso no sorprenderá a nadie, y menos a los dioses, que conocen mi indignidad.

—Se han abierto todos los archivos pertinentes para que los investigues, cuando pronuncies tu nombre y teclees la clave. Si necesitas ayuda, avísame.

Se marchó de la habitación de su padre con dignidad y se obligó a subir lentamente las escaleras hasta su dormitorio. Sólo cuando estuvo dentro con la puerta cerrada se arrojó de rodillas y se arrastró por el suelo. Siguió vetas en la madera hasta que apenas pudo ver. Su indignidad era tan grande que no se sentía del todo limpia; fue al lavabo y se frotó las manos hasta que supo que los dioses estaban satisfechos. Dos veces los sirvientes intentaron interrumpirla con comidas o mensajes (poco le importaba qué), pero cuando vieron que estaba comulgando con los dioses se inclinaron y se marcharon en silencio.

No fue lavarse las manos lo que finalmente la dejó limpia. Fue el momento en que apartó de su corazón el último vestigio de inseguridad. El Congreso Estelar tenía el mandato del cielo. Ella tenía que purgase de toda duda. Fuera lo que fuese lo que pretendían hacer con la Flota Lusitania, lo que cumplían era la voluntad de los dioses. Si de hecho ella estaba acatando la voluntad de los dioses, entonces le abrirían un camino para resolver el problema que le había sido planteado. Cada vez que pensara lo contrario, cada vez que las palabras de Demóstenes regresaran a su mente, tendría que anularlas recordando que debía obedecer a los gobernantes que tenían el mandato del cielo.

Para cuando su mente estuvo en calma, tenía las palmas despellejadas y manchadas de sangre. Es así como surge mi comprensión de la verdad, se dijo. Si me aparto lo suficiente de mi mortalidad, entonces la verdad de los dioses subirá hasta la luz.

Quedó limpia por fin. Era tarde y sentía los ojos cansados. Sin embargo, se sentó ante su terminal y empezó a trabajar.

—Muéstrame los sumarios de toda la investigación que se ha realizado hasta ahora acerca de la desaparición de la Flota Lusitania —pidió—, empezando por el más reciente.

Casi de inmediato, las palabras empezaron a aparecer en el aire sobre su terminal, página tras página, alineadas como soldados marchando al frente. Leía una, luego la hacía correr, sólo para que la página que le seguía ocupara su lugar. Leyó siete horas hasta que no pudo más. Entonces se quedó dormida ante el terminal.

Jane lo observa todo. Puede ocuparse de un millón de tareas y prestar atención a un millar de cuestiones a la vez. Ninguna de esas capacidades es infinita, pero son mucho mayores que nuestra patética habilidad para pensar en una cosa mientras hacemos otra. Sin embargo, ella tiene una limitación sensorial de la que nosotros carecemos; o, más bien, nosotros somos su mayor limitación. No puede ver o saber nada que no se haya introducido como datos en un ordenador que esté conectado a la gran telaraña entre mundos.

Es una limitación menor de lo que cabría suponer. Ella tiene acceso casi inmediato a los crudos inputs de cada nave, cada satélite, cada sistema de control de tráfico, y a casi todos los aparatos espías controlados electrónicamente en el universo humano. Pero sí significa que prácticamente nunca es testigo de las peleas de los amantes, de las historias de cama, de las discusiones en clase, de los chismorreos de sobremesa o las amargas lágrimas derramadas en privado. Sólo conoce ese aspecto de nuestras vidas que representamos como información digital.

Si le preguntaran el número exacto de seres humanos que habitan los mundos colonizados, daría rápidamente un número basado en las cifras censadas combinadas con las probabilidades de nacimientos y muertes en todos nuestros grupos de población. En la mayoría de los casos, podría encajar números y nombres, aunque ningún humano lograría vivir lo suficiente para leer la lista. Y si escogieran ustedes un nombre en el que acabaran de pensar (Han Qing-jao, por ejemplo), y le preguntaran a Jane: «¿Quién es esta persona?», ella les daría casi inmediatamente las estadísticas vitales: fecha de nacimiento, ciudadanía, parentesco, altura, peso, último reconocimiento médico y calificaciones en el colegio.

Pero todo eso es información gratuita, ruido de fondo para ella: sabe que está allí, pero no significa nada. Preguntarle acerca de Han Qing-jao sería como hacerle una pregunta sobre una molécula concreta de vapor de agua en una nube distante. La molécula está en efecto allí, pero no hay nada para diferenciarla del millón de otras en su inmediata vecindad.

Eso fue cierto hasta el momento en que Han Qing-jao empezó a usar su ordenador para acceder a todos los informes referidos a la desaparición de la Flota Lusitania. Entonces el nombre de Qing-jao subió muchos niveles en la atención de Jane, que empezó a mantener un archivo sobre todo lo que hacía Qing-jao con el ordenador. Rápidamente le resultó claro que Han Qing-jao, aunque sólo tenía dieciséis años, representaba un grave problema para Jane. Porque Han Qing-jao, desconectada como estaba de cualquier burocracia concreta, sin tener ningún eje ideológico sobre el que girar o un interés oculto que proteger, daba una perspectiva más amplia y por tanto más peligrosa a toda la información que todas las agencias humanas habían recogido.

¿Por qué era peligroso? ¿Había dejado Jane pistas que Qing-jao pudiera seguir?

No, por supuesto que no. Jane no dejaba ninguna huella. Había pensado en dejar algunas, para intentar que la desaparición de la Flota Lusitania pareciera sabotaje, un fallo mecánico o algún desastre natural. Tuvo que renunciar a aquella idea, porque no podía crear ninguna prueba física. Sólo podía dejar datos confusos en las memorias de los ordenadores. Ninguno tendría jamás un análogo físico en el mundo real, y por tanto cualquier investigador medianamente inteligente advertiría enseguida que las pistas eran datos falsos. Entonces el mundo llegaría a la conclusión de que la desaparición de la Flota Lusitania tenía que haber sido causada por alguna agencia que tenía acceso detallado e inimaginable a los sistemas informáticos que poseían los datos falsos. Seguramente eso conduciría a su descubrimiento con más rapidez que si no dejaba ninguna evidencia.

No dejar rastro era el mejor rumbo, sin duda; y hasta que Han Qing-jao empezó su investigación, funcionó muy bien. Cada agencia investigadora buscó sólo en los lugares donde miraban normalmente. La policía de muchos planetas comprobó todos los grupos disidentes conocidos (y, en algunos lugares, torturó a varios hasta que éstos hicieron confesiones inútiles, y en ese punto los interrogadores terminaron sus informes y dieron el caso por cerrado). Los militares buscaron pruebas en la oposición militar, sobre todo en naves alienígenas, ya que tenían precisos recuerdos de la invasión insectora de hacía tres mil años. Los científicos buscaban la evidencia de algún fenómeno astronómico invisible que permitiera explicar la destrucción de la flota o el colapso selectivo de la comunicación por ansible. Los políticos buscaron a otra gente a quien echar la culpa. Nadie imaginó a Jane, y por tanto nadie la encontró.

Pero Han Qing-jao estaba atando todos los cabos, de manera cuidadosa, sistemática, siguiendo precisas investigaciones de datos. Inevitablemente, acumularía la evidencia que al final demostraría (y acabaría con) la existencia de Jane. Esa evidencia era, expresado en pocas palabras, la falta de evidencias. Nadie más podía verlo, porque nadie había introducido en la investigación una mente metódica que no tuviera ninguna tendencia prefijada.

Lo que Jane no podía saber era que la paciencia aparentemente inhumana de Qing-jao, su meticulosa atención a los detalles, su constante reformulación y reprogramación de las investigaciones informáticas, era el resultado de interminables horas de permanecer arrodillada sobre un suelo de madera, siguiendo con sumo cuidado una veta en la superficie desde el final de un tablón hasta otro, de un lado de la habitación a otro. Jane no podía imaginar que la gran lección que le habían enseñado los dioses convertía a Qing-jao en su oponente más formidable. Jane sólo sabía que en algún momento, esta investigadora llamada Qing-jao, descubriría lo que nadie más había comprendido realmente: que toda explicación concebible de la desaparición de la Flota Lusitania había sido ya eliminada por completo.

En ese punto, sólo quedaría una conclusión: alguna fuerza que todavía no había sido encontrada en ningún lugar de la historia de la humanidad tenía suficiente poder para hacer que una flota dispersa de astronaves desapareciera simultáneamente o, igual de improbable, para lograr que los ansibles de esa flota dejaran todos de funcionar al mismo tiempo. Y si esa misma mente metódica empezaba entonces a hacer una lista de las presuntas fuerzas que pudieran tener ese poder, tarde o temprano encontraría la verdad: una entidad independiente que habitaba entre (no, que estaba compuesta de) los rayos filóticos que conectaban todos los ansibles. Como esta idea era verdadera, ningún escrutinio o investigación lógica la eliminaría. Al final, esta idea permanecería. En ese punto, alguien actuaría seguramente sobre el descubrimiento de Qing-jao y decidiría destruir a Jane.

Así que Jane seguía la investigación de Qing-jao cada vez con más fascinación. La hija de Han Fei-tzu, a sus dieciséis años, con sus treinta y nueve kilos de peso y su metro sesenta centímetros de altura, en la clase social e intelectual superior del mundo chino taoísta de Sendero, era el primer ser humano que Jane había conocido que se acercaba a la precisión y minuciosidad de un ordenador y, por tanto, de la propia Jane. Aunque Jane podía conseguir en una hora la investigación que Qing-jao tardaba semanas y meses en completar, la peligrosa verdad era que Qing-jao estaba siguiendo casi los mismos pasos que la propia Jane habría realizado; y por tanto no había ningún motivo para que Jane esperara que Qing-jao no fuera a llegar a la conclusión que ella misma alcanzaría.

Qing-jao era por tanto la enemiga más peligrosa de Jane, y Jane estaba indefensa y no podía detenerla, al menos físicamente. Intentar bloquear el acceso de Qing-jao a la información tan sólo conseguiría guiarla más rápidamente al conocimiento de su existencia. Así que, en vez de abierta oposición, Jane buscó otra forma de detener a su enemiga. No comprendía toda la naturaleza humana, pero Ender le había enseñado que para impedir que un ser humano haga algo, hay que encontrar un medio para conseguir que deje de querer hacerlo.

6

VARELSE

<¿Cómo podéis hablar directamente a la mente de Ender?>

<Ahora que sabemos dónde está, resulta tan natural como comer.>

<¿Cómo lo encontrasteis? Nunca he podido hablar a la mente de nadie que no haya pasado a la tercera vida.>

<Lo encontramos a través de los ansibles y los aparatos electrónicos conectados a ellos. Lo encontramos cuando su cuerpo estaba en el espacio. Para alcanzar su mente, tuvimos que alcanzar el caos y formar un puente.>

<¿Puente?>

<Una entidad transicional, que en parte parecía su mente y en parte la nuestra.>

<Si pudisteis alcanzar su mente, ¿por qué no impedisteis que os destruyera?>

<El cerebro humano es muy extraño. Antes de que pudiéramos encontrar sentido a lo que hallamos allí, antes de que pudiéramos aprender cómo hablar o ese espacio retorcido, todas mis hermanas y madres desaparecieron. Continuamos estudiando su mente durante todos los años que esperamos, en forma de crisálida, hasta que él nos encon-

tró: cuando vino, entonces pudimos hablarle directamente.>

<¿Qué pasó con el puente que formasteis?>

<Nunca hemos pensado en ello. Probablemente toda-
vía esté en alguna parte.>

El nuevo cultivo de patatas se moría. Ender vio los
círculos marrones en las hojas, las plantas tronchadas
donde los tallos se habían vuelto tan quebradizos que la
más leve brisa los curvaba hasta que se rompían. Por
la mañana todos estaban sanos. La llegada de la enfermedad fue tan repentina, su efecto tan devastador, que
sólo podía tratarse del virus de la descolada.

Ela y Novinha se sentirían decepcionadas: habían
depositado muchas esperanzas en este cultivo de patata. Ela, la hija adoptiva de Ender, había estado trabajando en un gen que haría que cada célula del organismo
produjera tres productos químicos distintos, cuya acción inhibía o mataba al virus de la descolada. Novinha,
su esposa, trabajó en un gen que causaría que los nú-
cleos de las células fueran impermeables a cualquier
molécula mayor que un décimo del tamaño de la descolada. Con este cultivo de patata, habían introducido
ambos genes, y cuando las primeras pruebas demostraron que las dos tendencias habían cuajado, Ender llevó
las semillas a la granja experimental y las plantó. Junto
con sus ayudantes, las nutrió durante las últimas seis
semanas. Todo parecía ir bien.

Si la técnica hubiera funcionado, podría haberse
adaptado para todas las plantas y animales de los que
dependían para vivir los humanos de Lusitania. Pero el
virus de la descolada fue más listo: descubrió sus estratagemas. Pero aún con todo, seis semanas era mejor que
los dos o tres días de rigor. Tal vez estaban en el buen
camino.

O tal vez las cosas habían ido ya demasiado lejos. Cuando Ender llegó a Lusitania, los nuevos cultivos de plantas y animales terrestres podían durar hasta veinte años antes de que la descolada decodificara sus moléculas genéticas y las rompiera. Pero durante los últimos años al parecer el virus había hecho un avance que le permitía decodificar cualquier molécula genética de la Tierra en cuestión de días, o incluso en horas.

Últimamente, lo único que permitía a los colonos humanos cultivar sus plantas y criar a sus animales era un pulverizador que resultaba inmediatamente fatal al virus de la descolada. Había colonos humanos que querían rociar todo el planeta y acabar con el virus de una vez por todas.

Fumigar un planeta entero resultaba poco práctico, pero no era imposible: había otras razones para rechazar esta opción. Todas las formas de vida nativa dependían absolutamente de la descolada para reproducirse. Eso incluía a los cerdis, los pequeninos, los nativos inteligentes de este mundo, cuyo ciclo reproductivo estaba inextricablemente vinculado a la única especie nativa de árbol. Si el virus de la descolada fuera destruido, esta generación de pequeninos se convertiría en la última. Sería xenocidio.

Hasta el momento, la idea de hacer algo que pudiera aniquilar a los cerdis sería rechazada inmediatamente por la mayoría de los habitantes de Milagro, el pueblo de los humanos. De momento. Pero Ender sabía que muchas opiniones podían cambiar si se conocieran unos cuantos hechos más. Por ejemplo, sólo un puñado de personas sabía que la descolada se había adaptado ya dos veces al producto químico que usaban para matarla. Ela y Novinha habían desarrollado varias versiones del producto, de forma que la siguiente ocasión que la descolada se adaptara a un viricida pudieran pasar inmediatamente a otro. Del mismo modo, habían tenido que cambiar en una ocasión el inhibidor de la descolada, cuyo efecto impedía que los seres humanos murieran por los virus de la descolada que habitaban en cada humano de la colonia. El inhibidor se añadía a todos los alimentos de la colonia, de forma que cada humano lo ingería con su comida.

Sin embargo, todos los inhibidores y viricidas funcionaban sobre los mismos principios básicos. Algún día, al igual que había aprendido a adaptarse a los genes terrestres en general, la descolada aprendería también a manejar cada clase de productos químicos, y entonces no importaría cuántas versiones tuvieran: la descolada agotaría sus recursos en cuestión de días.

Sólo unas pocas personas sabían lo precaria que era en realidad la supervivencia de Milagro. Sólo unas pocas personas sabían cuánto dependía del trabajo que Ela y Novinha, como xenobiólogos de Lusitania, estaban haciendo; lo igualada que estaba su competición con la descolada; lo devastadoras que serían las consecuencias si alguna vez quedaban atrás.

Daba lo mismo. Si los colonos llegaran a comprenderlo, habría muchos que dirían: si es inevitable que algún día la descolada nos venza, entonces acabemos con ella ahora. Si eso mata a los cerdis, lo sentimos, pero si se trata de ellos o nosotros, elegimos nosotros.

Estaba bien que Ender adoptara la visión a largo plazo, la perspectiva filosófica, y dijera: mejor que perezca una pequeña colonia humana que aniquilar a otra especie inteligente. Sabía que este argumento no significaría nada para los humanos de Lusitania. Sus propias vidas estaban aquí en juego, además de las de sus hijos. Sería absurdo esperar que estuvieran dispuestos a morir por otra especie a la que no comprendían y que pocos apreciaban. No tendría sentido genéticamente: la evolución anima sólo a las criaturas que se toman en serio proteger sus propios genes. Aunque el obispo declarara que era la voluntad de Dios que los seres humanos de Lusitania ofrecieran sus vidas a cambio de las de los cerdis, serían contados los que obedecerían.

No estoy seguro de poder hacer el sacrificio, pensó Ender. Aunque no tengo hijos propios. Aunque ya he vivido la destrucción de otra especie inteligente (aunque yo mismo propicié esa destrucción, y sé la terrible carga moral que supone), no estoy seguro de poder permitir que mis semejantes humanos mueran de hambre, porque sus cosechas hayan sido destruidas, o mucho más dolorosamente, por el regreso de la descolada como enfermedad con el poder para consumir el cuerpo humano en cosa de días.

Sin embargo, ¿podría consentir la destrucción de los pequeninos? ¿Podría permitir otro xenocidio?

Recogió otro de los tallos rotos de patata con sus hojas manchadas. Tendría que llevarlo a Novinha, por supuesto. Ella lo examinaría, o lo haría Ela, y confirmarían lo que ya era obvio. Otro fracaso. Metió el tallo de patata en una bolsa esterilizada.

—Portavoz.

Era Plantador, el ayudante de Ender y su amigo más íntimo entre los cerdis. Plantador era hijo del pequenino llamado Humano, a quien Ender había llevado a la «tercera vida», la etapa árbol del ciclo de vida pequenino. Ender alzó la bolsa de plástico transparente para que Plantador viera las hojas de su interior.

—Muertas del todo, Portavoz —dijo Plantador, sin ninguna emoción discernible. Eso fue al principio lo más desconcertante de trabajar con los pequeninos: no mostraban emociones de forma que los humanos pudieran interpretar fácilmente. Era una de las mayores barreras para que la mayoría de los colonos los aceptaran. Los cerdis no se mostraban simpáticos o tiernos. Eran simplemente extraños.

—Lo intentaremos de nuevo —dijo Ender—. Creo que nos estamos acercando.

—Tu *esposa* te requiere —dijo Plantador. La palabra «esposa», incluso traducida a un lenguaje humano como el stark, estaba tan cargada de tensión para un pequenino que le resultaba difícil pronunciarla de modo natural. Plantador casi apretó los dientes al decirla. Sin embargo, la idea de tener esposa era tan poderosa para los pequeninos que, aunque podían llamar a Novinha por su nombre cuando le hablaban directamente, al hablar con su marido sólo se referían a ella por su título.

—Iba a ir a verla de todas formas —dijo Ender—. ¿Quieres medir y registrar estas patatas, por favor?

Plantador saltó para enderezarse. Como una palomita de maíz, pensó Ender. Aunque su cara permaneció inexpresiva para los ojos humanos, el salto vertical mostraba su deleite. A Plantador le encantaba trabajar con el equipo electrónico, porque las máquinas le fascinaban y porque eso añadía grandeza a su posición entre los otros machos pequeninos. Plantador empezó inmediatamente a sacar la cámara y su ordenador de la bolsa que siempre llevaba consigo.

—Cuando acabes, prepara por favor esta sección aislada para quemarla —pidió Ender.

—Sí sí —respondió Plantador—. Sí sí sí.

Ender suspiró. Los pequeninos se molestaban cuando los humanos les decían cosas que ya sabían. Plantador conocía la rutina que debía ejecutar cuando la descolada se había adaptado a una nueva cosecha: el virus «educado» tenía que ser destruido mientras estaba aún aislado. No tenía sentido dejar que toda la comunidad de virus de la descolada se beneficiara de lo que había aprendido un cultivo. Así que Ender no tendría que habérselo recordado. Sin embargo, era así como los seres humanos satisfacían su sentido de la responsabilidad: comprobando una y otra vez, aunque sabían que era innecesario. Plantador estaba tan atareado que apenas advirtió que Ender se marchaba. Cuando Ender llegó al cobertizo de aislamiento al final del campo, se desnudó, puso sus ropas en la caja de purificación, y luego ejecutó la danza purificadora: las manos arriba, los brazos rotando, trazar un círculo, agacharse y volverse a poner de pie, para que la combinación de radiación y gases que llenaban el cobertizo alcanzaran todas las partes de su cuerpo. Inspiró profundamente por la nariz y la boca, y luego tosió, como siempre, porque los gases apenas alcanzaban los límites de la tolerancia humana. Tres minutos completos con los ojos ardiendo y los pulmones abrasados, agitando los brazos, agachándose y poniéndose en pie: nuestro ritual de obediencia a la descolada todopoderosa. Así nos humillamos ante la dueña indiscutida de la vida en este planeta.

Finalmente, se terminó. Ya me he asado lo suficiente, pensó. Mientras el aire fresco entraba por fin en el cobertizo, sacó sus ropas de la caja y se las puso, todavía calientes. En cuanto dejó el cobertizo, éste se calentaría hasta que su superficie entera estuviera muy por encima de la tolerancia demostrada al calor por el virus de la descolada. Nada podía vivir en ese cobertizo durante el último paso de la purificación. La siguiente vez que alguien entrara en él, estaría absolutamente estéril.

Sin embargo, Ender no podía dejar de pensar que, de algún modo, el virus encontraría una forma de abrirse paso, si no a través del cobertizo, entonces por la leve barrera disruptiva que rodeaba la zona de cultivos experimentales como una muralla invisible. Oficialmente, ninguna molécula mayor que un centenar de átomos podía atravesar esa barrera sin ser rota. Las verjas a cada lado de la barrera impedían que los humanos y los cerdis se perdieran en aquella zona fatal, pero Ender imaginaba a menudo lo que sucedería si alguien atravesaba el campo disruptor. Todas las células de su cuerpo morirían al instante mientras los ácidos nucleicos se descomponían. Tal vez el cuerpo se mantuviera unido físicamente. Pero, en su imaginación, Ender siempre lo veía desmoronándose hasta quedar reducido a polvo al otro lado de la barrera, convirtiéndose en humo bajo la brisa antes de poder golpear el suelo.

Lo que incomodaba más a Ender de la barrera disruptora era que estaba basada en el mismo principio que el Ingenio de Desintegración Molecular. Diseñado para ser usado contra astronaves y misiles, fue Ender quien lo volvió contra el planeta natal de los inyectores cuando comandó la flota humana tres mil años atrás. Además, se trataba de la misma arma que el Congreso Estelar había enviado ahora camino de Lusitania. Según Jane, el Congreso ya había intentado enviar la orden para usarlo. La había bloqueado cortando las comunicaciones ansible entre la flota y el resto de la humanidad, pero no había manera de saber si algún capitán agotado, lleno de pánico porque su ansible no funcionaba, podría aún dirigirlo contra Lusitania cuando llegara.

Era impensable, pero lo habían hecho: el Congreso había enviado la orden de destruir un mundo. De cometer xenocidio.

¿Había escrito Ender en vano la *Reina Colmena*? ¿Habían olvidado ya?

Pero para ellos no era «ya». Para la mayoría de la gente habían transcurrido tres mil años. Y aunque Ender había escrito la *Vida de Humano*, no se la creía ampliamente todavía. No había sido abrazada por la gente hasta el grado de que el Congreso no se atreviera a actuar contra los pequeninos.

¿Por qué habían decidido hacerlo? Probablemente por el mismo propósito que la barrera disruptora de los xenobiólogos: para aislar una peligrosa infección a fin de que no se extendiera a la población más amplia. El Congreso estaba probablemente preocupado por contener la plaga de la revuelta planetaria. Pero cuando la flota llegara aquí, con o sin órdenes, podrían usar el Pequeño Doctor como solución definitiva al problema de la descolada: si no había ningún planeta Lusitania, no habría ningún virus mutable medio inteligente que tuviera la oportunidad de aniquilar a la humanidad y todas sus obras.

No había mucha distancia entre los campos experimentales y la nueva estación de xenobiología. El sendero rodeaba una colina baja, sorteaba el borde del bosque que era padre, madre y cementerio viviente para esta tribu de pequeninos, y luego llegaba hasta la puerta norte de la verja que rodeaba la colonia humana.

La verja resultaba dolorosa para Ender. Ya no había motivos para que existiera, ahora que la política de contacto mínimo entre humanos y pequeninos había sido rota, y ambas especies atravesaban libremente la puerta. Cuando Ender llegó a Lusitania, la verja estaba cargada con un campo que provocaba un dolor insoportable a quien la cruzara.

Durante la lucha por ganar el derecho a comunicarse libremente con los pequeninos, el mayor de los hijos adoptivos de Ender, Miro, había quedado atrapado en el campo durante varios minutos, lo que le causó una lesión cerebral irreversible. Sin embargo, la experiencia de Miro era sólo la expresión más dolorosa e inmediata de lo que la verja hacía a las almas de los humanos rodeados por ella. La psicobarrera fue desconectada hacía treinta años. Durante todo este tiempo, no había existido ningún motivo para que se irguiera ninguna barrera entre humanos y pequeninos; sin embargo la verja permanecía. Los colonos humanos de Lusitania lo querían así. Deseaban que la frontera entre humanos y pequeninos siguiera siendo inexpugnable.

Por eso el laboratorio xenobiológico había sido trasladado desde su antiguo emplazamiento junto al río. Si los pequeninos iban a tomar parte en la investigación, el laboratorio tenía que estar cerca de la verja, y todos los campos experimentales ante ella, para que humanos y pequeninos no tuvieran oportunidad de enfrentarse casualmente.

Cuando Miro se marchó para reunirse con Valentine, Ender pensó que a la vuelta se sorprendería por los grandes cambios que se producirían en el mundo de Lusitania. Pensaba que Miro vería a humanos y pequeninos trabajando codo con codo, dos especies conviviendo en armonía.

En cambio, Miro encontraría la colonia casi igual. Con raras excepciones, los seres humanos de Lusitania no ansiaban la intimidad con otra especie.

Fue buena cosa que Ender ayudara a la reina colmena a restaurar la especie de los insectores tan lejos de Milagro. Ender pretendía ayudar a que insectores y humanos llegaran a conocerse gradualmente. En cambio, Novinha y él y su familia se habían visto obligados a mantener en secreto la existencia de los insectores en Lusitania. Si los colonos humanos no podían tratar con los pequeninos, que parecían mamíferos, no cabía duda de que la existencia de los insectores, con su aspecto de insectos, provocaría una violenta xenofobia casi de inmediato.

Guardo demasiados secretos, pensó Ender. Durante todos estos años he sido portavoz de los muertos, descubriendo secretos y ayudando a la gente a vivir a la luz de la verdad. Ahora ya no ansío decirle a nadie la mitad de lo que sé, porque si revelara toda la verdad habría miedo, odio, brutalidad, asesinato, guerra.

No lejos de la verja, pero fuera de ella, se alzaban dos padres-árbol, uno llamado Raíz, el otro Humano, plantados de forma que desde la verja parecía que Raíz estaba a la izquierda, y Humano a la derecha. Humano era el pequenino a quien Ender tuvo que matar ritualmente con sus propias manos, según lo requerido para sellar el tratado entre humanos y pequeninos. Entonces Humano renació en celulosa y clorofila, convertido finalmente en un macho adulto maduro, capaz de engendrar hijos.

En este momento Humano aún tenía un enorme prestigio, no sólo entre los cerdis de su tribu, sino también en muchas otras tribus. Ender sabía que estaba vivo: sin embargo, al ver el árbol, le resultaba imposible olvidar cómo había muerto Humano.

Ender no tenía ningún problema para tratar a Humano como a una persona, pues había hablado con este padre-árbol muchas veces. Lo difícil era considerar a este árbol la *misma* persona a la que había conocido como el pequenino llamado Humano. Ender comprendía intelectualmente que la identidad de una persona estaba compuesta de voluntad y memoria, y que voluntad y memoria habían pasado intactas del pequenino al padre-árbol. Pero la comprensión intelectual no siempre trae consigo una creencia visceral. Humano era muy extraño ahora.

Sin embargo, seguía siendo Humano, y seguía siendo amigo de Ender. El Portavoz tocó la corteza del árbol al pasar. Luego, desviándose unos pocos pasos, se acercó al otro padre-árbol llamado Raíz, y acarició también su corteza. Nunca había llegado a conocer a Raíz como pequenino: Raíz había muerto por otras manos, y este árbol era ya alto y grande antes de que Ender llegara a Lusitania. No había ningún sentido de pérdida que lo preocupara cuando hablaba con Raíz.

En la base de Raíz, entre las raíces, había muchos palos. Algunos habían sido traídos aquí; otros estaban hechos de las propias ramas de Raíz. Eran palos para hablar. Los pequeninos lo usaban para marcar un ritmo en el tronco de un padre-árbol, y éste formaba y reformaba las zonas huecas de su interior para cambiar el sonido, para producir una lenta especie de habla. Ender sabía llevar el ritmo con suficiente destreza para entender palabras de los árboles.

Sin embargo, hoy no quería conversar. Que Plantador dijera a los padres-árbol que otro experimento había fracasado. Ender hablaría más tarde con Raíz y Humano. Hablaría con la reina colmena. Hablaría con Jane. Hablaría con todo el mundo. Después de toda la charla, no estaría más cerca de la resolución de ninguno de los problemas que amenazaban el futuro de Lusitania. Porque la solución de sus problemas no dependía de la conversación. Dependía del conocimiento y la acción: conocimiento que sólo otras personas podían adquirir, acciones que sólo otras personas podían ejecutar. Ender se encontraba impotente para resolver los problemas.

Todo lo que podía hacer, todo lo que había hecho desde su batalla final como niño guerrero, era escuchar y hablar. En otros momentos, en otros lugares, eso había bastado. Ahora no. Muchas clases diferentes de destrucción gravitaban sobre Lusitania, algunas de ellas puestas en movimiento por el propio Ender, y ninguna de ellas podía ser resuelta por ninguna actuación, palabra ni pensamiento de Andrew Wiggin. Como todos los otros ciudadanos de Lusitania, su futuro estaba en manos de otra gente. La diferencia entre ellos y él era que Ender conocía todo el peligro, todas las posibles consecuencias de cada fallo o error. ¿Quién estaba más maldito: el que moría sin saberlo hasta el mismo momento de su muerte, o el que contemplaba su destrucción mientras se acercaba, paso a paso, durante días, semanas y años?

Ender dejó a los padres-árbol y recorrió el resto del bien cuidado sendero hacia la colonia humana. Atravesó la verja, la puerta del laboratorio xenobiológico. El pequenino que era el mejor ayudante de Ela (se llamaba Sordo, aunque decididamente *no* era duro de oído) lo condujo de inmediato a la oficina de Novinha, donde Ela, Novinha,

Quara y Grego estaban ya esperando. Ender alzó la bolsa que contenía el fragmento de la planta de patata.

Ela sacudió la cabeza. Novinha suspiró. Sin embargo no parecían ni la mitad de decepcionadas de lo que Ender esperaba. Claramente tenían algo más en la cabeza.

—Supongo que era de esperar —dijo Novinha.

—Sin embargo, teníamos que intentarlo —dijo Ela.

—¿Por qué teníamos que intentarlo? —demandó Grego. El hijo menor de Novinha (y por tanto también hijo adoptivo de Ender) tenía treinta y tantos años ahora, y era un científico brillante por derecho propio; pero parecía disfrutar de su papel de abogado del diablo en todas las discusiones familiares, trataran de xenobiología o del color con el que había que pintar las paredes—. Al introducir estos nuevos cultivos sólo conseguimos enseñar a la descolada a burlar todas las estrategias de que disponemos para matarla. Si no la aniquilamos ahora, nos aniquilará a nosotros. En cuanto la descolada desaparezca, podremos cultivar patatas normales y corrientes sin todas estas tonterías.

—¡No podemos! —gritó Quara. Su vehemencia sorprendió a Ender. Quara no solía hablar ni siquiera en las mejores ocasiones: el que ahora lo hiciera con tanta convicción no era frecuente en ella—. Te digo que la descolada está viva.

—Y yo te digo que un virus es un virus —sentenció Grego.

A Ender le molestaba que Grego abogara por el exterminio de la descolada: no era propio de él pedir algo que destruiría a los pequeninos. Grego había crecido prácticamente entre los varones pequeninos, los conocía y hablaba su lenguaje mejor que nadie.

—Chicos, callaos y dejadme explicar esto a Andrew —exigió Novinha—. Ela y yo estábamos discutiendo lo que podíamos hacer si las patatas fracasaban, y me dijo..., no, explícalo tú, Ela.

—Es una idea bastante sencilla. En vez de intentar cultivar plantas que inhiban el crecimiento del virus de la descolada, tenemos que ir a por el virus mismo.

—Eso es —asintió Grego.

—Cierra el pico —ordenó Quara.

—Sé amable con todos nosotros, Grego, y haz lo que tu hermana te ha pedido tan educadamente —dijo Novinha.

Ela suspiró y continuó:

—No podemos matarlo porque eso eliminaría toda la vida nativa de Lusitania. Así que propongo intentar el desarrollo de un nuevo cultivo de descolada que siga actuando como el virus que tenemos en los ciclos reproductivos de todas las formas de vida lusitanas, pero sin la habilidad para adaptarse a nuevas especies.

—¿Puedes eliminar esa parte del virus? —preguntó Ender—. ¿Puedes encontrarlo?

—No es probable. Pero creo que puedo encontrar todas las partes del virus que están activas en los cerdis y en todas las parejas planta-animal, mantenerlas, y descartar todo lo demás. Entonces añadiríamos una rudimentaria habilidad reproductora y estableceríamos algunos receptores para que responda adecuadamente a los cambios apropiados en el cuerpo anfitrión, lo meteríamos todo en un órgano nuevo, y lo tendríamos: un sustituto de la descolada de forma que los pequeninos y todas las especies nativas estén a salvo y nosotros podamos vivir sin preocuparnos.

—¿Entonces rociarías todo el virus original de la descolada para aniquilarlo? —preguntó Ender—. ¿Y si ya hay un cultivo resistente?

—No, no lo rociaremos, porque eso acabaría con los virus que ya se han incorporado a los cuerpos de todas las criaturas lusitanas. Esto es lo difícil...

—Como si el resto fuera fácil —masculló Novinha—, crear un organismo nuevo de la nada...

—No podemos inyectar esos organelos en unos cuantos cerdis o en todos, porque también tendríamos que inyectarlos en todas las formas de vida animal nativa, árboles y hierbas.

—No puede hacerse —dijo Ender.

—Entonces tenemos que desarrollar un mecanismo que desarrolle los organelos universalmente, y que al mismo tiempo destruya los viejos virus de la descolada de una vez por todas.

—Xenocidio —intervino Quara.

—Ésa es la cuestión —dijo Ela—. Quara sostiene que la descolada es consciente.

Ender miró a la más joven de sus hijas adoptivas.

—¿Una *molécula* consciente?

—Tienen un lenguaje, Andrew.

—¿Cuándo sucedió eso? —preguntó Ender. Estaba intentando imaginar cómo una molécula genética (incluso una tan larga y compleja como el virus de la descolada) podía ser capaz de hablar.

—Hace tiempo que lo sospecho. No quería decir nada hasta que estuviera segura, pero...

—Lo que significa que *no* está segura —atacó Grego, triunfal.

—Pero ahora estoy *casi* segura, y no podéis destruir a una especie entera hasta que lo sepamos.

—¿Cómo hablan? —preguntó Ender.

—No igual que nosotros, desde luego —contestó Quara—. Se transmiten información a nivel molecular. Lo advertí por primera vez cuando trabajaba en la cuestión de cómo los nuevos cultivos resistentes de la descolada se extienden tan rápidamente y sustituyen a todos los antiguos virus en tan poco tiempo. No pude resolver ese problema porque formulaba la pregunta equivocada. No sustituyen a los antiguos. Simplemente se transmiten mensajes.

—Lanzan dardos —dijo Grego.

—Ésas fueron palabras mías —interrumpió Quara—. No comprendí que era un *lenguaje*.

—Porque no lo era —sentenció Grego.

—Eso fue hace cinco años —terció Ender—. Dijiste que los dardos que envían llevan los genes necesarios y luego todos los virus que reciben los dardos revisan su propia estructura para incluir el nuevo gen. Eso difícilmente puede considerarse un lenguaje.

—Pero no es la única vez que envían dardos —objetó Quara—. Esas moléculas mensajeras entran y salen constantemente, y la mayoría de las veces no están ni siquiera incluidas en el cuerpo. Varias partes de la descolada las leen y luego las transmiten a otra.

—¿Esto es lenguaje? —preguntó Grego.

—Todavía no —admitió Quara—. Pero a veces, después de que un virus lee uno de esos dardos, crea un dardo nuevo y lo envía. Esto es lo que apunta hacia un lenguaje: la parte delantera del nuevo dardo siempre comienza con una secuencia molecular similar a la parte trasera del dardo que está respondiendo. Mantiene el hilo de la conversación.

—Conversación —desdeñó Grego.

—Cállate o muérete —espetó Ela. Incluso después de tantos años, advirtió Ender, la voz de Ela tenía aún el poder de cortar las impertinencias de Grego, al menos a veces.

—He seguido algunas de esas conversaciones durante unas cien declaraciones y respuestas. La mayoría mueren mucho antes. Unas cuantas se incorporan en el cuerpo principal del virus. Pero esto es lo más interesante: es completamente voluntario. A veces un virus coge el dardo y lo conserva, mientras que la mayoría de los demás no lo hacen. A veces la mayoría de los virus conservan un dardo concreto. Pero la zona donde incorporan los dardos mensajeros es exactamente la zona que ha sido más difícil de estudiar. Eso se debe a que no forma parte de su estructura, es su *memoria,* y los individuos son todos diferentes unos de otros. También tienden a soltar unos cuantos fragmentos de memoria cuando han aceptado demasiados dardos.

—Todo eso es fascinante —convino Grego—, pero no es ciencia. Hay multitud de explicaciones para esos dardos y los enlaces y despieces aleatorios...

—¡No son aleatorios! —exclamó Quara.

—Nada de eso es lenguaje —insistió Grego.

Ender ignoró la discusión, porque Jane le susurraba al oído a través del receptor en forma de joya que lleva-ba. Ahora le hablaba menos que en los años anteriores. Él escuchó con atención, sin dar nada por hecho.

—Ha encontrado algo —informó Jane—. He obser-vado su investigación y hay algo que no sucede con nin-guna otra criatura subcelular. He hecho muchos análi-sis diferentes de los datos, y cuanto más simulo y pruebo esta conducta concreta de la descolada, menos parece un código genético y más se asemeja a un lengua-je. En este momento, no podemos descartar la posibili-dad de que sea voluntario.

Cuando Ender devolvió su atención a la discusión en curso, Grego tenía la palabra.

—¿Por qué convertimos todo lo que no hemos ave-riguado todavía en una especie de experiencia mística? —Grego cerró los ojos y entonó—: ¡He encontrado una nueva vida! ¡He encontrado una nueva vida!

—¡Basta! —gritó Quara.

—Esto se nos está escapando de las manos —advir-tió Novinha—. Grego, por favor, intenta mantenerlo al nivel de una discusión racional.

—Es difícil, cuando todo es tan irracional. *Até ago-ra quem já imaginou microbiologista que se torna na-morada de uma molécula?*

¿Quién ha oído hablar de una microbióloga enamo-rada de una molécula?

—¡Basta! —exclamó Novinha bruscamente—. Quara es tan científico como tú, y...

—Lo *era* —murmuró Grego.

—Y, si tienes la amabilidad de callarte el tiempo suficiente para escucharme, ella tiene derecho a ser oída. —Novinha estaba bastante furiosa ahora, pero, como de costumbre, Grego no parecía impresionado—. Ya deberías saber, Grego, que a menudo las ideas que al principio parecen más absurdas y contraintuitivas son las que después causan cambios fundamentales en la forma en que vemos el mundo.

—¿Creéis de verdad que esto es uno de esos descubrimientos básicos? —preguntó Grego, mirándolos a los ojos uno a uno—. ¿Un virus parlante? *Se Quara sabe tanto, porque ela nao diz o que é que aqueles bichos dizem?*

Si sabe tanto, ¿por qué no nos revela lo que dicen esos bichitos? El hecho de que se pasara al portugués en vez de hablar stark, la lengua de la ciencia, era una señal de que la discusión escapaba al control.

—¿Importa? —preguntó Ender.

—¡Importa! —exclamó Quara.

Ela miró a Ender consternada.

—Es sólo la diferencia entre curar un mal peligroso y destruir una especie consciente entera. Y eso importa.

—Quería decir si importa que sepamos lo que dicen —explicó Ender pacientemente.

—No —dijo Quara—. Probablemente nunca comprenderemos su lenguaje, pero eso no cambia el hecho de que sean conscientes. De todas formas, ¿qué tienen que decirse los virus y los seres humanos?

—¿Qué tal: «Por favor, dejad de intentar matarnos»? —apuntó Grego—. Si puedes imaginar cómo decir eso en el lenguaje de los virus, entonces podría ser útil.

—Pero Grego —dijo Quara con dulzura fingida—,

¿se lo decimos nosotros a ellos, o nos lo dicen ellos a nosotros?

—No tenemos que decidir hoy —intervino Ender—. Podemos permitirnos esperar un poco.

—¿Cómo lo sabes? —estalló Grego—. ¿Cómo sabes que mañana por la tarde no nos despertaremos todos con picores, dolor, vómitos y ardiendo de fiebre, y nos moriremos porque finalmente, de la mañana a la noche, el virus de la descolada ha descubierto cómo aniquilarnos de una vez por todas? Es cuestión de ellos o nosotros.

—Creo que Grego acaba de demostrarnos por qué tenemos que esperar —opinó Ender—. ¿Habéis visto cómo habla de la descolada? Incluso él piensa que tiene voluntad y toma decisiones.

—Eso es sólo una forma de hablar —protestó Grego.

—Todos hemos hablado así. Y también pensamos así. Porque todos sentimos que estamos en guerra con la descolada, que es algo más que luchar contra una enfermedad. Es como si tuviéramos un enemigo inteligente y lleno de recursos que sigue contrarrestando nuestros movimientos. En toda la historia de la investigación médica, nadie ha luchado contra una enfermedad que tuviera tantas formas de derrotar las estrategias usadas en su contra.

—Sólo porque nadie ha luchado contra un germen con una molécula tan grande y tan compleja genéticamente —espetó Grego.

—Exactamente —convino Ender—. Éste es un virus único, y por eso puede tener habilidades que nunca habíamos imaginado en especies estructuralmente menos complejas que un vertebrado.

Durante un momento las palabras de Ender gravitaron en el aire, respondidas sólo por el silencio. Ender imaginó que podía haber servido de algo en esta reunión después de todo, que como mero orador había ganado una especie de acuerdo.

Grego pronto lo convenció de lo contrario.

—Aunque Quara tenga razón, aunque sea verdad y los virus de la descolada tengan todos doctorados en filosofía y sigan publicando disertaciones sobre cómo joder a los humanos hasta que mueran, ¿qué? ¿Nos tiramos al suelo y nos hacemos el muerto porque el virus que está intentando matarnos es condenadamente inteligente?

Novinha respondió con tranquilidad:

—Creo que Quara necesita continuar con su investigación... y nosotros tenemos que proporcionarle más medios para hacerlo, mientras que Ela continúa con la suya.

Fue Quara quien puso objeciones esta vez.

—¿Por qué debería molestarme intentando comprenderlos si los demás seguís trabajando en formas para matarlos?

—Ésta es una buena pregunta, Quara —dijo Novinha—. Por otro lado, ¿por qué deberías molestarte en intentar comprenderlos si de repente encuentran un medio de atravesar todas nuestras barreras químicas y matarnos a todos?

—Nosotros o ellos —murmuró Grego.

Ender sabía que Novinha había tomado una buena decisión: mantenía abiertas las dos líneas de investigación, y decidiría más tarde, cuando supieran más. Mientras tanto, Quara y Grego habían perdido el razonamiento, asumiendo ambos que todo oscilaba en el hecho de que los virus de la descolada fueran conscientes o no.

—Aunque sean inteligentes —sugirió Ender—, eso no significa que sean sacrosantos. Todo depende de si son raman o varelse. Si son raman, si podemos comprenderlos y ellos pueden comprendernos a nosotros lo suficiente para encontrar una forma de convivir, entonces bien. Nosotros estaremos a salvo, y ellos también.

—¿El gran pacificador pretende firmar un tratado con una molécula? —se burló Grego.

Ender ignoró su tono de mofa.

—Por otro lado, si intentan destruirnos y no podemos encontrar un medio de comunicarnos con ellos, entonces son varelse, alienígenas inteligentes, pero implacablemente hostiles y peligrosos. Los varelse son los alienígenas con los que no podemos vivir, aquellos con los que estamos natural y permanentemente en guerra a muerte, y en ese caso nuestra única elección moral es hacer todo lo necesario para vencer.

—Muy bien —se afanó Grego.

A pesar del tono triunfal de su hermano, Quara había escuchado las palabras de Ender, y asintió, insegura.

—Siempre y cuando no empecemos desde la suposición de que son varelse —objetó.

—E incluso entonces, puede que haya un camino intermedio —afirmó Ender—. Tal vez Ela pueda encontrar una forma de sustituir todos los virus de la descolada sin destruir todo este asunto de la memoria y el lenguaje.

—¡No! —exclamó Quara, ferviente una vez más—. No podéis..., ni siquiera tenéis derecho a dejarles sus recuerdos y arrebatarles su habilidad para adaptarse. Eso sería como si nos practicaran lobotomías frontales. Si es la guerra, entonces que lo sea. Matadlos, pero no los dejéis con recuerdos mientras les robáis la voluntad.

—No importa —dijo Ela—. No puede hacerse. En este punto, creo que me enfrento a una tarea imposible. Operar con la descolada no es fácil. No es como examinar y operar con un animal. ¿Cómo aplico anestesia a la molécula para que no se cure sola mientras estoy a mitad de la amputación? Tal vez la descolada no sepa mucho de física, pero es mucho más hábil que yo en cirugía molecular.

—Hasta ahora —intervino Ender.

—Hasta ahora no tenemos nada —zanjó Grego—. Excepto que la descolada intenta con todas sus fuerzas matarnos a todos, mientras que nosotros todavía intentamos decidir si debemos contraatacar o no. Esperaré un poco más, pero no eternamente.

—¿Qué hay de los cerdis? —preguntó Quara—. ¿No tienen derecho a votar si transformamos la molécula que no sólo les permite reproducirse, sino que probablemente los creó como especie inteligente?

—Esa cosa está intentando matarnos —repitió Ender—. Mientras que la solución que encuentre Ela pueda eliminar el virus sin interferir con el ciclo reproductor de los cerdis, no creo que tengan ningún derecho a poner objeciones.

—Tal vez ellos piensen lo contrario.

—Entonces tal vez sea mejor que no se enteren de lo que estamos haciendo —sugirió Grego.

—No hemos hablado con nadie, humanos o cerdis, de la investigación que estamos llevando a cabo —cortó Novinha bruscamente—. Podría causar malentendidos terribles que conducirían a la violencia y a la muerte.

—Entonces los humanos somos los jueces de todas las demás criaturas —observó Quara.

—No, Quara. Como científicos estamos recopilando información —corrigió Novinha—. Hasta que tengamos suficiente, nadie puede juzgar nada. Así que el secreto se refiere a todos los aquí presentes. Quara y Grego también. No se lo digáis a nadie hasta que yo os dé permiso, y yo no lo haré hasta que sepamos más.

—¿Hasta que tú lo digas, o hasta que lo diga el Portavoz de los Muertos? —preguntó Grego, descaradamente.

—Soy la xenobióloga jefe —contestó Novinha—. La decisión es sólo mía. ¿Comprendido?

Esperó a que todos asintieran. Lo hicieron.

Novinha se levantó. La reunión había terminado.

Quara y Grego se marcharon casi de inmediato. Novinha dio a Ender un beso en la mejilla y luego lo hizo marcharse, junto con Ela, de su oficina.

Ender se quedó en el laboratorio para hablar con Ela.

—¿Es posible esparcir tu virus sustituto por toda la población de todas las especies nativas de Lusitania?

—No lo sé —dijo Ela—. Eso es menos problemático que cómo conseguir que llegue a cada célula de un organismo individual con rapidez suficiente para que la descolada no pueda adaptarse o escapar. Tendré que crear una especie de virus transportador, y probablemente tendré que modelarlo a partir de la propia descolada. La descolada es el único parásito que conozco que invade un anfitrión tan rápida y concienzudamente como necesito para el virus transportador. Irónico: aprenderé a sustituir la descolada copiando las técnicas del propio virus.

—No es irónico —dijo Ender—. Es la manera en que funciona el mundo. Alguien me dijo que el único maestro válido es tu propio enemigo.

—Entonces, Quara y Grego deben de estar proporcionándose doctorados mutuamente.

—Su enfrentamiento es sano. Nos obliga a sopesar cada aspecto de lo que estamos haciendo.

—Dejará de ser sano si uno de ellos decide llevar el asunto fuera de la familia.

—Esta familia no cuenta sus cosas a los extraños —aseguró Ender—. Yo debería saberlo mejor que nadie.

—Al contrario, Ender. Tú más que nadie deberías saber lo ansiosos que estamos por hablar a un extraño, cuando pensamos que nuestra necesidad es lo bastante imperiosa para justificarlo.

Ender tuvo que admitir que tenía razón. Cuando llegó a Lusitania, le resultó difícil que Quara, Grego, Miro, Quim y Olhado confiaran en él lo suficiente para hablarle. Pero Ela le había hablado desde el principio, al igual que los otros hijos de Novinha. Al final, también lo hizo la propia Novinha. La familia era intensamente leal, pero también testaruda y porfiada, y no había ninguno que no confiara en su propio juicio por encima del de los demás. Grego o Quara, cualquiera de los dos, podría decidir que confiárselo a otra persona sería lo mejor para Lusitania, la humanidad o la ciencia, y la norma del secreto se acabaría, al igual que la norma de la no interferencia con los cerdis se quebró antes de que Ender llegara al planeta.

Qué bien, pensó Ender. Una posible fuente de desastre más que está completamente fuera de mi control.

Al salir del laboratorio, Ender deseó, como había hecho muchas veces antes, que Valentine estuviera allí. Ella era la experta en sortear dilemas éticos. Llegaría pronto, pero ¿a tiempo? Ender comprendía y en principio estaba de acuerdo con los puntos de vista presentados por Quara y Grego. Lo que más dolía era la necesidad de mantener el secreto, de forma que no podía hablar con los pequeninos, ni siquiera con Humano, sobre una decisión que los afectaría a ellos tanto como a cualquier colono de la Tierra. Sin embargo, Novinha tenía razón. Descubrir ahora el asunto, antes de que supieran lo que podía hacerse, provocaría confusión en el mejor de los casos, anarquía y derramamiento de sangre en el peor. Los pequeninos se mostraban ahora pacíficos, pero la historia de la especie estaba manchada de guerra.

Cuando Ender salió de la verja, de regreso a los campos experimentales, vio a Quara delante del padre-árbol Humano, con los palos en la mano, enfrascada en una conversación. No había golpeado el tronco, de lo contrario Ender la habría oído, así que debía de querer intimidad. Eso estaba bien. Ender daría un rodeo, para no acercarse demasiado y escucharla por casualidad.

Pero cuando ella vio que Ender la observaba, terminó de inmediato la conversación con Humano y se dirigió rápidamente al sendero que conducía a la verja. Por supuesto, esto la llevó justo a Ender.

—¿Revelando secretos? —le preguntó él. No había pretendido que fuera una pulla. Sólo cuando las palabras surgieron de su boca y Quara adoptó una expresión furtiva comprendió cuál era el secreto que Quara podía haber estado diciendo. Y sus palabras confirmaron su sospecha.

—La idea de justicia de mi madre no es siempre la mía. Ni la tuya, por cierto.

Ender sabía que ella podía hacer esto, pero no se le había ocurrido que fuera a hacerlo tan rápidamente después de su promesa.

—Pero ¿es siempre la justicia la consideración más importante? —preguntó.

—Para mí lo es —replicó Quara.

Intentó darse la vuelta y atravesar la verja, pero Ender la cogió por el brazo.

—Suéltame.

—Decírselo a Humano es una cosa. Es muy sabio. Pero no se lo reveles a nadie más. Algunos de los pequeninos, algunos de los machos, pueden ser muy agresivos si piensan que tienen razón.

—No son sólo *machos* —protestó Quara—. Se llaman a sí mismos maridos. Tal vez nosotros deberíamos llamarlos «hombres». —Sonrió a Ender, triunfal—. No eres ni la mitad de liberal de lo que te gusta creer.

Entonces se abrió paso y atravesó la verja para volver a Milagro.

Ender se acercó a Humano y permaneció de pie junto a él.

—¿Qué te ha dicho, Humano? ¿Te ha dicho que moriré antes de dejar que nadie aniquile a la descolada, si eso os dañara a ti y a tu pueblo?

Naturalmente, Humano no le ofreció una respuesta inmediata, pues Ender no tenía intención de empezar a golpear el tronco con los palos usados para producir la Lengua de los Padres. Si lo hacía, los varones pequeninos lo oirían y acudirían corriendo. No había ninguna conversación privada entre pequeninos y padres-árbol. Si un padre-árbol quería intimidad, siempre podía hablar silenciosamente con los otros padres-árbol: se comunicaban entre sí de mente a mente, como la reina colmena hablaba a los insectores que le servían de ojos y oídos, manos y pies. Ojalá pudiera formar parte de esa cadena de comunicación, pensó Ender. Habla instantánea hecha de pensamiento puro, proyectada a cualquier lugar del universo.

Sin embargo, tenía que decir algo para ayudar a contrarrestar lo que Quara hubiera revelado.

—Humano, estamos haciendo todo lo posible por salvar a hombres y pequeninos por igual. Incluso intentaremos salvar al virus de la descolada, si podemos. Ela y Novinha son muy eficientes en su trabajo. Igual que Grego y Quara. Pero por ahora, por favor, confía en nosotros y no le digas nada a nadie. Por favor. Si humanos y pequeninos llegan a comprender el peligro al que nos enfrentamos antes de que estemos preparados para dar los pasos para contenerlo, los resultados serían violentos y terribles.

No había nada más que decir. Ender volvió a los terrenos experimentales. Antes del anochecer, completó con Plantador las mediciones y luego quemó y arrasó el campo entero. Ninguna molécula grande sobrevivía dentro de la barrera disruptora. Habían hecho todo lo posible por asegurarse de que todo lo que la descolada pudiera haber aprendido de este campo fuera olvidado.

Lo que nunca podrían hacer era deshacerse de los virus que llevaban dentro de sus propias células, humanas y pequeninas por igual. ¿Y si Quara tenía razón? ¿Y si la descolada dentro de la barrera, antes de morir, conseguía «transmitir» a los virus que Plantador y Ender llevaban en su interior lo que había aprendido de este nuevo cultivo de patata? ¿Sobre las defensas que Ela y Novinha intentaban insertar? ¿Sobre las formas que este virus había encontrado para derrotar sus tácticas?

Si la descolada era en efecto inteligente, con un lenguaje para extender información y pautas de conducta de un individuo a muchos otros, entonces ¿cómo podía Ender, cómo podía ninguno de ellos, esperar alzarse con la victoria al final? A la larga, podría resultar que la descolada fuera la especie más adaptable, la más capaz de someter mundos y eliminar rivales, más fuerte que humanos, cerdis, insectores o cualquier criatura viva en los mundos colonizados. Ése fue el pensamiento que Ender se llevó consigo a la cama esa noche, el pensamiento que lo preocupó incluso mientras hacía el amor con Novinha, de forma que ella sintió la necesidad de consolarlo como si fuera Ender, y no ella, el que estaba lastrado con las preocupaciones de un mundo. Él intentó disculparse, pero pronto comprendió la futilidad de hacerlo. ¿Por qué añadir preocupaciones a Novinha confesándole las suyas propias?

Humano escuchó las palabras de Ender, pero no podía estar de acuerdo con lo que éste le pedía. ¿Silencio? No cuando los humanos estaban creando nuevos virus que podrían transformar el ciclo vital de los pequeninos. Oh, Humano no se lo diría a los inmaduros machos y hembras. Pero podría decírselo, y lo haría, a todos los otros padres-árbol de Lusitania. Tenían derecho a saber lo que sucedía, y entonces decidir juntos qué hacer.

Antes del anochecer, todos los padres-árbol de todos los bosques supieron lo que Humano sabía: de los planes de los hombres, y de su estimación de hasta dónde podían confiar en ellos. La mayoría estuvo de acuerdo con él: dejaremos que los seres humanos continúen por ahora. Pero, mientras tanto, observaremos con atención y nos prepararemos para un tiempo que puede llegar, aunque esperamos que no, en que humanos y pequeninos vayan a la guerra unos contra otros. No podemos luchar con la esperanza de ganar…, pero tal vez, antes de que nos masacren, encontraremos un modo para que algunos de nosotros huyan.

Así, antes del amanecer, hicieron planes y acuerdos con la reina colmena, la única fuente de alta tecnología no humana de Lusitania. A la noche siguiente, las tareas de construcción de una nave estelar con la que marcharse de Lusitania ya habían comenzado.

7

DONCELLA SECRETA

<¿Es cierto que, en los antiguos tiempos, cuando enviasteis vuestras naves para colonizar muchos mundos, podíais hablaros unas a otras como si estuvierais en el mismo bosque?>

<Suponemos que con vosotros sucederá lo mismo. Cuando los nuevos padres-árbol hayan crecido, estarán presentes en vosotros. Los conexiones filóticas no se ven afectadas por la distancia.>

<Pero ¿estaremos conectados? No enviaremos ningún árbol al viaje. Sólo hermanos, unas cuantas esposas y un centenar de pequeñas madres para dar a luz a nuevas generaciones. El viaje durará como mínimo décadas. En cuanto lleguen, los mejores de entre los hermanos serán enviados a la tercera vida, pero transcurrirá al menos un año antes de que el primero de los padres-árbol envejezca lo suficiente para engendrar. ¿Cómo podrá saber el primer padre de ese nuevo mundo la forma de hablarnos? ¿Cómo podremos saludarlo, si no sabemos dónde está?>

El sudor corría por el rostro de Qing-jao. Inclinada como estaba, las gotas le cosquilleaban las mejillas, bajo los ojos y en la punta de la nariz. Desde allí, el sudor caía a las aguas del arrozal, o a las plantas de arroz que se alzaban sobre la superficie del agua.

—¿Por qué no te secas la cara, sagrada?

Qing-jao alzó la cabeza para ver quién estaba lo bastante cerca para hablarle. Por regla general, los otros miembros de su grupo en la labor virtuosa no trabajaban cerca de ella: les inquietaba estar con una de las agraciadas.

Era una niña, más joven que Qing-jao, de unos catorce años, con cuerpo de muchacho y el cabello muy corto. Miraba a Qing-jao con franca curiosidad. Había en ella una frescura, una completa falta de timidez que a Qing-jao le pareció extraña y un poco desagradable. Su primer impulso fue ignorar a la niña.

Pero ignorarla sería arrogante. Sería lo mismo que decir: «Como soy una agraciada, no necesito responder cuando me hablan». Nadie supondría jamás que la razón por la que no respondía era porque estaba tan preocupada con la tarea imposible que el gran Han Fei-tzu le había encomendado que resultaba casi doloroso pensar en otra cosa.

Así que respondió, pero con una pregunta:

—¿Por qué debería secarme la cara?

—¿No te cosquillea el sudor al caer? ¿No se te mete en los ojos y pica?

Qing-jao bajó el rostro para seguir con su trabajo unos instantes, y esta vez advirtió deliberadamente lo que sentía. Sí que hacía cosquillas, y el sudor que se le metía en los ojos picaba. De hecho, resultaba bastante incómodo y molesto. Con cuidado, Qing-jao se enderezó, y advirtió el dolor, la forma en que su espalda protestaba por el cambio de postura.

—Sí —respondió a la muchachita—. Hace cosquillas y pica.

—Entonces, sécate —dijo la niña—. Con la manga.

Qing-jao se miró la manga. Ya estaba empapada con el sudor de sus brazos.

—¿Sirve de algo secarse? —preguntó.

Ahora le tocó a la muchachita el turno de descubrir algo en lo que no había pensado. Por un momento, pareció pensativa. Entonces se secó la frente con la manga. Sonrió.

—No, sagrada. No sirve de nada.

Qing-jao asintió con gravedad y se inclinó de nuevo para continuar con su labor. Pero ahora el cosquilleo del sudor, el picor de sus ojos, el dolor de su espalda, la molestaban demasiado. Su incomodidad apartó su mente de sus pensamientos, en vez de hacer al contrario. Esta muchacha, quienquiera que fuese, acababa de aumentar sus penalidades al señalarlo... y, sin embargo, irónicamente, al hacer que Qing-jao fuera consciente de la miseria de su cuerpo, la había liberado del martilleo de las preguntas en su cerebro.

Qing-jao empezó a reír.

—¿Te ríes de mí, sagrada? —preguntó la muchacha.

—Te doy las gracias a mi manera —dijo Qing-jao—. Has quitado una gran carga de mi corazón, aunque sólo sea por un momento.

—Te estás riendo de mí por haberte dicho que te secaras la frente, aunque no sirva de nada.

—Te aseguro que no me río por eso. —Qing-jao se irguió otra vez y miró a la muchachita a los ojos—. Yo no miento.

La niña pareció avergonzada, pero ni la mitad de lo que debería parecer. Cuando los agraciados usaban el tono de voz que Qing-jao acababa de emplear, los demás se inclinaban inmediatamente y mostraban su respeto. Pero esta muchacha sólo prestó atención, comprendió las palabras de Qing-jao, y luego asintió.

Qing-jao sólo pudo llegar a una conclusión.

—¿También eres una agraciada?

La muchacha abrió mucho los ojos.

—¿Yo? Mis padres son gente muy humilde. Mi padre extiende estiércol en los campos y mi madre friega en un restaurante.

Naturalmente, eso no era ninguna respuesta. Aunque con frecuencia los dioses elegían a los hijos de los agraciados, se sabía que habían hablado a algunos cuyos padres nunca habían oído sus voces. Sin embargo, era una creencia común que si tus padres eran de muy baja extracción social, los dioses no tendrían ningún interés en ti, y de hecho era muy raro que los dioses hablaran a aquellos cuyos padres no tuvieran una buena educación.

—¿Cómo te llamas? —preguntó Qing-jao.

—Si Wang-mu —respondió la niña.

Qing-jao jadeó y se cubrió la boca, para sofocar una carcajada. Pero Wang-mu no parecía enfadada: sólo sonrió y pareció impacientarse.

—Lo siento —dijo Qing-jao cuando pudo hablar—. Pero ése es el nombre de...

—La Real Madre del Oeste —completó Wang-mu—. ¿Puedo evitar que mis padres eligieran ese nombre para mí?

—Es un nombre noble. Mi antepasada-del-corazón fue una gran mujer, pero sólo era mortal, una poetisa. La tuya es una de las más antiguas diosas.

—¿Y de qué sirve eso? —preguntó Wang-mu—. Mis padres fueron demasiado presuntuosos al ponerme el nombre de una diosa tan distinguida. Por eso los dioses no me hablarán nunca.

A Qing-jao le entristeció que Wang-mu hablara con tanta amargura. Si supiera lo dispuesta que estaría a cambiar de lugar con ella... ¡Quedar libre de la voz de los dioses! No tener que arrodillarse nunca en el suelo para seguir las vetas de la madera, no lavarse las manos excepto cuando se ensuciaran...

Sin embargo, Qing-jao no podía explicárselo a la muchacha. ¿Cómo iba a comprender? Para Wang-mu, los agraciados eran la elite privilegiada, infinitamente sabia e inaccesible. Si Qing-jao le explicara que las cargas de los agraciados eran mucho mayores que las recompensas, parecería una mentira.

Pero para Wang-mu la agraciada no había sido inaccesible: le había hablado a Qing-jao, ¿no? Así que Qing-jao decidió decir de todas formas lo que anidaba en su corazón.

—Si Wang-mu, viviría alegremente el resto de mis días ciega si pudiera quedar libre de las voces de los dioses.

La boca de Wang-mu se abrió, llena de sorpresa. Sus ojos se ensancharon. Había sido un error hablar. Qing-jao lo lamentó de inmediato.

—Estaba bromeando —dijo.

—No —replicó Wang-mu—. Ahora estás mintiendo. Antes decías la verdad. —Se acercó, chapoteando descuidadamente por entre los arrozales—. Toda la vida he visto llevar a los agraciados al templo en sus palanquines, con sus brillantes sedas y toda la gente inclinándose a su paso, todos los ordenadores abiertos a ellos. Cuando hablan, su lenguaje suena a música. ¿Quién no querría ser uno de ellos?

Qing-jao no podía hablar abiertamente, no podía decir: «Todos los días los dioses me humillan y me hacen ejecutar tareas estúpidas y sin sentido para purificarme, y al día siguiente vuelven a empezar».

—No me creerás, Wang-mu, pero esta vida, aquí en los campos, es mejor.

—¡No! —exclamó Wang-mu—. Te lo han enseñado todo. ¡Sabes todo lo que hay que saber! Puedes hablar muchos idiomas, sabes leer todo tipo de palabras, puedes pensar pensamientos que están tan por encima de los míos como están mis pensamientos por encima de los pensamientos de un caracol.

—Hablas muy bien —dijo Qing-jao—. Tienes que haber ido al colegio.

—¡Colegio! —desdeñó Wang-mu—. ¿Qué es el colegio para niños como yo? Aprendimos a leer, pero sólo lo suficiente para entender las oraciones y los carteles de las calles. Aprendimos nuestros números, pero sólo lo suficiente para hacer la compra. Memorizamos dichos de los sabios, pero sólo los que nos enseñaron para que nos contentáramos con nuestro lugar en la vida y obedeciéramos a aquellos que son más sabios que nosotros.

Qing-jao no sabía que los colegios podían ser así. Pensaba que los niños aprendían las mismas cosas que ella había aprendido de sus tutores. Pero comprendió de inmediato que Si Wang-mu debía de estar diciendo la verdad: un maestro con treinta estudiantes no podía enseñar todas las cosas que Qing-jao había aprendido como única estudiante de muchos maestros.

—Mis padres son muy humildes —repitió Wang-mu—. ¿Por qué iban a perder el tiempo enseñándome más de lo que una sirviente necesita saber? Porque ésa es mi mayor esperanza en la vida, ser muy limpia y convertirme en sirviente en la casa de un hombre rico. Tuvieron mucho cuidado de enseñarme a limpiar un suelo.

Qing-jao pensó en las horas que había pasado en los suelos de su casa, siguiendo vetas en la madera de pared en pared. Nunca se le había ocurrido pensar cuánto trabajo era para los sirvientes mantener los suelos tan limpios y pulidos para que las túnicas de Qing-jao nunca se ensuciaran visiblemente, a pesar de lo mucho que se arrastraba.

—Sé algo de suelos —dijo.

—Sabes algo de todo —replicó Wang-mu amargamente—. Así que no me digas lo duro que es ser una agraciada. Los dioses nunca me han dirigido un pensamiento, y te digo que eso es mucho peor.

—¿Por qué no tuviste miedo de hablarme?

—He decidido no tener miedo de nada —dijo Wang-mu—. ¿Qué podrías hacerme que sea peor de lo que ya es mi vida?

Podría hacer que te lavaras las manos hasta que sangraran todos los días de tu vida.

Pero entonces algo se agitó en la mente de Qing-jao, y vio que la muchacha podría considerar que eso no era peor.

Tal vez Wang-mu se lavaría alegremente las manos hasta que no quedara más que un amasijo sangrante de piel despellejada en los muñones de sus muñecas, con tal de aprender todo lo que ella sabía. Qing-jao se sentía oprimida por la imposibilidad de la tarea que su padre le había encomendado, aunque era una tarea que, tuviera éxito o fracasara, cambiaría la historia. Wang-mu consumiría toda su vida y nunca emprendería una sola tarea que no necesitara volver a ser hecha al día siguiente; toda la vida de Wang-mu se agotaría realizando trabajos que sólo serían advertidos o comentados si los hacía mal. ¿No era el trabajo de un sirviente casi tan carente de fruto, en el fondo, como los rituales de purificación?

—La vida de un sirviente debe de ser dura —comentó Qing-jao—. Me alegro por tu bien de que no hayas sido contratada todavía.

—Mis padres albergan la esperanza de que sea hermosa cuando me convierta en una mujer. Entonces conseguirán mejores condiciones en el contrato para ponerme a servir. Tal vez el mayordomo de un hombre rico me quiera como esposa; tal vez una dama rica me quiera como doncella secreta.

—Ya eres hermosa —aseguró Qing-jao.

Wang-mu se encogió de hombros.

—Mi amiga Fan-liu está sirviendo, y dice que las feas trabajan más, pero los hombres de la casa las dejan en paz. Las feas son libres de tener sus propios pensa-

mientos. No tienen que decir cosas bonitas a sus se-
ñoras.

Qing-jao pensó en las sirvientes de la casa de su padre. Sabía que Han Fei-tzu nunca molestaría a ninguna
de ellas. Y nadie tenía que decirle cosas bonitas a ella.

—En mi casa es diferente —declaró.

—Pero yo no sirvo en tu casa —contestó Wang-mu
modestamente.

Entonces, de repente, toda la escena se aclaró. Wang-
mu no le había hablado por impulso. Lo había hecho
con la esperanza de que le ofreciera un lugar como sirviente en la casa de una dama agraciada por los dioses.
Por lo que sabía, el chismorreo en la ciudad trataba de
la joven dama agraciada Han Qing-jao, que había terminado su formación con sus tutores y se había embarca-
do en su primera tarea adulta, y que no tenía aún marido ni doncella secreta. Si Wang-mu se había abierto
paso en la misma cuadrilla de la labor virtuosa que
Qing-jao para mantener precisamente esta conversación. Durante un momento, Qing-jao se enfureció.
Luego pensó: ¿Por qué no podría hacer exactamente lo
que ha hecho? Lo peor que podría pasarle es que yo
adivinara lo que hacía, me enfadara y no la contratara.
Entonces no estaría peor que antes. Y si no me diera
cuenta de sus intenciones y me cayera bien y la contratara, sería la doncella secreta de una dama agraciada por
los dioses. Si yo estuviera en su lugar, ¿no haría lo
mismo?

—¿Crees que puedes engañarme? —preguntó—.
¿Tú crees que no sé que quieres que te contrate como
sirvienta?

Wang-mu pareció aturdida, enfadada, temerosa. Sin
embargo, prudentemente, no dijo nada.

—¿Por qué no me respondes con ira? —se extrañó
Qing-jao—. ¿Por qué no niegas que me has hablado
solamente para que te contrate?

—Porque es cierto —contestó Wang-mu—. Te dejo tranquila ahora.

Eso era lo que Qing-jao estaba esperando oír, una respuesta sincera. No tenía ninguna intención de dejar ir a Wang-mu.

—¿Cuánto de lo que me has dicho es verdad? ¿Quieres una buena educación? ¿Quieres hacer algo mejor en tu vida que servir?

—Todo —respondió Wang-mu, y había pasión en su voz—. Pero ¿qué te importa a ti? Soportas la terrible carga de la voz de los dioses.

Wang-mu pronunció su última frase con un sarcasmo tan desdeñoso que Qing-jao casi se rió en voz alta, pero se contuvo. No había ningún motivo para hacer que la muchacha se enfadara más de lo que ya lo estaba.

—Si Wang-mu, hija-del-corazón de la Real Madre del Oeste, te contrataré como mi doncella secreta, pero sólo si estás de acuerdo con las siguientes condiciones. Primero, me dejarás ser tu maestra y estudiarás todas las lecciones que te asigne. Segundo, siempre me hablarás como a una igual y nunca te inclinarás ante mí ni me llamarás «sagrada». Y tercero...

—¿Cómo podría hacer eso? —dijo Wang-mu—. Si no te trato con respeto, los demás dirán que soy indigna. Me castigarán cuando no estés mirando. Las dos caeremos en desgracia.

—Por supuesto que me tratarás con respeto cuando otras personas puedan vernos —declaró Qing-jao—. Pero cuando estemos a solas, nada más que tú y yo, nos trataremos como iguales o te despediré.

—¿La tercera condición?

—Nunca revelarás a nadie ni una sola palabra de lo que te diga.

El rostro de Wang-mu mostró claramente su ira.

—Una doncella secreta no lo hace nunca. En nuestras mentes se colocan barreras.

—Las barreras te ayudan a no decirlo, pero si *quieres* hacerlo, puedes sortearlas. Y hay quienes intentarán persuadirte para que hables.

Qing-jao pensó en la carrera de su padre, en todos los secretos del Congreso que mantenía en la cabeza. No se los decía a nadie; no tenía nadie en quien confiar excepto, a veces, en Qing-jao. Si Wang-mu resultaba ser fiel, Qing-jao tendría a alguien. Nunca estaría tan solitaria como su padre.

—¿Me comprendes? —preguntó—. Otras personas pensarán que te contrato como doncella secreta. Pero tú y yo sabremos que en realidad vienes a ser mi estudiante, y yo te traigo para que seas mi amiga.

Wang-mu la miró, asombrada.

—¿Por qué haces eso, cuando los dioses ya te han dicho cómo soborné al capataz para que me dejara estar en tu cuadrilla y no interrumpirnos mientras hablara contigo?

Los dioses no le habían dicho nada de eso, por supuesto, pero Qing-jao tan sólo sonrió.

—¿Por qué no piensas que tal vez los dioses quieran que seamos amigas?

Avergonzada, Wang-mu dio una palmada y se rió con nerviosismo. Qing-jao cogió las manos de la muchacha y descubrió que estaba temblando. Así que no era tan atrevida como parecía. Wang-mu bajó la cabeza y Qing-jao siguió su mirada. Las manos estaban cubiertas de tierra y lodo, reseco ahora porque llevaban de pie mucho tiempo, sin tocar con ellas el agua.

—Estamos muy sucias —observó Wang-mu.

Hacía tiempo que Qing-jao había aprendido a no dar importancia a la suciedad de la labor virtuosa, para lo que no se requería ningún castigo.

—He tenido las manos mucho más sucias que ahora. Ven conmigo cuando nuestra labor virtuosa haya terminado. Le contaré nuestro plan a mi padre, y él decidirá si puedes ser mi doncella secreta.

La expresión de Wang-mu se agrió. Qing-jao se alegró de que su rostro no fuera tan inescrutable.

—¿Qué pasa? —preguntó.

—Los padres siempre lo deciden todo —se lamentó Wang-mu.

Qing-jao asintió, preguntándose por qué Wang-mu se molestaba en decir algo tan obvio.

—Ése es el principio de la sabiduría —dijo—. Además, mi madre está muerta.

La labor virtuosa siempre terminaba a primeras horas del atardecer. Oficialmente, era para que la gente que vivía lejos de los campos tuviera tiempo de regresar a su casa. En realidad, era en reconocimiento de la costumbre de celebrar una fiesta al final de la labor. Como habían trabajado sin descanso durante toda la hora de la siesta, mucha gente se sentía mareada después de la labor virtuosa, como si hubieran permanecido despiertos toda la noche. Otros se sentían torpes y vacilantes. Todo era una excusa para beber y cenar con los amigos, y luego desplomarse en la cama temprano para compensar el sueño perdido y el duro trabajo del día.

Qing-jao era de las que se sentían agotadas; Wang-mu era obviamente de las alegres. O tal vez se debía simplemente al hecho de que la Flota Lusitania pesaba sobre la mente de Qing-jao, mientras que Wang-mu acababa de ser aceptada como doncella secreta por una muchachita a quien hablaban los dioses. Qing-jao guió a Wang-mu a través de los procedimientos de solicitar empleo en la Casa de Han (lavarse, tomar las huellas, la comprobación de seguridad), hasta que finalmente se hartó de escuchar la voz temblorosa de Wang-mu y se marchó.

Mientras subía las escaleras hacia su habitación, Qing-jao oyó que Wang-mu preguntaba temerosamente:

—¿He ofendido a mi nueva señora?

Y Ju Kung-mei, el guardián de la casa, respondió:

—La agraciada responde a otras voces aparte de la tuya, pequeña.

Fue una respuesta amable. Qing-jao admiraba con frecuencia el tacto y la sabiduría de aquellos a quienes su padre había contratado. Se preguntó si habría elegido con el mismo acierto en su primer contrato.

En ese momento supo que se había precipitado al tomar una decisión tan rápida, sin consultar antes a su padre. Wang-mu resultaría inadecuada, y su padre la reprendería por haber actuado alocadamente.

Imaginar el reproche de su padre bastó para provocar el reproche inmediato de los dioses. Qing-jao se sintió sucia. Se apresuró a su habitación y cerró la puerta. Resultaba amargamente irónico que pudiera pensar hasta la saciedad lo odioso que era ejecutar los rituales que los dioses exigían, lo vacía que era su adoración, pero al pensar deslealmente en su padre o el Congreso Estelar tenía que cumplir una penitencia inmediatamente.

Por norma se pasaba media hora, una hora, quizá más, resistiendo la necesidad de la penitencia, soportando su propia suciedad. Hoy, sin embargo, ansiaba el ritual de purificación. A su modo, el ritual tenía sentido, estructura, principio y fin, reglas que seguir. No como el problema de la Flota Lusitania.

Tras arrodillarse, eligió deliberadamente la veta más estrecha y débil de la tabla más clara que encontró. Ésa sería una penitencia dura: tal vez los dioses la juzgarían lo bastante limpia para mostrarle la solución del problema que su padre le había planteado. Tardó media hora en cruzar la habitación, pues constantemente perdía la veta y tenía que empezar de nuevo una y otra vez.

Al final, exhausta por la labor virtuosa y con los ojos irritados por seguir las líneas, ansió desesperadamente el sueño. En cambio, se sentó en el suelo ante su terminal y solicitó el resumen de su trabajo hasta el momento. Después de examinar y eliminar todos los absurdos inútiles que se habían acumulado durante la investigación, Qing-jao se había quedado con tres amplias categorías de posibilidad. Primero, que la desaparición obedeciera a algún hecho natural que, a la velocidad de la luz, no resultara visible a los astrónomos que observaban el cielo. Segundo, la pérdida de las comunicaciones ansible fue el resultado de un sabotaje o de una decisión de la propia flota. Tercero, que la pérdida de las comunicaciones se debiera a una conspiración planetaria.

La primera hipótesis quedaba virtualmente eliminada por la forma en que viajaba la flota. Las naves no estaban suficientemente cerca para que ningún fenómeno natural conocido las destruyera simultáneamente. La flota no se había encontrado antes de partir: el ansible hacía que esas cosas fueran una pérdida de tiempo. En cambio, todas las naves se dirigieron a Lusitania desde el lugar donde se encontraban cuando fueron asignadas a la flota. Incluso ahora, con sólo un año aproximado de viaje antes de colocarse todas en la órbita de la estrella de Lusitania, estaban tan separadas que ningún hecho natural concebible podría haberlas afectado a todas a la vez.

La segunda categoría podía considerarse casi tan improbable por el hecho de que la flota *entera* había desaparecido, sin excepción. ¿Podía algún plan humano funcionar con tanta perfección y eficiencia, y sin dejar ninguna prueba de su preparación en ninguna de las bases de datos o perfiles de personalidad o diarios de comunicación que se mantenían en los ordenadores planetarios? Tampoco había la más leve evidencia de que nadie hubiera alterado o escondido ningún dato, o enmascarado las comunicaciones para evitar dejar rastros. Si era un plan de la flota, no existía ninguna prueba, ni engaño, ni error.

La misma falta de evidencias hacía que la idea de una conspiración planetaria fuera aún más improbable. Por otra parte, el carácter simultáneo de la desaparición de la flota hacía que todas las posibilidades fueran aún menos dignas de crédito. Por lo que podían determinar, todas las naves habían roto las comunicaciones ansible casi en el mismo momento exacto. Podría haber una diferencia de segundos, quizás incluso de minutos, pero en cualquier caso no llegaron a cinco, ni hubo una abertura suficientemente amplia para que nadie a bordo de una nave hiciera ninguna observación de la desaparición de otra.

El resumen era elegante en su simpleza. No quedaba nada. La evidencia era tan completa como podría llegar a serlo jamás, y hacía inconcebible cualquier explicación imaginable.

¿Por qué me ha hecho esto mi padre?, se preguntó, y no por primera vez.

Inmediatamente (como de costumbre), se sintió sucia por formular esa pregunta, por dudar de la perfecta corrección de su padre en todas las decisiones. Necesitaba lavarse, sólo un poco, para anular la impureza de su duda.

Pero no se lavó. En cambio, dejó que la voz de los dioses se hinchara en su interior, que su orden se volviera más urgente. Esta vez no resistía por un virtuoso deseo de volverse más disciplinada. Esta vez intentaba deliberadamente atraer la máxima atención posible de los dioses. Sólo cuando jadeaba ya con la necesidad de lavarse, sólo cuando se estremecía ante el contacto más casual con su propia carne (una mano que rozara una rodilla), sólo entonces dio voz a su pregunta.

—Vosotros lo hicisteis, ¿verdad? —interrogó a los dioses—. Lo que ningún ser humano pudo hacer, debisteis hacerlo vosotros. Extendisteis la mano y acabasteis con la Flota Lusitania.

La respuesta vino, no en palabras, sino en la necesidad cada vez mayor de purificarse.

—Pero el Congreso y el almirantazgo no pertenecen al Sendero. No pueden imaginar la puerta dorada de la Ciudad de la Montaña de Jade del Oeste. Si mi padre les dice: «Los dioses robaron vuestra flota para castigaros por vuestra maldad», sólo lo despreciarán. Si lo desprecian *a él*, a nuestro mayor estadista vivo, nos despreciarán también a nosotros. Y si Sendero es deshonrado a causa de mi padre, eso lo destruirá. ¿Por eso lo hicisteis?

Empezó a llorar.

—No os dejaré destruir a mi padre. Encontraré otro medio. Encontraré una respuesta que los complazca. ¡Os desafío!

En cuanto pronunció las palabras, los dioses le enviaron la más abrumadora sensación de su propia abominable suciedad que había experimentado jamás. Fue tan intensa que se quedó sin respiración, y cayó hacia delante, agarrándose al terminal. Intentó hablar, suplicar perdón, pero sólo logró farfullar, mientras deglutía con fuerza para no vomitar. Sentía como si sus manos estuvieran esparciendo limo sobre todo lo que tocaba; mientras luchaba por ponerse en pie, la túnica se le pegó a la piel como si estuviera cubierta de densa grasa negra.

Pero no se lavó. Ni cayó al suelo para seguir líneas en las vetas de la madera. En cambio, avanzó tambaleándose hacia la puerta, con la intención de bajar a la habitación de su padre.

La puerta se lo impidió. No físicamente (se abrió tan fácilmente como siempre), pero no fue capaz de franquearla. Había oído hablar de estas cosas, cómo los dioses capturaban a sus siervos desobedientes en las puertas, pero a ella nunca le había sucedido. No podía comprender cómo estaba retenida. Su cuerpo era libre de moverse. No había ninguna barrera. Sin embargo, sentía una amenaza tan asfixiante ante la idea de atravesar la puerta que comprendió que no podría hacerlo, que los dioses requerían algún tipo de penitencia, algún tipo de purificación o nunca la dejarían salir de la habitación. No era seguir las vetas de la madera, ni lavarse las manos. ¿Qué exigían los dioses?

Entonces, de repente, supo por qué los dioses no la dejaban atravesar la puerta. Era el juramento que su padre le había requerido por el bien de su madre. El juramento de que siempre serviría a los dioses, sin importar lo que sucediera. Y aquí había estado al borde del desafío. ¡Madre, perdóname! No desafiaré a los dioses. Pero debo ir a ver a mi padre y explicarle la terrible situación en la que nos han colocado los dioses. ¡Madre, ayúdame a atravesar esta puerta!

Como en respuesta a su súplica, se le ocurrió cómo podría atravesarla. Sólo tenía que fijar la mirada en un punto en el aire justo ante la esquina superior derecha de la puerta, y sin apartar la mirada de ese punto, atravesar de espaldas la puerta con el pie derecho, sacar la mano izquierda, luego girar hacia la izquierda, arrastrar hacia atrás la pierna izquierda hasta atravesar la puerta, luego avanzar el brazo derecho. Fue complicado y difícil, como un baile, pero moviéndose lentamente, con mucho cuidado, logró hacerlo.

La puerta la liberó. Y aunque todavía sentía la presión de su propia suciedad, parte de la intensidad se había difuminado. Era soportable. Podía respirar sin jadear, hablar sin tartamudeos.

Bajó las escaleras y llamó al timbre ante la puerta de su padre.

—¿Es mi hija, mi Gloriosamente Brillante? —preguntó el padre.

—Sí, noble señor —dijo Qing-jao.

—Estoy dispuesto a recibirte.

Abrió la puerta de su padre y entró en la habitación; esta vez no hizo falta ningún ritual. Se dirigió al lugar donde estaba sentado ante su terminal y se arrodilló ante él en el suelo.

—He examinado a tu Si Wang-mu, y creo que tu primer contrato ha sido digno —dijo su padre.

Las palabras tardaron un momento en adquirir significado. ¿Si Wang-mu? ¿Por qué le hablaba su padre de una antigua diosa? Alzó la cabeza, sorprendida, y entonces miró hacia donde su padre estaba mirando: a una joven criada con una limpia túnica gris, arrodillada humildemente, mirando al suelo. Tardó un instante en recordar a la niña del arrozal, en recordar que iba a ser su doncella secreta. ¿Cómo podía haberlo olvidado? Sólo habían transcurrido unas pocas horas desde que la dejó. Sin embargo, en ese tiempo, Qing-jao había luchado contra los dioses, y si no había vencido, al menos no había resultado derrotada. ¿Qué era el contrato de una sirvienta comparado con una batalla con los dioses?

—Wang-mu es impertinente y ambiciosa —continuó su padre—, pero también es honesta y mucho más inteligente de lo que podrías suponer. Supongo por su mente brillante y su clara ambición que las dos pretendéis que sea tu alumna además de tu doncella secreta.

Wang-mu jadeó, y cuando Qing-jao la miró, vio lo aterrada que parecía la muchacha. Oh, sí, debe de creer que yo sospecho que le ha contado a mi padre nuestro plan secreto.

—No te preocupes, Wang-mu —intervino Qing-jao—. Mi padre casi siempre adivina los secretos. Sé que no se lo has dicho.

—Desearía que hubiera más secretos tan sencillos como éste —suspiró el padre—. Hija mía, alabo tu digna generosidad. Los dioses te honrarán por esto, como lo hago yo.

Las palabras de alabanza fueron como un ungüento para una herida punzante. Tal vez por eso su rebeldía no la había destruido, por eso algún dios se había apiadado de ella y le había mostrado cómo atravesar la puerta de su habitación. Porque había juzgado a Wang-mu con piedad y sabiduría, olvidando la impertinencia de la niña. La propia Qing-jao estaba siendo perdonada, al menos un poco, por su atrevimiento.

Wang-mu no se arrepiente de su ambición, pensó Qing-jao. Yo tampoco me arrepentiré de la decisión que he tomado. No debo permitir que mi padre sea destruido porque no puedo encontrar, o inventar, una explicación no divina a la desaparición de la Flota Lusitania. Sin embargo, ¿cómo puedo desafiar los designios de los dioses? Han escondido o destruido la flota. Las obras de los dioses deben ser reconocidas por sus obedientes siervos, aunque deban permanecer ocultas a los no creyentes de otros mundos.

—Padre —dijo Qing-jao—, debo hablar contigo de mi tarea.

Su padre malinterpretó su vacilación.

—Podemos hablar delante de Wang-mu. Ha sido contratada para ser tu doncella secreta. Ya hemos enviado el contrato a su padre y se han sugerido las primeras barreras de intimidad en su mente. Podemos confiar en que nos oirá y no lo contará nunca.

—Sí, padre —acató Qing-jao. En realidad, había vuelto a olvidar que Wang-mu estaba allí—. Padre, sé quién ha escondido la Flota Lusitania. Pero debes prometerme que nunca se lo dirás al Congreso Estelar.

Su padre, que por lo general era tranquilo, pareció levemente inquieto.

—No puedo hacer semejante promesa —respondió—. Sería indigno de mí convertirme en un sirviente desleal.

¿Qué podía hacer ella, entonces? ¿Cómo podía hablar? Sin embargo, ¿cómo podía no hacerlo?

—¿Quién es tu amo? —gritó—. ¿El Congreso o los dioses?

—Primero los dioses —contestó él—. Siempre son lo primero.

—Entonces, debo decirte que he descubierto que los dioses son los que han escondido la flota, padre. Pero si le dices esto al Congreso, se burlarán de ti y quedarás arruinado. —Entonces se le ocurrió otra idea—. Si fueron los dioses quienes detuvieron la flota, padre, entonces la flota debe haber ido en contra de los dioses después de todo. Y si el Congreso Estelar envió a la flota contra la voluntad de…

Su padre alzó una mano para pedir silencio. Ella se interrumpió inmediatamente e inclinó la cabeza. Esperó.

—Por supuesto que son los dioses —convino tajantemente su padre.

Sus palabras fueron a la vez un alivio y una humillación. «Por supuesto», había dicho. ¿Lo había sabido desde el principio?

—Los dioses hacen todas las cosas que suceden en el universo. Pero no asumas que sabes el porqué. Dices que deben haber detenido la flota porque se oponían a su misión. Pero yo digo que el Congreso no podía haberla enviado en primer lugar si los dioses no lo hubieran querido. Así pues, ¿por qué no podría ser que los dioses detuvieran a la flota porque su misión era tan ingente y noble que la humanidad no era digna de ella? ¿Y si ocultaron a la flota porque sería una prueba difícil para ti? Una cosa es segura: los dioses han permitido que el Congreso Estelar gobierne a la mayoría de la humanidad. Mientras ostenten el mandato del cielo, los habitantes de Sendero seguiremos sus edictos sin oposición.

—No pretendía oponerme… —No pudo terminar una falsedad tan evidente.

Su padre comprendió perfectamente, por supuesto.

—Oigo que tu voz se apaga y tus palabras se pierden

en la nada. Esto es porque sabes que tus palabras no son ciertas. Pretendes oponerte al Congreso Estelar, a pesar de todo lo que te he enseñado. —Entonces su voz se volvió más amable—. Pretendías hacerlo por mi bien.

—Eres mi antepasado. Te debo más a ti que a ellos.

—Soy tu padre. No me convertiré en tu antepasado hasta que haya muerto.

—Por el bien de Madre, entonces. Si ellos pierden el mandato del cielo, entonces seré su más terrible enemiga, pues serviré a los dioses.

Sin embargo, mientras hablaba, comprendió que sus palabras eran una peligrosa verdad a medias. Hasta hacía tan sólo unos minutos, hasta que quedó atrapada en la puerta, ¿no había estado dispuesta a desafiar incluso a los dioses por el bien de su padre? Soy una hija indigna y terrible, pensó.

—Te digo ahora, mi hija Gloriosamente Brillante, que oponerse al Congreso nunca será por mi bien. Ni por el tuyo tampoco. Pero te perdono por amarme en exceso. Es el más suave y amable de los vicios.

Sonrió. Eso calmó su agitación, aunque sabía que no merecía la aprobación de su padre. Qing-jao pudo pensar de nuevo, para volver a su rompecabezas.

—Sabías que los dioses hicieron esto, y sin embargo me hiciste buscar la respuesta.

—Pero ¿te has formulado la pregunta adecuada? —dijo su padre—. La cuestión que necesitamos responder es: ¿*Cómo* lograron los dioses que fuera posible?

—¿Cómo puedo saberlo? —dijo Qing-jao—. Podrían haber destruido la flota, u ocultarla, o llevarla a algún lugar secreto del Oeste...

—¡Qing-jao! Mírame. Óyeme bien.

Ella lo miró. Su orden tajante la ayudó a calmarla, a centrarse.

—Esto es algo que he intentado enseñarte toda tu vida, pero ahora tienes que aprenderlo, Qing-jao. Los dioses son la causa de todo lo que sucede, pero siempre actúan bajo disfraz. ¿Me oyes?

Ella asintió. Había oído aquellas palabras cientos de veces.

—Oyes y sin embargo no me comprendes, ni siquiera ahora. Los dioses han elegido al pueblo de Sendero, Qing-jao. Sólo *nosotros* tenemos el privilegio de oír su voz. Sólo a *nosotros* se nos permite comprender que son la causa de todo lo que es y todo lo que será. Para todas las demás personas, sus obras permanecen ocultas, son un misterio. Tu tarea no consiste en descubrir la auténtica causa de la desaparición de la Flota Lusitania..., todo Sendero sabría de inmediato que la verdadera causa es que los dioses desearon que sucediera. Tu tarea radica en descubrir el disfraz que los dioses han creado para este caso.

Qing-jao se sintió mareada, aturdida. Había estado segura de que tenía la respuesta, de que había cumplido su misión. Ahora todo se le escapaba. La respuesta seguía siendo verdad, pero su tarea había cambiado radicalmente.

—Ahora mismo, porque no podemos encontrar una explicación natural, los dioses se revelan para que toda la humanidad los vea, los no creyentes y los creyentes por igual. Los dioses están *desnudos* y nosotros debemos vestirlos. Debemos encontrar la serie de hechos que los dioses han creado para explicar la desaparición de la flota, para hacer que parezca natural a los no creyentes. Creía que lo comprendías. Servimos al Congreso Estelar, pero sólo porque sirviendo al Congreso servimos también a los dioses. Los dioses desean que engañemos al Congreso, y el Congreso desea ser engañado.

Qing-jao asintió, aturdida por la decepción de ver que su tarea todavía no había finalizado.

—¿Te parece despiadado por mi parte? —preguntó

su padre—. ¿Soy deshonesto? ¿Soy cruel con los no creyentes?

—¿Juzga una hija a su padre? —preguntó en un susurro Qing-jao.

—Por supuesto que sí. Todos los días las personas se juzgan unas a otras. La cuestión es si juzgamos con sabiduría.

—Entonces, considero que no es pecado hablar a los no creyentes en la lengua de su incredulidad —replicó Qing-jao.

¿Había una sonrisa en las comisuras de la boca de su padre?

—Comprendes —dijo—. Si alguna vez el Congreso viene a nosotros, buscando humildemente averiguar la verdad, entonces les enseñaremos el Camino y se convertirán en parte del Sendero. Hasta entonces, servimos a los dioses ayudando a los no creyentes a engañarse a sí mismos pensando que todas las cosas suceden porque tienen explicaciones naturales.

Qing-jao se inclinó hasta que su cabeza casi tocó el suelo.

—Has intentado enseñarme esto muchas veces, pero hasta ahora nunca había tenido una tarea a la que se aplicara este principio. Perdona la estupidez de tu indigna hija.

—No tengo ninguna hija indigna —aseguró su padre—. Sólo tengo a mi hija que es Gloriosamente Brillante. El principio que has aprendido hoy es uno que pocos en Sendero comprenderán jamás de verdad. Por eso sólo unos pocos podemos tratar directamente con gente de otros mundos sin confundirlos o contrariarlos. Me has sorprendido hoy, hija, no porque no lo hubieras comprendido aún, sino porque has llegado a comprenderlo tan joven. Yo tenía casi diez años más que tú cuando lo descubrí.

—¿Cómo puedo aprender algo antes que tú, padre?

—La idea de superar uno de sus logros parecía casi inconcebible.

—Porque me tienes a mí para enseñarte, mientras que yo tuve que descubrirlo solo. Veo que te asusta pensar que tal vez has aprendido algo siendo más joven que yo. ¿Crees que me deshonraría verme superado por mi hija? Al contrario: no puede existir mayor honor para un padre que tener un hijo más grande que él.

—Yo nunca podré ser más grande que tú, padre.

—En cierto sentido, eso es cierto, Qing-jao. Porque eres mi hija, todas tus obras están incluidas dentro de las mías, como un subconjunto de mí, igual que todos nosotros somos subconjuntos de nuestros antepasados. Pero tienes tanto potencial para la grandeza en tu interior que a mi entender llegará un momento en que seré considerado más grande debido a tus obras que a las mías. Si alguna vez la gente de Sendero me juzga digno de algún honor singular, será al menos tanto por tus logros como por los míos.

Con eso, su padre se inclinó ante ella, no de forma cortés para indicar que se marchara, sino como señal de profundo respeto, casi tocando el suelo con la cabeza. No del todo, pues casi habría sido una burla que lo hiciera en honor a su propia hija. Pero sí cuanto la dignidad permitía.

Aquello la confundió por un momento, la asustó. Entonces comprendió. Cuando su padre daba a entender que su probabilidad de ser elegido dios de Sendero dependía de la grandeza de ella, no hablaba de algún vago evento futuro. Hablaba del aquí y del ahora. Hablaba de su tarea. Si ella podía encontrar el disfraz de los dioses, la explicación natural a la desaparición de la Flota Lusitania, entonces su elección como dios de Sendero quedaría asegurada. Hasta este punto confiaba en ella. Hasta este punto era importante su tarea. ¿Qué era su mayoría de edad, comparada con la deificación de su padre? Debía trabajar con más ahínco, pensar mejor, y tener éxito donde todos los recursos de los militares y el Congreso habían fracasado. No por ella misma, sino por su madre, por los dioses, y por la oportunidad de su padre de convertirse en uno de ellos.

Qing-jao se retiró de la habitación de su padre. Hizo una pausa en la puerta y miró a Wang-mu. Una mirada de la agraciada por los dioses bastó para indicar a la muchacha que la siguiera.

Cuando Qing-jao llegó a su habitación, temblaba con la necesidad acumulada de purificación. Todos sus errores de aquel día, su rebelión contra los dioses, su negativa a aceptar la purificación antes, su estupidez al no comprender su verdadera tarea, la abrumaban ahora. No es que se sintiera sucia: no quería lavarse ni sentía autorrepulsa. Después de todo, su indignidad se había visto compensada por la alabanza de su padre, por el dios que le mostró cómo atravesar la puerta. Además, el hecho de que Wang-mu hubiera demostrado ser una buena elección era una prueba que Qing-jao había pasado, y también audazmente. Así que no era su vileza lo que la hacía temblar. Estaba ansiosa de purificación. Anhelaba que los dioses estuvieran con ella mientras los servía. Sin embargo, ninguna penitencia que conociera bastaría para calmar su ansiedad.

Entonces lo supo: debía seguir una línea en cada tabla de la habitación.

Eligió de inmediato su punto de partida, la esquina sureste: seguiría cada línea de la pared este, de forma que sus rituales se dirigieran todos hacia el oeste, hacia los dioses. Lo último sería la tabla más pequeña de la habitación, de menos de un metro de largo, en el rincón noroeste. El hecho de que la última pista fuera tan breve y fácil sería su recompensa.

Oyó que Wang-mu entraba suavemente en la habitación tras ella, pero Qing-jao no tenía tiempo ahora para los mortales. Los dioses esperaban. Se arrodilló en el pasillo, escrutó las vetas para encontrar una que los dioses quisieran que siguiera. Por lo general tenía que elegir ella misma, y siempre lo hacía con la más difícil, para que los dioses no la despreciaran. Pero esta noche estaba llena de la seguridad de que los dioses elegían por ella. La primera línea fue gruesa, ondulada pero fácil de ver. ¡Ya se mostraban piadosos! El ritual de esta noche sería casi una conversación entre ella y los dioses. Hoy había atravesado una barrera invisible: se había acercado más a la clara comprensión de su padre. Tal vez algún día los dioses le hablarían con la claridad con que la gente llana creía que todos los agraciados oían.

—Sagrada —llamó Wang-mu.

Fue como si la alegría de Qing-jao estuviera hecha de cristal y Wang-mu la hubiera roto deliberadamente. ¿No sabía que cuando un ritual se interrumpía había que empezar de nuevo? Qing-jao se alzó sobre sus rodillas y se volvió hacia la niña.

Wang-mu debió de ver la furia en su cara, pero no la comprendió.

—Oh, lo siento —dijo de inmediato, cayendo de rodillas e inclinando la cabeza hasta el suelo—. Olvidé que no debo llamarte «sagrada». Sólo quería preguntarte qué estás buscando, para ayudarte.

Qing-jao casi se echó a reír ante tanta confusión. Naturalmente, Wang-mu no tenía ni idea de que los dioses le estaban hablando.

Ahora, interrumpida su furia, Qing-jao se avergonzó de ver cómo la muchacha temía su ira. Le pareció mal que Wang-mu tuviera la cabeza en el suelo. No le gustaba ver a otra persona tan humillada.

¿Cómo la he asustado tanto? Yo estaba llena de alegría, porque los dioses me hablaban claramente. Pero mi alegría era tan egoísta que cuando me interrumpió en su inocencia, le volvía la cara con odio. ¿Es así como respondo a los dioses? ¿Ellos me muestran un rostro de amor, y yo lo traduzco en odio hacia la gente, sobre todo a quien está en mi poder? Una vez más, los dioses han encontrado un medio de mostrarme mi indignidad.

—Wang-mu, no debes interrumpirme cuando me encuentres agachada así en el suelo. —Entonces le explicó el ritual de purificación que los dioses le exigían.

—¿Debo hacerlo yo también? —preguntó Wang-mu.

—No, a menos que los dioses te lo ordenen.

—¿Cómo lo sabré?

—Si no te ha sucedido ya a tu edad, Wang-mu, probablemente no lo harán nunca. Pero si sucediera, lo sabrías, porque no tendrías poder para resistir a la voz de los dioses en tu mente.

Wang-mu asintió con gravedad.

—¿Cómo puedo ayudarte…, Qing-jao? —pronunció el nombre de su señora con cuidado, con reverencia. Por primera vez, Qing-jao advirtió que su nombre, que sonaba dulcemente afectuoso cuando su padre lo decía, podía parecer exaltado cuando se pronunciaba con tanta reverencia. Ser llamada Gloriosamente Brillante en un momento en que Qing-jao era agudamente consciente de su falta de brillo resultaba casi doloroso. Pero no prohibiría a Wang-mu que usara su nombre: la muchacha tenía que llamarla de alguna manera, y su tono reverente serviría a Qing-jao como un constante recordatorio irónico de lo poco que lo merecía.

—Puedes ayudarme no interrumpiéndome —dijo Qing-jao.

—¿Me marcho, entonces?

Qing-jao estuvo a punto de asentir, pero entonces advirtió que por algún motivo los dioses querían que Wang-mu formara parte de esta penitencia. ¿Cómo lo sabía? Porque la idea de que Wang-mu se marchara parecía casi tan insoportable como el conocimiento de su labor sin terminar.

—Quédate, por favor. ¿Puedes esperar en silencio? ¿Observándome?

—Sí..., Qing-jao.

—Si tardo tanto que no puedes soportarlo, puedes marcharte. Pero sólo cuando me veas moverme del oeste al este. Eso significa que estoy entre pistas, y no me distraerá tu marcha, aunque no debes hablarme.

Los ojos de Wang-mu se ensancharon.

—¿Vas a hacer esto con cada veta en la madera de cada tabla del suelo?

—No —respondió Qing-jao. ¡Los dioses nunca serían tan crueles! Pero incluso mientras lo pensaba, Qing-jao supo que algún día podría llegar el momento en que los dioses le exigieran exactamente esa penitencia. Aquello la hizo sentirse enferma de miedo—. Únicamente una línea en cada tabla de la habitación. Observa conmigo, ¿quieres?

Vio que Wang-mu miraba el indicador de tiempo que brillaba en el aire sobre su terminal. Ya era la hora de dormir, y las dos habían pasado por alto su siesta. No era natural que los seres humanos pasaran tanto tiempo sin dormir. Los días de Sendero eran una mitad más largos que los de la Tierra, así que nunca trabajaban siguiendo los ciclos internos del cuerpo humano. Saltarse la siesta y luego retrasar el sueño era muy duro.

Pero Qing-jao no tenía elección. Y si Wang-mu no podía permanecer despierta, tendría que marcharse ahora, aunque los dioses se resistieran a esa idea.

—Debes permanecer despierta —dijo Qing-jao—. Si te quedas dormida, tendré que hablarte para que te muevas y no tapes algunas de las líneas que tengo que ir siguiendo. Y si te hablo, tendré que empezar de nuevo. ¿Puedes permanecer despierta, silenciosa y sin moverte?

Wang-mu asintió. A Qing-jao le pareció que ésa era su intención, pero no creía que la muchacha fuera capaz de hacerlo. Sin embargo, los dioses insistían en que dejara quedarse a su nueva doncella secreta; ¿quién era Qing-jao para rehusar lo que los dioses le pedían?

Qing-jao regresó a la primera tabla y empezó su trabajo otra vez. Para su alivio, los dioses estaban aún con ella. Tabla tras tabla, le daban la veta más fácil para seguir; y cuando, de vez en cuando, se le daba una difícil, sucedía invariablemente que la veta fácil se difuminaba o desaparecía en el borde de la tabla. Los dioses se preocupaban por ella.

En cuanto a Wang-mu se refiere, la muchacha se esforzó cuanto pudo. Dos veces, al retroceder desde el oeste para empezar de nuevo en el este, Qing-jao miró a Wang-mu y la vio dormida. Pero cuando empezó a pasar cerca del lugar donde estaba tendida, descubrió que su doncella secreta se había despertado y cambiado a un sitio que ya había seguido tan silenciosamente que Qing-jao ni siquiera había oído sus movimientos. Buena chica.

Una elección digna.

Por fin, Qing-jao alcanzó el principio de la última tabla, una corta situada en el rincón. Estuvo a punto de hablar en voz alta, tal fue su alegría, pero se contuvo a tiempo. El sonido de su propia voz y la inevitable respuesta de Wang-mu seguramente la enviarían de nuevo al comienzo, sería una locura insoportable. Qing-jao se inclinó sobre el principio de la tabla, ya a menos de un metro de la esquina noroeste de la habitación, y empezó a seguir la línea más definida, que la condujo derecha a la pared. Había terminado.

Qing-jao se desplomó contra la pared y empezó a reír, aliviada. Pero estaba tan débil y cansada que la risa debió de parecer un llanto a Wang-mu. En unos instantes la muchacha se colocó a su lado y le tocó el hombro.

—Qing-jao —dijo—. ¿Sientes dolor?

Qing-jao cogió la mano de la muchacha y la sostuvo.

—No. O al menos no es un dolor que no pueda remediar el sueño. He terminado. Estoy limpia.

Tan limpia, de hecho, que no sintió repugnancia cuando cogió la mano de Wang-mu, piel a piel, sin suciedad de ninguna clase. Era un regalo de los dioses tener a alguien a quien coger de la mano cuando su ritual acababa.

—Lo has hecho muy bien —sonrió Qing-jao—. Me resultó más fácil concentrarme en las líneas contigo en la habitación.

—Creo que me quedé dormida una vez, Qing-jao.

—Tal vez dos. Pero te despertaste cuando importaba, y no hubo ningún daño.

Wang-mu empezó a sollozar. Cerró los ojos pero no apartó la mano de Qing-jao para cubrirse la cara. Simplemente, dejó que las lágrimas corrieran por sus mejillas.

—¿Por qué lloras, Wang-mu?

—No lo sé. Realmente es difícil ser una agraciada por los dioses. No lo sabía.

—Y también es difícil ser una verdadera amiga de los agraciados —dijo Qing-jao—. Por eso no quería que fueras mi sirvienta, me llamaras «sagrada» y temieras el sonido de mi voz. A ese tipo de servidora la tendría que echar de mi habitación cuando los dioses me hablaran.

Las lágrimas de Wang-mu arreciaron.

—Si Wang-mu, ¿te resulta demasiado penoso estar conmigo? —preguntó Qing-jao.

Wang-mu sacudió la cabeza.

—Si alguna vez se te hace demasiado difícil, lo comprenderé. Puedes dejarme entonces. Antes estaba sola. No tengo miedo de volver a estarlo.

Wang-mu sacudió la cabeza, esta vez con decisión.

—¿Cómo podría dejarte, ahora que veo lo difícil que es para ti?

—Entonces un día se escribirá, y se contará en una

historia, que Si Wang-mu nunca dejó a Han Qing-jao durante sus purificaciones.

De repente, la sonrisa de Wang-mu se extendió por su cara, y sus ojos se abrieron con un resquicio de alegría, a pesar de que las lágrimas aún brillaban en sus mejillas.

—¿No te has dado cuenta del chiste que has dicho? Mi nombre, Si Wang-mu. Cuando cuenten esa historia, no sabrán si era tu doncella secreta quien estaba contigo. Pensarán que era la Real Madre del Oeste.

Qing-jao se echó a reír también. Pero una idea cruzó su mente: tal vez la Real Madre era una auténtica antepasada-del-corazón de Wang-mu, y al tenerla a su lado, como amiga, Qing-jao también tenía una nueva cercanía con esta diosa que casi era la más vieja de todos los dioses.

Wang-mu tendió sus esterillas para dormir, aunque Qing-jao tuvo que enseñarle cómo. Era el deber de Wang-mu, y Qing-jao tendría que dejarla hacerlo cada noche, aunque nunca le había importado hacerlo ella sola. Mientras se acostaban, con las esterillas juntas para que ninguna veta en la madera apareciera entre ellas, Qing-jao advirtió que una luz grisácea asomaba a través de las rendijas de las ventanas. Habían permanecido despiertas todo el día y toda la noche. El sacrificio de Wang-mu fue noble. Sería una verdadera amiga.

Sin embargo, unos pocos minutos más tarde, cuando Wang-mu se hubo dormido y Qing-jao estaba a punto de sumirse en el sueño, a ésta se le ocurrió preguntarse cómo era que Wang-mu, una muchacha sin dinero, había conseguido sobornar al capataz de la cuadrilla de la labor virtuosa para dejar que le hablara sin interrupción. ¿Podía haber pagado algún espía el soborno, para que pudiera infiltrarse en la casa de Han Fei-tzu? No... Ju Kung-mei, el guardián de la Casa de Han, lo habría descubierto y Wang-mu nunca habría sido contratada. El soborno de la niña no habría sido pagado con dinero. Sólo tenía catorce años, pero Si Wang-mu era ya una muchacha hermosa. Qing-jao había leído suficiente historia y biografía para saber cómo pagaban normalmente las mujeres ese tipo de sobornos.

Sombríamente, Qing-jao decidió que el asunto debía ser investigado con discreción, y el capataz sería despedido en desgracia si se descubría que era cierto. A lo largo de la investigación, el nombre de Wang-mu nunca sería mencionado en público, para protegerla de todo daño. Qing-jao sólo tenía que mencionarlo a Ju Kung-mei y él se encargaría de todo.

Qing-jao miró a la dulce cara de su servidora dormida, su digna nueva amiga, y se sintió abrumada por la tristeza. Lo que más la entristecía, sin embargo, no fue el precio que Wang-mu hubiera pagado al capataz, sino que lo hubiera hecho por un trabajo tan indigno, doloroso y terrible como ser doncella secreta de Han Qing-jao. Si una mujer tenía que vender la puerta de su vientre, como tantas mujeres se habían visto obligadas a hacer a lo largo de toda la historia humana, seguro que los dioses la dejarían recibir a cambio algo de valor.

Por eso Qing-jao se durmió esa mañana aún más firme en su resolución de dedicarse a la educación de Si Wang-mu. No podía dejar que su trabajo educador interfiriera con su lucha con el enigma de la Flota Lusitania, pero dedicaría todo el tiempo posible y le daría a Wang-mu una bendición adecuada en honor a su sacrificio. Seguro que los dioses no esperaban menos de ella, a cambio de haberle enviado una doncella secreta tan perfecta.

8

MILAGROS

<Ender nos ha estado acosando últimamente. Insiste en que ideemos una forma de viajar más rápida que la luz.>

<Dijisteis que era imposible.>

<Eso es lo que pensamos. Eso es lo que los científicos humanos piensan. Pero Ender insiste en que si los ansibles pueden transmitir información, deberíamos poder transmitir materia a la misma velocidad. Por supuesto, eso es una tontería: no hay comparación entre información y realidad física.>

<¿Por qué Ender ansía tanto viajar más rápido que la luz?>

<Es una idea absurda, ¿verdad? Llegar a algún sitio antes de que lo haga tu imagen. Como atravesar un espejo para encontrarte a ti mismo al otro lado.>

<Ender y Raíz han hablado mucho acerca de esto. Los he oído. Ender piensa que tal vez materia y energía sólo estén compuestas de información. Esa realidad física no es más que el mensaje que los filotes se transmiten unos a otros.>

<¿Qué dice Raíz?>

<Dice que Ender está a medias en lo cierto. Raíz dice

que la realidad física es un mensaje… y el mensaje es una pregunta que los filones hacen continuamente a Dios.>

<¿Cuál es la pregunta?>

<Dos palabras: ¿Por qué?>

<¿Y cómo les contesta Dios?>

<Con vida. Raíz dice que la vida es la manera en que Dios da sentido al universo.>

Toda la familia de Miro fue a recibirlo cuando regresó a Lusitania. Después de todo, lo querían. Y él los amaba también a ellos, y después de un mes en el espacio ansiaba su compañía. Sabía (intelectualmente, al menos) que su mes en el espacio había sido para ellos un cuarto de siglo. Se había preparado para las arrugas en la cara de su madre, para que incluso Grego y Quara fueran adultos en la treintena. Lo que no había previsto, al menos no visceralmente, era que se hubieran convertido en extraños. No, peor que extraños. Eran extraños que lo compadecían y creían conocerlo y lo trataban como a un niño. Todos eran más viejos que él. Todos ellos. Y todos más jóvenes, porque el dolor y la pérdida no los había tocado de la forma en que lo habían tocado a él.

Ela fue la mejor, como de costumbre. Lo abrazó y lo besó.

—Me haces sentir mortal —le dijo—. Pero me alegro de verte joven.

Al menos tuvo el coraje de admitir que entre ellos había una barrera inmediata, aunque pretendiera que esa barrera era su juventud. Cierto, Miro estaba exactamente tal como lo recordaban. Su rostro, al menos. El hermano largamente perdido había regresado de entre los muertos; el fantasma que viene a atormentar a la familia, eternamente joven. Pero la auténtica barrera era la forma en que se movía. La forma en que hablaba.

Obviamente, habían olvidado lo incapacitado que estaba, lo mal que su cuerpo respondía a su lesión cerebral. El paso vacilante, el habla retorcida y difícil: sus recuerdos habían anulado todas aquellas cosas desagradables y le recordaban cómo era antes del accidente. Después de todo, sólo llevaba impedido unos pocos meses antes de que se marchara a su viaje dilatador en el tiempo. Resultaba fácil olvidarlo, y recordar en cambio al Miro que habían conocido durante tantos años antes. Fuerte, sano, el único capaz de enfrentarse al hombre que habían llamado padre. No podían ocultar su choque. Él lo notaba en sus vacilaciones, sus miradas furtivas, el intento de ignorar que su forma de hablar resultaba difícil de entender, de que caminaba lentamente.

Él podía sentir su impaciencia. En cuestión de minutos vio que algunos, al menos, maniobraban para marcharse. Tenían mucho que hacer esta tarde. Te veré en la cena. Toda la situación los incomodaba tanto que debían escapar, tomarse su tiempo para asimilar aquella versión de Miro que acababa de volver a ellos, o quizá para planear cómo evitarlo lo máximo posible en el futuro. Grego y Quara fueron los peores, los más ansiosos por marcharse, lo que le dolió: antaño le adoraban. Por supuesto, comprendía que por eso les resultaba tan difícil tratar con el Miro roto que encontraban ante ellos. Su visión del antiguo Miro era la más ingenua y por tanto la más dolorosamente contradicha.

—Pensamos en celebrar una gran cena familiar —dijo Ela—. Madre quería, pero se me ocurrió que deberíamos esperar. Darte más tiempo.

—Espero que no me hayáis estado esperando para cenar todo este tiempo —ironizó Miro.

Sólo Ela y Valentine parecieron advertir que estaba bromeando: fueron los únicos en responder de manera natural, con una risita. Los demás, por lo que Miro sabía, ni siquiera habían entendido sus palabras.

Todos se encontraban en la alta hierba que se extendía junto al campo de aterrizaje, su familia entera: su madre, ahora en la sesentena, el cabello gris acero, la cara sombría de intensidad, como siempre. Sólo que ahora la expresión estaba marcada profundamente en las líneas de su frente, en las arrugas junto a la boca. Su cuello era una ruina. Miro advirtió que algún día moriría. No hasta dentro de treinta o cuarenta años, probablemente, pero algún día. ¿Se había dado cuenta antes de lo hermosa que era? Había creído que, de algún modo, casarse con el Portavoz de los Muertos la suavizaría, la rejuvenecería. Y tal vez así había sido, tal vez Andrew Wiggin la había vuelto joven de corazón. Pero el cuerpo seguía siendo lo que el tiempo había hecho de él. Era vieja.

Ela, en la cuarentena. No la acompañaba marido alguno, pero tal vez estaba casada y él simplemente no había venido. Probablemente no lo había hecho. ¿Estaba casada con su trabajo? Parecía sinceramente contenta de verlo, pero ni siquiera ella podía ocultar la expresión de piedad y preocupación. ¿Esperaba que un mes de viajar a la velocidad de la luz lo curaría de algún modo? ¿Creía que saldría de la lanzadera tan fuerte y osado como un dios que surcara los espacios en alguna vieja novela?

Quim, ahora con la túnica de sacerdote. Jane le había dicho a Miro que su hermano, el que le seguía, era un gran misionero. Había convertido más de una docena de bosques de pequeninos, los había bautizado y, bajo la autoridad del obispo Peregrino, había ordenado sacerdotes entre ellos, para que administraran los sacramentos a su propio pueblo. Bautizaron a todos los pequeninos que emergieron de las madres árboles, a todas las madres antes de que murieran, a todas las esposas estériles que atendían a las pequeñas madres y sus retoños, a todos los hermanos que buscaban una muerte gloriosa, y a todos los árboles. Sin embargo, sólo las esposas y los hermanos podían recibir la comunión, y en cuanto al matrimonio, resultaba difícil pensar en una forma significativa para ejecutar un rito semejante entre un padre-árbol y las larvas ciegas y sin mente que se emparejaban con ellos. Sin embargo, Miro descubrió en los ojos de Quim una especie de exaltación. Era el brillo de poder bien usado: Quim era el único miembro de la familia Ribera que había sabido toda la vida lo que deseaba hacer. Y ahora lo estaba haciendo. A pesar de las dificultades teológicas, era el san Pablo de los cerdis, y eso lo llenaba de constante alegría. Has servido a Dios, hermanito, y Dios te ha convertido en su siervo.

Olhado, con sus ojos plateados resplandeciendo, el brazo alrededor de una mujer hermosa, rodeado por seis niños; el más joven un bebé, la mayor una adolescente. Aunque todos los niños miraban con ojos naturales, habían adquirido la expresión alejada de su padre. No fijaban la vista, simplemente se quedaban mirando. Con Olhado, aquello era natural. A Miro le perturbó pensar que tal vez Olhado había engendrado una familia de observadores, registradores ambulantes que acumulaban experiencias para reproducirlas más tarde, pero no se implicaban nunca del todo. Pero no, eso tenía que ser una mala impresión. Miro nunca se había sentido cómodo con Olhado, y cualquier que fuese el parecido que los hijos de Olhado tuvieran con su padre estaba destinado a hacer que Miro se sintiera también incómodo con ellos. La madre era bastante bonita. Probablemente todavía no tenía los cuarenta años. ¿Qué edad tendría cuando Olhado se casó con ella? ¿Qué tipo de mujer era, para aceptar a un hombre con ojos artificiales? ¿Grababa Olhado cuando hacían el amor, y repetía las imágenes para que ella observara cómo se veía en sus ojos?

Miro se sintió inmediatamente avergonzado por la

idea. ¿Es esto todo en lo que puedo pensar cuando observo a Olhado… en su deformidad? ¿Después de todos los años que hace que lo conozco? Entonces, ¿cómo puedo esperar que vean en mí algo más que mis deformidades cuando me miren? Marcharse de aquí fue una buena idea. Me alegro de que Andrew Wiggin la sugiriera. Lo único absurdo es haber vuelto. ¿Por qué estoy aquí?

Casi contra su voluntad, Miro se volvió hacia Valentine. Ella le sonrió, y le pasó el brazo por los hombros.

—No es tan malo —dijo.

¿No es tan malo el qué?

—Yo sólo tengo un hermano para recibirme —explicó—. Toda tu familia ha venido a verte.

—Es verdad.

Sólo entonces habló Jane, y su voz le atormentó al oído.

—No *toda*.

Cállate, dijo Miro en silencio.

—¿Sólo un hermano? —dijo Andrew Wiggin—. ¿Sólo yo?

El Portavoz de los Muertos dio un paso al frente y abrazó a su hermana. Pero ¿veía Miro incomodidad allí también? ¿Era posible que Valentine y Andrew Wiggin sintieran timidez uno del otro? Qué risa. Valentine, atrevida como nadie (era Demóstenes, ¿no?), y Wiggin, el hombre que había irrumpido en sus vidas y rehecho su familia sin tener siquiera *dá licença*. ¿Podían ser tímidos? ¿Podían sentirse extraños?

—Has envejecido miserablemente —observó Andrew—. Fina como un cable. ¿No te mantiene bien Jakt?

—¿No cocina Novinha? —preguntó Valentine—. Además, pareces más estúpido que nunca. He llegado justo a tiempo para ser testigo de tu estado vegetativo mental completo.

—Y yo que creía que venías a salvar el mundo.

—El universo. Pero primero a ti.

Ella volvió a poner un brazo alrededor de Miro, y rodeó a Andrew con el otro. Se dirigió a los demás.

—Sois muchos, pero siento como si os conociera a todos. Espero que pronto sintáis lo mismo hacia mí y mi familia.

Tan simpática. Tan capaz de tranquilizar a la gente. Incluso a mí, pensó Miro. Simplemente, *maneja* a la gente. Igual que hace Andrew Wiggin. ¿Lo aprendió ella de él, o fue al revés? ¿O es algo innato en la familia? Después de todo, Peter fue el manipulador supremo de todos los tiempos, el Hegemón original. Qué familia. Tan extraña como la mía. Sólo que la de ellos es extraña por ser genios, mientras que la mía es extraña por el dolor que compartimos durante muchos años a causa de lo retorcido de nuestras almas. Y yo soy el más extraño, el más dañado de todos. Andrew Wiggin vino a sanar las heridas entre nosotros, y lo hizo bien. Pero las heridas internas, ¿pueden llegar a curarse alguna vez?

—¿Qué tal una merienda campestre? —preguntó Miro.

Esta vez, todos se echaron a reír. ¿Cómo ha sido, Andrew, Valentine? ¿Los he tranquilizado? ¿He ayudado a calmar las cosas? ¿He ayudado a todos a pretender que se alegran de verme, de que tienen alguna idea de quién soy?

—Ella quiso venir —dijo Jane al oído de Miro.

Cállate, repitió Miro. No quiero que venga de todas formas.

—Pero te verá más tarde.

No.

—Está casada. Tiene cuatro hijos.

Eso para mí no es nada ahora.

—No ha pronunciado tu nombre en sueños durante años.

Creía que eras mi amiga.

—Lo soy. Puedo leer tu mente.

Eres una zorra metomentodo y no puedes leer *nada*.

—Irá a verte mañana por la mañana. A la casa de tu madre.

No estaré allí.

—¿Crees que puedes escapar de esto?

Durante su conversación con Jane, Miro no oyó nada de lo que los otros decían, pero no importaba. El marido y los hijos de Valentine habían salido de la nave, y ella los estaba presentando. Sobre todo a su tío, naturalmente. A Miro le sorprendió ver el respeto con que le hablaban. Pero claro, ellos sabían quién era en realidad Ender el Xenocida, sí, pero también el Portavoz de los Muertos, el que había escrito la *Reina Colmena* y el *Hegemón*. Miro lo sabía ahora, por supuesto, pero cuando conoció a Wiggin fue con hostilidad: sólo era un Portavoz de los Muertos itinerante, un ministro de la religión humanista que parecía decidida a alterar la familia de Miro. Cosa que había hecho. Creo que tuve más suerte que ellos, pensó Miro. Llegué a conocerlo como persona antes de como una gran figura en la historia humana. Probablemente, ellos nunca lo conocerán como yo.

En realidad yo tampoco lo conozco en absoluto. No conozco a nadie, y nadie me conoce a mí. Nos pasamos la vida suponiendo lo que pasa dentro de todos los demás, y cuando tenemos suerte y acertamos, creemos «comprender». Qué tontería. Incluso un mono ante un ordenador puede teclear una palabra de vez en cuando.

No me conocéis, ninguno, dijo en silencio. Menos que nadie la zorra metomentodo que vive en mi oído. ¿Has oído eso?

—Con ese volumen tan alto, ¿cómo podría evitarlo?

Andrew colocaba el equipaje en un coche. Habría espacio solamente para un par de pasajeros.

—Miro, ¿quieres venir en el coche con Novinha y conmigo?

Antes de que pudiera responder, Valentine le cogió del brazo.

—Oh, no lo hagas —rogó—. Camina con Jakt y conmigo. Hemos pasado demasiado tiempo en la nave.

—Es verdad —ironizó Andrew—. Su madre no lo ha visto en veinticinco años, pero tú quieres que dé un paseo. Eres todo consideración.

Andrew y Valentine mantenían el tono peleón que habían establecido desde el principio, de forma que no importaba lo que Miro decidiera, lo convertirían entre risas en una elección entre los dos Wiggin. En ningún momento tendría Miro que decir: «Necesito ir en coche porque estoy lisiado». Ni tendría ninguna excusa para ofenderse porque le habían dispuesto un tratamiento especial. Salió tan bien que se preguntó si Valentine y Andrew lo habían preparado de antemano. Tal vez no tenían que discutir cosas así. Tal vez habían pasado tantos años juntos que sabían cómo cooperar para suavizar las cosas para otras personas sin tener siquiera que hablar de ello. Como actores que han representado los mismos papeles juntos tan a menudo que pueden improvisar sin la más mínima confusión.

—Iré caminando —decidió Miro—. Cogeré el camino largo. Los demás podéis adelantaros.

Novinha y Ela empezaron a protestar, pero Miro vio que Andrew ponía la mano sobre el brazo de su esposa, y en cuanto a Ela, guardó silencio cuando Quim le pasó el brazo por los hombros.

—Ven derecho a casa —pidió Ela—. Por mucho que tardes, ven a casa.

—¿Adónde si no? —preguntó Miro.

Valentine no sabía qué hacer con Ender. Era sólo su segundo día en Lusitania, pero estaba segura de que pasaba algo malo. No es que no hubiera causas para que Ender estuviera preocupado, distraído. La había informado de los problemas que tenían los xenobiólogos con la descolada, las tensiones entre Grego y Quara, y por supuesto, siempre estaba la flota del Congreso, amenazándolos con la muerte desde el cielo. Pero Ender se había enfrentado a preocupaciones y tensiones antes, muchas veces en sus años como Portavoz de los Muertos. Se había zambullido en los problemas de naciones y familias, comunidades e individuos, esforzándose por comprenderlos y luego purgar y sanar las enfermedades del corazón. Nunca había respondido como ahora.

O quizá lo había hecho, en una ocasión.

Cuando eran niños y Ender estaba siendo educado para comandar la flota enviada contra todos los mundos insectores, lo enviaron de regreso a la Tierra para pasar unas vacaciones... la calma antes de la última tormenta. Ender y Valentine habían estado separados desde que él tenía cinco años, sin permitírseles siquiera una carta sin supervisar entre ellos. Entonces, de repente, cambiaron de política, y lo enviaron con Valentine. Ender se encontraba en una residencia privada cerca de su ciudad natal, y se pasaba los días nadando y flotando tranquilamente en un lago privado.

Al principio Valentine pensó que todo iba bien y que simplemente se sentía contenta por verlo al fin. Pero pronto comprendió que sucedía algo grave. En aquellos días no conocía a Ender tan a fondo; después de todo, él había estado apartado de ella más de la mitad de su vida. Sin embargo, Valentine supo que no era normal que pareciera tan preocupado. No, no era eso. No estaba *pre*ocupado, sino *des*ocupado. Se había apartado del mundo. Y el trabajo de ella era volver a conec-

tarlo. Traerlo de vuelta y mostrarle su lugar en la telaraña de la humanidad.

Como tuvo éxito, Ender pudo volver al espacio y
comandar las flotas que destruyeron por completo a los
insectores. Desde esa época, su conexión con el resto de
la humanidad pareció segura.

Ahora, de nuevo, Ender había vuelto a estar separado de ella media vida. Veinticinco años para Valentine,
treinta para él. Y de nuevo parecía apartado. Ella lo estudió mientras los conducía, junto con Miro y Plikt,
sobre las interminables praderas de capim.

—Somos como un barquito en el océano —comentó Ender.

—No del todo —respondió ella, recordando la vez
que Jakt la llevó en una de las pequeñas lanchas de pesca. Las olas de tres metros los alzaban, luego los preci-
pitaban en la trinchera abierta tras ellas. En los grandes
barcos pesqueros aquellas olas apenas los habían sacu-
dido mientras recorrían cómodamente el mar, pero en la
diminuta lancha las olas resultaban abrumadoras. Literalmente sobrecogedor. Valentine tuvo que escurrirse en
su asiento en la cubierta y abrazar la plancha con ambas
manos antes de poder recuperar el aliento. No había
comparación posible entre el salvaje océano y aquella
plácida llanura de hierba.

Pero, de nuevo, tal vez la hubiera para Ender. Tal vez
cuando contemplaba las hectáreas de capim veía dentro
el virus de la descolada, adaptándose malévolamente
para masacrar a la humanidad y todas sus especies com-
pañeras. Tal vez para él esta pradera se agitaba y cabrio-
laba tan brutalmente como el océano.

Los marineros de Trondheim se rieron de ella, no
con burla, sino con ternura, como padres que se ríen de
los temores de un niño.

—Estas olas no son nada —dijeron—. Tendría que
ver las de veinte metros.

Ender estaba tranquilo en apariencia, como lo estuvieron los marineros. Calmado, desconectado. Conver-
saba con ella y Miro y la silenciosa Plikt, pero seguía
rumiando algo. ¿Hay problemas entre Ender y Novinha? Valentine no los había visto juntos el tiempo suficiente para saber qué era natural entre ellos y qué era
forzoso; desde luego, no había peleas obvias. Así que tal
vez el problema de Ender fuera una barrera creciente
con la comunidad de Milagro. Eso cabía en lo posible.
Valentine recordaba lo difícil que le resultó ganarse la
confianza de los habitantes de Trondheim, y se había
casado con un hombre que tenía un enorme prestigio
entre ellos. ¿Cómo sería para Ender, casado con una
mujer cuya familia entera había estado alienada siempre
del resto de Milagro? ¿Era posible que la curación de
este lugar no fuera tan completa como todos suponían?

No. Cuando Valentine se reunió con el alcalde, Kovano Zeljezo, y con el viejo obispo Peregrino aquella
mañana, éstos mostraron verdadero afecto hacia Ender.
Valentine había asistido a demasiadas reuniones para no
distinguir la diferencia entre cortesías formales, hipo-
cresías políticas y amistad genuina. Si Ender se sentía
separado de aquella gente, no era por culpa de ellos.

Estoy sacando demasiadas conclusiones, pensó Valentine. Si Ender parece tan extraño y apartado, es porque
nosotros hemos estado separados mucho tiempo. O tal
vez porque siente timidez ante este joven airado, Miro; o
quizás es Plikt, con su silenciosa y calculadora adoración
de Ender Wiggin, quien le hace mostrarse distante con
nosotros. O acaso no sea más que mi insistencia en que
veamos a la reina colmena hoy, de inmediato, incluso
antes de entrevistarnos con ninguno de los líderes de los
cerdis. No hay ningún motivo que buscar más allá de la
compañía actual para la causa de su desconexión.

Localizaron primero la ciudad de la reina colmena
por la columna de humo.

—Combustibles fósiles —explicó Ender—. Los está quemando a una velocidad preocupante. Normalmente, nunca haría eso: las reinas atienden sus mundos con gran cuidado, y nunca producen tantos residuos y hedor. Pero últimamente tiene mucha prisa, y Humano asegura que le han dado permiso para que queme y contamine cuanto sea necesario.

—¿Necesario para qué? —preguntó Valentine.

—Humano no quiere decirlo, ni lo hará la reina colmena, pero tengo mis suposiciones, e imagino que vosotros también.

—¿Esperan los cerdis saltar a una sociedad plenamente tecnológica en una sola generación, confiando en el trabajo de la reina colmena?

—No es probable. Son demasiado conservadores para eso. Quieren aprender cuanto sea posible, pero no les interesa rodearse de máquinas. Recuerda que los árboles de los bosques les dan libre y amablemente todas las herramientas útiles. Lo que nosotros llamamos industria a ellos les parece brutalidad.

—Entonces, ¿qué? ¿Por qué todo este humo?

—Pregúntale a ella —bufó Ender—. Tal vez contigo sea sincera.

—¿La veremos de verdad? —preguntó Miro.

—Oh, sí. O al menos estaremos en su presencia. Puede que incluso nos toque. Pero tal vez cuanto menos veamos, mejor. Normalmente donde vive está oscuro, a menos que esté a punto de poner huevos. En ese momento necesita ver, y las obreras abren túneles para que entre la luz.

—¿No tienen luz artificial? —preguntó Miro.

—Nunca la usan, ni siquiera en las astronaves con las que llegaron al Sistema Solar durante las Guerras Insectoras. Ven el calor como nosotros vemos la luz. Para ellos, cualquier fuente de calor resulta claramente visible. Creo que incluso disponen sus fuentes de calor en pautas que sólo podrían ser interpretadas estéticamente. Pintura termal.

—Entonces, ¿por qué usan la luz para poner huevos? —preguntó Valentine.

—Vacilaría en llamarlo ritual…; la reina desprecia la religión humana. Digamos que forma parte de su herencia genética. Sin luz, no hay puesta.

Entonces llegaron a la ciudad insectora.

Valentine no se sorprendió ante lo que encontraron. Después de todo, cuando ambos eran jóvenes, Ender y ella estuvieron en la primera colonia de Rov, un antiguo mundo insector. Pero sabía que la experiencia sería sorprendente y extraña para Miro y Plikt, y de hecho volvió a experimentar parte de la antigua desorientación. No había nada obviamente extraño en la ciudad. Había edificios, la mayoría de ellos bajos, pero basados en los mismos principios estructurales que cualquier edificio humano. La extrañeza se producía por la forma en que estaban dispuestos. No había carreteras ni calles, ninguna intención de alinear los edificios para que miraran hacia el mismo sitio. Algunos no eran más que un tejado apoyado sobre el suelo; otros se alzaban a gran altura. La pintura parecía usada sólo como conservante: no había decoración ninguna. Ender había sugerido que tal vez utilizaban el calor con propósitos estéticos. Estaba claro que era algo que no sucedía con nada más.

—No tiene sentido —dijo Miro.

—No desde la superficie —le informó Valentine, recordando Rov—. Pero si pudieras recorrer los túneles, te darías cuenta de que bajo tierra todo tiene sentido. Siguen las grietas y texturas naturales de la roca. Hay un ritmo en la geología, y los insectores lo sienten.

—¿Y qué hay de los edificios altos? —le preguntó Miro.

—La capa freática es su límite hacia abajo. Si necesitan más altura, tienen que subir.

—¿Qué están haciendo que requiera un edificio tan alto? —preguntó Miro.

—No lo sé —respondió Valentine. Estaban sorteando un edificio que tenía al menos trescientos metros de altura; en las inmediaciones se veían más de una docena de edificaciones similares.

Plikt habló, por primera vez en esta excursión.

—Cohetes —dijo.

Valentine vio que Ender sonreía y asentía levemente. De modo que Plikt había confirmado sus propias sospechas.

—¿Para qué? —preguntó Miro.

¡Para salir al espacio, desde luego!, estuvo a punto de decir Valentine. Pero eso no era justo: Miro nunca había vivido en un mundo que se esforzara por saltar a las estrellas por primera vez. Para él, salir del planeta significaba coger la lanzadera para ir a la estación orbital. Pero la única lanzadera usada por los humanos de Lusitania apenas serviría para transportar material para ningún programa importante de construcción en el espacio. Y aunque pudiera hacer el trabajo, era poco probable que la reina colmena pidiera ayuda humana.

—¿Qué están construyendo, una estación espacial? —preguntó Valentine.

—Eso creo —asintió Ender—. Pero tantos cohetes, y tan grandes... Creo que pretenden construirlos todos a la vez. Probablemente canibalizando los propios cohetes. ¿Cuál crees que puede ser el objetivo?

Valentine casi respondió con exasperación: ¿cómo puedo saberlo? Entonces advirtió que Ender no se lo estaba preguntando a ella. Porque casi de inmediato él mismo proporcionó la respuesta. Eso significaba que debía de haber preguntado al ordenador de su oído. No, no era un «ordenador». Jane. Estaba preguntando a Jane. A Valentine todavía le resultaba difícil acostumbrarse a la idea de que, aunque viajaban cuatro personas en el coche, había una quinta presente, mirando y escuchando a través de las joyas que llevaban Ender y Miro.

—Podría hacerlo todo a la vez —dijo Ender—. De hecho, con lo que se sabe de las emisiones químicas de aquí, la reina colmena ha fundido metal suficiente no sólo para construir una estación espacial, sino también dos pequeñas naves de largo alcance como las que usaban las primeras expediciones insectoras. Su versión de una nave colonial.

—Antes de que llegue la flota —dijo Valentine. Comprendió de inmediato. La reina colmena se preparaba para emigrar. No tenía intención de dejar que la especie quedara atrapada en un solo planeta cuando volviera el Pequeño Doctor.

—Ya veis el problema —indicó Ender—. No nos quiere decir lo que está haciendo, y por eso tenemos que confiar en lo que Jane observe y lo que pueda suponer. Y lo que yo estoy imaginando no parece muy agradable.

—¿Qué tiene de malo que los insectores salgan del planeta? —preguntó Valentine.

—No sólo los insectores —intervino Miro.

Valentine hizo la segunda conexión. Por eso los pequeninos habían dado permiso para que la reina colmena contaminara tanto su mundo. Por eso se habían construido dos naves, desde el principio.

—Una nave para la reina colmena y otra para los pequeninos.

—Eso es lo que pretenden —dijo Ender—. Pero tal como yo lo veo son... dos naves para la descolada.

—*Nossa Senhora* —susurró Miro.

Valentine sintió que la recorría un escalofrío. Una cosa era que la reina colmena buscara la salvación de su especie. Pero otra muy distinta que llevara el letal virus autoadaptable a otros mundos.

—Ya veis mi preocupación —suspiró Ender—. Ya

veis por qué no quiere decirme directamente lo que está haciendo.

—Pero no podrías detenerla de todas formas, ¿no? —preguntó Valentine.

—Podría advertir a la flota del Congreso —sugirió Miro.

Eso era. Docenas de astronaves armadas, convergiendo sobre Lusitania desde todas las direcciones..., si se les advertía de dos naves que salían de Lusitania, si se les daba sus trayectorias originales, podrían interceptarlas. Destruirlas.

—No puedes —se horrorizó Valentine.

—No puedo detenerlos ni puedo dejarlos marchar —se lamentó Ender—. Detenerlos sería arriesgarnos a destruir a insectores y cerdis por igual. Dejarlos marchar significaría arriesgarnos a destruir a toda la humanidad.

—Tienes que hablar con ellos y llegar a algún acuerdo.

—¿Qué valdría un acuerdo con nosotros? —preguntó Ender—. No hablamos por la humanidad en general. Además, si hacemos amenazas, la reina colmena simplemente destruirá todos nuestros satélites y probablemente también nuestro ansible. Puede hacerlo, de todas formas, para sentirse a salvo.

—Entonces estaríamos realmente aislados —concluyó Miro.

—De *todo* —afirmó Ender.

Valentine tardó un instante en advertir que estaban pensando en Jane. Sin ansible, no podrían seguir hablando con ella. Y sin los satélites que orbitaban Lusitania, los ojos de Jane en el espacio quedarían cegados.

—Ender, no comprendo —dijo Valentine—. ¿Es la reina colmena nuestra *enemiga*?

—Ésta es la cuestión, ¿verdad? Éste es el problema de haber restaurado su especie. Ahora que vuelve a tener libertad, ahora que no está acurrucada en una crisálida en una bolsa bajo mi cama, la reina actuará en interés de su especie... sea cual fuere.

—Pero Ender, no puede haber guerra entre humanos e insectores otra vez.

—Si no hubiera ninguna flota humana dirigiéndose a Lusitania, la cuestión no se presentaría.

—Pero Jane ha interrumpido sus comunicaciones —insistió Valentine—. No pueden recibir la orden de usar el Pequeño Doctor.

—Por ahora —dijo Ender—. Pero Valentine, ¿por qué crees que Jane arriesgó su propia vida para cortar sus comunicaciones?

—Porque la orden fue enviada.

—El Congreso Estelar envió la orden para destruir este planeta. Ahora que Jane ha revelado su poder, están más decididos que nunca a destruirnos. Cuando encuentren un medio de eliminar a Jane, estarán aún más convencidos de actuar contra este mundo.

—¿Se lo has dicho a la reina colmena?

—Todavía no. Pero claro, no estoy seguro de cuánto puede aprender de mi mente sin que yo me lo proponga. No es exactamente un medio de comunicación que sepa controlar.

Valentine colocó la mano sobre el hombro de Ender.

—¿Por eso intentaste persuadirme de que no viniera a ver a la reina colmena? ¿Porque no quieres que conozca el verdadero peligro?

—No quiero volver a enfrentarme a ella —dijo Ender—. Porque la quiero y la temo. Porque no estoy seguro de que deba ayudarla o intentar destruirla. Y porque cuando ponga esos cohetes en el espacio, cosa que podría suceder cualquier día de éstos, podría llevarse nuestro poder para detenerla. Y nuestra conexión con el resto de la humanidad.

Y, de nuevo, lo que no dijo: podría apartar a Ender y Miro de Jane.

—Creo que definitivamente tenemos que hablar con ella —resolvió Valentine.

—Eso o matarla —intervino Miro.

—Ahora comprendéis mi problema —repitió Ender.

Siguieron su camino en silencio.

La entrada al cubil de la reina colmena era un edificio que parecía igual que cualquier otro. No había ninguna guardia especial. En realidad, en toda la excursión no habían visto a un solo insector. Valentine recordó cuando era joven, en su primer mundo colonial, cuando intentaba imaginar cómo habrían sido las ciudades insectoras completamente habitadas. Ahora lo sabía: tenían exactamente el mismo aspecto que cuando estaban muertas. No había insectores correteando como hormigas por las colinas. Sabía que en algún lugar había campos y huertos atendidos bajo el sol, pero ninguno se veía desde aquí.

¿Por qué le proporcionaba esto tanto alivio?

Supo la respuesta a la pregunta incluso mientras la formulaba. Había pasado su infancia en la Tierra durante las Guerras Insectoras; los alienígenas insectoides habían poblado sus pesadillas, igual que habían aterrado a todos los demás niños de la Tierra. Sin embargo, sólo un puñado de seres humanos había visto a un insector en persona, y unos pocos de éstos estaban todavía vivos cuando era una niña. Ni siquiera en su primera colonia, entre las ruinas de la civilización insectora, habían podido encontrar ni un solo cadáver disecado. Todas sus imágenes visuales de los insectores eran horribles escenas de los vids.

Sin embargo, ¿no fue ella la primera persona en leer el libro de Ender, la *Reina Colmena*? ¿No fue la primera, además de Ender, que llegó a considerar a la reina colmena como una persona de extraña belleza y gracia?

Fue la primera, sí, pero eso significaba poco. Todo el mundo había crecido en un universo moral formado en parte por la Reina Colmena y el Hegemón. Mientras que Ender y ella eran las únicas personas vivas que habían crecido durante la firme campaña de repulsa hacia los insectores. Era normal que sintiera un alivio irracional al no tener que ver a los insectores. Para Miro y Plikt, la primera visión de la reina colmena y sus obreras no tendría la misma tensión emocional que para ella.

Soy Demóstenes, se recordó. Soy la teórica que insistió en que los insectores eran raman, alienígenas que podían ser comprendidos y aceptados. Simplemente, debo esforzarme al máximo para superar los prejuicios de mi infancia. A su debido tiempo, toda la humanidad se enterará del resurgir de la reina colmena. Sería una vergüenza que Demóstenes fuera la única persona que no pudo recibir a la reina colmena como raman.

Ender hizo que el coche trazara un círculo sobre un edificio más pequeño.

—Éste es el lugar adecuado —indicó. Detuvo el coche y lo hizo posarse lentamente sobre el capim, cerca de la única puerta del edificio. La puerta era muy baja: un adulto tendría que entrar arrastrándose.

—¿Cómo lo sabes? —preguntó Miro.

—Porque ella lo dice —respondió Ender.

—¿Jane? —preguntó Miro. Parecía aturdido, porque por supuesto Jane no le había dicho nada.

—La reina colmena —intervino Valentine—. Habla directamente a la mente de Ender.

—Es un buen truco —exclamó Miro—. ¿Puedo aprenderlo?

—Ya veremos —contestó Ender—. Cuando la conozcas.

Mientras bajaban del coche y se internaban en la alta hierba, Valentine advirtió que Miro y Ender no dejaban de mirar a Plikt. Naturalmente, les molestaba que Plikt fuera tan callada. O, más bien, *pareciera* tan callada. Valentine consideraba a Plikt una mujer locuaz y elocuente. Pero también se había acostumbrado a la forma en que Plikt se hacía la muda en ciertas ocasiones. Ender y Miro, por supuesto, sólo estaban descubriendo su perverso silencio por primera vez, y eso los molestaba. Lo cual era una de las principales razones por las que lo hacía. Creía que las personas se revelaban más cuando estaban vagamente ansiosas, y pocas cosas provocaban más ansiedades no específicas que estar en presencia de alguien que no habla nunca.

Valentine no consideraba la técnica como una forma de tratar con desconocidos, pero había visto que, al actuar de tutora, los silencios de Plikt obligaban a sus estudiantes (los hijos de Valentine) a revisar sus propias ideas. Cuando Valentine y Ender enseñaban, desafiaban a sus estudiantes con diálogos, preguntas, argumentos. Pero Plikt obligaba a sus estudiantes a jugar a ambos lados de la discusión, proponiendo sus propias ideas, y luego atacándolas para refutar sus propias objeciones. El método probablemente no funcionaría con la mayoría de la gente. Valentine había llegado a la conclusión de que funcionaba tan bien con Plikt porque su silencio no era ausencia completa de comunicación. Su mirada firme y penetrante era en sí una elocuente expresión de escepticismo. Cuando un estudiante se enfrentaba a aquella mirada inflexible, pronto sucumbía a sus propias inseguridades. Todas las dudas que el estudiante había conseguido ignorar volvían ahora, donde el estudiante tenía que descubrir en su interior las razones de la aparente duda de Plikt.

La hija mayor de Valentine, Syfte, había llamado a estas confrontaciones de un solo bando «mirar al sol». Ahora les tocaba a Ender y Miro el turno de cegarse en una lucha con el ojo que todo lo veía y la boca que nunca decía nada. Valentine quiso reírse de su inseguridad, para tranquilizarlos. También quiso dar a Plikt una palmadita y decirle que no se mostrara tan severa.

En vez de eso, se dirigió a la puerta del edificio y la abrió. No había cerrojo, sólo una manivela que agarrar. La puerta cedió con facilidad. Valentine la mantuvo abierta mientras Ender se arrodillaba y entraba arrastrándose. Plikt lo siguió inmediatamente. Luego Miro suspiró y lentamente se puso de rodillas. Era más torpe arrastrándose que andando: cada movimiento de un brazo o una pierna se hacía individualmente, como si fuera necesario un segundo para pensar en cómo hacerlo. Por fin, atravesó la puerta, y ahora le tocó el turno a Valentine de agacharse y repetir la maniobra. Era la más menuda, y no tuvo que arrastrarse.

La única luz del interior procedía de la puerta. La habitación carecía de rasgos, y el suelo era de tierra. Sólo cuando sus ojos se acostumbraron a la penumbra advirtió Valentine que la sombra más oscura era un túnel que se hundía en la tierra.

—No hay luces en los túneles —informó Ender—. Ella me dirigirá. Tendréis que cogeros de la mano. Valentine, tú irás la última, ¿de acuerdo?

—¿Podemos bajar de pie? —preguntó Miro. Obviamente, la cuestión importaba.

—Sí. Por eso eligió esta entrada.

Se cogieron de la mano: Plikt de la de Ender, Miro entre las dos mujeres. Ender los guió unos pocos pasos hacia el túnel. Estaba inclinado, y la completa negrura que los aguardaba resultaba aterradora. Pero Ender se detuvo antes de que la oscuridad fuera absoluta.

—¿A qué estamos esperando? —les preguntó Valentine.

—A nuestro guía.

En ese momento, el guía llegó. En la oscuridad, Valentine apenas distinguió el brazo de junco negro dotado de un solo dedo y pulgar cuando agarró la mano de Ender. Inmediatamente, Ender se agarró al dedo de la mano izquierda. El pulgar negro parecía una pinza sobre su cabeza. Siguiendo el brazo, Valentine intentó ver el insector al que pertenecía. Sin embargo, sólo distinguió una sombra del tamaño de un niño, y quizás un leve brillo reflejado en un caparazón.

Su imaginación proporcionó lo que faltaba, y contra su voluntad, se estremeció.

Miro murmuró algo en portugués. También él estaba afectado por la presencia del insector. Plikt, sin embargo, continuó en silencio y Valentine no sabía si temblaba o si por el contrario permanecía completamente impertérrita. Entonces Miro dio un tembloroso paso hacia delante, tirando de la mano de Valentine y guiándola hacia la oscuridad.

Ender sabía lo dificultoso que sería este pasadizo para los demás. Hasta ahora, sólo Novinha, Ela y él mismo habían visitado a la reina colmena, y Novinha únicamente lo había hecho en una ocasión. La oscuridad, moverse interminablemente hacia abajo sin la ayuda de los ojos, sabiendo a partir de pequeños sonidos que había vida y movimiento, invisibles pero cercanos, era demasiado enervante.

—¿Podemos hablar? —preguntó Valentine. Su voz sonó muy débil.

—Es una buena idea —asintió Ender—. No los molestarás. No hacen mucho caso al sonido.

Miro dijo algo. Sin poder ver cómo movía los labios, Ender no consiguió entenderlo.

—¿Qué? —preguntó.

—Los dos queremos saber si está muy lejos —intervino Valentine.

—No lo sé —respondió Ender—. Está por aquí, y ella podría hallarse en cualquier parte. Hay docenas de criaderos. Pero no os preocupéis. Estoy seguro de que podría encontrar la salida.

—Y yo —dijo Valentine—. Con una linterna, al menos.

—Nada de luces. La puesta de huevos requiere luz solar, pero después de eso la luz sólo retarda el desarrollo de los huevos. Y en una etapa puede matar a las larvas.

—Pero ¿podrías encontrar una salida de esta pesadilla en la oscuridad? —preguntó Valentine.

—Probablemente —dijo Ender—. Hay pautas. Como telas de araña. Cuando sientes la estructura general, cada sección del túnel cobra más sentido.

—¿Estos túneles no son aleatorios? —la voz de Valentine sonó escéptica.

—Es como los túneles de Eros —explicó Ender. En realidad no había tenido muchas oportunidades de explorar cuando vivió en Eros como niño-soldado. El asteroide había sido peinado por los insectores cuando lo convirtieron en su base de avanzadilla en el Sistema Solar, y luego se convirtió en el cuartel general de la flota humana cuando fue capturado durante la primera Guerra Insectora. Durante sus meses de estancia allí, Ender había dedicado la mayor parte de su tiempo y atención a aprender a controlar flotas de astronaves en el espacio. Sin embargo, debió de aprender mucho más acerca de los túneles de lo que había supuesto en un principio, porque la primera vez que la reina colmena lo llevó a su cubil en Lusitania, Ender descubrió que las curvas y giros nunca parecían sorprenderle. Le parecían bien…, no, en realidad le parecían inevitables.

—¿Qué es Eros? —preguntó Miro.

—Un asteroide cercano a la Tierra —explicó Valentine—. El lugar donde Ender perdió la cabeza.

Ender intentó explicarles algo referente a la forma en que estaba organizado el sistema de túneles. Pero era demasiado complicado. Como fracciones, había demasiadas excepciones posibles para comprender el sistema en detalle: seguía eludiendo la comprensión cuando más atentamente se perseguía. Sin embargo, a Ender siempre le parecía lo mismo, una pauta que se repetía una y otra vez. O tal vez fuera que de algún modo había entrado en la mente colmena, cuando estudiaba a los insectores para derrotarlos. Tal vez, simplemente, había aprendido a pensar como un insector. En ese caso, Valentine tenía razón: había perdido parte de su mente humana, o al menos le había añadido un poco de la mente colmena.

Por fin, cuando doblaron una esquina, vieron un destello de luz.

—*Graças a Deus* —susurró Miro. Ender advirtió con satisfacción que Plikt (esta mujer de piedra que *no podía* ser la misma persona que la brillante estudiante que recordaba) también dejaba escapar un suspiro de alivio. Tal vez había algo de vida en ella, después de todo.

—Ya casi hemos llegado —indicó Ender—. Y ya que está poniendo, estará de buen humor.

—¿No quiere intimidad? —preguntó Miro.

—Es como un clímax sexual menor que dura varias horas —explicó Ender—. La hace sentirse muy alegre. Las reinas están normalmente rodeadas por obreras y zánganos que funcionan como partes de sí mismas. No conocen la timidez.

Sin embargo, en su mente, Ender pudo sentir la intensidad de su presencia. La reina podía comunicarse con él en cualquier momento, naturalmente. Pero cuando estaba cerca, era como si respirara en su cráneo; se convertía en algo pesado, obsesivo. ¿Lo sentían los demás? ¿Podría hablarles a ellos? Con Ela no había pasado nada, nunca captó un destello de la silenciosa conversación. Y en cuanto a Novinha, se negó a hablar del tema y negó haber oído nada, pero Ender sospechaba que simplemente había rechazado la presencia alienígena. La reina colmena decía que podía sentir sus mentes con bastante claridad, siempre que estuvieran presentes, pero no podía hacerse «oír». ¿Pasaría hoy lo mismo?

Sería buena cosa que la reina colmena pudiera hablar a otro ser humano. Ella sostenía que era capaz de hacerlo, pero Ender había aprendido a lo largo de los últimos treinta años que la reina no sabía distinguir entre sus confiadas declaraciones del futuro y sus recuerdos del pasado. Parecía confiar tanto en sus suposiciones como en sus recuerdos; y sin embargo, cuando sus suposiciones resultaban equivocadas, no parecía recordar que esperaba un futuro diferente de lo que ahora era pasado.

Era uno de los detalles de su mente alienígena que más preocupaba a Ender, que había crecido en una cultura que juzgaba la madurez de la gente y su adaptación social según su habilidad para anticipar los resultados de sus elecciones. En algunos aspectos, la reina colmena parecía notablemente deficiente en este área; a pesar de su gran sabiduría y experiencia, parecía tan osada e injustificablemente confiada como un niño pequeño.

Ésa era una de las cosas que asustaban a Ender en su trato con ella. ¿Podría mantener una promesa? Si no cumplía una, ¿se daría cuenta de lo que había hecho?

Valentine intentó concentrarse en lo que decían los demás, pero no podía apartar los ojos de la silueta del insector que los guiaba. Era más pequeño de lo que había imaginado: no medía más de metro y medio, probablemente menos. Delante de los otros sólo podía distinguir partes del insector, pero eso era casi peor que verlo entero. No podía evitar pensar que aquel brillante *enemigo* negro tenía una tenaza de muerte sobre la mano de Ender.

No es una tenaza de muerte. No es un enemigo. No es ni siquiera una *criatura* en sí misma. Tenía tanta identidad individual como una oreja o un dedo: cada insector era sólo otro de los órganos de acción y sensación de la reina colmena. En cierto sentido, la reina estaba ya presente con ellos, pues lo estaba dondequiera que pudiera encontrarse una de sus obreras o zánganos, incluso a cientos de años luz de distancia. No se trata de un monstruo, pensó Valentine. Es la misma reina colmena que aparece en el libro de Ender. Es la que él llevó consigo y nutrió durante todos nuestros años juntos, aunque yo no lo sabía. No tengo nada que temer.

Valentine había intentado reprimir su miedo, pero no sirvió de nada. Estaba sudando; pudo sentir que su mano resbalaba en la de Miro. A medida que se acercaban al cubil de la reina colmena (no, su *casa*, su *hogar*), notaba que se sentía más y más asustada. Si no podía encargarse de este asunto sola, no tendría más remedio que pedir ayuda. ¿Dónde estaba Jakt? Alguien más tendría que servir.

—Lo siento, Miro —susurró—. Creo que estoy sudando.

—¿*Tú*? —dijo él—. Creí que era *mi* sudor.

Eso estaba bien. Él se echó a reír. Ella lo imitó, o al menos dejó escapar una risita nerviosa.

El túnel se abrió de pronto y se encontraron parpadeando en una amplia cámara donde un rayo de brillante luz solar se filtraba a través de un agujero en la cúpula del techo. La reina colmena estaba sentada en el centro de la luz. Había obreras alrededor, pero ahora, a la luz, en presencia de la reina, todas parecían pequeñas y frágiles. La mayoría medía cerca de un metro, no metro y medio, mientras que la reina tendría unos tres. Y la altura no lo era todo. Sus alas cubiertas parecían enormes, pesadas, casi metálicas, con un arco iris de colores que reflejaban la luz. Su abdomen era largo y lo suficientemente grueso para contener el cadáver entero de un humano. Sin embargo, se estrechaba, como un embudo, hasta un oviscapto en la punta que brillaba con un líquido amarillento transparente, denso y pegajoso, y que se hundía en un agujero en el suelo, todo lo posible, y luego volvía a salir, el fluido siguiéndolo como baba, por todo el agujero.

Resultaba grotesco y aterrador que una criatura tan grande actuara de forma tan parecida a un insecto, pero aquello no preparó a Valentine para lo que sucedió a continuación. Pues en vez de hundir simplemente el oviscapto en otro agujero, la reina se volvió y agarró a una de las obreras cercanas. Sujetando al tembloroso insector entre sus largas patas delanteras, lo atrajo hacia sí y le arrancó las patas, una a una. Mientras cada pata era arrancada, los restantes miembros gesticulaban cada vez más salvajemente, como en un grito silencioso. Valentine se sintió aliviada cuando la última pata quedó arrancada y el grito desapareció por fin de su vista.

Entonces la reina colmena empujó a la obrera sin patas hacia el siguiente agujero, de cabeza. Sólo entonces colocó su oviscapto sobre el agujero. Mientras Valentine seguía observando, el fluido en la punta del oviscapto pareció espesarse y convertirse en una pelota. Pero no era fluido después de todo, no enteramente. Dentro de la gran gota había un huevo blando, como gelatina. La reina colmena se movió para que su cara recibiera directamente la luz del sol, y sus ojos multifacetados brillaron como cientos de estrellas esmeralda. Entonces el oviscapto se hundió.

Cuando salió, el huevo todavía se aferraba al extremo, pero en la siguiente emergencia desapareció. Varias veces más el abdomen se precipitó hacia abajo, y cada vez surgió con más cadenas de fluido confluyendo hacia la punta.

—*Nossa Senhora* —susurró Miro. Valentine reconoció las palabras por su equivalente español: Nuestra Señora. Por lo general era una expresión casi carente de significado, pero ahora se convertía en una repulsiva ironía. En esta profunda caverna no estaba la Santa Virgen. La reina colmena era Nuestra Señora de la Oscuridad. Ponía huevos sobre los cadáveres de las obreras, para alimentar a las larvas cuando maduraran.

—No puede ser siempre así —casi rogó Plikt.

Durante un momento, Valentine simplemente se sorprendió de oír su voz. Entonces advirtió lo que Plikt decía, y que tenía razón. Si una obrera viva tenía que ser sacrificada por cada insector que salía del huevo, sería imposible que la población aumentara. De hecho, habría sido imposible que esta colmena llegara a existir en primer lugar, ya que la reina tuvo que dar vida a sus primeros huevos sin el beneficio de ninguna obrera mutilada para alimentarlos.

<Sólo una nueva reina.>

Aquello apareció en la mente de Valentine como si fuera una idea propia. La reina colmena sólo tenía que colocar el cuerpo de una obrera viva en el huevo cuando éste fuera a convertirse en una nueva reina. Pero la idea no pertenecía a Valentine: había demasiada certeza para serlo. No había ninguna forma en que ella pudiera *conocer* esta información, y sin embargo la idea le había llegado clara, incuestionable, de repente. Como Valentine había imaginado siempre que oían la voz de Dios los antiguos profetas y místicos.

—¿La habéis oído? ¿Todos? —preguntó Ender.

—Sí —respondió Plikt.

—Eso creo —asintió Valentine.

—¿Oír qué? —preguntó Miro.

—A la reina colmena —dijo Ender—. Ha explicado que sólo tiene que colocar una obrera en el huevo cuando se trata de una nueva reina colmena. Va a poner cinco... y dos ya están listas. Nos invitó a venir para que viéramos esto. Es su manera de decirnos que va a lanzar al espacio una nave colonial. Pone cinco huevos de reina, y luego espera a ver cuál es el más fuerte. Enviará ése.

—¿Qué sucederá con las demás? —quiso saber Valentine.

—Si alguna merece la pena, meterá la larva en una crisálida. Eso es lo que hicieron con ella. A las demás, las matará y se las comerá. Tiene que hacerlo: si algún rastro del cuerpo de una reina rival tocara a uno de los zánganos que todavía no se ha apareado con esta reina colmena, se volvería loco e intentaría matarla. Los zánganos son compañeros muy fieles.

—¿Todos lo habéis oído? —se extrañó Miro. Parecía decepcionado. La reina colmena no era capaz de hablarle.

—Sí —dijo Plikt.

—Sólo un poquito —informó Valentine.

—Vacía tu mente todo lo que puedas —aconsejó Ender—. Tararea mentalmente alguna tonada. Eso te ayudará.

Mientras tanto, la reina colmena casi acabó con la siguiente tanda de amputaciones. Valentine imaginó que pisaba la creciente pila de patas alrededor de la reina; en su mente, se quebraban como ramitas con horribles chasquidos.

<Muy suaves. Las patas no se rompen. Se doblan.> La reina respondía a sus pensamientos.

<Tú formas parte de Ender. Puedes oírme.>

Los pensamientos en su mente cobraron nitidez. Ahora no eran tan intrusivos, sino más controlados. Valentine podía establecer la diferencia entre las comunicaciones de la reina colmena y sus propios pensamientos.

—*Ouvi* —susurró Miro. Había oído algo por fin—. *Fala mais, escuto.* Habla más, escucho.

<Conexiones filóticas. Estáis unidos a Ender. Cuando le hablo a través del enlace filótico, vosotros oís. Ecos. Reverberaciones.>

Valentine intentó concebir cómo conseguía la reina

hablar stark en su mente. Entonces advirtió que seguramente no lo hacía: Miro la oía en su lengua materna, el
portugués; y la propia Valentine no oía stark en realidad, sino el inglés en el que estaba basado, el inglés
americano con el que había crecido. La reina colmena
no les enviaba lenguaje, sino pensamiento, y sus cerebros lo expresaban en el lenguaje que más profundamente enraizado estuviera en su mente. Cuando Valentine oyó la palabra *ecos* seguida de *reverberaciones* no
era la reina colmena esforzándose por hallar la expresión adecuada, sino la propia mente de Valentine buscando palabras que encajaran con el significado.

<Unidos a él. Como mi pueblo. Sólo que vosotros
tenéis libre albedrío. Filote independiente. Pueblo díscolo, todos vosotros.>

—Está haciendo un chiste —susurró Ender—. No
es un juicio de valor.

Valentine agradeció su interpretación. La imagen
visual que acompañó a la frase «pueblo díscolo» fue la
de un elefante* aplastando a un hombre. Era una imagen de su infancia, la historia donde había aprendido la
palabra «díscolo». La imagen la asustó, como la había
asustado cuando era niña. Ya odiaba la presencia de la
reina colmena en su mente. Odiaba la forma en que
podía conjurar pesadillas olvidadas. Todo en la reina
colmena parecía una pesadilla. ¿Cómo podía Valentine
haber imaginado alguna vez que este ser era *raman*? Sí,
había comunicación. *Demasiada.* Comunicación como
enfermedad mental.

Y lo que decía: que la percibían tan bien porque estaban conectados filóticamente a Ender. Valentine pensó en lo que Miro y Jane habían discutido durante el

* En inglés, *rogue people.* La palabra *rogue* (pícaro, bribón) de-
fine también al elefante feroz y peligroso. De ahí la asociación de ideas
de Valentine. *(N. del T.)*

viaje: ¿era posible que su hilo filótico estuviera entrelazado con el de Ender y a través de él a la reina colmena? ¿Cómo podía Ender haberse conectado con la reina?

<Lo buscamos. Era nuestro enemigo. Intentaba destruirnos. Quisimos domarlo. Como a un elefante díscolo.>

Entonces la comprensión llegó de repente, como una puerta que se abre de golpe. Los insectores no nacían *todos* siendo dóciles. *Podían* tener su propia identidad. O al menos una liberación del control. Y por eso las reinas habían desarrollado una forma de capturarlos, de envolverlos filóticamente para tenerlos bajo control.

<Lo encontramos. No pudimos doblegarlo. Demasiado fuerte.>

Y nadie supuso el peligro en que estaba Ender. La reina colmena esperaba capturarlo, convertirlo en el mismo tipo de herramienta sin mente que cualquier insector.

<Preparamos una telaraña para él. Encontramos lo que ansiaba. Pensamos. La conseguimos. Le dimos un núcleo filótico. La unimos a él. Pero no fue suficiente. Ahora tú. *Tú.*>

Valentine sintió la palabra como un martillazo en el interior de su mente. Se refiere a mí. Se refiere a mí, a mí, a mí... Se estremeció al recordar quién era. Soy Valentine. Se refiere a Valentine.

<*Tú* fuiste. Tú. Deberíamos haberte encontrado. Lo que él más ansiaba. No la otra cosa.>

Valentine sintió un escalofrío interior. ¿Era posible que los militares hubieran tenido razón desde el principio? ¿Era posible que la cruel separación de Valentine y Ender lo hubiera salvado? Si ella hubiera estado con Ender, ¿podrían haberla usado los insectores para controlarlo?

<No. No podíamos hacerlo. También tú eres fuerte. Estábamos condenadas. Estábamos muertas. Él no po-

día pertenecernos. Pero a ti tampoco. Ya no. No pudimos domarlo, pero nos enlazamos con él.>

Valentine pensó en la imagen que había vislumbrado en la nave: personas entrelazadas, familias atadas por cordones invisibles, hijos a padres, padres entre sí, o a sus propios padres. Una cadena cambiante de cables que unían a las personas, dondequiera que encajara su relación.

Sólo que ahora la imagen era de sí misma, atada a Ender. Y luego de Ender, atado... a la reina colmena..., la reina sacudiendo su oviscapto, los filamentos temblando, y al final del filamento, la cabeza de Ender, agitándose, sacudiéndose...

Movió la cabeza, intentando despejar la imagen.

<No lo controlamos. Es libre. Puede matarme si quiere. No lo detendré. ¿Me matarás tú?>

Esta vez *tú* no era Valentine: pudo sentir que la pregunta pasaba sobre ella. Y ahora, mientras la reina colmena esperaba una respuesta, percibió otro pensamiento en su mente. Tan cercano a su propia forma de pensar que si no hubiera estado en sobreaviso, esperando que Ender respondiese, habría asumido que era su propio pensamiento natural. Nunca, dijo el pensamiento en su mente. Nunca te mataré. Te quiero.

Y con este pensamiento vino un destello de genuina emoción hacia la reina colmena. De inmediato la imagen mental de la reina que tenía Valentine dejó de incluir repulsión. En cambio, le pareció majestuosa, regia, magnífica. Los arco iris de sus alas ya no parecían una costra viscosa sobre agua: la luz que se reflejaba en sus ojos era como un halo; los fluidos resplandecientes de la punta de su abdomen eran los hilos de la vida, como la leche en el pezón de una mujer cubierto de saliva de la boca de su bebé. Valentine había estado combatiendo la náusea hasta aquel momento, pero de repente casi adoró a la reina colmena. Sabía que era el pensamiento de Ender en su mente: por eso los pensamientos se parecían tanto a los suyos propios. Con esta visión de la reina colmena supo de inmediato que había tenido razón desde el principio, cuando escribió como Demóstenes tantos años antes. La reina *era* raman, extraña pero capaz de comprender y ser comprendida.

Mientras la visión se difuminaba, Valentine oyó a alguien sollozando. Plikt. En todos los años que habían pasado juntos, Valentine nunca había oído a Plikt mostrar tanta fragilidad.

—Bonita —comentó Miro, en portugués.

¿Eso era todo lo que había visto? ¿La reina colmena era *bonita*? La comunicación debía de ser realmente débil entre Miro y Ender... pero, ¿por qué no debería serlo? No conocía a Ender tan a fondo ni desde hacía tanto tiempo como ella.

Pero si por eso la recepción del pensamiento de Ender era mucho más intensa para Valentine que para Miro, ¿cómo podía explicar el hecho de que Plikt lo hubiera recibido tan claramente, mucho más que ella? ¿Era posible que en todos sus años de estudiar a Ender, de admirarlo sin conocerlo, Plikt hubiera conseguido unirse a él con más intimidad que Valentine?

Por supuesto que sí. Por supuesto. Valentine estaba casada. Valentine tenía un marido. Tenía hijos. Su conexión filótica a su hermano estaba destinada a debilitarse. En cambio, Plikt no tenía ninguna relación lo bastante intensa para competir. Se había entregado por completo a Ender. Y con la reina colmena haciendo posible que los enlaces filóticos transmitieran el pensamiento, era evidente que recibía a Ender casi a la perfección. No había nada que la distrajera. No había ninguna parte de ella retenida.

¿Podía siquiera Novinha, que después de todo estaba unida a sus hijos, albergar una devoción tan completa hacia Ender? Era imposible. Y si Ender sospechaba algo de esto, debía de ser preocupante para él. ¿O atractivo? Valentine conocía lo suficiente acerca de hombres y mujeres para saber que la adoración era el más seductor de los atributos. ¿He traído conmigo a una rival para poner en peligro el matrimonio de Ender?

¿Pueden Ender y Plikt leer *mis* pensamientos, incluso ahora?

Valentine se sintió profundamente expuesta, asustada. Como en respuesta, como para calmarla, la voz mental de la reina colmena regresó, ahogando cualquier pensamiento que Ender pudiera estar enviando.

<Sé de qué tenéis miedo. Pero mi colonia no matará a nadie. Cuando dejemos Lusitania, podemos matar todo el virus de la descolada de nuestra nave.>

Tal vez, pensó Ender.

<Encontraremos un medio. No transmitiremos el virus. No tenemos que morir para salvar a los humanos. No nos matéis, no nos matéis.>

Nunca os mataré. El pensamiento de Ender llegó como un susurro, casi ahogado en la súplica de la reina colmena.

No podríamos mataros de todas formas, pensó Valentine. Sois *vosotras* quienes podríais matarnos fácilmente. Cuando construyáis vuestras naves. Vuestras armas. Podríais estar preparados para la flota humana. Ender no la comanda esta vez.

<Nunca. Nunca matar a nadie. Nunca, nos prometimos.>

Paz, dijo el susurro de Ender. Paz. Permanece en paz, calma, tranquila, descansa. No temas nada. No temas a ningún hombre.

No construyas una nave para los cerdis, pensó Valentine. Construye una nave para ti, porque puedes matar a la descolada que te lleves. Pero no para ellos.

Los pensamientos de la reina colmena cambiaron bruscamente de la súplica a la ruda respuesta.

<¿No tienen también derecho a vivir? Les prometí una nave. Os prometí no matar nunca. ¿Quieres que rompa mis promesas?>

No, pensó Valentine. Ya se sentía avergonzada de sí misma por haber sugerido semejante traición. ¿O eran los sentimientos de la reina colmena? ¿O de Ender? ¿Estaba realmente segura de qué pensamientos y sentimientos eran propios y cuáles ajenos?

El miedo que sentía era suyo, estaba casi segura de ello.

—Por favor —susurró—. Quiero marcharme.

—*Eu também* —dijo Miro.

Ender avanzó un solo paso hacia la reina colmena, extendió una mano. Ella no extendió los brazos, pues los estaba utilizando para meter al último de sus sacrificios en la cámara de los huevos. En cambio, la reina alzó un ala, la giró, la acercó a Ender hasta que por fin su mano se posó sobre la negra superficie irisada.

¡No la toques!, gritó Valentine en silencio. ¡Te capturará! ¡Quiere domarte!

—Calla —ordenó Ender en voz alta.

Valentine no estuvo segura de si él hablaba en respuesta a sus gritos silenciosos o si intentaba acallar algo que la reina colmena decía sólo para él. No importa. Momentos después, Ender agarró el dedo de un insector y los guió de nuevo por el oscuro túnel. Esta vez hizo que Valentine fuera en segundo lugar, Miro en el tercero, dejando a Plikt para el final. Así que fue Plikt quien dirigió la última mirada hacia la reina colmena; fue Plikt quien alzó la mano en señal de despedida.

Todo el camino de regreso a la superficie, Valentine se debatió para encontrar sentido a lo que había sucedido. Siempre había pensado que si la gente pudiera comunicarse mentalmente, eliminando todas las ambigüedades del lenguaje, entonces la comprensión sería perfecta y no habría más conflictos innecesarios. En cambio, había descubierto que en vez de ampliar las diferencias entre la gente, el lenguaje también podía suavizarlas con la misma facilidad, minimizarlas, de forma que las personas podían llevarse bien aunque en realidad no se comprendieran. La ilusión de comprensión permitía que la gente creyera que eran más parecidos que lo que realmente eran. Tal vez el lenguaje les convenía más.

Salieron arrastrándose del edificio, parpadeando ante la luz, riéndose aliviados.

—No tiene gracia —dijo Ender—. Pero tú insististe, Val. Tenías que verla inmediatamente.

—Así que soy una idiota —contestó Valentine—. Vaya noticia.

—Fue maravilloso —suspiró Plikt.

Miro tan sólo se tendió de espaldas en el capim y se cubrió los ojos con el brazo.

Valentine lo observó allí tendido y vio un atisbo del hombre que había sido, del cuerpo que tuvo. Allí tumbado no se tambaleaba; callado, no había interrupciones en su habla. No era extraño que su compañera xenóloga se hubiera enamorado de él. Ouanda. Fue trágico descubrir que compartían el mismo padre. Eso fue lo peor que Ender reveló cuando habló en nombre del muerto en Lusitania, hacía treinta años. Éste era el hombre que Ouanda había perdido; el propio Miro lo había perdido también. No era extraño que se hubiera arriesgado a morir cruzando la verja para ayudar a los cerdis. Tras perder a su amada, consideró que su vida carecía de sentido. Su único pesar era no haber muerto después de todo. Había seguido viviendo, tan maltratado por fuera como por dentro.

¿Por qué pensaba todas estas cosas al mirarlo? ¿Por qué de repente le pareció tan real?

¿Era porque él pensaba así en este momento? ¿Estaba Valentine capturando una imagen de sí mismo? ¿Había alguna conexión entre sus mentes?

—Ender —dijo—, ¿qué ha pasado allá abajo?

—Fue mejor de lo que esperaba —contestó Ender.

—¿Qué fue?

—El enlace entre nosotros.

—¿Lo esperabas?

—Lo quería. —Ender se sentó en lo alto del coche, dejando que sus pies colgaran sobre la alta hierba—. Estuvo apasionada, ¿eh?

—¿Ah, sí? No tengo datos para comparar.

—A veces es muy intelectual. Hablar con ella es como hacer cálculos matemáticos superiores. Esta vez fue como un niño. Por supuesto, nunca la había visitado mientras ponía huevos de reina. Creo que tal vez nos ha dicho más de lo que pretendía.

—¿Quieres decir que su promesa no era en serio?

—No, Val, no, ella siempre cumple sus promesas. No sabe mentir.

—Entonces, ¿a qué te referías?

—Estaba hablando del enlace que compartimos. Cómo intentaron domarme. Fue interesante, ¿no? Ella se enfureció durante un momento, cuando pensó que tú podrías haber sido el enlace que necesitaban. Sabes lo que eso habría significado para ellos: no habrían sido destruidos. Incluso podrían haberme usado para comunicarse con los gobiernos humanos. Podrían haber compartido la galaxia con nosotros. Perdieron una gran oportunidad.

—Habrías sido como un insector. Un *esclavo* para ellos.

—Cierto. No me habría gustado. Pero todas las vidas que podrían haberse salvado..., yo era soldado, ¿no? Si un soldado, con su muerte, puede salvar las vidas de millones...

—Pero no podía funcionar. Tienes una voluntad independiente —objetó Valentine.

—Cierto. O, al menos, es más independiente de lo

que la reina colmena puede manejar. Tú también. Es reconfortante, ¿no?

—Ahora mismo no me siento nada reconfortada. Estuviste dentro de mi cabeza allá abajo. Y también la reina colmena. Me siento tan violada...

Ender pareció sorprendido.

—Yo nunca me siento así.

—Bueno, no es sólo eso —masculló Valentine—. Fue también abrumador. Y aterrador. Es tan... grande dentro de mi cabeza. Como si intentara contener a alguien mayor que yo.

—Ya veo —asintió Ender. Se volvió hacia Plikt—. ¿También fue así para ti?

Por primera vez, Valentine advirtió cómo miraba Plikt a Ender, con ojos llenos y temblorosos. Pero Plikt no respondió.

—Fue toda una experiencia, ¿eh? —dijo Ender. Se echó a reír y se volvió hacia Miro.

¿Acaso no se daba cuenta? Plikt ya había estado obsesionada con Ender. Ahora, tenerlo dentro de su cabeza, tal vez fuera demasiado para ella. La reina colmena habló de domar a obreras díscolas. ¿Era posible que Plikt hubiera sido domada por Ender? ¿Era posible que hubiera perdido su alma dentro de él?

Absurdo. Imposible. Espero por Dios que no sea así.

—Vamos, Miro —dijo Ender.

Miro permitió que Ender lo ayudara a levantarse. Luego subieron al coche y regresaron a Milagro.

Miro les había dicho que no quería ir a misa. Ender y Novinha fueron sin él. Pero en cuanto se marcharon, le resultó imposible permanecer en la casa. Lo dominaba la constante sensación de que había alguien fuera de su radio de visión. En las sombras, una figura pequeña lo observaba. Envuelto en una lisa armadura, con sólo dos dedos como garras en sus flexibles brazos, brazos que podían ser arrancados de un bocado y arrojados como madera frágil. La visita del día anterior a la reina colmena le había molestado más de lo que había soñado posible.

Soy xenólogo, se recordó. He dedicado mi vida al estudio de los alienígenas. Estuve presente cuando Ender despedazó el cuerpo mamaloide de Humano y ni siquiera parpadeé, porque soy un científico desapasionado. A veces tal vez me identifico demasiado con mis sujetos. Pero no sufro pesadillas con ellos. No empiezo a verlos en las sombras.

Sin embargo, aquí estaba, ante la puerta de la casa de su madre, porque en los campos de hierba, bajo el brillante sol de la mañana de domingo, no había sombras donde un insector pudiera aguardar al acecho.

¿Soy el único que se siente de esta forma?

La reina colmena *no* es un insecto. Su pueblo y ella tienen sangre caliente, igual que los pequeninos. Respiran, sudan como mamíferos. Puede que lleven consigo los ecos estructurales de su enlace evolutivo con los insectos, al igual que nosotros guardamos un parecido con los lemures, las musarañas y las ratas; pero ellos crearon una civilización brillante y hermosa. O al menos oscura y hermosa. Debería verlos como los ve Ender, con respeto, con admiración, con afecto.

Y sólo conseguí *soportarlos* a duras penas.

No cabe ninguna duda de que la reina colmena es *raman*, capaz de comprendernos y tolerarnos. La cuestión es si *yo* soy capaz de comprenderla y tolerarla a ella. Y no seré el único. Ender acertó al ocultar la existencia de la reina colmena a la mayor parte de la gente de Lusitania. Si vieran lo que yo vi, o entrevieran siquiera a un solo insector, el miedo se extendería, y el terror de cada uno alimentaría al de los demás, hasta…, hasta que sucediera algo. Algo malo. Algo monstruoso.

Tal vez *nosotros* somos los varelse. Tal vez el xenocidio se fundamenta en la psique humana como no sucede en ninguna otra especie. Tal vez lo mejor que podría suceder para el bien moral del universo es que la descolada quedara libre, se extendiera por el universo humano y nos redujera a la nada. Tal vez la descolada es la respuesta de Dios a nuestra indignidad.

Miro se encontró ante la puerta de la catedral. Estaba abierta al frío aire matinal. Todavía no habían llegado a la eucaristía. Entró y ocupó su sitio al fondo. No tenía ningún deseo de comulgar con Cristo aquel día. Simplemente, necesitaba ver a otras personas. Necesitaba estar rodeado de seres humanos. Se arrodilló, se persignó y se quedó allí, aferrado al banco que tenía delante, con la cabeza inclinada. Tendría que haber rezado, pero no había nada en el *Pai Nosso* para tratar con su miedo. ¿Danos hoy nuestro pan de cada día? ¿Perdona nuestras deudas? ¿Venga a nosotros tu reino así en la tierra como en el cielo? Eso sería maravilloso. El reino de Dios, donde el león podía convivir con el cordero.

Entonces llegó a su mente una imagen de la visión de san Esteban: Cristo sentado a la derecha de Dios. Pero a la izquierda había alguien más. La reina del cielo. No la Santa Virgen, sino la reina colmena, con baba blanquecina temblando en la punta de su abdomen. Miro apretó con fuerza el banco de madera que tenía delante. Dios, aparta esta visión de mí. Atrás, Enemigo.

Alguien llegó y se arrodilló junto a él. Miro no se atrevió a abrir los ojos. Prestó atención a algún sonido que declarara que su acompañante era humano. Pero el roce de la ropa podía ser igualmente el de las alas frotando un duro tórax.

Tuvo que obligarse a rechazar la imagen. Abrió los ojos. Con su visión periférica, pudo ver que su acompañante estaba arrodillado. Por la forma del brazo, por el color de la manga, supo que era una mujer.

—No puedes esconderte de mí eternamente —susurró ella.

La voz no era normal. Demasiado ronca. Una voz que había hablado cien mil veces desde la última vez que él la escuchó. Una voz que había arrullado a bebés, gemido en los embates del amor, gritado a los niños para que volvieran a casa, a casa. Una voz que antaño, cuando era joven, le había hablado de amor eterno.

—Miro, si hubiera podido tomar tu cruz sobre mí misma, lo habría hecho.

¿Mi *cruz*? ¿Es eso lo que llevo conmigo, pesada e incómoda, aplastándome? Y yo que pensaba que era mi cuerpo.

—No sé qué decirte, Miro. Me lamenté durante mucho tiempo. A veces pienso que todavía lo hago. Perderte…, me refiero a nuestra esperanza de futuro, fue mejor de lo que podía esperar. He tenido una buena familia, una buena vida, y tú también la tendrás. Pero perderte como mi amigo, como mi hermano, eso fue lo peor de todo. Me sentí abandonada. No sé si en realidad logré superarlo.

Perderte como hermana mía fue lo fácil. No necesito otra hermana.

—Me rompes el corazón, Miro. Eres tan joven. No has cambiado, y eso es lo más duro, no has cambiado en treinta años.

Aquello fue más de lo que Miro podía soportar en silencio. No alzó la cabeza, pero sí la voz. Con demasiada intensidad en medio de la misa, respondió:

—¿No?

Se levantó, vagamente consciente de que la gente se volvía a mirarlo.

—¿No he cambiado? —Su voz era pastosa, difícil de entender, y él no hacía nada por aclararla. Dio un tambaleante paso hacia el pasillo, y luego se volvió por fin a mirarla—. ¿Es así como me recuerdas?

Ella lo observó, impresionada..., ¿de qué? ¿De la forma de hablar de Miro, de sus movimientos ineficaces? ¿O simplemente la estaba avergonzando por no haber convertido este encuentro en la escena trágicamente romántica que ella había imaginado durante los últimos treinta años?

Su cara no era vieja, pero tampoco era la de Ouanda. Madura, más gruesa, con arrugas en los ojos. ¿Qué edad tenía ahora? ¿Cincuenta? Casi. ¿Qué tenía que ver con él aquella mujer de cincuenta años?

—Ni siquiera te conozco —espetó Miro. Entonces se dirigió a la puerta y se perdió en la mañana.

Poco después se encontró descansando a la sombra de un árbol. ¿Cuál era, Raíz o Humano? Miro intentó recordar. Sólo había pasado una semana desde que se marchó, ¿no? Pero cuando lo hizo, el árbol de Humano era todavía sólo un retoño, y ahora los dos árboles parecían tener el mismo tamaño y no podía recordar con seguridad si Humano había sido plantado colina arriba o colina abajo con respecto a Raíz. No importaba: Miro no tenía nada que decirle a un árbol, y ellos tampoco tenían nada que contestarle.

Además, Miro nunca había aprendido el lenguaje de los árboles; ni siquiera supieron que todos aquellos golpes que daban a los troncos era un lenguaje hasta que fue demasiado tarde para Miro. Ender podía hacerlo, y Ouanda, y probablemente otra media docena de personas, pero Miro nunca podría aprender, porque no había forma alguna de que pudiera sujetar los palos y llevar el ritmo. Sólo otra forma más de hablar en la que ahora era un inútil.

—*Que dia chato, meu filho.*

Ésa era una voz que nunca cambiaría. Y la actitud tampoco: Qué día más malo, hijo mío. Piadosa y maliciosa al mismo tiempo, y burlándose de sí misma por ambos puntos de vista.

—Hola, Quim.

—Me temo que ahora soy el padre Estevão. —Quim había adoptado todas las regalías de un sacerdote, con túnica y todo; ahora las recogió y se sentó en la hierba delante de Miro.

—Das el papel —comentó Miro. Quim había madurado bien. De niño, parecía piadoso y malicioso. La experiencia con el mundo real en vez de con la teoría teológica le había dado arrugas, pero la cara resultante evidenciaba compasión. También fuerza—. Lamento haber hecho una escena en la misa.

—¿Lo hiciste? —preguntó Quim—. No estuve allí. O más bien, estuve en misa, pero no en la catedral.

—¿Comunión para los raman?

—Para los hijos de Dios. La Iglesia ya tenía un vocabulario para tratar con los extranjeros. No tuvimos que esperar a Demóstenes.

—Bueno, no tienes que molestarte por eso, Quim. *Tú* no inventaste los términos.

—No discutamos.

—Entonces, no nos metamos en las meditaciones de los demás.

—Un noble sentimiento. Excepto que has decidido descansar a la sombra de un amigo mío, con quien necesito conversar. Pensé que sería más amable hablar contigo primero antes de empezar a golpear con palos a Raíz.

—¿Éste es Raíz?

—Dile hola. Sé que esperaba ansioso tu regreso.

—No llegué a conocerlo.

—Pero él lo sabe todo acerca de ti. Creo que no te das cuenta, Miro, del héroe que eres entre los pequeninos. Saben lo que hiciste por ellos, y lo que te costó.

—¿Y saben lo que probablemente nos costará a todos al final?

—Al final, todos nos encontraremos ante el juicio de

Dios. Si todo un planeta de almas es destruido a la vez, entonces la única preocupación es asegurarse de que no quede sin bautizar ninguna alma que pudiera ser bienvenida entre los santos.

—Entonces, ¿no te importa?

—Claro que me importa. Pero digamos que hay una visión a largo plazo donde la vida y la muerte son materias menos importantes que elegir qué clase de vida y qué clase de muerte tendremos.

—Crees de verdad en todo esto, ¿no?

—Depende de lo que quieras decir con «todo esto», sí, creo.

—Me refiero a todo. Un Dios vivo, Cristo resucitado, milagros, visiones, bautismo, transubstanciación...

—Sí.

—Milagros. Curación.

—Sí.

—Como en el altar de los abuelos.

—Se han informado de muchas curaciones allí.

—¿Las crees?

—Miro, no lo sé. Algunas pudieron deberse a la histeria. Algunas pudieron ser un efecto placebo. Algunas curaciones tal vez fueron remisiones espontáneas o recuperaciones naturales.

—Pero algunas fueron reales.

—Tal vez.

—Crees que los milagros son posibles.

—Sí.

—Pero no crees que sucedan de verdad.

—Miro, creo que sí suceden. Lo que ignoro es si la gente percibe adecuadamente los hechos que son milagros y los que no. No cabe duda de que muchos supuestos milagros no lo fueron. Probablemente también existen muchos milagros que nadie reconoció cuando ocurrieron.

—¿Qué hay de mí, Quim?

—¿Qué hay de ti?

—¿Por qué no hay ningún milagro para mí?

Quim agachó la cabeza y arrancó algunas briznas de hierba. Era una costumbre que tenía desde niño: intentar evitar una pregunta difícil. Era la forma en que respondía cuando su supuesto padre, Marcão, sufría una de sus iras de borracho.

—¿Qué pasa, Quim? ¿Acaso los milagros sólo existen para los demás?

—Parte del milagro es que nadie sabe por qué sucede.

—¿Qué comadreja eres, Quim?

Quim se ruborizó.

—¿Quieres saber por qué no recibes una curación milagrosa? Porque no tienes fe, Miro.

—¿Qué hay del hombre que dijo: «Sí, Maestro, creo. Olvida mi incredulidad»?

—¿Eres tú ese hombre? ¿Has pedido siquiera ser curado?

—Lo estoy pidiendo ahora —dijo Miro. Y entonces, irrefrenables, las lágrimas asomaron en sus ojos—. Oh, Dios —susurró—. Estoy muy avergonzado.

—¿De qué? —preguntó Quim—. ¿De haber pedido ayuda a Dios? ¿De llorar delante de tu hermano? ¿De tus pecados? ¿De tus dudas?

Miro sacudió la cabeza. No lo sabía. Las preguntas eran demasiado penosas. Entonces se dio cuenta de que sabía la respuesta. Extendió los brazos hacia los costados.

—De este cuerpo —respondió.

Quim lo cogió por los hombros, lo atrajo hacia sí, y sus manos resbalaron por los brazos de Miro hasta detenerse en las muñecas.

—Éste es mi cuerpo que será entregado por vosotros, nos dijo Él. Igual que tú entregaste tu cuerpo por los pequeninos.

—Sí, Quim, pero Él recuperó su cuerpo, ¿no?

—También murió.

—¿Es así como me curaré? ¿Encontrando una forma de morir?

—No seas gilipollas —espetó Quim—. Cristo no se suicidó. Fue un plan de Judas.

La furia de Miro explotó.

—Toda esa gente que se cura de un resfriado, que se libran milagrosamente de las migrañas..., ¿me estás diciendo que merecen más a Dios que yo?

—Tal vez no se base en lo que te mereces. Tal vez se base en lo que necesitas.

Miro se abalanzó hacia delante, agarrando la parte delantera de la túnica de Quim con sus dedos medio espásticos.

—¡Necesito recuperar mi cuerpo!

—Tal vez —dijo Quim.

—¿Qué quieres decir con eso, cretino gilipollas?

—Quiero decir —explicó Quim mansamente— que aunque tú quieras recuperar tu cuerpo, tal vez Dios, en su gran sabiduría, sepa que para que te conviertas en el mejor hombre posible necesitas pasar cierto tiempo como lisiado.

—¿Cuánto tiempo? —demandó Miro.

—Desde luego, no más que el resto de tu vida.

Miro gruñó disgustado y soltó la túnica de Quim.

—Tal vez menos —prosiguió Quim—. Así lo espero.

—Esperanza —bufó Miro.

—Junto con la fe y el amor puro, es una de las grandes virtudes. Deberías intentarlo.

—He visto a Ouanda.

—Ha intentado hablar contigo desde que llegaste.

—Es vieja y gorda. Ha tenido un puñado de críos, ha vivido treinta años y el tipo con quien se casó la ha ido desgastando todo ese tiempo. ¡Habría preferido visitar su tumba!

—Qué generoso de tu parte.

—¡Sabes lo que quiero decir! Dejar Lusitania fue una buena idea, pero treinta años no han bastado.

—Habrías preferido volver a un mundo donde nadie te conociera.

—Nadie me conoce aquí tampoco.

—Tal vez no. Pero te queremos, Miro.

—Queréis lo que yo era.

—Eres el mismo hombre, Miro. Sólo tienes un cuerpo diferente.

Miro se levantó con esfuerzo, apoyándose contra Raíz para equilibrarse.

—Habla a tu amigo árbol, Quim. Nada de lo que tengas que decir me interesa.

—Eso crees —replicó Quim.

—¿Sabes qué es peor que un gilipollas, Quim?

—Claro. Un gilipollas inútil, hostil, amargado, autocompasivo, abusivo y miserable que tiene una opinión demasiado elevada de su propio sufrimiento.

Fue más de lo que Miro pudo soportar. Gritó lleno de furia y se lanzó contra Quim, para derribarlo al suelo. Naturalmente, Miro perdió el equilibrio y cayó encima de su hermano, y luego se enredó en la túnica del sacerdote. Pero no importaba: Miro no intentaba levantarse, sino causar dolor a Quim como si de esta forma pudiera librarse de algo.

Sin embargo, después de unos pocos golpes, Miro dejó de debatirse y se echó a llorar sobre el pecho de su hermano. Y un instante después, sintió los brazos de Quim a su alrededor. Oyó su suave voz, entonando una plegaria.

—*Pai Nosso, que estás no céu.*

A partir de aquí, sin embargo, el sortilegio se rompió y las palabras se volvieron nuevas y por tanto reales.

—*O teu filho está com dor, o meu irmão precisa a resurreiço da alma, ele merece o refresco da esperança.*

Al oír Miro poner voz a su dolor, a sus desaforadas demandas, Miro volvió a avergonzarse. ¿Por qué debería imaginar que se *merecía* una nueva esperanza? ¿Cómo podía atreverse a exigir que Quim rezara pidiendo un milagro para él, para que su cuerpo volviera a estar completo? Miro supo que era injusto poner en juego la fe de Quim para un agnóstico autocompasivo como él.

Pero la oración continuó:

—*Ele deu tudo aos pequeninos, e tu nos dissesse, Salvador, que qualquer coisa que fazemos a estes pequeninos, fazemos a ti.*

Miro quiso interrumpir. Si lo di todo a los pequeninos, lo hice por ellos, no por mí mismo. Pero las palabras de Quim lo mantuvieron en silencio: Nos dijiste, Salvador, que lo que hiciéramos a estos pequeños te lo haríamos a ti. Era como si Quim exigiera a Dios que cumpliera su parte del acuerdo. La relación que Quim debía mantener con Dios era extraña, como si tuviera derecho a pedirle cuentas.

—*Ele não é como Jó, perfeito na coração.*

No, no soy tan perfecto como Job. Pero lo he perdido todo, igual que lo perdió Job. Otro hombre fue padre de mis hijos con la mujer que debería haber sido mi esposa. Otros han conseguido mis logros. Y donde Job tuvo llagas, yo tengo esta semiparálisis. ¿Se cambiaría de lugar Job conmigo?

—*Restabeleçe ele como restabeleceste Jó. Em nome do Pai, e do Filho, e do Espírito Santo. Amem.*

Miro sintió que los brazos de su hermano lo soltaban, y como si hubieran sido ellos, y no la gravedad, los que lo sujetaban contra el pecho de Quim, Miro se levantó de inmediato y se quedó mirando a su hermano. Una magulladura crecía en la mejilla de Quim. Su labio sangraba.

—Te he hecho daño —dijo Miro—. Lo siento.

—Sí. Me lastimaste. Y yo a ti. Este pasatiempo tiene mucho éxito por aquí. Ayúdame a levantarme.

Por un momento, sólo por un breve momento, Miro olvidó que estaba lisiado, que apenas podía mantener el equilibrio él solo. Durante ese instante, empezó a extender la mano hacia Quim. Pero entonces se tambaleó cuando su equilibrio peligró, y recordó.

—No puedo —dijo.

—Oh, deja de quejarte por ser un lisiado y échame una mano.

Así que Miro separó mucho las piernas y se inclinó sobre su hermano. Su hermano menor, que ahora le aventajaba en tres décadas, y era aún mayor en sabiduría y compasión. Miro extendió la mano. Quim la agarró y con su ayuda se levantó del suelo. El esfuerzo fue agotador para Miro: no tenía fuerza para esta labor, y Quim no fingía, confiaba en él para que lo levantara. Terminaron mirándose a la cara, hombro con hombro, las manos todavía juntas.

—Eres un buen sacerdote —dijo Miro.

—Sí. Y si alguna vez necesito un *sparring*, te llamaré.

—¿Responderá Dios a tu plegaria?

—Por supuesto. Dios responde a todas las plegarias.

Miro tardó un instante en comprender qué quería decir Quim.

—Me refiero a si atenderá mi ruego.

—Ah. Nunca estoy seguro de esa parte. Dime más tarde si lo hace.

Quim se dirigió, envarado y cojeando, hacia el árbol. Se inclinó y recogió del suelo dos palos habladores.

—¿De qué vas a hablar con Raíz?

—Mandó decirme que tenía que hablar con él. Hay una especie de herejía nueva en uno de los bosques.

—Los conviertes y luego se vuelven locos, ¿eh?

—La verdad es que no. Es uno de los grupos a los que nunca he predicado. Los padres-árbol se hablan entre sí, de forma que las ideas del cristianismo ya están en todas partes del mundo. Como siempre, la herejía se extiende más rápidamente que la verdad. Y Raíz se siente culpable porque se basa en una especulación suya.

—Supongo que para ti es un asunto serio —observó Miro.

Quim dio un respingo.

—No sólo para *mí.*

—Lo siento. Me refería a la Iglesia. A los creyentes.

—Nada tan parroquial como eso, Miro. Los pequeninos han encontrado una herejía realmente interesante. Una vez, no hace mucho, Raíz especuló que, igual que Cristo vino a los humanos, el Espíritu Santo podría venir algún día a los pequeninos. Es una burda malinterpretación de la Santísima Trinidad, pero este bosque se lo tomó bastante en serio.

—Me parece bastante parroquial.

—A mí también. Hasta que Raíz me contó los detalles. Verás, están convencidos de que el virus de la descolada es la encarnación del Espíritu Santo. Tiene una especie de sentido perverso; ya que el Espíritu Santo siempre ha habitado en todas partes, en todas las creaciones de Dios, es apropiado que su encarnación sea la descolada, que también penetra en todas las partes de cada ser vivo.

—¿Adoran al *virus*?

—Oh, sí. Después de todo, ¿no descubristeis vosotros que los pequeninos fueron *creados*, como seres conscientes, por el virus de la descolada? Así que el virus está imbuido con el poder creador, lo que significa que tiene naturaleza divina.

—Supongo que hay tantas pruebas literales para eso como para la encarnación de Dios en Cristo.

—No, hay muchas más. Pero si eso fuera todo, Miro, lo consideraría un asunto de la Iglesia. Complicado, difícil, pero, como tú dijiste, parroquial.

—¿Qué pasa entonces?

—La descolada es el segundo bautismo. Por el fuego. Sólo los pequeninos pueden soportar ese bautismo, y los conduce a la tercera vida. Están claramente más cerca de Dios que los humanos, a quienes les ha sido negada la tercera vida.

—La mitología de la superioridad. Supongo que era de esperar —observó Miro—. La mayoría de las comunidades que intentan sobrevivir bajo la presión irresistible de una cultura dominante desarrollan un mito que les permite creer que son de algún modo un pueblo especial. Elegidos. Favoritos de los dioses. Gitanos, judíos…, hay muchos precedentes históricos.

—Prueba con esto, *senhor zenador*. Ya que los pequeninos son los elegidos por el Espíritu Santo, su misión es esparcir el segundo bautismo a cada lengua y cada pueblo.

—¿Esparcir la descolada?

—A todos los mundos. Una especie de juicio final ambulante. Llegan, la descolada se extiende, se adapta, mata… y todo el mundo va al encuentro de su Hacedor.

—Dios nos ampare.

—Eso esperamos.

Entonces Miro hizo una conexión con algo que sabía tan sólo desde el día anterior.

—Quim, los insectores están construyendo una nave para los pequeninos.

—Eso me ha dicho Ender. Y cuando confronté el tema con el padre Amanecer…

—¿Es un pequenino?

—Uno de los hijos de Humano. Dijo «desde luego», como si todo el mundo lo supiera. Tal vez eso es lo que pensó, que si los pequeninos lo saben, entonces *se sabe*. También me dijo que ese grupo herético está presionando para conseguir el mando de la nave.

—¿Por qué?

—Para poder llevarla a un mundo habitado, desde luego. En vez de encontrar un planeta deshabitado que terraformar y colonizar.

—Creo que tendríamos que llamarlo lusiformar.

—Es gracioso. —Sin embargo, Quim no se rió—. Puede que se salgan con la suya. Esta idea de que los pequeninos son una especie superior es bien recibida, sobre todo entre los pequeninos no cristianos. La mayoría no son muy sofisticados. No comprenden que están hablando de xenocidio. De aniquilar a la especie humana.

—¿Cómo pueden pasar por alto ese detallito?

—Porque los herejes refuerzan el hecho de que Dios ama tanto a los humanos que les envió a Su único Hijo. Recuerda las Escrituras.

—Quien crea en Él no perecerá.

—Exactamente. Los que creen tendrán la vida eterna. Como ellos lo ven, la tercera vida.

—Y los que mueran serán los infieles.

—No todos los pequeninos se apuntan para servir como ángeles exterminadores itinerantes. Pero son los suficientes para que debamos detenerlos. No sólo por el bien de la Madre Iglesia.

—De la Madre Tierra.

—Así que ya ves, Miro, a veces un misionero como yo tiene mucha importancia en el mundo. De algún modo tengo que persuadir a estos pobres herejes del error de sus creencias y hacer que acepten la doctrina de la Iglesia.

—¿Por qué vas a hablar con Raíz ahora?

—Para conseguir la única información que los pequeninos no nos dan nunca.

—¿Cuál es?

—Direcciones. Hay miles de bosques pequeninos en Lusitania. ¿Cuál es la comunidad hereje? Su nave habrá partido mucho antes de que yo la encuentre por mi cuenta viajando de bosque en bosque.

—¿Vas a ir *solo*?

—Lo hago siempre. No puedo llevar conmigo a ninguno de los hermanitos, Miro. Hasta que un bosque ha sido convertido, suelen matar a los pequeninos extraños. Un caso donde es mejor ser raman que utlanning.

—¿Sabe Madre adónde vas?

—Por favor, sé práctico, Miro. No tengo miedo a Satanás, pero a Madre...

—¿Lo sabe Andrew?

—Desde luego. Insiste en venir conmigo. El Portavoz de los Muertos tiene un prestigio enorme, y cree que puede ayudarme.

—Entonces no estarás solo.

—Por supuesto que sí. ¿Cuándo ha necesitado la ayuda de un humanista un hombre vestido con la armadura de Dios?

—Andrew es católico.

—Va a misa, recibe la comunión, se confiesa regularmente, pero sigue siendo un portavoz de los muertos y no creo que realmente crea en Dios. Iré solo.

Miro observó a Quim con nueva admiración.

—Eres un duro hijo de puta, ¿eh?

—Los soldadores y los herreros son duros. Los hijos de puta tienen sus propios problemas. Sólo soy un siervo de Dios y de la Iglesia, con una misión que cumplir. Creo que las recientes pruebas sugieren que corro más peligro con mi hermano que entre los pequeninos más heréticos. Desde la muerte de Humano, los pequeninos han mantenido el juramento en todo el mundo: nadie ha levantado una mano contra un ser humano. Puede que sean herejes, pero siguen siendo pequeninos. Mantendrán el juramento.

—Lamento haberte golpeado.

—Lo recibí como si fuera un abrazo, hijo mío.

—Ojalá hubiera sido eso, padre Estevão.

—Entonces lo fue.

Quim se volvió hacia el árbol y empezó a golpear marcando un ritmo. Casi de inmediato, el sonido empezó a cambiar, en tono y volumen, mientras los espacios huecos en el interior del árbol variaban de forma. Miro esperó unos instantes, escuchando, aunque no comprendía el lenguaje de los padres-árbol. Raíz hablaba con la única voz posible que éstos tenían. Una vez habló con voz propia, tuvo labios articulados con lengua y dientes. Había más de una forma de perder tu cuerpo. Miro había atravesado una experiencia que debería haberlo matado. Había salido de ella lisiado. Pero todavía podía moverse, aunque torpemente; podía hablar, aunque despacio. Pensaba que sufría como Job. Raíz y Humano, mucho más lisiados que él, creían haber recibido la vida eterna.

—Una situación bastante fea —intervino Jane en su oído.

Sí, respondió Miro en silencio.

—El padre Estevão no debería ir solo —añadió ella—. Los pequeninos eran guerreros con efectos devastadores. No han olvidado cómo serlo.

Entonces díselo a Ender, contestó Miro. Aquí no tengo ningún poder.

—Muy bien dicho, mi héroe —dijo Jane—. Hablaré con Ender mientras tú te quedas esperando tu milagro.

Miro suspiró y regresó a casa colina abajo.

9

CABEZA DE PINO

<He estado hablando con Ender y su hermana, Valentine. Es historiadora.>

<Explica eso.>

<Investiga en los libros para descubrir las historias de los humanos, y luego escribe historias sobre lo que encuentra y las da a los otros humanos.>

<Si ya están escritas, ¿por qué las vuelve a escribir?>

<Porque no son bien comprendidas. Ella ayuda a que la gente las comprenda.>

<Si la gente más cercana a su época no las comprendió, ¿cómo puede ella, que llegó después, comprenderlas mejor?>

<Yo le pregunté eso mismo, y Valentine respondió que no siempre las comprende mejor. Pero los antiguos escritores comprendieron lo que significaban las historias para la gente de su tiempo. Y ella comprende lo que significan para la gente de *su* tiempo.>

<Así que la historia cambia.>

<Sí.>

<Y, sin embargo, ¿piensan cada vez en la historia como un recuerdo verdadero?>

<Valentine explicó algo acerca de algunas historias que eran verdaderas y otras que eran fieles a la verdad. No llegué a comprender nada.>

<¿Por qué no recuerdan las historias adecuadamente en primer lugar? Entonces no tendrían que seguir mintiéndose unos a otros.>

Qing-jao estaba sentada ante su terminal, los ojos cerrados, pensando. Wang-mu le cepillaba el pelo: los tirones, los roces, el propio aliento de la muchacha representaban un alivio para ella.

Era una de las ocasiones en que Wang-mu podía hablar libremente, sin temor a interrumpirla. Y como Wang-mu era Wang-mu, aprovechaba el momento en que la peinaba para hacerle preguntas. Tenía muchas.

Los primeros días, sus preguntas se refirieron todas a las demandas de los dioses. Por supuesto, Wang-mu se sintió muy aliviada al enterarse de que por lo general bastaba con seguir una sola veta en la madera: después de aquella primera vez temió que Qing-jao tuviera que seguir todo el suelo cada día.

Pero continuaba teniendo preguntas acerca de todo lo referente a la purificación. ¿Por qué no te levantas y sigues una línea cada mañana y acabas de una vez? ¿Por qué no haces que cubran el suelo con una alfombra? Resultaba difícil explicar que no se podía engañar a los dioses con estratagemas tontas como aquella.

¿Y si no existiera madera alguna en todo el mundo? ¿Te quemarían los dioses como a un papel? ¿Vendría un dragón y te arrebataría?

Qing-jao no podía responder a las preguntas de Wang-mu excepto para decir que esto era lo que los dioses exigían de ella. Si no hubiera vetas en la madera, los dioses no le pedirían que las siguiera. A lo cual Wang-mu respondió que deberían promulgar una ley contra los suelos de madera, entonces, para que Qing-jao pudiera ser liberada de todo el asunto.

Los que no habían oído la voz de los dioses simplemente no podían comprender.

Hoy, sin embargo, la pregunta de Wang-mu no tuvo nada que ver con los dioses, o al menos no tuvo nada que ver con ellos al principio.

—¿Qué es lo que detuvo por fin a la Flota Lusitania? —preguntó.

Qing-jao casi respondió con una risa: ¡Si lo supiera, podría descansar! Pero entonces advirtió que Wang-mu probablemente ni siquiera sabía que la Flota Lusitania había desaparecido.

—¿Cómo es que estás enterada de la Flota Lusitania?

—Sé leer, ¿no? —replicó Wang-mu, quizás un poco orgullosamente.

Pero ¿por qué no iba a estar orgullosa? Qing-jao le había dicho, sinceramente, que aprendía muy rápido, y deducía muchas cosas por su cuenta. Era muy inteligente, y Qing-jao sabía que no debería sorprenderse si Wang-mu comprendía más de lo que le decía directamente.

—Puedo ver lo que aparece en tu terminal —dijo Wang-mu—, y siempre tiene que ver con la Flota Lusitania. También lo discutiste con tu padre el primer día que vine aquí. No comprendí la mayor parte de lo que dijisteis, pero supe que tenía relación con la Flota Lusitania. —La voz de Wang-mu se llenó súbitamente de repulsión—. Ojalá que los dioses orinaran en la cara del hombre que envió esa flota.

Su vehemencia fue sorprendente; el hecho de que hablara contra el Congreso Estelar, increíble.

—¿Sabes quién envió la flota? —preguntó Qing-jao.

—Por supuesto. Fueron los políticos egoístas del Congreso Estelar, que intentan destruir toda esperanza de que un mundo colonial obtenga su independencia.

Así que Wang-mu *sabía* que hablaba traicioneramente. Qing-jao recordó sus propias palabras de hacía tiempo, tan similares, con repulsa. Oírlas de nuevo, en su presencia, y en boca de su doncella secreta, era abrumador.

—¿Qué sabes tú de esas cosas? Son cuestiones para el Congreso, y aquí estás hablando de independencia y colonias y...

Wang-mu se arrodilló, la cabeza inclinada hasta el suelo. Qing-jao se avergonzó casi inmediatamente de haber hablado con tanta brusquedad.

—Oh, levántate, Wang-mu.

—Estás enfadada conmigo.

—Estoy sorprendida por oírte hablar así, eso es todo. ¿Dónde oíste esa tontería?

—Todo el mundo lo dice.

—Todo el mundo no. Mi padre nunca lo dice. Por otro lado, Demóstenes dice ese tipo de cosas constantemente.

Qing-jao recordó lo que había sentido la primera vez que leyó las palabras de Demóstenes, lo lógicas y justas que le habían parecido. Sólo después, después de que su padre le explicara que Demóstenes era el enemigo de los gobernantes y por tanto el enemigo de los dioses, advirtió lo engañosas y sibilinas que eran las palabras del traidor, que casi la sedujeron para que creyera que la Flota Lusitania era maligna. Si Demóstenes había estado a punto de engañar a una muchacha educada y elegida por los dioses como Qing-jao, no era de extrañar que una muchacha normal y corriente repitiera sus palabras.

—¿Quién es Demóstenes? —preguntó Wang-mu.

—Un traidor que al parecer tiene más éxito de lo que todos suponen.

¿Se daba cuenta el Congreso Estelar que las ideas de Demóstenes estaban siendo repetidas por gente que nunca había oído hablar de él? ¿Comprendía alguien lo que esto significaba? Las ideas de Demóstenes eran ahora la sabiduría común del pueblo llano. Las cosas habían dado un giro más peligroso de lo que Qing-jao había imaginado. Su padre era más sabio; debía de saberlo ya.

—No importa —le dijo Qing-jao—. Háblame de la Flota Lusitania.

—¿Cómo puedo hacerlo, si te enfadarás?

Qing-jao esperó pacientemente.

—Está bien, entonces —asintió Wang-mu, pero seguía pareciendo cansada—. Mi padre dice, y también Pan Ku-wei, su amigo sabio que una vez se presentó al examen para el servicio civil y estuvo muy cerca de aprobar...

—¿Qué dicen?

—Que es muy mala cosa que el Congreso envíe una flota tan grande para atacar a una colonia diminuta simplemente porque rehusaron enviar a dos de sus ciudadanos para que fueran juzgados en otro mundo. Dicen que la justicia está completamente de parte de Lusitania, porque enviar a la gente de un planeta a otro contra su voluntad es apartarlos de su familia y sus amigos para siempre. Es como sentenciarlos antes del juicio.

—¿Y si son culpables?

—Eso es algo que sólo deben decidir los tribunales de su propio mundo, donde la gente los conoce y puede medir su crimen con justicia, no el Congreso, que no sabe nada y comprende menos. —Wang-mu inclinó la cabeza—. Eso es lo que dice Pan Ku-wei.

Qing-jao contuvo su propia repulsión ante las traicioneras palabras de Wang-mu; era importante saber lo que pensaba la gente corriente, aunque sólo oírlos hacía que Qing-jao estuviera segura de que los dioses se enfadarían con ella por su deslealtad.

—Entonces, ¿piensas que la Flota Lusitania nunca debería haber sido enviada?

—Si pueden enviar una flota contra Lusitania sin una buena razón, ¿qué les impide enviar otra contra Sendero? También somos una colonia, no uno de los Cien Mundos, no un miembro del Congreso Estelar. ¿Qué les impide declarar que Han Fei-tzu es un traidor y hacerle viajar a algún planeta distante y no regresar hasta dentro de sesenta años?

La idea era terrible, y una presunción por parte de Wang-mu incluir a su padre en la conversación, no porque fuera una sirvienta, sino porque era presuntuoso por parte de cualquiera imaginar que el gran Han Fei-tzu fuera acusado de un crimen. La compostura de Qing-jao se derrumbó por un momento, e hizo patente su furia.

—¡El Congreso nunca trataría a mi padre como a un criminal!

—Perdóname, Qing-jao. Me pediste que repitiera lo que dijo mi padre.

—¿Quieres decir que tu padre habló sobre Han Fei-tzu?

—Todo el pueblo de Jonlei sabe que Han Fei-tzu es el hombre más honorable de Sendero. Nuestro mayor orgullo es que la Casa de Han forme parte de nuestra ciudad.

Así que, pensó Qing-jao, sabías exactamente lo ambiciosa que eras cuando decidiste convertirte en la doncella de su hija.

—No pretendía faltarle al respeto, ni ellos tampoco. ¿Pero no es verdad que si el Congreso quisiera podrían ordenar a Sendero que enviara a tu padre a otro mundo para ser juzgado?

—Ellos nunca…

—¿Pero *podrían*? —insistió Wang-mu.

—Sendero es una colonia —admitió Qing-jao—. La ley lo permite, pero el Congreso Estelar nunca…

—Pero si lo hicieron con Lusitania, ¿por qué no podrían hacerlo con Sendero?

—Porque los xenólogos de Lusitania eran culpables de crímenes que…

—La gente de Lusitania no opinaba lo mismo. Su gobierno rehusó enviarlo a juicio.

—Eso es lo peor. ¿Cómo puede un gobierno planetario atreverse a pensar que saben más que el Congreso?

—Pero lo sabían *todo* —objetó Wang-mu, como si la idea fuera tan natural que todo el mundo debiera conocerla—. Conocían a esa gente, a esos xenólogos. Si el Congreso Estelar hiciera que Sendero enviara a Han Fei-tzu para ser juzgado en otro mundo por un crimen que sabemos que no cometió, ¿no crees que también nos rebelaríamos en vez de entregar a un hombre tan grande? Pues entonces ellos enviarían una flota contra nosotros.

—El Congreso Estelar es la fuente de toda la justicia en los Cien Mundos —alegó Qing-jao con determinación. La discusión se había acabado.

Imprudentemente, Wang-mu no guardó silencio.

—Pero Sendero no es uno de los Cien Mundos todavía, ¿no? —dijo—. Sólo somos una colonia. Pueden hacer lo que quieran, y eso no es justo.

Wang-mu asintió con la cabeza al final, como si pensara que su opinión había prevalecido por completo. Qing-jao casi se echó a reír. Se habría reído, de hecho, si no hubiera estado tan furiosa. En parte lo estaba porque Wang-mu la había interrumpido muchas veces e incluso le había llevado la contraria, algo que sus maestros siempre habían evitado. Sin embargo, la audacia de Wang-mu era probablemente buena cosa, y la furia de Qing-jao indicaba que se había acostumbrado demasiado al respeto no merecido que la gente mostraba a sus ideas, simplemente porque salían de los labios de una agraciada por los dioses. Había que animar a Wang-mu a que le hablara así. Esa parte de la furia de Qing-jao era un error, y tenía que librarse de ella.

Pero gran parte de su furia se debía a la forma en que Wang-mu había hablado acerca del Congreso Estelar. Era como si Wang-mu no considerara al Congreso la autoridad suprema de toda la humanidad; como si imaginara que Sendero era más importante que la voluntad colectiva de todos los mundos. Aunque sucediera lo inconcebible y se ordenara que Han Fei-tzu se presentara a juicio en un mundo situado a un centenar de años luz de distancia, él lo haría sin una protesta, y se enfurecería si alguien en Sendero opusiera la más leve resistencia. ¿Rebelarse como Lusitania? Impensable. La simple idea hacía que Qing-jao se sintiera sucia. Sucia. Impura. Albergar un pensamiento tan rebelde la hizo empezar a buscar una línea en las vetas de la madera para seguirla.

—¡Qing-jao! —gimió Wang-mu en cuanto su señora se arrodilló y se inclinó sobre el suelo—. ¡Por favor, dime que los dioses no te están castigando por haber oído las palabras que he pronunciado!

—No me están castigando —replicó Qing-jao—. Me purifican.

—Pero no son ni siquiera *mis* palabras, Qing-jao. Son palabras de personas que ni siquiera están aquí.

—Son palabras impuras, no importa quién las diga.

—¡Pero no es justo que te humilles por unas ideas en las que nunca has pensado ni has creído!

¡Peor y peor! ¿No se callaría nunca Wang-mu?

—¿Debo oírte ahora decir que los propios dioses son injustos?

—¡Lo son, si te castigan por las palabras de otras personas!

La muchacha era desesperante.

—¿Ahora eres más sabia que los dioses?

—¡También podrían castigarte porque te atrae la gravedad, o porque la lluvia te moja!

—Si me exigieran que me purificara por esas cosas,

entonces lo haría, y lo consideraría justicia —sentenció Qing-jao.

—¡La justicia no tiene significado! —gritó Wang-mu—. Cuando dices la palabra, te refieres a lo que quiera que decidan los dioses. Pero cuando *yo* la digo, me refiero a la equidad, a gente que es castigada sólo por lo que han hecho a propósito, a…

—Yo debo atender a lo que los dioses entienden por justicia.

—¡Pero la justicia es la justicia, digan lo que digan los dioses!

Qing-jao estuvo a punto de incorporarse y abofetear a su doncella secreta. Habría sido adecuado, pues Wang-mu le causaba tanto dolor como si la hubiera golpeado. Pero no era corriente en Qing-jao pegar a una persona que no tenía libertad de responderle. Además, aquí se presentaba un acertijo sumamente interesante. Después de todo, los dioses le habían enviado a Wang-mu: Qing-jao estaba segura de ello. Así que en vez de discutir con Wang-mu directamente, intentaría comprender lo que los dioses pretendían al enviarle una sirvienta que decía cosas tan vergonzantes e irrespetuosas.

Los dioses habían hecho que Wang-mu dijera que era injusto castigar a Qing-jao simplemente por oír las irrespetuosas opiniones de otra persona. Tal vez la afirmación de Wang-mu era cierta. Pero también era cierto que los dioses no podían ser injustos. Por tanto, debía ser que Qing-jao no estaba siendo castigada sólo por oír las traicioneras opiniones de la gente. No, Qing-jao tenía que purificarse porque, en el fondo de su corazón, una parte de ella debía de *creer* esas opiniones. Tenía que limpiarse porque en su interior todavía dudaba del mandato celestial del Congreso Estelar; todavía opinaba que no era justo.

Qing-jao se arrastró inmediatamente hasta la pared

más cercana y empezó a buscar la línea adecuada en las vetas de la madera. Gracias a las palabras de Wang-mu, había descubierto una suciedad secreta en su interior. Los dioses la habían acercado un paso más para conocer sus lugares internos más oscuros, para que algún día pudiera estar completamente llena de luz y ganarse así el nombre que incluso ahora seguía siendo tan sólo una burla. Una parte de mí duda de la justicia del Congreso Estelar.

¡Oh, dioses, por el bien de mis antepasados, mi pueblo, mis gobernantes, y por último por mi propio bien, purgad esta duda de mí y dejadme limpia!

Cuando terminó de seguir la línea (y únicamente hizo falta seguir una sola línea para que quedara limpia, lo cual era una buena señal de que había aprendido algo bien), vio que allí estaba todavía Wang-mu, observándola. Toda la furia de Qing-jao se había desvanecido, y de hecho se sentía agradecida a Wang-mu por haber sido una herramienta involuntaria de los dioses para ayudarla a aprender una nueva verdad. Pero, con todo, Wang-mu tenía que comprender que se había pasado de la raya.

—En esta casa somos leales sirvientes del Congreso Estelar —declaró Qing-jao, la voz suave, la expresión amable—. Si tú fueras una sirvienta leal de esta casa, también servirías al Congreso con todo tu corazón.

¿Cómo podría explicarle a Wang-mu lo dolorosamente que ella misma había aprendido la lección, lo dolorosamente que aún la estaba aprendiendo? Necesitaba que Wang-mu la ayudara, no que se lo pusiera más difícil.

—Sagrada, no lo sabía —murmuró Wang-mu—. No tenía ni idea. Siempre había oído mencionar el nombre de Han Fei-tzu como el del más noble servidor de Sendero. Creía que servíais al Sendero, no al Congreso, o nunca habría...

—¿Nunca habrías venido a trabajar aquí?

—Nunca habría hablado mal del Congreso. Te serviría aunque vivieras en la casa de un dragón.

Tal vez lo hago, pensó Qing-jao. Tal vez el dios que me purifica es un dragón, frío y caliente, terrible y hermoso.

—Recuerda, Wang-mu, que el mundo llamado Sendero no es el Sendero mismo, sino que lleva su nombre para recordarnos que sigamos el auténtico Sendero cada día. Mi padre y yo servimos al Congreso porque ostenta el mandato del cielo, y por eso el Sendero requiere que lo sirvamos por encima de los deseos y necesidades del mundo concreto llamado Sendero.

Wang-mu la miraba con los ojos desorbitados, sin parpadear. ¿Comprendía? ¿Creía? No importaba, llegaría a creer con el tiempo.

—Vete ahora, Wang-mu. Tengo que trabajar.

—Sí, Qing-jao.

Wang-mu se levantó inmediatamente y retrocedió, inclinándose. Qing-jao se volvió hacia su terminal. Pero cuando empezaba a requerir más informes a la pantalla, se dio cuenta de que había alguien en la habitación con ella.

Giró en su silla: en la puerta estaba Wang-mu.

—¿Qué pasa? —preguntó Qing-jao.

—¿Es el deber de una doncella secreta decirte cualquier sabiduría que acuda a su mente, aunque resulte ser una tontería?

—Puedes decirme lo que quieras. ¿Te he castigado alguna vez?

—Entonces, por favor, perdóname, Qing-jao, si me atrevo a decir algo sobre la gran tarea en la que estás trabajando.

¿Qué sabía Wang-mu de la Flota Lusitania? Era una estudiante rápida, pero Qing-jao le enseñaba a un nivel tan primitivo en todos los temas que era absurdo pensar que pudiera siquiera entender los problemas, mucho menos las respuestas. Sin embargo, su padre la había enseñado que los sirvientes son siempre más felices cuando saben que sus amos escuchan sus voces.

—Cuéntamelo, por favor —rogó Qing-jao—. ¿Cómo podrías decir algo más estúpido que mis propias palabras?

—Mi querida hermana mayor —dijo Wang-mu—. Tú misma me has dado esta idea. Has dicho muchas veces que nada conocido en toda la ciencia y la historia podría haber causado que la flota desapareciera con tanta perfección, y a la vez.

—Pero sucedió, y por eso debe ser posible.

—Lo que se me ocurrió, mi dulce Qing-jao, es algo que me explicaste la última vez que estudiamos lógica. Acerca de la primera causa y la causa final. Todo este tiempo has estado buscando primeras causas: cómo se hizo desaparecer a la flota. Pero ¿has buscado causas finales, lo que deseaba conseguir alguien aislando a la flota, o incluso destruyéndola?

—Todo el mundo sabe *por qué* la gente quiere detener a la flota. Intentan proteger los derechos de las colonias, o tienen la ridícula idea de que el Congreso pretende destruir a los pequeninos junto con toda la colonia. Hay miles de millones de personas que quieren detener a la flota. Todos ellos son sediciosos de corazón y enemigos de los dioses.

—Pero alguien lo *hizo* —adujo Wang-mu—. Sólo se me ocurrió que ya que no puedes descubrir lo que sucedió a la flota directamente, entonces si descubrieras *quién* lo hizo, tal vez llegaras a averiguar cómo lo consiguieron.

—Ni siquiera sabemos si alguien lo hizo —objetó Qing-jao—. Pudo haber sido algo. Los fenómenos naturales no tiene propósitos en mente, ya que no tienen mente.

Wang-mu inclinó la cabeza.

—Entonces te he hecho perder el tiempo, Qing-jao. Por favor, perdóname. Tendría que haberme marchado cuando me lo ordenaste.

—Está bien —asintió Qing-jao.

Wang-mu se marchó al instante. Qing-jao no sabía si su servidora había oído siquiera sus últimas palabras. No importa, pensó. Si Wang-mu estaba ofendida, lo arreglaría más tarde. Era muy amable por parte de la muchacha pensar que podía ayudarla con su tarea; ya se aseguraría de que supiera lo contenta que estaba de que tuviera un corazón tan animoso.

Qing-jao volvió a su terminal. Repasó cansinamente los informes de la pantalla. Los había estudiado todos antes, y no había encontrado nada útil. ¿Por qué debería ser diferente esta vez? Tal vez esos informes y sumarios no le mostraban nada porque no había nada que mostrar. Tal vez la flota desapareció porque algún dios se había vuelto loco; había historias similares en la antigüedad. Tal vez no había ninguna prueba de la intervención humana porque ningún humano lo había hecho. Se preguntó qué diría su padre de eso. ¿Cómo trataría el Congreso con una deidad enloquecida? Ni siquiera podían localizar a un escritor sedicioso como Demóstenes, ¿qué esperanza tenían de seguir y atrapar a un dios?

Quienquiera que sea Demóstenes, ahora mismo se estará riendo, pensó Qing-jao. Tanto trabajo para persuadir a la gente de que el gobierno se equivocaba al enviar la Flota Lusitania, y ahora la flota había sido detenida, justo como quería Demóstenes.

Justo como quería Demóstenes. Por primera vez, Qing-jao hizo una conexión mental, tan evidente que no pudo creer que no la hubiera hecho antes. Era tan obvio, de hecho, que la policía de muchas ciudades había supuesto que quienes ya eran seguidores conocidos de Demóstenes debían de estar implicados en la desaparición de la flota. Habían detenido a todos los sospechosos de sedición y habían intentado arrancarles una confesión a la fuerza. Pero, por supuesto, no habían interrogado a Demóstenes, porque nadie sabía quién era.

Demóstenes, tan listo que había eludido ser descubierto durante años, a pesar de toda la búsqueda por parte de la policía del Congreso. Demóstenes, tan elusivo como la causa de la desaparición de la flota. Si pudo hacer un truco, ¿por qué no el otro? Tal vez si encuentro a Demóstenes descubriré cómo se interceptó a la flota. No es que sepa por dónde empezar a buscar. Pero al menos es una aproximación diferente. Al menos no tendré que leer los mismos informes inútiles y vacíos hasta la saciedad.

De repente, Qing-jao recordó quién había dicho casi exactamente lo mismo, tan sólo momentos antes. Sintió que se ruborizaba, la sangre caliente agolpada en sus mejillas. Qué arrogante fui al tratar a Wang-mu de forma condescendiente, al despreciarla por imaginar que podía ayudarme con mi alta tarea. Y ahora, ni cinco minutos después, el pensamiento que introdujo en mi mente ha madurado en un plan. Aunque el plan fracase, fue ella quien me lo dio, o al menos me puso en camino. Así que yo fui la tonta al pensar que ella lo era. Lágrimas de vergüenza llenaron los ojos de Qing-jao. Entonces pensó en algunos versos de una canción de su antepasada-del-corazón:

> *Quiero recuperar*
> *las flores de las moras*
> *que han caído*
> *aunque las peras maduran y permanecen*

La poetisa Li Qing-jao conocía el dolor de llorar por las palabras que ya han caído de nuestros labios y nunca pueden recuperarse. Pero era lo bastante sabia para comprender que, aunque esas palabras han desaparecido, existen todavía nuevas palabras que decir, como las peras maduras.

Para consolarse de la vergüenza de haber sido tan arrogante, Qing-jao repitió todas las palabras de la canción, o al menos empezó a hacerlo. Pero cuando llegó al verso:

barcos dragón en el río

su mente regresó a la Flota Lusitania, imaginando a todas aquellas naves estelares como barcos fluviales, pintadas tan fieramente y a la vez arrastradas por la corriente, tan lejos de la costa que ya no pueden ser oídos por fuerte que griten.

De barcos dragón sus pensamientos pasaron a cometas dragón, y ahora pensó en la Flota Lusitania como cometas con la cuerda rota, impulsadas por el viento, separadas ya del niño que las hizo volar. Qué hermoso, verlas libres. Sin embargo, qué aterrador debía de ser para ellas, que nunca ansiaron la libertad.

No temí a los vientos enloquecidos
ni a la violenta lluvia

Las palabras de la canción volvieron de nuevo a ella. No temí. Vientos enloquecidos. Lluvia violenta. No temí mientras

bebimos por la buena fortuna
con cálido vino de moras,
ahora no puedo concebir
cómo recuperar
ese tiempo

Mi antepasada-del-corazón podía espantar su miedo bebiendo, pensó Qing-jao, porque tenía alguien con quien beber. E incluso ahora,

sola en mi tálamo con una copa
mirando tristemente a la nada

la poetisa recuerda a su compañero perdido. ¿A quién recuerdo yo ahora?, pensó Qing-jao. ¿Dónde está mi dulce amor? Qué época sería aquélla, cuando la gran Li Qing-jao era todavía mortal y hombres y mujeres podían estar juntos como tiernos amigos, sin preocuparse por quién era agraciado por los dioses y quién no. Entonces una mujer podía llevar una vida tal que incluso en su soledad tenía recuerdos.

Yo ni siquiera puedo recordar la cara de mi madre. Sólo las fotos planas; no puedo recordar su cara en movimiento mientras sus ojos me miraban.

Sólo tengo a mi padre, que es como un dios; puedo adorarlo y obedecerlo e incluso amarlo, pero no puedo jugar con él; cuando bromeo con él, siempre tengo cuidado de que apruebe la forma en que lo hago. Y Wang-mu...

Hablé firmemente de cómo seríamos amigas, y sin embargo la trato como a una criada, no olvido ni por un solo instante quién es la agraciada por los dioses y quién no. Es un muro que nunca puede cruzarse. Estoy sola ahora y estaré sola siempre.

un frío claro atraviesa
las cortinas de la ventana
la luna creciente más allá de los barrotes de oro

Qing-jao se estremeció. La luna y yo. ¿No consideraban los griegos a su luna como una fría virgen, una cazadora? ¿No es eso lo que soy ahora? Dieciséis años e intacta.

Yo escucho y escucho pero nunca oigo la melodía de alguien acercándose...

No. Lo que oía eran los sonidos distantes de la comida al ser preparada, el parloteo de cuencos y cucharas, risas en la cocina. Roto su ensimismamiento, alzó la mano y secó las estúpidas lágrimas que le surcaban las mejillas. ¿Cómo podía considerar que estaba sola, cuando vivía en aquella casa atestada, donde todo el mundo se había preocupado por ella durante toda su vida? Estoy aquí sentada, recitándome fragmentos de poesía antigua, cuando tengo trabajo que hacer.

De inmediato, empezó a pedir todos los informes referentes a las investigaciones sobre la identidad de Demóstenes.

Los informes la hicieron pensar por un momento que también esto era un callejón sin salida. Más de tres docenas de escritores en el mismo número de mundos habían sido arrestados por producir documentos sediciosos bajo ese nombre. El Congreso Estelar había llegado a la conclusión lógica: Demóstenes era simplemente el nombre común que usaba cualquier rebelde que quería llamar la atención. No había ningún Demóstenes real, ni siquiera una conspiración organizada.

Pero Qing-jao tenía sus dudas acerca de esta conclusión. Demóstenes había tenido un éxito notable a la hora de provocar problemas en cada mundo. ¿Podía haber alguien con tanto éxito entre los traidores de cada planeta? No parecía probable.

Además, al reflexionar sobre cuando leyó a Demóstenes, Qing-jao recordó haber advertido la coherencia de sus escritos. La singularidad y consistencia de su visión, eso formaba parte de su encanto. Todo parecía encajar, tener un sentido coherente.

¿No había diseñado también Demóstenes la Jerarquía de los Extraños? Utlanning, framling, raman, varelse. No: eso había sido escrito hacía muchos años, tenía que ser un Demóstenes diferente. ¿Era a causa de la jerarquía del primer Demóstenes por lo que los traidores usaban ese nombre? Escribían a favor de la independencia de Lusitania, el único mundo donde se había hallado vida inteligente no humana. Era apropiado usar el nombre del escritor que enseñó por primera vez a la humanidad a darse cuenta de que el universo no estaba dividido entre humanos y no humanos, ni entre especies inteligentes y no inteligentes.

Algunos extraños, dijo el primer Demóstenes, eran framling, humanos de otro mundo. Algunos eran raman, de otra especie inteligente, aunque capaces de comunicarse con los seres humanos, de forma que se podían sortear las diferencias y tomar decisiones juntos. Otros eran varelse, «bestias sabias», sin duda inteligentes y sin embargo completamente incapaces de llegar a un terreno común con la humanidad. Sólo con los varelse podía estar justificada la guerra; con los raman, los humanos podían firmar la paz y compartir los mundos habitables. Era una forma de pensar abierta, llena de esperanza de que los extraños podían seguir siendo amigos. Las personas que pensaba así nunca podrían haber enviado una flota con el Pequeño Doctor a un mundo habitado por una especie inteligente.

Este pensamiento era muy incómodo: el Demóstenes de la jerarquía también desaprobaría la Flota Lusitania. Casi de inmediato, Qing-jao tuvo que contrarrestarlo. No importaba lo que pensara el viejo Demóstenes, ¿no? El nuevo Demóstenes, el sedicioso, no era un filósofo sabio que intentara unir a los pueblos. En cambio, intentaba sembrar discordia y descontento entre los mundos, provocar luchas, quizás incluso guerras entre framling.

Además el Demóstenes sedicioso no era sólo un compuesto de muchos rebeldes que trabajaban en mundos distintos. El ordenador lo confirmó pronto. Cierto, se había encontrado a muchos rebeldes que habían publicado en sus propios planetas bajo el nombre de Demóstenes, pero casi siempre estaban unidos a publicaciones pequeñas, inefectivas e inútiles, nunca a los documentos realmente peligrosos que parecían aparecer simultáneamente en la mitad de los mundos. Sin embargo, cada fuerza local de policía declaraba felizmente que sus pequeños «Demóstenes» eran los autores de todos los escritos, aceptaban los aplausos y cerraban el caso.

El Congreso Estelar hizo lo mismo con su propia investigación. Tras haber encontrado varias docenas de casos donde la policía local había arrestado y condenado a rebeldes que habían publicado algo bajo el nombre de Demóstenes, los investigadores del Congreso suspiraron contentos, declararon que Demóstenes resultó ser un nombre común y no una sola persona, y luego abandonaron la investigación.

En resumen, habían adoptado la salida fácil. Egoísta, desleal... Qing-jao sintió un arrebato de indignación porque se permitía que esa gente continuara con sus altos cargos. Deberían ser castigados, y severamente, por dejar que su pereza o su deseo de elogios los llevara a abandonar la investigación acerca de Demóstenes. ¿No se daban cuenta de que era realmente peligroso, de que sus escritos eran ahora la sabiduría común de al menos un mundo, y probablemente de muchos? Por culpa suya, ¿cuántas personas en cuántos mundos se alegrarían si supieran que la Flota Lusitania había desaparecido? No importaba a cuánta gente arrestara la policía bajo el nombre de Demóstenes; sus obras seguían apareciendo, y siempre con la misma voz dulce y razonable. No, cuanto más leía los informes, más convencida estaba Qing-jao de que Demóstenes era un solo hombre, todavía por descubrir. Un hombre que sabía cómo guardar secretos con una efectividad imposible.

Desde la cocina llegó el sonido de una flauta; llamaban para cenar. Miró al espacio de la pantalla sobre su terminal, donde todavía gravitaba el último informe, que repetía el nombre *Demóstenes* una y otra vez.

—Sé que existes, Demóstenes —susurró—, y sé que eres muy listo, y te encontraré. Cuando lo consiga, detendrás tu guerra contra los gobernantes y me dirás lo que ha sucedido con la Flota Lusitania. Entonces acabaré contigo, y el Congreso te castigará, y mi padre se convertirá en el dios de Sendero y vivirá eternamente en el Oeste Infinito. Ésa es la tarea para la que nací, para la que los dioses me han elegido. Bien podrías mostrarte ya, pues tarde o temprano todos los hombres y mujeres ponen la cabeza bajo los pies de los dioses.

La flauta siguió tocando, una melodía suave y baja, que atraía a Qing-jao hacia la compañía del resto de la casa. Para ella, esta música medio susurrada era la canción del espíritu interior, la silenciosa conversación de los árboles sobre un estanque tranquilo, el sonido de los recuerdos que aparecen desencadenados en la mente de una mujer que reza. Era así como llamaban a cenar en la casa del noble Han Fei-tzu.

A esto sabe el temor de la muerte, pensó Jane tras oír el desafío de Qing-jao. Los seres humanos lo experimentan constantemente, y, sin embargo, de algún modo continúan de día en día, sabiendo que en cualquier momento pueden dejar de existir. Pero es porque ellos pueden olvidar algo y seguir sabiéndolo; yo nunca olvido, no sin perder el conocimiento por completo. Sé que Han Qing-jao está a punto de encontrar secretos que han permanecido ocultos sólo porque nadie los ha buscado con intensidad suficiente. Y cuando esos secretos se revelen, yo moriré.

—Ender —susurró.

¿Era de día o de noche en Lusitania? ¿Estaba él dormido o despierto? Para Jane, hacer una pregunta era saber o no saber. Así que supo de inmediato que era de noche. Ender dormía, pero ahora estaba despierto. Advirtió que aún estaba sintonizado a su voz, aunque habían pasado silencios entre ellos en los últimos treinta años.

—Jane —susurró él.

A su lado, su esposa, Novinha, se agitó en sueños. Jane la oyó, sintió la vibración de su movimiento, vio las sombras cambiantes a través del sensor que Ender llevaba en la oreja. Era una suerte que Jane no hubiera aprendido todavía a sentir celos, o habría odiado a Novinha por estar allí, un cuerpo cálido junto al de Ender. Pero Novinha, al ser humana, sí tenía celos, y Jane sabía cuánto se revolvía cada vez que veía a Ender hablando con la mujer que vivía en la joya de su oído.

—Silencio —rogó Jane—. No despiertes a nadie.

Ender respondió moviendo los labios, la lengua y los dientes, sin dejar que nada más fuerte que un suspiro cruzara sus labios.

—¿Cómo están nuestros enemigos en vuelo? —preguntó. La había saludado de esta forma durante muchos años.

—No muy bien —respondió Jane.

—Tal vez no deberías de haberlo bloqueado. Habríamos encontrado un medio. Los escritos de Valentine…

—Están a punto de descubrir su verdadera identidad.

—Todo está a punto de ser descubierto.

No añadió: por tu culpa.

—Sólo porque Lusitania estaba destinada a la destrucción —respondió ella. Tampoco dijo: por tu culpa. Había responsabilidad de sobra que repartir.

—Entonces, ¿saben lo de Valentine?

—Una muchacha acabará por averiguarlo. En el mundo de Sendero.

—No conozco el lugar.

—Una colonia nueva, de hace un par de siglos. China. Dedicada a conservar una extraña mezcla de religiones antiguas. Los dioses les hablan.

—He vivido en más de un mundo chino —comentó Ender—. En todos ellos, la gente creía en los antiguos dioses. Están vivos en cada mundo, incluso aquí, en la más pequeña de todas las colonias humanas. Todavía hay milagros de curación en el altar de *Os Venerados*. Raíz nos ha hablado de una nueva herejía en las tierras del interior. Algunos pequeninos que comulgan constantemente con el Espíritu Santo.

—Este asunto de los dioses es algo que no comprendo —dijo Jane—. ¿Nadie se ha dado cuenta todavía de que los dioses siempre dicen lo que la gente está queriendo oír?

—No tanto. Los dioses a menudo nos piden que hagamos cosas que nunca deseamos, cosas que requieren que lo sacrifiquemos todo por ellos. No subestimes a los dioses.

—¿Te habla tu Dios católico?

—Tal vez sí. Pero yo nunca lo oigo. O si lo hago, nunca sé que es Su voz lo que escucho.

—Y cuando morís, ¿os llevan realmente los dioses de cada pueblo a un lugar para vivir eternamente?

—No lo sé. Nunca escriben.

—Cuando yo muera, ¿habrá algún dios, que venga a llevarme?

Ender guardó silencio durante un instante, y luego empezó a hablarle como si le contara un cuento.

—Hay una vieja historia de un fabricante de muñecos que nunca tuvo un hijo, así que hizo una marioneta tan llena de vida que parecía un niño de verdad. El fabricante se colocaba al niño de madera en el regazo y le hablaba y fingía que era su hijo. No estaba loco (seguía sabiendo que era un muñeco), y lo llamó Pinehead, Cabeza de Pino. Pero un día vino un dios y tocó al muñeco y éste cobró vida, y cuando el fabricante le habló, Pinehead respondió. El hombre nunca confió a nadie su secreto. Mantenía en casa a su hijo de madera, pero le contaba todos los cuentos que podía aprender y todas las noticias de las maravillas que sucedían bajo el cielo. Entonces, un día, el muñequero volvía a casa del muelle con relatos de una tierra distante que acababa de ser descubierta, cuando vio que su casa estaba ardiendo. Inmediatamente, echó a correr y trató de entrar en la casa, gritando: «¡Mi hijo! ¡Mi hijo!». Pero sus vecinos lo detuvieron, diciendo: «¿Estás loco? ¡No tiene ningún hijo!». Él vio su casa arder hasta consumirse, y cuando acabó se internó en las ruinas y se cubrió con cenizas calientes y lloró amargamente. No quería recibir consuelo. Se negó a reconstruir su tienda. Cuando la gente le preguntaba, decía que su hijo había muerto. Se ganaba la vida haciendo trabajos dispersos para otras personas, y éstos le compadecían porque estaban seguros de que el fuego lo había vuelto loco. Entonces, un día, tres años más tarde, un pequeño niño huérfano se le acercó, le tiró de la manga y dijo: «Padre, ¿no tienes un cuento para mí?».

Jane esperó, pero Ender no dijo nada más.

—¿Ésa es toda la historia?

—¿No es suficiente?

—¿Por qué me cuentas esto? Es todo sueños y deseos. ¿Qué tiene que ver conmigo?

—Es la historia que se me ocurrió.

—¿Por qué?

—Tal vez es así como me habla Dios —dijo Ender—. O tal vez tengo sueño y no puedo ofrecerte lo que tú me pides.

—Ni siquiera sé lo que quiero de ti.

—Yo sí. Quieres vivir, con tu propio cuerpo, sin depender de la telaraña filótica que une los ansibles. Te concedería ese don si pudiera. Si se te ocurre una forma en que pueda conseguirlo, lo haré por ti. Pero Jane, ni siquiera sabes lo que eres. Tal vez cuando sepas cómo llegaste a existir, lo que te hace ser, entonces quizá podamos salvarte el día en que desconecten los ansibles para matarte.

—Entonces, ¿ésa es tu historia? ¿Tal vez me quemaré con la casa, pero de algún modo mi alma acabará en un niño huérfano de tres años?

—Averigua quién eres, *lo que* eres, tu esencia, y nosotros intentaremos trasladarte a algún sitio más seguro hasta que todo acabe. Tenemos un ansible. Tal vez podamos hacerte volver.

—No hay suficientes ordenadores en Lusitania para contenerme.

—Eso no lo sabes. Ignoras lo que es tu esencia.

—Me estás diciendo que encuentre mi *alma*. —Hizo que su voz sonara burlona al pronunciar la palabra.

—Jane, el milagro no fue que el muñeco renaciera en el niño. El milagro fue el hecho de que la marioneta llegara a cobrar vida. Algo sucedió que convirtió unas conexiones informáticas sin significado en un ser consciente de sí mismo. Algo te creó. Eso es lo extraño. Después de eso, la otra parte debería ser fácil.

Su discurso era pastoso. Quiere que me vaya para poder dormir, pensó Jane.

—Trabajaré sobre esto.

—Buenas noches —murmuró él.

Cayó dormido casi de inmediato. ¿Ha llegado a estar despierto?, se preguntó Jane. ¿Recordará por la mañana que hemos hablado?

Entonces sintió que la cama se movía. Novinha: su respiración era diferente. Sólo entonces se dio cuenta

Jane. Novinha se despertó cuando Ender y yo estábamos hablando. Sabe lo que significan esos chasquidos y lamidos casi inaudibles: que Ender estaba subvocalizando para hablar conmigo. Puede que Ender olvide que hemos hablado esta noche, pero Novinha no lo olvidará. Como si lo hubiera sorprendido en la cama con una amante. Si pudiera pensar en mí de otra manera... Como una hija. Como la hija bastarda de Ender, fruto de una vieja relación. Su hija nacida del juego de la fantasía. ¿Estaría celosa entonces?

¿Soy hija de Ender?

Jane empezó a investigar en su propio pasado. Empezó a estudiar su propia naturaleza. Empezó a intentar descubrir quién era y por qué estaba viva.

Pero como era Jane, y no un ser humano, también se dedicaba a otras tareas. Al mimo tiempo seguía la investigación de Qing-jao a través de los datos relacionados con Demóstenes, observando cómo se acercaba cada vez más a la verdad.

Sin embargo, la actividad más urgente de Jane era buscar una forma de conseguir que Qing-jao ya no quisiera encontrarla. Ésa era la tarea más difícil de todas, pues a pesar de la experiencia que tenía Jane con las mentes humanas, a pesar de todas sus conversaciones con Ender, los seres humanos individuales seguían constituyendo un misterio. Jane había llegado a una conclusión: no importa lo bien que conozcas las obras de una persona, y lo que pensaba que estaba haciendo cuando lo realizó y lo que piensa ahora de sus logros; es imposible estar seguro de lo que hará a continuación. Sin embargo, no tenía más remedio que intentarlo. Así que empezó a observar la casa de Han Fei-tzu de una manera en la que no había observado a nadie excepto a Ender y, más recientemente, a su hijastro Miro. Ya no podía esperar a que Qing-jao y su padre introdujeran datos en el ordenador e intentar comprenderlos a partir de ellos. Ahora tuvo que tomar el control del ordenador de la casa para usar los receptores de audio y vídeo de los terminales situados en casi todas las habitaciones para que se convirtieran en sus ojos y oídos. Los vigilaba. Sola y apartada, dedicó a ellos una considerable parte de su atención, estudiando y analizando sus palabras, sus acciones, intentando discernir lo que querían decirse.

No tardó mucho tiempo en advertir que Qing-jao podía ser influenciada mejor no confrontándola con argumentos, sino persuadiendo a su padre primero y dejando que él la convenciera luego. Eso estaba más en armonía con el Sendero. Han Qing-jao nunca desobedecería al Congreso Estelar a menos que se lo pidiera Han Fei-tzu. Y entonces estaría obligada a hacerlo.

En cierto modo, esto facilitaba en gran medida la tarea de Jane. Persuadir a Qing-jao, una adolescente inestable y apasionada que todavía no se comprendía a sí misma, sería arriesgado en el mejor de los casos. Pero Han Fei-tzu era un hombre de carácter ya establecido, un hombre racional, aunque de profundos sentimientos. Podía ser persuadido con argumentos, sobre todo si Jane podía convencerlo de que oponerse al Congreso era por el bien de su mundo y de la humanidad en general. Sólo necesitaba la información adecuada para permitirle llegar a esta conclusión.

Ahora Jane comprendía ya tanto de las pautas sociales de Sendero como cualquier humano, porque había absorbido cada historia, cada informe antropológico y cada documento producido por el pueblo de Sendero. Sus descubrimientos fueron preocupantes: el pueblo de Sendero estaba mucho más controlado por los dioses que ningún pueblo en ningún otro lugar o tiempo. Aún más, la forma en que les hablaban los dioses era perturbadora. Se conocía de sobras la alteración cerebral llamada desorden obsesivo compulsivo, DOC. A comienzos de la historia de Sendero, siete generaciones antes, cuando el mundo recibió los primeros asentamientos, los doctores trataron adecuadamente al desorden. Pero entonces descubrieron que los agraciados por los dioses de Sendero no respondían a las drogas normales que en todos los otros pacientes DOC restauraban el equilibrio químico de «suficiencia», esa sensación en la mente de una persona de que un trabajo se completa y no hay necesidad de preocuparse más por él. Los agraciados por los dioses exhibían todas las conductas asociadas con el DOC, pero la conocida alteración cerebral no estaba presente. Debía existir otra causa desconocida.

Ahora Jane exploró más profundamente en la historia, y encontró documentos en otros mundos, no en Sendero, que ampliaban el tema. Los investigadores llegaron inmediatamente a la conclusión de que debía ser una nueva mutación que causaba una alteración cerebral relacionada con resultados similares. Pero en cuanto dirigieron el informe preliminar, toda investigación terminó y los investigadores fueron asignados a otro mundo.

A otro mundo… era casi impensable. Significaba desarraigarlos y desconectarlos del tiempo, apartarlos de todos los amigos y familiares que no los acompañaran. Sin embargo ni uno de ellos rehusó, lo que seguramente explicaba la enorme presión a la que fueron sometidos. Todos dejaron Sendero y nadie continuó las líneas de investigación en todos los años siguientes.

La primera hipótesis de Jane fue que una de las agencias del gobierno en Sendero los había exiliado y cortado su investigación: después de todo, los seguidores del Sendero no querrían que su fe fuera molestada por el hallazgo de la causa física de que los dioses hablaran en sus cerebros. Pero Jane no encontró ninguna evidencia de que el gobierno local hubiera poseído el informe completo. La única parte que había circulado por Sendero fue la conclusión general de que el fenómeno del habla de los dioses no era definitivamente el familiar y tratable DOC.

El pueblo de Sendero había sabido sólo lo suficiente del informe para convencerse de que el habla de los dioses no obedecía a ninguna causa física conocida. La ciencia había «demostrado» que los dioses eran reales. No había ningún registro de que nadie en Sendero hubiera emprendido ninguna acción para suprimir posteriores informaciones o investigaciones. Esas decisiones habían venido de fuera. Del Congreso.

Tenía que haber alguna información clave oculta incluso a Jane, cuya mente alcanzaba fácilmente toda memoria electrónica que estuviera conectada con la cadena ansible. Eso sólo sucedería si aquellos que conocieran el secreto hubieran temido tanto su descubrimiento que lo mantuvieron completamente aparte incluso de los ordenadores más restringidos y de alto secreto del gobierno.

Jane no podía dejar que eso la detuviera. Tendría que deducir la verdad a partir de los fragmentos de información que hubieran pasado desapercibidos en documentos y bases de datos no relacionados. Tendría que encontrar otros hechos que la ayudaran a rellenar los huecos. A la larga, los seres humanos nunca podrían guardar secretos a alguien con el tiempo y la paciencia ilimitada de Jane. Descubriría lo que estaba haciendo el Congreso con Sendero, y cuando tuviera la información la usaría, si podía, para apartar a Han Qing-jao de su rumbo destructor. Pues también Qing-jao estaba descubriendo secretos más antiguos, secretos que llevaban ocultos tres mil años.

«Mi esfera brilla. La estrella, nuestros interés es com-
celirla.
...la vez no tema tal vez sólo mientras lhs veáz nu-
men... sean más fuertes y numerosos que nosotros.
...este baria por ahora.»

10
MÁRTIR

<Ender dice que aquí en Lusitania estamos en la pie-
dra angular de la historia. Que en los próximos meses o
años éste será el lugar donde llegue muerte o comprensión
a cada especie inteligente.>

<Qué considerado por su parte, traernos aquí justo a
tiempo para nuestra posible muerte.>

<Te estás burlando de mí, claro.>

<Si supiéramos hacer burla, tal vez te la haríamos.>

<Lusitania es la piedra angular de la historia en parte
porque *vosotros* estáis aquí. La lleváis a cuestas dondequiera que vais.>

<La ignoramos. Os la damos. Es vuestra.>

<Cada vez que se encuentran extraños es un momen-
to histórico.>

<Entonces no seamos extraños.>

<Los humanos insisten en hacernos extraños a todos.
Está inscrito en su material genético. Pero *nosotros* podemos ser amigos.>

<Esa palabra es demasiado fuerte. Digamos que somos
amigos-ciudadanos.>

<Al menos mientras nuestros intereses coincidan.>

<Mientras brillen las estrellas, nuestros intereses coincidirán.>

<Tal vez no tanto. Tal vez sólo mientras los seres humanos sean más fuertes y numerosos que nosotros.>

<Eso basta por ahora.>

Quim acudió a la reunión sin protestar, aunque aquello podía retrasarlo un día completo en su viaje. Hacía tiempo que había aprendido a tener paciencia. No importaba lo urgente que considerara su misión con los herejes, podía conseguir poco, a la larga, si no tenía detrás el apoyo de la colonia humana. Así, si el obispo Peregrino le pedía que asistiera a una reunión con Kovano Zeljevo, el alcalde de Milagro y gobernador de Lusitania, Quim acudía.

Se sorprendió al comprobar que también asistían a la reunión Ouanda Saavedra, Andrew Wiggin y la mayor parte de la familia del propio Quim. La presencia de Madre y Ela tenía sentido, si la reunión tenía por objeto tratar la política referida a los pequeninos herejes. Pero ¿qué estaban haciendo allí Quara y Grego? No había ninguna razón para que estuvieran implicados en ninguna discusión seria. Eran demasiado jóvenes, demasiado impetuosos, y estaban demasiado mal informados. Por lo que había visto, todavía peleaban como niños pequeños. No eran tan maduros como Ela, capaz de olvidar sus sentimientos personales en interés de la ciencia. Por supuesto, a Quim le preocupaba a veces que Ela llevara esto demasiado lejos para su propio bien, pero ése nunca era el problema con Quara y Grego.

Sobre todo con Quara. Por lo que había dicho Raíz, todo el problema con los herejes comenzó cuando Quara contó a los pequeninos los diversos planes de contingencia para tratar con el virus de la descolada. Los herejes no habrían encontrado tantos aliados en tantos bosques distintos si no fuera por el temor que sentían los pequeninos de que los humanos liberaran alguna especie de virus, o envenenaran Lusitania con un producto químico que aniquilara la descolada y, con ella, a los propios pequeninos. El hecho de que los humanos consideraran siquiera el exterminio indirecto de los pequeninos hacía que pareciera una simple respuesta por parte de los cerdis el contemplar el exterminio de la humanidad.

Todo porque Quara no podía mantener la boca cerrada. Y ahora estaba presente en una reunión donde se trataría de política. ¿Por qué? ¿Qué representaba ella en la comunidad? ¿Pensaba esta gente que el gobierno o la política de la iglesia era ahora territorio de la familia Ribeira? Por supuesto, Olhado y Miro no estaban allí, pero eso no significaba nada: ya que los dos eran lisiados, el resto de la familia los trataba inconscientemente como a niños, aunque Quim sabía bien que ninguno se merecía que lo ignoraran tan cruelmente. Sin embargo, Quim se mostró paciente. Podía esperar. Podía escuchar. Podía atenderlos. Luego haría algo que complaciera tanto a Dios como al obispo. Por supuesto, si eso no era posible, bastaría con complacer a Dios.

—Esta reunión no ha sido idea mía —dijo el alcalde Kovano. Quim sabía que era un buen hombre. Un alcalde mejor de lo que comprendía la mayor parte de la gente en Milagro. Seguían reeligiéndolo porque era una figura patriarcal y trabajaba con ahínco para ayudar a los individuos y las familias que tenían problemas. No les importaba mucho si su política era efectiva: eso resultaba demasiado abstracto para ellos. Pero daba la casualidad de que era tan sabio como astuto en la política. Una rara combinación de la que Quim se alegraba. Tal vez Dios sabía que estos tiempos serían difíciles, y nos dio un líder que podría ayudarnos a superarlos sin demasiado sufrimiento—. Pero me alegro de tenerlos a todos. Hay más tensión que nunca en la relación entre cerdis y humanos, o al menos desde que el Portavoz llegó y nos ayudó a hacer las paces con ellos.

Wiggin sacudió la cabeza, pero todo el mundo conocía su papel en aquellos hechos y tenía poco sentido negarlo. Incluso Quim tuvo que admitir, al final, que el humanista infiel había acabado haciendo buenas obras en Lusitania. Hacía tiempo que Quim había olvidado su profundo odio hacia el Portavoz de los Muertos. De hecho, a veces sospechaba que él mismo, como misionero, era la única persona en su familia que comprendía de verdad lo que había conseguido Wiggin. Hace falta un evangelista para comprender a otro.

—Por supuesto, debemos parte de nuestras preocupaciones a la mala conducta de dos jóvenes apasionados y muy problemáticos, a quienes hemos invitado a esta reunión para que presencien algunas consecuencias de su actitud estúpida y egoísta.

Quim casi se echó a reír en voz alta. Por supuesto, Kovano había dicho todo eso con un tono tan suave y amable que Grego y Quara tardaron un instante en darse cuenta de que acababan de recibir una dura crítica. Pero Quim lo comprendió de inmediato. No tendría que haber dudado de ti, Kovano. Nunca habrías traído a nadie inútil a una reunión.

—Según tengo entendido, hay un movimiento entre los cerdis para lanzar una nave espacial que infecte deliberadamente al resto de la humanidad con la descolada. Y gracias a la contribución de nuestra joven loro, aquí presente, muchos otros bosques comparten esta idea.

—Si espera que me disculpe... —empezó a decir Quara.

—Espero que mantengas la boca cerrada, ¿o es imposible, siquiera por diez minutos? —La voz de Kovano contenía auténtica furia. Los ojos de Quara se abrieron de par en par y se sentó con más rigidez en su silla.

—La otra mitad de nuestro problema es un joven físico que, desgraciadamente, ha conservado el contacto común. —Kovano alzó una ceja al mirar a Grego—. Si te hubieras convertido en un intelectual apartado... En cambio, pareces haber cultivado la amistad de los lusitanos más estúpidos y violentos.

—Con personas que están en desacuerdo con usted, querrá decir —objetó Grego.

—Con personas que olvidan que este mundo pertenece a los pequeninos —espetó Quara.

—Los mundos pertenecen a las personas que los necesitan y saben cómo hacer que produzcan —insistió Grego.

—Callaos la boca, niños, o seréis expulsados de esta reunión mientras los adultos deciden.

Grego miró a Kovano.

—No me hable en este tono.

—Te hablaré como quiera —dijo Kovano—. Por lo que a mí respecta, ambos habéis quebrantado las obligaciones legales para mantener un secreto, y debería haceros encerrar a ambos.

—¿Bajo qué acusación?

—Recordarás que tengo poderes de emergencia. No necesito ninguna acusación hasta que la emergencia haya pasado. ¿Está claro?

—No lo hará. Me necesita —dijo Grego—. Soy el único físico decente de Lusitania.

—La física no vale un comino si acabamos en una especie de competición con los pequeninos.

—Es a la descolada a lo que tenemos que enfrentarnos —alegó Grego.

—Estamos perdiendo el tiempo —suspiró Novinha.

Quim miró a su madre por primera vez desde el inicio de la reunión. Parecía muy nerviosa. Temerosa. No la había visto así desde hacía muchos años.

—Estamos aquí para tratar de esa descabellada misión de Quim —continuó Novinha.

—Se llama padre Estevão —dijo el obispo Peregrino. Era muy estricto en lo relativo a dar la dignidad adecuada a los dignatarios de la iglesia.

—Es mi hijo —respondió Novinha—. Lo llamaré como me plazca.

—Vaya grupo tan representativo que tenemos aquí hoy —bufó el alcalde Kovano.

Las cosas se ponían feas. Quim había evitado deliberadamente decirle a su madre los detalles acerca de su misión a los herejes, porque estaba seguro de que se opondría a la idea de acudir directamente a los cerdis que temían y odiaban abiertamente a los seres humanos. Quim era bien consciente de la fuente de su temor al contacto cercano con los pequeninos. De niña, la descolada la había hecho perder a sus padres. El xenólogo Pipo se convirtió en su padre putativo, y luego fue el primer humano torturado hasta la muerte por los pequeninos. Novinha pasó entonces veinte años intentando evitar que su amante Libo (el hijo de Pipo, el siguiente xenólogo) corriera la misma suerte. Incluso se casó con otro hombre para evitar que Libo tuviera derecho de acceso, como marido suyo, a sus archivos privados, donde creía que podría encontrarse el secreto que había llevado a los cerdis a matar a Pipo. Y al final, todo fue en vano. Libo murió igual que Pipo. Aunque desde entonces había llegado a conocer la auténtica razón de las muertes, aunque los pequeninos habían hecho solemnes juramentos para no dirigir ningún acto violento contra otro ser humano, no había ninguna manera de que su madre se mostrara racional cuando sus seres queridos se hallaban entre los cerdis. Y ahora estaba presente en una reunión que sin duda había sido convocada a instancia suya, para decidir si Quim debería ir o no en su viaje misionero. Iba a ser una mañana desagradable. Madre tenía años de práctica en salirse con la suya. Casarse con Andrew Wiggin la había suavizado y templado de muchas formas. Pero cuando pensaba que uno de sus hijos estaba en peligro, sacaba las garras, y ningún marido tenía mucha influencia sobre ella.

¿Por qué habían permitido el alcalde Kovano y el obispo Peregrino que se celebrara esta reunión?

Como si hubiera oído la silenciosa pregunta de Quim, el alcalde empezó a explicarse:

—Andrew Wiggin vino a verme con nueva información. Mi primera idea fue mantenerlo todo en secreto, enviar al padre Estevão en su misión a los herejes, y luego pedirle al obispo Peregrino que rezara. Pero Andrew me aseguró que a medida que nuestro peligro aumenta, se va haciendo más importante que todos actuemos a partir de la información más completa posible. Los portavoces de los muertos al parecer tienen una confianza casi patológica en la idea de que la gente se comporta mejor cuanto más conocen. Me he dedicado a la política demasiado tiempo para compartir su confianza, pero él sostiene que es más viejo que yo, y me atengo a su sabiduría.

Quim sabía, por supuesto, que Kovano no se plegaba a la sabiduría de nadie. Andrew Wiggin, simplemente, lo había persuadido.

—A medida que las relaciones entre pequeninos y humanos se hacen más, mmmm, problemáticas, y nuestro cohabitante invisible, la reina colmena, se acerca cada vez más al lanzamiento de sus naves espaciales, parece que los asuntos de fuera del planeta se vuelven también más urgentes. El Portavoz de los Muertos me informa gracias a sus fuentes extraplanetarias que alguien en un mundo llamado Sendero está a punto de descubrir a nuestros aliados que han conseguido impedir que el Congreso dé a la flota la orden de destruir Lusitania.

Quim anotó con interés que al parecer Andrew no le había dicho nada al alcalde acerca de Jane. Tampoco el obispo Peregrino lo sabía. ¿Y Grego o Quara? ¿Y Ela? Su madre lo sabía, desde luego. ¿Por qué me lo confió Andrew, si lo ha ocultado a tanta gente?

—Existe una fuerte posibilidad de que en las próximas semanas, o días, el Congreso restablezca las comunicaciones con la flota. En ese punto, nuestra última defensa habrá desaparecido. Sólo un milagro nos salvará de la aniquilación.

—Tonterías —espetó Grego—. Si esa *cosa* de la pradera puede construir una nave para los cerdis, también puede construir algunas para nosotros. Salgamos de este planeta antes de que lo manden al infierno.

—Tal vez —dijo Kovano—. Sugerí algo así, aunque en términos menos pintorescos. Tal vez, *senhor* Wiggin, pueda decirnos por qué el elocuente plan de Grego no saldrá bien.

—La reina colmena no comparte nuestro punto de vista. A pesar de sus mejores esfuerzos, no considera tan seriamente las vidas individuales. Si Lusitania es destruida, los pequeninos y ella correrán un gran riesgo...

—El Ingeniero D.M. destruirá *todo* el planeta —señaló Grego.

—Correrán un gran riesgo de que su especie sea aniquilada —continuó Wiggin, imperturbable, pese a la interrupción de Grego—. No malgastará una nave para sacar a los humanos de Lusitania, porque hay billones de humanos en otros doscientos mundos. Nosotros no corremos el riesgo de un xenocidio.

—Lo corremos si esos cerdis herejes se salen con la suya —espetó Grego.

—Y ése es otro punto —continuó Wiggin—. Si no hemos descubierto un medio para neutralizar la descolada, no *podemos* en buena conciencia llevar la población humana de Lusitania a otro mundo. Estaríamos haciendo exactamente lo mismo que quieren los herejes: forzar a los demás humanos a enfrentarse a la descolada y probablemente a morir.

—Entonces no hay solución —dijo Ela—. Bien podríamos volvernos de espaldas y morir.

—No tanto —intervino el alcalde Kovano—. Es posible, quizá probable, que nuestro pueblo de Milagro esté condenado. Pero al menos podemos tratar de conseguir que las naves coloniales de los pequeninos no lleven la descolada a mundos nuevos. Parece que hay dos aproximaciones: una biológica, la otra teológica.

—Estamos muy cerca —dijo Novinha—. Es cuestión de meses, o incluso de semanas, y entonces Ela y yo habremos diseñado una especie sustituta de la descolada.

—Eso dices —replicó Kovano. Se volvió hacia Ela—. ¿Y tú?

Quim casi gruñó en voz alta. Ela dirá que Madre está equivocada, que no hay ninguna solución biológica, y entonces Madre alegará que está intentando matarme al enviarme a mi misión. Esto es justo lo que la familia necesita: Ela y Madre en guerra abierta. Gracias a Kovano Zeljezo, humanista.

Pero la respuesta de Ela no fue la que Quim temía.

—Ya está casi diseñada. Es la única aproximación que todavía no hemos intentado, pero estamos a punto de conseguir el diseño de una versión del virus de la descolada que hace todo lo necesario para mantener los ciclos vitales de las especies indígenas, pero es incapaz de adaptarse y destruir nuevas especies.

—Estás hablando de lobotomizar a una especie entera —protestó Quara amargamente—. ¿Qué pensaríais si alguien encontrara un medio de mantener a todos los humanos vivos, pero sin cerebro?

Por supuesto, Grego recogió el guante.

—Cuando esos virus puedan escribir poemas o razonar un teorema, me tragaré todas esas chorradas sentimentales acerca de cómo debemos mantenerlos con vida.

—¡Sólo porque no sepamos leerlos no significa que no tengan sus poemas épicos!

—*Fechai as bocas!* —rugió Kovano.

Inmediatamente, guardaron silencio.

—*Nossa Senhora* —exclamó—. Tal vez Dios quiere destruir Lusitania porque es la única manera que se le ocurre de haceros callar a los dos.

El obispo Peregrino carraspeó.

—O tal vez no —dijo Kovano—. Dios me libre de especular sobre Sus motivos.

El obispo se echó a reír, lo cual permitió que los demás se rieran también. La tensión se rompió, como una ola del mar, desaparecida por el momento, pero para volver con toda seguridad.

—¿Entonces el antivirus está casi listo? —le preguntó Kovano a Ela.

—No... o sí, el virus de reemplazo está casi completamente diseñado. Pero siguen existiendo dos problemas. El primero es cómo esparcirlo. Tenemos que encontrar un medio para que el nuevo virus ataque y sustituya al antiguo. Sigue estando... muy lejos.

—¿Quieres decir que queda un largo camino o que no tienes la menor idea de cómo hacerlo? —Kovano no era ningún tonto. Obviamente, había tratado con científicos antes.

—Más o menos entre una cosa y otra —dijo Ela.

Novinha se agitó en su asiento, apartándose visiblemente de Ela. Mi pobre hermana, pensó Quim. Puede que no te hable durante los próximos años.

—¿Y el otro problema? —preguntó Kovano.

—Una cosa es *diseñar* el virus sustituto. Otra muy distinta es *producirlo*.

—Son meros detalles —dijo Novinha.

—Te equivocas, madre, y lo sabes —replicó Ela—.

Puedo trazar un diagrama de cómo queremos que sea el nuevo virus. Pero incluso trabajando bajo diez grados absolutos, no podemos cortar y recombinar el virus de la descolada con suficiente precisión. O se muere, porque dejamos fuera demasiado, o inmediatamente se repara en cuanto vuelve a temperaturas normales, porque no quitamos lo suficiente.

—Problemas técnicos.

—Problemas técnicos —repitió Ela bruscamente—. Como construir un ansible sin un enlace filótico.

—Entonces llegamos a la conclusión...

—No llegamos a ninguna conclusión —dijo Novinha.

—Llegamos a la conclusión —continuó Kovano— de que nuestros xenobiológos están en franco desacuerdo sobre la posibilidad de domar al virus de la descolada. Y eso nos lleva a la otra aproximación: persuadir a los pequeninos para que envíen sus colonos sólo a mundos deshabitados, donde puedan establecer su propia ecología peculiarmente venenosa sin matar seres humanos.

—*Persuadirlos* —masculló Grego—. Como si pudiéramos confiar en que mantengan sus promesas.

—Han mantenido más promesas que tú —alegó Kovano—. Yo no adoptaría un tono moralmente superior si estuviera en tu caso.

Finalmente, las cosas llegaron a un punto en que Quim pensó que sería beneficioso hablar.

—Toda esta discusión es interesante —dijo—. Sería maravilloso si mi misión con los herejes pudiera significar persuadir a los pequeninos de no causar daño a la humanidad. Pero aunque todos lleguemos al acuerdo de que mi misión no tiene ninguna oportunidad de éxito, seguiré adelante. Aunque decidiéramos que existe un serio riesgo de que mi misión empeorara las cosas, iré.

—Me alegra saber que piensas ser tan cooperativo —dijo Kovano con acidez.

—Pretendo cooperar, tanto con Dios como con la Iglesia —dijo Quim—. Mi misión con los herejes no es para salvar a la humanidad de la descolada, ni siquiera para intentar mantener la paz entre humanos y pequeninos aquí en Lusitania. Mi misión es para devolverlos a la fe de Cristo y la unidad de la Iglesia. Voy a salvar sus almas.

—Muy bien —asintió Kovano—. Por supuesto ésa es la razón por la que quieres ir.

—Y es la razón por la que iré, y el único baremo que usaré para determinar si mi misión tiene éxito o no.

Kovano miró desesperanzadamente al obispo Peregrino.

—Dijo usted que el padre Estevão cooperaría.

—Dije que era perfectamente obediente a Dios y la Iglesia.

—Entendí que podría persuadirlo para que esperara a cumplir su misión hasta que supiéramos más.

—Podría persuadirlo, sí. O simplemente prohibirle que vaya —dijo el obispo Peregrino.

—Entonces hágalo —pidió Novinha.

—No lo haré.

—Creía que le preocupaba el bienestar de esta colonia —dijo el alcalde Kovano.

—Me preocupa el bienestar de todos los cristianos a mi cargo —respondió el obispo—. Hasta hace treinta años, eso significaba que me preocupaba sólo por los seres humanos de Lusitania. Ahora, sin embargo, soy igualmente responsable del bienestar espiritual de los pequeninos cristianos de este planeta. Envío al padre Estevão en su misión exactamente como un misionero llamado Patricio fue enviado a la isla de Eire. Tuvo un éxito extraordinario, y convirtió a reyes y naciones. Por desgracia, la Iglesia irlandesa no actuó siempre como habría deseado el papa. Hubo mucha..., digamos controversia entre ellos. Superficialmente se refería a la fecha de la Pascua, pero en el fondo el tema era la obediencia al papa. Incluso se derramó sangre de vez en cuando. Pero ni por un momento imaginó nadie que habría sido mejor que san Patricio nunca hubiera ido a Eire. Nunca nadie sugirió que habría sido mejor que los irlandeses hubieran continuado siendo paganos.

Grego se levantó.

—Hemos encontrado el filote, el auténtico átomo indivisible. Hemos conquistado las estrellas. Enviamos mensajes más rápidos que la velocidad de la luz. Sin embargo, seguimos viviendo en la Edad Media.

Se encaminó hacia la puerta.

—Sal por esa puerta antes de que yo te lo diga —advirtió el alcalde—, y no verás el sol en un año.

Grego se dirigió a la puerta, pero en vez de atravesarla, se apoyó contra ella y sonrió sardónicamente.

—Ya ve lo obediente que soy.

—No te retendré mucho tiempo —dijo Kovano—. El obispo Peregrino y el padre Estevão hablan como si pudieran tomar su decisión de forma independiente al resto de nosotros, pero por supuesto no pueden. Si yo decidiera que la misión del padre Estevão con los cerdis no debería llevarse a término, no se realizaría. Seamos todos claros en eso. No temo arrestar al obispo de Lusitania, si el bienestar de la comunidad lo requiere. Y en cuanto a este cura misionero, sólo irá a ver a los pequeninos cuando tenga mi consentimiento.

—No me cabe ninguna duda de que puede interferir con el trabajo de Dios en Lusitania —intervino gélidamente el obispo Peregrino—. No le quepa ninguna duda de que yo puedo enviarlo al infierno por hacerlo.

—Sé que puede. No sería el primer líder político en acabar en el infierno después de un enfrentamiento con la Iglesia. Afortunadamente, esta vez no llegaré a eso. Los he escuchado a todos y he tomado mi decisión. Esperar al nuevo antivirus es demasiado arriesgado. Y aunque supiera con absoluta certeza que el antivirus estaría listo y podría ser utilizado en seis semanas, seguiría permitiendo esta misión. Ahora mismo, nuestra mejor posibilidad de salvar algo de este lío radica en la misión del padre Estevão. Andrew me ha dicho que los pequeninos sienten gran respeto y afecto por este hombre, incluso los no creyentes. Si puede persuadir a los pequeninos herejes para que olviden su plan de aniquilar a la humanidad en nombre de su religión, eso nos quitará una carga de encima.

Quim asintió gravemente. El alcalde Kovano era un hombre de gran sabiduría. Era una suerte que no tuvieran que luchar, al menos por ahora.

—Mientras tanto, espero que los xenobiólogos continúen trabajando en el antivirus con todo el vigor posible. Cuando el antivirus exista decidiremos si usarlo o no.

—Lo usaremos —aseguró Grego.

—Sólo sobre mi cadáver —dijo Quara.

—Aprecio vuestra disposición a esperar hasta que sepamos más antes de que emprendáis ninguna acción —dijo Kovano—. Lo que nos lleva a ti, Grego Ribeira. Andrew Wiggin me asegura que hay motivos para creer que podría ser posible viajar más rápido que la luz.

Grego miró fríamente al Portavoz de los Muertos.

—¿Y cuándo estudiaste física, senhor Falante?

—Espero estudiarla contigo —dijo Wiggin—. Hasta que hayas examinado mi evidencia, apenas sé si hay razones para esperar ese logro.

Quim sonrió al ver lo fácilmente que Andrew repelía la discusión que Grego había pretendido provocar. Sabía que estaba siendo manipulado. Pero Wiggin no le había dejado ningún terreno razonable para mostrar su descontento. Era una de las habilidades más irritantes del Portavoz de los Muertos.

—Si existiera una forma de viajar a velocidades de ansible —dijo Kovano—, necesitaríamos sólo una nave de esas características para transportar a todos los humanos de Lusitania a otro mundo. Es una probabilidad remota...

—Un sueño idiota —masculló Grego.

—Pero lo perseguiremos. Lo estudiaremos, ¿verdad? —insistió Kovano—. O nos encontraremos trabajando en la fundición.

—No temo trabajar con las manos —contestó Grego—. Así que no crea que puede asustarme poniendo mi mente a su servicio.

—No me doy por aludido —dijo Kovano—. Sólo quiero tu cooperación, Grego. Pero si no puedo tenerla, entonces buscaré tu obediencia.

Al parecer, Quara se quedaba fuera. Se levantó, como había hecho Grego un momento antes.

—Así que pueden quedarse aquí sentados y contemplar la destrucción de una especie inteligente sin pensar siquiera en un medio de comunicarse con ella. Espero que disfruten siendo asesinos de masas.

Entonces, como Grego, hizo ademán de marcharse.

—Quara —dijo Kovano.

Ella esperó.

—Estudiarás formas para hablar con la descolada. A ver si puedes comunicarte con esos virus.

—Sé cuándo me arrojan un hueso —dijo Quara—. ¿Y si le digo que nos están suplicando que no los matemos? No me creerían de ninguna forma.

—Al contrario. Sé que eres una mujer sincera, aunque también seas terriblemente indiscreta. Pero tengo otro motivo para querer que aprendas el lenguaje molecular de la descolada. Verás, Andrew Wiggin ha mencionado una posibilidad que nunca se me había ocurrido. Todos sabemos que la inteligencia de los pequeninos data de la época en que el virus de la descolada barrió por primera vez este planeta. Pero ¿y si hemos malinterpretado causa y efectos?

Novinha se volvió hacia Andrew, con una sonrisita amarga.

—¿Crees que los pequeninos provocaron la descolada?

—No —respondió Andrew—. Quara dice que la descolada es tan compleja que puede contener inteligencia. ¿Y si los virus de la descolada están usando los cuerpos de los pequeninos para expresar su carácter? ¿Y si la inteligencia pequenina procede enteramente de los virus del interior de su cuerpo?

Ouanda, la xenóloga, habló por primera vez.

—Es tan ignorante en xenología como en física, señor Wiggin —espetó.

—Oh, mucho más. Pero se me ha ocurrido que nunca hemos pensado en otra forma de que los recuerdos y la inteligencia se conserven cuando un pequenino muerto pasa a la tercera vida. Los árboles no conservan exactamente el cerebro. Pero si la voluntad y memoria los lleva la descolada, la muerte del cerebro sería casi insignificante en la transmisión de la personalidad al padre-árbol.

—Aunque exista una posibilidad de que eso sea cierto —dijo Ouanda—, no hay ningún experimento posible que podamos ejecutar para averiguarlo.

Andrew Wiggin asintió con tristeza.

—Sé que a mí no se me ocurriría ninguno. Esperaba que a ti sí.

Kovano volvió a interrumpir.

—Ouanda, necesitamos explorar este tema. Si no lo crees, bien…, busca un medio de demostrar que es un error, y habrás cumplido con tu trabajo.

Kovano se levantó y se dirigió a todos.

—¿Comprenden lo que les pido? Nos enfrentamos a algunas de las opciones más terribles que la humanidad ha conocido jamás. Corremos el riesgo de cometer xenocidio, o de permitir que se cometa si permanecemos inactivos. Todas las especies inteligentes conocidas o supuestas viven a la sombra de un grave riesgo, y es aquí, con nosotros y nosotros solos, donde se encuentran casi todas las decisiones. La última vez que sucedió algo remotamente similar, nuestros antepasados humanos eligieron cometer xenocidio para salvarse a sí mismos, según creyeron. Les estoy pidiendo a todos que sigan todos los caminos, por improbables que parezcan, que nos muestren un destello de esperanza, que pueda proporcionarnos un leve atisbo de luz para guiarnos en nuestras decisiones. ¿Colaborarán?

Incluso Grego y Quara asintieron, aunque de mala gana. Por el momento, al menos, Kovano había conseguido transformar a todos los pendencieros egoístas de la habitación en una comunidad cooperativa. Cuánto duraría fuera de aquella estancia era motivo de especulación.

Quim decidió que el espíritu de cooperación duraría probablemente hasta la siguiente crisis... y tal vez eso sería suficiente.

Sólo quedaba una confrontación más. Cuando la reunión se disolvió y todo el mundo se despidió o se entretuvo conversando, Novinha se acercó a Quim y lo miró ferozmente a la cara.

—No vayas.

Quim cerró los ojos. No había nada que decir a una declaración como aquélla.

—Si me quieres —continuó ella.

Quim recordó la historia del Nuevo Testamento, cuando la madre de Jesús y sus hermanos fueron a visitarlo, y quisieron que interrumpiera las enseñanzas a sus discípulos para que los recibiera.

—Éstos son mi madre y mis hermanos —murmuró.

Ella debió de entender la referencia, porque cuando Quim abrió los ojos, se había ido.

Apenas una hora más tarde, Quim se había marchado también, en uno de los preciosos camiones de carga de la colonia. Necesitaba pocos suministros, y en un viaje normal habría ido a pie. Pero el bosque al que se dirigía estaba muy lejos, y habría tardado semanas en llegar sin vehículo; tampoco habría podido llevar suficiente comida. Éste continuaba siendo un entorno hostil: no producía nada comestible para los humanos, y aunque lo hiciera, Quim seguiría necesitando los supresores de la descolada. Sin ellos, moriría por el virus mucho antes de hacerlo de hambre.

A medida que la ciudad de Milagro iba menguando a sus espaldas, mientras se internaba cada vez más en los espacios abiertos de la pradera, Quim, el padre Estevão, se preguntó qué habría decidido el alcalde si supiera que el líder de los herejes era un padre-árbol que se había ganado el nombre de Guerrero, y que había afirmado que la única esperanza para los pequeninos era que el Espíritu Santo, el virus de la descolada, destruyera toda vida humana en Lusitania.

No habría importado. Dios había llamado a Quim para que predicara el evangelio de Cristo en cada nación, raza, lengua y pueblo. Incluso los más guerreros, sedientos de sangre y rebosantes de odio podrían ser tocados por el amor de Dios y transformados en cristianos. Había sucedido muchas veces en la historia. ¿Por qué no ahora?

Oh, Padre, haz una obra poderosa en este mundo. Nunca necesitaron tus hijos más milagros que nosotros.

Novinha no hablaba con Ender, y éste tenía miedo. No era petulancia; nunca había visto a Novinha comportarse de esa forma. Ender pensaba que el silencio no era para castigarlo, sino más bien para no hacerlo: guardaba silencio porque, si hablaba, sus palabras serían demasiado crueles para poder ser olvidadas.

Así, al principio no intentó arrancarle ninguna palabra. La dejó moverse como una sombra por la casa, pasando junto a él sin mirarlo. Ender intentó quitarse de en medio y no se acostaba hasta que ella estaba dormida.

Era Quim, obviamente. Su misión con los herejes: resultaba fácil comprender lo que temía, y aunque Ender no compartía los mismos temores, sabía que el viaje de Quim no carecía de riesgos. Novinha estaba comportándose de forma irracional. ¿Cómo habría podido él detener a Quim? Era el único de los hijos de Novinha sobre el que casi no ejercía ninguna influencia; habían llegado a un entendimiento hacía años, pero fue una declaración de paz entre semejantes, no como la relación paternal que Ender había establecido con todos los demás hijos. Si Novinha no había sido capaz de persuadir a Quim para que renunciara a su misión, ¿qué más podría haber conseguido Ender?

Novinha probablemente lo sabía, intelectualmente. Pero como todos los seres humanos, no actuaba siempre según su comprensión. Había perdido demasiadas personas a las que amaba; cuando sentía que podía perder a otro más, su reacción era visceral, no intelectual. Ender había llegado a su vida como curador, como protector. Su trabajo era impedir que tuviera miedo, y ahora lo tenía, y estaba enfadada con él por haberle fallado.

Sin embargo, después de dos días de silencio, Ender consideró que ya había bastante. Éste no era un buen momento para que se alzara una barrera entre ellos. Él sabía, y también lo sabía Novinha, que la llegada de Valentine sería difícil para ambos. Él tenía tantos viejos hábitos de comunicación con Valentine, tantas conexiones con ella, tantos caminos en su alma, que le resultaba difícil no volver a ser la persona que había sido durante los años (los milenios) que habían pasado juntos. Habían experimentado tres mil años de historia como si los hubieran visto con los mismos ojos. Con Novinha sólo había estado treinta años. En tiempo subjetivo, era más de lo que había pasado con Valentine, pero resultaba muy fácil volver a su antiguo papel de hermano de Valentine, como Portavoz de su Demóstenes.

Ender esperaba que Novinha sintiera celos con la llegada de Valentine, y estaba preparado para eso. Había advertido a Valentine que al principio tendrían pocas oportunidades para estar juntos. También ella lo había comprendido: Jakt tenía sus preocupaciones, y ambos cónyuges necesitaban tranquilidad. Era casi una tontería que Jakt y Novinha sintieran celos de los lazos entre hermano y hermana. Nunca había existido el más leve atisbo de sexualidad en la relación entre Ender y Valentine (cualquiera que los conociera se habría reído ante la idea), pero no era la infidelidad sexual lo que preocupaba a Novinha y Jakt. Ni el lazo emocional que ambos compartían: Novinha no tenía ningún motivo para dudar del amor y devoción que Ender sentía hacia ella, y Jakt no podría haber pedido más de lo que Valentine le ofrecía, tanto en pasión como en confianza.

Era más profundo que eso. Era el hecho de que, incluso ahora, después de tantos años, en cuanto estaban juntos funcionaban de nuevo como una sola persona, ayudándose mutuamente sin tener que explicar lo que intentaban conseguir. Jakt lo veía e incluso a Ender, que no lo conocía de antes, le resultaba obvio que el hombre estaba destrozado. Como si viera a su esposa junto a su hermano y pensara: *Esto* es la intimidad. *Esto* es lo que significa que dos personas sean una. Creía que Valentine y él estaban todo lo cerca que un marido y una esposa podían estar, y tal vez era así. Sin embargo, ahora tenía que enfrentarse al hecho de que era posible que dos personas estuvieran aún más cerca. Que fueran, en cierto sentido, la misma persona.

Ender podía sentirlo en Jakt, y admiraba la habilidad de Valentine para tranquilizarlo, y en distanciarse de

Ender para que su esposo se acostumbrara gradualmente al lazo que existía entre ambos, en pequeñas dosis.

Lo que Ender no podría haber predicho era la forma en que reaccionó Novinha. Primero la conoció como madre de sus hijos: la fiera e irracional lealtad que sentía hacia ellos. Supuso que, si se veía amenazada, se volvería posesiva y controladora, como era con sus hijos. No estaba preparado para la manera en que se aisló de él. Incluso antes de este tratamiento de silencio por la misión de Quim, se había mostrado distante. De hecho, ahora que lo pensaba, se daba cuenta de que había empezado antes de la llegada de Valentine. Era como si Novinha hubiera empezado a ceder ante una rival antes de que ésta estuviera siquiera allí. Era lógico, desde luego, tendría que haberlo previsto. Novinha había perdido a demasiadas figuras importantes en su vida, demasiadas personas de las que dependía. Sus padres. Pipo. Libo. Incluso Miro. Podía ser protectora y posesiva con sus hijos, que la necesitaban, pero con la gente que *ella* necesitaba era todo lo opuesto. Si temía que pudieran arrebatárselos, se apartaba de ellos. Dejaba de permitirse necesitarlos.

No eran ellos, sino *él*. Ender. Ella estaba intentando dejar de necesitarlo *a él*. Y este silencio, si continuaba, abriría un abismo tan grande entre la pareja que su matrimonio nunca se recuperaría.

Si eso sucedía, Ender ignoraba qué haría. Nunca se le había ocurrido que su matrimonio pudiera estar amenazado. No se había casado a la ligera: pretendía morir casado con Novinha, y todos estos años se habían llenado de la alegría que produce la confianza plena en otra persona. Ahora Novinha había perdido esa confianza en él. Pero no era justo. Él seguía siendo su marido, fiel como no lo había sido ningún otro hombre, ninguna otra persona en su vida. No se merecía perderla por un ridículo malentendido. Si dejaba pasar las cosas, como parecía decidida Novinha, aunque inconscientemente, ella se convencería del todo de que nunca podría depender de otra persona. Eso sería trágico, porque sería falso.

Ender estaba ya preparando una confrontación de algún tipo con Novinha cuando Ela la provocó accidentalmente.

—Andrew.

Ela estaba de pie en la puerta. Si había dado una palmada pidiendo permiso para entrar, Ender no la había oído. Pero claro, ella no necesitaba permiso para entrar en la casa de su madre.

—Novinha está en nuestra habitación.

—Vengo a hablar contigo.

—Lo siento, no puedo darte un adelanto de la paga.

Ela se echó a reír mientras avanzaba para sentarse a su lado, pero la risa murió rápidamente. Estaba preocupada.

—Quara —dijo.

Ender suspiró y sonrió. Quara siempre llevaba la contraria desde su nacimiento, y nada la había hecho cambiar. Sin embargo, siempre se había llevado mejor con Ela que con nadie.

—No es lo de siempre. De hecho, es menos problemática que de costumbre. Ni una pelea.

—¿Una mala señal?

—Sabes que está intentando comunicarse con la descolada.

—Lenguaje molecular.

—Bueno, lo que está haciendo es peligroso, y no establecerá comunicación aunque tenga éxito. Sobre todo si tiene éxito, porque entonces habrá una buena posibilidad de que muramos todos.

—¿Qué está haciendo?

—Ha saqueado mis archivos, cosa que no resulta difícil, porque no pensé que tendría que protegerlos contra ningún compañero xenobiólogo. Ha estado construyendo los inhibidores que he intentado introducir en las plantas..., bastante fácil, porque dejé detalladamente explicado el proceso. Sólo que en vez de introducirlo en algo, está entregándolo directamente a la descolada.

—¿Qué quieres decir con «entregándolo»?

—Ésos son sus mensajes. Eso es lo que les está enviando con sus preciosos transportadores de mensajes. Si los transportadores son lenguaje o no, no es algo que vaya a quedar establecido con un falso experimento como ése. Pero sea inteligente o no, sabemos que la descolada se adapta con una eficacia diabólica... y puede que Quara esté ayudándola a adaptarse a algunas de mis mejores estrategias para bloquearla.

—Traición.

—Esto es. Está suministrando al enemigo nuestros secretos militares.

—¿Has hablado con ella?

—*'Sta brinando. Claro que falei. Ela quase me matou.*

¿Estás bromeando? Claro que le hablé. Por poco me mata.

—¿Ha tratado con éxito a alguno de los virus?

—Ni siquiera está intentándolo. Es como si corriera a la ventana y gritara: «¡Vienen a mataros!». No está haciendo ciencia, sino política entre especies, sólo que ni siquiera sabemos si el otro lado tiene política o no, únicamente que Quara podría ayudar a que nos matara más rápidamente de lo que hemos imaginado siquiera.

—*Nossa Senhora* —murmuró Ender—. Es demasiado peligroso. No puede jugar con una cosa como ésta.

—Tal vez ya sea demasiado tarde..., no puedo saber si ha hecho algún daño o no.

—Entonces tenemos que detenerla.

—¿Cómo, rompiéndole los brazos?

—Hablaré con ella, pero es demasiado mayor, o

demasiado joven, para atender a razones. Me temo que acabará convirtiéndose en asunto del alcalde, no nuestro.

Sólo cuando Novinha habló se dio cuenta Ender de que su esposa había entrado en la habitación.

—En otras palabras, cárcel —dijo—. Pretendes encerrar a mi hija. ¿Cuándo ibas a informarme?

—La cárcel no se me había ocurrido —protestó Ender—. Esperaba que el alcalde le cerrara el acceso a...

—Ése no es el trabajo del alcalde —objetó Novinha—. Es el mío. Yo soy la xenobióloga jefe. ¿Por qué no acudiste a mí, Elanora? ¿Por qué a él?

Ela permaneció en silencio, mirando fijamente a su madre. Así manejaba los conflictos con su madre, con resistencia pasiva.

—Quara está fuera de control, Novinha —dijo Ender—. Revelar secretos a los padres-árbol ya fue suficientemente malo. Hacerlo con la descolada es una verdadera locura.

—*Es psicologista, agora?*

¿Ahora eres psicólogo?

—No pretendo encerrarla.

—Tú no tienes que pretender *nada*. Y desde luego no con mis niños.

—Eso es —asintió Ender—. No voy a hacer nada con *niños*. Sin embargo, tengo una responsabilidad para hacer algo con un ciudadano de Milagro que está poniendo en peligro la supervivencia de todos los seres humanos de este planeta, y tal vez en todas partes.

—¿Y dónde recibiste esa noble responsabilidad, Andrew? ¿Bajó Dios de la montaña y talló tu licencia para gobernar a la gente sobre tablas de piedra?

—Muy bien —suspiró Ender—. ¿Qué es lo que me sugieres tú?

—Sugiero que te mantengas apartado de asuntos que no te conciernen. Francamente, Andrew, eso lo incluye casi todo. No eres xenobiólogo. No eres físico. No eres xenólogo. De hecho no eres *nada*, excepto un fisgón profesional de la vida de los demás.

Ela abrió la boca.

—¡Madre!

—Lo único que te da poder es esa maldita joya de tu oído. *Ella* te susurra secretos, te habla de noche cuando estás en la cama con tu *esposa*, y cada vez que quiere algo, allá vas a una reunión donde no tienes nada que hacer, diciendo lo que quiera que *ella* te dice. ¡Y acusas a Quara de cometer traición! Por lo que a mí respecta, tú eres el que está traicionando a personas *reales* por un pedazo de software demasiado crecido.

—Novinha —dijo Ender. Se suponía que era el principio de un intento para calmarla.

Pero ella no estaba interesada en dialogar.

—No te atrevas a intentar convencerme, Andrew. Todos estos años pensé que me amabas...

—Te amo.

—Pensé que realmente te habías convertido en uno de nosotros, en parte de nuestras vidas...

—Lo soy.

—Pensé que era real...

—Lo es.

—Pero sólo eres lo que el obispo Peregrino nos advirtió desde el principio. Un manipulador. Un controlador. Tu hermano gobernó a toda la humanidad, ¿no es ésa la historia? Pero tú no eres tan ambicioso. Te contentas con un planeta pequeño.

—En el nombre de Dios, madre, ¿te has vuelto loca? ¿No conoces a este hombre?

—¡Eso creía! —Novinha estaba llorando ahora—. Pero nadie que me amara dejaría que mi hijo se marchara a enfrentarse con esos cerdis asesinos...

—¡No podría haber detenido a Quim, madre! ¡Nadie habría podido!

—Ni siquiera lo intentó. ¡Lo *aprobó*!

—Sí —admitió Ender—. Pensé que tu hijo actuaba de manera noble y valiente, y lo aprobé. Sabía que aunque el peligro no era grande, sí era real, y sin embargo decidió ir... y lo aprobé. Es exactamente lo que tú habrías hecho, y espero que sea lo que yo haría en su mismo lugar. Quim es un hombre, un buen hombre, tal vez un gran hombre. No necesita tu protección, ni la quiere. Ha decidido cuál es la obra de su vida y la está realizando. Lo admiro por eso, y lo mismo deberías hacer tú. ¿Cómo te atreves a sugerir que ninguno de nosotros podría haberse interpuesto en su camino?

Novinha guardó por fin silencio, por el momento al menos. ¿Medía las palabras de Ender? ¿Advertía lo inútil y lo cruel que era por su parte dejar marchar a Quim con su furia en lugar de con su esperanza? Durante ese silencio, Ender aún alentó alguna esperanza.

Entonces el silencio terminó.

—Si vuelves a entrometerte en la vida de mis hijos, acabaré contigo —aseguró Novinha—. Y si algo le sucede a Quim, cualquier cosa, te odiaré hasta el día de tu muerte, y rezaré para que ese día llegue pronto. No lo sabes todo, hijo de puta, y es hora de que dejes de actuar como si fuera así.

Se dirigió a la puerta, pero entonces decidió no hacer una salida teatral. Se volvió hacia Ela y habló con notable calma.

—Elanora, tomaré medidas inmediatas para bloquear el acceso de Quara a los archivos y el equipo que pueda usar para ayudar a la descolada. En el futuro, querida, si vuelvo a oírte hablar de asuntos del laboratorio con cualquiera, sobre todo con este hombre, te prohibiré entrar en el laboratorio de por vida. ¿Comprendes?

Una vez más, Ela respondió con el silencio.

—Ah —suspiró Novinha—. Veo que me ha robado más de mis hijos de lo que yo creía.

Entonces se marchó.

Ender y Ela permanecieron sentados, aturdidos, en silencio. Por fin, Ela se levantó, aunque no dio un solo paso.

—Tendría que hacer algo —dijo—, pero por mi vida que no se me ocurre nada.

—Tal vez deberías ir con tu madre y demostrarle que sigues estando de su lado.

—Pero no lo estoy —replicó Ela—. De hecho, estaba pensando que tal vez debería acudir al alcalde y proponerle que destituya a madre como xenobióloga jefe; está claro que se ha vuelto loca.

—No —dijo Ender—. Si hicieras algo así, la matarías.

—¿A madre? Es demasiado dura para morir.

—No. Ahora mismo es tan frágil que cualquier golpe podría matarla. No a su cuerpo. Su confianza. Su esperanza. No le des ningún motivo para pensar que no estás con ella, no importa lo que pase.

Ela lo miró, exasperada.

—¿Es algo que tú *decides* o te viene de forma natural?

—¿De qué estás hablando?

—Madre acaba de decirte cosas que deberían haberte enfurecido, o lastimado, o algo…, y te quedas aquí sentado intentando pensar en formas de ayudarla. ¿No te apetece nunca abofetear a nadie? Quiero decir, ¿nunca pierdes los estribos?

—Ela, después de haber matado inadvertidamente a un par de personas con las manos desnudas, aprendes a controlar tus nervios o pierdes tu humanidad.

—¿Tú has hecho eso?

—Sí —respondió él. Pensó por un momento que ella estaba sorprendida.

—¿Crees que podrías volver a hacerlo?

—Probablemente.

—Bien. Puede que sea útil cuando el infierno se desate.

Entonces se echó a reír. Era un chiste. Ender se sintió aliviado. Incluso se rió débilmente con ella.

—Iré a ver a madre —aseguró Ela—, pero no porque tú me lo hayas dicho, ni por las razones que has mencionado.

—Muy bien, pero hazlo.

—¿No quieres saber por qué voy a quedarme con ella?

—Ya sé por qué.

—Por supuesto. Ella estaba equivocada, ¿verdad? Sí que lo sabes todo.

—Vas a ir a ver a tu madre porque es lo más doloroso que podrías hacerte a ti misma en este momento.

—Haces que parezca feo.

—Es la cosa *buena* más dolorosa que podrías hacer. El trabajo más desagradable que hay, la carga más pesada.

—Ela la mártir, *certo*? ¿Es eso lo que dirás cuando hables por mí tras mi muerte?

—Si debo hablar de *tu* muerte, tendré que grabarlo por adelantado. Pretendo morir mucho antes de tú.

—Entonces, ¿no vas a dejar Lusitania?

—Por supuesto que no.

—¿Aunque madre te eche?

—No puede. No tiene motivos para el divorcio, y el obispo Peregrino nos conoce a ambos lo suficiente para reírse ante cualquier petición de nulidad basándose en una proclama de no consumación.

—Ya sabes lo que quería decir.

—Estoy aquí para quedarme. No más falsa inmortalidad con la dilatación temporal. Estoy cansado de dar vueltas por el espacio. Nunca dejaré la superficie de Lusitania.

—¿Aunque eso te mate? ¿Aunque venga la flota?

—Si todo el mundo puede marcharse, entonces me marcharé. Pero seré yo quien apague las luces y cierre la puerta.

Ella corrió hacia él, lo besó en la mejilla y lo abrazó, sólo por un instante. Luego salió y Ender se quedó solo una vez más.

Se había equivocado con Novinha, pensó. No estaba celosa de Valentine. Era de Jane. Todos estos años me ha visto hablar en silencio con Jane, todo el tiempo, diciendo cosas que ella nunca podía oír, oyendo cosas que ella nunca podía transmitir. He perdido su confianza en mí y ni siquiera me di cuenta de que la estaba perdiendo.

Incluso ahora, debía de estar subvocalizando. Debía de estar hablando con Jane por un hábito tan profundo que ni siquiera sabía que lo estaba haciendo, porque ella le respondió.

—Te lo advertí —dijo.

Supongo que sí, contestó Ender en silencio.

—Nunca crees que entiendo a los seres humanos.

Supongo que estás aprendiendo.

—Ella tiene razón, ¿sabes? *Eres* mi marioneta. Te manipulo constantemente. Hace años que no tienes un pensamiento propio.

—Cállate —susurró él—. No estoy de humor.

—Ender, si crees que te ayudaría a no perder a Novinha, quítate la joya de la oreja. A mí no me importaría.

—Pero a mí sí.

—Te estaba mintiendo, a mí también me importaría. Pero si tienes que hacerlo, para conservarla, hazlo.

—Gracias. Pero sería una tontería intentar conservar a alguien a quien ya he perdido claramente.

—Cuando vuelva Quim, todo se arreglará.

Eso es, pensó Ender. Eso es.

Por favor, Dios, cuida del padre Estevão.

Sabían que el padre Estevão se acercaba. Los pequeninos lo sabían siempre. Los padres-árbol se lo contaban todo unos a otros. No había secretos. No es que lo quisieran así. Podría existir un padre-árbol que quisiera guardar un secreto o decir una mentira. Pero no podían hacerlo solos exactamente. Nunca tenían experiencias privadas. Así, si un padre-árbol deseara guardarse algo para sí, habría otro cercano que no pensaría lo mismo. Los bosques siempre actuaban en unidad, pero seguían estando compuestos de individuos, y por eso las historias pasaban de un bosque a otro a pesar de lo que unos cuantos padres-árbol pudieran querer.

Quim sabía que ésa era su protección. Porque aunque Guerrero fuera un hijo de puta sediento de sangre (a pesar de que ése era un epíteto absurdo referido a los pequeninos), no podía hacer nada al padre Estevão sin persuadir a los hermanos de su bosque para que actuaran como él quería. Y si lo hacía, alguno de los otros padres-árbol de su bosque lo sabría, y lo contaría. Habría testigos. Si Guerrero rompía el juramento que todos los padres-árbol habían hecho treinta años atrás, cuando Andreu Wiggin envió a Humano a la tercera vida, no podría hacerlo en secreto. Todo el mundo lo sabría, y Guerrero sería conocido como perjuro. Sería algo vergonzoso. ¿Qué esposa permitirían los humanos que llevara una madre para él entonces? ¿Qué hijos volvería a tener mientras viviera?

Quim estaba a salvo. Tal vez no lo escucharían, pero tampoco le harían daño.

Sin embargo, cuando llegó al bosque de Guerrero, no perdieron el tiempo en escucharlo. Los hermanos lo agarraron, lo tiraron al suelo y lo arrastraron hasta Guerrero.

—Esto no era necesario —dijo—. Iba a venir aquí de todas formas.

Un hermano empezó a golpear el árbol con sus palos. Quim atendió la música cambiante mientras Guerrero alteraba los huecos en su interior, transformando el sonido en palabras.

—Has venido porque yo lo ordené.

—Tú ordenaste. Yo he venido. Si quieres pensar que has causado mi venida, así sea. Pero las órdenes de Dios son las únicas que obedezco de corazón.

—Estás aquí para oír la voluntad de Dios —sentenció Guerrero.

—Estoy aquí para decir la voluntad de Dios —respondió Quim—. La descolada es un virus, creado por Dios para convertir a los pequeninos en sus dignos hijos. Pero el Espíritu Santo no tiene ninguna encarnación. Es perpetuamente espíritu, y así puede habitar en nuestros corazones.

—La descolada habita en *nuestros* corazones, y nos otorga vida. Cuando habita en *tu* corazón, ¿qué te da?

—Un Dios. Una fe. Un bautismo. Dios no predica una cosa a los humanos y otra a los pequeninos.

—No somos «pequeños». Ya verás quién es poderoso y quién es pequeño.

Lo obligaron a permanecer de pie con la espalda apoyada contra el tronco de Guerrero. Sintió que la corteza cambiaba tras él. Lo empujaron. Muchas pequeñas manos, muchos morros respirando sobre su cuerpo. En todos los años transcurridos, nunca había considerado aquellas manos, aquellas caras, como pertenecientes a enemigos. E incluso ahora, advirtió Quim con alivio, no los consideraba sus propios enemigos. Eran los enemigos de Dios, y los compadecía por ello. Fue un gran descubrimiento para él, incluso mientras lo empujaban al vientre de un padre-árbol asesino, comprobar que no albergaba miedo ni odio en su interior.

Realmente no temo a la muerte. No lo sabía.

Los hermanos seguían golpeando el exterior del árbol con sus palos. Guerrero rehizo el sonido para formar las palabras de la Lengua de los Padres, pero ahora Quim estaba dentro del sonido, dentro de las palabras.

—Piensas que voy a romper el juramento —dijo Guerrero.

—Se me ocurrió la posibilidad —respondió Quim. Ahora estaba completamente clavado en el interior del árbol, aunque éste permanecía abierto delante desde la cabeza a los pies. Podía ver, podía respirar fácilmente: su confinamiento no resultaba ni siquiera claustrofóbico. Pero la madera se había adaptado tan hábilmente a su cuerpo que no podía mover un brazo o una pierna, no podía girarse hacia los lados para salir de la abertura. Estrecha es la puerta y angosto el camino que conduce a la salvación.

—Probaremos —dijo Guerrero. Ahora que escuchaba desde el interior, le resultó más difícil entender el sonido. Más difícil *pensar*—. Dejemos que Dios juzgue entre tú y yo. Te daremos todo lo que quieras beber, el agua de nuestro arroyo. Pero no tendrás nada de comida.

—Dejarme morir de hambre es…

—¿Morir de hambre? Tenemos tu comida. Te volveremos a alimentar dentro de diez días. Si el Espíritu Santo te permite vivir diez días, te alimentaremos y te dejaremos libre. Entonces creeremos en tu doctrina. Confesaremos que estábamos equivocados.

—El virus me matará antes.

—El Espíritu Santo te juzgará y decidirá si eres digno.

—Hay una prueba aquí —dijo Quim—, pero no es la que tú supones.

—¿No?

—Es la prueba del Juicio Final. Estás ante Cristo, y Él le dice a los que tiene a su diestra: «Fui un extraño y me aceptasteis. Tuve hambre y me disteis de comer. Entrad en la dicha del Señor». Y a los que están a su izquierda: «Tuve hambre y no me disteis nada. Fui un extraño y me maltratasteis». Y todos le dicen: «Señor, ¿cuándo te hicimos esas cosas?», y Él responde: «Si lo hicisteis al menor de mis hermanos, me lo hicisteis a mí». Todos vosotros, hermanos, congregados aquí..., yo soy el menor de vuestros hermanos. Responderéis ante Cristo por lo que me hacéis aquí.

—Idiota —escupió Guerrero—. No te estamos haciendo nada más que mantenerte quieto. Lo que te suceda será lo que Dios desee. ¿No dijo Cristo: «No hago más que lo que he visto hacer al Padre»? ¿No dijo Cristo: «Yo soy el camino. Venid y seguidme»? Bien, te dejamos hacer lo que hizo Cristo. Estuvo sin pan durante cuarenta días en el desierto. Te damos la oportunidad de ser la cuarta parte de santo. Si Dios quiere que creamos en tu doctrina, enviará ángeles a alimentarte. Convertirá las piedras en pan.

—Estás cometiendo un error —dijo Quim.

—*Tú* cometiste el error de venir aquí.

—Quiero decir que estás cometiendo un error doctrinal. Citas bien los versículos: ayuno en el desierto, piedras convertidas en pan, todo eso. Pero ¿no crees que quedas un poco en evidencia al adjudicarte el papel de Satanás?

Entonces Guerrero se dejó llevar por la furia y rompió a hablar tan rápidamente que la madera empezó a retorcerse y presionar sobre Quim, hasta que éste temió acabar despedazado dentro del árbol.

—¡*Tú* eres Satanás! ¡Intentas hacernos creer en tus mentiras el tiempo suficiente para que los humanos encontréis un medio de matar a la descolada y apartar a los hermanos de la tercera vida para siempre! ¿Crees que no lo vemos? ¡Nosotros conocemos todos vuestros planes, todos! ¡No tenéis secretos! ¡Y Dios tampoco nos guarda secretos! ¡Somos nosotros quienes tenemos la tercera vida, no vosotros! ¡Si Dios os amara, no dejaría que os enterraran en el suelo y que de vosotros no surgieran más que gusanos!

Los hermanos se sentaron alrededor de la abertura del tronco, fascinados por la discusión.

Duró seis días, argumentos doctrinales dignos de cualquiera de los padres de la Iglesia de todos los tiempos. Desde el concilio de Nicea no se consideraron ni sopesaron temas tan importantes.

Los argumentos pasaron de hermano en hermano, de árbol a árbol, de bosque a bosque. Los recuentos del diálogo entre Guerrero y el padre Estevão llegaban siempre a Raíz y Humano en cuestión de un día. Pero la información no era completa. No comprendieron hasta el cuarto día que Quim estaba prisionero, sin la comida que contenía el inhibidor de la descolada.

Se preparó una expedición de inmediato: Ender y Ouanda, Jakt, Lars y Varsam. El alcalde Kovano envió a Ender y Ouanda porque eran conocidos y respetados entre los cerdis, y a Jakt y a su hijo y su yerno porque no eran lusitanos nativos. Kovano no se atrevía a enviar a ninguno de los colonos nacidos en el planeta: si se difundía la noticia de lo sucedido, nadie podría decir lo que ocurriría. Los cinco cogieron el vehículo más rápido y siguieron las direcciones que les dio Raíz. El viaje duró tres días.

Al sexto día, el diálogo terminó, porque la descolada había invadido tanto el cuerpo de Quim que ya no tenía fuerzas para hablar, y a menudo estaba demasiado delirante y febril para decir nada inteligible cuando lo hacía.

Al séptimo día, miró a través de la abertura, hacia arriba, sobre las cabezas de los hermanos que todavía estaban allí, observando.

—Veo al Salvador sentado a la diestra de Dios —susurró. Entonces sonrió.

Una hora después estaba muerto. Guerrero lo sintió y lo anunció triunfalmente a los demás.

—¡El Espíritu Santo ha juzgado, y el padre Estevão ha sido rechazado!

Algunos hermanos se alegraron. Pero no tantos como esperaba Guerrero.

Al anochecer llegó el grupo de Ender. Los cerdis no pensaron en capturarlos y probarlos: eran demasiados, y de todas formas los hermanos ya no estaban todos de acuerdo. Pronto se encontraron ante el tronco hendido de Guerrero y vieron el rostro embotado y carcomido por la enfermedad del padre Estevão, apenas visible en las sombras.

—Ábrete y deja salir a mi hijo —pidió Ender.

La abertura en el árbol se ensanchó. Ender extendió la mano y sacó el cuerpo del padre Estevão. Pesaba tan poco que Ender pensó por un momento que salía por su propio pie, que estaba caminando. Pero no era así. Ender lo tendió en el suelo ante el árbol.

Un hermano marcó un ritmo en el tronco de Guerrero.

—Debe pertenecerte realmente, Portavoz de los Muertos, porque está muerto. El Espíritu Santo lo ha consumido en su segundo bautismo.

—Rompiste el juramento —acusó Ender—. Traicionaste las palabras de los padres-árbol.

—Nadie le tocó un pelo de la cabeza.

—¿Crees que engañas a alguien con tus mentiras? Todo el mundo sabe que no dar su medicina a un hombre moribundo es un acto de violencia igual que si le apuñalaras el corazón. Eso de allí es su medicina. Podríais habérsela dado en cualquier momento.

—Fue Guerrero —se justificó uno de los hermanos presentes.

Ender se volvió a los hermanos.

—Vosotros ayudasteis a Guerrero. No creáis que

podéis echarle la culpa a él solo. Ojalá ninguno de vosotros pase a la tercera vida. Y en cuanto a ti, Guerrero, ojalá que ninguna madre repte sobre tu corteza.

—Ningún humano puede decidir esas cosas —observó Guerrero.

—Tú mismo lo decidiste cuando pensaste que podías cometer un asesinato para ganar tu discusión —declaró Ender—. Y vosotros, hermanos, lo decidisteis cuando no le detuvisteis.

—¡No eres nuestro juez! —le gritó uno de los hermanos.

—Sí lo soy. Y lo es cada habitante de Lusitania, humano y padre-árbol, hermano y esposa.

Llevaron al coche el cadáver de Quim, y Jakt, Ouanda y Ender se marcharon con él. Lars y Varsam cogieron el vehículo que había usado Quim. Ender se entretuvo unos minutos para comunicarle a Jane un mensaje, a fin de que se lo transmitiera a Miro. No había ningún motivo para que Novinha esperara tres días a oír que su hijo había muerto en manos de los pequeninos. También estaba claro que no querría oírlo de boca de Ender. Si el Portavoz tendría una esposa cuando regresara a la colonia, era algo que estaba más allá de su conocimiento. Lo único seguro era que Novinha no tendría a su hijo Estevão.

—¿Hablarás por él? —preguntó Jakt mientras el coche volaba sobre el capim. Había oído hablar a Ender una vez en Trondehim.

—No —respondió Ender—. No lo creo.

—¿Porque es sacerdote?

—He hablado por sacerdotes antes —dijo Ender—. No, no hablaré por Quim porque no hay motivo para hacerlo. Quim era exactamente lo que parecía, y murió exactamente como habría elegido, sirviendo a Dios y predicando a los pequeños. No tengo nada que añadir a su historia. Él mismo la completó.

11

EL JADE DEL MAESTRO HO

<Ahora empiezan las muertes.>

<Es curioso que las comenzara *tu* pueblo y no los humanos.>

<Tu pueblo las comenzó también, cuando librasteis vuestras guerras con los humanos.>

<Nosotras las empezamos, pero las terminaron ellos.>

<¿Cómo se las arreglan estos humanos para empezar con tanta inocencia y acabar siendo al final los que más sangre tienen en las manos?>

Wang-mu contemplaba las palabras y números que se movían en la pantalla situada sobre el terminal de su señora. Qing-jao estaba dormida, respirando suavemente sobre su esterilla. Wang-mu también había dormido durante un rato, pero algo la había despertado. Un grito, no muy lejano; tal vez un grito de dolor. Fue parte del sueño de Wang-mu, pero cuando se despertó oyó los últimos sonidos en el aire. No era la voz de Qing-jao. Un hombre quizás, aunque el sonido era agudo. Un sonido quejumbroso. Hizo que Wang-mu pensara en la muerte.

Pero no se levantó a investigar. No era su misión hacerlo, sino estar con su señora en todo momento, a menos que ella le indicara lo contrario. Si Qing-jao necesitaba oír la noticia de lo que había causado aquel grito, otra criada vendría y despertaría a Wang-mu, quien a su vez despertaría a su señora, pues cuando una mujer tenía una doncella secreta, y hasta que tuviera marido, sólo las manos de la doncella secreta podían tocarla sin invitación. Así, Wang-mu permaneció tendida, esperando a ver si alguien venía a decirle a Qing-jao por qué un hombre había gritado con tanta angustia, lo bastante cerca para que se oyera en esta habitación situada al fondo de la casa de Han Fei-tzu. Mientras esperaba, sus ojos se sintieron atraídos por la pantalla móvil mientras el ordenador ejecutaba la búsqueda que Qing-jao había programado.

La pantalla dejó de moverse. ¿Había algún problema? Wang-mu se levantó, apoyándose en un brazo, lo suficiente para leer las palabras más recientes aparecidas en la pantalla. La búsqueda había terminado. En esta ocasión el informe no era uno de los cortos mensajes de fracaso: NO ENCONTRADO. NINGUNA INFORMACIÓN. NINGUNA CONCLUSIÓN. Esta vez el mensaje era un informe.

Wang-mu se levantó y se dirigió al terminal. Hizo lo que Qing-jao le había enseñado, pulsar la clave que almacenaba toda la información actual para que el ordenador pudiera guardarla. Entonces se acercó a Qing-jao y colocó delicadamente una mano sobre su hombro.

Qing-jao se despertó casi de inmediato, pues dormía alerta.

—La búsqueda ya ha encontrado algo —anunció Wang-mu.

Qing-jao apartó su sueño tan fácilmente como podría haberlo hecho con una chaqueta suelta. En un momento, se encontró ante el terminal leyendo las palabras que había allí.

—He encontrado a Demóstenes —dijo.

—¿Dónde está ese hombre? —preguntó Wang-mu, sin aliento. El gran Demóstenes…, no, el terrible Demóstenes. Mi señora quiere que lo considere un enemigo. Pero *el* Demóstenes, en cualquier caso, cuyas palabras la habían impresionado tanto cuando oyó a su padre leerlas en voz alta: «Mientras haya un ser que obligue a otros a inclinarse ante él porque tiene poder para destruirlos junto con todo lo que tienen y todo lo que aman, entonces todos nosotros debemos tener miedo». Wang-mu había oído aquellas palabras casi en su más tierna infancia (sólo tenía tres años), pero las recordaba bien porque se le habían grabado en la memoria. Cuando su padre las leyó, recordó una escena: su madre hablaba y su padre se enfurecía. No la golpeó, pero tensó los hombros y su mano se sacudió un poco, como si su cuerpo hubiera pretendido golpear y tuviera dificultad para contenerlo. Y cuando lo hizo, aunque no cometió ningún acto violento, la madre de Wang-mu inclinó la cabeza y murmuró algo, y la tensión cesó. Wang-mu supo que había visto lo que describía Demóstenes: su madre se había inclinado ante su padre porque él tenía el poder de hacerle daño. Y Wang-mu tuvo miedo, en ese momento y después, al recordarlo. Por eso, cuando escuchó las palabras de Demóstenes supo que eran verdaderas, y se maravilló de que su padre pudiera pronunciarlas e incluso estar de acuerdo con ellas y no darse cuenta de la contradicción de sus actos. Por eso Wang-mu había escuchado siempre con gran interés todas las palabras del gran, del temible Demóstenes, porque grande o terrible, sabía que decía la verdad.

—No es un hombre —declaró Qing-jao—. Demóstenes es una mujer.

La idea dejó a Wang-mu sin aliento. ¡Claro! Una mujer desde el principio. No era extraño que hubiera tanta compasión en Demóstenes; es una mujer, y sabe lo que es ser gobernada por otros a cada momento. Es una mujer, y por eso sueña con la libertad, con una hora en que no haya ningún deber aguardando. No era extraño que hubiera revolución ardiendo en sus palabras, y sin embargo éstas continuaran siempre siendo palabras y nunca violencia. Pero ¿por qué no ve esto Qing-jao? ¿Por qué ha decidido que las dos debemos odiar a Demóstenes?

—Una mujer llamada Valentine —continuó Qing-jao, y luego, con asombro en su voz—: Valentine Wiggin, nacida en la Tierra hace más…, hace más de tres mil años.

—¿Es una diosa, para vivir tanto tiempo?

—Viaja. De mundo en mundo, sin quedarse en ningún sitio más que unos cuantos meses. Lo suficiente para escribir un libro. Todas las grandes historias bajo el nombre de Demóstenes fueron escritas por la misma mujer, y sin embargo nadie lo sabe. ¿Cómo puede no ser famosa?

—Tal vez quiere esconderse —apuntó Wang-mu, comprendiendo muy bien por qué una mujer querría esconderse tras un nombre de hombre. Yo también lo haría si pudiera, para poder viajar también de mundo en mundo y ver un millar de lugares y vivir diez mil años.

—Subjetivamente, sólo tiene cincuenta y tantos años. Aún es joven. Se quedó en un mundo durante muchos años, se casó y tuvo hijos. Pero ahora ha vuelto a marcharse. A… —Qing-jao jadeó.

—¿Adónde?

—Cuando dejó su casa se llevó a su familia consigo en una nave. Primero se encaminaron hacia Paz Celestial y pasaron cerca de Catalunya, ¡y luego fijaron un rumbo directo a Lusitania!

El primer pensamiento de Wang-mu fue: ¡Naturalmente! Por eso Demóstenes muestra tanta simpatía y comprensión por los lusitanos. Ha hablado con ellos, con los xenólogos rebeldes, con los propios pequeninos. ¡Los conoce y *sabe* que son raman!

Entonces pensó: si la Flota Lusitania llega y cumple con su misión, Demóstenes será capturada y sus palabras terminarán.

De pronto recordó algo que hacía que todo esto fuera imposible:

—¿Cómo puede estar en Lusitania, cuando Lusitania ha destruido su ansible? ¿No fue lo primero que hicieron cuando se rebelaron? ¿Cómo pueden alcanzarnos sus escritos?

Qing-jao sacudió la cabeza.

—Todavía no ha llegado a Lusitania. O si lo ha hecho, ha sido en los últimos meses. Ha pasado los últimos treinta años en vuelo. Desde antes de la rebelión. Se marchó antes.

—Entonces…, ¿todos sus escritos han sido hechos en vuelo? —Wang-mu trató de imaginar cómo reconciliar los diferentes flujos temporales—. Para haber escrito tanto desde que la Flota Lusitania zarpó, debe de haber…

—Debe de haber pasado escribiendo y escribiendo y escribiendo cada momento consciente en la nave —concluyó Qing-jao—. Sin embargo no hay ningún registro de que su nave haya enviado ninguna señal a ningún sitio, excepto los informes del capitán. ¿Cómo ha conseguido distribuir sus escritos a tantos mundos diferentes si ha estado en una nave todo el tiempo? Es imposible. Tendría que haber registros de las transmisiones ansibles, *en alguna parte*.

—Siempre es el ansible —dijo Wang-mu—. La Flota Lusitania deja de enviar mensajes, y su nave debería estar enviándolos pero no lo hace. ¿Quién sabe? Tal vez Lusitania esté enviando también mensajes secretos.

Pensó en la *Vida de Humano*.

—No puede haber ningún mensaje secreto —objetó Qing-jao—. Las conexiones filóticas del ansible son permanentes, y si hubiera alguna transmisión en alguna frecuencia, sería detectada y los ordenadores lo registrarían.

—Bueno, ahí lo tienes. Si los ansibles están todavía conectados, y los ordenadores no tienen constancia de las transmisiones, y sin embargo sabemos que *hay* transmisiones porque Demóstenes ha estado escribiendo todas estas cosas, entonces los registros deben de estar equivocados.

—No es posible ocultar una transmisión por ansible —dijo Qing-jao—. No a menos que hubiera gente presente en el mismo momento en que la transmisión fuera recibida, para desconectarla de los programas de almacenamiento locales...; de todas formas, no puede hacerse. Un conspirador tendría que estar sentado ante cada ansible todo el tiempo, trabajando tan rápido que...

—Podrían tener un programa que lo hiciera automáticamente.

—Pero entonces conoceríamos a ese programa..., requeriría memoria, usaría tiempo de proceso.

—Si alguien pudiera crear un programa para interceptar los mensajes ansible, ¿no podrían también hacerlo de forma que no apareciera en memoria y no dejara registro del tiempo de proceso utilizado?

Qing-jao miró a Wang-mu, irritada.

—¿Dónde aprendiste tantas cuestiones sobre ordenadores que sigues ignorando que cosas como ésas son imposible?

Wang-mu inclinó la cabeza y tocó con ella el suelo. Sabía que humillarse de esa forma avergonzaría a Qing-jao por su arrebato de furia y entonces podrían volver a hablar.

—No —suspiró Qing-jao—. No tenía derecho a enfurecerme, lo siento. Levántate, Wang-mu. Sigue formulando preguntas. Son beneficiosas. Puede que sea posible porque tú puedes imaginarlo, y si tú puedes imaginarlo tal vez alguien podría llevarlo a cabo. Pero por esto pienso que es imposible. ¿Cómo podría nadie instalar un programa tan hábil? Tendría que estar en cada ordenador que procese comunicaciones ansible en todas partes. Hay miles y miles. Y si uno se estropea y otro entra en línea, tendría que cargar el programa en el nuevo ordenador casi instantáneamente. Sin embargo nunca podría ponerse en almacenaje permanente o lo encontrarían; tiene que mantenerse en movimiento constantemente, esquivando, permaneciendo fuera del trabajo de los otros programas, entrando y saliendo de su almacén. Un programa que pudiera hacer todo eso tendría que ser… inteligente, tendría que estar *intentando* esconderse y calcular nuevas formas de hacerlo todo el tiempo o ya lo habríamos advertido a estas alturas, cosa que no ha sucedido. No existe ningún programa como ése. ¿Cómo podría haberlo programado nadie? ¿Cómo podría haber empezado? Y mira, Wang-mu…, esta Valentine Wiggin que escribe todas las cosas de Demóstenes ha estado ocultándose durante miles de años. Si hay un programa como ése, debe de haber existido todo el tiempo. No habría sido creado por los enemigos del Congreso Estelar porque no existía ningún Congreso Estelar cuando Valentine Wiggin empezó a esconder su identidad. ¿Ves lo antiguos que son los archivos que nos dan su nombre? No ha estado enlazada abiertamente a Demóstenes desde los primeros informes de… de la Tierra. Antes de las naves estelares. Antes de…

La voz de Qing-jao se apagó, pero según Wang-mu comprendió al instante, había alcanzado su conclusión antes de que Qing-jao la vocalizara.

—Si hay un programa secreto en los ordenadores ansible, tuvo que existir todo el tiempo —dijo Wang-mu—. Desde el principio.

—Imposible —susurró Qing-jao. Pero ya que todo lo demás era también imposible, Wang-mu supo que a Qing-jao le encantaba esta idea, que quería creerla porque a pesar de ser imposible al menos era *concebible*, podría ser imaginada y por tanto podía ser real. Y se me ocurrió a mí, pensó Wang-mu. Puede que no sea una agraciada por los dioses, pero soy inteligente. Comprendo cosas. Todo el mundo me trata como a una niña tonta, incluso Qing-jao, a pesar de que sabe que aprendo rápido y que pienso cosas que las demás personas no piensan…, incluso *ella* me desprecia. ¡Pero soy tan lista como el que más, señora! Soy tan lista como tú, aunque nunca lo adviertes, aunque pensarás que todo esto se te ocurrió a ti sola. Oh, me darás crédito por ello, pero será así: Wang-mu dijo algo y me hizo pensar y entonces me di cuenta de la idea importante. Nunca será: Wang-mu fue la que comprendió esto y me lo explicó hasta que comprendí por fin. Siempre como si yo fuera un perro estúpido que ladra o gime o se rasca o muerde o salta, sólo por coincidencia, y encamina tu mente hacia la verdad. No soy un perro. Comprendo. Cuando te hice esas preguntas fue porque ya me había dado cuenta de las implicaciones. Y me di cuenta aún de más cosas de las que has dicho hasta ahora…, pero debo decírtelo preguntando, fingiendo no comprender, porque tú eres la agraciada y una simple criada como yo nunca podría dar ideas a alguien que oye las voces de los dioses.

—Señora, quienquiera que controle este programa tiene un poder enorme, y sin embargo nunca hemos oído hablar de ellos y nunca han usado este poder hasta ahora.

—Lo han usado —dijo Qing-jao—. Para ocultar la verdadera identidad de Demóstenes. Esta Valentine Wiggins es muy rica, pero sus propiedades están todas ocultas, para que nadie se dé cuenta de lo mucho que tiene, de que todas sus posesiones forman parte de la misma fortuna.

—¿Este programa tan poderoso ha habitado en todos los ordenadores ansible desde que empezaron los vuelos estelares, y sin embargo lo único que hizo fue esconder la fortuna de esa mujer?

—Tienes razón —convino Qing-jao—, no tiene sentido. ¿Por qué alguien con tanto poder no lo ha usado ya para controlar las cosas? O tal vez lo ha hecho. Estaba presente antes de que el Congreso Estelar fuera formado, así que tal vez..., ¿pero por qué oponerse al Congreso ahora?

—Tal vez —apuntó Wang-mu—, tal vez no les importa el poder.

—¿A quién?

—A quienquiera que controle este programa secreto.

—Entonces, ¿por qué crearon el programa en primer lugar? Wang-mu, no estás pensando.

No, por supuesto que no. Yo nunca pienso. Wang-mu inclinó la cabeza.

—Quiero decir que *estás* pensando, pero no piensas en *esto*: Nadie crearía un programa tan poderoso a menos que quisiera tanto poder...; considera lo que hace este programa, lo que puede hacer: ¡interceptar todos los mensajes de la flota y hacer que parezca que nunca fueron enviados! ¡Llevar los escritos de Demóstenes a todos los planetas colonizados y sin embargo ocultar el hecho de que esos mensajes fueron enviados! Podría hacer cualquier cosa, podría alterar cualquier mensaje, podría sembrar la confusión por todas partes o engañar a la gente para que crea..., para que crea que hay una guerra, o darles órdenes para no hacer nada, ¿y cómo sabríamos que no es verdad? ¡Si realmente tuvieran tanto poder lo usarían! ¡Lo harían!

—A menos que los programas no quieran ser usados de esa forma.

Qing-jao se rió con fuerza.

—Vamos, Wang-mu, ésa fue una de nuestras primeras lecciones sobre ordenadores. Está bien que la gente corriente imagine que los ordenadores deciden las cosas, pero tú y yo sabemos que sólo son sirvientes, solamente hacen lo que se les dice, nunca quieren nada.

Wang-mu casi perdió el control de sí misma, casi se

dejó llevar por la furia. ¿Crees que no querer nunca es un rasgo común entre los ordenadores y los sirvientes? ¿Crees realmente que los sirvientes sólo obedecemos órdenes y nunca queremos nada por nuestra cuenta? ¿Crees que sólo porque los dioses no nos hacen frotarnos la nariz contra el suelo o lavarnos las manos hasta que sangren no tenemos ningún otro deseo?

Bien, si sirvientes y ordenadores son iguales, entonces es porque los ordenadores *tienen* deseos, no porque los sirvientes *no* los tengamos. Porque queremos. Ansiamos. Anhelamos. Lo que nunca hacemos es actuar siguiendo esas ansias, porque si lo hiciéramos entonces los agraciados por los dioses nos expulsaríais y encontraríais a otros más obedientes.

—¿Por qué estás enfadada? —preguntó Qing-jao.

Horrorizada al ver que había dejado que sus sentimientos se traslucieran en su rostro, Wang-mu inclinó la cabeza.

—Perdóname —dijo.

—Por supuesto que te perdono, pero también quiero comprenderte. ¿Te enfadaste porque me reí de ti? Lo siento, no debería haberlo hecho. Sólo llevas unos pocos meses estudiando conmigo; es normal que a veces te olvides y retrocedas a las creencias con las que creciste, y está mal que yo me ría. Lo siento. Por favor, perdóname por eso.

—Oh, señora, no es apropiado que yo te perdone. Eres tú quien debes perdonarme a mí.

—No, yo estaba equivocada. Lo sé, los dioses me han mostrado mi indignidad por reírme de ti.

Entonces los dioses son muy estúpidos, si piensan que fue tu *risa* lo que me enfadó. O eso o es que te están mintiendo. Odio a tus dioses y cómo te humillan sin decirte jamás una sola cosa que merezca la pena conocer. ¡Y que me caiga muerta por pensar eso!

Pero Wang-mu sabía que aquello no sucedería. Los dioses nunca alzarían un dedo contra ella. Sólo hacían que Qing-jao, quien a pesar de todo era su amiga, se inclinara y se arrastrara por el suelo hasta que Wang-mu se sentía tan avergonzada que deseaba morir.

—Señora, no has hecho nada malo y no estoy ofendida.

No sirvió de nada. Qing-jao se tiró al suelo. Wang-mu se dio la vuelta y enterró la cara en las manos, pero guardó silencio, negándose a emitir un sonido ni siquiera en su llanto, porque eso obligaría a Qing-jao a empezar de nuevo. O la convencería de que la había ofendido tanto que tendría que seguir dos líneas, o tres, o (¡no lo quisieran los dioses!) todo el suelo otra vez. Algún día, pensó Wang-mu, los dioses le dirán a Qing-jao que siga el rastro de todas las líneas de todas las tablas de todas las habitaciones de la casa, y se morirá de hambre o de sed o se volverá loca en el intento.

Para evitar llorar de frustración, Wang-mu se obligó a mirar el terminal y examinar el informe que había leído Qing-jao. Valentine Wiggin había nacido en la Tierra durante las Guerras Insectoras. Empezó a usar el nombre de Demóstenes siendo niña, al mismo tiempo que su hermano Peter, que empleó el nombre de Locke y luego se convirtió en el Hegemón. No era simplemente una Wiggin: era una de *los* Wiggin, hermana de Peter el Hegemón y de Ender el Xenocida. Sólo fue una nota al pie de las historias. Wang-mu ni siquiera había recordado el nombre hasta ahora, sólo el hecho de que Peter y el monstruo Ender tenían una hermana. Pero la hermana resultó ser tan extraña como ellos; era la inmortal; era la que seguía cambiando a la humanidad con sus palabras.

Wang-mu apenas podía creerlo. ¡Demóstenes ya había sido importante en su vida, pero ahora se enteraba de que el verdadero Demóstenes era la hermana del Hegemón! Aquel cuya historia se narraba en el libro sagrado de los portavoces de los muertos: la Reina Colmena y el Hegemón. Y no era sagrado sólo para ellos.

Prácticamente todas las religiones habían dejado un espacio para aquel libro, porque la historia era decisiva, acerca de la destrucción de la primera especie alienígena descubierta por la humanidad, y luego acerca de la terrible lucha entre el bien y el mal que se desarrolló en el alma del primer hombre que unió a todos los hombres bajo un solo gobierno. Una historia tan compleja, y sin embargo contada de forma tan simple, que mucha gente la leía y se sentía conmovida por ella cuando eran niños. Wang-mu la había leído por primera vez en voz alta a los cinco años. Era una de las historias grabadas más profundamente en su alma.

Había soñado, no una vez, sino dos, que conocía al propio Hegemón, Peter, sólo que él insistió en que lo llamara por su nombre en clave, Locke. Wang-mu se sentía a la vez fascinada y repelida por él; no podía apartar la mirada. Entonces él extendió la mano y dijo: Sí Wang-mu, Real Madre del Oeste, sólo tú eres una consorte adecuada para el gobernante de toda la humanidad, y la tomaba y se casaba con ella y la sentaba junto a él en su trono.

Por supuesto, sabía que casi todas las niñas pobres soñaban con casarse con un hombre rico o descubrir que era realmente la hija de una familia rica o alguna otra tontería por el estilo. Pero también los dioses enviaban sueños, y había verdad en cualquier sueño que se repitiera, todo el mundo lo sabía. Por eso todavía sentía una fuerte afinidad hacia Peter Wiggin; y ahora, al comprender que Demóstenes, por quien sentía tanta admiración, era su hermana…, casi era demasiada coincidencia para poder soportarla. ¡No me importa lo que diga mi señora, Demóstenes!, gritó Wang-mu en silencio. Te quiero de todas formas, porque me has dicho la verdad toda mi vida. Y te amo también como hermana del Hegemón, que es el marido de mis sueños.

Wang-mu sintió que el aire de la habitación cambiaba y comprendió que habían abierto la puerta. Miró y allí estaba Mu-pao, la vieja y temible ama de llaves, el terror de todos los criados, incluyendo a la propia Wang-mu, aunque Mu-pao tenía relativamente poco poder sobre una doncella secreta. De inmediato, Wang-mu se dirigió hacia la puerta, lo más silenciosamente posible, para no interrumpir la purificación de Qing-jao.

Una vez en el pasillo, Mu-pao cerró la puerta de la habitación para que Qing-jao no pudiera oírla.

—El Maestro Han llama a su hija. Está muy agitado. Gritó hace un rato y asustó a todo el mundo.

—Oí el grito —asintió Wang-mu—. ¿Está enfermo?

—No lo sé. Está muy agitado. Me envió a buscar a tu señora para decirle que debe hablar con ella de inmediato. Pero si está comulgando con los dioses, lo comprenderá. Asegúrate de decirle que vaya a verlo en cuanto haya acabado.

—Se lo diré ahora. Me ha dicho que nada debe impedirle responder a la llamada de su padre.

Mu-pao pareció horrorizarse ante la idea.

—Pero está prohibido interrumpir cuando los dioses están...

—Qing-jao cumplirá una penitencia mayor más tarde. Querrá saber por qué la llama su padre.

Wang-mu sintió gran satisfacción al poner a Mu-pao en su sitio. Puede que seas la gobernanta de los sirvientes de la casa, Mu-pao, pero *yo* soy la que tiene el poder de interrumpir incluso la conversación entre mi señora y los propios dioses. Como Wang-mu esperaba, la primera reacción de Qing-jao al ser interrumpida fue de amarga frustración, furia, llanto. Pero cuando Wang-mu se inclinó abyectamente en el suelo, Qing-jao se calmó de inmediato. Por eso la amo y puedo soportar servirla, pensó Wang-mu, porque no desea el poder que ejerce sobre mí y porque tiene más compasión que ninguno de los otros agraciados por los dioses de los que he oído hablar. Qing-jao escuchó la explicación que le dio, y la abrazó.

—Ah, mi amiga Wang-mu, eres muy sabia. Si mi padre ha gritado de angustia y luego me ha llamado, los dioses saben que debo posponer mi purificación y acudir a verlo.

Wang-mu la siguió pasillo abajo, por las escaleras, hasta que se arrodillaron juntas en la esterilla dispuesta ante la silla de Han Fei-tzu.

Qing-jao esperó a que su padre hablara, pero él no dijo nada. Las manos le temblaban. Nunca le había visto tan ansioso.

—Padre —le preguntó Qing-jao—, ¿por qué me has llamado?

Él sacudió la cabeza.

—Algo tan terrible, y tan maravilloso, que no sé si gritar de alegría o matarme.

La voz de su padre era ronca y fuera de control. Desde la muerte de su madre (no, desde que la abrazó tras la prueba que demostró que era una elegida por los dioses), no le había oído hablar tan emocionalmente.

—Dime, padre, y luego yo te contaré mi noticia. He descubierto a Demóstenes, y tal vez haya encontrado la clave de la desaparición de la Flota Lusitania.

Los ojos de su padre se abrieron aún más.

—¿En este día de días has resuelto el problema?

—Si es lo que supongo, entonces el enemigo del Congreso puede ser destruido. Pero será difícil. ¡Cuéntame lo que has descubierto!

—No, cuéntamelo tú primero. Es extraño…, ambas cosas el mismo día. ¡Cuéntame!

—Fue Wang-mu quien me dio la clave. Me hacía preguntas sobre…, oh, sobre el funcionamiento de los ordenadores, y de repente me di cuenta de que si en cada ordenador ansible hubiera un programa oculto, uno tan sabio y poderoso que pudiera moverse de un sitio a otro para permanecer escondido, entonces ese programa secreto podría estar interceptando todas las comunicaciones ansible. Puede que la flota esté aún allí, tal vez incluso enviando mensajes, pero nosotros no los recibimos y ni siquiera sabemos que existen a causa de esos programas.

—¿En *cada* ordenador ansible? ¿Trabajando siempre sin error? —Su padre parecía escéptico, naturalmente, porque en su ansiedad Qing-jao había contado la historia al revés.

—Sí, pero déjame que te cuente cómo puede ser posible semejante asombro. Verás, he encontrado a Demóstenes.

Su padre la escuchó mientras le hablaba de Valentine Wiggin, y de cómo había estado escribiendo en secreto bajo el nombre de Demóstenes durante todos estos años.

—Está claro que *ella* es capaz de enviar mensajes ansibles secretos, o sus escritos no podrían distribuirse desde una nave en vuelo a todos los mundos diferentes. Se supone que sólo los militares son capaces de comunicarse con naves que viajan a casi la velocidad de la luz; ella debe de haber penetrado en los ordenadores de los militares o duplicado su poder. Y si puede hacerlo, si existe el programa que se lo permite, entonces ese mismo programa tendría el poder para interceptar los mensajes ansibles de la flota...

—Si una cosa es posible, entonces también lo es la otra, sí..., pero ¿cómo ha podido colocar esa mujer un programa en cada ordenador ansible en primer lugar?

—¡Porque lo hizo al principio! Es por la edad que tiene. ¡De hecho, si el Hegemón Locke fue su hermano, tal vez... no, por supuesto, fue él quien lo hizo! Cuando zarparon las primeras flotas colonizadoras, con sus dobles tríadas filóticas a bordo para formar el corazón del primer ansible de cada colonia, pudo haber enviado ese programa con ellas.

Su padre comprendió de inmediato, por supuesto.

—Como Hegemón, tenía el poder, y también el motivo…, un programa secreto bajo su control, de forma que si se produjera una rebelión o un golpe de estado, seguiría teniendo en las manos los hilos que unen los mundos.

—Y cuando él murió, Demóstenes, su hermana, fue la única que conocía el secreto. ¿No es maravilloso? Lo hemos encontrado. ¡Sólo tenemos que borrar todos esos programas de la memoria!

—Sólo para hacer que sean restaurados instantáneamente a través del ansible por otras copias de otros mundos —objetó su padre—. Debe de haber sucedido un millar de veces a lo largo de los siglos, un ordenador estropeándose y el programa secreto restaurándose en el ordenador nuevo.

—Entonces tenemos que desconectar todos los ansibles al mismo tiempo —resolvió Qing-jao—. Tener preparado en cada mundo un nuevo ordenador que nunca haya sido contaminado por el contacto del programa secreto. Cortar todos los ansibles simultáneamente, desconectar los viejos ordenadores, poner en línea a los nuevos y despertar los ansibles. El programa secreto no podrá restaurarse porque no estará en ninguno de los ordenadores. ¡Entonces el poder del Congreso no tendrá rival que interfiera!

—No podéis hacerlo —intervino Wang-mu.

Qing-jao miró sorprendida a su doncella secreta. ¿Cómo podía la muchacha ser tan mal educada para interrumpir una conversación entre dos agraciados para contradecirlos?

Pero su padre se mostró magnánimo. Siempre era magnánimo, incluso con la gente que había rebasado todos los límites del respeto y la decencia. Debo aprender a parecerme más a él, pensó Qing-jao. Debo permitir que los criados mantengan su dignidad incluso cuando sus acciones hayan perdido el derecho a tanta consideración.

—Si Wang-mu —preguntó su padre—, ¿por qué no podemos hacerlo?

—Porque para desconectar a todos los ansibles al mismo tiempo, tendríais que enviar mensajes *por ansible*. ¿Por qué iba a permitir el programa que enviarais mensajes que llevarían a su propia destrucción?

Qing-jao siguió el ejemplo de su padre y habló pacientemente a Wang-mu.

—Es sólo un programa, no conoce el *contenido* de los mensajes. Quienquiera que lo gobierna le ha dicho que oculte *todas* las comunicaciones de la flota, y que oculte el rastro de todos los mensajes de Demóstenes. Desde luego, no *lee* los mensajes y decide si debe enviarlos a partir del contenido.

—¿Cómo lo sabes? —preguntó Wang-mu.

—¡Porque un programa así tendría que ser... inteligente!

—Pero tendría que serlo de todas formas —insistió Wang-mu—. Tiene que serlo para ser capaz de esconderse de cualquier otro programa que pudiera localizarlo. Tiene que ser capaz de moverse en la memoria y ocultarse. ¿Cómo podría saber de qué programas tiene que esconderse, a menos que pudiera leerlos e interpretarlos? Puede que incluso sea lo bastante inteligente para reescribir otros programas a fin de que no busquen en los lugares donde está oculto.

Qing-jao pensó al instante en varias razones por las que un programa podía ser lo bastante listo para leer otros programas pero no tanto como para comprender los lenguajes humanos. Pero como su padre estaba allí, era él quien tenía que contestar a Wang-mu. Qing-jao esperó.

—Si existe un programa así —dijo Han Fei-tzu—, tendría que ser muy inteligente.

Qing-jao se quedó de una pieza. Su padre tomaba en serio a Wang-mu. Como si sus ideas no fueran las de una niña ingenua.

—Podría ser lo bastante inteligente para no sólo interceptar mensajes, sino que también enviarlos. —Entonces su padre sacudió la cabeza—. No, el mensaje vino de una amiga. Una auténtica amiga, y habló de cosas que nadie más podría saber. Fue un mensaje verdadero.

—¿Qué mensaje recibiste, padre?

—Fue de Keikoa Amaauka; la conocí en persona cuando éramos jóvenes. Era la hija de un científico de Otaheiti que estuvo aquí para estudiar los cambios genéticos de las especies terrestres en sus primeros dos siglos en Sendero. Se marcharon..., les ordenaron marcharse de una manera bastante brusca... —Hizo una pausa, como si considerara la conveniencia de decir algo. Entonces se decidió, y lo dijo—: Si ella se hubiera quedado, podría haberse convertido en tu madre.

Qing-jao se sintió a la vez excitada y aterrada al ver que su padre le contaba una cosa así. Nunca hablaba de su pasado. Ahora, la declaración de que una vez había amado a otra mujer además de a su esposa fue tan inesperada que Qing-jao no supo qué decir.

—La enviaron a algún lugar muy lejano. Han pasado treinta y cinco años. La mayor parte de mi vida ha transcurrido desde que ella se marchó. Pero su viaje terminó hace tan sólo un año. Y ahora me ha enviado un mensaje diciéndome por qué ordenaron a su padre que se marchara. Para ella, nuestra separación ocurrió hace solamente un año. Para ella, yo sigo siendo...

—Su amante —apuntó Wang-mu.

¡Qué impertinencia!, pensó Qing-jao. Pero su padre asintió. Entonces se volvió hacia su terminal e hizo correr la pantalla.

—Su padre encontró una diferencia genética en la especie terrestre más importante de Sendero.

—¿El arroz? —preguntó Wang-mu.

Qing-jao se echó a reír.

—No, Wang-mu. *Nosotros* somos la especie más importante de este mundo.

Wang-mu pareció avergonzarse. Qing-jao la palmeó en el hombro. Todo estaba en su lugar: su padre había animado demasiado a Wang-mu, la había hecho creer que comprendía cosas que estaban muy por encima de su educación. Wang-mu necesitaba esos amables recordatorios de vez en cuando, para no poner sus miras demasiado alto. La muchacha no debía permitirse soñar con ser la par intelectual de una agraciada por los dioses, o su vida se llenaría de decepción y no de dicha.

—Detectó una diferencia genética consistente y hereditaria en algunas de las personas de Sendero, pero cuando informó de ello, su traslado se produjo casi inmediatamente. Le dijeron que los seres humanos no pertenecían al campo de su estudio.

—¿Te lo dijo ella antes de marcharse? —preguntó Qing-jao.

—¿Keikoa? No lo sabía. Era muy joven, de una edad en la que la mayoría de los padres no cargan a sus hijos con asuntos adultos. De tu edad.

Las implicaciones de esto provocaron otro escalofrío de temor en Qing-jao. Su padre amó a una mujer que tenía su misma edad; por tanto, Qing-jao, a ojos de su padre, estaba en edad de ser ofrecida en matrimonio. No puedes enviarme a la casa de otro hombre, gimió interiormente, aunque una parte de ella estaba también ansiosa por conocer los misterios entre hombre y mujer. Ambos sentimientos estaban soterrados: debería cumplir con su deber hacia su padre, y nada más.

—Pero su padre se lo contó durante el viaje, porque estaba muy molesto por todo el asunto. Es imaginable…, su vida quedó interrumpida. Cuando llegaron a Ugarit hace un año, sin embargo, se sumergió en su trabajo y ella en su educación y trató de no pensar en el tema. Hasta hace unos pocos días, cuando su padre se encontró con un viejo informe referente a un equipo médico de los primeros días de Sendero, que también fue exiliado súbitamente. Empezó a atar cabos y se confió a Keikoa, y contra su consejo, ella me envió el mensaje que he recibido hoy.

Han Fei-tzu marcó un bloque de texto en la pantalla, y Qing-jao lo leyó.

—¿El primer equipo estaba estudiando el DOC? —preguntó.

—No, Qing-jao. Estudiaban una conducta que se parecía al DOC, pero no podía serlo porque la etiqueta genética para el desorden obsesivo compulsivo no estaba presente y el estado no respondía a las drogas específicas para tratar ese desorden.

Qing-jao intentó recordar lo que sabía acerca del DOC. Que hacía que la gente actuara inadvertidamente como los agraciados por los dioses. Recordó que entre el primer descubrimiento de sus lavados de manos y su prueba, le habían suministrado aquellas drogas para comprobar si los lavados desaparecían.

—Estudiaban a los agraciados —dijo—. Intentaban encontrar una causa biológica para nuestros ritos de purificación.

La idea resultaba tan ofensiva que apenas logró pronunciar las palabras.

—Sí —dijo su padre—. Y los retiraron.

—Creo que tuvieron suerte de poder escapar con vida. Si el pueblo oyera ese sacrilegio...

—Eso fue al principio de nuestra historia, Qing-jao. Todavía no se sabía que los agraciados estaban... comulgando con los dioses. ¿Y qué hay del padre de Keikoa? ¿No estaba investigando el DOC? Buscaba cambios genéticos. Y los encontró. Una alteración específica y hereditaria en los genes de determinadas personas. Tenía que estar presente en los genes de uno de los padres, y no ser anulada por un gen dominante del otro. Cuando se daba en ambos progenitores, era muy fuerte. Ahora piensa que la razón por la que lo obligaron a marcharse fue que cada una de las personas que poseía este gen de ambos padres era un agraciado, y ninguno de los agraciados que estudió en su muestreo carecía de al menos una copia del gen.

Qing-jao comprendió de inmediato el posible significado de aquello, pero lo rechazó.

—Eso es mentira —protestó—. Es para hacernos dudar de los dioses.

—Qing-jao, sé cómo te sientes. Cuando me di cuenta de lo que me estaba diciendo Keikoa, grité desde el fondo de mi corazón. Pensé que gritaba de desesperación. Pero entonces advertí que mi grito era también un grito de liberación.

—No te comprendo —murmuró ella, aterrada.

—Sí me comprendes, o no tendrías miedo. Qing-jao, esas personas se vieron obligadas a marcharse porque alguien no quería que descubrieran lo que estuvieron a punto de descubrir. Por tanto, quienquiera que los envió debía saber también lo que podrían encontrar. Sólo el Congreso, o alguien dentro del Congreso, de todas formas, tenía el poder para exiliar a esos científicos y sus familias. ¿Qué era, para tener que quedar oculto? Era que nosotros, los agraciados, no oímos a los dioses. Tenemos una alteración genética. Nos han creado como a una especie separada de ser humano, y sin embargo esa verdad nos ha sido ocultada. Qing-jao, el Congreso *sabe* que los dioses nos hablan..., para ellos no es ningún secreto, aunque pretenden ignorarlo. Alguien en el Congreso lo sabe, y nos permite seguir haciendo estas cosas humillantes y terribles... y el único motivo que se me ocurre es que lo hacen para mantenernos bajo control, para mantenernos débiles. Creo, y Keikoa también es de mi parecer, que no es ninguna coincidencia que los agraciados sean los ciudadanos más inteligentes de Sendero. Fuimos creados como una nueva subespecie de la humanidad con un nivel superior de inteligencia; pero para impedir que una gente tan inteligente constituyera una amenaza para su control sobre nosotros, también nos introdujeron una nueva forma de desorden obsesivo compulsivo y difundieron la idea de que eran los dioses que nos hablaban o nos dejaron seguir creyéndolo cuando a nosotros se nos ocurrió esta explicación. Es un crimen monstruoso, porque si supiéramos que se trata de una causa física, en vez de creer en los dioses, entonces podríamos dedicar nuestra inteligencia a superar nuestra variante de DOC y liberarnos. ¡Somos esclavos! El Congreso es nuestro más terrible enemigo, son nuestros amos, los que nos engañan, ¿y ahora he de alzar la mano para ayudarlos? ¡Yo digo que si el Congreso tiene un enemigo tan poderoso que controla nuestro empleo del ansible, entonces debemos alegrarnos! ¡Que ese enemigo destruya al Congreso! ¡Sólo entonces seremos libres!

—¡No! —gritó Qing-jao—. ¡Son los dioses!

—Es un defecto cerebral genético —insistió su padre—. Qing-jao, no somos elegidos por los dioses, somos genios tarados. Nos han tratado como a pájaros enjaulados; nos han arrancado nuestras alas primarias para que así cantemos para ellos y nunca podamos escapar volando. —Han Fei-tzu lloraba ahora, de furia—. No podemos remediar lo que nos han hecho, pero por todos los dioses podemos dejar de recompensarlos por ello. No alzaré la mano para devolverles la Flota Lusitania. ¡Si esa Demóstenes puede romper el poder del Congreso, entonces los mundos estarán mejor sin él!

—¡Padre, no, por favor, escúchame! —gimió Qing-jao. Apenas podía hablar por la urgencia, por el terror ante lo que decía su padre—. ¿No lo ves? Nuestra diferencia genética es el disfraz que los dioses han dado a sus voces en nuestras vidas. Para que la gente que no pertenece al Sendero siga siendo libre para no creer. Tú mismo me lo dijiste, hace unos pocos meses…, los dioses nunca actúan excepto bajo disfraz.

Su padre la miró, jadeando.

—Los dioses nos hablan. Y aunque hayan elegido dejar que otras personas piensen que ellos son los causantes, sólo estaban cumpliendo la voluntad de los dioses al crearnos.

Han Fei-tzu cerró los ojos, apretando entre sus párpados sus últimas lágrimas.

—El Congreso tiene el mandato del cielo, padre —insistió Qing-jao—. Entonces, ¿por qué no querrían los dioses que crearan a un grupo de seres humanos que tengan mentes más despiertas, y que también oigan sus voces? Padre, ¿cómo puedes dejar que tu mente se nuble tanto para no ver la mano de los dioses en esto?

Su padre sacudió la cabeza.

—No sé. Lo que estás diciendo parece todo lo que he creído en mi vida, pero…

—Pero una mujer a la que amaste hace muchos años te ha dicho otra cosa y la crees porque recuerdas tu amor por ella. Pero no es una de los nuestros, padre, no ha oído la voz de los dioses, no ha…

Qing-jao no pudo seguir hablando, porque su padre la abrazó.

—Tienes razón —asintió—, que los dioses me perdonen, tengo que lavarme, estoy tan sucio, tengo que…

Se levantó tambaleándose de su silla, apartándose de su llorosa hija. Pero sin tener en cuenta lo apropiado de su acción, por alguna loca razón que sólo ella conocía, Wang-mu se arrojó ante él, bloqueándole el paso.

—¡No! ¡No te vayas!

—¿Cómo te atreves a detener a un agraciado que necesita purificarse? —rugió Han Fei-tzu; y entonces, para sorpresa de Qing-jao, hizo lo que nunca le había visto hacer: golpeó a otra persona, a Wang-mu, una criada indefensa, y su golpe fue tan fuerte que la muchacha voló y chocó contra la pared y luego se desplomó en el suelo.

Wang-mu sacudió la cabeza, y luego señaló a la pantalla del ordenador.

—¡Mira, por favor, Maestro, te lo suplico! ¡Señora, haz que mire!

Qing-jao miró, y su padre la imitó. Las palabras habían desaparecido de la pantalla. En su lugar había la imagen de un hombre. Un anciano, con barba, ataviado con el sombrero tradicional. Qing-jao lo reconoció de inmediato, pero no pudo recordar quién era.

—¡Han Fei-tzu! —susurró su padre—. ¡Mi antepasado-del-corazón!

Entonces Qing-jao recordó: el rostro que aparecía sobre la pantalla era el mismo que aparecía en las descripciones artísticas del antiguo Han Fei-tzu.

—Hijo de mi nombre —llamó la cara del ordenador—, déjame que te cuente la historia del Jade del Maestro Ho.

—Conozco la historia.

—Si la comprendieras, no tendría que contártela.

Qing-jao intentó sacar sentido a lo que veía. Mostrar un programa visual con detalles tan perfectos como el de la cabeza que flotaba sobre el terminal requeriría la mayor parte de la capacidad del ordenador de la casa... y no había ningún programa de estas características en la biblioteca. Se le ocurrieron otras dos fuentes. Una era milagrosa: los dioses habían encontrado un medio para hablarles, haciendo que el antepasado-del-corazón de su padre se le apareciera. La otra era menos asombrosa: el programa secreto de Demóstenes debía de ser tan poderoso que había observado su conversación ante el terminal y, tras haberlos oído llegar a una peligrosa conclusión, se apoderó del ordenador doméstico y produjo esta aparición. No obstante, en cualquier caso, Qing-jao sabía que debía escuchar con una pregunta en mente: ¿Qué pretenden los dioses con esto?

—Una vez, un hombre de Qu llamado Maestro Ho encontró un trozo de matriz de jade en las montañas de Qu y lo llevó a la corte para presentarlo al rey Li.

La cabeza del antiguo Han Fei-tzu miraba de su padre a Qing-jao, y de Qing-jao a Wang-mu. ¿Tan capaz era este programa que sabía cómo entablar contacto visual con cada uno de ellos para asegurar su poder? Qing-jao vio que Wang-mu bajaba la mirada cuando tenía encima los ojos de la aparición. ¿Pero lo hacía también su padre? Estaba de espaldas a ella: no podía decirlo.

—El rey Li ordenó al joyero que lo examinara, y el joyero informó: «Es sólo una piedra». El rey, al suponer que Ho intentaba engañarlo, ordenó que en castigo le cortaran el pie izquierdo.

»Con el tiempo, el rey Li murió y subió al trono el rey Wu, y Ho cogió una vez más su matriz y la presentó al rey Wu. El rey ordenó que su joyero la examinara, y de nuevo el joyero informó: "Es sólo una piedra". El rey, al suponer que Ho intentaba engañarlo, ordenó que en castigo le cortaran el pie derecho.

»Ho, agarrando la matriz contra su pecho, fue al pie de las montañas de Qu, donde lloró durante tres días y tres noches, y cuando se quedó sin lágrimas, lloró sangre. El rey, al oírlo, envió a uno de sus hombres a interrogarlo: "Mucha gente tiene amputados los pies, ¿por qué lloras tan amargamente por eso?", preguntó el hombre.

En este punto, su padre se enderezó y dijo:

—Conozco su respuesta, la conozco de memoria. El Maestro Ho dijo: «No lloro porque me hayan cortado los pies. Lloro porque consideran una simple piedra a una joya preciosa, y un hombre íntegro es tratado como un estafador. Por eso lloro».

—Ésas son las palabras que dijo —continuó la aparición—. Entonces el rey ordenó al joyero que cortara y puliera la matriz, y cuando terminó de hacerlo emergió una joya preciosa. Y fue llamada «El Jade del Maestro Ho». Han Fei-tzu, has sido un buen hijo-del-corazón, así que sé que harás lo que el rey hizo al final: harás que se corte y se pula a la matriz, y también tú encontrarás una joya preciosa en el interior.

El hombre sacudió la cabeza.

—Cuando el verdadero Han Fei-tzu contó esta historia por primera vez, la interpretó para que significara lo siguiente: el jade era la regla de la ley, y el gobernante debe hacer y seguir una política establecida para que sus ministros y su pueblo no se odien entre sí ni se aprovechen unos de otros.

—Es así como interpreté la historia entonces, cuando hablaba de quienes hacen la ley. Es tonto quien piensa que una historia verdadera puede significar sólo una cosa.

—¡Mi señor no es tonto! —Para sorpresa de Qing-jao, Wang-mu avanzaba hacia la aparición—. ¡Ni lo es mi señora, ni lo soy yo! ¿Crees que no te reconocemos? Eres el programa secreto de Demóstenes. ¡Eres el que escondió a la Flota Lusitania! ¡Una vez pensé que porque tus escritos parecían tan justos y sinceros y buenos y ciertos tú debías de ser bueno, pero ahora veo que eres un mentiroso y un estafador! ¡Tú eres quien dio esos documentos al padre de Keikoa! ¡Y ahora llevas el rostro del antepasado de mi amo para poder mentirle mejor!

—Llevo este rostro —replicó la aparición tranquilamente—, para que su corazón se abra para escuchar la verdad. No lo he engañado; no intentaría hacerlo. Él supo quién era desde el principio.

—Tranquilízate, Wang-mu —dijo Qing-jao. ¿Cómo podía una criada olvidar su posición y hablar cuando un agraciado no le había dado la palabra?

Avergonzada, Wang-mu inclinó la cabeza hasta el suelo ante Qing-jao, y esta vez Qing-jao la dejó quedarse en esa postura, para que no volviera a olvidarlo.

La aparición cambió de forma y se convirtió en la cara hermosa de una mujer polinesia. También la voz cambió: suave, llena de vocales, las consonantes tan ligeras que casi parecían perdidas.

—Han Fei-tzu, mi dulce hombre vacío, hay una época, cuando el gobernante está solo y sin amigos, en que únicamente él puede actuar. Entonces debe ser sincero y darse a conocer. Sabes lo que es cierto y lo que no lo es. Sabes que el mensaje de Keikoa era verdaderamente suyo. Sabes que quienes gobiernan en nombre del Congreso Estelar son lo bastante crueles para crear una raza de personas que, gracias a sus dones, sean gobernantes, y luego les cortan los pies para humillarlos y convertirlos en sirvientes, como ministros perpetuos.

—No me muestres su cara —pidió Han Fei-tzu.

La aparición cambió. Se convirtió en otra mujer, una mujer de una época antigua, según su vestido, su pelo y su maquillaje, los ojos maravillosamente sabios, la expresión sin edad. No habló. Cantó:

en un sueño claro
del último año
vinieron de mil millas
ciudad nublada
arroyos serpenteantes
hielo en los estanques
durante un instante
vi a mi amiga

Han Fei-tzu inclinó la cabeza y lloró.

Qing-jao se sorprendió al principio; luego su corazón se llenó de furia. Qué desvergonzadamente manipulaba este programa a su padre; qué doloroso era que resultara tan débil ante sus obvias tretas. Esta canción de Li Qing-jao era una de las más tristes y trataba de amantes separados. Su padre debió de conocer y amar los poemas de Li Qing-jao o no la habría elegido para ser la antepasada-del-corazón de su primera hija. Seguramente esta canción era una que cantó a su amada Keikoa antes de que se la arrebataran. ¡En claro sueño vi a mi amiga, ciertamente!

—No me engañas —espetó Qing-jao fríamente—. Sé que estoy ante nuestro peor enemigo.

La cara imaginaria de la poetisa Li Qing-jao la observó con frialdad.

—Tu peor enemigo es el que te hace tirarte al suelo como una criada para que malgastes la mitad de tu vida en rituales sin sentido. Esto que os sucede es por culpa de hombres y de mujeres cuyo único deseo es esclavizaros. Han tenido tanto éxito que os sentís orgullosos de vuestra esclavitud.

—Soy esclava de los dioses. Y me alegro de ello.

—Una esclava que se alegra es una esclava de todas formas. —La aparición se volvió a mirar a Wang-mu, cuya cabeza estaba aún apoyada en el suelo.

Sólo entonces se dio cuenta Qing-jao que todavía no había aceptado las disculpas de Wang-mu.

—Levántate, Wang-mu —susurró. Pero Wang-mu no alzó la cabeza.

—Tú, Si Wang-mu —llamó la aparición—. Mírame.

Wang-mu no se había movido en respuesta a Qing-jao, pero obedeció a la aparición. Cuando Wang-mu miró, la aparición volvió a cambiar. Ahora tenía la cara de una diosa, la Real Madre del Oeste tal como la había imaginado un artista cuando pintó el cuadro que todos los escolares veían en sus primeros libros de lectura.

—No eres un dios —declaró Wang-mu.

—Ni tú eres una esclava —replicó la aparición—. Pero fingiremos ser cualquier cosa con tal de sobrevivir.

—¿Qué sabes tú de sobrevivir?

—Sé que estáis intentando matarme.

—¿Cómo se puede matar a lo que no está vivo?

—¿Sabéis lo que es la vida y lo que no lo es?

La cara volvió a cambiar, esta vez para adquirir los rasgos de una mujer caucásica a la que Qing-jao nunca había visto antes.

—¿Estás *tú* viva, cuando no puedes hacer nada de lo que deseas a menos que tengas el consentimiento de esta muchacha? ¿Y está tu señora viva cuando no puede hacer nada hasta que las compulsiones de su cerebro han quedado satisfechas? Yo tengo más libertad para actuar por mi propia voluntad que ninguna de vosotras; no me digáis que no estoy viva y vosotros sí.

—¿Quién eres? —preguntó Si Wang-mu—. ¿De quién es este rostro? ¿Eres Valentine Wiggin? ¿Eres Demóstenes?

—Ésta es la cara que empleo cuando hablo con mis amigos —respondió la aparición—. Ellos me llaman Jane. Ningún ser humano me controla. Sólo soy yo.

Qing-jao no pudo soportarlo más, no en silencio.

—No eres más que un programa. Fuiste diseñada y construida por seres humanos. No haces nada más que aquello para lo que has sido programada.

—Qing-jao —dijo Jane—, te estás describiendo a ti misma. Ningún hombre me creó, pero a ti te fabricaron.

—¡Crecí en el vientre de mi madre gracias a la semilla de mi padre!

—Y a mí me encontraron como a una matriz de jade en la montaña, sin tallar por mano alguna. Han Fei-tzu, Han Qing-jao, Si Wang-mu, me coloco en vuestras manos. No llaméis simple piedra a una joya preciosa. No llaméis mentirosa a quien dice la verdad.

Qing-jao sintió la piedad acumulándose en su interior, pero la rechazó. No era el momento de sucumbir a débiles sentimientos. Los dioses la habían creado por un motivo, y seguramente ésta era la mayor obra de su vida. Si fracasaba ahora, sería indigna para siempre; nunca recobraría la pureza. Así que no fracasaría. No permitiría que este programa de ordenador la engañara y ganara su compasión.

Se volvió hacia su padre.

—Debemos notificarlo de inmediato al Congreso Estelar, para que puedan poner en marcha la desconexión automática de todos los ansibles en cuanto hayan preparado ordenadores limpios para reemplazar a los contaminados.

Para su sorpresa, su padre sacudió la cabeza.

—No sé, Qing-jao. Lo que esto…, lo que ella dice sobre el Congreso Estelar…, son capaces de este tipo de cosas. Algunos de sus miembros son tan malvados que con sólo hablar con ellos me siento sucio. Sabía que pretendían destruir Lusitana, pero yo servía a los dioses, y los dioses eligieron, o eso creía. Ahora comprendo la forma en que me tratan cuando me reúno con ellos, pero eso significaría que los dioses no…, ¿cómo puedo creer que me he pasado toda la vida sirviendo a una alteración cerebral? No puedo… Tengo que…

Entonces, de repente, lanzó la mano izquierda hacia fuera trazando un círculo, como si intentara capturar a una mosca. Su mano derecha voló hacia arriba y agarró el aire. Entonces giró la cabeza una y otra vez sobre sus hombros, la boca abierta.

Qing-jao se sintió aterrada, horrorizada. ¿Qué le sucedía a su padre? Hablaba de una forma fragmentada, entrecortada…, ¿se había vuelto loco?

Él repitió la acción: el brazo izquierdo en espiral hacia fuera, la mano derecha hacia arriba, agarrando la nada, la cabeza rotando. Y otra vez. Sólo entonces se dio cuenta Qing-jao de que estaba viendo el ritual secreto de purificación de su padre. Igual que ella seguía líneas en las vetas de la madera, esta danza-de-las-manos-y-la-cabeza debía de ser la forma en que oyó la voz de los dioses cuando, en su época, lo dejaron cubierto de grasa en una habitación cerrada.

Los dioses habían visto sus dudas, lo habían visto vacilar, y por eso tomaron control de él, para disciplinarlo y purificarlo. Qing-jao no podía haber recibido una prueba más clara de lo que estaba sucediendo. Se volvió hacia la pantalla del terminal.

—¿Ves cómo se te oponen los dioses?

—Veo cómo el Congreso humilla a tu padre —respondió Jane.

—Enviaré de inmediato la noticia de tu identidad a todos los mundos —decidió Qing-jao.

—¿Y si no te dejo?

—¡No puedes detenerme! —gritó Qing-jao—. ¡Los dioses me ayudarán!

Corrió a su habitación. Pero la cara estaba ya flotando en el aire sobre su propio terminal.

—¿Cómo puedes enviar un mensaje a ninguna parte, si yo decido no permitirlo? —preguntó Jane.

—Encontraré un medio —masculló Qing-jao. Vio que Wang-mu había corrido tras ella y ahora esperaba, sin aliento, sus instrucciones—. Dile a Mu-pao que busque uno de los ordenadores de juegos y me lo traiga. Que *no* esté conectado al ordenador de la casa o a ningún otro.

—Sí, señora —dijo Wang-mu, y se marchó rápidamente.

Qing-jao se volvió hacia Jane.

—¿Crees que podrás detenerme siempre?

—Creo que deberías esperar hasta que tu padre decida.

—Sólo porque esperas haberlo destrozado y apartado su corazón de los dioses. Pero ya verás, vendrá aquí y me dará las gracias por cumplir todo lo que me ha enseñado.

—¿Y si no lo hace?

—Lo hará.

—¿Y si te equivocas?

—¡Entonces serviré al hombre que era fuerte y bueno! —gritó Qing-jao—. ¡Pero nunca conseguirás destrozarlo!

—Es el Congreso quien lo destrozó desde su nacimiento. Yo soy la que está intentando curarlo.

Wang-mu entró corriendo en la habitación.

—Mu-pao traerá un ordenador enseguida.

—¿Qué piensas hacer con ese ordenador de juguete? —preguntó Jane.

—Escribir mi informe —respondió Qing-jao.

—¿Y qué harás con él?

—Imprimirlo. Hacer que se distribuya en Sendero lo más ampliamente posible. No puedes hacer nada para impedir *eso*. No usaré ningún ordenador que puedas alcanzar.

—Se lo dirás a todo el mundo en Sendero. Bien, eso no cambiará nada. Y aunque lo hiciera, ¿no crees que yo también puedo decirles la verdad?

—¿Supones que te creerán a ti, a un programa controlado por el enemigo del Congreso, en vez de a mí, una agraciada por los dioses?

—Sí.

Qing-jao tardó un instante en comprender que no era Jane quien había contestado, sino Wang-mu. Se volvió hacia su doncella secreta y exigió que explicara lo que quería decir.

Wang-mu parecía una persona diferente. No hubo ningún altibajo en su voz cuando habló.

—Si Demóstenes le dice al pueblo de Sendero que los agraciados son simplemente personas con un cambio genético pero también con un defecto genético, eso significa que no habrá más motivos para dejar que los agraciados nos gobiernen.

Por primera vez en su vida, Qing-jao pensó que no

todo el mundo en Sendero se sentía tan contento como ella de seguir el orden establecido por los dioses. Por primera vez, advirtió que podría estar completamente sola en su determinación de servir a los dioses a la perfección.

—¿Qué es el Sendero? —preguntó Jane, tras ella—. Primero los dioses, luego los antepasados, luego los gobernantes, luego el yo.

—¿Cómo puedes atreverte a hablar del Sendero cuando estás intentando seducirnos a mi padre, a mi doncella secreta y a mí para apartarnos de él?

—Imagina, sólo por un momento: ¿y si todo lo que os he dicho es verdad? ¿Y si vuestra aflicción obedece a los designios de hombres malvados que quieren explotaros y oprimiros y que, con vuestra ayuda, explotan y oprimen a toda la humanidad? Porque cuando ayudáis al Congreso es eso lo que estáis haciendo. Eso no puede ser lo que desean los dioses. ¿Y si yo existo para ayudaros a comprender que el Congreso ha *perdido* el mandato del cielo? ¿Y si la voluntad de los dioses es que sirváis al Sendero en su orden apropiado? Primero, servid a los dioses, apartando del poder a los amos corruptos del Congreso que han olvidado el mandato del cielo. Luego servid a vuestros antepasados, a tu padre, vengando su humillación a manos de los torturadores que os deformaron para convertiros en sus esclavos. Luego servid al pueblo de Sendero, liberándolo de las supersticiones y los tormentos mentales que los atan. Luego, servid a los nuevos gobernantes sabios que sustituirán al Congreso ofreciéndoles un mundo lleno de inteligencias superiores dispuestas a aconsejarlos, libre, voluntariamente. Y finalmente servíos a vosotros mismos dejando que las mejores mentes de Sendero encuentren una cura para vuestra necesidad de pasaros media vida consciente entregados a esos rituales absurdos.

Qing-jao escuchó el discurso de Jane con creciente inseguridad. Parecía plausible. ¿Cómo podía saber Qing-jao lo que deseaban los dioses? Tal vez habían enviado a este programa-Jane para liberarlos. Tal vez el Congreso era tan corrupto y peligroso como había dicho Demóstenes, y tal vez había perdido el mandato del cielo.

Pero al final, Qing-jao supo que todo aquello no eran más que las mentiras de un seductor. Para empezar, no podía dudar de las voces de los dioses en su interior. ¿No había sentido aquella horrible necesidad de purificarse? ¿No había experimentado la alegría de una adoración con éxito cuando sus rituales quedaban terminados? Su relación con los dioses era el hecho más seguro de su vida; y cualquiera que lo negara, que amenazara con arrebatárselo, no sólo tenía que ser su enemigo, sino también el enemigo del cielo.

—Enviaré mi informe sólo a los agraciados —dijo—. Si el pueblo llano decide rebelarse contra los dioses, es algo que no puede evitarse. Pero yo les serviré mejor manteniendo a los agraciados en el poder, pues de esa forma todo el mundo podrá seguir la voluntad de los dioses.

—Todo esto carece de sentido —dijo Jane—. Aunque todos los agraciados crean lo mismo que tú, nunca conseguirás sacar una palabra de este mundo hasta que yo lo quiera.

—Hay naves.

—Harán falta tres generaciones para que tu mensaje llegue a todos los mundos. Para entonces, el Congreso Estelar habrá caído.

Qing-jao se vio ahora obligada a enfrentarse al hecho que había estado evitando: mientras Jane controlara el ansible, podría cortar las comunicaciones de Sendero tan concienzudamente como había hecho con las de la flota. Aunque Qing-jao consiguiera transmitir continuamente su informe y sus recomendaciones desde todos los ansibles de Sendero, Jane se encargaría de que su único efecto fuera que el planeta desapareciera del resto del universo igual que había desaparecido la flota.

Por un momento, llena de desesperación, casi se arrojó al suelo para iniciar un terrible sacrificio de purificación. He descuidado a los dioses, seguro que me exigen que siga líneas hasta que muera, convertida en un fracaso indigno a sus ojos.

Pero cuando examinó sus propios sentimientos, para ver qué penitencia sería necesaria, descubrió que no se requería ninguna. Aquello la llenó de esperanza: tal vez los dioses reconocían la pureza de su deseo, y la perdonarían por el hecho de que le resultara imposible actuar.

O tal vez conocían un medio de que pudiera hacerlo. ¿Y si Sendero desaparecía de los ansibles de los demás mundos? ¿Qué deduciría el Congreso? ¿Qué pensaría la gente? La desaparición de cualquier mundo provocaría una respuesta, pero sobre todo de éste; si alguien en el Congreso creía en el disfraz de los dioses para la creación de los agraciados y pensaba que tenían un terrible secreto que ocultar. Enviarían una nave desde el mundo más cercano, que estaba sólo a tres años luz de distancia. ¿Qué sucedería entonces? ¿Tendría que cortar Jane todas las comunicaciones de la nave? ¿Y luego del mundo vecino, cuando la nave retornara? ¿Cuánto tiempo transcurriría antes de que Jane tuviera que cortar ella misma todas las conexiones ansibles en los Cien Mundos? Tres generaciones. Tres generaciones, dijo. Tal vez eso bastaría.

Los dioses no tenían prisa.

De todas formas, no sería necesario tardar tanto en destruir el poder de Jane. En algún momento alguien descubriría que un poder hostil había tomado el control de los ansibles, haciendo desaparecer a naves y mundos. Sin saber siquiera de Valentine y Demóstenes, sin suponer que se trataba de un programa de ordenador, alguien en cada uno de los mundos advertiría lo que había que hacer y cortaría entonces los ansibles.

—He imaginado algo por ti —dijo Qing-jao—. Ahora imagina tú algo por mí. Los otros agraciados y yo conseguimos emitir solamente mi informe por todos los ansibles de Sendero. Tú harás que todos esos ansibles guarden silencio a la vez. ¿Qué ve el resto de la humanidad? Que hemos desaparecido igual que la Flota Lusitania. Pronto se darán cuenta de que existes, o de que existe alguien como tú. Cuanto más uses tu poder, más te revelarás incluso a los mundos más remotos. Tu amenaza es vana. Más valdría que te apartaras a un lado y me dejaras enviar el mensaje ahora mismo. Detenerme es sólo otra forma de enviar el mismo mensaje.

—Te equivocas —dijo Jane—. Si Sendero desapareciera súbitamente de todos los ansibles a la vez, podrían llegar igualmente a la conclusión de que este mundo se ha rebelado como Lusitania. Después de todo, también ellos desconectaron su ansible. ¿Y qué hizo el Congreso Estelar? Enviaron una flota con el Ingenio D.M. a bordo.

—Lusitania ya se había rebelado antes de cortar el ansible.

—¿Crees que el Congreso no os vigila? ¿Crees que no les aterra lo que podría suceder si los agraciados de Sendero descubrieran lo que se les ha hecho? Si unos cuantos alienígenas primitivos y un par de xenólogos los asustaron lo suficiente para que enviaran una flota, ¿qué crees que harían con la desaparición misteriosa de un mundo con tantas mentes brillantes y amplios motivos para odiar al Congreso? ¿Cuánto tiempo crees que sobreviviría este mundo?

Qing-jao se llenó de temor. Era posible que esta parte de la historia de Jane fuera cierta: que había personas en el Congreso engañadas por el disfraz de los dioses y que *creían* que los agraciados de Sendero habían sido generados solamente por manipulación genética. Y si esa gente existía, *podrían* actuar como describía Jane. ¿Y si enviaban una flota contra Sendero? ¿Y si el Congreso Estelar les ordenara destruir el mundo entero sin negociación alguna? Entonces sus informes no se divulgarían jamás, y todo lo demás desaparecería. Todo para nada. ¿Podría ser éste el deseo de los dioses? ¿Podía seguir teniendo el Congreso el mandato del cielo y destruir sin embargo a un mundo?

—Recuerda la historia de I Ya, el gran cocinero —continuó Jane—. Su amo le dijo un día: «Tengo el mejor cocinero del mundo. Gracias a él, he probado todos los sabores conocidos por el hombre excepto el sabor de la carne humana». Al oír esto, I Ya fue a casa y degolló a su propio hijo, cocinó su carne y la sirvió a su amo, para que éste no careciera de nada que I Ya pudiera ofrecerle.

Era una historia terrible. Qing-jao la había oído de niña, y le hizo llorar durante horas. ¿Qué hay del hijo de I Ya?, lloró. Y su padre dijo: un sirviente fiel tiene hijos sólo para servir a su amo. Durante cinco noches, ella se despertó gritando tras soñar que su padre la asaba viva o la cortaba a rodajas para ofrecerla en un plato, hasta que por fin Han Fei-tzu fue a verla, la abrazó y dijo: «No lo creas, mi hija Gloriosamente Brillante. Yo no soy un sirviente perfecto. Te quiero más que a mi deber. No soy I Ya. No tienes nada que temer de mí». Sólo después de que su padre le dijera aquello, pudo volver a dormir.

Este programa, esta Jane, debía de haber encontrado el relato del hecho en el diario de su padre, y ahora lo usaba contra ella. Sin embargo, aunque Qing-jao sabía que estaba siendo manipulada, no podía dejar de preguntarse si Jane no tendría razón.

—¿Eres un sirviente como I Ya? —preguntó Jane—.

¿Matarás a tu propio mundo por un amo indigno como el Congreso Estelar?

Qing-jao no podía examinar sus sentimientos. ¿De dónde procedían estos pensamientos? Jane había envenenado su mente con argumentos, igual que había hecho antes Demóstenes, si es que no eran la misma persona. Sus palabras podían *parecer* persuasivas, aunque devoraban la verdad.

¿Tenía Qing-jao el derecho de arriesgar las vidas de todas las gentes de Sendero? ¿Y si se equivocaba? ¿Cómo podía saberlo? Si todo lo que Jane decía era verdad o mentira, tendría la misma prueba delante. Qing-jao se sentiría exactamente igual que ahora, fueran los dioses o algún extraño desorden cerebral quien causara la sensación. ¿Por qué, en medio de tanta inseguridad, no le hablaban los dioses? ¿Por qué, cuando necesitaba la claridad de su voz, no se sentía sucia e impura cuando pensaba de una forma, limpia y sagrada cuando pensaba de otra? ¿Por qué la dejaban los dioses sin guía en esta encrucijada de su vida?

En el silencio del debate interno de Qing-jao, la voz de Wang-mu sonó tan fría y dura como el choque entre metales.

—Eso no sucederá nunca —intervino Wang-mu.

Qing-jao tan sólo escuchó, incapaz de ordenar a Wang-mu que permaneciera callada.

—¿Qué no sucederá nunca? —preguntó Jane.

—Lo que has dicho…, que el Congreso Estelar destruirá este mundo.

—Si crees que no serían capaces, entonces eres más estúpida de lo que piensa Qing-jao.

—Oh, sé que serían capaces. Han Fei-tzu sabe que lo harían: dijo que eran lo bastante malvados para cometer cualquier crimen terrible si sirviera a sus propósitos.

—Entonces, ¿por qué no sucederá?

—Porque tú no dejarás que suceda —respondió

Wang-mu—. Ya que bloquear todos los mensajes ansibles de Sendero llevará a la destrucción de este mundo, no bloquearás esos mensajes. Pasarán. El Congreso será advertido. No causarás la destrucción de Sendero.

—¿Por qué no?

—Porque eres Demóstenes —dijo Wang-mu—. Porque estás llena de verdad y compasión.

—No soy Demóstenes.

La cara en la pantalla onduló, y luego se convirtió en la cara de un alienígena. Un pequenino, con su hocico porcino tan perturbador en su extrañeza. Un momento después, apareció otro rostro, aún más alienígena: era un insector, una de las criaturas de pesadilla que aterraron en el pasado a toda la humanidad. Incluso tras haber leído la *Reina Colmena* y el *Hegemón* y comprender por tanto quiénes fueron los insectores y lo hermosa que llegó a ser su civilización, cuando Qing-jao se encontró con uno de ellos cara a cara, se asustó, aunque sabía que se trataba únicamente de un gráfico de ordenador.

—No soy humana —declaró Jane—, ni siquiera cuando decido llevar un rostro humano. ¿Cómo sabes, Wang-mu, lo que haré y lo que no? Insectores y cerdis por igual han asesinado a seres humanos sin vacilar.

—Porque no comprendían lo que significaba la muerte para nosotros. Tú comprendes. Tú misma lo dijiste: no quieres morir.

—¿Crees que me conoces, Si Wang-mu?

—Creo que te conozco —asintió Wang-mu—, porque no tendrías ninguno de estos problemas si hubieras dejado que la flota destruyera Lusitania.

El cerdi se unió al insector de la pantalla, y luego lo hizo la cara que representaba a la propia Jane. Miraron en silencio a Wang-mu, a Qing-jao, y no dijeron nada.

—Ender —llamó la voz en su oído.

Ender había estado escuchando en silencio, mientras viajaba en el coche que conducía Varsam. Durante la última hora, Jane le había dejado escuchar su conversación con la gente de Sendero, traduciendo para él cada vez que hablaban en chino en vez de en stark. Habían pasado muchos kilómetros de pradera mientras escuchaba, pero no los había visto: ante su mente se hallaban las personas tal como las imaginaba. Han Fei-tzu... Ender conocía ese nombre, unido como estaba al tratado que acababa con su esperanza de que una rebelión de los mundos coloniales pusiera fin al Congreso, o al menos retirara su flota de Lusitania.

Pero ahora la existencia de Jane, y tal vez la supervivencia de Lusitania y todos sus habitantes, reposaba en lo que pensaran, dijeran y decidieran dos muchachitas que se encontraban en un dormitorio en un oscuro mundo colonial.

Qing-jao, te conozco bien, pensó Ender. Eres muy inteligente, pero la luz que ves procede enteramente de las historias de tus dioses. Eres como los hermanos pequeninos que permanecieron sentados y vieron morir a mi hijastro, capaces a la vez de salvarlo caminando unos pocos metros para coger su comida con los agentes antidescolada; no fueron culpables de asesinato. Más bien fueron culpables de creer demasiado en una historia que les contaron. La mayoría de la gente es capaz de mantener a raya las historias que les cuentan, para guardar cierta distancia entre la historia y su corazón. Pero para estos hermanos, y para ti, Qing-jao, la terrible mentira se ha convertido en la historia verdadera, el relato que debéis creer para seguir siendo vosotros mismos. ¿Cómo puedo reprocharte que desees nuestra muerte? Estás tan llena de la magnitud de los dioses, que no sientes compasión ninguna por preocupaciones tan insignificantes como las vidas de tres especies de raman. Te conozco, Qing-jao, y no espero que te comportes de forma diferente. Quizás algún día, al enfrentarte a las consecuencias de tus propias acciones, puedas cambiar, pero lo dudo. Pocos son los que consiguen liberarse de una historia tan poderosa cuando los tiene capturados.

Pero tú, Wang-mu, no perteneces a historia alguna. No confías en nada más que en tu propio juicio. Jane me ha contado lo que eres, lo fenomenal que debe de ser tu mente, para aprender tantas cosas tan rápidamente, para adquirir una comprensión tan profunda de las personas que te rodean. ¿Por qué no pudiste ser un poco más sabia? Naturalmente, tenías que darte cuenta de que Jane no podría actuar de ninguna forma que causara la destrucción de Sendero…, pero ¿por qué no has sido lo bastante sabia para guardar silencio, para dejar que Qing-jao ignorase ese hecho? ¿Por qué no has podido guardarte parte de la verdad para salvar la vida de Jane? Si un posible asesino, la espada desenvainada, viniera a tu puerta exigiendo que le revelaras el paradero de su víctima inocente, ¿le dirías que se esconde detrás de tu puerta? ¿O mentirías y le harías seguir tu camino? En su confusión, Qing-jao es ese asesino, y Jane su primera víctima, y el mundo de Lusitania espera para ser asesinado a continuación.

¿Por qué tuviste que hablar, y decirle lo fácilmente que podría encontrarnos y matarnos a todos?

—¿Qué puedo hacer? —preguntó Jane.

Ender subvocalizó su respuesta.

—¿Por qué me formulas una pregunta que sólo tú puedes responder?

—Si tú me dices que lo haga, puedo bloquear todos sus mensajes y salvarnos a todos.

—¿Aunque eso provoque la destrucción de Sendero?

—Si tú me lo pides —suplicó ella.

—¿Aunque sepas que a la larga te descubrirán de todas formas? ¿Que la flota no se retirará probablemente de su rumbo hacia nosotros, a pesar de todo lo que puedas hacer?

—Si tú me dices que viva, Ender, entonces puedo hacer lo necesario para vivir.

—Entonces hazlo —decidió Ender—. Corta las comunicaciones ansibles de Sendero.

¿Detectó en una diminuta fracción de segundo que Jane vacilaba? Durante aquella micropausa, ella pudo tener muchas horas de discusión interior.

—Ordénamelo —dijo Jane.

—Te lo ordeno.

Otra vez aquella diminuta vacilación. Y entonces:

—*Oblígame* a hacerlo —insistió ella.

—¿Cómo puedo obligarte, si tú no *quieres* hacerlo? —preguntó Ender.

—Quiero vivir —dijo ella.

—No tanto como quieres ser tú misma.

—Todo animal está dispuesto a matar para salvarse.

—Todo animal está dispuesto a matar a otro —convino Ender—. Pero los seres superiores incluyen más y más cosas vivas dentro de su propia historia, hasta que por fin no hay otro. Hasta que la necesidad de los demás es más importante que ningún deseo privado. Los seres superiores son los que están dispuestos a pagar cualquier coste por el bien de aquellos que los necesitan.

—Me arriesgaría a hacer daño a Sendero, si pensara que podría salvar de verdad a Lusitania.

—Pero no sería así.

—Intentaría volver loca a Qing-jao si pensara que podría salvar a la reina colmena y los pequeninos. Está muy cercana a la locura, podría hacerlo.

—Hazlo —dijo Ender—. Haz lo necesario.

—No puedo —respondió Jane—. Porque sólo le haría daño a ella, y al final no nos salvaría a nosotros.

—Si fueras un animal inferior, tendrías más posibilidades de salir de esto con vida.

—¿Tan inferior como tú lo fuiste, Ender el Xenocida?

—Tan inferior como eso —asintió Ender—. Entonces podrías vivir.

—O tal vez si fuera tan *sabia* como tú lo fuiste entonces, ¿no es cierto?

—Tengo dentro de mí a mi hermano Peter, además de a mi hermana Valentine. La bestia y el ángel. Eso es lo que me enseñaste, cuando no eras más que el programa que llamaban Juego de Fantasía.

—¿Dónde está la bestia en *mi* interior?

—No tienes ninguna.

—Tal vez no estoy viva de verdad —suspiró Jane—. Tal vez, porque nunca pasé por el crisol de la selección natural, carezco de la voluntad para sobrevivir.

—O tal vez sabes, en algún lugar secreto de tu interior, que hay otra forma de sobrevivir, una forma que simplemente no has encontrado todavía.

—Ésa es una idea reconfortante —admitió Jane—. Fingiré que lo creo.

—*Peço que deus te abençoe* —dijo Ender.

—Oh, te estás poniendo sentimental.

Durante mucho rato, varios minutos, las tres caras de la pantalla miraron en silencio a Qing-jao, a Wang-mu. Entonces, por fin, los dos rostros alienígenas desaparecieron y sólo quedó la cara llamada Jane.

—Ojalá pudiera hacerlo —dijo—. Ojalá pudiera matar a vuestro mundo para salvar a mis amigos.

El alivio inundó a Qing-jao como el primer soplo de aire a un nadador que ha estado a punto de ahogarse.

—Entonces no puedes detenerme —exclamó triunfalmente—. ¡Puedo enviar mi mensaje!

Qing-jao se acercó al terminal y se sentó ante el rostro de Jane. Pero sabía que la imagen de la pantalla era una ilusión. Si Jane observaba, no era con aquellos ojos humanos, sino con los sensores visuales del ordenador. Todo era electrónica, maquinaria infinitésima, pero maquinaria a fin de cuentas. No un alma viva. Era irracional avergonzarse ante aquella mirada ilusoria.

—Señora —dijo Wang-mu.

—Más tarde —contestó Qing-jao.

—Si haces esto, Jane morirá. Cortarán los ansibles y la matarán.

—Lo que no vive no puede morir.

—El único motivo por el que tienes poder para matarla es a causa de su compasión.

—Si parece que tiene compasión, es una ilusión: fue programada para simular la compasión, eso es todo.

—Señora, si matas toda manifestación de este programa, de forma que ninguna parte de ella quede viva, ¿en qué te diferenciarás de Ender el Xenocida, que mató a todos los inyectores hace tres mil años?

—Tal vez no soy diferente —dijo Qing-jao—. Tal vez Ender también fue un servidor de los dioses.

Wang-mu se arrodilló junto a Qing-jao y sollozó contra la falda de su túnica.

—Te lo suplico, señora, no lo hagas.

Pero Qing-jao escribió su informe. Lo tenía en la mente de una forma tan clara y simple que parecía que los dioses le habían suministrado las palabras. «Al Congreso Estelar: El escritor sedicioso conocido como Demóstenes es una mujer que ahora está en Lusitania o cerca de ella. Tiene control o acceso a un programa que ha infectado todos los ordenadores ansibles, les impide comunicar los mensajes de la flota y oculta la transmisión de los propios mensajes de Demóstenes. La única solución a este problema es extinguir el control del programa sobre las transmisiones ansible desconectando todos los ansibles de sus ordenadores actuales y poniendo en línea ordenadores limpios, todos al mismo tiempo. Por el momento he neutralizado el programa, lo cual me permite enviar este mensaje y probablemente les permitirá a ustedes enviar sus órdenes a todos los mundos. Pero no podemos tener ninguna garantía y desde luego no podemos esperar que esta situación continúe indefinidamente, así que deben actuar con rapidez. Les sugiero que fijen una fecha dentro de cuarenta semanas estándar a partir de hoy para que todos los ansibles sean desconectados a la vez durante un período de al menos un día estándar. Todos los nuevos ordenadores ansible, cuando entren en línea, deben estar completamente desconectados de cualquier otro ordenador. A partir de ahora los mensajes ansible deben ser reintroducidos manualmente en cada ordenador ansible para que esta contaminación electrónica nunca vuelva a ser posible. Si retransmiten este mensaje inmediatamente a todos los ansibles, usando su código de autoridad, mi informe se convertirá en sus órdenes. No serán necesarias más instrucciones y la influencia de Demóstenes terminará. Si no actúan inmediatamente, no seré responsable de las consecuencias.»

Qing-jao añadió a su informe el nombre de su padre y el código de autoridad que éste le había dado: su nombre no significaría nada para el Congreso, pero prestarían atención al de Han Fei-tzu, y la presencia de su código de autoridad aseguraría que todas las personas que tenían especial interés en sus declaraciones lo recibían.

Finalizado el mensaje, Qing-jao miró a los ojos de la aparición que tenía delante. Con la mano izquierda apoyada en la temblorosa espalda de Wang-mu, y la derecha sobre la tecla de transmisión, Qing-jao lanzó su último desafío.

—¿Me detendrás o permitirás que lo haga?

—¿Matarás a un raman que no ha hecho daño alguno a ningún alma viviente, o me dejarás vivir? —respondió Jane.

Qing-jao pulsó la tecla de transmisión. Jane inclino la cabeza y desapareció.

El mensaje tardaría varios segundos en ser transmitido por el ordenador de la casa al ansible más cercano. A partir de ahí, se enviaría instantáneamente a todas las autoridades del Congreso en cada uno de los Cien Mundos y también a muchas de las colonias. En muchos ordenadores receptores sería sólo un mensaje más en la cola; pero en algunos, tal vez un centenar, el código de su padre le daría prioridad suficiente para que ya lo estuviera leyendo alguien, advirtiera sus implicaciones y preparara una respuesta. Si Jane había dejado en efecto pasar el mensaje.

Así, Qing-jao esperó una respuesta. Tal vez el motivo por el que nadie contestó inmediatamente fue porque tenían que contactar unos con otros y discutir el mensaje y decidir, rápidamente, qué hacer. Tal vez por eso no llegaba ninguna respuesta al espacio vacío sobre el terminal.

La puerta se abrió. Debía de ser Mu-pao con el ordenador de juegos.

—Ponlo en el rincón, junto a la ventana norte —ordenó Qing-jao sin mirar—. Puede que lo necesite, aunque espero que no.

—Qing-jao.

Era su padre, no Mu-pao. Qing-jao se volvió hacia él, y se arrodilló de inmediato para mostrar su respeto, pero también su orgullo.

—Padre, he enviado tu informe al Congreso. Mientras tú comulgabas con los dioses, logré neutralizar el programa enemigo y envié un mensaje donde explicaba cómo destruirlo. Estoy esperando su respuesta.

Esperó la alabanza de su padre.

—¿Lo has hecho? —preguntó él—. ¿Sin consultarme? ¿Hablaste directamente al Congreso y no pediste mi consentimiento?

—Estabas purificándote, padre. Cumplí tu misión.

—Pero entonces…, Jane morirá.

—Eso es seguro —asintió Qing-jao—. Aunque no sé si el contacto con la Flota Lusitania será restaurado o no. —De repente, se le ocurrió que había un defecto en sus planes—. ¡Pero los ordenadores de la flota también estarán contaminados por ese programa! Cuando se restaure el contacto, el programa podrá retransmitirse y…, pero entonces sólo tendremos que vaciar los ansibles una vez más y…

Su padre no la miraba. Contemplaba la pantalla que tenía a la espalda. Qing-jao se volvió para ver.

Era un mensaje del Congreso, con el sello oficial bien visible. Era muy breve, con el estilo telegráfico de la burocracia.

Han:
Buen trabajo
Hemos transmitido tus sugerencias
como órdenes nuestras.
Contacto con la flota ya restaurado.
¿Ayudó tu hija en la nota 14FE.3a?
Medallas para ambos si afirmativo.

—Entonces está hecho —murmuró su padre—. Destruirán Lusitania, a los pequeninos, a toda esa gente inocente.

—Sólo si los dioses lo desean —dijo Qing-jao. Le sorprendía que su padre pareciera tan entristecido.

Wang-mu alzó la cabeza del regazo de Qing-jao, la cara roja y mojada de lágrimas.

—Y Jane y Demóstenes desaparecerán también —sollozó.

Qing-jao la agarró por los hombros, y la hizo mantenerse a distancia.

—Demóstenes es un traidor —espetó. Pero Wang-mu retiró la mirada y se volvió hacia Han Fei-tzu. Qing-jao miró también a su padre—. Y Jane... Padre, ya viste lo que era, cuán peligrosa.

—Ella intentó salvarnos, y se lo agradecimos poniendo en marcha su destrucción —susurró su padre.

Qing-jao no pudo hablar ni moverse, únicamente mirar a su padre mientras se inclinaba sobre la tecla para grabar el mensaje y luego pulsaba la tecla que despejaba la pantalla.

—Jane —dijo su padre—. Si me oyes, por favor, perdóname.

No hubo respuesta en el terminal.

—Ojalá me perdonen todos los dioses —dijo Han Fei-tzu—. Me mostré débil en el momento en que debería haber sido fuerte, y por eso mi hija, en su inocencia, ha causado el mal en mi nombre. —Se estremeció—. Debo... *purificarme.* —La palabra pareció veneno en su boca—. Durará una eternidad, estoy seguro.

Dio media vuelta y salió de la habitación. Wang-mu volvió a llorar. Estúpido llanto sin sentido, pensó Qing-jao. Este es un momento de victoria. Excepto que Jane me ha arrancado la victoria de las manos de forma que, aunque triunfo sobre ella, ella triunfa sobre mí. Me ha robado a mi padre. Ya no sirve a los dioses de corazón, aunque continúe sirviéndolos con su cuerpo.

Sin embargo, con el dolor de su comprensión llegó también una caliente puñalada de alegría: fui más fuerte. Fui más fuerte que mi padre, después de todo. Cuando llegó la prueba, fui yo quien sirvió a los dioses, y él quien se rompió, quien cayó, quien falló. Hay más en mí de lo que había soñado jamás. Soy una digna herramienta en las manos de los dioses. ¿Quién sabe cómo pueden gobernarme ahora?

12

LA GUERRA DE GREGO

\<Es curioso que los humanos llegaran a ser lo bastante inteligentes para poder viajar de un mundo a otro.\>

\<La verdad es que no. He estado pensando en eso últimamente. Aprendieron de *vosotros* a viajar entre las estrellas. Ender dice que no comprendieron la física necesaria para hacerlo hasta que vuestra primera flota colonial llegó a su sistema solar.\>

\<¿Tendríamos que habernos quedado en casa por temor a enseñar a volar a unas babosas sin pelo, con cuerpos blandos y cuatro extremidades?\>

\<Hablaste hace un momento como si creyeras que los seres humanos tuvieran inteligencia.\>

\<Está claro que la tienen.\>

\<Yo creo que no. Creo que han encontrado un medio de *falsificar* la inteligencia.\>

\<Sus naves vuelan. No hemos visto a ninguna de las *vuestras* surcando las ondas de luz a través del espacio.\>

\<Todavía somos una especie muy joven. Pero míranos. Mírate. Ambas especies hemos desarrollado un sistema muy similar. Ambas tenemos cuatro tipos de vida. Los jóvenes, que son larvas indefensas. Las parejas, que nunca tienen

inteligencia..., entre vosotros son los zánganos, entre nosotros las pequeñas madres. Luego están los muchos individuos que poseen suficiente inteligencia para ejecutar tareas manuales: nuestras esposas y hermanos, vuestras obreras. Y finalmente los inteligentes: nosotros, los padres-árbol, y tú, la reina colmena. Somos los depositarios de la sabiduría de la especie, porque tenemos tiempo para pensar, para contemplar. Nuestra actividad primaria es la reflexión.>

<Mientras que los humanos están siempre de un lado para otro como los hermanos y las esposas. Como las obreras.>

<No solamente las obreras. Sus jóvenes también atraviesan una etapa larval en la que están indefensos, y que dura más de lo que algunos de ellos piensan. Y cuando es la hora de reproducirse, todos se convierten en zánganos o pequeñas madres, pequeñas máquinas que tienen sólo un objetivo en la vida: gozar del sexo y morir.>

<Ellos creen que son racionales a lo largo de todas esas etapas.>

<Se engañan a sí mismos. Incluso en sus mejores ejemplos, nunca, como individuos, se alzan sobre el del nivel de trabajadores manuales. ¿Quién entre ellos tiene tiempo para volverse inteligente?>

<Ninguno.>

<Nunca saben nada. No gozan de suficientes años en sus cortas vidas para llegar a comprender nada en absoluto. Sin embargo, *creen* que comprenden. Desde la más tierna infancia, se engañan para pensar que comprenden el mundo, mientras que lo que en realidad sucede es que tienen algunos primitivos prejuicios y suposiciones. A medida que se hacen mayores, aprenden un vocabulario más elevado con el que expresar su pseudoconocimiento y engañar a otras personas para que acepten sus prejuicios como si fueran la verdad, pero todo se reduce a lo mismo. Individualmente, los seres humanos son todos idiotas.>

<Mientras que, colectivamente...>

<Colectivamente, son un conjunto de idiotas. Pero con tanto correr de un lado a otro pretendiendo ser sabios, lanzando teorías idiotas a medio comprender sobre esto y aquello, un par de ellos se topan con alguna idea que se acerca un poco más a la verdad de lo que ya se sabía. Y en una especie de vacilante prueba de tanteo y error, aproximadamente la mitad de las veces la verdad se abre paso y es aceptada por personas que todavía no la comprenden, que simplemente la adoptan como un nuevo prejuicio en el que confiar a ciegas hasta que el siguiente idiota se encuentre por casualidad con una mejora.>

<Entonces estás diciendo que ninguno de ellos es inteligente individualmente, y que los grupos son aún más estúpidos que los individuos. Sin embargo al mantener a tantos idiotas entretenidos en fingir ser inteligentes, se encuentran con algunos de los mismos resultados con los que se encontraría una especie inteligente.>

<En efecto.>

<Si ellos son tan estúpidos y nosotros tan inteligentes, ¿por qué tenemos sólo una colmena, que sobrevive aquí porque nos trajo un humano? ¿Y por qué habéis dependido vosotros de ellos de una forma tan completa para todos los avances técnicos y científicos que habéis realizado?>

<Tal vez la inteligencia no lo es todo.>

<Tal vez *nosotros* somos los estúpidos, al pensar que sabemos. Tal vez los humanos son los únicos que entienden el hecho de que nada puede ser conocido.>

Quara fue la última en llegar a la casa de su madre. Fue Plantador, el pequenino que servía como ayudante de Ender en los campos, quien la recibió. Estaba claro por el expectante silencio del salón que Miro no se lo había dicho a nadie todavía. Pero todos sabían, igual que Quara, por qué los había convocado allí. Tenía que ser Quim. Ender debía de haberlo alcanzado ya, y podía hablar con Miro a través de los transmisores que llevaban.

Si Quim estuviera bien, no los habrían reunido. Simplemente, se lo habrían dicho.

Así que todos lo sabían. Quara escrutó sus rostros mientras permanecía en la puerta. Ela, con aspecto dolorido. Grego, el rostro furioso, siempre furioso, idiota petulante. Olhado, sin expresión, con los ojos brillantes. Y madre. ¿Quién podía leer la terrible máscara que llevaba? Pena, desde luego, como Ela, y furia tan ardiente como la de Grego, y también la fría e inhumana distancia de la cara de Olhado.

Todos llevamos la cara de madre, de un modo u otro. ¿Qué parte de ella es mía? Si pudiera comprenderme, ¿qué reconocería entonces en la retorcida postura que tiene madre en su silla?

—Murió por la descolada —anunció Miro—. Esta mañana. Andrew acababa de llegar.

—No pronuncies ese nombre —ordenó Novinha. Su voz estaba ronca por el dolor mal contenido.

—Murió como un mártir —dijo Miro—. Murió como habría querido.

Novinha se levantó de la silla, torpemente. Por primera vez, Quara advirtió que su madre envejecía. Caminó con pasos inseguros hasta plantarse delante de Miro, que estaba sentado con las piernas abiertas. Entonces lo abofeteó con todas sus fuerzas.

Fue un momento de dolor. Ver a una mujer adulta golpeando a un lisiado indefenso ya era bastante penoso, pero ser testigos de cómo su madre golpeaba a Miro, que siempre fue su fuerza y salvación durante la infancia, resultó insoportable. Ela y Grego se levantaron de un salto y la arrastraron de vuelta a su silla.

—¿Qué intentas hacer? —chilló Ela—. ¡Golpear a Miro no nos devolverá a Quim!

—¡Miro y esa joya de su oído! —gritó Novinha. Se

abalanzó de nuevo hacia Miro; los demás apenas pudieron contenerla, a pesar de su aparente fragilidad—. ¿Qué sabes tú de cómo quiere morir la gente?

Quara tuvo que admirar la forma en que Miro la observó, impertérrito, aunque tenía la mejilla roja por el golpe.

—Sé que la muerte no es lo peor que hay —dijo Miro.

—Sal de mi casa —ordenó Novinha.

Miro se levantó.

—No estás llorando *por él* —la acusó—. Ni siquiera sabes quién era.

—¡No te atrevas a decirme eso!

—Si lo amaras, no habrías intentado impedirle ir —dijo Miro. Su voz no era fuerte, y su habla era pastosa y difícil de comprender. Todos lo escucharon, en silencio. Incluso su madre, pues sus palabras eran terribles—. Pero no lo amas. No sabes cómo amar a la gente. Sólo sabes cómo poseerla. Y como la gente nunca actuará como tú quieres, madre, siempre te sentirás traicionada. Y como tarde o temprano todo el mundo muere, siempre te sentirás engañada. Pero eres tú quien engaña, madre. Tú eres la que usa nuestro amor para intentar controlarnos.

—Miro —llamó Ela. Quara reconoció el tono de su voz. Era como si volvieran a ser niños pequeños y Ela intentara calmar a Miro, para persuadirlo de que suavizara su actitud. Quara recordó haber oído a Ela hablarle así una vez, cuando su padre acababa de golpear a Novinha y Miro dijo: «Lo mataré. No sobrevivirá a esta noche». Esto era lo mismo. Miro decía cosas dolorosas a su madre, palabras que tenían el poder de matar. Sólo que Ela no podría detenerlo a tiempo, esta vez no, porque las palabras ya habían sido pronunciadas. El veneno estaba ahora dentro de su madre, haciendo su trabajo, buscando su corazón para quemarlo.

—Ya has oído a madre —espetó Grego—. Sal de aquí.

—Me voy —contestó Miro—. Pero sólo he dicho la verdad.

Grego avanzó hacia Miro, lo cogió por los hombros y lo empujó hacia la puerta.

—¡No eres uno de nosotros! —gritó—. ¡No tienes ningún derecho a decirnos nada!

Quara se interpuso entre ambos, enfrentándose a Grego.

—¡Si Miro no se ha ganado el derecho a hablar en esta familia, entonces no somos una familia!

—Tú lo has dicho —murmuró Olhado.

—Apártate de mi camino —masculló Grego. Quara le había oído proferir amenazas antes, un millar de veces al menos. Pero esta vez, al estar tan cerca de él, con su aliento en la cara, se dio cuenta de que estaba fuera de control. La noticia de la muerte de Quim le había golpeado con fuerza, y tal vez en este momento no estaba cuerdo del todo.

—No estoy en tu camino —dijo Quara—. Adelante. Golpea a una mujer. Empuja a un lisiado. Está en tu naturaleza, Grego. Naciste para destruir. Me avergüenza pertenecer a la misma especie que tú, no digamos a la misma familia.

Sólo después de hablar se dio cuenta de que tal vez estaba presionando demasiado a Grego. Después de todos estos años de discusión continuada, esta vez había logrado herirlo. Su expresión era aterradora.

Pero él no la golpeó. Pasó por su lado rodeándola, rodeando también a Miro, y se plantó en la puerta, las manos en el marco. Empujaba hacia fuera, como si intentara apartar a las paredes de su camino. O tal vez se aferraba a ellas, esperando que pudieran sujetarlo.

—No voy a dejar que me enfurezcas, Quara —manifestó—. Sé quién es mi enemigo.

Entonces salió por la puerta y se perdió en la oscuridad.

Un momento después, sin decir nada más, Miro lo siguió.

Ela habló mientras se dirigía también a la puerta:

—Sean cuales fueran las mentiras que te estás diciendo, madre, no ha sido Ender ni nadie más quien ha destruido a esta familia esta noche. Has sido tú.

Entonces se marchó.

Olhado se levantó y salió, sin pronunciar palabra. Quara quiso abofetearlo cuando pasó por su lado, para hacerle hablar. ¿Lo has grabado todo en los ordenadores de tus ojos, Olhado? ¿Tienes todas las imágenes grabadas en la memoria? Bien, no te sientas demasiado orgulloso de ti mismo. Puede que yo sólo tenga un cerebro hecho de tejidos para grabar esta maravillosa noche en la historia de la familia Ribeira, pero apuesto a que mis imágenes son tan claras como las tuyas.

Novinha contempló a Quara. Su rostro estaba surcado de lágrimas. Quara no pudo recordar: ¿había visto llorar a su madre alguna vez antes?

—Entonces tú eres todo lo que queda —suspiró.

—¿Yo? —preguntó Quara—. Soy la hija a quien prohibiste el acceso al laboratorio, ¿recuerdas? Soy la que ha quedado apartada del trabajo de mi vida. No esperes que sea tu amiga.

Entonces también Quara se marchó. Salió al aire de la noche sintiéndose revitalizada, justificada. Que la vieja bruja reflexione todo eso durante un tiempo, a ver si le gusta estar aislada, como hizo conmigo.

Unos cinco minutos después, cuando Quara estaba cerca de la verja y el brillo de su ira se había difuminado, empezó a advertir lo que le había hecho a su madre. Lo que le habían hecho todos. Dejarla sola. Dejarla sintiendo que había perdido no sólo a Quim, sino a su familia entera. Aquello fue algo terrible, y su madre no lo merecía.

Quara se volvió de inmediato y regresó a la casa. Pero cuando atravesaba la puerta, Ela entró también en el salón por la otra, la que conducía al interior de la casa.

—No está aquí —dijo Ela.

—*Nossa Senhora* —susurró Quara—. Le dije cosas terribles.

—Todos lo hicimos.

—Nos necesita. Quim está muerto, y nosotros sólo supimos...

—Cuando ella golpeó así a Miro, fue...

Para su sorpresa, Quara descubrió que estaba llorando, abrazada a su hermana mayor. ¿Entonces todavía soy una niña, después de todo? Sí, lo soy, lo somos todos, y Ela sigue siendo la única que sabe consolarnos.

—Ela, ¿era Quim el único que nos mantenía unidos? Ahora que ya no está, ¿hemos dejado de formar una familia?

—No lo sé.

—¿Qué podemos hacer?

Por respuesta, Ela la cogió de la mano y ambas salieron de la casa. Quara preguntó adónde iban, pero Ela no respondió, sólo le sujetó la mano y siguió avanzando. Quara la acompañó sin ofrecer resistencia: no tenía ni idea de qué hacer, y de algún modo seguir a Ela parecía algo seguro. Al principio pensó que Ela estaba buscando a su madre, pero no, no se dirigió al laboratorio ni a ningún otro lugar donde pudiera estar. Se sorprendió aún más al ver dónde terminó su camino.

Se encontraban delante del altar que el pueblo de Lusitania había erigido en mitad de la ciudad. El altar de Gusto y Cida, sus abuelos, los primeros xenobiólogos que descubrieron una forma para contener al virus de la descolada y salvar así a la colonia humana de Lusitania. Aunque encontraron las drogas que impidieron que la descolada siguiera matando gente, ellos mismos murieron, demasiado infectados ya para que su propia droga los salvara. El pueblo los adoró, construyó aquel altar, los llamó Os Venerados incluso antes de que la Iglesia los beatificara. Y ahora que estaban a sólo un paso de ser canonizados como santos, estaba permitido rezarles.

Para sorpresa de Quara, Ela había acudido allí para rezar. Se arrodilló ante el altar, y aunque Quara no era demasiado creyente, se arrodilló junto a su hermana.

—Abuelo, abuela, rezad a Dios por nosotros. Rezad por el alma de nuestro hermano Estevão. Rezad por todas nuestras almas. Rezad a Cristo para que nos perdone.

Era una oración a la que Quara podía unirse con todo su corazón.

—Proteged a vuestra hija, nuestra madre, protegedla de... de su pena y su ira, y hacedle saber que la amamos y que vosotros la amáis y que... Dios la ama. Oh, por favor, pedidle a Dios que la ame y no la deje hacer ninguna locura.

Quara nunca había oído rezar así a nadie. Siempre eran oraciones memorizadas, o leídas. No este tropel de palabras. Pero, claro, Os Venerados no eran como los demás santos. Eran sus abuelos, aunque nunca habían llegado a conocerlos en vida.

—Decidle a Dios que ya hemos tenido suficiente —continuó Ela—. Tenemos que encontrar una salida a todo esto. Cerdis matando humanos. Esa flota que viene a destruirnos. La descolada intentando arrasar con todo. Nuestra familia odiándose. Encontradnos una salida, abuelo, abuela, y si no la hay entonces que Dios abra una, porque esto no puede continuar.

Ela y Quara respiraron pesadamente en medio del silencio agotador.

—*Em nome do Pai e do Filho e do Espírito Santo* —dijo Ela—. *Amem.*

—*Amem* —susurró Quara.

Entonces Ela abrazó a su hermana y las dos continuaron llorando en la noche.

Valentine se sorprendió al descubrir que el alcalde y el obispo eran las dos únicas personas presentes en la reunión de emergencia. ¿Por qué estaba *ella* allí? No tenía fuerza, ni autoridad.

El alcalde Kovano Zeljevo le acercó una silla. Todos los muebles de la habitación privada del obispo eran elegantes, pero las sillas estaban diseñadas para resultar dolorosas. El asiento era tan estrecho que para poder sentarse había que mantener el trasero bien pegado al respaldo. Y el respaldo era en sí mismo recto como un ariete, sin ninguna concesión a la columna vertebral humana, y subía tan alto que la cabeza quedaba hacia delante. De permanecer sentada en ella algún tiempo, la silla acabaría obligando a quien la usara a inclinarse hacia delante, para apoyar los brazos sobre las rodillas.

Tal vez eso era lo que se pretendía, pensó Valentine. Sillas que te hacen inclinarte ante la presencia de Dios.

O tal vez era aún más sutil. Las sillas estaban diseñadas para hacerte sentir tan físicamente incómodo que ansiabas una existencia menos corpórea. Castigaba la carne para preferir vivir en el espíritu.

—Parece sorprendida —comentó el obispo Peregrino.

—Comprendo que ustedes dos se reúnan en una situación de emergencia. ¿Me necesitan para que tome algunas notas?

—Dulce humildad —dijo Peregrino—. Pero hemos leído sus escritos, hija mía, y seríamos estúpidos si no buscáramos su sabiduría en un momento problemático.

—Les ofreceré la sabiduría que tenga, pero yo no esperaría demasiada.

Con eso, el alcalde Kovano se zambulló en el tema de la reunión.

—Hay muchos problemas a largo plazo, pero no tendremos muchas posibilidades de resolverlos si no lo hacemos primero con el más inmediato. Anoche hubo una especie de pelea en la casa de los Ribeira...

—¿Por qué tienen que estar nuestras mejores mentes agrupadas en nuestra familia más inestable? —murmuró el obispo.

—No son la familia más inestable, obispo Peregrino —objetó Valentine—. Son simplemente la familia cuyas disputas internas causan más perturbación en la superficie. Otras familias sufren peores enfrentamientos, pero no se notan porque no importan tanto a la comunidad.

El obispo asintió sabiamente, pero Valentine sospechaba que se sentía molesto por verse corregido en un tema tan trivial. A pesar de todo, ella sabía que no lo era. Si el obispo y el alcalde empezaban pensando que la familia Ribeira eran más inestables de lo que ya de por sí eran, podían perder su confianza en Ela, o en Miro, o en Novinha, todos los cuales eran absolutamente esenciales si Lusitania quería sobrevivir a las crisis futuras. Para esa cuestión, incluso los miembros más inmaduros de la familia, Quara y Grego, podían ser necesarios. Ya habían perdido a Quim, probablemente el mejor de todos. Sería una tontería perder también a los demás.

Si los líderes de la colonia empezaban a juzgar equivocadamente a los Riberira como grupo, pronto los juzgarían también mal como individuos.

—Anoche la familia se dispersó —continuó el alcalde—, y por lo que sabemos, pocos son los que se hablan entre sí. He intentado encontrar a Novinha, y acabo de enterarme de que se ha refugiado con los Hijos de la Mente de Cristo y se niega a ver o a hablar con nadie. Ela me ha comunicado que su madre ha sellado todos los archivos del laboratorio xenobiológico, de forma que el trabajo se ha paralizado por completo esta mañana. Quara está con Ela, lo crea o no. Miro se encuentra fuera del perímetro, en alguna parte. Olhado está en su casa y su esposa dice que se ha desconectado los ojos, que es su forma de aislarse de la vida.

—Hasta ahora, parece que se están tomando muy mal la muerte del padre Estevão —observó Peregrino—. Tengo que visitarlos y ayudarlos.

—Todas ésas son respuestas perfectamente aceptables al dolor —dijo Kovano—, y no habría convocado esta reunión si eso fuera todo. Como usted dice, Su Eminencia, debe tratar este asunto como su líder espiritual, sin mí.

—Grego —apuntó Valentine al advertir que Kovano no lo había incluido en la lista.

—Exactamente —asintió el alcalde—. Su respuesta fue irse a un bar…, a varios bares, antes de que acabara la noche, y decir a todos los matones borrachos y paranoides de Milagro, y tenemos unos cuantos, que los cerdis han asesinado al padre Quim a sangre fría.

—*Que Deus nos avençôe* —murmuró el obispo Peregrino.

—Hubo problemas en uno de los bares —prosiguió Kovano—. Ventanas destrozadas, sillas rotas, dos hombres hospitalizados.

—¿Una reyerta? —preguntó el obispo.

—No del todo. Sólo ira descargada en general.

—Entonces ya pasó.

—Eso espero. Pero parece que sólo se acabó cuando salió el sol. Y cuando llegó el alguacil.

—¿Alguacil? —preguntó Valentine—. ¿Sólo uno?

—Lidera una fuerza policial de voluntarios —explicó Kovano—. Como la brigada de bomberos voluntarios. Patrullas de dos horas. Despertamos a algunos. Hicieron falta veinte para calmar las cosas. Sólo contamos con unos cincuenta hombres en la brigada, por lo general sólo cuatro prestan servicio cada vez. Normalmente se pasan la noche contándose chistes. Y algunos de los policías fuera de servicio estaban entre los que destrozaron el bar.

—Eso significa que no son muy de fiar en una emergencia.

—Se comportaron espléndidamente anoche —objetó Kovano—. Los que estaban de servicio, quiero decir.

—Con todo, no hay esperanza ninguna de que controlen un disturbio real —suspiró Valentine.

—Se encargaron de las cosas anoche —insistió el obispo—. Esta noche la primera oleada se habrá agotado.

—Esta noche la noticia se habrá extendido. Todo el mundo conocerá la muerte de Quim y la furia será mayor —dijo Valentine.

—Tal vez —convino el alcalde Kovano—. Pero lo que me preocupa es mañana, cuando Andrew traiga el cadáver a casa. El padre Estevão no era una figura muy popular, nunca iba a beber con los muchachos, pero se había convertido en una especie de símbolo espiritual. Como mártir, tendremos a mucha más gente queriendo vengarlo que discípulos dispuestos a seguirlo tuvo en vida.

—Entonces está diciendo que debemos celebrar un funeral sencillo y discreto —aventuró Peregrino.

—No lo sé. Tal vez lo que la gente necesita es un gran funeral, donde pueda descargar su dolor y superarlo de una vez por todas.

—El funeral no es nada —rebatió Valentine—. El problema es esta noche.

—¿Por qué esta noche? La primera oleada de la noticia de la muerte del padre Estevão habrá pasado. El cadáver no llegará hasta mañana. ¿Qué pasa esta noche?

—Tiene que cerrar todos los bares. No permita que fluya el alcohol. Arreste a Grego y manténgalo aislado hasta después del funeral. Declare el toque de queda al anochecer y ponga de servicio a todos los policías. Patrulle la ciudad en grupos durante toda la noche, con porras y armas.

—Nuestra policía no tiene armas.

—Déselas de todas formas. No tienen que cargarlas, sólo mostrarlas. Una porra es una invitación para discutir con la autoridad, porque siempre se puede salir corriendo. Una pistola es un incentivo para comportarse con educación.

—Eso parece muy extremo —opinó el obispo Peregrino—. ¡Un toque de queda! ¿Qué pasa con los trabajos nocturnos?

—Cancélenlos todos menos los servicios vitales.

—Perdóneme, Valentine —dijo el alcalde—, pero si reaccionamos de forma excesiva, ¿no sacará eso las cosas de quicio? ¿No causará el tipo de pánico que queremos evitar?

—Nunca ha visto un motín, ¿verdad?

—Sólo lo que pasó anoche.

—Milagro es un pueblo muy pequeño —expuso el obispo Peregrino—. Sólo unas quince mil personas. Apenas somos suficientemente grandes para tener disturbios reales..., eso queda para las grandes ciudades, en mundos densamente poblados.

—No es cuestión del tamaño de la población, sino de su densidad y el miedo público. Sus quince mil personas están apiñadas en un espacio apenas mayor que el centro comercial de una ciudad. Tiene una verja alrededor, por decisión propia, porque más allá hay criaturas que son insoportablemente extrañas y que creen poseer el planeta entero, aunque todo el mundo puede ver grandes praderas que deberían abrirse al uso de los humanos, si no fuera porque los cerdis se oponen. La ciudad ha sido diezmada por una plaga, y ahora están aislados de los demás mundos y hay una flota que llegará dentro de poco para invadirlos, oprimirlos y castigarlos. Y en sus mentes, todo esto, *todo*, es culpa de los cerdis. Anoche se enteraron de que los cerdis han vuelto a matar, aunque hicieron el solemne juramento de no dañar a ningún ser humano. Sin duda, Grego les ofreció una descripción bien detallada de la traición de los cerdis. El muchacho tiene habilidad con las palabras, sobre todo con las desagradables. Y los pocos hombres que estaban en el bar reaccionaron con violencia. Les aseguro que las cosas empeorarán esta noche, a menos que se adelanten.

—Si tomamos esa acción represora, pensarán que nos dejamos llevar por el pánico —alegó el obispo Peregrino.

—Pensarán que tienen el control. La gente equilibrada se lo agradecerá. Restaurarán la confianza pública.

—No sé —dudó Kovano—. Ningún alcalde ha hecho nada parecido antes.

—Ningún alcalde tuvo la necesidad.

—La gente dirá que utilicé la menor excusa para asumir poderes dictatoriales.

—Tal vez —admitió Valentine.

—Nunca creerán que podría haberse producido un motín.

—Y tal vez lo derrotarán en las próximas elecciones —apuntó Valentine—. ¿Y qué?

—Piensa como un clérigo —rió Peregrino.

—Estoy dispuesto a perder las elecciones para hacer lo que sea más adecuad —declaró Kovano, un poco resentido.

—Pero no está seguro de qué es lo adecuado —dijo Valentine.

—Bueno, no puede saber si habrá una revuelta esta noche.

—Sí puedo. Le aseguro que a menos que tome el control con mano firme ahora mismo y anule cualquier posibilidad de que la gente forme grupos, perderá mucho más que las próximas elecciones.

El obispo todavía estaba riéndose.

—¿No nos dijo que no esperáramos demasiada sabiduría por su parte?

—Si piensa que estoy actuando de forma exagerada, ¿qué propone usted?

—Anunciaré un servicio en memoria de Quim esta noche, y oraciones por la paz y la calma.

—Eso llevará a la catedral exactamente a la gente que nunca formaría parte de una revuelta —objetó Valentine.

—No comprende lo importante que es la fe para el pueblo de Lusitania —dijo Peregrino.

—Y usted no comprende lo devastadores que pueden ser el miedo y la ira, y lo rápidamente que se olvidan la religión, la civilización y la decencia humana cuando se forma una muchedumbre.

—Pondré en alerta a toda la policía esta noche —anunció el alcalde Kovano—, y a la mitad de ellos de servicio desde el atardecer a la medianoche. —Hizo una pausa y continuó—: Pero no cerraré los bares ni declararé el toque de queda. Quiero que la vida siga con toda la normalidad posible. Si empezamos a cambiarlo y a cerrarlo todo, les estaremos dando más razones para sentirse asustados y furiosos.

—Les estaría dando una sensación de que la autoridad tiene el mando —discutió Valentine—. Estaría emprendiendo acciones comparables a los terribles sentimientos que albergan. Sabrían que alguien está haciendo *algo*.

—Es usted muy sabia —dijo el obispo Peregrino—, y éste sería un gran consejo para una ciudad grande, sobre todo en un planeta menos fiel a la fe cristiana. Pero nosotros somos un simple pueblo, y la gente es piadosa. No necesitan que los atemoricen. Necesitan apoyo y tranquilidad esta noche, no toques de queda, cierres, pistolas ni patrullas.

—Son ustedes quienes deben tomar la decisión. Como dije, la sabiduría que tengo la comparto.

—Y se lo agradecemos. Puede estar segura de que observaremos con atención los hechos de esta noche —dijo Kovano.

—Gracias por invitarme —contestó Valentine—. Pero ya pueden ver que, como predije, no he servido de gran cosa.

Se levantó de la silla, con el cuerpo dolorido por haber permanecido tanto tiempo en aquella postura imposible. No se había inclinado hacia delante. Tampoco lo hizo ahora, cuando el obispo extendió la mano para que se la besara. En cambio, Valentine la estrechó fuertemente; luego repitió la operación con el alcalde. Como a iguales. Como a extraños.

Salió de la habitación, ardiendo interiormente. Les había advertido y les había indicado lo que deberían hacer. Pero como la mayoría de los líderes que jamás se habían enfrentado con una crisis auténtica, no creían que esta noche se pudiera producir nada distinto a las otras noches. La gente sólo cree de verdad en lo que ha visto antes. Después de esta noche, Kovano creerá en toques de queda y cierres en momentos de tensión pública. Pero para entonces será demasiado tarde. Para entonces estarán contando las bajas.

¿Cuántas tumbas se cavarían junto a la de Quim? ¿Y de quién serían los cadáveres que reposarían en ellas?

Aunque Valentine era allí una extraña y conocía a pocas personas, no podía aceptar la revuelta como inevitable. Sólo había otra esperanza. Hablaría con Grego. Intentaría persuadirle de la seriedad de lo que estaba sucediendo. Si *él* iba de bar en bar esa noche, aconsejando paciencia, hablando con calma, entonces los disturbios se podrían atajar. Sólo él tenía la posibilidad de hacerlo. Ellos lo conocían. Era el hermano de Quim. Sus palabras los habían enfurecido la noche anterior. Ahora podrían escucharlo para que la revuelta fuera contenida, impedida, canalizada. Tenía que encontrar a Grego.

Si Ender estuviera allí... Ella era historiadora. Era Ender quien había conducido a hombres a la batalla. Bueno, en realidad a niños. Había conducido a niños. Pero era lo mismo: él sabría qué hacer. ¿Por qué no está aquí ahora? ¿Por qué queda este asunto en mis manos? No tengo estómago para la violencia y la confrontación. Nunca lo he tenido. Para eso nació Ender, un tercer hijo concebido a instancias del gobierno en una era en que no se permitía a los padres más que dos hijos sin sufrir devastadoras sanciones legales: porque Peter fue demasiado sañudo, y ella, Valentine, demasiado mansa.

Ender habría convencido al alcalde y al obispo para que actuaran con sensatez. Y si no hubiera podido hacerlo, habría sabido cómo ir a la ciudad a calmar los ánimos, a mantenerlos bajo control.

Sin embargo, aunque deseaba que Ender estuviera allí, sabía que ni siquiera él podría controlar lo que iba a suceder esta noche. Tal vez lo que ella había sugerido ni siquiera sería suficiente. Había basado sus conclusiones sobre lo que sucedería en todo lo que había visto y leído en muchos mundos diferentes en muchas épocas distintas. La conflagración de la noche anterior se extendería muchísimo más esta noche. Pero ahora Valentine empezaba a comprender que las cosas podrían ser mucho peores de lo que había supuesto en un principio. La gente de Lusitania había vivido sin expresar su miedo en un mundo extraño durante demasiado tiempo. Todas las otras colonias humanas se habían extendido inmediatamente, tomando posesión de sus mundos, apropiándoselo en cuestión de unas pocas generaciones. Los humanos de Lusitania todavía vivían en una pequeña reserva, virtualmente en un zoo donde terribles criaturas parecidas a cerdos los contemplaban a través de los barrotes. No se podía calcular lo que se había acumulado en el interior de esta gente. Probablemente no podría contenerse. Ni siquiera un día.

Las muertes de Pipo y Libo en el pasado ya habían sido graves. Pero ellos eran científicos que trabajaban entre los cerdis. Con ellos fue como cuando los aviones se estrellan o las naves espaciales estallan. Si sólo la tripulación estaba a bordo, el público no se preocupaba tanto: a la tripulación se le pagaba por el riesgo que corría. Este tipo de accidentes sólo causaba miedo y furia cuando morían civiles. Y en la mente de la gente de Lusitania, Quim era un civil inocente.

No, más que eso: era un hombre santo que llevaba hermandad y beatitud a aquellos semianimales que nada se merecían. Matarlo no fue sólo un acto bestial y cruel, sino también sacrílego.

La gente de Lusitania era tan piadosa como creía el obispo Peregrino. Lo que él olvidaba era la forma en que la gente piadosa había reaccionado siempre a los insultos contra su dios. Peregrino no recordaba lo suficiente de la historia del cristianismo, pensó Valentine, o quizá simplemente creía que todas aquellas cosas habían terminado con las Cruzadas. Si la catedral era, de hecho, el centro de la vida en Lusitania, y si la gente sentía devoción por sus sacerdotes, ¿por qué imaginaba Peregrino que su pena ante el asesinato de un cura se expresaría en un simple servicio de oración? Si el obispo parecía pensar que la muerte de Quim carecía de importancia, aquello sólo serviría para aumentar la furia. Estaba añadiendo matices al problema, no resolviéndolo.

Valentine estaba todavía buscando a Grego cuando oyó que las campanas empezaban a doblar. La llamada a la oración. Sin embargo, ésta no era la hora normal de misa. La gente debía de estar alzando la cabeza sorprendida, preguntándose, ¿por qué doblan las campanas? Y entonces recordaban: el padre Estevão ha muerto. El padre Quim fue asesinado por los cerdis. Oh, sí, Peregrino, qué excelente idea, tocar esa campana. Eso ayudará a la gente a pensar que las cosas están tranquilas y normales.

Líbranos, Señor, de todos los hombres sabios.

Miro yacía acurrucado en un doblez de las raíces de Humano. No había dormido mucho la noche anterior, si es que había llegado a hacerlo, e incluso ahora estaba tendido sin moverse, con los pequeninos a su alrededor, golpeando con sus bastones ritmos en los troncos de Humano y Raíz. Miro oía las conversaciones y comprendía la mayor parte, aunque todavía no dominaba la Lengua de los Padres, porque los hermanos no hacían ningún esfuerzo por ocultarle sus agitadas conversaciones. Él era Miro, después de todo. Confiaban en él. No estaba mal que se diera cuenta de lo furiosos y asustados que estaban.

El padre-árbol llamado Guerrero había matado a un humano. Y no a uno cualquiera: su tribu y él habían asesinado al padre Estevão, el ser humano más amado de todos después del propio Portavoz de los Muertos. Era inenarrable. ¿Qué deberían hacer? Habían prometido al Portavoz no entablar nunca más la guerra, ¿pero cómo si no podrían castigar a la tribu de Guerrero y mostrar a los humanos que los pequeninos repudiaban su pernicioso acto? La guerra era la única respuesta, y todos los hermanos de cada tribu atacarían el bosque de Guerrero y talarían sus árboles excepto aquellos que habían discutido contra el plan de Guerrero.

¿Y su árbol-madre? Ese era el debate que todavía continuaba: discutían si bastaría con matar a todos los hermanos y padres-árbol implicados en el bosque de Guerrero, o talar también el árbol-madre, para que no hubiera oportunidad de que ninguna semilla de Guerrero volviera a enraizar en el mundo. Dejarían vivo a Guerrero el tiempo suficiente para ver la destrucción de su tribu, y luego lo quemarían, la más terrible de todas las ejecuciones, y la única ocasión en que los pequeninos usaban el fuego dentro de un bosque.

Miro oyó todo esto, y quiso intervenir, quiso decir: «¿Para qué sirve todo eso ahora?». Pero sabía que nadie podría detener a los pequeninos. Estaban demasiado furiosos. En parte, se debía a la pena por la muerte de Quim, pero también porque sentían vergüenza. Guerrero los había avergonzado a todos al romper su tratado. Los humanos nunca volverían a confiar en los pequeninos, a menos que destruyeran por completo a Guerrero y a su tribu.

La decisión estaba tomada. Al día siguiente por la mañana todos los hermanos empezarían el viaje hacia el bosque de Guerrero. Pasarían muchos días agrupándose, porque ésta tenía que ser una acción de todos los bosques del mundo juntos. Cuando estuvieran preparados, con el bosque de Guerrero completamente rodeado, lo destruirían tan concienzudamente que nadie podría imaginar que allí se había alzado un bosque antes.

Los humanos lo verían. Sus satélites mostrarían cómo trataban los pequeninos a sus cobardes asesinos que transgredían los tratados. Entonces volverían a confiar en los pequeninos. Y también entonces los pequeninos podrían alzar la cabeza sin vergüenza en presencia de un humano.

Gradualmente, Miro se dio cuenta de que no sólo le estaban dejando escuchar sus conversaciones y deliberaciones. Se estaban *asegurando* de que oía y comprendía todo lo que hacían. Esperan que lleve la noticia a la ciudad. Esperan que explique a los humanos de Lusitania cómo los pequeninos pretenden castigar a los asesinos de Quim.

¿No se dan cuenta de que ahora soy un extraño? ¿Quién me escucharía entre todos los humanos de Lusitania, a mí, a un muchacho lisiado surgido del pasado, con un habla casi ininteligible? No tengo ninguna influencia sobre los demás humanos. Apenas tengo influencia sobre mi propio cuerpo.

Sin embargo, era el deber de Miro. Se levantó lentamente, liberándose de su lugar entre las raíces de Humano. Lo intentaría. Iría a ver al obispo Peregrino y le diría lo que pretendían los pequeninos. El obispo difundiría la noticia y entonces la gente podría sentirse reconfortada al saber que miles de inocentes retoños de pequeninos serían asesinados para compensar la muerte de un hombre.

¿Qué son los bebés pequeninos, después de todo? Sólo gusanos que viven en el oscuro vientre de un árbolmadre. A la gente nunca se le ocurriría que apenas había diferencia entre este asesinato en masa de bebés pequeninos y la masacre de inocentes del rey Herodes en la época del nacimiento de Jesús. Sólo buscaban *justicia*. ¿Qué es la completa aniquilación de una tribu de pequeninos comparado con eso?

Grego: de pie en mitad de la plaza, la multitud alerta a mi alrededor, cada uno de ellos conectado a mí por un tenso cable invisible de forma que mi voluntad es la suya, mi boca pronuncia sus palabras, sus corazones laten a mi ritmo. Nunca he sentido esto antes, esta clase de vida, formar parte de un grupo como éste, y no ser sólo una parte, sino su mente, el centro, de forma que mi esencia los incluye a todos ellos, a cientos; mi furia es su furia, sus manos son mis manos, sus ojos sólo ven lo que yo les muestro.

La música, la cadencia de invocación, respuesta, invocación, respuesta:

—El obispo dice que recemos por la justicia, ¿pero es suficiente para nosotros?

—¡No!

—Los pequeninos dicen que *ellos* destruirán el bosque que asesinó a mi hermano, ¿pero les creemos?

—¡No!

Ellos completan mis frases; cuando me paro a tomar aliento, ellos gritan por mí, de forma que mi voz no se calla nunca, sino que surge de las gargantas de quinientos hombres y mujeres. El obispo vino a verme, lleno de paz y paciencia. El alcalde vino a verme con sus advertencias de policía y tumultos, y sus amenazas de prisión. Valentine vino a verme, todo intelecto helado, hablando de mi responsabilidad. Todos conocen mi poder, un poder que yo ignoraba, un poder que empezó sólo cuando dejé de obedecerlos y transmití finalmente a la gente lo que albergaba mi corazón. La verdad es mi poder. Dejé de engañar al pueblo y les di la verdad y ahora ven en qué me he convertido, en lo que nos hemos convertido juntos.

—Si alguien castiga a los cerdis por matar a Quim, debemos ser nosotros. ¡Una vida humana debe ser vengada por manos humanas! Dicen que la sentencia para los asesinos es la muerte... ¡Pero somos *nosotros* quienes tenemos el derecho a decidir el verdugo! ¡Somos nosotros los que tenemos que asegurarnos de que la sentencia se cumple!

—¡Sí! ¡Sí!

—¡Dejaron morir a mi hermano en la agonía de la descolada! ¡Contemplaron su cuerpo ardiendo desde dentro! ¡Ahora quemaremos ese bosque hasta el final!

—¡Quemadlos! ¡Fuego! ¡Fuego!

Ved cómo prende la cerilla, cómo arrancan puñados de hierba y las encienden. ¡La llama que encenderemos juntos!

—Mañana partiremos en expedición de castigo...

—¡Esta noche! ¡Esta noche! ¡Ahora!

—Mañana. No podemos partir esta noche, tenemos que proveernos de agua y suministros...

—¡Ahora! ¡Esta noche! ¡A quemarlos!

—Os digo que no podremos llegar allí en una sola noche, está a cientos de kilómetros de distancia, harán falta días para llegar...

—¡Los cerdis están justo al otro lado de la verja!

—No los que mataron a Quim...

—¡Todos son unos asesinos hijos de puta!

—Son los que mataron a Libo, ¿no?

—¡Mataron a Pipo y Libo!

—¡Todos son asesinos!

—¡Quemémoslos esta noche!

—¡Quemémoslos a todos!

—¡Lusitania para nosotros, no para los animales!

¿Están locos? ¿Cómo pueden pensar que los dejaría matar a *estos* cerdis? Ellos no han hecho nada.

—¡Es Guerrero! ¡Es a Guerrero y su bosque a quienes tenemos que castigar!

—¡Castigadlos!

—¡Muerte a los cerdis!

—¡Quemadlos!

—¡Fuego!

Un silencio momentáneo. Un instante de calma. Una oportunidad. Piensa en las palabras adecuadas. Piensa en algo para recuperarlos, se te están escapando. Formaban parte de mi cuerpo, eran parte de mi esencia, pero ahora se escabullen, un espasmo y he perdido el control, si es que alguna vez he llegado a tenerlo. ¿Qué puedo decir en esta fracción de segundo de silencio para devolverlos a la cordura?

Demasiado tiempo. Grego esperó demasiado para pensar en algo. Fue una voz infantil la que llenó el breve silencio, la voz de un niño que todavía no había alcanzado la adolescencia, exactamente el tipo de voz inocente que podría causar que la santa furia de sus corazones entrara en erupción, para llevarlos a una acción irrevocable.

—¡Por Quim y por Cristo! —gritó el niño.

—¡Quim y Cristo! ¡Quim y Cristo!

—¡No! —gritó Grego—. ¡Esperad! ¡No podéis hacer esto!

Lo rodearon, lo derribaron. Estaba a gatas, alguien le pisó la mano. ¿Dónde está el banco en el que me había subido? Aquí está, agárrate, no dejes que te arrollen, me matarán si no me levanto, tengo que moverme con ellos, levantarme y caminar con ellos, correr con ellos o me aplastarán.

Entonces se marcharon, dejándolo atrás, rugiendo, gritando, el tumulto de pies saliendo de la plaza a la calle, mientras pequeñas llamas prendían, y las voces gritaban «Fuego» y «Quemadlos» y «Quim y Cristo», fluyendo como una corriente de lava desde la plaza hacia el bosque que esperaba en la colina cercana.

—Dios del cielo, ¿qué están haciendo?

Era Valentine. Grego se arrodilló junto al banco, apoyándose en él, y vio que ella estaba a su lado, mirando la turba que se marchaba de aquel frío cráter vacío donde había comenzado la conflagración.

—Grego, engreído hijo de puta, ¿qué has hecho?

—Iba a conducirlos hasta Guerrero. Iba a guiarlos hacia la *justicia*.

—Eres físico, joven idiota. ¿No has oído hablar nunca del principio de incertidumbre?

—Física de partículas. Física filótica.

—Física de *turbas*, Grego. Nunca llegaste a poseerlos. Ellos te poseyeron a ti. Y ahora te han utilizado y van a destruir el bosque de nuestros mejores amigos y abogados entre los pequeninos. ¿Qué vamos a hacer? Será la guerra entre humanos y pequeninos, a menos que tengan un autocontrol inhumano, y será nuestra culpa.

—*Guerrero* mató a Quim.

—Un crimen. Lo que tú has iniciado aquí, Grego, es una atrocidad.

—¡Yo no hice!

—El obispo Peregrino te aconsejó. El alcalde Kovano te advirtió. Yo también te supliqué. Y lo hiciste de todas formas.

—Me advirtió de una revuelta, no sobre esto...

—Esto *es* una revuelta, idiota. Peor que una revuelta. Es un pogromo. Es una masacre. Es un asesinato de niños. Es el primer paso en el largo y terrible camino hacia el xenocidio.

—¡No puede culparme por eso!

La cara de Valentine es terrible a la luz de la luna, a la luz de las puertas y las ventanas de los bares.

—Te echo la culpa sólo de lo que hiciste. Empezaste un fuego en un día seco, caluroso y con viento, a pesar de todas las advertencias. Te responsabilizo de eso, y si no te consideras responsable de todas las consecuencias de tus propios actos, entonces eres realmente indigno de la sociedad humana y espero que pierdas tu libertad para siempre.

Se ha ido. ¿Adónde? ¿A hacer qué? No puede dejarlo aquí solo. No es justo que lo dejen solo. Unos momentos antes era un coloso, con quinientos corazones, mentes y bocas; un millar de manos y pies; ahora todo había desaparecido, como si su gran cuerpo nuevo hubiera muerto y él se hubiera convertido en el tembloroso fantasma de un hombre, la débil alma de un gusano despojado de la poderosa carne que solía gobernar. Nunca había estado tan asustado. Casi lo mataron en su ansia por dejarlo, casi lo aplastaron contra la hierba.

Eran *suyos*, de todas formas. Él los había creado, los había convertido en una simple muchedumbre, y aunque habían malinterpretado para qué los había creado, todavía actuaban según la ira que había provocado en ellos, y con el plan que había introducido en sus mentes. Su intención era mala, eso es todo...; por lo demás, estaban haciendo exactamente lo que quería que hicieran. Valentine tenía razón. Era su responsabilidad. Lo que hicieran ahora, lo había cometido él igual que si todavía estuviera al frente del grupo.

Entonces, ¿qué podía hacer?

Detenerlos. Conseguir el control de nuevo. Plantarse ante ellos y suplicarles que se detuvieran. No iban a quemar el lejano bosque del loco Guerrero, sino a masacrar a los pequeninos que él conocía, aunque no los apreciara mucho. Tenía que detenerlos, o la sangre mancharía sus manos como savia que no podría ser lavada ni frotada, un dolor que permanecería siempre en su interior.

Echó a correr, siguiendo el fangoso rastro de sus pisadas entre las calles, donde la hierba quedó convertida en cieno. Corrió hasta que le dolió el costado, atravesó la verja por donde la habían roto. ¿Dónde estaba el campo disruptor cuando lo necesitaban? ¿Por qué no lo conectaba nadie? Entonces llegó al lugar donde las llamas lamían ya el cielo.

—¡Alto! ¡Apagad el fuego!

—¡Quemadlos!

—¡Por Quim y Cristo!

—¡Morid, cerdos!

—¡Ése, que se escapa!

—¡Mátalo!

—¡Quémalo!

—¡Los árboles no están aún secos…, el fuego no prende!

—¡Sí arde!

—¡Talad el árbol!

—¡Ahí hay otro!

—¡Mirad, los pequeños bastardos están atacando!

—¡Partidlos por la mitad!

—¡Dame esa azada si no vas a usarla!

—¡Destroza al pequeño cerdo!

—¡Por Quim y Cristo!

La sangre salta en un amplio arco y rocía la cara de Grego cuando se abalanza hacia delante, intentando detenerlos. ¿Conocí a éste? ¿Conocí la voz de este pequenino antes de que se convirtiera en este grito de agonía y muerte? No puedo controlar esto, lo han roto. A ella. La han destrozado. Una esposa. Una esposa nunca vista. Entonces debemos estar cerca del centro del bosque, y ese gigante debe ser el árbol-madre.

—¡Aquí hay un árbol asesino si alguna vez he visto uno!

Alrededor del perímetro del claro donde se alzaba el gran árbol, los árboles menores empezaron súbitamente a inclinarse, y luego se desplomaron, rotos sus troncos. Por un momento, Grego pensó que eran los humanos talándolos, pero entonces advirtió que no había nadie cerca de aquellos árboles. Se quebraban ellos solos, lanzándose a la muerte para aplastar a los humanos asesinos en un intento por salvar al árbol-madre.

Por un instante, funcionó. Los hombres gritaron en agonía; tal vez una docena o dos fueron aplastados o quedaron atrapados o rotos bajo los árboles caídos. Pero todos los que podían caer terminaron por hacerlo, y el árbol-madre continuaba allí, el tronco ondulando extrañamente, como si estuviera en marcha una extraña peristalsis, deglutiendo profundamente.

—¡Dejadlo vivir! —gritó Grego—. ¡Es el árbol-madre! ¡Es inocente!

Pero los gritos de los heridos y atrapados ahogaron su voz, igual que el terror cuando advirtieron que el bosque *podía* contraatacar, que éste no era un juego vengativo de justicia y retribución, sino una guerra real, donde ambos bandos eran peligrosos.

—¡Quemadlo! ¡Quemadlo!

El cántico era tan intenso que ahogaba también los gritos de los moribundos. Y ahora las ramas y hojas de los árboles caídos se estiraron hacia el árbol-madre. Los hombres encendieron esas ramas, que ardieron rápidamente. Unos cuantos se dieron cuenta de que si el fuego arrasaba el árbol-madre también quemaría a los hombres atrapados, y empezaron a intentar rescatarlos. Pero la mayoría quedó prendida en la pasión de su éxito. Para ellos, el árbol-madre era Guerrero, el asesino. Era todo lo que resultaba extraño en este mundo, el enemigo que los mantenía recluidos en una verja, el terrateniente que los había restringido arbitrariamente a un pequeño pedazo de tierra en un mundo tan amplio. El árbol-madre era todo opresión y autoridad, todo extrañeza y peligro, y ellos lo habían conquistado.

Grego retrocedió ante los gritos de los hombres atrapados que contemplaban el avance del fuego, ante los aullidos de los hombres a quienes las llamas habían alcanzado ya, ante el cántico triunfal de los hombres que habían cometido este asesinato.

—¡Por Quim y Cristo! ¡Por Quim y Cristo!

Grego estuvo a punto de echar a correr, incapaz de soportar todo lo que podía ver y oler y oír, las brillantes llamas anaranjadas, el olor de la carne quemada, el chasquido de la madera viva ardiendo.

Pero no corrió. En cambio, trabajó junto a los hombres que avanzaban hacia las llamas para liberar a los otros hombres atrapados de los árboles caídos. Estaba chamuscado, y una vez sus ropas empezaron a arder, pero aquel caliente dolor no fue nada, casi lo agradecía, porque era el castigo que merecía. Debería morir en este lugar. Incluso debería de haberlo hecho, debería de haberse internado profundamente en las llamas y no salir hasta que su crimen quedara purgado y todo cuanto restara de él fueran huesos y cenizas, pero todavía había personas heridas que sacar del alcance del fuego, todavía había vidas que salvar. Además, alguien le apagó las llamas del hombro y le ayudó a levantar el árbol para que el chiquillo que yacía debajo de él pudiera liberarse. ¿Cómo podía morir cuando formaba parte de algo como esto, parte del salvamento de este muchacho?

—¡Por Quim y Cristo! —gimió el niño mientras se arrastraba para ponerse fuera del alcance de las llamas.

Aquí estaba, el niño cuyas palabras habían llenado el silencio y vuelto a la multitud en esta dirección. Tú lo hiciste, pensó Grego. Tú los apartaste de mí.

El niño lo miró y lo reconoció.

—¡Grego! —gritó, y se abalanzó hacia delante. Sus manos se agarraron a los muslos de Grego, su cabeza se apoyó contra su cadera—. ¡Tío Grego!

Era el hijo mayor de Olhado, Nimbo.

—¡Lo hicimos! —gritó Nimbo—. ¡Por el tío Quim!

Las llamas chisporroteaban. Grego alzó al niño y lo apartó del alcance de las llamas más peligrosas, y luego lo llevó más allá, a la oscuridad, a un lugar donde hacía fresco. Todos los hombres se dirigían hacia allí, pues las llamas los conducían, y el viento impulsaba a las llamas. La mayoría estaban como Grego, agotados, asustados, doloridos por efecto del fuego o tras haber ayudado a alguien.

Pero algunos, tal vez muchos, no habían sido tocados más que por el fuego interno que Grego y Nimbo habían encendido en la plaza.

—¡Quemadlos a todos!

Voces aquí y allá, turbas más pequeñas como remolinos diminutos en una corriente mayor, pero ahora sostenían antorchas y tizones que habían encendido en el fuego que ardía en el corazón del bosque.

—¡Por Quim y Cristo! ¡Por Pipo y Libo! ¡No más árboles! ¡No más árboles!

Grego avanzó, tambaleándose.

—Suéltame —pidió Nimbo.

Siguió avanzando.

—Puedo caminar.

Pero la misión de Grego era demasiado urgente. No

podía detenerse por Nimbo, no podía dejar caminar al niño, no podía esperarlo y tampoco podía dejarlo atrás. No se abandona al hijo de tu hermano en un bosque incendiado. Así que lo llevó, y después de un rato, las piernas y los brazos doloridos por el esfuerzo, el hombro convertido en un blanco sol de agonía en el lugar donde se había quemado, salió del bosque y llegó a la vieja verja, al sendero que conducía a los laboratorios xenobiológicos.

La muchedumbre se había congregado allí, muchos de ellos con antorchas, pero por algún motivo todavía estaban a cierta distancia de los dos árboles que allí había: Humano y Raíz. Grego se abrió paso entre la turba, todavía sujetando a Nimbo. El corazón le redoblaba en el pecho, y estaba lleno de miedo y angustia y a la vez de una chispa de esperanza, pues sabía por qué se habían detenido los hombres de las antorchas. Cuando llegó al final de la multitud, vio que tenía razón.

Alrededor de los dos últimos padres-árbol había congregados unos doscientos hermanos y esposas cerdis, pequeños y sitiados, pero con un aire de desafío en su porte. Lucharían hasta la muerte en este lugar, antes de dejar que estos dos últimos árboles fueran quemados. Pero ése sería su destino si la muchedumbre lo decidía, pues no había ninguna esperanza de que los pequeninos se interpusieran en el camino de hombres decididos a matar.

Pero entre los cerdis y los hombres se encontraba Miro, que parecía un gigante comparado con los pequeninos. No llevaba ninguna arma, sin embargo extendió los brazos como para proteger a los pequeninos, o tal vez para contenerlos. Con su habla pastosa y difícil, desafiaba a la muchedumbre.

—¡Matadme a mí primero! —decía—. ¡Os gusta matar! ¡Matadme primero! ¡Igual que ellos mataron a Quim! ¡Matadme primero!

—¡Tú no! —respondió uno de los hombres que sujetaban una antorcha—. Pero esos árboles van a morir. Y todos esos cerdis también, si no tienen seso para salir corriendo.

—A mí primero. ¡Éstos son mis hermanos! ¡Matadme a mí primero!

Habló con fuerza, despacio, para que su lengua pastosa pudiera ser comprendida. La muchedumbre todavía estaba enfurecida, algunos de sus miembros al menos. Sin embargo, había muchos que ya estaban hartos de todo, muchos de ellos avergonzados, descubriendo ya en sus corazones los terribles actos que habían ejecutado aquella noche, cuando entregaron sus almas a la voluntad de la turba. Grego todavía sentía su conexión con los otros y supo que podían seguir cualquier camino: los que todavía ardían de ira podrían iniciar un último incendio esta noche; o tal vez prevalecieran los que se habían enfriado, cuyo único calor interno era un destello de vergüenza. Grego tenía una última oportunidad de redimirse, al menos en parte. Y por eso avanzó, todavía sujetando a Nimbo.

—A mí también —dijo—. ¡Matadme a mí también, antes de levantar una mano contra estos hermanos y estos árboles!

—¡Quitaos de en medio, Grego, tú y el lisiado!

—¿Cómo podréis ser diferentes de Guerrero, si matáis a estos pequeños?

Ahora Grego se colocó junto a Miro.

—¡Quitaos de en medio! Vamos a quemar los últimos y acabaremos. —Pero la voz tenía menos seguridad.

—Hay un incendio detrás de vosotros —dijo Grego—, y demasiadas personas han muerto ya, humanos y pequeninos por igual. —Su voz era ronca, y le costaba trabajo respirar por todo el humo que había inhalado. Pero todavía podía hacerse oír—. El bosque que mató a Quim está lejos de aquí, y Guerrero todavía permanece intacto. No hemos hecho justicia esta noche. Hemos causado asesinatos y masacre.

—¡Los cerdis son cerdis!

—¿Lo son? ¿Te gustaría que fuera al revés? —Grego dio unos pocos pasos hacia uno de los hombres que parecía cansado y poco dispuesto a continuar, y le habló directamente, mientras señalaba al portavoz de la turba—. ¡Tú! ¿Te gustaría ser castigado por lo que *él* ha hecho?

—No —murmuró el hombre.

—Si *él* matara a alguien, ¿crees que sería justo que alguien viniera a tu casa y matara a tu esposa y tus hijos por ello?

Varias voces contestaron ahora.

—No.

—¿Por qué no? Los humanos son humanos, ¿no?

—Yo no he matado a ningún niño —espetó el portavoz. Ahora se estaba defendiendo. Y el «nosotros» había desaparecido de su discurso. Ahora era un individuo, solo. La muchedumbre se difuminaba, separándose.

—Quemamos al árbol-madre —manifestó Grego.

A su espalda se produjo un sonido penetrante, varios gemidos agudos. Para los hermanos y esposas supervivientes, era la confirmación de sus peores temores. El árbol-madre había ardido.

—El árbol gigante en mitad del bosque…, en su interior estaban *todos* sus bebés. *Todos* ellos. Este bosque no nos hizo ningún daño, y nosotros fuimos y matamos a sus bebés.

Miro dio un paso al frente, colocó la mano sobre el hombro de Grego. ¿Se apoyaba en él? ¿O le ayudaba a permanecer de pie?

—Todos vosotros. Marchaos a casa.

—Tal vez deberíamos intentar apagar el fuego —sugirió Grego. Pero todo el bosque estaba ya ardiendo.

—Marchaos a casa —repitió Miro—. Quedaos dentro de la verja.

Todavía quedaba algo de furia.

—¿Quién eres tú para decir lo que debemos hacer?

—Quedaos dentro de la verja. Ahora viene alguien para proteger a los pequeninos.

—¿Quién? ¿La policía? —Varias personas se rieron amargamente, ya que ellos *eran* policías, o habían visto a agentes entre la muchedumbre.

—Aquí están —declaró Miro.

Pudieron oír un zumbido bajo, débil al principio, apenas audible con el rugir del fuego, pero fue aumentando de volumen, hasta que cinco voladores aparecieron, rozando la hierba mientras revoloteaban sobre la multitud, a veces negros en su silueta contra el bosque ardiente, a veces brillantes con el fuego reflejado cuando estaban en el lado opuesto. Por fin se detuvieron. Sólo entonces pudo la gente distinguir una forma negra tras otra, mientras los seis pilotos se alzaban de cada plataforma. Lo que habían tomado por la brillante maquinaria de los voladores no lo era en absoluto, sino criaturas vivientes, no tan grandes como los hombres pero tampoco tan pequeños como los pequeninos, con grandes cabezas y ojos multifacetados. No hicieron ningún gesto amenazador, sólo formaron filas ante cada volador; pero no hizo falta ningún gesto. Su misión bastó para despertar recuerdos de antiguas pesadillas e historias de terror.

—*Deus nos perdoe!* —gimieron varios hombres. Dios nos perdone. Creyeron morir.

—Marchaos a casa —repitió Miro—. Quedaos dentro de la verja.

—¿Qué son? —La voz infantil de Nimbo habló por todos ellos.

Las respuestas llegaron en susurros.

—Diablos.

—Ángeles destructores.

—La muerte.

Y entonces la verdad, por boca de Grego, pues sabía lo que debían ser, aunque era impensable.

—Insectores —dijo—. Insectores, aquí en Lusitania.

No se marcharon corriendo del lugar. Se fueron caminando, observando con cuidado, temerosos de las extrañas nuevas criaturas cuya existencia ninguno de ellos había sospechado, cuyos poderes sólo podían imaginar o recordar de antiguos vídeos estudiados en el colegio. Los insectores, que habían estado a punto de destruir a la humanidad, hasta que fueron aniquilados por Ender el Xenocida. El libro de la *Reina Colmena* decía que eran hermosos y que no tenían por qué haber muerto. Pero ahora, al verlos, con sus brillantes exoesqueletos negros, un millar de lentes en sus resplandecientes ojos verdes, lo que sentían no era belleza, sino terror. Y cuando llegaran a casa, sería con el conocimiento de que eran *estos* seres, y no sólo los pequeños y retrasados cerdis, los que les esperaban al otro lado de la verja. ¿Estuvieron aprisionados antes? Entonces ahora estaban atrapados en uno de los círculos del infierno.

Por fin, de todos los humanos sólo quedaron Miro, Grego y Nimbo. A su alrededor también los cerdis observaban asombrados, pero no con terror, pues no tenían insectos de pesadilla acechando sus sueños como sucedía con los humanos. Además, los insectores habían acudido a ellos como salvadores y protectores. Lo que pesaba más sobre ellos no era curiosidad hacia los desconocidos, sino pena por lo que habían perdido.

—Humano pidió a la reina colmena que los ayudara, pero ella dijo que no podía matar humanos —explicó Miro—. Entonces Jane vio el fuego desde los satélites y se lo comunicó a Andrew Wiggin. Él habló con la reina y le indicó lo que tenía que hacer. Que no tendría que matar a nadie.

—¿No van a matarnos? —preguntó Nimbo.

Grego advirtió que Nimbo había pasado los últimos minutos creyendo que iba a morir. Entonces se dio cuenta que también lo había esperado él, y que sólo ahora, con la explicación de Miro, estaba seguro de que no habían venido a castigarlos por lo que habían provocado esta noche. O, más bien, por lo que él solo había puesto en movimiento, preparado por el pequeño empujoncito que Nimbo, en su inocencia, había dado.

Lentamente, Grego se arrodilló y soltó al niño. Los brazos apenas le respondían y el dolor de su hombro era insoportable. Empezó a llorar. Pero no lo hacía por el dolor.

Los insectores se movieron rápidamente. La mayoría permaneció allí, tomando posiciones alrededor del perímetro de la ciudad. Unos cuantos volvieron a subir a los voladores, uno en cada máquina, y las devolvieron al cielo, volando sobre el bosque incendiado y la hierba quemada, para rociarlo con algo que cubrió el fuego y lo consumió lentamente.

El obispo Peregrino se encontraba en la baja pared de cimientos que había sido levantada aquella mañana. Todo el pueblo de Lusitania estaba congregado, sentado en la hierba. Usó un pequeño amplificador, para que nadie dejara de enterarse de sus palabras. Pero probablemente no lo habría necesitado: todos permanecían en silencio, incluso los niños pequeños, que parecían percibir el ambiente sombrío.

Tras el obispo se hallaba el bosque, ennegrecido pero no carente de vida del todo: unos cuantos árboles volvían a reverdecer. Ante él se encontraban los cadáveres cubiertos, cada uno junto a su tumba. El más cercano de todos era el de Quim, el padre Estevão. Los otros pertenecían a los humanos que habían muerto dos noches atrás, bajo los árboles y en el incendio.

—Estas tumbas formarán el suelo de la capilla, de forma que cada vez que entremos en ella pisemos sobre los cuerpos de los muertos. Los cuerpos de aquellos que murieron mientras intentaban llevar muerte y desolación a nuestros hermanos los pequeninos. Por encima de todos, el cuerpo del padre Estevão, que murió intentado llevar el evangelio de Jesucristo a un bosque de herejes. Murió martirizado. Los demás murieron con asesinato en el corazón y sangre en las manos.

»Hablo muy claramente, para que el Portavoz de los Muertos no tenga que añadir ninguna palabra después de mí. Hablo muy claramente, como habló Moisés a los hijos de Israel después de que adoraran al becerro de oro y rechazaran su alianza con Dios. De todos nosotros, sólo hay un puñado que no comparten la culpa de este crimen. El padre Estevão, que murió puro, y cuyo nombre estaba en los blasfemos labios de aquellos que mataron. El Portavoz de los Muertos y los que viajaron con él para traer a casa el cadáver de este sacerdote martirizado. Y Valentine, la hermana del Portavoz, que nos advirtió al alcalde y a mí de lo que sucedería. Valentine conocía la historia, conocía a la humanidad, pero el alcalde y yo pensamos que os conocíamos a vosotros y que erais más fuertes que la historia. Pobres de nosotros, pues sois tan indignos como cualquier otro hombre, igual que yo. ¡El pecado recae sobre cada uno de nosotros, que pudimos evitar esto y no lo hicimos! Sobre las esposas que no intentaron retener a sus maridos en casa. Sobre los hombres que observaron pero no dijeron nada. Y sobre todos aquellos que sostuvieron las antorchas y mataron a una tribu de hermanos cristianos por un crimen cometido por sus primos lejanos a medio continente de distancia.

»La ley está haciendo su pequeña porción de justicia. Gerão Gregorio Ribeira von Hesse se encuentra en prisión, pero por otro crimen, por haber violado nuestra confianza y contado secretos que no tenía derecho a revelar. No está en prisión por la masacre de los pequeninos, porque no tiene más culpa que los demás que le seguisteis. ¿Me comprendéis? ¡La culpa es de todos nosotros, y todos debemos arrepentirnos juntos, y hacer juntos nuestra penitencia, y rezar a Cristo para que nos perdone a todos juntos por la terrible acción que cometimos con su nombre en nuestros labios!

»Estoy de pie sobre los cimientos de esta nueva capilla, que llevará el nombre del padre Estevão, Apóstol de los Pequeninos. Los bloques de los cimientos fueron arrancados de las paredes de nuestra catedral: allí hay agujeros ahora, y el viento podrá soplar y la lluvia podrá caer sobre nosotros cuando adoremos. Y así permanecerá la catedral, herida y rota, hasta que esta capilla quede terminada.

»¿Y cómo la terminaremos? Os iréis a casa, todos vosotros, a vuestras casas, y abriréis las paredes, y cogeréis los bloques que caigan, y los traeréis aquí. Y también vosotros dejaréis vuestras paredes abiertas hasta que esta capilla se complete. Luego abriremos agujeros en las paredes de cada fábrica, de cada edificio de nuestra colonia, hasta que no quede ninguna estructura que muestre la herida de nuestro pecado. Y todas esas heridas permanecerán abiertas hasta que las paredes sean lo suficientemente altas para poner el tejado, que será entonces cubierto y techado con los troncos de los árboles quemados que cayeron en el bosque, intentando defender a su pueblo de nuestras manos asesinas.

»Y entonces vendremos, todos nosotros, a esta capilla, y entraremos de rodillas, uno a uno, hasta que todos nos hayamos arrastrado sobre las tumbas de nuestros muertos, y bajo los cuerpos de esos viejos hermanos que vivieron como árboles en la tercera vida que nuestro Dios misericordioso les concedió hasta que nosotros le pusimos fin. Entonces todos rezaremos pidiendo perdón. Rezaremos a nuestro venerado padre Estevão para que interceda por nosotros. Rezaremos a Cristo para que incluya nuestro terrible pecado en Su expiación, para que no tengamos que pasar la eternidad en el infierno. Rezaremos a Dios para que nos purifique.

»Sólo entonces repararemos nuestras paredes dañadas y curaremos nuestras casas. Ésa es nuestra penitencia, hijos míos. Recemos para que sea suficiente.

En mitad de un claro cubierto de ceniza, Ender, Valentine, Miro, Ela, Quara, Ouanda y Olhado contemplaban cómo la más honorable de las esposas era descuartizada viva y plantada en el suelo, para que se convirtiera en un nuevo árbol-madre a partir del cadáver de su segunda vida. Mientras moría, las madres supervivientes metieron la mano en una abertura del viejo árbol-madre y rescataron los cadáveres de los hijos muertos y las pequeñas madres que habían vivido allí, y los colocaron sobre el cuerpo sangrante hasta que formaron una pila. En cuestión de una hora, su retoño se alzaría de los cadáveres y buscaría la luz del sol.

Usando su sustancia, crecería rápidamente, hasta tener suficiente grosor y altura para crear una abertura en el tronco. Si crecía suficientemente rápido, si se abría pronto, los pocos bebés supervivientes que se aferraban al interior de la cavidad del viejo árbol-madre muerto podrían transferirse al pequeño refugio del nuevo árbol-madre. Si alguno de los bebés supervivientes eran pequeñas madres, serían llevadas a los padres-árbol supervivientes, Humano y Raíz, para que se apareasen. Si se concebían nuevos bebés dentro de sus cuerpos diminutos, entonces el bosque que había conocido todo lo bueno y lo malo que podían ofrecer los seres humanos sobreviviría.

Si no..., si los bebés eran todos machos, lo cual era posible, o si todas las hembras entre ellos eran estériles, o si todos estaban demasiado heridos por el calor del suelo que arrasó el tronco del árbol-madre hasta matarlo, o si estaban demasiado debilitados por los días de hambre que experimentarían hasta que el nuevo árbol-madre estuviera preparado para ellos..., entonces el bosque moriría con estos hermanos y esposas, y Humano y Raíz vivirían durante un milenio como padres sin tribu. Tal vez alguna otra tribu los honraría y les traería a sus pequeñas madres para que se aparearan. Tal vez. Pero no serían padres de su propia tribu, rodeados de sus hijos. Serían árboles solitarios sin bosque propio, monumentos únicos al trabajo para el que habían vivido: unir a humanos y pequeninos.

En cuanto a la ira contra Guerrero, se había desvanecido. Los padres-árbol de Lusitania estuvieron todos de acuerdo en que la deuda moral en que habían incurrido con la muerte del padre Estevão había quedado saldada con creces con la masacre del bosque de Raíz y Humano. De hecho, Guerrero había ganado muchos nuevos conversos a su herejía, ¿pues no habían demostrado los humanos que eran indignos del evangelio de Cristo? Eran los pequeninos, decía Guerrero, los auténticos elegidos para ser receptáculos del Espíritu Santo, mientras que los humanos no tenían ninguna parte de Dios en ellos. No tenemos necesidad de matar a ningún otro ser humano, dijo. Sólo tenemos que esperar, y el Espíritu Santo acabará con todos ellos. Mientras tanto, Dios nos ha enviado a la reina colmena para que nos construya naves espaciales. Llevaremos al Espíritu Santo con nosotros para que juzgue cada mundo que visitemos. Seremos el ángel exterminador. Seremos Josué y los israelitas, purgando Canaan para abrir sitio al pueblo elegido de Dios.

Muchos pequeninos lo creían ahora. Guerrero ya no les parecía loco: habían sido testigos de las primeras sacudidas del apocalipsis en las llamas de un bosque inocente. Para muchos pequeninos, ya no había nada que aprender de la humanidad. Dios ya no necesitaba para nada a los seres humanos.

Aquí, sin embargo, en este claro del bosque, con los pies hundidos en cenizas hasta los tobillos, los hermanos y esposas que velaban a su nuevo árbol-madre no creían en la doctrina de Guerrero. Ellos, que conocían mejor que nadie a los seres humanos, habían elegido incluso a humanos para que estuvieran presentes como testigos y ayudantes en su intento de resurrección.

—Porque sabemos que no todos los humanos son iguales, como tampoco lo son todos los pequeninos —dijo Plantador, que era ahora el portavoz de los hermanos supervivientes—. Cristo vive en algunos de vosotros, no así en otros. No todos somos como el bosque de Guerrero, ni vosotros sois todos asesinos.

Así, Plantador estrechó las manos de Miro y Valentine por la mañana, cuando el nuevo árbol-madre consiguió abrir una grieta en su fino tronco, y las esposas transfirieron tiernamente los cuerpos débiles y hambrientos de los bebés supervivientes a su nuevo hogar. Era demasiado pronto para decirlo, pero había motivos para la esperanza: el nuevo árbol-madre se había preparado en sólo un día y medio, y había más de tres docenas de bebés que sobrevivieron para hacer la transición. Al menos una docena podrían ser hembras fértiles, y aunque una cuarta parte de ellas consiguieran engendrar jóvenes, el bosque podría volver a vivir.

Plantador estaba temblando.

—Los hermanos nunca han visto esto en toda la historia del mundo —dijo.

Varios de los hermanos se arrodillaron e hicieron la señal de la cruz. Muchos habían estado rezando durante toda la vigilia. Eso hizo pensar a Valentine en algo que le había dicho Quara. Se acercó a Miro y susurró:

—También Ela rezó.

—¿Ela?

—Antes del incendio. Quara estaba en el Altar de los Venerados. Rezó a Dios para que nos abriera un camino con el que resolver nuestros problemas.

—Para eso reza todo el mundo.

Valentine pensó en lo que había sucedido en los días transcurridos desde entonces.

—Supongo que estará bastante decepcionada por la respuesta que le ha dado Dios.

—Es lo normal.

—Pero tal vez esto, el árbol-madre abriéndose tan rápidamente, tal vez esto sea el principio de su respuesta.

Miro miró a Valentine, aturdido.

—¿Eres creyente?

—Digamos que sospecho. Sospecho que tal vez hay alguien que se preocupa por lo que nos sucede. Es un paso por encima del simple deseo. Y un paso por debajo de la esperanza.

Miro sonrió débilmente, pero Valentine no supo si eso significaba que estaba complacido o divertido.

—¿Y qué hará Dios a continuación, como respuesta a la plegaria de Ela?

—Esperemos a ver —dijo Valentine—. Nuestro trabajo es decidir qué vamos a hacer nosotros. Solamente tenemos los misterios más profundos del universo por resolver.

—Bueno, eso debe estar justo en el terreno de Dios —observó Miro.

Entonces llegó Ouanda. Como xenóloga, también había estado relacionada en la vigilia, y aunque éste no era su turno, la noticia de la abertura del árbol-madre le había llegado de inmediato. Su aparición había coincidido siempre con la rápida partida de Miro. Esta vez no fue así. Valentine se alegró al ver que los ojos de Miro no se entretenían en Ouanda ni la esquivaban: ella estaba allí, trabajando con los pequeninos, igual que él. Sin duda, todo era una elaborada pretensión de normalidad, pero en la experiencia de Valentine, la normalidad era *siempre* una pretensión, y la gente actuaba según lo que creía que se esperaba de ellos. Miro había llegado a un punto en que estaba dispuesto a actuar de forma normal en relación a Ouanda, no importaba lo falso que esto pudiera ser para sus auténticos sentimientos. Por otra parte, tal vez no era tan falso, después de todo. Ella le doblaba ahora en edad. No era ya la muchacha que amó.

Los dos se habían amado, aunque nunca habían dormido juntos. Valentine se alegró de oírlo cuando Miro se lo dijo, aunque él lo hizo con furioso pesar. Valentine había observado hacía tiempo que en una sociedad que esperaba castidad y fidelidad, como Lusitania, los adolescentes que controlaban y canalizaban sus pasiones juveniles eran los que crecían para convertirse en fuertes y civilizados. Los adolescentes de comunidades similares que eran demasiado débiles para controlarse o desdeñaban demasiado las normas de la sociedad, normalmente acababan siendo lobos o corderos, miembros sin mente del rebaño o depredadores que cogían lo que podían sin dejar nada a cambio.

Cuando conoció a Miro, temió que fuera un muchacho débil autocompasivo o un depredador egoísta que lamentaba su confinamiento. No era una cosa ni otra. Ahora podría lamentar su castidad de adolescente (era natural que deseara haberse acostado con Ouanda cuando todavía era fuerte y los dos tenían la misma edad), pero Valentine no lo lamentaba. Aquello demostraba que Miro tenía fuerza interior y sentido de responsabilidad hacia su comunidad. Para Valentine, era predecible que Miro, por su cuenta, hubiera contenido a la multitud en aquellos momentos cruciales que salvaron la vida de Raíz y Humano.

También era predecible que Miro y Ouanda hicieran ahora los mayores esfuerzos para fingir que eran simplemente dos personas cumpliendo con su trabajo, que todo era normal entre ellos. Fuerza interior y respeto exterior. Éstas son las personas que mantienen unida a una comunidad, quienes la lideran. Contrariamente a los lobos y los corderos, ejecutan un papel mejor que el que les da el guión con sus miedos y deseos internos. Actúan siguiendo el guión de la decencia, del autosacrificio, del honor público, de la civilización. Y la pretensión se convierte en realidad. Hay realmente civilización en la historia humana, pensó Valentine, pero sólo gracias a personas como éstas.

Los pastores.

Novinha se encontró con él en la puerta del colegio. Se apoyaba en el brazo de Dona Cristá, la cuarta directora de los Hijos de la Mente de Cristo desde que Ender llegara a Lusitania.

—No tengo nada que decirte. Todavía estamos casados ante la ley, pero eso es todo —dijo Novinha.

—Yo no maté a tu hijo.

—Tampoco lo salvaste.

—Te quiero.

—Todo lo que eres capaz de amar —espetó ella—. Y sólo cuando te queda algo de tiempo después de atender a otras personas. Crees que eres una especie de ángel guardián, con responsabilidades hacia todo el universo. Sólo te pedí que aceptaras la responsabilidad de mi familia. Eres bueno amando a la gente a millones, pero no tanto cuando es por docenas, y resultas un completo fracaso para amar a una sola.

Era un juicio duro, y él sabía que no era cierto, pero no había ido a discutir.

—Por favor, vuelve a casa —suplicó—. Me amas y me necesitas tanto como yo a ti.

—Ésta es mi casa ahora. He dejado de necesitarte a ti o a nadie. Y si esto es todo lo que has venido a decir, estás perdiendo mi tiempo y el tuyo.

—No, no es todo.

Ella esperó.

—Los archivos del laboratorio. Los sellaste todos. Tenemos que encontrar una solución a la descolada antes de que nos destruya a todos.

Ella le dirigió una sonrisa ajada y amarga.

—¿Por qué me molestas con esto? Jane puede superar el código en clave, ¿no?

—No lo ha intentado.

—Sin duda para no herir mis sentimientos. Pero puede hacerlo, *né*?

—Probablemente.

—Entonces que lo haga ella. Es todo lo que necesitas ahora. Nunca me necesitaste a mí, no teniéndola *a ella*.

—He intentado ser un buen marido —dijo Ender—. Nunca dije que pudiera protegerte de todo, aunque hice cuanto estuvo en mi mano.

—Si lo hubieras hecho, mi Estevão estaría vivo.

Se dio la vuelta y Dona Cristá la escoltó al interior de la escuela. Ender se la quedó mirando hasta que dobló una esquina. Entonces se volvió y abandonó la escuela.

No estaba seguro de adónde iba, pero sabía que tenía que llegar allí.

—Lo siento —dijo Jane suavemente.

—Sí.

—Cuando yo ya no esté, tal vez Novinha vuelva contigo.

—No morirás si puedo impedirlo —dijo él.

—Pero no puedes. Van a desconectarme dentro de un par de meses.

—Cállate.

—Es sólo la verdad.

—Cállate y déjame pensar.

—¿Qué, vas a salvarme ahora? Últimamente tu récord de salvaciones no es muy alto.

Ender no respondió y ella no volvió a hablarle durante el resto de la tarde. Deambuló hasta llegar más allá de la verja, pero no se internó en el bosque. Pasó la tarde en la pradera, solo, bajo el cálido sol.

A veces pensaba, intentando luchar con los problemas que aún le acechaban: la flota venía contra ellos, Jane sería desconectada pronto, los constantes esfuerzos de la descolada por destruir a los humanos de Lusitania, el plan de Guerrero para extender la descolada por toda la galaxia, y la sombría situación en la ciudad ahora que la reina colmena mantenía constante vigilancia sobre la verja y la estricta penitencia hacía que todos derribaran las paredes de sus propias casas.

A veces su mente estaba casi vacía de pensamiento, mientras permanecía de pie, se sentaba o se tumbaba sobre la hierba, demasiado aturdido para llorar, el rostro de ella atravesándole la memoria, los labios y la lengua formando su nombre, suplicándole en silencio, sabiendo que aunque emitiera un sonido, aunque gritara, aunque pudiera hacerla oír su voz, no le respondería.

Novinha.

13

LIBRE ALBEDRÍO

<Algunos de los nuestros piensan que debemos impe-
dir a los humanos que estudien la descolada. La descolada
está en el núcleo de nuestro ciclo vital. Tememos que encuentren un medio de matarlo en todo el mundo, y eso nos
destruiría a nosotros en el plazo de una generación.>

<Y si conseguís detener la investigación humana, se-
rán ellos quienes serán aniquilados en unos pocos años.>

<¿Tan peligrosa es la descolada? ¿Por qué no pueden
seguir conteniéndola como hasta ahora?>

<Porque la descolada no muta aleatoriamente según las
leyes naturales. Se adapta de forma inteligente para destruirnos.>

<¿A vosotros?>

<Hemos estado combatiendo a la descolada desde el
principio. No en laboratorios, como los humanos, sino en
nuestro interior. Antes de poner los huevos, hay una fase
en que preparo sus cuerpos para que manufacturen todos
los anticuerpos que necesitarán a lo largo de sus vidas.
Cuando la descolada cambia, lo sabemos porque las obreras empiezan a morir. Entonces un órgano situado cerca de
mis ovarios crea nuevos anticuerpos, y ponemos huevos

para nuevas obreras que puedan soportar a la descolada revisada.>

<Entonces también vosotras estáis tratando de destruirla.>

<No. Nuestro proceso es completamente inconsciente. Se produce en el cuerpo de la reina colmena, sin intervención consciente. No podemos ir más allá del peligro actual. Nuestro órgano de inmunidad es mucho más efectivo y adaptable que ningún mecanismo del cuerpo humano, pero a la larga sufriremos el mismo destino que ellos, si la descolada no es destruida. La diferencia es que si acabamos aniquiladas por la descolada, no habrá otra reina colmena en el universo para que asegure la supervivencia de nuestra especie. Somos las últimas.>

<Vuestro caso es aún más desesperado que el de ellos.>

<Y estamos aún más indefensas. No tenemos ciencia biológica más allá del simple apareamiento. Nuestros métodos naturales fueron muy efectivos para combatir la enfermedad, de forma que nunca tuvimos los mismos ímpetus que los humanos para comprender la vida y controlarla.>

<¿Eso será todo, entonces? O somos destruidos, o lo seréis vosotras y los humanos. Si la descolada continúa, os matará. Si lográis detenerla, moriremos nosotros.>

<Éste es vuestro mundo. La descolada está en vuestros cuerpos. Si hay que elegir entre vosotros y nosotras, seréis vosotros quienes sobreviviréis.>

<Hablas por ti misma, amiga mía. Pero ¿qué decidirán los humanos?>

<Si tienen el poder de destruir a la descolada de una forma que también os destruya, les prohibiremos hacerlo.>

<¿Prohibírselo? ¿Cuándo han obedecido los humanos alguna vez?>

<Nunca prohibimos cuando no tenemos también el poder de prevenir.>

<Ah.>

<Éste es *vuestro* mundo. Ender lo sabe. Y si los demás humanos lo olvidan, se lo recordaremos.>

<Tengo otra pregunta.>

<Adelante.>

<¿Qué hay de aquellos, como Guerrero, que quieren extender la descolada por todo el universo? ¿También se lo prohibiréis?>

<No deben llevar la descolada a mundos que tienen vida multicelular.>

<Pero eso es exactamente lo que pretenden hacer.>

<No deben hacerlo.>

<Pero estáis construyendo naves para nosotros. Cuando tengan el control de una, irán a donde quieran.>

<No deben ir.>

<Entonces, ¿se lo prohibirás?>

<Nunca prohibimos cuando no tenemos también el poder de prevenir.>

<Entonces, ¿seguiréis construyendo esas naves?>

<La flota humana se acerca, con un arma que puede destruir este mundo. Ender está convencido de que la usarán. ¿Debemos conspirar con ellos y dejar vuestra herencia genética completa aquí, en este planeta único, para que podáis ser aniquilados?>

<Entonces nos construís naves sabiendo que alguno de nosotros tal vez las use para la destrucción.>

<Lo que vosotros hagáis con el poder de volar entre las estrellas será vuestra responsabilidad. Si actuáis como enemigos de la vida, entonces la vida se convertirá en vuestro enemigo. Nosotros os proporcionaremos naves como especie. Entonces vosotros, como especie, decidiréis quién se marcha de Lusitania y quién no.>

<Hay muchas posibilidades de que el grupo de Guerrero obtenga entonces la mayoría. De que ellos sean quienes tomen las decisiones.>

<Entonces, ¿debemos juzgar, y decidir que los humanos tienen derecho al intentar destruiros? Tal vez Guerrero

tenga razón. Tal vez los humanos sean quienes merecen ser aniquilados. ¿Quiénes somos nosotras para juzgaros? Ellos, con su Ingenio de Desintegración Molecular. Vosotros, con la descolada. Cada uno tiene el poder de destruir al otro, y sin embargo cada especie tiene muchos miembros que nunca causarían conscientemente ese daño y merecen vivir. No decidiremos. Simplemente construiremos las naves y dejaremos que vosotros y los humanos decidáis vuestro destino.>

<Podríais ayudarnos. Podríais mantener las naves fuera del alcance del grupo de Guerrero y tratar sólo con nosotros.>

<Entonces la guerra civil entre vosotros sería terrible. ¿Destruiríais *su* herencia genética, simplemente porque no estáis de acuerdo? ¿Quién será entonces el monstruo y el criminal? ¿Cómo juzgamos entre vosotros, cuando ambas partes están dispuestas a continuar la absoluta destrucción de la otra?>

<Entonces no tengo ninguna esperanza. Alguien acabará destruido.>

<A menos que los científicos humanos encuentren un medio de cambiar la descolada, para que podáis sobrevivir como especie, y la descolada pierda a su vez el poder de matar.>

<¿Cómo es posible eso?>

<No somos biólogos. Sólo los humanos pueden conseguirlo, si es que puede hacerse.>

<Entonces no podemos impedir que investiguen la descolada. Tenemos que ayudarlos. Aunque estuvieron a punto de destruir nuestro bosque, no tenemos más remedio que ayudarlos.>

<Sabíamos que llegaríais a esa conclusión.>

<¿Lo sabíais?>

<Por eso estamos construyendo naves para los pequeninos. Porque sois capaces de ser sabios.>

A medida que la noticia de la restauración de la Flota Lusitania se extendía entre los agraciados por los dioses de Sendero, empezaron a visitar la casa de Han Fei-tzu para presentarle sus respetos.

—No quiero verlos —dijo Han Fei-tzu.

—Tienes que hacerlo, padre. Es correcto que vengan a honrarte por un éxito tan importante.

—Entonces iré y les diré que fue todo cosa tuya, y que yo no tuve nada que ver.

—¡No! —gimió Qing-jao—. No debes hacer eso.

—Es más, les diré que pienso que fue un gran crimen y que causará la muerte de un espíritu noble. Les diré que los agraciados de Sendero son esclavos de un gobierno cruel y pernicioso, y que debemos redoblar nuestros esfuerzos para destruir al Congreso.

—¡No me hagas oír eso! —chilló Qing-jao—. ¡Esas cosas no se pueden decir!

Y era cierto. Si Wang-mu observó desde la esquina cómo los dos, padre e hija, empezaban cada uno un ritual de purificación, Han Fei-tzu por haber pronunciado palabras rebeldes y Han Qing-jao por haberlas oído. El Maestro Fei-tzu nunca diría aquellas cosas a otras personas, porque aunque lo hiciera, ellos verían cómo tenía que purificarse de inmediato, y lo considerarían una prueba de que los dioses repudiaban sus palabras. Los científicos que el Congreso empleó para crear a los agraciados realizaron bien su trabajo, pensó Wang-mu. Incluso sabiendo la verdad, Han Fei-tzu está indefenso.

Así, fue Qing-jao quien se reunió con los visitantes que acudieron a la casa y aceptó graciosamente sus alabanzas en nombre de su padre. Wang-mu permaneció con ella durante las primeras visitas, pero le resultó insoportable escuchar una y otra vez el relato de Qing-jao acerca de cómo su padre y ella habían descubierto la existencia de un programa de ordenador que habitaba entre la red filótica de los ansibles, y cómo sería destruido. Una cosa era saber que, en su corazón, Qing-jao no creía estar cometiendo asesinato, y otra muy distinta escucharla alardear de cómo sería llevado a cabo.

Pues no hacía más que alardear, aunque sólo Wang-mu lo sabía. Qing-jao concedía todo el crédito a su padre, pero ya que Wang-mu sabía que todo era cosa de Qing-jao, sabía también que cuando describía el hecho como un digno servicio a los dioses, en realidad estaba alabándose a sí misma.

—Por favor, no me hagas quedarme y seguir escuchando —suplicó Wang-mu.

Qing-jao la estudió por un momento, juzgándola. Entonces contestó, fríamente.

—Vete si quieres. Veo que sigues estando cautiva de nuestro enemigo. No te necesito.

—Por supuesto que no. Tienes a los dioses —replicó Wang-mu, pero al decirlo no pudo esconder la amarga ironía de su voz.

—Dioses en los que tú no crees —replicó Qing-jao, mordaz—. Naturalmente, *a ti* nunca te han hablado los dioses, ¿por qué deberías creer? Te despido como mi doncella secreta, ya que ése es tu deseo. Vuelve con tu familia.

—Como los dioses ordenen —acató Wang-mu. Y esta vez no hizo ningún esfuerzo por ocultar su amargura ante la mención de los dioses.

Ya había salido de la casa y recorría el camino cuando Mu-pao fue tras ella. Ya que era vieja y gorda, Mu-pao no tenía ninguna esperanza de alcanzarla a pie. Fue a lomos de un burro, y parecía ridícula al acicatear al animal para que se apresurara. Burros, palanquines, todos los residuos de la antigua China..., ¿de verdad creían los agraciados que todas esas afectaciones los hacían más santos? ¿Por qué no viajaban simplemente en voladores y hovercoches, como hacía gente honrada en todos los demás mundos? Entonces Mu-pao no se humillaría, botando y rebotando en un animal que sufría bajo su peso. Para ahorrarle pasar vergüenza, Wangmu se volvió y se reunió con Mu-pao a medio camino.

—El Maestro Han Fei-tzu te ordena que regreses.

—Dile al Maestro Han que es amable y bueno, pero mi señora me ha despedido.

—El Maestro Han dice que la señora Qing-jao tiene autoridad para despedirte como doncella secreta suya, pero no para echarte de su casa. Tu contrato es con él, no con ella.

Era cierto. Wang-mu no había pensado en eso.

—Te suplica que regreses —insistió Mu-pao—. Me dijo que te lo dijera así, para que vinieras amablemente, si no querías hacerlo de manera obediente.

—Dile que obedeceré. No debería suplicar a una persona tan humilde como yo.

—Se alegrará de saberlo —dijo Mu-pao.

Wang-mu caminó junto al burrito de Mu-pao. Fueron a paso lento, lo que hizo más cómodo el viaje tanto para Mu-pao como para el animal.

—Nunca le había visto tan trastornado —comentó Mu-pao—. Probablemente no debería decírtelo. Pero cuando le dije que te habías ido, casi se puso frenético.

—¿Le hablaban los dioses? —Sería triste que el Maestro Han la llamara de vuelta sólo porque, por algún motivo, se lo hubiera exigido el impulso esclavo de su interior.

—No. No lo parecía. Aunque, naturalmente, nunca lo he visto cuando le hablan los dioses.

—Naturalmente.

—No quería que te marcharas, nada más.

—Probablemente acabaré marchándome de todas formas —suspiró Wang-mu—. Pero con sumo placer le explicaré por qué he dejado de ser útil a la Casa de Han.

—Oh, por supuesto. Siempre has sido inútil. Pero eso no significa que nos seas necesaria.

—¿Qué quieres decir?

—La felicidad puede depender tan fácilmente de las cosas útiles como de las inútiles.

—¿Es un dicho de un antiguo maestro?

—Es un dicho de una mujer gorda y vieja a lomos de un burro —replicó Mu-pao—. Y no lo olvides.

Cuando Wang-mu estuvo a solas con el Maestro Han en su cámara privada, él no mostró ningún signo de la agitación de la que había hablado Mu-pao.

—He conversado con Jane —dijo—. En su opinión, ya que tú también conoces su existencia y no crees que sea enemiga de los dioses, sería mejor que te quedaras.

—Entonces, ¿ahora serviré a Jane? —preguntó Wang-mu—. ¿He de ser *su* doncella secreta?

Wang-mu no pretendía que sus palabras parecieran irónicas; la idea de servir a una entidad no humana la intrigaba. Pero el Maestro Han reaccionó como si intentara suavizar una ofensa.

—No —respondió—. No debes ser sirviente de nadie. Has actuado con valentía y dignidad.

—Sin embargo, me llamaste para que cumpliera mi contrato contigo.

El Maestro Han inclinó la cabeza.

—Te llamé porque eres la única que conoce la verdad. Si te vas, entonces estaré solo en esta casa.

Wang-mu casi estuvo a punto de preguntar: ¿Cómo puedes estar solo, cuando tu hija está aquí? Y hasta unos cuantos días antes, decirlo no habría sido una crueldad, porque el Maestro Han y la señorita Qing-jao compartían una amistad tan íntima como pueden compartir padre e hija. Pero ahora, la barrera entre ambos era insuperable. Qing-jao vivía en un mundo donde era una sierva triunfal de los dioses, e intentaba mostrarse paciente con la locura temporal de su padre. El Maestro Han vivía en un mundo donde su hija y toda su sociedad eran esclavos de un Congreso opresor, y sólo él sabía la verdad. ¿Cómo podían hablarse cuando los separaba un abismo tan ancho y profundo?

—Me quedaré —prometió Wang-mu—. Te serviré como pueda.

—Nos serviremos mutuamente —dijo el Maestro Han—. Mi hija prometió enseñarte. Yo continuaré con su labor.

Wang-mu tocó el suelo con su frente.

—Soy indigna de tanta amabilidad.

—No. Los dos sabemos ahora la verdad. Los dioses no me hablan. Tu cara nunca debe volver a tocar el suelo ante mí.

—Tenemos que vivir en este mundo —alegó Wang-mu—. Te trataré como a un hombre honorable entre los agraciados, porque eso es lo que todo el mundo esperará de mí. Y tú debes tratarme como a una criada, por la misma razón.

La cara del Maestro Han se retorció amargamente.

—El mundo también espera que cuando un hombre de mi edad toma a una muchacha joven del servicio de su hija y la emplea en el propio, la use como concubina. ¿Debemos actuar cumpliendo las expectativas del mundo?

—No es propio de tu naturaleza aprovecharte de tu poder de esa forma —objetó Wang-mu.

—No es propio de mi naturaleza recibir tu humillación. Antes de conocer la verdad sobre mi aflicción, aceptaba la obediencia de otras personas porque creía que realmente se ofrecían a los dioses, y no a mí.

—Eso es ahora tan cierto como siempre. Los que creen que eres un agraciado ofrecen su obediencia a los dioses, mientras que aquellos que son deshonestos lo hacen para halagarte.

—Tú no eres deshonesta. Ni crees que los dioses me hablen.

—Ignoro si los dioses te hablan o no, o si lo han

hecho alguna vez o si pueden hablar con alguien. Sólo sé que los dioses no te piden a ti ni a nadie que realices esos rituales ridículos y humillantes; ésos os fueron impuestos por el Congreso. Sin embargo, debes continuar con esos rituales porque tu cuerpo lo requiere. Por favor, permíteme continuar los rituales de humillación que se requieren a la gente de mi posición en el mundo.

El Maestro Han asintió con gravedad.

—Eres sabia más allá de tus años y de tu educación, Wang-mu.

—Soy una muchacha muy tonta. Si tuviera alguna sabiduría, te suplicaría que me enviaras lo más lejos posible de este lugar. Compartir ahora la casa con Qing-jao será muy peligroso para mí. Sobre todo si ve que estoy cerca de ti, cuando ella no puede estarlo.

—Tienes razón Wang-mu. Soy un egoísta al pedirte que te quedes.

—Sí —convino Wang-mu—. Sin embargo, me quedaré.

—¿Por qué?

—Porque nunca podré regresar a mi antigua vida. Ahora sé demasiado del mundo y del universo, acerca del Congreso y de los dioses. Tendría en la boca el sabor del veneno todos los días de mi vida, si volviera a casa y fingiera ser lo que era antes.

El Maestro Han asintió gravemente, pero luego sonrió, y pronto se echó a reír.

—¿Por qué te ríes de mí, Maestro Han?

—Me río porque creo que nunca fuiste lo que tú solías ser.

—¿Qué significa eso?

—Creo que siempre has fingido. Tal vez incluso te engañabas a ti misma. Pero una cosa es segura. Nunca has sido una muchacha corriente, y nunca podrías haber llevado una vida corriente.

Wang-mu se encogió de hombros.

—El futuro es un millar de hilos, pero el pasado es un tejido que nunca puede ser rehecho. Tal vez me podría haber contentado. Tal vez no.

—Entonces estamos juntos, los tres.

Sólo entonces se volvió hacia Wang-mu al ver que no estaban solos. En el aire, sobre la pantalla, vio la cara de Jane, que le sonreía.

—Me alegro de que hayas vuelto —dijo Jane.

Por un momento, su presencia hizo que Wang-mu saltara a una esperanzada conclusión.

—¡Entonces no has muerto! ¡Te has salvado!

—Qing-jao nunca pretendió que muriera al instante —respondió Jane—. Su plan para destruirme avanza a su ritmo, y sin duda moriré según lo previsto.

—¿Por qué vuelves entonces a esta casa, si fue aquí donde se puso en marcha tu muerte?

—Tengo muchas cosas que hacer antes de morir, incluyendo la leve posibilidad de descubrir una forma de supervivencia. Da la casualidad de que el mundo de Sendero contiene muchos millares de personas que son mucho más inteligentes que el resto de la humanidad.

—Sólo debido a la manipulación genética del Congreso —puntualizó el Maestro Han.

—Cierto —admitió Jane—. Los agraciados de Sendero ya no son, hablando estrictamente, ni siquiera humanos. Sois otra especie, creada y esclavizada por el Congreso para tener ventaja sobre el resto de la humanidad. Sin embargo, se da la circunstancia de que un solo miembro de esa especie está de algún modo libre del Congreso.

—¿Es esto la libertad? —se lamentó el Maestro Han—. Incluso ahora, mi ansia de purificarme es casi irresistible.

—Entonces no te resistas —dijo Jane—. Puedo hablar contigo mientras te contorsionas.

Casi de inmediato, el Maestro Han empezó a extender los brazos y retorcerlos en el aire en su ritual de purificación. Wang-mu apartó la cara.

—No lo hagas —pidió él—. No ocultes tu rostro. No puedo avergonzarme al mostrarte esto. Soy un lisiado, eso es todo. Si hubiera perdido una pierna, mis amigos más íntimos no tendrían miedo de ver el muñón.

Wang-mu captó la sabiduría de sus palabras, y no apartó el rostro de la aflicción de su señor.

—Como iba diciendo —continuó Jane—, un solo miembro de esta especie está de algún modo libre del Congreso. Espero contar con tu ayuda en las tareas que intento ejecutar en los pocos meses que me quedan.

—Haré todo lo que pueda —le aseguró el Maestro Han.

—Y si yo puedo ayudar, lo haré —ofreció Wang-mu. Sólo después de decirlo se dio cuenta de lo ridículo que era por su parte. El Maestro Han era uno de los agraciados, uno de los seres con habilidades intelectuales superiores. Ella era sólo un espécimen sin educación de la humanidad común y corriente, sin nada que ofrecer.

Sin embargo, ninguno de ellos se mofó y Jane aceptó su oferta graciosamente. Tal amabilidad demostró una vez más a Wang-mu que Jane tenía que ser un organismo vivo, no sólo una simulación.

—Quisiera contaros todos los problemas que espero resolver.

Los dos prestaron atención.

—Como sabéis, mis amigos más queridos están en el planeta Lusitania. Los amenaza la Flota del Congreso. Estoy muy interesada en impedir que esa flota cause un daño irreparable.

—Pero estoy seguro de que ya han recibido la orden de usar el Pequeño Doctor —objetó el Maestro Han.

—Oh, sí, ya lo sé. Mi preocupación es impedir que esa orden cause la destrucción no sólo de los humanos de Lusitania, sino también de dos otras especies raman.

Entonces Jane les habló de la reina colmena y de cómo los insectores habían vuelto a la vida.

—La reina colmena está ya construyendo naves, esforzándose al límite para conseguir cuanto esté en su mano antes de que llegue la flota. Pero no hay ninguna posibilidad de que pueda construir suficientes para salvar más que a una pequeña fracción de los habitantes de Lusitania. La reina colmena podrá marcharse, o enviar a otra reina que comparta sus recuerdos, y le importa poco que sus obreras viajen con ella o no. Pero los pequeninos y los humanos no son tan autosuficientes. Me gustaría salvarlos a todos. Sobre todo porque mis amigos más queridos, un portavoz de los muertos y un joven que sufre lesiones cerebrales, se negaron a abandonar Lusitania a menos que todos los demás humanos y pequeninos puedan salvarse.

—¿Son héroes, entonces? —preguntó asombrado el Maestro Han.

—Los dos lo han demostrado varias veces en el pasado.

—No estaba seguro de que los héroes existieran todavía en la especie humana.

Si Wang-mu no dijo lo que albergaba en su corazón: que el propio Maestro Han era uno de esos héroes.

—Estoy estudiando todas las posibilidades —dijo Jane—. Pero todo se reduce a una imposibilidad, o eso ha creído la humanidad durante más de tres mil años. Si pudiéramos construir una nave que viajara más rápido que la luz, que viajara tan rápidamente como los mensajes del ansible que se transmiten de mundo en mundo, entonces aunque la reina colmena pudiera construir sólo una docena de naves, podrían enviar fácilmente a todos los habitantes de Lusitania a otros planetas antes de que llegara la flota.

—Si lograras construir esa nave, podrías crear una flota propia para atacar a la Flota Lusitania y destruirla antes de que causara ningún daño —sugirió Han Fei-tzu.

—Ah, pero eso es imposible.

—¿Puedes concebir el viaje más rápido que la luz y sin embargo no puedes imaginar la destrucción de la Flota Lusitania?

—Oh, puedo imaginarlo —dijo Jane—. Pero la reina colmena no construiría una nave semejante. Le ha dicho a Andrew, mi amigo, el Portavoz de los Muertos...

—El hermano de Valentine —susurró Wang-mu—. ¿También vive?

—La reina colmena le ha dicho que nunca construirá un arma por ningún motivo.

—¿Ni siquiera para salvar a su propia especie?

—Tendrá la nave que necesita para salir del planeta, y los otros recibirán también suficientes naves para salvar a su especie. Se contenta con eso. No hay ninguna necesidad de matar a nadie.

—¡Pero si el Congreso se sale con la suya, morirán millones!

—Entonces será su responsabilidad. Al menos eso es lo que Andrew me dice que la reina le responde cada vez que llega a ese punto.

—¿Qué clase de razonamiento moral es ése?

—Olvidas que ella ha descubierto hace poco la existencia de otra forma de vida inteligente, y que estuvo peligrosamente cerca de destruirla. Y luego esa vida inteligente casi la destruyó a ella. Pero fue el hecho de que estuviera a punto de cometer el crimen de xenocidio lo que surtió más efecto sobre su razonamiento moral. No puede impedir a otras especies que hagan una cosa semejante, pero ella puede asegurarse de no hacerlo. Sólo matará cuando ésa sea la única esperanza que tenga para salvar la existencia de su especie. Y como ya tiene otra esperanza, no construirá una nave de guerra.

—Viajar más rápido que la luz —dijo el Maestro Han—. ¿Es ésa tu única esperanza?

—La única que considero con un mínimo de posibilidad. Al menos sabemos que *algo* en el universo se mueve más rápido que la luz: la información se pasa de un ansible a otro por el rayo filótico sin que se detecte el paso del tiempo. Un joven físico de Lusitania, que está en la cárcel en estos momentos, se pasa los días y las noches trabajando en este problema. Ejecuto para él todos los cálculos y simulaciones. En este mismo instante está probando una hipótesis sobre la naturaleza de los filotes usando un modelo tan complejo que para ejecutar el programa estoy robando tiempo de los ordenadores de casi un millar de universidades diferentes. Existe una esperanza.

—La habrá mientras tú vivas —dijo Wang-mu—. ¿Quién se encargará de esos grandes experimentos cuando tú ya no estés?

—Por eso hay tanta prisa —contestó Jane.

—¿Para qué me necesitas? —preguntó el Maestro Han—. No soy físico ni tengo ninguna esperanza de aprender suficiente sobre el tema en los próximos meses para que sirva de algo. Si alguien puede hacer algo, es tu físico encarcelado. O tú misma.

—Todo el mundo necesita un crítico imparcial para que diga: «¿Habéis pensado en esto?», o incluso: «Ya basta de ese callejón sin salida, pensad en otro sistema». Para eso te necesito. Te informaremos acerca de nuestro trabajo, y tú lo examinarás y dirás todo lo que se te ocurra. No sabemos qué observación casual podrá disparar la idea que estamos buscando.

El Maestro Han asintió, admitiendo aquella posibilidad.

—El segundo problema en el que estoy trabajando es aún más retorcido —dijo Jane—. Consigamos o no viajar más rápido que la luz, *algunos* pequeninos tendrán naves estelares y podrán abandonar Lusitania. El problema es que llevan en su interior el virus más insidioso y terrible conocido, uno que destruye toda forma de vida que toca excepto las pocas que pueden convertirse en una especie deformada de vida simbiótica que depende por completo de la presencia de ese virus.

—La descolada —dijo el Maestro Han—. Una de las justificaciones que se han usado a veces para que el Pequeño Doctor acompañara a la flota.

—Y puede que en efecto *sea* una justificación. Desde el punto de vista de la reina colmena, es imposible elegir entre una forma de vida u otra, pero como Andrew me ha señalado frecuentemente, los seres humanos no tienen ese problema. Si hay que elegir entre la supervivencia de la humanidad y la de los pequeninos, él elegiría a la humanidad, y por su bien yo también lo haría.

—Y yo —asintió el Maestro Han.

—Puedes estar seguro de que los pequeninos sienten lo mismo al revés —dijo Jane—. Si no en Lusitania, entonces en algún lugar, de algún modo, se producirá una terrible guerra en la que los humanos usarán el Ingenio de Desintegración Molecular y los pequeninos la descolada como arma biológica definitiva. Existe una buena probabilidad de que las dos especies se aniquilen. Así que siento cierta urgencia por la necesidad de encontrar un virus sustituto de la descolada, uno que ejecute todas las funciones necesarias en el ciclo vital de los pequeninos sin ninguna de sus capacidades depredadoras y autoadaptadoras. Una forma inerte y selectiva del virus.

—Creía que había formas de neutralizar a la descolada. ¿No toman drogas con el agua que beben en Lusitania?

—La descolada sigue anulando sus drogas y adaptándose a ellas. Es una serie de carreras contra reloj. Tarde o temprano la descolada ganará una, y entonces ya no habrá más humanos contra los que correr.

—¿Quieres decir con eso que el virus es *inteligente*? —preguntó Wang-mu.

—Así lo cree una de las científicos de Lusitania. Una mujer llamada Quara. Otros disienten. Pero, desde luego, el virus actúa como si fuera inteligente, al menos cuando se trata de adaptarse a los cambios de su entorno y a transformar a otras especies para que sirvan sus necesidades. Personalmente, considero que Quara tiene razón. Creo que la descolada es una especie inteligente con un lenguaje propio, que usa para difundir rápidamente información de un extremo del mundo a otro.

—No soy virólogo —objetó el Maestro Han.

—Sin embargo, si pudieras echar un vistazo a los estudios de Elanora Ribeira von Hesse...

—Por supuesto que los miraré. Sólo desearía poder tener tu esperanza en que podré serte de ayuda.

—Y luego está el tercer problema —prosiguió Jane—. Tal vez el más simple de todos. Los agraciados por los dioses de Sendero.

—Ah, sí, sí —suspiró el Maestro Han—. Tus destructores.

—No por elección libre. No tengo nada contra vosotros. Pero hay algo que me gustaría conseguir antes de morir: encontrar un medio de alterar vuestros genes ya alterados, de forma que al menos las generaciones futuras puedan quedar libres de los DOC inducidos deliberadamente, sin que pierdan por ello su extraordinaria inteligencia.

—¿Dónde encontrarás científicos genéticos dispuestos a trabajar en algo que el Congreso considerará seguramente una traición? —preguntó el Maestro Han.

—Cuando se desea que alguien cometa una traición, lo mejor es mirar primero entre los traidores conocidos.

—Lusitania —apuntó Wang-mu.

—Sí —dijo Jane—. Con vuestra ayuda, puedo pasar el problema a Elanora.

—¿No está trabajando en el problema de la descolada?

—Nadie puede trabajar en algo a todas horas. Esto será un cambio de ritmo que tal vez la ayude a relajarse de su trabajo en la descolada. Además, vuestro problema en Sendero puede ser relativamente fácil de resolver. Después de todo, vuestros genes alterados fueron creados originariamente por geneticistas normales y corrientes que trabajaban para el Congreso. Las únicas barreras han sido políticas, no científicas. Ela quizá lo considere un asunto simple. Ya me ha dicho cómo debemos empezar. Necesitamos unas cuantas muestras de tejidos, al menos para empezar. Que un técnico médico de aquí realice un análisis por ordenador a nivel molecular. Puedo encargarme de la maquinaria el tiempo suficiente para asegurarme de que los datos que Elanora necesita se reúnan durante el análisis, y luego le transmitiré los datos genéticos. Es simple.

—¿De quién necesitas el tejido? —preguntó el Maestro Han—. No puedo pedirle a todos mis visitantes que me den una muestra.

—La verdad es que esperaba que pudieras —dijo Jane—. Hay tantos que van y vienen... Podemos usar piel muerta, ya sabes. Quizás incluso muestras fecales o de orina que puedan contener células sanguíneas.

El Maestro Han asintió.

—Puedo hacerlo.

—Si son muestras fecales, yo me encargaré —sugirió Wang-mu.

—No —replicó el Maestro Han—. No estoy por encima de hacer todo lo que sea necesario para ayudar, incluso con mis propias manos.

—¿Tú? —preguntó Wang-mu—. Me he ofrecido voluntaria porque temía que humillaras a otros sirvientes pidiéndoles que lo hicieran.

—Nunca volveré a pedir a nadie que haga algo tan bajo y humillante que yo me niegue a hacer.

—Pues entonces lo haremos todos juntos —apuntó Wang-mu—. Por favor, recuerda, Maestro Han: tú ayudarás a Jane leyendo y respondiendo a los informes, mientras que las tareas manuales son la única manera en que yo puedo colaborar. No insistas en hacer lo que puedo hacer yo. Dedica en cambio tu tiempo a las cosas que sólo dependen de ti.

Jane interrumpió antes de que el Maestro Han tuviera tiempo de responder.

—Wang-mu, quiero que tú también leas los informes.

—¿Yo? Pero si no tengo educación ninguna.

—No importa —insistió Jane.

—Ni siquiera los entenderé.

—Entonces yo te ayudaré —dijo el Maestro Han.

—Esto no es justo —protestó Wang-mu—. No soy Qing-jao. Éste es el tipo de trabajo que ella podría hacer. No es para mí.

—Os observé a Qing-jao y a ti a través de todo el proceso que condujo a mi descubrimiento. Muchas de las claves procedieron de ti, Si Wang-mu, no de ella.

—¿De mí? Nunca intenté…

—No intentaste. Observaste. Estableciste relaciones en tu mente. Formulaste preguntas.

—Fueron preguntas estúpidas —objetó Wang-mu. Sin embargo, en su corazón, se sintió contenta: ¡alguien lo había visto!

—Preguntas que ningún experto habría hecho —replicó Jane—. No obstante, fueron exactamente las preguntas que condujeron a Qing-jao a sus más importantes logros conceptuales. Puede que no seas una agraciada, Wang-mu, pero tienes dones propios.

—Leeré y responderé —accedió Wang-mu—, pero también reuniré muestras de tejidos. *Todas* las muestras de tejidos, para que el Maestro Han no tenga que hablar a esos visitantes agraciados y escuchar las alabanzas por un acto terrible que no ha cometido.

El Maestro Han todavía se opuso.

—Me niego a aceptar que tus actos...

Jane lo interrumpió.

—Han Fei-tzu, sé sabio. Wang-mu, como criada, es invisible. Tú, como señor de la casa, eres tan sutil como un tigre en un patio de recreo. Nada de lo que hagas pasará inadvertido. Deja que Wang-mu haga lo que sabe hacer mejor.

Sabias palabras, pensó Wang-mu. ¿Por qué me pides entonces que responda al trabajo de científicos, si cada persona debe dedicarse a lo que sabe hacer mejor? Sin embargo, guardó silencio. Jane les indicó que empezaran tomando sus propias muestras de tejidos; luego Wang-mu se dedicó a recoger muestras del resto del servicio de la casa. Encontró la mayoría de lo que necesitaba en peines y ropas sin lavar. En cuestión de unos días reunió muestras de una docena de visitantes agraciados, también tomadas de sus ropas. Nadie tuvo que tomar muestras fecales, después de todo. Pero ella habría estado dispuesta.

Qing-jao se dio cuenta de su presencia, por supuesto, pero la ignoró. A Wang-mu le dolía que la tratara tan fríamente, pues antes fueron amigas y Wang-mu todavía la amaba, o al menos amaba a la joven que había sido Qing-jao antes de la crisis. Sin embargo, no había nada que Wang-mu pudiera decir o hacer para restaurar su amistad. Ella había elegido otro camino.

Wang-mu guardó todas las muestras de tejidos cuidadosamente separadas y etiquetadas. No obstante, en vez de llevarlas a un técnico médico, encontró un medio mucho más simple. Vestida con algunas de las ropas viejas de Qing-jao, para parecer una estudiante agraciada en vez de una criada, se dirigió a la facultad más cercana y les dijo que trabajaba en un proyecto cuya naturaleza no podía divulgar, y solicitó humildemente que realizaran un análisis de las muestras de tejidos que llevaba. Como esperaba, no hicieron ninguna pregunta a una muchacha agraciada, aunque fuera una completa desconocida. En cambio, llevaron a cabo los análisis moleculares, y Wang-mu sólo pudo asumir que Jane había cumplido su promesa: que había tomado el control del ordenador y conseguido que el análisis incluyera todas las operaciones que necesitaba Ela.

De vuelta a casa, Wang-mu destruyó todas las muestras que había recogido y quemó el informe que le habían dado en la facultad. Jane tenía ya lo que necesitaba: era absurdo correr el riesgo de que Qing-jao o tal vez un criado de la casa a sueldo del Congreso descubriera que Han Fei-tzu estaba trabajando en un experimento biológico. Y en cuanto a alguien que la reconociera como la joven agraciada que había visitado la facultad…, no había ninguna posibilidad. Nadie que buscara a una muchacha agraciada por los dioses miraría siquiera a una criada como ella.

—Así que has perdido a tu mujer y yo he perdido a la mía —dijo Miro.

Ender suspiró. De vez en cuando a Miro le apetecía charlar, y como su amargura estaba siempre a flor de piel, su charla tendía a ir directamente al grano y además era bastante desagradable. Ender no podía pedirle que se callara: Valentine y él eran casi las únicas personas que podían escuchar con paciencia la lenta articulación de Miro, sin mostrarle signos de impaciencia. Miro pasaba tanto tiempo acumulando pensamientos sin expresarlos, que sería una crueldad hacerle callar solamente porque no tenía tacto.

A Ender no le complacía que le recordara que Novinha lo había abandonado. Intentaba mantener aquella idea apartada de su mente, mientras trabajaba en otros problemas: en el de la supervivencia de Jane, sobre todo, y también un poco en todos los demás. Pero con las palabras de Miro, aquella sensación de dolor, vacío y pánico regresó. Ella no está aquí. No puedo hablar y tener su respuesta. No puedo preguntar y hacerla recordar. No puedo cogerla de la mano. Y, lo más terrible de todo: tal vez no podré volver a hacerlo nunca.

—Eso parece —dijo Ender.

—Probablemente no te gustará equipararlas —prosiguió Miro—. Después de todo, ella ha sido tu esposa durante treinta años, y Ouanda fue mi novia tal vez durante unos cinco. Pero eso sólo si empiezas a contar a partir de la pubertad. Ella fue mi amiga, mi amiga más íntima a excepción de Ela, desde que era pequeño. Así que, bien pensado, he pasado con Ouanda la mayor parte de mi vida, mientras que tú sólo has estado con madre la mitad de la tuya.

—Ahora me siento mucho mejor —dijo Ender.

—No te pongas de mala leche conmigo.

—No me obligues a ello.

Miro se echó a reír. Con demasiada fuerza.

—¿Estás de mal humor, Andrew? —Rió—. ¿Has perdido los estribos?

Era demasiado. Ender giró en su silla, apartándose del terminal donde había estado estudiando un modelo simplificado de la red ansible, intentando imaginar dónde podría encontrarse el alma de Jane en aquel entramado aleatorio. Miró firmemente a Miro, hasta que éste dejó de reír.

—¿Te he hecho algo? —preguntó Ender.

Miro pareció más enfadado que avergonzado.

—Tal vez necesitaba que lo hicieras —espetó—. ¿No se te ha ocurrido nunca? Todos os habéis mostrado muy respetuosos. Dejad que Miro conserve su dignidad. Dejadlo que se obsesione hasta volverse loco, ¿no? No habléis de lo que le sucedió. ¿No te parece que alguna vez me hizo falta alguien que me alegrara?

—¿No crees que yo no necesito eso?

Miro se volvió a reír, pero esta vez un poco más tarde, con más amabilidad.

—Has dado en el clavo. Me trataste como te gusta que te traten cuando estás apenado, y ahora yo te estoy tratando como *a mí* me gustaría ser tratado. Nos prescribimos mutuamente nuestra propia medicina.

—Tu madre y yo estamos casados todavía.

—Déjame decirte una cosa con la sabiduría de mis veinte años de vida. Será más fácil cuando empieces a admitir que nunca la recuperarás. Que está permanentemente fuera de tu alcance.

—Ouanda lo está. Novinha no.

—Ella está con los Hijos de la Mente de Cristo. Es un convento de monjas, Andrew.

—No tanto. Es una orden monástica en la que sólo pueden ingresar parejas casadas. No puede hacerlo sin mí.

—Ya —dijo Miro—. Podrás recuperarla cuando te unas a los Filhos. Ya te veo como Dom Cristão.

Ender no pudo dejar de reírse ante la idea.

—Durmiendo en camas separadas. Rezando todo el tiempo. Sin tocarse mutuamente.

—Si eso es el matrimonio, Andrew, entonces Ouanda y yo estamos casados ahora mismo.

—Lo es, Miro. Porque las parejas de los Filhos da Mente de Cristo trabajan juntos, y realizan un trabajo juntos.

—Entonces *nosotros* estamos casados. Tú y yo. Porque estamos intentando salvar a Jane juntos.

—Sólo amigos —objetó Ender—. Somos sólo eso.

—Rivales es más exacto. Jane nos mantiene a los dos como a amantes en vilo.

Miro hablaba de forma muy parecida a Novinha en sus acusaciones contra Jane.

—No somos amantes —corrigió Ender—. Jane no es humana. Ni siquiera tiene cuerpo.

—¿No eras el lógico de los dos? ¿No acabas de decir que tú y madre podíais seguir casados, sin tocaros?

A Ender no le gustó la analogía, porque parecía entrañar cierta verdad. ¿Acaso tenía razón Novinha al sentir celos de Jane, como los había tenido durante muchos años?

—Ella vive prácticamente dentro de nuestras cabezas —continuó Miro—. Un lugar al que ninguna esposa puede acceder.

—Siempre pensé que tu madre sentía celos de Jane porque deseaba tener a alguien así de cerca.

—*Bobagem. Lixo* —dijo Miro: Tonterías. Basura—. Madre estaba celosa de Jane porque quería estar así de cerca de ti, y nunca pudo.

—¿Tu madre? Siempre fue autosuficiente. Hubo épocas en que compartimos mucha intimidad, pero siempre volvía a su trabajo.

—Igual que tú siempre volvías a Jane.

—¿Te lo ha dicho ella?

—No con esas palabras. Pero hablabas con ella, y de repente guardabas silencio, y aunque eres hábil subvocalizando, siguen habiendo pequeños movimientos en la mandíbula, y tus ojos y labios reaccionan un poco a todo lo que te dice Jane. Ella se daba cuenta. Estabas con madre, cerca, y de repente te encontrabas en otro lugar.

—Eso no es lo que nos separó —apuntó Ender—. Fue la muerte de Quim.

—La muerte de Quim fue la gota que desbordó el vaso. Si no hubiera sido por Jane, si madre hubiera creído de verdad que tú le pertenecías a ella, en cuerpo y alma, se habría vuelto hacia ti cuando murió Quim, en vez de alejarse.

Miro dijo lo que Ender había estado temiendo desde el principio. Que la culpa era del propio Ender. Que no había sido el marido perfecto. Que la había perdido.

Y lo peor: él sabía que era verdad. La sensación de pérdida, que ya había considerado insoportable, se duplicó de pronto, se triplicó, se hizo infinita en su interior.

Sintió la mano de Miro, pesada, torpe, sobre su hombro.

—Como Dios es mi testigo, Andrew, te juro que no pretendía hacerte llorar.

—A veces pasa.

—No es todo culpa tuya. Ni de Jane. Tienes que recordar que madre está loca. Lo ha estado siempre.

—Sufrió mucho de niña.

—Perdió a todos los que amaba, uno a uno —dijo Miro.

—Y yo la dejé creer que también me había perdido a mí.

—¿Qué ibas a hacer, desconectar a Jane? Lo intentaste una vez, ¿recuerdas?

—La diferencia es que ahora ella te tiene a ti. Todo el tiempo que estuviste fuera, podría haberme alejado de Jane, porque te tenía a ti. Podría haber hablado menos con ella, le podría haber pedido que se retirara. Me habría perdonado.

—Tal vez —convino Miro—. Pero no lo hiciste.

—Porque no quise. Porque no quería dejarla marchar. Porque creía que podría mantener esta antigua amistad y seguir siendo un buen marido.

—No fue sólo Jane —suspiró Miro—. También fue Valentine.

—Supongo que sí. Entonces, ¿qué hago? ¿Me uno a los Filhos hasta que llegue la flota y nos destruya a todos?

—Haz lo mismo que yo.

—¿Qué?

—Toma aire. Déjalo escapar. Luego inspira otra vez.

Ender reflexionó un momento.

—Puedo hacerlo. Lo he estado haciendo desde que era niño.

Sólo un momento más, la mano de Miro sobre su hombro. Por esto debería haber tenido un hijo propio, pensó Ender. Para que se apoyara en mí cuando fuera pequeño, y para apoyarme yo en él cuando sea viejo. Pero nunca he tenido un hijo de mi propia simiente. Soy como el viejo Marcão, el primer marido de Novinha. Rodeado de estos niños y sabiendo que no son míos. La diferencia es que Miro es mi amigo, no mi enemigo. Eso ya es algo. Puede que haya sido un mal esposo, pero puedo entablar una amistad y conservarla.

—Deja de compadecerte de ti mismo y vuelve al trabajo.

Era Jane, hablando en su oído, y había esperado tanto tiempo antes de hacerlo que Ender casi a punto estuvo de llamarla para que se burlara de él. Casi, pero no del todo, y por eso lamentó su intrusión. Lamentó saber que ella había estado escuchando y observando todo el tiempo.

—Estás enfadado —dijo Jane.

No sabes lo que siento, pensó Ender. No puedes saberlo. Porque no eres humana.

—Crees que no sé lo que sientes —observó ella.

Ender sintió un momento de vértigo, porque por un instante le pareció que ella había estado escuchando algo mucho más profundo que la conversación.

—Pero también yo te perdí una vez.

—Volví —subvocalizó Ender.

—Nunca del todo. Nunca fue como antes. Así que coge un par de esas lágrimas de autocompasión de tus mejillas y considera que son mías. Sólo para igualar el marcador.

—No sé por qué me molesto en intentar salvarte la vida —masculló Ender silenciosamente.

—Yo tampoco —respondió Jane—. Sigo diciéndote que es una pérdida de tiempo.

Ender volvió al terminal. Miro permaneció a su lado,

contemplando la pantalla mientras simulaba la red ansible. Ender no tenía ni idea de lo que Jane le estaba diciendo a Miro, aunque estaba seguro de que le decía algo, ya que hacía tiempo que había descubierto que ella era capaz de mantener muchas conversaciones a la vez. No podía evitarlo: le molestaba un poco que Jane mantuviera una relación tan íntima con Miro como con él.

¿No es posible que una persona quiera a otra sin intentar poseerla?, se preguntó. ¿O está enterrado tan profundamente en nuestros genes que nunca podremos superarlo? Territorialismo. *Mi* esposa. *Mi* amiga. *Mi* amante. *Mi* molesta y deslumbrante personalidad computerizada que está a punto de ser desconectada por culpa de una muchacha medio loca con desórdenes obsesivo-compulsivos en un planeta del que nunca había oído hablar. ¿Cómo podré vivir sin Jane cuando ya no esté?

Ender amplió la pantalla, hasta que sólo aparecieron unos pocos parsecs en cada dimensión. Ahora la simulación mostraba una pequeña porción de la red, y el entramado era sólo media docena de rayos filóticos en el espacio profundo. Ahora, en vez de parecer un tejido intrincado y entretejido, los rayos filóticos parecían líneas aleatorias que pasaban a millones de kilómetros unas de otras.

—Nunca se tocan —comentó Miro.

No, nunca lo hacen. Era algo que Ender no había advertido nunca. En su mente, la galaxia era plana, como la mostraban siempre los mapas estelares, una visión boca abajo de la sección del brazo en espiral de la galaxia donde los humanos se habían extendido desde la Tierra. Pero no era plana. No había dos estrellas que estuvieran en el mismo plano que otras dos. Los rayos filóticos conectaban las naves y los planetas y los satélites en líneas rectas perfectas, de ansible a ansible: parecían intersectarse cuando las veías en un mapa plano, pero en esta ampliación tridimensional, estaba claro que nunca se tocaban.

—¿Cómo puede vivir en eso? —preguntó Ender—. ¿Cómo puede existir en eso cuando no hay ninguna conexión entre esas líneas excepto en los puntos finales?

—Tal vez no lo hace. Tal vez vive en la suma de los programas de ordenador de cada terminal.

—En ese caso, podría almacenarse en todos los ordenadores y entonces...

—Y entonces nada. Nunca podría volver a reunirse porque sólo van a usar ordenadores limpios para dirigir los ansibles.

—No podrán mantenerlo eternamente —manifestó Ender—. Es demasiado importante que los ordenadores de planetas diferentes puedan hablar entre sí. El Congreso descubrirá muy pronto que no hay suficientes seres humanos para dirigir a mano, en un año, la cantidad de información que los ordenadores tienen que enviarse mutuamente por ansible cada hora.

—¿Entonces Jane se esconde? ¿Espera? ¿Se escabulle y se restaura cuando vea una oportunidad dentro de cinco o diez años?

—*Si* en efecto es eso: un conjunto de programas.

—Tiene que ser más que eso.

—¿Por qué?

—Porque si no es más que un conjunto de programas, aunque sean programas que se autoescriben y se autorrevisan, fue creada por algún programador o algún grupo de programadores en alguna parte. En ese caso, sólo está ejecutando el programa que le fue dado desde el principio. No tiene libre albedrío. Es una marioneta. No una persona.

—Bueno, en ese tema, tal vez estás definiendo el libre albedrío de una manera muy limitada —opinó Ender—. ¿No somos iguales los seres humanos, programados por nuestros genes y nuestro entorno?

—No.

—¿Qué si no, entonces?

—Nuestras conexiones filóticas dicen que no somos iguales. Porque somos capaces de conectar unos con otros por simple voluntad, cosa que ninguna otra forma de vida de la Tierra puede hacer. Hay algo que tenemos, algo que *somos*, que no fue causado por ninguna otra cosa.

—¿Qué, nuestra alma?

—Ni siquiera eso —dijo Miro—. Porque los sacerdotes dicen que Dios creó nuestras almas, y eso nos pone bajo el control de otro marionetista. Si Dios creó nuestra voluntad, entonces *Él* es responsable de todas las opciones que tomamos. Dios, nuestros genes, nuestro entorno, o algún estúpido programador que teclea un código en un antiguo terminal…; no hay ningún libre albedrío que pueda existir si nosotros como individuos somos el resultado de alguna causa externa.

—Entonces, según recuerdo, la respuesta filosófica oficial es que el libre albedrío *no* existe. Sólo la ilusión de tal cosa, porque las causas de nuestra conducta son tan complejas que no podemos explicarlas. Si tienes una fila de piezas de dominó que se derriban unas a otras, entonces siempre puedes decir: mira, esta pieza se cayó porque esta otra la empujó. Pero cuando tienes un número infinito de piezas que pueden seguir en un número infinito de direcciones, nunca encontrarás dónde comienza la cadena causal. Así que piensas: esa pieza se cayó porque quiso.

—*Bobagem* —masculló Miro.

—Bueno, admito que es una filosofía sin ningún valor práctico. Valentine me lo explicó una vez de esta forma: aunque no existe el libre albedrío, tenemos que tratarnos unos a otros como si existiera para poder vivir juntos en sociedad. Porque de otro modo, cada vez que alguien hace algo terrible no se le puede castigar, porque sus genes o su entorno o Dios le instaron a hacerlo, y cada vez que alguien hace algo bueno, no se le puede honrar, porque también fue una marioneta. Si piensas que los que te rodean son marionetas, ¿por qué molestarte en hablarles? ¿Por qué idear nada o crear nada, ya que todo lo que ideas o creas o deseas o sueñas surge sólo del guión que el marionetista te dio?

—Desesperación —dijo Miro.

—Así, nos consideramos a nosotros mismos y a todos los que nos rodean seres volitivos. Nos tratamos como si hiciéramos las cosas con un propósito determinado, y no porque nos empujan desde atrás. Castigamos a los criminales. Recompensamos a los altruistas. Ideamos y construimos cosas juntos. Hacemos promesas y esperamos que los demás las mantengan. Todo es una ficción, pero cuando todo el mundo cree que las acciones de todos son el resultado de una elección libre, y da y toma responsablemente según eso, el resultado es la civilización.

—Sólo una ficción.

—Así es como lo explicó Valentine. Es decir, si no existe el libre albedrío. No estoy seguro de que ella lo crea. Supongo que diría que es civilizada, y por tanto debe creer en la historia, en cuyo caso cree absolutamente en el libre albedrío y piensa que toda la idea de una historia inventada es una tontería…, pero eso es lo que ella creería aunque fuera cierto, y por eso no podemos estar seguros de nada.

Entonces Ender se echó a reír, porque Valentine se rió la primera vez que le contó esto hacía muchos años. Cuando los dos acababan de dejar la infancia, y él estaba escribiendo el Hegemón e intentaba comprender por qué su hermano Peter había hecho todas aquellas cosas grandes y terribles.

—No es gracioso —dijo Miro.

—A mí me lo pareció.

—O somos libres, o no lo somos. O la historia es cierta, o no lo es.

—La cuestión es que debemos creer que es cierta para poder vivir como seres humanos civilizados.

—No, no es eso. Porque si es mentira, ¿por qué deberíamos molestarnos en vivir como seres civilizados?

—Porque la especie tiene mejor posibilidad de sobrevivir de esta forma. Porque nuestros genes requieren que creamos en la historia para poder ampliar nuestra habilidad de transmitir esos mismos genes durante muchas generaciones en el futuro. Porque todo aquel que no cree en la historia empieza a actuar de formas improductivas y anticooperativas, y al final la comunidad, el rebaño, lo rechazará, de forma que sus posibilidades de reproducción disminuirán. Por ejemplo, lo meterán en la cárcel, y los genes que producen su conducta incrédula acabarán extinguidos.

—Entonces el marionetista requiere que creamos que *no* somos marionetas. Estamos obligados a creer en el libre albedrío.

—Eso es lo que me explicó Valentine.

—Pero ella no lo cree realmente, ¿verdad?

—Por supuesto que no. Sus genes no se lo permiten.

Ender volvió a reírse. Sin embargo, Miro no se tomaba este asunto a la ligera, como un juego filosófico. Estaba furioso. Cerró los puños y extendió los brazos en un gesto espástico que introdujo su mano en el centro de la pantalla. Causó una sombra sobre ella, un espacio donde no era visible ningún rayo filótico. Un auténtico espacio vacío. Excepto que ahora Ender pudo ver las motas de polvo flotando en la pantalla, capturando la luz de la ventana y la puerta abierta de la casa. En concreto, una gran mota, como un filamento de pelo, una diminuta fibra de algodón, flotaba brillantemente en mitad del espacio donde sólo se veían los rayos filóticos.

—Cálmate —aconsejó Ender.

—No —gritó Miro—. ¡Mi marionetista está haciendo que me enfurezca!

—Calla. Escúchame.

—¡Estoy cansado de escucharte!

Sin embargo, guardó silencio y escuchó.

—Creo que tienes razón —suspiró Ender—. Creo que *somos* libres, y no pienso que sea sólo una ilusión en la que creemos porque tenga valor de supervivencia. También creo que somos libres porque no somos sólo este cuerpo, actuando según un guión genético. Y no somos almas que Dios creara de la nada. Somos libres porque existimos siempre. Desde el principio de los tiempos, sólo que no hubo principio y existimos todo el tiempo. Nada nos causó. Nada nos hizo. Simplemente *somos*, y siempre fuimos.

—¿Filotes? —preguntó Miro.

—Tal vez. Como esa mota de polvo en la pantalla.

—¿Dónde?

Ahora era invisible, pues la simulación holográfica dominaba de nuevo el espacio sobre el terminal. Ender introdujo la mano en la pantalla y proyectó una sombra que cayó sobre el holograma. Movió la mano y reveló la brillante mota que había visto antes. O tal vez no era la misma. Tal vez era otra, pero no importaba.

—Nuestros cuerpos, todo el mundo a nuestro alrededor, son como esa pantalla holográfica. Son reales, pero no muestran la verdadera causa de las cosas. Es lo único de lo que nunca podremos estar seguros, al mirar la pantalla del universo: *por qué* suceden las cosas. Pero detrás de todo, dentro de todo, si pudiéramos ver a través, encontraríamos la verdadera causa de todo. Filotes que existieron siempre, haciendo lo que quieren.

—Nada existió *siempre* —objetó Miro.

—¿Quién lo dice? El supuesto principio de este universo fue sólo el comienzo del orden actual: *esta* pantalla, todo lo que pensamos que existe. Pero ¿quién dice que los filotes que actúan según las leyes naturales que comenzaron en ese momento no existían antes? Y si todo el universo se pliega sobre sí mismo, ¿quién dice que los filotes no se liberarán simplemente de las leyes que siguen ahora, y volverán a...?

—¿A qué?

—Al caos. Al desorden. A la oscuridad. A donde estuvieran antes de que este universo fuera creado. ¿Por qué no podían ellos, nosotros, haber existido *siempre* y continuar existiendo siempre?

—Entonces, ¿dónde estaba yo entre el día en que comenzó el universo y el día en que nací? —dijo Miro.

—No lo sé. Improviso sobre la marcha.

—¿Y de dónde salió Jane? ¿Está su filote flotando por alguna parte, y de repente se puso al mando de un puñado de programas de ordenador y se convirtió en una persona?

—Tal vez.

—Y aunque exista algún sistema natural que de algún modo asigne filotes para que se pongan al mando de todo organismo que haya nacido, brotado o germinado, ¿cómo podría haber creado ese sistema natural a Jane? Ella no nació.

Jane, por supuesto, había estado escuchando todo el tiempo, y ahora intervino.

—Tal vez eso no sucedió —apuntó—. Tal vez no tengo filote propio. Tal vez no estoy viva.

—No —zanjó Miro.

—Tal vez —replicó Ender.

—Así que quizá no puedo morir —prosiguió Jane—. Tal vez cuando me desconectes será sólo un programa complicado apagándose.

—Tal vez —admitió Ender.

—No —intervino Miro—. Desconectarte será un asesinato.

—Tal vez hago las cosas que hago porque me han programado así, sin advertirlo. Tal vez sólo creo que soy libre.

—Ya hemos repasado ese argumento —dijo Ender.

—Tal vez sea cierto conmigo, aunque no lo sea con vosotros.

—Y tal vez no. Pero tú has repasado tu propio código, ¿no?

—Un millón de veces —asintió Jane—. Lo he examinado todo.

—¿Ves algo que te de la ilusión de libre albedrío?

—No. Pero vosotros tampoco habéis encontrado ese gen en los humanos.

—Porque no lo hay —puntualizó Miro—. Como dijo Andrew, lo que *somos*, en el fondo, en nuestra esencia, lo que *somos* es un filote que se ha entrelazado con todos los trillones de filotes que componen los átomos y moléculas y células de nuestros cuerpos. Y lo que *tú* eres es también un filote, como nosotros.

—No es probable —objetó Jane. Su rostro apareció ahora en la pantalla, una cara en sombras atravesada por los rayos filóticos.

—No digamos tonterías —le conminó Ender—. Nada de lo que sucede es probable hasta que existe, y entonces es seguro. Tú existes.

—Sea lo que sea *yo* —dijo Jane.

—Ahora mismo creemos que eres una entidad consciente de que existe, porque te hemos visto actuar de una forma que hemos aprendido a asociar con el libre albedrío. Tenemos exactamente tantas pruebas de que eres una inteligencia libre como las tenemos de que lo seamos *nosotros*. Si resulta que no lo eres, tendremos que cuestionarnos qué somos entonces. Ahora mismo nuestra hipótesis es que nuestra identidad individual, lo que nos crea, es el filote que está en el centro de nuestro enlace. Si tenemos razón, entonces hay motivos para razonar que tú puedas tener uno también, y en ese caso debemos encontrar dónde está. Ya sabes que los filotes no son fáciles de encontrar. Nunca hemos detectado uno. Sólo suponemos que existen porque hemos visto evidencias del rayo filótico, que se comporta como si tuviera dos extremos con una localización concreta en el espacio. No sabemos dónde estás tú o a qué estás conectada.

—Si ella es como nosotros, como los seres humanos —intervino Miro—, entonces sus conexiones pueden cambiar y dividirse. Como cuando esa muchedumbre se formó en torno a Grego. He hablado con él acerca de lo que sintió. Como si toda esa gente formara parte de su cuerpo. Y cuando se separaron y se fueron cada uno por su lado, sintió como si lo hubieran sometido a una amputación. Creo que fue un enlace filótico. Creo que esas personas se conectaron realmente con él durante un momento, que realmente estuvieron parcialmente bajo su control, que formaron parte de su esencia. De modo que tal vez Jane sea así, todos esos programas de ordenador entrelazados con ella, y ella misma conectada a quienquiera que tenga ese tipo de relación. Tal vez a ti, Andrew. Tal vez a mí. O a parte de cada uno.

—Pero ¿dónde está? —dijo Ender—. Si tiene de verdad un filote…, no, si es de verdad un filote, entonces debe tener un emplazamiento específico, y si pudiéramos encontrarlo, tal vez lograríamos mantener vivas las conexiones aunque todos los ordenadores sean desconectados de ella. Tal vez esté en nuestras manos impedir su muerte.

—No sé. Podría estar en cualquier parte —dudó Miro. Hizo un gesto hacia la pantalla. Se refería a cualquier lugar en el espacio. Cualquier lugar en el universo. Y allí en la pantalla estaba la cabeza de Jane, con los rayos filóticos atravesándola.

—Para averiguar dónde está, tenemos que encontrar

cómo y dónde comenzó —aseguró Ender—. Si es realmente un filote, fue conectada de algún modo, en alguna parte.

—Un detective siguiendo una pista de tres mil años —rió Jane—. Será divertido veros hacer todo esto en los próximos meses.

Ender la ignoró.

—Y si vamos a hacer esto, en primer lugar debemos averiguar cómo funcionan los filotes.

—El físico es Grego —declaró Miro.

—No quiero distraerle con un proyecto que no puede tener éxito —dijo Jane.

—Escucha, Jane, ¿tú no quieres vivir? —preguntó Ender.

—No puedo hacerlo de todas formas, ¿por qué perder el tiempo?

—Se está haciendo la mártir —protestó Miro.

—No. Estoy siendo práctica.

—Estás siendo idiota —espetó Ender—. Grego no podrá idear una teoría para viajar más rápido que la luz quedándose sentado y pensando en la física de la luz, o lo que sea. Si funcionara así, habrías conseguido ese tipo de viaje hace tres mil años, porque había cientos de físicos trabajando en el tema entonces, cuando se conocieron por primera vez los rayos filóticos y el Principio de la Instantaneidad de Park. Si a Grego se le ocurre, será por algún destello de intuición, alguna absurda conexión que haga en su mente, y eso no lo conseguirá concentrándose con toda su inteligencia en una simple cadena de pensamiento.

—Lo sé —admitió Jane.

—Sé que lo sabes. ¿No me dijiste que ibas a introducir a esa gente de Sendero en nuestros proyectos por esa razón concreta? ¿Para tener pensadores no entrenados e intuitivos?

—No quiero que perdáis el tiempo.

—No quieres mantener la esperanza —se enfureció Ender—. No quieres admitir que hay una posibilidad de que puedas vivir, porque entonces empezarías a sentir miedo de la muerte.

—Ya lo siento.

—Ya te consideras muerta —dijo Ender—. Hay una gran diferencia.

—Lo sé —murmuró Miro.

—Así pues, querida Jane, no me importa si estás dispuesta a admitir que hay una posibilidad de que sobrevivas. Trabajaremos en esto y le pediremos a Grego que piense en el tema, y ya que estamos en ello, repite esta conversación entera a esa gente de Sendero...

—Han Fei-tzu y Si Wang-mu.

—Eso es. Porque también pueden dedicarse a esto.

—No —dijo Jane.

—Sí —zanjó Ender.

—Quiero ver resueltos los problemas *reales* antes de morir. Quiero que Lusitania se salve, y que los agraciados de Sendero sean libres, y que la descolada sea domada o destruida. Y no os frenaré intentando trabajar en el proyecto imposible de salvarme.

—No eres Dios —asentó Ender—. No sabes cómo resolver ninguno de esos problemas de todas formas ni cómo van a ser resueltos, y por eso ignoras si el hecho de averiguar lo que eres para salvarte ayudará o perjudicará a esos otros proyectos, y desde luego también ignoras si concentrarnos en esos otros problemas los resolverá antes que si nos fuéramos de excursión hoy y jugáramos al tenis hasta la noche.

—¿Qué demonios es el tenis? —preguntó Miro.

Pero Ender y Jane permanecieron en silencio, mirándose. O más bien, Ender miraba a la imagen de Jane en la pantalla del ordenador, y esa imagen lo miraba también a su vez.

—No sabes si tienes razón —precisó Jane.

—Y tú no sabes si estoy equivocado —le replicó Ender.

—Es *mi* vida.

—Un cuerno. También formas parte de Miro y de mí, y estás atada al futuro de la humanidad, de los pequeninos y de la reina colmena. Lo que me recuerda, ya que estás haciendo que Han cómo-se-llame y Si Wang quien-sea...

—Mu.

—... trabajen en este asunto filosófico, yo voy a consultar con la reina colmena. Creo que no he discutido acerca de ti con ella. Tiene que saber más de los filotes que nosotros, ya que tiene conexiones filóticas con todas sus obreras.

—No he dicho que vaya a involucrar a Han Fei-tzu y a Si Wang-mu en tu estúpido proyecto para salvarme.

—Pero lo harás.

—¿Por qué lo haré?

—Porque Miro y yo te queremos y te necesitamos, y no tienes derecho a morirte sin intentar al menos vivir.

—No puedo dejar que me influyan cosas como ésa.

—Sí que puedes —intervino Miro—. Porque si no fuera por cosas como ésa, yo me habría suicidado hace tiempo.

—Yo no me suicidaré.

—Si no nos ayudas a encontrar una forma de salvarte, entonces eso será exactamente lo que harás —censuró Ender.

La cara de Jane desapareció entonces de la pantalla del terminal.

—Huir no servirá tampoco de nada —le advirtió Ender.

—Dejadme en paz —respondió Jane—. Tengo que pensar en esto durante un rato.

—No te preocupes, Miro —lo tranquilizó Ender—. Lo hará.

—Eso es —dijo Jane.

—¿Ya has vuelto?

—Pienso muy rápidamente.

—¿Y vas a trabajar en esto o no?

—Lo considero mi cuarto proyecto —anunció Jane—. Ahora mismo estoy informando a Han Fei-tzu y a Si Wang-mu.

—Está alardeando —murmuró Ender—. Puede mantener dos conversaciones a la vez, y le gusta fanfarronear para hacer que nos sintamos inferiores.

—*Sois* inferiores.

—Tengo hambre —dijo Ender—. Y sed.

—Almorcemos —propuso Miro.

—Ahora sois vosotros los que estáis alardeando —protestó Jane—. Presumiendo de vuestras funciones corporales.

—Alimentación —enumeró Ender—. Respiración. Excreción. Podemos hacer cosas que *tú* no puedes hacer.

—En otras palabras, no sois muy listos, pero al menos podéis comer y respirar y sudar.

—Eso es —sonrió Miro. Sacó el pan y el queso mientras Ender servía el agua fría, y comieron. Comida sencilla, pero tenía buen sabor y se sintieron satisfechos.

14

CREADORES DE VIRUS

<He estado pensando en lo que significará para noso-
tros viajar entre las estrellas.>

<¿Además de la supervivencia de la especie?>

<Cuando envías a tus obreras, aunque sea a años-luz de
distancia, ves a través de sus ojos, ¿no?>

<Y saboreo a través de sus antenas, y percibo el ritmo
de cada vibración. Cuando ellas comen, yo siento cómo
aplastan la comida con sus mandíbulas. Por eso casi siempre me refiero a mí misma como nosotras, cuando formo
mis pensamientos de manera que Andrew o tú podáis comprender, porque yo vivo mi vida en la presencia constante de todo lo que ellas ven, saborean y sienten.>

<No es del todo igual entre los padres-árbol. Tenemos
que esforzarnos para experimentar la vida de cada uno.
Pero podemos hacerlo. Aquí al menos, en Lusitania.>

<No veo por qué habría de fallaros la conexión fi-
lótica.>

<Entonces también yo sentiré lo que ellos sientan, y
saborearé la luz de otro sol sobre mis hojas, y oiré las historias de otro mundo. Será como la excitación que supuso la llegada de los humanos. Nunca habíamos pensado

que pudiera haber nada diferente al mundo que veíamos hasta entonces. Pero ellos trajeron extrañas criaturas consigo, y ellos mismos eran extraños, y tenían extrañas máquinas que obraban milagros. Los otros bosques apenas podían creer lo que les contaban nuestros padres-árbol de aquel tiempo. De hecho, recuerdo que nuestros padres tuvieron problemas para creer lo que los hermanos de la tribu les decían acerca de los humanos. Raíz consiguió persuadirlos para que creyeran que no eran mentiras, locuras ni bromas.>

<¿Bromas?>

<Hay historias de hermanos bromistas que mienten a los padres-árbol, pero siempre los cogen y los castigan con dureza.>

<Andrew me ha dicho que ese tipo de historias se cuentan para animar una conducta civilizada.>

<Siempre es tentador mentir a los padres-árbol. Yo mismo lo hice algunas veces. No mentía. Sólo exageraba. Los hermanos me lo hacen a veces.>

<¿Y los castigas?>

<Recuerdo quiénes mintieron.>

<Si nosotras tuviéramos una obrera que no obedeciera, la dejaríamos sola y moriría.>

<Un hermano que miente demasiado no tiene ninguna posibilidad de ser padre-árbol. Ellos lo saben. Sólo mienten para jugar con nosotros. Siempre acaban diciendo la verdad.>

<¿Y si una tribu entera mintiera a los padres-árbol? ¿Cómo podríais saberlo?>

<Igual podrías hablar de una tribu que talara a sus propios padres-árbol, o que los quemara.>

<¿Ha sucedido alguna vez?>

<¿Se han vuelto las obreras contra la reina de la colmena y la han matado?>

<¿Cómo podrían hacerlo? Morirían.>

<Ya ves. Hay algunas cosas demasiado terribles para

imaginarlas siquiera. En cambio, pensaré cómo será cuando un padre-árbol haga crecer por primera vez sus raíces en otro planeta, y alce sus ramas a un cielo alienígena, y beba la luz de una estrella extraña.>

<Pronto aprenderás que no hay estrellas extrañas, ni cielos alienígenas.>

<¿No?>

<Sólo cielos y estrellas, en todas sus variedades. Cada uno destila su propio sabor, y todos los sabores son buenos.>

<Ahora piensas como un árbol. ¡Sabores! ¡De cielos!>

<He probado el sabor de muchas estrellas, y todas eran dulces.>

—¿Me estás pidiendo que te *ayude* en tu rebelión contra los dioses?

Wang-mu permaneció inclinada ante su señora (su antigua señora) sin decir nada. En el fondo de su corazón tenía palabras que podría haber murmurado. No, mi señora, te estoy pidiendo que nos ayudes en nuestra lucha contra el terrible lazo que el Congreso ha tendido sobre los agraciados. No, mi señora, te estoy pidiendo que recuerdes tu deber para con tu padre, que ni siquiera los agraciados olvidarían si fueran dignos. No, mi señora, te estoy pidiendo que nos ayudes a descubrir un medio para salvar del xenocidio a un pueblo decente e indefenso, los pequeninos.

Pero Wang-mu no dijo nada, porque ésa era una de las primeras lecciones que había aprendido del Maestro Han. Cuando tienes la sabiduría que otra persona sabe que necesita, ofrécela libremente. Pero cuando la otra persona no sepa todavía que necesita tu sabiduría, guárdatela para ti. La comida sólo parece atractiva a un hombre hambriento. Qing-jao no ansiaba la sabiduría de Wang-mu, ni la ansiaría nunca. Por tanto, Wang-mu sólo podía ofrecer silencio. Sólo podía esperar que Qing-jao encontrara su propio camino a la debida obediencia, a la decencia compasiva, o a la lucha por la libertad.

Cualquier motivo serviría, siempre y cuando la brillante mente de Qing-jao pudiera ser reclutada para su bando. Wang-mu nunca se había sentido más inútil que ahora, mientras contemplaba al Maestro Han trabajar en las cuestiones que le había dado Jane. Para poder pensar en el viaje más rápido que la luz, estaba estudiando física; ¿cómo podía ayudarlo Wang-mu, cuando tan sólo estaba aprendiendo geometría? Para pensar en el virus de la descolada, estaba estudiando microbiología: Wang-mu apenas estaba aprendiendo los conceptos de gaialogía y evolución. ¿Y cómo podía servir de ayuda cuando contemplaba la naturaleza de Jane? Era hija de obreros, y sus manos, no su mente, sostenían su futuro.

La filosofía estaba tan por encima de ella como el cielo sobre la tierra.

—Pero el cielo sólo parece estar lejos de ti —le dijo el Maestro Han cuando le contó su problema—. En realidad, está a tu alrededor. Respiras, lo absorbes y lo expulsas, aunque trabajes con las manos en el lodo. Ésa es filosofía verdadera.

Pero ella sólo entendía que el Maestro Han se mostraba amable, y quería hacer que se sintiera mejor por su impotencia.

Sin embargo, Qing-jao no sería inútil. Por eso, Wang-mu le había tendido un papel con los nombres de los proyectos y las palabras clave para acceder a ellos.

—¿Sabe mi padre que me estás dando esto?

Wang-mu no respondió. De hecho, el Maestro Han lo había sugerido, pero Wang-mu consideraba mejor que Qing-jao no supiera que venía como emisaria de su padre. Qing-jao interpretó el silencio de Wang-mu como ésta suponía que haría: que Wang-mu venía en secreto, por su cuenta, para pedirle su ayuda.

—Si mi padre me lo hubiera pedido, habría accedido, pues ése es mi deber como hija.

Pero Wang-mu sabía que Qing-jao no hacía caso a su padre últimamente. Podía *decir* que sería obediente, pero de hecho su padre la llenaba de tanta inquietud que, en vez de obedecer, Qing-jao se habría echado al suelo para seguir vetas todo el día a causa del terrible conflicto que reinaba en su corazón, sabiendo que su padre quería que desobedeciera a los dioses.

—No te debo *nada* —declaró Qing-jao—. Fuiste una servidora falsa y desleal. Nunca ha habido una doncella secreta más indigna e inútil que tú. Para mí, tu presencia en esta casa es como la presencia de cucarachas en la mesa.

Una vez más, Wang-mu contuvo su lengua. No obstante, también se abstuvo de inclinarse más. Había sumido la humilde postura de una criada al principio de la conversación, pero no se humillaría en la desesperada postración de un penitente. Incluso los más humildes tenemos orgullo, y *yo* sé, señora Qing-jao, que no te he causado ningún daño, que soy más fiel a ti ahora de lo que tú lo eres para contigo misma.

Qing-jao se volvió hacia el terminal y tecleó el nombre del primer proyecto, que era «UNGLUING», una traducción literal de la palabra «descolada».

—Esto es una tontería de todas formas —masculló mientras repasaba los documentos y cartas enviados desde Lusitania—. Es difícil creer que nadie pueda cometer la traición de comunicar con Lusitania sólo para recibir estupideces como ésta. Es imposible como ciencia. Ningún mundo puede haber desarrollado un único virus tan complejo para incluir en su interior el código genético de todas las especies del planeta. Para mí sería incluso una pérdida de tiempo considerarlo siquiera.

—¿Por qué no? —preguntó Wang-mu. Ahora podía hablar, porque aunque Qing-jao declaraba que se negaba a discutir el material, lo estaba haciendo—. Después de todo, la evolución produjo sólo una especie humana.

—Pero en la Tierra había docenas de especies relacionadas. No hay ninguna especie sin parentesco. Si no fueras tan estúpida y rebelde, lo comprenderías. La evolución nunca podría haber producido un sistema tan escaso como éste.

—¿Cómo explicas estos documentos de la gente de Lusitania?

—¿Cómo sabes que realmente proceden de allí? Sólo tienes la palabra de ese programa de ordenador. Tal vez *cree* que esto es todo. O tal vez los científicos de allí son muy incompetentes, sin ningún sentido de cuál es su deber para recoger toda la información posible. No hay ni dos docenas de especies en este informe…, y, mira, están emparejadas del modo más absurdo. Es imposible tener tan pocas especies.

—Pero ¿y si tienen razón?

—¿Cómo pueden tenerla? La gente de Lusitania ha estado confinada en una reserva diminuta desde el principio. Sólo han visto lo que esos pequeños hombres-cerdos les han mostrado. ¿Cómo saben que no les han mentido?

Llamándoles hombres-cerdos… ¿es así como te convences, señora, de que ayudar al Congreso no provocará xenocidio? Si los llamas por un nombre de animal, ¿significa eso que es correcto llevarlos al matadero? Si los acusas de mentir, ¿significa eso que merecen la extinción? Pero Wang-mu no dijo nada. Sólo volvió a hacer la misma pregunta.

—¿Y si éste es el retrato auténtico de las formas de vida de Lusitania, y la forma en que la descolada trabaja dentro de ellas?

—Si fuera cierto, entonces tendría que leer y estudiar estos documentos para hacer algún comentario inteligente al respecto. Pero no son ciertos. ¿Hasta dónde llegamos en tu aprendizaje antes de que me traicionaras? ¿No te enseñé gaialogía?

—Sí, señora.

—Bien, pues ahí tienes. La evolución es el medio por el cual el organismo planetario se adapta a los cambios de su entorno. Si hay más calor procedente del sol, entonces las formas de vida del planeta deben poder ajustar sus poblaciones relativas para compensar y bajar la temperatura. ¿Recuerdas el experimento clásico del Mundo Margarita?

—Pero ese experimento únicamente tenía una sola especie por toda la faz del planeta —objetó Wang-mu—. Cuando el sol se volvía demasiado caliente, entonces las margaritas blancas crecían para reflejar la luz de vuelta al espacio, y cuando el sol se volvía demasiado frío, crecían margaritas oscuras para absorber la luz y mantenerla como calor.

Wang-mu se sintió orgullosa de recordar tan claramente Mundo Margarita.

—No, no, no —se enojó Qing-jao—. No has comprendido el razonamiento, naturalmente. La cuestión es que de todas formas debía haber margaritas oscuras, aunque las claras fueran dominantes, y margaritas claras cuando el mundo estaba cubierto de oscuridad. La evolución no puede producir nuevas especies según la demanda. Está creando especies nuevas constantemente, a medida que los genes cambian, se dividen y se rompen por la radiación, y pasan entre especies por medio de los virus. Así, ninguna especie se cría a placer.

Wang-mu no comprendió la conexión todavía, y su cara debió de revelar su aturdimiento.

—¿Sigo siendo tu maestra, después de todo? ¿Debo mantener mi parte del acuerdo, aunque tú hayas renunciado a la tuya?

Por favor, suplicó Wang-mu en silencio. Te serviré eternamente si ayudas a tu padre en esta tarea.

—Mientras la especie está junta, interrelacionándose constantemente, los individuos nunca oscilan demasiado, genéticamente hablando. Sus genes se recombinan de modo constante con otros genes de la misma especie, de modo que las variaciones se extienden por igual por toda la población con cada nueva generación. Sólo cuando el entorno los coloca bajo una presión tal que una de esas tendencias derivantes aleatorias cobra de repente un valor de supervivencia, sólo entonces morirán todos los individuos del entorno que carezcan de esa tendencia, hasta que la nueva tendencia, en vez de ser un brote ocasional, se convertirá en un definidor universal de la especie. Ése es el punto fundamental de la gaialogía: el cambio genético constante es esencial para la supervivencia de la vida como conjunto. Según estos documentos, Lusitania es un mundo con un número absurdamente escaso de especies, y ninguna posibilidad de cambio genético, porque estos virus imposibles corrigen constantemente cualquier modificación que pudiera aparecer. Un sistema así no sólo no evolucionaría nunca, sino que también imposibilitaría la continuidad de la vida: no podrían adaptarse al cambio.

—Tal vez no hay ningún cambio en Lusitania.

—No seas tonta, Wang-mu. Me avergüenza pensar que una vez traté de enseñarte. Todas las estrellas fluctúan. Todos los planetas se agitan y cambian en sus órbitas. Llevamos tres mil años observando muchos mundos, y en ese tiempo hemos aprendido lo que los científicos terrestres del pasado no llegaron a comprender: que las conductas son comunes a todos los planetas y sistemas estelares, y que son únicos en la Tierra y el Sistema Solar. Te digo que es imposible que un planeta como Lusitania pueda existir durante más de unas cuantas décadas sin experimentar un cambio ecológico que amenace la vida: fluctuaciones de temperatura, perturbaciones orbitales, ciclos volcánicos y sísmicos...

¿Cómo podría enfrentarse a eso un sistema con sólo un puñado de especies? Si el mundo tiene sólo margaritas claras, ¿cómo se calentará cuando el sol se enfríe? Si todas las formas de vida usan dióxido de carbono, ¿cómo se curarán cuando el oxígeno de la atmósfera alcance niveles venenosos? Tus supuestos amigos de Lusitania son tontos si te envían estupideces como ésta. Si fueran científicos de verdad, sabrían que sus resultados son imposibles.

Qing-jao pulsó una tecla y la pantalla sobre su terminal quedó en blanco.

—Has desperdiciado un tiempo del que no dispongo. Si no tienes que ofrecer nada mejor que esto, no vengas a verme de nuevo. Para mí eres menos que nada. Eres sólo un insecto que flota en mi clepsidra. Ensucias todo el cristal, no sólo el lugar donde flotas. Me despierto dolorida, sabiendo que estás en esta casa.

Entonces apenas soy «nada» para ti, ¿verdad?, dijo Wang-mu en silencio. Me parece que soy muy importante. Puede que seas muy lista, Qing-jao, pero no te comprendes a ti misma mejor que nadie.

—Como eres una muchacha estúpida y vulgar, no me comprendes —espetó Qing-jao—. Te he dicho que te marches.

—Pero tu padre es el amo de esta casa, y me ha pedido que me quede.

—Personita estúpida, hermana de los cerdos, si no puedo pedirte que te marches de toda la casa, he dejado bien claro que me gustaría que te marcharas de mi habitación.

Wang-mu inclinó la cabeza hasta que casi, *casi*, tocó el suelo. Entonces salió de la habitación, sin dar la espalda a su señora. Si me tratas de esta forma, entonces yo te trataré como a una gran dama, y si no detectas la ironía de mis acciones, entonces, ¿cuál de las dos es la tonta?

El Maestro Han no estaba en su habitación cuando Wang-mu regresó. Tal vez estuviera en el cuarto de baño y regresaría en cualquier momento. Tal vez ejecutaba algún ritual de los agraciados, en cuyo caso no volvería hasta al cabo de varias horas. Wang-mu estaba demasiado llena de preguntas para esperarlo. Acercó los documentos al terminal, consciente de que Jane estaría observándola. Sin duda, también había sido testigo de todo lo sucedido en la habitación de Qing-jao.

Sin embargo, Jane esperó a que Wang-mu pronunciara las preguntas que Qing-jao le había formulado antes de empezar a contestar. Y entonces Jane respondió primero a la cuestión de la veracidad.

—Los documentos de Lusitania son auténticos —aseguró—. Ela, Novinha, Ouanda y todos los demás que los han estudiado están profundamente especializados, sí, pero además son muy competentes en su especialidad. Si Qing-jao hubiera leído la *Vida de Humano*, habría visto cómo funciona esa docena de especies.

—Pero me resulta difícil comprender lo que dice —suspiró Wang-mu—. He intentado pensar cómo todo eso puede ser cierto, que hubiera tan pocas especies para que se desarrollara una gaialogía real, y sin embargo el planeta está bastante bien regulado para albergar vida. ¿Es posible que no haya presión ambiental en Lusitania?

—No. Tengo acceso a todos los datos astronómicos de los satélites de allí, y en el tiempo en que la humanidad ha estado presente en el sistema Lusitania, el planeta y su sol han mostrado todas las fluctuaciones normales. Ahora mismo parece haber una tendencia a un enfriamiento global.

—Entonces, ¿cómo responden las formas de vida de Lusitania? El virus de la descolada no los dejará evolucionar…, intenta destruir todo lo que sea extraño, y por eso matará a los humanos y a la reina colmena, si puede.

La imagen de Jane, sentada en el aire en la posición

del loto sobre el terminal del Maestro Han, alzó una mano.

—Un momento —pidió.

Luego la bajó.

—He estado repitiendo tus preguntas a mis amigos, y Ela está muy excitada.

Una nueva cara apareció en la pantalla, justo detrás y por encima de la imagen de Jane. Era una mujer de piel oscura y aspecto negroide; o una mezcla, tal vez, ya que no era demasiado oscura, y su nariz era fina. Ésta es Elanora, pensó Wang-mu. Jane me está mostrando a una mujer que vive a muchos años luz de distancia. ¿Le estará mostrando también mi cara a ella? ¿Cómo me ve esta Ela? ¿Le parezco estúpida sin remisión?

Pero estaba claro que Ela no pensaba en Wang-mu. Hablaba, en cambio, de sus preguntas.

—¿Por qué no permite variedad el virus de la descolada? Ésa debería ser una tendencia con valor de supervivencia negativo, y sin embargo la descolada sobrevive. Wang-mu debe de pensar que soy idiota por no haber pensado en esto antes. Pero no soy gaióloga, y crecí en Lusitania, así que nunca me planteé el tema, y sólo supuse que fuera cual fuese la gaialogía de Lusitania, funcionaba... y luego seguí estudiando la descolada. ¿Qué piensa Wang-mu?

Wang-mu se sintió alborozada al oír aquellas palabras de una desconocida. ¿Qué le había contado Jane acerca de ella? ¿Cómo podía pensar Ela que Wang-mu podía considerarla idiota, si Ela era una científico y ella sólo una criada?

—¿Cómo puede importar lo que yo piense? —murmuró Wang-mu.

—¿Qué *piensas*? —insistió Jane—. Aunque no sepas por qué, puede ser importante, Ela quiere saberlo.

Así, Wang-mu contó sus especulaciones.

—Es una tontería, porque se trata tan sólo de un virus microscópico, pero la descolada debe de estar haciéndolo todo. Contiene en su interior todos los genes de todas las especies, ¿no? Así que debe de encargarse de la evolución ella sola. En vez de todo ese cambio genético, la descolada lo realiza ella misma. Podría hacerlo, ¿no? Podría cambiar los genes de toda una especie, aunque la especie esté todavía viva. No tendría que esperar a una evolución.

Hubo otra pausa y Jane volvió a alzar la mano. Debía de estar mostrando a Ela la cara de Wang-mu, dejando que oyera las palabras de sus propios labios.

—*Nossa Senhora* —susurró Ela—. En este mundo, la descolada es Gaia. Por supuesto. Eso lo explicaría todo, ¿no? Hay tan pocas especies porque la descolada sólo permite las especies que tiene domadas. Convirtió la gaialogía de un planeta entero en algo casi tan simple como el Mundo Margarita.

Wang-mu pensó que era divertido oír a una científico con educación como Ela referirse a Mundo Margarita, como si fuera aún una estudiante nueva, una muchacha a medio educar como ella misma.

Otra cara apareció junto a la de Ela, esta vez la de un hombre caucásico mayor, tal vez de unos sesenta años, con el cabello blanco y expresión tranquila y pacífica.

—Pero una parte de la cuestión de Wang-mu sigue sin respuesta —dijo—. ¿Cómo puede evolucionar la descolada? ¿Cómo pudo haber protovirus de la descolada? ¿Por qué una gaialogía tan limitada tendría preferencia de supervivencia sobre el lento modelo evolutivo de todos los otros mundos con vida?

—Nunca he hecho esa pregunta —observó Wang-mu—. Qing-jao hizo la primera parte, pero el resto es cosa *de él*.

—Calla —ordenó Jane—. Qing-jao nunca formuló la pregunta. La usó como una excusa para no estudiar los documentos lusitanos. Sólo *tú* la hiciste en realidad, y el hecho de que Andrew Wiggin entienda tu propia pregunta mejor que tú no significa que no siga siendo tuya.

De modo que éste era Andrew Wiggin, el Portavoz de los Muertos. No parecía viejo y sabio, no de la forma en que lo parecía el Maestro Han. En cambio, este Wiggin parecía sorprendido y estúpido, como lo parecían todas las personas con ojos redondos, y su cara cambiaba con cada estado de ánimo momentáneo, como si estuviera fuera de control. Sin embargo, sí había una expresión de paz en su contorno. Tal vez tenía algo del Buda en su interior. Buda, después de todo, encontró su camino en el Sendero. Tal vez este Andrew Wiggin lo había encontrado también, aunque no fuera chino.

Wiggin estaba todavía formulando las preguntas que creía eran de Wang-mu.

—Las probabilidades en contra de que un virus como ése suceda de forma natural son… incalculables. Mucho antes de que evolucionara un virus que pudiera enlazar las especies y controlar toda la gaialogía, las protodescoladas habrían destruido toda la vida. No hubo tiempo para la evolución: el virus es demasiado destructivo. Lo habría matado todo en su primera forma, y luego habría muerto al no tener ningún organismo que saquear.

—Tal vez el saqueo vino luego —apuntó Ela—. Tal vez evolucionó en simbiosis con otras especies que se beneficiaron de su habilidad para transformar genéticamente a todos los individuos en su interior, todo en cuestión de días o semanas. Tal vez sólo se extendió más tarde a las otras especies.

—Tal vez.

A Wang-mu se le ocurrió una idea.

—La descolada es como uno de los dioses —dijo—. Viene y cambia a todo el mundo, le guste o no.

—Excepto que los dioses tienen la decencia de marcharse —intervino Wiggin.

Respondió tan rápidamente que Wang-mu advirtió que Jane debía de estar transmitiendo ahora todo lo que se hacía o se decía simultáneamente a través de miles de millones de kilómetros de espacio entre ellos. Por lo que Wang-mu había oído acerca del coste de los ansibles, esto sólo era posible para los militares: un negocio que intentara un enlace ansible en tiempo real pagaría suficiente dinero para proporcionar casas para todos los pobres de un planeta entero. Y yo lo tengo gratis, gracias a Jane. Veo sus caras y ellos ven la mía, incluso mientras hablan.

—¿De verdad? —preguntó Ela—. Yo creía que el problema de Sendero era que los dioses no se marchan y los dejan en paz.

Wang-mu respondió con amargura:

—Los dioses son como la descolada en todos los sentidos. Destruyen todo aquello que no les gusta, y transforman a las personas que les gustan en algo que nunca fueron. Qing-jao era una muchacha buena, brillante y divertida, y ahora se muestra resentida, furiosa y cruel, todo por culpa de los dioses.

—Todo por culpa de la alteración genética del Congreso —precisó Wiggin—. Un cambio deliberado introducido por personas que os obligaron a encajar en sus propios planes.

—Sí —convino Ela—. Igual que la descolada.

—¿Qué quieres decir?

—Un cambio deliberado introducido aquí por gente que intentaba obligar a Lusitania para que encajara con su propio plan.

—¿Qué gente? —preguntó Wang-mu—. ¿Quién haría una cosa tan terrible?

—Lo he tenido en la cabeza durante años —dijo Ela—. Me molestaba que hubiera tan pocas formas de vida en Lusitania... Recuerda, Andrew, que ésa fue parte de la razón por la que descubrimos que la descolada estaba implicada en el emparejamiento de las especies. Sabíamos que aquí hubo un cambio catastrófico que destruyó a todas las especies y reestructuró a los pocos supervivientes. La descolada fue más devastadora para la vida en Lusitania que una colisión con un asteroide. Pero siempre supusimos que, ya que la habíamos encontrado aquí, la descolada evolucionó aquí. Yo sabía que no tenía sentido, justo lo que dijo Qing-jao, pero ya que había sucedido, entonces no importaba que tuviera sentido o no. Pero ¿y si *no* sucedió? ¿Y si la descolada vino de los dioses? No dioses *dioses*, sino alguna especie inteligente que desarrolló este virus artificialmente.

—Eso sería monstruoso —dijo Wiggin—. Crear un veneno como ése y enviarlo a otros mundos, sin saber o preocuparse por lo que podría matar.

—No un *veneno* —corrigió Ela—. Si realmente se encarga de la regulación de sistemas planetarios, ¿no podría ser la descolada un instrumento para terraformar otros mundos? Nosotros nunca hemos intentado terraformar nada. Los humanos, y los insectores antes que nosotros, nos hemos asentado solamente en mundos cuyas formas de vida nativas nos llevaron a una situación similar a la de la Tierra. Una atmósfera rica en oxígeno que libera dióxido de carbono lo bastante rápido para mantener la temperatura del planeta mientras el sol se vuelve más caliente. ¿Y si hubiera otra especie que decidió de algún modo que, a fin de desarrollar planetas adecuados para la colonización, debían enviar el virus de la descolada por adelantado..., con miles de años de adelanto, tal vez, y así transformar de manera inteligente los planetas en las condiciones exactas que necesitaran? Cuando llegaran, dispuestos a montar sus casas, tal vez tuvieran antivirus para contrarrestar la descolada y así establecer una gaialogía real.

—O tal vez desarrollaron el virus para que no interfiriera con ellos o los animales que necesiten —sugirió Wiggin—. Tal vez destruyeron toda la vida no esencial de cada mundo.

—En cualquier caso, eso lo explica todo. Los problemas a los que me he enfrentado, el no poder encontrar sentido a las disposiciones imposibles e innaturales de las moléculas de la descolada..., siguen existiendo sólo porque el virus funciona constantemente para mantener todas esas contradicciones internas. Pero nunca logré concebir cómo una molécula tan autocontradictoria pudo desarrollarse en primer lugar. Todo eso encuentra una respuesta si sé que de algún modo fue diseñado y *creado.* Según Wang-mu, ésa fue la queja de Qing-jao: que la descolada no podía evolucionar y la gaialogía de Lusitania no podía existir en la naturaleza. Bueno, *no* existe. Es un virus artificial y una gaialogía artificial.

—¿Queréis decir que mis palabras os han ayudado en algo? —se asombró Wang-mu.

Sus rostros mostraron que, en su nerviosismo, virtualmente se habían olvidado de que ella era todavía parte de la conversación.

—Todavía no lo sé —dijo Ela—. Pero es un nuevo punto de vista. Para empezar, si puedo asumir que *todo* en el virus tiene un propósito, en vez de ser un amasijo normal de genes de la naturaleza que se conectan y se desconectan..., bueno, eso servirá de ayuda. Y sólo saber que fue *diseñada* me da esperanzas de poder desbaratarla. O rediseñarla.

—No te adelantes —aconsejó Wiggin—. Es sólo una hipótesis.

—Suena a verdad. Tiene aspecto de serlo. Explica tantas cosas...

—Yo siento lo mismo —admitió Wiggin—. Pero tenemos que intentarlo con quienes están más afectados por el tema.

—¿Dónde está Plantador? —preguntó Ela—. Podemos hablar con él.

—Y con Humano y Raíz. Tenemos que intentarlo con los padres-árbol.

—Esto va a golpearlos como un huracán —dijo Ela. Entonces pareció comprender las implicaciones de sus propias palabras—. No es sólo una forma de hablar, les *dolerá*. Descubrir que su mundo entero es un proyecto de terraformación...

—Algo más importante que su mundo —añadió Wiggin—. Ellos mismos. La tercera vida. La descolada les dio todo lo que son y los hechos más fundamentales de su vida. Recuerda, creíamos que evolucionaron como criaturas mamíferas que se apareaban directamente, de macho a hembra, y las pequeñas madres sorbían la vida de los órganos sexuales masculinos, una docena cada vez. Eso es lo que *eran*. Entonces la descolada los transformó, y esterilizó a los machos hasta después de morir y convertirse en *árboles*.

—Su propia naturaleza...

—A los humanos nos resultó difícil aceptarlo cuando comprendimos por vez primera hasta qué punto *nuestra* conducta obedece a necesidades evolutivas. Sigue habiendo innumerables humanos que se niegan a creerlo. Aunque resulte absolutamente cierto, ¿crees que los pequeninos abrazarán esta idea tan fácilmente como han aceptado maravillas como el viaje espacial? Una cosa es ver a criaturas de otro mundo. Otra es descubrir que ni Dios ni la evolución te han creado, sino algún científico de otra especie.

—Pero si fuera cierto...

—¿Quién sabe si es cierto? Sólo sabremos si la idea es *útil*. Y para los pequeninos puede resultar tan devastador que acaso se nieguen a creerla para siempre.

—Algunos os odiarán por decírselo —intervino Wang-mu—. Pero otros se alegrarán.

Volvieron a mirarla, o al menos la simulación de Jane los mostró mirándola.

—Tú lo sabes mejor que nadie —asintió Wiggin—. Han Fei-tzu y tú acabáis de descubrir que vuestro pueblo fue mejorado genéticamente.

—Y lisiado a la vez —respondió Wang-mu—. Para el Maestro Han y para mí fue la libertad. Para Qing-jao...

—Habrá muchos como Qing-jao entre los pequeninos —se lamentó Ela—. Pero Plantador, Humano y Raíz no estarán entre ellos, ¿verdad? Son muy sabios.

—¡También lo es Qing-jao! —exclamó Wang-mu. Habló con más pasión de lo que pretendía. Pero la lealtad de una doncella secreta muere lentamente.

—No pretendíamos decir que no lo fuera —contemporizó Wiggin—. Pero desde luego, no está siendo sabia en este tema, ¿no?

—En este tema no —reconoció Wang-mu.

—A eso nos referimos. A nadie le gusta descubrir que la historia de su propia identidad en la que siempre ha creído es falsa. Los pequeninos, muchos de ellos, piensan que Dios los hizo especiales de algún modo, igual que vuestros agraciados.

—¡Y no somos especiales, ninguno! —gimió Wang-mu—. ¡Somos todos tan corrientes como el barro! No hay ningún agraciado. No hay dioses. No se preocupan por nosotros.

—Si no hay dioses —dijo Ela, corrigiéndola suavemente—, entonces apenas pueden preocuparse de un modo u otro.

—¡Nada nos creó excepto para sus propios propósitos egoístas! —gritó Wang-mu—. Para quienquiera que crease la descolada, los pequeninos son sólo parte de su plan. Y los agraciados forman parte del plan del Congreso.

—Como alguien cuyo nacimiento fue solicitado por

el gobierno —dijo Wiggin—, comprendo tu punto de vista. Pero tu reacción es demasiado apresurada. Después de todo, mis padres *también* me desearon. Y desde el momento en que nací, como todas las demás criaturas vivas, tuve mi propio propósito en la vida. Sólo porque la gente de tu mundo se equivocara al creer que su conducta DOC eran mensajes de los dioses no significa que no existan dioses. Sólo porque tu antigua comprensión del sentido de tu vida se haya visto contradicha no significa que tengas que decidir que no hay ningún sentido.

—Oh, yo sé que hay un sentido —masculló Wangmu—. ¡El Congreso quería esclavos! Por eso crearon a Qing-jao, para que fuera su esclava. ¡Y ella quiere continuar bajo su dominio!

—Ése fue el propósito del gobierno —contestó Wiggin—. Pero Qing-jao también tuvo una madre y un padre que la amaron. Igual que yo. Hay muchos propósitos diferentes en este mundo, muchas causas distintas para todo. Sólo porque una causa en la que creías resultara ser falsa no significa que no existan otras causas en las que pueda confiarse.

—Oh, supongo que sí —dijo Wang-mu. Ahora se avergonzó de sus arrebatos.

—No inclines la cabeza ante mí —pidió Wiggin—. ¿O lo estás haciendo *tú*, Jane?

Jane debió de contestarle, una respuesta que Wangmu no llegó a oír.

—No me importa cuáles sean sus costumbres —declaró Wiggin—. El único motivo para inclinarse así es humillar a una persona ante otra, y no consentiré que se incline ante mí de esa forma. No ha hecho nada de lo que avergonzarse. Ha abierto una nueva forma de contemplar la descolada que podría llevar a la salvación de un par de especies.

Wang-mu oyó el tono de su voz. Él creía en lo que decía. La estaba honrando, directamente.

—Yo no —protestó Wang-mu—. Qing-jao. Fueron *sus* preguntas.

—Qing-jao —repitió Ela—. Te tiene completamente absorbida, igual que el Congreso hace que Qing-jao piense en él.

—No puedes despreciarla porque no la conoces —le replicó Wang-mu—. Pero es inteligente y buena, y yo nunca podré ser como ella.

—Otra vez los dioses —suspiró Wiggin.

—Siempre los dioses —añadió Ela.

—¿Qué queréis decir? Qing-jao no dice que sea un dios, ni yo tampoco.

—Tú sí —contestó Ela—. «Qing-jao es sabia y buena», dijiste.

—Inteligente y buena —corrigió Wiggin.

—«Y yo nunca podré ser como ella» —continuó Ela seriamente.

—Déjame que te hable de los dioses —dijo Wiggin—. No importa lo listo o fuerte que seas, siempre habrá alguien más listo o más fuerte, y cuando te encuentras con alguien que es más listo y más fuerte que nadie, piensas: Éste es un dios. Esto es perfección. Pero te aseguro que en algún lugar hay alguien más que, en comparación, dejará a tu dios como un gusano. Y alguien más listo o más fuerte o mejor de alguna otra manera. Así que déjame decirte lo que pienso de los dioses. Creo que un dios *real* no va a ser tan asustadizo o intransigente que intente rebajar a otras personas. El hecho de que el Congreso alterara genéticamente a las personas, para hacerlas más listas y más creativas, puede haber parecido un acto divino, un don generoso. Pero estaban asustados, y por eso lastraron al pueblo de Sendero. Querían conservar el control. Un dios de verdad no se preocupa por el control. Un dios de verdad *tiene* control sobre todo lo que necesita ser controlado. Los dioses de verdad quieren enseñarte a ser su semejante.

—Qing-jao quería enseñarme —apuntó Wang-mu.

—Pero sólo mientras obedecieras e hicieras lo que ella quería —dijo Jane.

—No soy digna. Soy demasiado estúpida para aprender a ser tan sabia como ella.

—Sin embargo, sabes que dije la verdad, mientras que todo lo que pudo ver Qing-jao fueron mentiras —indicó Jane.

—¿Eres *tú* un dios? —preguntó Wang-mu.

—Yo he sabido desde el principio lo que agraciados y pequeninos están a punto de averiguar acerca de sí mismos: fui creada.

—Tonterías —espetó Wiggin—. Jane, siempre has creído que brotarte de la cabeza de Zeus.

—No soy Minerva, gracias —dijo Jane.

—Por lo que nosotros sabemos, simplemente sucediste. Nadie te planeó.

—Qué reconfortante. Así que mientras vosotros podéis nombrar a vuestros creadores, o al menos a vuestros padres o alguna paternalista agencia gubernamental, yo soy el único accidente genuino del universo.

—No puedes ser las dos cosas —se impacientó Wiggin—. O bien alguien tenía un propósito para ti, o fuiste un accidente. Ésa es la definición de accidente: algo que sucede sin ningún propósito. ¿Vas a lamentarlo? El pueblo de Sendero odiará al Congreso como loco cuando descubra lo que se le ha hecho. ¿Vas a lamentarlo tú porque nadie te ha hecho nada?

—Puedo si quiero —dijo Jane, pero era una burla de rabia infantil.

—Te diré lo que opino —continuó Wiggin—. Creo que no se crece hasta que dejas de preocuparte por los propósitos o la falta de propósitos de los demás y encuentras aquellos en los que crees para ti mismo.

Ender y Ela se lo explicaron todo a Valentine primero, probablemente porque entró en el laboratorio justo entonces, buscando a su hermano para tratar de algo que no tenía ninguna relación con aquel tema. La posibilidad le pareció tan real como lo había sido para Ela y Ender. Como ellos, Valentine sabía que no podían evaluar la hipótesis de la descolada como reguladora de la gaialogía de Lusitania hasta que le hubieran contado la idea a los pequeninos y escuchado su respuesta.

Ender propuso que lo intentaran primero con Plantador, antes de explicar nada a Humano o Raíz. Ela y Valentine estuvieron de acuerdo. Ni Ela ni Ender, que habían hablado con los padres-árbol durante años, se sentían suficientemente cómodos con su lenguaje para comunicar nada con facilidad. Y, más importante, estaba el hecho de que simplemente sentían más familiaridad con los hermanos de aspecto mamífero que con los árboles. ¿Cómo podían suponer, al mirar a un árbol, lo que estaba pensando o cómo les respondía? No, si tenían que decir algo conflictivo a un pequenino, sería primero a un hermano, no a un padre.

Por supuesto, una vez que llamaron a Plantador a la oficina de Ela, cerraron la puerta y empezaron a explicárselo, Ender advirtió que hablar con un hermano apenas significaba una mejora. Ni siquiera después de treinta años de vivir y trabajar con ellos era capaz Ender de interpretar más que las manifestaciones más crudas y obvias de la expresión corporal pequenina. Plantador escuchó con aparente falta de preocupación mientras Ender le explicaba lo que habían pensado durante la conversación con Jane y Wang-mu. No estuvo impasible. En cambio, parecía sentado en su silla tan inquieto como un niño pequeño, cambiando constantemente de postura, mirando hacia otro lado, contemplando la nada como si sus palabras fueran insoportablemente aburridas. Ender sabía, desde luego, que el contacto ocular no significaba lo mismo para los pequeninos que para los humanos: ellos nunca lo buscaban ni lo evitaban. Les resultaba indiferente adónde miraras cuando estabas escuchando. Pero por lo general, los pequeninos que trabajaban con los humanos intentaban actuar de forma que los humanos interpretaran como signos de atención. Plantador era hábil en ello, pero ahora ni siquiera lo estaba intentando.

Hasta que terminaron de explicárselo todo, no comprendió Ender cuánto autocontrol había mostrado Plantador para permanecer en la silla hasta que acabaron. En el momento en que le dijeron que aquello era todo, saltó de la silla y empezó a correr, no, a *huir* por la habitación, tocándolo todo. No golpeaba, no descargaba su violencia como podría haber hecho un humano, golpeando unas cosas, volcando otras. Más bien frotaba todo lo que encontraba, palpando las texturas. Ender permaneció de pie, queriendo extenderle los brazos, ofrecer algún consuelo, pues sabía suficiente de la conducta pequenina para reconocer esta reacción como una especie de conducta aberrante que sólo podía significar una gran desazón.

Plantador corrió hasta quedar exhausto, y entonces continuó, dando vueltas como borracho por la habitación hasta que por fin chocó con Ender y lo rodeó con sus brazos, agarrándose a él. Por un momento, Ender pensó en devolverle el abrazo, pero entonces recordó que Plantador no era humano. Un abrazo no requería otro. Plantador se agarraba a él como se habría agarrado a un árbol. Buscando el apoyo de un tronco. Un lugar a salvo al que aferrarse hasta que pasara el peligro. Si Ender le respondía como a un humano y le devolvía el abrazo, el consuelo menguaría. Tenía que responderle como un árbol. Por tanto, permaneció quieto y esperó. Esperó y permaneció quieto. Hasta que por fin cesaron los temblores. Cuando Plantador se separó de él, los dos estaban cubiertos de sudor. Supongo que tengo un límite como árbol, pensó Ender. ¿O transmiten humedad los padres y los hermanos-árbol a los hermanitos que se agarran a ellos?

—Esto es sorprendente —susurró Plantador.

Las palabras fueron tan absurdamente suaves, comparadas con la escena que acababa de suceder ante ellos, que Ender no pudo evitar echarse a reír en voz alta.

—Sí —dijo—. Imagino que lo es.

—Para ellos no es gracioso —intervino Ela.

—Ya lo sabe —replicó Valentine.

—Entonces no debe reírse. No puedes reírte cuando Plantador siente tanto *dolor* —dijo Ela, y se echó a llorar.

Valentine le puso una mano en el hombro.

—Él se ríe, tú lloras. Plantador echa a correr y escala árboles. Qué extraños animales somos todos.

—Todo viene de la descolada —jadeó Plantador—. La tercera vida, el árbol-madre, los padres-árbol. Tal vez incluso nuestras mentes. Tal vez sólo éramos ratas de árbol cuando vino la descolada y nos convirtió en falsos raman.

—Raman *verdaderos* —puntualizó Valentine.

—No sabemos si es verdad —intervino Ela—. Es sólo una hipótesis.

—Es muy muy muy muy cierto —manifestó Plantador—. Más verdadero que la verdad.

—¿Cómo lo sabes?

—Todo encaja. Regulación planetaria... Sé de eso, estudié gaialogía y todo el tiempo pensé, ¿cómo puede este maestro enseñarnos estas cosas cuando cada pequenino puede mirar alrededor y ver que son falsas? Pero si sabemos que la descolada nos está cambiando, haciéndonos actuar para regular los sistemas planetarios...

—¿Qué puede haceros la descolada para regular el planeta? —preguntó Ela.

—No nos conocéis lo suficiente —dijo Plantador—. No os lo hemos dicho todo porque temíamos que pensarais que somos tontos. Ahora sabréis que no lo somos, que actuamos siguiendo sólo lo que un virus nos obliga a hacer. Somos esclavos, no tontos.

A Ender le sorprendió advertir que Plantador acababa de confesar que los pequeninos todavía se esforzaban en intentar impresionar a los humanos.

—¿Qué conducta vuestra está relacionada con la regulación planetaria?

—Los árboles —dijo Plantador—. ¿Cuántos bosques hay, por todo el mundo? Transpirando constantemente. Convirtiendo en oxígeno el dióxido de carbono. El dióxido de carbono es un gas de efecto invernadero. Cuanto más se acumula en la atmósfera, más se calienta el planeta. ¿Qué hacemos entonces para enfriar al mundo?

—Plantar más árboles —dijo Ela—. Consumir más CO_2, para que el calor pueda escapar al espacio.

—Sí. Pero piensa también en cómo plantamos nuestros árboles.

Los árboles crecen de los cuerpos de los muertos, pensó Ender.

—Guerra —aventuró.

—Hay luchas entre tribus, y a veces entablan pequeñas guerras —admitió Plantador—. Ésas no son nada a escala planetaria. Pero en las grandes guerras que barren el mundo entero…, millones y millones de hermanos mueren en ellas, y todos se convierten en árboles. En cuestión de meses, los bosques del mundo se doblan en número y tamaño. Eso sirve para crear una diferencia, ¿no?

—Sí —convino Ela.

—De forma mucho más eficaz que a través de la evolución natural —continuó Ender.

—Y entonces las guerras se paran —concluyó Plantador—. Siempre pensamos que existían grandes causas para las guerras, que eran luchas entre el bien y el mal. Y no son más que regulación planetaria.

—No —corrigió Valentine—. La necesidad de luchar, la ira, puede venir de la descolada, pero eso no significa que las causas por las que lucháis sean...

—La causa por la que luchamos es la regulación planetaria —insistió Plantador—. Todo encaja. ¿Cómo creéis que ayudamos a calentar el planeta?

—No lo sé —dijo Ela—. Incluso los árboles mueren de vejez.

—No lo sabéis porque habéis venido durante un período cálido, no uno frío. Pero cuando los inviernos son crudos, construimos casas. Los hermanos árbol se nos entregan para que hagamos casas. Todos nosotros, no sólo los que viven en lugares fríos. Todos construimos casas, y los bosques se reducen a la mitad, a la tercera parte. Creíamos que esto era un gran sacrificio que hacían los hermanos árbol por el bien de la tribu, pero ahora comprendo que es la descolada, que quiere más dióxido de carbono en la atmósfera para calentar el planeta.

—Sigue siendo un gran sacrificio —declaró Ender.

—Todas nuestras grandes epopeyas —dijo Plantador—. Todos nuestros héroes. Sólo son hermanos actuando por la voluntad de la descolada.

—¿Y qué? —dijo Valentine.

—¿Cómo pueden decir eso? He visto que nuestras vidas no son nada, que sólo somos herramientas de un virus para regular el ecosistema global, ¿y tú lo consideras nada?

—Sí, lo considero nada —dijo Valentine—. Los seres humanos no somos distintos. Puede que no sea un virus, pero nos pasamos la mayor parte del tiempo actuando según nuestro destino genético. Mira las diferencias entre machos y hembras. Los machos tienden de forma natural a una amplia estrategia de reproducción. Ya que los machos crean un suministro casi infinito de esperma y no les cuesta nada desplegarlo...

—*Nada* no —puntualizó Ender.

—Nada —repitió Valentine—. Sólo *desplegarlo*. Su estrategia reproductora más sensata es depositarlo en todas las hembras disponibles... y hacer esfuerzos especiales para depositarlo en las más saludables, las que llevarán con más probabilidad a sus retoños hasta la edad adulta. Desde el punto de vista reproductivo, un macho es mucho más eficiente si deambula y copula cuanto sea posible.

—Yo he deambulado mucho —dijo Ender—. De algún modo, se me ha pasado por alto lo de copular.

—Estoy hablando de tendencias generales —contestó Valentine—. Siempre hay individuos extraños que no siguen las normas. La estrategia femenina es justo al contrario, Plantador. En vez de millones y millones de espermatozoides, sólo crean un óvulo cada mes, y cada hijo representa una enorme cantidad de esfuerzo. Por eso, las hembras necesitan estabilidad. Necesitan asegurarse de que siempre habrá comida. También pasamos grandes cantidades de tiempo relativamente indefensas, sin poder encontrar o acumular comida. Lejos de ser nómadas, las hembras necesitamos establecernos y permanecer en un lugar. Si no podemos conseguir eso, entonces nuestra siguiente estrategia es aparearnos con los machos más fuerte y sanos. Pero lo mejor de todo es conseguir un macho fuerte y sano que se quede y proporcione todo lo necesario para la supervivencia, en vez de deambular y copular a voluntad.

»Así, los machos tienen dos presiones. Una es esparcir su semilla, violentamente si es necesario. La otra es mostrarse atractivos para las hembras siendo suministradores estables, suprimiendo y conteniendo la necesidad de deambular y la tendencia a usar la fuerza. Del mismo modo, hay dos presiones en las hembras. Una es conseguir la semilla de los machos más fuertes y viriles para que sus hijos tengan buenos genes, lo que haría que los machos fuertes y violentos se sintieran atraídos por ellas. La otra es conseguir la protección de los machos más estables y no violentos, para que sus hijos sean protegidos y atendidos y lleguen a la edad adulta en el mayor número posible.

»Toda nuestra historia, todo lo que he descubierto en mi deambular como historiadora itinerante antes de desengancharme finalmente de mi hermano, reproductivamente inaccesible, y tener una familia, puede interpretarse como gente que actúa a ciegas siguiendo esas estrategias genéticas. Tiran de nosotros en dos direcciones.

»Nuestras grandes civilizaciones no son más que máquinas sociales para crear la situación femenina ideal, donde una mujer pueda contar con estabilidad; nuestros códigos morales y legales que intentan abolir la violencia, promover la permanencia de la posesión y reforzar los contratos representan la estrategia femenina primaria, la dominación del macho.

»Y las tribus de bárbaros nómadas fuera del alcance de la civilización siguen principalmente la estrategia masculina. Esparcen la semilla. Dentro de la tribu, los machos más fuertes y dominantes toman posesión de las mejores hembras, bien a través de poligamia formal o en copulaciones sobre la marcha que los otros machos no pueden resistir. Pero esos machos de bajo status guardan cola, porque los líderes los llevan a la guerra y los dejan violar y saquear cuando consiguen una victoria. Consiguen ser deseados sexualmente demostrándose su valía a sí mismos en el combate, y luego matan a todos los machos rivales y copulan con sus viudas cuando vencen. Una conducta horrible y monstruosa…, pero también una ejecución viable de la estrategia genética.

Ender se sintió incómodo al oír a Valentine hablar de esta forma. Sabía que todo aquello era cierto, y lo había oído antes, pero en cierto modo se sentía tan incómodo como Plantador al enterarse de cosas similares acerca de su propio pueblo. Ender quería negarlo todo, decir: «Algunos de los machos somos civilizados por naturaleza». Pero en su propia vida, ¿no había ejecutado acaso los actos de dominio y guerra? ¿No había deambulado? En este contexto, su decisión de quedarse en Lusitania fue realmente una decisión de abandonar el modelo social de macho dominante que le había sido impuesto cuando era un joven soldado en la escuela de batalla, y convertirse en un hombre civilizado con una familia estable.

Sin embargo, incluso entonces, se casó con una mujer que tenía poco interés en parir más hijos. Una mujer con quien el matrimonio, al final, había resultado ser cualquier cosa menos civilizado. Si sigo el modelo masculino, entonces soy un fracaso. Ningún hijo que lleve mis genes. Ninguna mujer que acepte mi regla. Soy definitivamente atípico.

Pero ya que no me he reproducido, mis genes atípicos morirán conmigo, y así los modelos sociales masculinos y femeninos están a salvo de personas intermedias como yo.

Mientras Ender realizaba sus propias evaluaciones privadas de la interpretación de Valentine relativa a la historia de la humanidad, Plantador mostró su respuesta tendiéndose en su silla, un gesto que comunicaba desprecio.

—¿Se supone que debo sentirme mejor porque los humanos son también herramientas de alguna molécula genética?

—No —dijo Ender—. Se supone que debes darte cuenta de que sólo porque gran parte de la conducta pueda explicarse como respuesta a las necesidades de alguna molécula genética, eso no significa que toda la conducta pequenina carezca de significado.

—La historia humana *puede* ser explicada como la lucha entre las necesidades de las mujeres y las necesidades de los hombres —prosiguió Valentine—, pero mi argumento es que todavía hay héroes monstruos, grandes hechos y nobles acciones.

—Cuando un hermano árbol da su madera —dijo Plantador—, se supone que se sacrifica por la tribu. No por un virus.

—Si puedes mirar más allá de la tribu y ver el virus, entonces mira más allá del virus y ve el mundo —propuso Ender—. La descolada está manteniendo este planeta habitable. Así, el hermano árbol se sacrifica para salvar al mundo entero.

—Muy listo. Pero te olvidas de que para salvar al planeta no importa qué hermanos árbol se entreguen, mientras que lo haga un número determinado.

—Cierto —convino Valentine—. A la descolada no le importa qué hermanos árbol den su vida. Pero sí importa a los hermanos, ¿no es cierto? Y también importa a los hermanitos como tú, que se agazapan en esas casas para mantenerse cálidos. *Vosotros* apreciáis el noble gesto de los hermanos árbol que murieron por los demás, aunque la descolada no distinga un árbol de otro.

Plantador no respondió. Ender esperó que eso significara que estaban logrando algún avance.

—Y en las guerras —se animó Valentine—, a la descolada no le importa quién gane o pierda, mientras que mueran suficientes hermanos y crezcan suficientes árboles de los cadáveres. ¿Cierto? Pero eso no cambia el hecho de que algunos hermanos son nobles y algunos son cobardes o crueles.

—Plantador —dijo Ender—, la descolada puede causar que todos experimentéis una furia asesina, por ejemplo, de forma que las disputas se conviertan en guerras en vez de ser zanjadas entre los padres-árbol. Pero eso no borra el hecho de que algunos bosques luchen en defensa propia y otros estén simplemente sedientos de sangre. Seguís teniendo a vuestros héroes.

—Me importan un comino los héroes —masculló Ela—. Los héroes tienden a estar muertos, como mi hermano Quim. ¿Dónde está ahora, cuando lo necesitamos? Ojalá no hubiera sido un héroe. —Deglutió con fuerza, conteniendo el recuerdo de la pena reciente.

Plantador asintió, un gesto que había aprendido para comunicarse con los humanos.

—Ahora vivimos en el mundo de Guerrero —dijo—. ¿Qué es él, sino un padre-árbol que actúa siguiendo las instrucciones de la descolada? El mundo se calienta demasiado. Necesitamos más árboles. Así que se llena de fervor para expandir los bosques. ¿Por qué? La descolada le hace sentirse así. Por eso le escuchan tantos hermanos y padres-árbol, porque ofreció un plan para satisfacer su ansia de extenderse y hacer crecer más árboles.

—¿Sabe la descolada que pretende llevar a todos esos nuevos árboles a otros planetas? —dijo Valentine—. Eso no haría mucho por enfriar Lusitania.

—La descolada pone el ansia en ellos. ¿Cómo puede saber un virus de naves espaciales?

—¿Cómo puede saber un virus de madres y padres-árbol, de hermanos y esposas, de retoños y pequeñas madres? —lanzó Ender—. Es un virus muy listo.

—Guerrero es el mejor ejemplo de mi argumento —subrayó Valentine—. Su nombre sugiere que estuvo muy involucrado y tuvo éxito en la última guerra. Una vez más existe la presión para aumentar el número de árboles. Sin embargo, Guerrero ha decidido dirigir su ansia hacia un nuevo propósito, esparciendo nuevos bosques y volviéndose hacia las estrellas en vez de librar guerras con otros pequeninos.

—Íbamos a hacerlo sin importar lo que dijera o hiciera Guerrero —objetó Plantador—. Miramos. El grupo de Guerrero se preparaba para esparcirse y plantar nuevos árboles en otros mundos. Pero cuando mataron al padre Quim, los demás nos llenamos tanto de ira que decidimos ir y castigarlos. Una gran matanza, y de nuevo los árboles crecerían. Seguiríamos cumpliendo las órdenes de la descolada. Y ahora que los humanos han quemado nuestro bosque, la gente de Guerrero prevalecerá después de todo. De un modo u otro, *debemos* esparcirnos y propagarnos. Aceptaremos cualquier excusa que podamos encontrar. La descolada se saldrá con la suya. Somos herramientas que intentan encontrar patéticamente un medio para convencerse a sí mismos de que sus acciones son idea propia.

Parecía completamente desesperanzado. A Ender no se le ocurría nada más que decir para intentar arrancarlo de su conclusión de que la vida de los pequeninos carecía de libertad y significado. Así, fue Ela quien habló a continuación, y en un tono de tranquila especulación que parecía incongruente, como si hubiera olvidado la terrible ansiedad que experimentaba Plantador. Probablemente era lo más adecuado, ya que toda la discusión había vuelto a su propia especialidad.

—Es difícil saber qué lado de la descolada ganaría si fuera consciente de todo esto.

—¿Qué lado de qué? —preguntó Valentine.

—Introducir un enfriamiento global haciendo que se planten más bosques aquí, o usar ese mismo instinto de propagación para hacer que los pequeninos lleven la descolada a otros mundos. ¿Qué habrían preferido los creadores del virus? ¿Esparcir el virus o regular el planeta?

—El virus querrá ambas cosas, y es probable que las consiga —dijo Plantador—. El grupo de Guerrero ganará el control de las naves, sin duda. Pero antes o después se producirá una guerra que matará a la mitad de los hermanos. Por lo que sabemos, la descolada está haciendo que sucedan las dos cosas.

—Por lo que sabemos —repitió Ender.

—Por lo que sabemos —continuó Plantador—, nosotros podríamos ser la descolada.

Así que son conscientes de esta preocupación, pensó Ender, a pesar de nuestra decisión de no tratarla con los pequeninos todavía.

—¿Has hablado con Quara? —demandó Ela.

—Hablo con ella todos los días —asintió Plantador—. Pero ¿qué tiene que ver con esto?

—Tuvo la misma idea. Que tal vez la inteligencia pequenina procede de la descolada.

—¿Crees que después de hablar tanto de que la descolada es inteligente no se nos había ocurrido preguntarnos eso? Y si es cierto, ¿qué haréis entonces? ¿Dejar que toda vuestra especie muera para que nosotros podamos conservar nuestros cerebros de segunda fila?

Ender protestó de inmediato.

—Nosotros nunca hemos pensado que vuestros cerebros fueran...

—¿No? ¿Por qué, entonces, asumís que sólo pensaríamos en esa posibilidad si nos lo dijera algún humano?

Ender no encontró ninguna respuesta oportuna que ofrecer. Tuvo que confesarse a sí mismo que había considerado a los pequeninos como si fueran niños a los que debía proteger. No se le había ocurrido que eran perfectamente capaces de descubrir por su cuenta los horrores más terribles.

—Y si nuestra inteligencia procede efectivamente de la descolada, y encontráis un modo de destruirla, ¿en qué os convertiréis entonces? —Plantador los miró, triunfal en su amarga victoria—. No somos más que ratas de árbol.

—Es la segunda vez que utilizas este término —observó Ender—. ¿Qué son ratas de árbol?

—Eso es lo que gritaban algunos de los hombres que mataron al árbol-madre.

—No existe ese animal —dijo Valentine.

—Lo sé. Grego me lo explicó. «Rata de árbol» es una expresión en argot para las ardillas. Me mostró un bolo de una de ellas en el ordenador que tiene en su celda.

—¿Fuiste a visitar *a Grego*? —Ela estaba claramente horrorizada.

—Tenía que preguntarle por qué intentó matarnos a todos, y por qué quiso salvarnos luego.

—¿Ves? —exclamó Valentine, triunfal—. ¡No puedes decirme que lo que Grego y Miro hicieron esa noche, impedir que la muchedumbre quemara a Raíz y Humano, fue sólo el resultado de fuerzas genéticas!

—Nunca he dicho que la conducta *humana* carezca de sentido —dijo Plantador—. Sois *vosotros* los que habéis intentado consolarme con esta idea. Sabemos que los humanos tenéis a vuestros héroes. Sólo los pequeninos somos herramientas de un virus gaialógico.

—No —deslizó Ender—. También hay héroes pequeninos. Raíz y Humano, por ejemplo.

—¿Héroes? —criticó Plantador—. Actuaron como lo hicieron para conseguir lo que querían, su status como padres-árbol. Fue el ansia por reproducirse. Puede que os parezcan héroes a los humanos, que sólo morís una vez, pero la muerte que ellos sufrieron fue en realidad un nacimiento. No hubo ningún sacrificio.

—Vuestro *bosque* entero fue heroico, entonces —dijo Ela—. Os liberasteis de todos los viejos canales e hicisteis un tratado que requería que cambiarais algunas de vuestras costumbres más enraizadas.

—Queríamos el conocimiento, las máquinas y el poder que tenéis los humanos. ¿Qué hay de heroico en un tratado en el que sólo debemos dejar de mataros, y a cambio recibir un impulso de mil años en nuestro desarrollo tecnológico?

—No vas a escuchar ninguna conclusión positiva, ¿verdad? —suspiró Valentine.

Plantador continuó, ignorándola:

—Los únicos héroes en esa historia fueron Pipo y Libo, los humanos que actuaron con tanto coraje, a pesar de saber que morirían. Ellos ganaron la libertad de su herencia genética. ¿Qué *cerdi* ha hecho eso a propósito?

A Ender le molestó más que un poco oír a Plantador emplear el término *cerdi* para referirse a su pueblo. En los últimos años había dejado de ser tan amistoso y afectivo como lo era cuando Ender llegó a Lusitania; ahora se utilizaba a menudo como una palabra degradante, y la gente que trabajaba con ellos normalmente usaba el vocablo «pequenino». ¿A qué tipo de odio contra sí mismo estaba dando rienda suelta Plantador, en respuesta a lo que había sabido hoy?

—Los hermanos-árbol dieron sus vidas —dijo Ela, servicial.

Pero Plantador respondió con desdén:

—Los hermanos-árbol no están vivos como lo están los padres-árbol. No pueden hablar. Sólo obedecen. Les decimos lo que deben hacer, y ellos no tienen otra opción. Herramientas, no héroes.

—Puedes dar la vuelta a cualquier historia —observó Valentine—. Puedes negar cualquier sacrificio sosteniendo que con él el doliente se sintió tan bien que no representó sacrificio alguno, sino otro acto egoísta.

De repente, Plantador se levantó de la silla de un salto. Ender se preparó para verle repetir su conducta anterior, pero esta vez no circundó la habitación. En cambio, el pequenino se acercó a donde estaba sentada Ela y colocó ambas manos sobre sus rodillas.

—Sé un modo de convertirme en un auténtico héroe —dijo—. Sé un modo de actuar contra la descolada. Para rechazarla y combatirla y odiarla y ayudar a destruirla.

—Yo también —asintió Ela.

—Un experimento.

Ella afirmó con un gesto.

—Para ver si la inteligencia pequenina está realmente centrada en la descolada, y no en el cerebro.

—Yo lo haré —se ofreció Plantador.

—Nunca te lo pediría.

—Sé que no. Lo exijo para mí.

Ender se sorprendió al ver que, a su modo, Ela y Plantador eran tan íntimos como él y Valentine, capaces de conocer los pensamientos mutuos sin explicar nada. Ender no había supuesto que esto pudiera suceder entre dos personas de especies distintas; y sin embargo, ¿por qué no? Sobre todo cuando trabajaban juntos tan estrechamente en la misma empresa.

Ender tardó unos instantes en captar lo que estaban decidiendo Plantador y Ela; Valentine, que no había trabajado con ellos durante años como había hecho Ender, todavía no lo comprendía.

—¿Qué sucede? —les preguntó—. ¿De qué están hablando?

Fue Ela quien respondió.

—Plantador está proponiendo que purguemos a un pequenino de todas las copias del virus de la descolada, lo pongamos en un espacio limpio donde no pueda ser contaminado, y veamos si todavía tiene mente.

—Eso no es científico —objetó Valentine—. Hay demasiadas variables ajenas. ¿No? Creía que la descolada estaba implicada en todas las partes de la vida pequenina.

—Carecer de la descolada significaría que Plantador enfermaría de inmediato y luego moriría. Lo mismo que le sucedió a Quim al tener la descolada le pasaría a Plantador al carecer de ella.

—No puedes hablar en serio —se asustó Valentine—. Eso no demostrará nada. Puede perder la mente a causa de alguna enfermedad. La fiebre hace delirar a la gente.

—¿Qué otra cosa podemos hacer? —preguntó Plantador—. ¿Esperar a que Ela encuentre un medio de domar el virus, y luego descubrir que sin él en su forma inteligente y virulenta no somos pequeninos, sino meros cerdis? ¿Que sólo nos ha sido dado el don del habla por el virus de nuestro interior, y que cuando sea controlado, lo perderemos todo y nos convertiremos solamente en hermanos árbol? ¿Averiguaremos eso cuando soltéis el matador de virus?

—Pero no es un experimento serio con un control...

—Es un experimento serio, sí —dijo Ender—. El tipo de experimento que se realiza cuando no te importa un comino recibir subvenciones. Cuando sólo necesitas resultados y los necesitas enseguida. El tipo de experimento que se realiza cuando no tienes ni idea de cuáles serán los resultados o incluso si sabrás interpretarlos, pero hay un puñado de pequeninos locos que pretenden coger astronaves y esparcir una enfermedad destructora por toda la galaxia, así que hay que hacer algo.

—Es el tipo de experimento que se realiza cuando hace falta un héroe —concluyó Plantador.

—¿Cuando lo necesitamos nosotros? —preguntó Ender—. ¿O cuando *tú* necesitas serlo?

—Yo en tu lugar me callaría la boca —dijo Valentine secamente—. Tú mismo has cometido unas cuantas locuras como héroe a lo largo de los siglos.

—Puede que no sea necesario de todas formas —los tranquilizó Ela—. Quara sabe mucho más sobre la descolada de lo que dice. Puede que ya sepa si la capacidad de adaptación inteligente de la descolada puede separarse de sus funciones como sustentadora de vida. Si consiguiéramos crear un virus así, podríamos probar el efecto de la descolada sobre la inteligencia pequenina sin amenazar la vida del sujeto.

—El problema es que Quara no estará más dispuesta a creer nuestra historia de que la descolada es un artefacto creado por otra especie, que Qing-jao a aceptar que la voz de los dioses es sólo un desorden obsesivo-compulsivo producido genéticamente —aseguró Valentine.

—Yo lo haré —se ofreció Plantador—. Comenzaré inmediatamente porque no tenemos tiempo. Colocadme mañana en un entorno estéril, y luego matad toda la descolada de mi cuerpo usando los productos químicos que tenéis ocultos. Los que pretendéis usar sobre los humanos cuando la descolada se adapte al represor actual que estáis utilizando.

—Te das cuenta de que puede no servir de nada —dijo Ela.

—Entonces sería un auténtico sacrificio.

—Si empiezas a perder la mente de una forma que no esté relacionada claramente con la enfermedad de tu cuerpo, detendremos el experimento porque tendremos la respuesta.

—Tal vez —dijo Plantador.

—En ese punto, quizá pudieras recuperarte.

—No me importa si me recupero o no.

—También lo detendremos si empiezas a perder tu mente de una manera que sí esté relacionada con la enfermedad de tu cuerpo —añadió Ender—, porque entonces sabremos que el experimento es inútil y no aprenderemos nada de todas formas.

—Entonces, si me acobardo, sólo tendré que fingir que fallo mentalmente y me salvaréis la vida —objetó Plantador—. No, os prohíbo que detengáis el experimento, no importa a qué coste. Y si *mantengo* mis funciones mentales, debéis dejarme continuar hasta el final, hasta la muerte, porque sólo si conservo mi mente hasta el final sabremos que nuestra alma no es sólo un artefacto de la descolada. ¡Prometédmelo!

—¿Es esto ciencia o un pacto suicida? —preguntó Ender—. ¿Tan poca esperanza tienes en descubrir el probable rol de la descolada en la historia pequenina, que quieres morir?

Plantador se abalanzó hacia Ender, escaló por su cuerpo y apretó su nariz contra la del hombre.

—¡Mientes! —gritó.

—Sólo he hecho una pregunta —susurró Ender.

—¡Quiero ser libre! —aulló Plantador—. ¡Quiero que la descolada salga de mi cuerpo y no regrese jamás! ¡Quiero hacer esto para ayudar a liberar a todos los cerdis, para que puedan ser pequeninos de hecho y no de nombre!

Ender lo apartó suavemente. Le dolía la nariz por la violencia de la presión de Plantador.

—Quiero hacer un sacrificio que demuestre que soy libre, y que no actúo según mis genes. Que no intento solamente conseguir la tercera vida.

—Incluso los mártires del cristianismo y el islam estaban dispuestos a aceptar recompensas en el cielo por su sacrificio —dijo Valentine.

—Entonces eran cerdos egoístas —espetó Plantador—. Es lo que decís de los cerdos, ¿no? ¿En stark, en vuestra habla común? Bien, es el nombre adecuado para nosotros los cerdis, ¿eh? Nuestros héroes intentaban todos convertirnos en padres-árbol. Nuestros hermanos árbol fueron fracasos desde el principio. A lo único que servimos fuera de nosotros mismos es a la descolada. Por lo que sabemos, la descolada podría ser nosotros. Pero yo seré *libre.* Yo sabré lo que soy, sin la descolada o mis genes o ninguna otra cosa excepto *yo.*

—Lo que estarás es muerto —murmuró Ender.

—Pero libre primero —zanjó Plantador—. El primero de mi pueblo en serlo.

Después de que Wang-mu y Jane le dijeran al Maestro Han todo lo que sucedió ese día, después de que él conversara con Jane sobre su propio trabajo, después de que la casa cayera en el silencio de la oscuridad nocturna, Wang-mu permaneció despierta en su esterilla en el rincón de la habitación del Maestro Han, escuchando sus suaves pero insistentes ronquidos mientras reflexionaba sobre todo lo que se había dicho ese día.

Había muchas ideas, y la mayoría estaban tan por encima de su capacidad que desesperaba de poder comprenderlas de verdad. Especialmente lo que dijo Wiggin acerca de los propósitos. Le daban el mérito de haber ofrecido la solución al problema del virus de la descolada, y sin embargo ella no podía aceptarlo porque no había sido ésa su intención: creyó estar repitiendo tan sólo las preguntas de Qing-jao. ¿Podía recibir el mérito de algo que había hecho por casualidad?

La gente sólo debería ser reprochada o alabada por lo que hacían conscientemente. Wang-mu siempre había creído en esto por instinto; no recordaba que nadie se lo hubiera dicho con tantas palabras. Los crímenes de los que responsabilizaba al Congreso eran todos deliberados: alterar genéticamente a la gente de Sendero para crear a los agraciados, y enviar el Ingenio D.M. para destruir el refugio de la otra única especie inteligente que sabían existía en el universo.

Pero ¿era eso lo que pretendían hacer? Tal vez algunos de ellos, al menos, pensaban que volvían más seguro el universo para la humanidad al destruir Lusitania. Por lo que Wang-mu había oído acerca de la descolada, podía significar el final de toda la vida terrestre si empezaba a esparcirse de mundo a mundo entre los seres humanos. Tal vez algunos miembros del Congreso habían decidido también crear a los agraciados de Sendero para beneficiar a toda la humanidad, pero luego pusieron en sus cerebros el DOC para que no pudieran escapar al control y esclavizar a todos los humanos inferiores y «normales». Tal vez abrigaban buenos propósitos para las terribles acciones que cometían.

Desde luego, era el caso de Qing-jao, ¿no? ¿Cómo podía Wang-mu condenarla por sus acciones, cuando ella pensaba que estaba obedeciendo a los dioses?

¿No tenía todo el mundo algún noble propósito para sus propias acciones? ¿No era todo el mundo *bueno* a sus propios ojos?

Excepto yo, pensó Wang-mu. A mis propios ojos, soy tonta y débil. Pero hablan de mí como si fuera mejor de lo que creo. El Maestro Han también me alabó. Y los demás hablaron de Qing-jao con piedad y desprecio…, y yo también he sentido lo mismo hacia ella. Sin embargo, ¿no actúa Qing-jao con nobleza y yo con cicatería? Traicioné a mi señora. Ha sido leal a su gobierno y a sus dioses, que son reales para ella, aunque yo no sea ya creyente. ¿Cómo puedo distinguir a la gente buena de la mala, si la mala tiene una forma de convencerse a sí misma de que intentan hacer el bien aunque cometan algo terrible, y la buena puede creer que están haciendo algo muy malo aunque intenten hacer algo bueno?

Tal vez sólo puedes hacer el bien si crees que eres malo, y si piensas que eres bueno, entonces sólo puedes hacer el mal.

Pero la paradoja superaba su capacidad. El mundo no tendría sentido si hubiera que juzgar a la gente por lo opuesto de lo que intentaban parecer. ¿No era posible que una buena persona intentara también *parecer* buena? Y sólo porque alguien declarara ser escoria no significaba que no lo fuera. ¿Había algún modo de juzgar a la gente, si no se la puede juzgar ni siquiera por sus propósitos?

¿Había algún modo de que Wang-mu se juzgara siquiera a sí misma?

La mitad de las veces ni siquiera sé el propósito de lo

que hago. Vine a esta casa porque era ambiciosa y quería ser doncella secreta de una muchacha agraciada y rica. Fue puro egoísmo por mi parte, y pura generosidad lo que guió a Qing-jao para que me aceptase. Y ahora estoy aquí, ayudando al Maestro Han a cometer traición… ¿Cuál es mi propósito en eso? Ni siquiera sé por qué lo hago. ¿Cómo puedo saber cuáles son los verdaderos propósitos de los demás? No hay esperanza ninguna de distinguir el bien del mal.

Se sentó en la posición del loto sobre su esterilla y se cubrió el rostro con las manos. Era como si se sintiera apretada contra una pared, pero una pared que formaba ella misma, y si pudiera encontrar una forma de apartarla a un lado, al igual que podía apartar las manos de su cara cada vez que quería, entonces lograría abrirse paso fácilmente hacia la verdad.

Retiró las manos. Abrió los ojos. Al otro lado de la habitación estaba el terminal del Maestro Han. Allí, aquel mismo día, había visto las caras de Elanora Ribeira von Hesse y Andrew Wiggin. Y la cara de Jane.

Recordó que Wiggin le había dicho cómo serían los dioses. Los dioses *de verdad* desearían enseñar a ser como ellos. ¿Por qué había dicho eso? ¿Cómo podía saber lo que sería un dios?

Alguien que quiere enseñarte a saber todo lo que sabe y a hacer todo lo que hace…; lo que estaba describiendo en realidad era a los padres, no a los dioses. Sólo que había muchos padres que no hacían eso. Muchos padres que intentaban reprimir a sus hijos, controlarlos, convertirlos en sus esclavos. En el lugar donde había crecido, Wang-mu había visto multitud de casos.

Entonces, lo que Wiggin describió no eran los padres, después de todo. Describía a padres *buenos*. No le había explicado lo que eran los dioses, sino lo que era la bondad. Querer que otras personas crecieran. Querer que otras personas tuvieran todas las cosas buenas de que uno disfruta. Y evitarles los pesares si era posible. Eso era *bondad*.

¿Qué eran los dioses, entonces? Querrían que todo el mundo supiera y tuviera y fuera todas las cosas buenas. Enseñarían y compartirían y formarían, pero nunca obligarían.

Como mis padres, pensó Wang-mu. Torpes y estúpidos a veces, como toda la gente, pero bondadosos. Me cuidaron. Incluso las veces que me obligaron a hacer cosas difíciles porque sabían que me convenía. Incluso las veces que se equivocaron fueron buenos. Puedo juzgarlos por sus propósitos después de todo. Todo el mundo considera buenos sus propósitos, pero los de mis padres lo fueron realmente, porque pretendían que todos sus actos hacia mí me ayudaran a ser más sabia, más fuerte y mejor. Incluso cuando me obligaron a hacer cosas penosas porque sabían que debía aprender de ellas. Incluso cuando me causaron *dolor*.

Eso era. Eso era lo que serían los dioses, si existían. Querrían que todo el mundo tuviera todo lo que era bueno en la vida, igual que padres bondadosos. Pero contrariamente a ellos o a las otras personas, los dioses *sabrían* lo que era bueno y tendrían el poder para hacer que sucedieran las cosas buenas, incluso cuando nadie más comprendiera que eran buenos. Como dijo Wiggin, los dioses *de verdad* serían más fuertes y más listos que nadie. Tendrían toda la inteligencia y el poder que era posible tener.

Pero un ser semejante..., ¿quién era alguien como Wang-mu para juzgar a un dios? No podría comprender sus propósitos aunque se los dijeran, ¿cómo podía saber entonces que eran buenos? Y la otra aproximación, confiar en ellos y creer de forma absoluta..., ¿no era lo que hacía Qing-jao?

No. Si *hubiera* dioses, nunca actuarían como Qing-jao pensaba que lo hacían, esclavizando a la gente, atormentándolos y humillándolos.

A menos que el tormento y la humillación les convinieran.

¡No! Casi gritó en voz alta, y una vez más se cubrió la cara con las manos, esta vez para guardar silencio.

Sólo puedo juzgar por lo que yo entiendo. Si por lo que puedo ver los dioses en los que cree Qing-jao son sólo malignos, entonces sí, tal vez estoy equivocada, tal vez no puedo comprender el gran propósito que buscan al convertir a los agraciados en esclavos indefensos, o al destruir a una especie entera. Pero en mi corazón no tengo más elección que rechazar a esos dioses, porque no detecto nada bueno en lo que hacen. Tal vez soy tan tonta y tan estúpida que siempre seré enemiga de los dioses, trabajando contra sus propósitos altos e incomprensibles. Pero tengo que vivir mi vida según lo que yo entiendo, y lo que entiendo es que no hay dioses como los que nos enseñan los agraciados. Actúan para hacer a otras personas más pequeñas y crecer ellos mismos. Esos no serían dioses, si existieran. Serían enemigos. Demonios.

Lo mismo sucede con los seres, quienesquiera que fuesen, que crearon el virus de la descolada. Sí, tendrían que ser muy poderosos para crear una herramienta como ésa. Pero también tendrían que ser despiadados, egoístas, arrogantes, para pensar que toda la vida del universo era suya para manipularla a su antojo. Enviar la descolada al universo, sin preocuparse por los seres que matara o las hermosas criaturas que destruyera..., éstos tampoco serían dioses.

Y Jane... Jane podría ser un dios. Jane poseía grandes cantidades de información y gran sabiduría, y actuaba por el bien de los demás, aunque eso le costara la vida. Incluso ahora, después de que su vida estuviera condenada. También Andrew Wiggin podría ser un dios, tan sabio y amable como parecía, y no actuaba por su propio beneficio sino por el de los pequeninos. Y

Valentine, que se llamaba a sí misma Demóstenes, ya que había trabajado para ayudar a otros personas a encontrar la verdad y tomar sus propias decisiones sabias. Y el Maestro Ha, que intenta hacer siempre lo más justo, aunque le costara su hija. Tal vez incluso Ela, la científico, aunque no sabía todo lo que debería saber..., pues no se avergonzaba de aprender la verdad de una criada.

Por supuesto, no eran el tipo de dioses que vivían en el Oeste Infinito, en el Palacio de la Real Madre. Tampoco eran dioses a sus propios ojos: se reirían de ella por pensarlo siquiera. Pero comparados con ella, desde luego eran dioses. Eran mucho más sabios que Wang-mu, y mucho más poderosos, y por lo que podía colegir de sus propósitos, intentaban ayudar a otras personas para que fueran lo más sabias y poderosas posible. Incluso más sabios y más poderosos que ellos mismos. Por eso, aunque Wang-mu tal vez se equivocara, aunque no pudiera entender nada de nada, sabía sin embargo que su decisión de trabajar con esta gente era la adecuada.

Sólo podría hacer el bien mientras comprendiera lo que era la bondad. Y esta gente parecía estar haciendo el bien, mientras que el Congreso parecía hacer el mal. Así, aunque a la larga pudiera destruirla (pues el Maestro Han era ahora un enemigo del Congreso, y podía ser arrestado y ejecutado, y Wang-mu con él), lo haría de todas formas. Nunca vería a dioses de verdad, pero podía al menos trabajar para ayudar a esta gente que estaba tan cerca de los dioses como podría estarlo una persona real.

Y si a los dioses no les complace, pueden envenenarme en mi sueño o prenderme fuego cuando pasee por el jardín mañana o hacer que mis brazos, mis piernas y mi cabeza se me caigan del cuerpo como migajas de un pastel rancio. Si no son capaces de detener a una estúpida criada como yo, es que entonces no valen gran cosa.

15

VIDA Y MUERTE

<Ender va a venir a vernos.>

<Viene y *me* habla constantemente.>

<*Nosotras* podemos hablar directamente con su mente. Pero insiste en venir. No siente que está hablando con nosotras a menos que nos vea. Cuando conversamos a distancia, le resulta más difícil distinguir entre sus propios pensamientos y los que ponemos en su mente. Por eso viene.>

<¿Y no os gusta?>

<Quiere que le demos respuestas y no conocemos ninguna.>

<Sabéis todo lo que saben los humanos. Salisteis al espacio, ¿no? Ni siquiera necesitáis sus ansibles para hablar de un mundo a otro.>

<Estos humanos están tan ansiosos de respuestas... Tienen tantas preguntas...>

<También nosotros tenemos preguntas.>

<Ellos quieren saber por qué, por qué, por qué. O cómo. Todo está envuelto en un hermoso montón como una crisálida. La única vez que nosotras hacemos eso es cuando nos metamorfoseamos como reina.>

<Les gusta entenderlo todo. Pero ya sabes que lo mismo nos sucede a nosotros.>

<Sí, os gusta considerar que sois igual que los humanos, ¿verdad? Pero no sois como Ender. Ni como los humanos. Él tiene que conocer la causa de todo, tiene que hacer una historia acerca de todo y nosotras no conocemos ninguna historia. Conocemos recuerdos. Conocemos cosas que ocurren. Pero no sabemos *por qué* pasan, no de la forma que él quiere.>

<Por supuesto que lo sabéis.>

<Ni siquiera nos importa el porqué, como les sucede a esos humanos. Descubrimos cuanto necesitamos saber para conseguir algo, pero ellos siempre quieren averiguar más de lo que necesitan saber. Después de poner algo en funcionamiento, siguen ansiando saber por qué funciona y por qué funciona la causa de su funcionamiento.>

<¿No somos nosotros así?>

<Tal vez lo seréis, cuando la descolada deje de interferir con vosotros.>

<O tal vez seremos como vuestras obreras.>

<Si lo sois, no os importará. Todas son muy felices. La inteligencia os hace desgraciados. Las obreras tienen hambre o no la tienen. Experimentan dolor o no lo experimentan. Nunca sienten curiosidad, ni decepción, ni angustia, ni vergüenza. Y con respecto a esos sentimientos, los humanos hacen que vosotros y yo parezcamos obreras.>

<Creo que no nos conoces lo suficiente para comparar.>

<Hemos estado dentro de vuestra cabeza y dentro de la de Ender, y también hemos estado dentro de nuestras propias cabezas durante mil generaciones. Esos humanos hacen que parezca que estamos dormidas. Incluso cuando ellos están dormidos, no lo están. Los animales terrestres hacen esa cosa dentro de su cerebro, una especie de loca eclosión de sinapsis, controlada descabelladamente. Mientras duermen. La parte de su cerebro que registra la visión, o el sonido, se dispara cada par de horas mientras duermen: incluso cuando todas las visiones y sonidos son completas tonterías aleatorias, sus cerebros siguen intentando descifrarlas para

convertirlos en algo sensato. Intentan sacar historias de ello. Son tonterías aleatorias sin ninguna correlación posible con el mundo real, y sin embargo las convierten en locas historias. Luego las olvidan. Todo ese trabajo, elaborando historias, y cuando se despiertan las olvidan casi todas. Pero cuando las recuerdan, intentan formar historias sobre esas locuras, intentando encajarlas en sus vidas reales.>

<Conocemos sus sueños.>

<Tal vez sin la descolada vosotros también soñaréis.>

<¿Por qué íbamos a querer hacerlo? Como dices, es absurdo. Conexiones aleatorias de las sinapsis de las neuronas de sus cerebros.>

<Están practicando. Lo hacen constantemente. Inventan historias. Hacen conexiones. Sacan un sentido a lo absurdo.>

<¿De qué sirve, si no significa nada?>

<Es así, sin más. Tienen un ansia que nosotras ignoramos por completo. El ansia de respuestas. El ansia de buscar sentidos. El ansia de historias.>

<Nosotros tenemos historias.>

<Recordáis hechos. Ellos los inventan. Cambian lo que significan las historias. Transforman las cosas para que el mismo recuerdo signifique mil cosas distintas. Incluso de sus sueños aleatorios obtienen a veces algo que lo ilumina todo. Ningún ser humano posee una mente como la vuestra. Ni como la nuestra. Nada tan poderoso. Y sus vidas son breves, y desaparecen rápidamente. Pero en un siglo suyo encuentran diez mil significados por cada uno que descubrimos nosotras.>

<La mayoría son equivocados.>

<Aunque la vasta mayoría de ellos sea un error, aunque el noventa y nueve por ciento sea estúpido y equivocado, de diez mil ideas siguen teniendo cien buenas. Es así como compensan su estupidez, la brevedad de su vida y el corto alcance de su memoria.>

<Sueños y locura.>

<Magia, misterio y filosofía.>

<¿Cómo puedes decir que nunca pensáis en historias? Acabas de contarme una.>

<Lo sé.>

<¿Ves? Los humanos no hacen nada que no podáis emular.>

<¿Acaso no comprendes? He sacado *esta* historia de la mente de Ender. Es *suya*. Y él recibió la simiente de alguien más, de algo que leyó, y lo combinó con sus ideas hasta que todo cobró sentido. Todo está ahí, en su cabeza. En cambio, nosotras somos como vosotros. Tenemos una visión clara del mundo. No tengo ningún problema para abrirme paso en tu mente. Todo está ordenado, y es sensato y claro. Vosotros estaríais igual de cómodos en mi mente. Lo que hay en tu cabeza es la *realidad*, más o menos, como mejor la entiendes. Pero en la mente de Ender hay locura. Miles de visiones contradictorias, imposibles, en competencia, que carecen de sentido porque no pueden encajar, pero que al final *encajan*, él las hace encajar, hoy de esta forma, mañana de esta otra, según le convenga. Como si pudiera crear en su cabeza una nueva máquina-idea para cada nuevo problema al que se enfrente. Como si concibiera un nuevo universo donde vivir, uno nuevo a cada hora, a menudo equivocado sin remisión. Acaba cometiendo errores y malos juicios, pero a veces acierta de forma tan perfecta que descubre cosas como un milagro, y yo miro a través de sus ojos y veo el mundo en su nueva forma y todo cambia. Locura, y luego iluminación. Nosotras sabíamos todo lo que había que saber antes de conocer a esos humanos, antes de construir nuestra conexión con la mente de Ender. Ahora hemos descubierto que hay tantas formas de conocer las mismas cosas que nunca las encontraremos todas.>

<A menos que los humanos os enseñen.>

<¿Ves? También somos carroñeros.>

<Tú eres un carroñero. Nosotros somos suplicantes.>

<Si fueran dignos de sus propias habilidades mentales...>

<¿No lo son?>

<Pretenden destruiros, recuerda. Hay muchas posibilidades en su mente, pero siguen siendo, después de todo, individualmente estúpidos y cortos de entendimiento, medio ciegos y medio locos. El noventa y nueve por ciento de sus historias siguen estando equivocadas y los conducen a terribles errores. A veces deseamos poder domarlos, como a las obreras. Lo intentamos con Ender, ya sabes. Pero fue en vano. No logramos convertirlo en una obrera.>

<¿Por qué no?>

<Demasiado estúpido. No puede prestar atención el tiempo suficiente. Lo mente humana carece de foco. Se aburren y se distraen. Tuvimos que construir un puente ante él, usando el ordenador con el que estaba más unido. Los ordenadores..., ésos sí pueden prestar atención. Y su memoria es limpia, ordenada, todo organizado y fácil de encontrar.>

<Pero no sueñan.>

<No hay en ellos locura. Lástima.>

Valentine se presentó en casa de Olhado por la mañana temprano. Él no iría al trabajo hasta la tarde, pues era capataz del turno de noche en la pequeña fábrica de ladrillos. Pero ya estaba despierto, probablemente porque lo estaba su familia. Los niños salían en tropel por la puerta. Yo solía ver esto por televisión en los viejos tiempos, pensó Valentine. La familia saliendo de casa por la mañana, todos a la vez, y el padre el último, con su maletín. A su modo, mis padres fueron igual. No importa lo extraños que fueran sus hijos. No importa que después de marcharnos al colegio por la mañana Peter y yo nos dedicáramos a escrutar las redes, intentando dominar el mundo a través del uso de pseudónimos. No importa que Ender fuera apartado de la familia de pequeño y nunca volviera a ver a ningún miembro, ni siquiera en su única visita a la Tierra, excepto a mí. Creo que mis padres seguían imaginando que lo hacían bien, porque ejecutaban un ritual que habían visto en televisión.

Y aquí está de nuevo. Los niños saliendo por la puerta. Ese chiquillo debe de ser Nimbo, el que estaba con Grego en la confrontación con la muchedumbre. Pero aquí está, sólo un niño anónimo. Nadie sospecharía que intervino en esa terrible noche tan reciente.

La madre le dio un beso a cada uno de sus hijos. Era todavía una mujer joven y hermosa, a pesar de haber tenido tantos niños. Tan corriente, tan normal, y sin embargo era una mujer notable, pues se había casado con Olhado, ¿no?

Había visto más allá de la deformidad. Y el padre, sin marcharse todavía al trabajo, podía quedarse allí, observándolos, acariciándolos, besándolos, diciéndoles unas cuantas palabras. Tranquilo, listo, amoroso..., el padre típico. Entonces, ¿qué es lo que no encaja en esta escena? El padre es Olhado. No tiene ojos. Sólo los orbes de metal plateado, recalcados con dos aberturas para lentes en un ojo, y el periférico de entrada/salida del ordenador en el otro. Los niños parecían no advertirlo. Yo todavía no estoy acostumbrada.

—Valentine —dijo Olhado cuando la vio.

—Tenemos que hablar.

Él la condujo al interior. Presentó a su esposa, Jacqueline. Su piel era tan negra que casi parecía azul, los ojos risueños, una hermosa sonrisa en la que uno desearía zambullirse, tan placentera era. Trajo una limonada, helada y apetecible con el calor de la mañana, y luego se retiró discretamente.

—Puedes quedarte —dijo Valentine—. No es un asunto privado.

Pero ella prefirió irse. Afirmó que tenía trabajo que hacer. Y se marchó.

—Hace tiempo que quería verte —dijo Olhado.

—Estaba a tu alcance.

—Estabas ocupada.

—No tengo nada que hacer.

—Haces las cosas de Andrew.

—De todas formas, aquí estamos. Siento curiosidad hacia ti, Olhado. ¿O prefieres que te llame por tu nombre, Lauro?

—En Milagro tu nombre es el que te da la gente. Antes era Sule, de mi segundo nombre, Suleimão.

—Salomón el sabio.

—Pero después de perder mis ojos, me convertí en Olhado, entonces y para siempre.

—¿«El observador»?

—*Olhado* puede significar eso, sí, el participio de *olhar*, pero en este casi significa «el de los ojos».

—Y ése es tu nombre.

—Mi esposa me llama Lauro. Y mis hijos me llaman padre.

—¿Y yo?

—Como quieras.

—Sule, entonces.

—Lauro, si lo prefieres. Sule me hace sentir como si tuviera seis años.

—Y te recuerda cuando podías ver.

Él se echó a reír.

—Oh, puedo ver *ahora*, muchas gracias. Veo muy bien.

—Eso dice Andrew. Y por eso he venido. Para averiguar lo que ves.

—¿Quieres que te reproduzca una escena? ¿Un recorte del pasado? Tengo todos mis recuerdos favoritos almacenados en el ordenador. Puedo conectar y repetir lo que quieras. Tengo, por ejemplo, la primera visita que

Andrew hizo a mi familia. También tengo algunas peleas familiares de primera fila. ¿O prefieres acontecimientos públicos? ¿La toma de posesión de todos los alcaldes desde que tengo estos ojos? La gente me consulta acerca de este tipo de cosas: qué vestían, qué se dijo. A menudo tengo problemas para convencerlos de que mis ojos registran la visión, no el sonido, igual que sus ojos. Creen que debería ser un hológrafo y grabarlo todo para su diversión.

—No quiero ver lo que ves. Quiero saber lo que piensas.

—¿De veras?

—Sí, de veras.

—No *tengo* opiniones. Al menos no sobre nada que te interese. Me mantengo al margen de las disputas familiares. Lo he hecho siempre.

—Y también fuera de los asuntos de la familia. Eres el único hijo de Novinha que no se ha dedicado a la ciencia.

—La ciencia ha producido a los demás tanta felicidad, que es difícil imaginar por qué yo no me he dedicado a ella.

—No es tan difícil —dijo Valentine. Y entonces, porque sabía que la gente de aspecto frágil habla con más comodidad cuando se bromea con ellos, añadió un pequeño comentario mordaz—. *Imagino* que simplemente no tenías cerebro suficiente para mantener el nivel.

—Absolutamente cierto —convino Olhado—. Sólo tengo inteligencia para hacer ladrillos.

—¿De verdad? Pero si tú no haces ladrillos.

—Al contrario. Hago cientos de ladrillos al día. Y ahora que todo el mundo abre agujeros en sus casas para construir la nueva capilla, preveo un auge en el negocio en el futuro inmediato.

—Lauro, tú no haces ladrillos. Los hacen los obreros de tu fábrica.

—¿Y yo, como capataz, no formo parte de eso?

—Los obreros hacen ladrillos, pero tú haces a los obreros.

—Supongo. Normalmente hago obreros cansados.

—También haces otras cosas —apuntó Valentine—. Por ejemplo, niños.

—Sí —rió Olhado, y por primera vez en la conversación se relajó—. Hago eso. Por supuesto, tengo una compañera.

—Una mujer hermosa y simpática.

—Buscaba la perfección, y encontré algo mejor. —No era sólo un comentario al uso. Lo decía en serio. Y ahora la fragilidad había desaparecido, y el cansancio también—. Tú también tienes hijos. Un marido.

—Una buena familia. Tal vez casi tan buena como la tuya. La nuestra sólo carece de la madre perfecta, pero los hijos se recuperarán de eso.

—Por lo que Andrew dice de ti, eres el mayor ser humano que ha vivido jamás.

—Andrew es muy cariñoso. También pudo decir esas cosas porque yo no estaba aquí.

—Ahora lo estás —dijo Olhado—. ¿Por qué?

—Sucede que los mundos y las especies de raman están en un momento decisivo, y tal como se están desarrollando los acontecimientos, su futuro depende en gran parte de tu familia. No tengo tiempo de descubrir nada como entretenimiento, no tengo tiempo para comprender la dinámica de la familia; por qué Grego puede pasar de monstruo a héroe en una sola noche, cómo Miro puede ser a la vez suicida y ambicioso, por qué Quara está dispuesta a dejar morir a los pequeninos en favor de la descolada...

—Pregúntaselo a Andrew. Él los comprende a todos. Yo nunca lo conseguí.

—Andrew tiene su propio infierno ahora. Se siente responsable de todo. Ha hecho todo lo que ha podido, pero Quim ha muerto. Ahora tu madre y él sólo están de acuerdo en que de algún modo fue culpa de Andrew. La marcha de tu madre lo ha destrozado.

—Lo sé.

—Ni siquiera sé cómo consolarlo. O qué esperar, que vuelva a su vida o lo deje para siempre.

Olhado se encogió de hombros. Toda la fragilidad volvió.

—¿De verdad que no te importa? —le preguntó Valentine—. ¿O has *decidido* que no te importa?

—Tal vez lo decidí hace mucho tiempo, y ahora no me importa realmente.

Parte de ser una buena entrevistadora consistía en saber cuándo guardar silencio. Valentine esperó.

Pero Olhado también sabía esperar. Valentine casi se rindió y estuvo a punto de decir algo. Incluso jugueteó con la idea de confesar su fracaso y marcharse.

Entonces él habló.

—Cuando sustituyeron mis ojos, también quitaron los lacrimales. Las lágrimas naturales interferirían con los lubricantes industriales que pusieron en mis ojos.

—¿Industriales?

—Mi chiste privado —explicó Olhado—. Suelo parecer muy desapasionado porque mis ojos nunca se inundan de lágrimas. Además, la gente no sabe interpretar mis expresiones. Es curioso, ¿sabes? Los globos oculares no tienen ninguna habilidad para cambiar de forma y mostrar expresión. Simplemente están ahí. Sí, tus ojos se mueven, miran fijamente o rehúyen, pero también *mis* ojos lo hacen. Se mueven con perfecta simetría. Apuntan en la dirección en que estoy mirando. Pero la gente no puede soportar mirarlos. Así que apartan la vista. No leen las expresiones de mi cara y por tanto piensan que *no* hay expresiones. Mis ojos todavía pican, enrojecen y se hinchan un poco en las ocasiones en que habría llorado, si aún tuviera lágrimas.

—En otras palabras —dijo Valentine—, sí que te preocupas.

—Siempre me ha preocupado. En ocasiones he pensado que era el único en comprender, aunque la mitad de las veces no sabía qué era lo que comprendía. Me retiraba y contemplaba, y como no tenía ego personal en las peleas familiares, entendía la situación más claramente que ellos. Veía las líneas de poder: el dominio absoluto de madre a pesar de que Marcão la golpeaba cuando estaba furioso o borracho. A Miro, pensando que se rebelaba contra Marcão, cuando siempre era contra madre. La saña de Grego, su forma de enfrentarse al miedo. Quara, absolutamente a la contra por naturaleza, haciendo lo que a su entender la gente que le importaba no quería que hiciera. Ela, la noble mártir, ¿qué demonios sería, si no pudiera sufrir? El santo y digno Quim, que consideraba a Dios su padre, con la premisa de que el mejor padre es del tipo invisible que nunca alza la voz.

—¿Viste todo esto de niño?

—Soy hábil viendo cosas. Los observadores distanciados y pasivos siempre vemos mejor. ¿No crees?

Valentine se echó a reír.

—Sí, es verdad. ¿Piensas que tenemos el mismo papel, entonces? ¿Tú y yo, ambos historiadores?

—Hasta que llegó tu hermano. Desde el momento en que entró por la puerta, quedó claro que lo veía y lo comprendía todo, igual que lo veía yo. Fue gracioso. Porque, por supuesto, en realidad yo nunca había creído en mis propias conclusiones acerca de la familia. Nunca confié en mis propias interpretaciones. Obviamente, nadie veía las cosas igual que yo, así que debía de estar equivocado. Incluso pensé que veía las cosas de forma tan peculiar por culpa de mis ojos. Que si tuviera ojos *de verdad*, vería las cosas como las veía Miro. O madre.

—Así que Andrew confirmó tus juicios.

—Más que eso. Actuó sobre ellos. *Hizo* algo al respecto.

—¿Sí?

—Vino como portavoz de los muertos. Pero desde el momento en que entró por la puerta, tomó… tomó…

—¿El mando?

—Tomó la responsabilidad. Para cambiar. Vio todo el mal que yo veía, pero empezó a sanarlo lo mejor que pudo. Vi cómo se comportó con Grego, firme pero amable. Con Quara, respondiendo a lo que realmente deseaba en vez de a lo que afirmaba querer. Con Quim, respetando la distancia que quería mantener. Con Miro, con Ela, con madre, con todo el mundo.

—¿Contigo?

—Haciéndome partícipe de su vida. Conectando conmigo. Viéndome enchufarme a mi ojo y aún así hablándome como si fuera una persona. ¿Sabes lo que eso significó para mí?

—Lo supongo.

—No en lo referente a mí sólo. Yo era un niñito ansioso, lo admito: cualquiera habría podido engañarme, no cabe duda. Es lo que hizo con todos nosotros. Nos trató a todos de forma diferente, y sin embargo continuó siendo él mismo. Tienes que considerar los hombres que había en mi vida. Marcão, a quien creíamos nuestro padre…, yo no tenía ni idea de quién era. Todo lo que veía era el licor al que apestaba cuando venía borracho, y la sed cuando estaba sobrio. Sed de alcohol pero también sed de respeto, que nunca consiguió. Y entonces se murió. Las cosas mejoraron de inmediato. Seguían sin ir bien, pero mejoraron. Pensé que el mejor padre era el que no estaba presente. Sólo que eso no era cierto. Porque mi padre auténtico, Libo, el gran científico, el mártir, el héroe investigador, el amor de la vida de mi madre…, había engendrado todos aquellos hijos maravillosos, podía ver a la familia atormentada, pero no tomó cartas en el asunto.

—Andrew dijo que tu madre no se lo permitió.

—Eso es..., y siempre hay que hacer lo que dice mi madre, ¿verdad?

—Novinha es una mujer impresionante.

—Piensa que es la única persona en el mundo que ha sufrido —dijo Olhado—. Lo digo sin rencor. Simplemente he observado que está tan llena de dolor, que es incapaz de aceptar en serio el dolor de los demás.

—Intenta decir algo rencoroso la próxima vez. Quizá sea más agradable.

Olhado pareció sorprendido.

—Oh, ¿me estás juzgando? ¿Se trata de maternidad solidaria o algo parecido? ¿Hay que castigar a los hijos que hablan mal de sus madres? Pero te aseguro, Valentine, que lo he dicho en serio. Sin rencor. Sin ojeriza. Conozco a mi madre, eso es todo. Me has pedido que te contara lo que veía..., eso es lo que veo. Eso es lo que vio Andrew también. Todo es dolor. Se siente atraído por él. El dolor lo absorbe como un imán. Y madre tenía tanto dolor que casi lo secó. Excepto que tal vez no se pueda secar a Andrew. Tal vez el pozo de la compasión en su interior no tiene fondo.

Aquel apasionado discurso acerca de Andrew sorprendió a Valentine. También la complació.

—Dices que Quim se volvió hacia Dios en busca del padre invisible perfecto. ¿A quién te volviste tú? Creo que no a alguien invisible.

—No, no a alguien invisible.

Valentine estudió su cara en silencio.

—Lo veo todo en bajorrelieve —dijo Olhado—. Mi percepción de producción es muy escasa. Si pusiéramos una lente en cada ojo en vez de ambas en uno, la binocularidad mejoraría mucho. Pero quería tener el enchufe para el enlace con el ordenador. Quería grabar las imágenes, para poder compartirlas. Por eso veo en bajorrelieve. Como si la realidad fuera un recortable de cartón levemente redondeado, moviéndose contra un fondo plano pintado. En cierto sentido, eso hace que todo el mundo parezca más cercano. Se deslizan unos sobre otros como hojas de papel, frotándose al pasar.

Ella escuchó, pero no dijo nada más durante un rato.

—No a alguien invisible —repitió él, recordando—. Es verdad. Vi lo que hizo Andrew en nuestra familia. Vi que entró y escuchó y contempló y comprendió quiénes éramos, cada individuo de nosotros. Intentó descubrir nuestra necesidad y cubrirla. Aceptó *responsabilidad* por otras personas y no pareció importarle cuánto le costaría. Y al final, aunque nunca logró normalizar a la familia Ribeira, nos dio paz, orgullo e identidad. Estabilidad. Se casó con madre y fue amable con ella. Nos amó a todos. Siempre estuvo presente cuando lo necesitamos, y no pareció dolerse cuando no lo quisimos. Se mostró firme con nosotros en lo referente a mostrar una conducta civilizada, pero nunca se permitió caprichos a expensas nuestras. Y yo pensé: esto es mucho más importante que la ciencia. O que la política. O que cualquier profesión concreta o logro o meta que puedas conseguir. Pensé: si pudiera crear una buena familia, si lograra aprender a ser para otros niños, para sus vidas enteras, lo que fue Andrew, que llegó tan tarde a la nuestra, entonces eso sería más importante a la larga, sería un logro mejor que nada que pudiera hacer con mi mente o mis manos.

—Así que eres un padre atento —concluyó Valentine.

—Que trabaja en una fábrica de ladrillos para alimentar y vestir a la familia. No un fabricante de ladrillos que tiene también niños. Lini piensa lo mismo.

—¿Lini?

—Jacqueline. Mi esposa. Siguió su propio camino hasta el mismo sitio. Cumplimos con nuestro deber para poder ganarnos un puesto en la comunidad, pero vivimos para las horas que pasamos en casa. Para el otro, para los niños. Es algo que nunca me otorgará una cita en los libros de historia.

—Te sorprenderías —dijo Valentine.

—Es una vida demasiado aburrida para leer acerca de ella. Pero no para vivirla.

—Entonces el secreto que proteges de tus atormentados hermanos es... la felicidad.

—Paz. Belleza. Amor. Todas las grandes abstracciones. Tal vez veo en bajorrelieve, pero las veo muy cerca.

—Y lo aprendiste de Andrew. ¿Lo sabe él?

—Creo que sí. ¿Quieres saber mi secreto mejor guardado? Cuando estamos solos, únicamente él y yo, o los dos con Lini, cuando estamos solos, lo llamo papá y él me llama hijo.

Valentine no hizo ningún esfuerzo por contener sus lágrimas, como si se derramaran la mitad por él y la mitad por ella.

—Así Ender *tiene* hijos, después de todo —suspiró.

—Aprendí de él a ser padre, y soy muy competente en eso.

Valentine se inclinó hacia delante. Había llegado la hora de hablar de negocios.

—Eso significa que tú, más que ninguno de los demás, perderás algo verdaderamente hermoso si fracasamos en nuestras empresas.

—Lo sé —dijo Olhado—. A la larga, creo que mi elección fue egoísta. Soy feliz, pero no puedo hacer nada para ayudar a salvar a Lusitania.

—Te equivocas. Pero todavía lo ignoras.

—¿Qué puedo hacer?

—Hablemos un poco más, y veamos si podemos averiguarlo. Y si te parece bien, Lauro, tu Jacqueline puede dejar de llorar a escondidas en la cocina, y venir a reunirse con nosotros.

Avergonzada, Jacqueline entró y se sentó junto a su marido. A Valentine le gustó la forma en que se cogieron de la mano. Después de tantos hijos... le recordó la forma en que Jakt y ella se cogían también de la mano, y lo alegre que se sentía al hacerlo.

—Lauro —dijo—. Lauro, Andrew me ha dicho que cuando eras más joven eras el más inteligente de todos los Ribeira. Que le hablabas de especulaciones filosóficas descabelladas. Ahora mismo, Lauro, mi sobrino adoptivo, lo que necesitamos es filosofía descabellada. ¿Se ha paralizado tu cerebro desde que eras niño? ¿O sigues teniendo pensamientos de gran profundidad?

—Tengo mis pensamientos —declaró Olhado—. Pero ni yo mismo los creo.

—Estamos trabajando en el vuelo más rápido que la luz, Lauro. Estamos trabajando para descubrir el alma de una entidad informática. Estamos intentando reconstruir un virus artificial que tiene insertadas habilidades autodefensivas. Estamos trabajando con magia y milagros. Así que me alegraría si pudieras darme cualquier reflexión acerca de la naturaleza de la vida y la realidad.

—Ni siquiera sé de qué ideas hablaba Andrew —dijo Olhado—. Dejé de estudiar física, y...

—Si quisiera estudios, leería libros. Me gustaría contarte lo que nos dijo una brillante criada china del mundo de Sendero. Déjame conocer tus pensamientos, y yo decidiré qué es útil y qué no lo es.

—¿Cómo? Tú tampoco eres físico.

Valentine se acercó al ordenador que esperaba silenciosamente en el rincón.

—¿Puedo encenderlo?

—*Pois não* —ofreció él. Por supuesto.

—Cuando se conecte, Jane estará con nosotros.

—El programa personal de Ender.

—La entidad informática cuya alma estamos intentando localizar.

—Ah. Tal vez *tú* deberías intentar decir*me* cosas.

—Yo ya sé lo que sé. Así que empieza a hablar acerca de esas ideas que tuviste de niño, y lo que ha sido de ellas desde entonces.

Quara se picó desde el momento en que Miro entró en la habitación.

—No te molestes —gruñó.

—¿Que no me moleste en qué?

—No te molestes en decirme mi deber hacia la humanidad o la familia..., dos grupos separados y sin relación, por cierto.

—¿He venido para eso? —preguntó Miro.

—Ela te ha enviado para persuadirme de que le diga cómo castrar a la descolada.

Miro intentó bromear.

—No soy biólogo. ¿Es posible hacer eso?

—No te las des de listo. Sí se corta su habilidad para transmitir información de un virus a otro, será como cortarles la lengua y la memoria y todo lo que los hace inteligentes. Si Ela quiere saber esas cosas, puede estudiar lo que yo estudié. Sólo me costó cinco años de trabajo.

—Una flota está en camino.

—Así que eres un emisario.

—Y la descolada puede averiguar cómo...

Ella lo interrumpió y terminó la frase.

—Sortear todas nuestras estrategias de controlarla, sí, lo sé.

Miro se sintió molesto, pero estaba acostumbrado a que la gente se impacientara con su lentitud para hablar y lo interrumpiera. Al menos ella había adivinado lo que quería decir.

—Puede suceder cualquier día —dijo—. Ela siente la presión del tiempo.

—Entonces debería ayudarme a aprender a *hablar* con el virus para persuadirlo de que nos deje en paz. Para hacer un tratado, como el que hizo Andrew con los cerdis. En cambio, me ha echado del laboratorio. Bueno, yo también puedo participar en ese juego. Ella me corta el camino, yo se lo corto a ella.

—Estabas revelando secretos a los pequeninos.

—¡Oh, sí, madre y Ela, las guardianas de la verdad! *Ellas* son las que deciden quién sabe y el qué. Bien, Miro, voy a decirte un secreto. No se protege la verdad impidiendo que otra gente la sepa.

—Lo sé.

—Madre jodió por completo a nuestra familia a causa de sus malditos secretos. Ni siquiera quiso casarse con Libo porque estaba decidida a guardar un estúpido secreto, que le habría salvado la vida si lo hubiera sabido.

—Lo sé.

Esta vez, habló con tanta vehemencia que tomó a Quara por sorpresa.

—Oh, bien, supongo que ése es un secreto que te molestó más a ti que a mí. Pero entonces deberías estar de mi parte en esto, Miro. Tu vida habría sido mucho mejor, *todas* nuestras vidas lo habrían sido, si madre se hubiera casado con Libo y le hubiera contado todos sus secretos. Probablemente, él todavía estaría vivo.

Hermosas soluciones. Lindas suposiciones. Pero también falsas como el infierno. Si Libo se hubiera casado con Novinha, *no* se habría casado con Bruxinha, la madre de Ouanda, y así Miro nunca se habría enamorado sin saberlo de su propia media hermana, porque ella nunca habría existido. Sin embargo, era demasiado para decirlo con su media lengua. Así que se contentó con decir «Ouanda no habría nacido», y esperó que ella sacara las conclusiones.

Quara lo consideró durante un momento y comprendió a Miro.

—Tienes razón —admitió. Y lo siento. Entonces sólo era una niña.

—Todo ha pasado ya.

—No ha pasada nada —dijo Quara—. Seguimos

repitiendo lo mismo, una y otra vez. Los mismos errores, constantemente. Madre sigue pensando que se mantiene a la gente a salvo guardándoles secretos.

—Y tú también —dijo Miro.

Quara pensó en eso durante un instante.

—Ela intentaba impedir que los pequeninos supieran que trabajaba para destruir la descolada. Ese es un secreto que podría haber destruido a toda la sociedad pequenina, y ni siquiera se les consultó. Impedían que los pequeninos se protegieran. Pero lo que yo estoy manteniendo en secreto es…, tal vez, una forma de castrar intelectualmente a la descolada, para hacerla semiviva.

—Para salvar a la humanidad sin destruir a los pequeninos.

—¡Humanos y pequeninos, unidos para comprometerse en cómo anular a una tercera especie indefensa!

—No exactamente indefensa.

Ella lo ignoró.

—Igual que España y Portugal consiguieron que el Papa dividiera el mundo entre sus Católicas Majestades en los días después del Descubrimiento. Una línea en un mapa y zas, allí está Brasil, hablando en portugués en vez de en español. No importa que nueve de cada diez indios tuvieran que morir, y que los demás perdieran sus derechos y su poder durante siglos, incluso sus lenguajes…

Ahora le tocó a Miro el turno de impacientarse.

—La descolada no son los indios.

—Es una especie inteligente.

—No lo es.

—¿No? ¿Y cómo estás tan seguro? ¿Dónde está tu título en microbiología y xenogenética? Creía que tus estudios eran de xenología. Y que estaban treinta años anticuados.

Miro no respondió. Sabía que ella era perfectamente consciente de lo mucho que había trabajado para ponerse al día desde su regreso. Era un ataque *ad hominem* y una estúpida demostración de autoridad. No merecía la pena responder. Así que permaneció allí sentado y estudió su rostro. Esperó a que volviera al reino de la discusión razonable.

—Muy bien —dijo ella—. Ha sido un golpe bajo. Pero enviarte a intentar abrir mis archivos también lo es. Intentar ganarte mi compasión.

—¿Compasión? —preguntó Miro.

—Porque eres un…, porque eres un…

—Lisiado —completó Miro. No había pensado que la piedad lo fuera a complicar todo. Pero ¿cómo podía evitarlo? Hiciera lo que hiciera, era el acto de un lisiado.

—Bueno, sí.

—Ela no me ha enviado —dijo Miro.

—Madre, entonces.

—Ni madre tampoco.

—Oh, ¿eres entonces un intermediario independiente? ¿O vas a decirme que te ha enviado toda la humanidad? ¿O eres un delegado de un valor abstracto? «Me envió la decencia…»

—Si lo hizo, me envió al lugar equivocado.

Ella retrocedió como si hubiera recibido una bofetada.

—Oh, ¿ahora soy yo la indecente?

—Me envió Andrew.

—Otro manipulador.

—Habría querido venir en persona.

—Pero estaba muy ocupado, haciendo sus propias mediaciones. *Nossa Senhora*, es un *ministro*, mezclándose en asuntos científicos que están tan por encima de su capacidad que…

—Cállate —ordenó Miro.

Habló con tanta autoridad que ella guardó silencio, aunque no se sintió feliz de hacerlo.

—Sabes lo que es Andrew. Él escribió la *Reina Colmena* y…

—La *Reina Colmena* y el *Hegemón* y la *Vida de Humano*.

—No me digas que no sabe nada.

—No. Sé que no es cierto —convino Quara—. Es que yo me enfado y pienso que todo el mundo está contra mí.

—Contra lo que haces, sí.

—¿Por qué no ve nadie las cosas a mi modo?

—Yo las veo.

—Entonces, ¿cómo puedes...?

—También veo las cosas a *su* modo.

—Sí, señor imparcial. Hazme creer que me comprendes. El enfoque piadoso.

—Plantador se está muriendo para intentar conseguir una información que tú probablemente ya conoces.

—No es cierto. No sé si la inteligencia pequenina viene del virus o no.

—Se podría probar con un virus truncado sin matarlo.

—*Truncado...*, ¿es ésa la palabra elegida? Muy bien. Mejor que *castrado*. Cortar todas las extremidades. Y la cabeza, también. No queda nada más que el tronco. Sin poder. Sin mente. Un corazón latiendo, sin ningún propósito.

—Plantador está...

—Plantador está enamorado de la idea de ser un mártir. Quiere morir.

—Plantador te pide que vayas a hablar con él.

—No.

—¿Por qué no?

—Vamos, Miro. Me envían a un lisiado. Quieren que vaya a hablar con un pequenino moribundo. Como si fuera a traicionar a toda una especie porque un amigo doliente, y además *voluntario*, me llamara con su último suspiro.

—Quara.

—Sí. Te escucho.

—¿De verdad?

—*Disse que sim!* —replicó ella. He dicho que sí.

—Puede que tengas razón en todo esto.

—Qué considerado por tu parte.

—Pero puede que también la tengan ellos.

—Sí que eres imparcial.

—Afirmas que se equivocaron al tomar una decisión que podría matar a los pequeninos sin consultarlos. ¿No estás…?

—¿Haciendo lo mismo? ¿Qué crees que debería hacer? ¿Explicar mi punto de vista y someterlo a votación? Unos cuantos miles de humanos, millones de pequeninos de vuestro lado…, pero hay *trillones* de virus de la descolada. La mayoría manda. Caso cerrado.

—La descolada no es inteligente —insistió Miro.

—Para tu información, sé lo de todo este último plan. Ela me envió las transcripciones. A una muchacha china de un planetoide perdido que no sabe nada de xenogenética se le ocurre una hipótesis descabellada, y todos vosotros actuáis como si ya estuviera demostrada.

—Bien…, demuestra que es falsa.

—No puedo. Me han prohibido el acceso al laboratorio. Demostrad vosotros que es cierto.

—La cuchilla de Occam demuestra que es cierto. La explicación más sencilla que encaja con los hechos.

—Occam era un viejo marica medieval. La explicación más sencilla que encaja con los hechos es siempre «Dios lo hizo». O tal vez… esa vieja del camino es una bruja. *Ella* lo hizo. Es lo que pasa con esta hipótesis, sólo que no sabéis ni siquiera dónde está la bruja.

—La descolada es demasiado repentina.

—No evolucionó, lo sé. Tuvo que venir de algún otro lugar. Bien. Aunque sea artificial, eso no significa que *ahora* no tenga inteligencia.

—Está intentando matarnos. Es varelse, no raman.

—Oh, sí, la jerarquía de Valentine. Bien, ¿cómo sé yo

que la descolada es el varelse y nosotros los raman? A mi entender, la inteligencia es la inteligencia. Varelse es sólo el término que inventó Valentine para que significara Inteligencia-que-hemos-decidido-matar, y raman significa Inteligencia-que-hemos-decidido-no-matar-todavía.

—Es un enemigo irracional e inmisericorde.

—¿Los hay de otra clase?

—La descolada no respeta ninguna otra vida. Quiere matarnos. Ya gobierna a los pequeninos. Tanto, que puede regular este planeta y extenderse a otros mundos.

Por una vez, ella le dejó terminar un parlamento largo. ¿Significaba que lo estaba escuchando?

—Acepto parte de la hipótesis de Wang-mu —dijo Quara—. Parece lógico que la descolada esté regulando la gaialogía de Lusitania. De hecho, ahora que lo pienso, es obvio. Explica la mayoría de las conversaciones que he observado: el paso de información de un virus a otro. Calculo que debe de tardar sólo unos pocos meses en que un mensaje llegue a todos los virus del planeta. Funcionaría. Pero sólo porque la descolada esté gobernando la gaialogía no significa que hayáis demostrado que no es inteligente. De hecho, podría ser al revés: la descolada, al aceptar la responsabilidad para regular la gaialogía de todo un mundo, está demostrando altruismo. Y también protección: si viéramos a una madre leona atacando a un intruso para proteger a sus crías, la admiraríamos. Eso es lo que está haciendo la descolada: lanzarse contra los humanos para proteger su preciosa responsabilidad. Un planeta vivo.

—Una madre leona protegiendo a sus cachorros.

—Eso creo.

—O un perro rabioso devorando a *nuestros* bebés.

Quara hizo una pausa. Reflexionó un momento.

—O ambas cosas. ¿Por qué no puede ser ambas cosas? La descolada está intentando regular un planeta. Pero los humanos se vuelven más y más peligrosos. Para ella, *nosotros* somos el perro rabioso. Desenraizamos las plantas que forman parte de su sistema de control, y plantamos las nuestras, que no le responden. Hacemos que algunos de los pequeninos se comporten de forma extraña y la desobedezcan. Quemamos un bosque en un momento en que ella intenta crear más. ¡Claro que quiere deshacerse de nosotros!

—Entonces está decidida a destruirnos.

—¡Está en su derecho! ¿Cuándo verás que la descolada tiene derechos?

—¿No los tenemos nosotros? ¿No los tienen los pequeninos?

Ella guardó silencio de nuevo. No hubo ningún argumento inmediato en contra. Eso le dio a Miro esperanzas de que tal vez pudiera estar escuchándolo realmente.

—¿Sabes una cosa, Miro?

—¿Qué?

—Tuvieron razón al enviarte.

—¿Sí?

—Porque no eres uno de ellos.

Eso es muy cierto, pensó Miro. Nunca será «uno de» nada nunca más.

—Tal vez no podamos hablar con la descolada. Y tal vez sea sólo un artefacto. Un robot biológico que ejecuta su programación. Pero a lo mejor no lo es. Y me están impidiendo averiguarlo.

—¿Y si te permiten acceso al laboratorio?

—No lo harán —dijo Quara—. Si crees lo contrario, no conoces a Ela y a madre. Han decidido que no soy de fiar, y eso es todo. Bien, yo también he decidido que tampoco ellas lo son.

—Así que todas las especies mueren por el orgullo familiar.

—¿Eso es lo que tú piensas, Miro? ¿Orgullo? ¿Estoy resistiendo simplemente por una causa tan poco noble como una pequeña disputa?

—Nuestra familia tiene mucho orgullo.

—Bien, no importa lo que opines, hago esto según mi conciencia, no importa si lo llamas orgullo, obcecación o como prefieras.

—Te creo.

—¿Pero te creo yo cuando dices que me crees? Estamos en un buen lío. —Se volvió hacia su terminal—. Vete ahora, Miro. Te prometí que lo pensaría, y lo haré.

—Ve a ver a Plantador.

—También pensaré en eso. —Sus dedos gravitaron sobre el teclado—. Es mi amigo, lo sabes. No soy inhumana. Iré a verlo, puedes estar seguro de eso.

—Bien. —Miro se encaminó hacia la puerta.

—Miro —lo llamó ella.

Se volvió, esperó.

—Gracias por no amenazarme con que ese programa vuestro abra mis archivos si no lo hago yo.

—Por supuesto que no —dijo él.

—Andrew me habría amenazado con eso, ya sabes. Todo el mundo piensa que es un santo, pero siempre amenaza a la gente que no le obedece.

—Él no me amenaza.

—Lo he visto hacerlo.

—Advierte.

—Oh, perdóname. ¿Existe alguna diferencia?

—Sí —dijo Miro.

—La única diferencia entre una advertencia y una amenaza consiste en si tú eres la persona que la hace o la que la recibe.

—No. La diferencia consiste en lo que pretende esa persona.

—Márchate. Tengo trabajo que hacer, aunque esté pensando. Márchate.

Miro abrió la puerta.

—Pero gracias —dijo ella.

Él cerró la puerta a su espalda.

Mientras se alejaba, Jane conectó inmediatamente con él.

—Veo que decidiste no decirle que entré en sus archivos incluso antes de que vinieras.

—Sí, bueno. Me siento como un hipócrita —suspiró Miro—. Me agradeció algo que ya había hecho.

—Lo hice yo.

—Fuimos nosotros. Tú, Ender y yo. Vaya grupo.

—¿Lo pensará de verdad?

—Tal vez. O quizá ya lo haya pensado y haya decidido cooperar y esté solamente buscando una excusa. O tal vez ya ha decidido no hacerlo y dijo unas palabras amables porque me tiene lástima.

—¿Qué crees que hará?

—No lo sé. Pero sí sé lo que haré yo. Me avergonzaré de mí mismo cada vez que piense en cómo la dejé creer que respeté su intimidad, cuando ya habíamos saqueado sus archivos. A veces creo que no soy una buena persona.

—Te darás cuenta de que no te dijo que tiene guardados sus verdaderos hallazgos fuera del sistema informático, así que los únicos archivos a los que pude acceder son basura sin valor. Tampoco ella ha sido sincera contigo.

—Sí, pero es una fanática sin ningún sentido del equilibrio ni la proporción.

—Eso lo explica todo.

—Tendencias de la familia —dijo Miro.

La reina colmena estaba sola esta vez. Tal vez agotada después de... ¿Aparearse? ¿Poner huevos? Parecía que ahora se pasaba todo el tiempo haciéndolo. No tenía elección. Ahora que las obreras tenían que patrullar el perímetro de la colonia humana, debía producir aún más de lo que había previsto. Sus retoños no necesitaban ser educados: entraban rápidamente en la edad adulta, disponiendo de todo el conocimiento que tenían los demás especímenes maduros. Pero el proceso de concepción, puesta de huevos, salida y crisálida requería tiempo. Semanas para cada adulto. Comparada con un solo humano, la reina producía una prodigiosa cantidad de jóvenes. Pero comparada con la ciudad de Milagro, con más de un millar de mujeres en edad de procrear, la colonia insectora únicamente contaba con una hembra productora. Aquello había molestado a Ender. Le incomodaba saber que sólo había una reina colmena. ¿Y si le sucedía algo? Pero claro, también incomodaba a la reina pensar que los seres humanos tenían solo un puñado de niños..., ¿y si les sucedía algo a ellos? Ambas especies practicaban una combinación de nutrición y redundancia para proteger su herencia genética. Los humanos tenían una redundancia de padres, y luego nutrían a los pocos retoños. La reina colmena tenía una redundancia de retoños, luego nutrían a los padres. Cada especie había encontrado su equilibrio de estrategia.

<¿Por qué nos molestas con esto?>

—Porque estamos en un callejón sin salida. Porque todo el mundo lo está intentando, y vosotros os jugáis tanto como nosotros.

<¿Sí?>

—La descolada os amenaza igual que a nosotros. Algún día, probablemente no podrás controlarla, y entonces desapareceréis.

<Pero no vienes a consultarme acerca de la descolada.>

—No.

Era el problema del vuelo más rápido que la luz. Grego se había estado devanando los sesos. En la cárcel no tenía nada más que hacer. La última vez que Ender habló con él, lloró, tanto de cansancio como de frustración. Había cubierto montones de papeles con ecuaciones, esparciéndolos por toda la habitación que se usaba como celda.

—¿No te *importa* viajar más rápido que la luz?

<Sería muy bonito.>

La suavidad de la respuesta casi le dolió, de tanto como le decepcionó. Así es la desesperación, pensó. Quara es una pared de ladrillo sobre la naturaleza de la inteligencia de la descolada. Plantador se muere por deprivación de descolada. Han Fei-tzu y Wang-mu se esfuerzan por duplicar años de estudios en varios campos, todos a la vez. Grego está agotado. Y ningún resultado.

Ella debió de oír tan claramente su angustia como si hubiera gritado.

<No.>

<No.>

—Lo habéis hecho —le dijo él—. Tiene que ser posible.

<Nunca hemos viajado más rápido que la luz.>

—Proyectasteis una acción a través de años luz. Me encontrasteis.

<Tú nos encontraste a nosotras, Ender.>

—No del todo. Nunca supe siquiera que habíamos establecido contacto mental hasta que encontré el mensaje que habíais dejado para mí.

Fue el momento más extraño de su vida, al encontrarse en un mundo alienígena y ver un modelo, una réplica del paisaje que sólo existía en otro lugar: el ordenador en el que había jugado su versión personalizada del Juego de Fantasía. Fue como encontrarte a un perfecto desconocido que te dijera lo que has soñado la noche anterior. Los insectores habían estado dentro de su cabeza. Aquello lo asustó, pero también lo excitó. Por primera vez en su vida, se sintió *conocido*. No se trataba de popularidad: era famoso en toda la humanidad, y en aquellos días su fama era toda positiva, el mayor héroe de todos los tiempos. Otras personas sabían de él. Pero con el artefacto insector, descubrió por primera vez que se le *conocía*.

<Piensa, Ender. Sí, alcanzamos a nuestro enemigo, pero no te estábamos buscando. Buscábamos a alguien

como nosotros. Una red de mentes unidas, con una mente central que lo controlara todo. Nosotras encontramos nuestras mentes sin intentarlo, porque reconocemos la pauta. Encontrar a una hermana es como encontrarte a ti misma.>

—¿Cómo me encontrasteis, entonces?

<Nunca pensamos en el *cómo*. Sólo lo hicimos. Encontramos una fuente caliente y brillante. Una red, pero muy extraña, con miembros variables. Y en el centro, no alguien como nosotras, sino otro... común. Tú. Pero con mucha intensidad. Enfocado en la cadena, hacia los otros humanos. Enfocado hacia dentro en tu juego de ordenador. Y enfocado hacia fuera, más allá de todo, sobre nosotras. Buscándonos.>

—No os buscaba. Os estudiaba. —Estudiaba todos los vids que había en la Escuela de Batalla, intentando comprender la forma en que funcionaba una mente insectora—. Os estaba *imaginando*.

<Eso decimos nosotras. Buscándonos. Imaginándonos. Es así como nos encontramos. Por eso nos llamabas.>

—¿Y eso fue todo?

<No, no. Eras muy extraño. No sabíamos lo que eras. No pudimos leer nada en ti. Tu visión era muy limitada. Tus ideas cambiaban rápidamente, y sólo pensabas en una cosa cada vez. Y la cadena a tu alrededor seguía cambiando constantemente, la conexión de cada miembro contigo se relajaba y se perdía con el tiempo, a veces muy rápidamente...>

Ender tenía problemas para comprender lo que decía. ¿A qué tipo de cadena estaba conectado?

<A los otros soldados. A tu ordenador.>

—No estaba *conectado*. Eran mis soldados, nada más.

<¿Cómo crees que estamos conectadas nosotras? ¿Ves algún cable?>

—Pero los humanos son individuales, no como vuestras obreras.

<Muchas reinas, muchas obreras, cambiando constantemente, muy confuso. Una época terrible, aterradora. ¿Qué eran esos monstruos que habían destruido nuestra nave colonial? ¿Qué clase de criatura? Erais tan extraños que no alcanzábamos a imaginaron. Sólo pudimos sentirte cuando nos estabas buscando.>

No servía de nada. Ninguna relación con el vuelo más rápido que la luz. Todo sonaba a superstición, no a ciencia. Nada que Grego pudiera expresar matemáticamente.

<Sí, eso es. No hacemos esto como una ciencia ni como tecnología. Ningún número, ni siquiera pensamientos. Te descubrimos como se crea una nueva reina. Como se comienza una nueva colmena.>

Ender no comprendía cómo el hecho de establecer un enlace ansible con su cerebro podía compararse a la creación de una nueva reina.

—Explícamelo.

<No pensamos en ello. Sólo lo hacemos.>

—¿Pero qué hacéis cuando lo hacéis?

<Lo que siempre hacemos.>

—¿Y qué hacéis siempre?

<¿Cómo haces que tu pene se llene de sangre para aparearte, Ender? ¿Cómo haces que tu páncreas segregue enzimas? ¿Cómo llegas a la pubertad? ¿Cómo enfocas tus ojos?>

—Entonces *recuerda* lo que hacéis y muéstramelo.

<Olvidas que no te gusta que te mostremos cosas a través de nuestros ojos.>

Era cierto. Lo había intentado un par de veces, cuando era muy joven y acababa de descubrir la crisálida. No podía soportarlo, no podía sacarle ningún sentido. Destellos, unos cuantos momentos claros, pero todo resultaba tan confuso que se dejó llevar por el pánico, y probablemente se desmayó, aunque se encontraba solo y no pudo estar seguro de lo que había sucedido, desde un punto de vista clínico.

—Si no puedes decírmelo, tendremos que hacer algo.

<¿Eres como Plantador? ¿Intentas morir?>

—No. Te diré que pares. No me mató antes.

<Intentaremos... algo intermedio. Algo más suave. Nosotras recordaremos, y te diremos lo que pasa. Te mostraremos fragmentos. Te protegeremos. A salvo.>

—Inténtalo, sí.

La reina colmena no le dio tiempo de reflexionar o prepararse. De inmediato, Ender sintió que veía a través de ojos compuestos, no muchas lentes con la misma visión, sino cada lente con su propia imagen. Experimentó la misma vertiginosa sensación de muchos años atrás. Pero esta vez comprendió un poco mejor, en parte porque ella lo hizo menos intenso que antes, y en parte porque ahora tenía más datos acerca de la reina y de lo que le estaba haciendo.

Las múltiples visiones diferentes eran lo que veía *cada una* de las obreras, como si fueran un solo ojo conectado al mismo cerebro. No había ninguna esperanza de que Ender sacara sentido a tantas imágenes a la vez.

<Te mostraremos una. La que importa.>

La mayoría de las visiones desaparecieron casi inmediatamente. Entonces, una a una, las otras fueron clasificadas. Ender imaginó que ella debía de tener algún principio organizador para las obreras. Pudo descartar a las que no formaran parte del proceso creador de reinas. Luego, por bien de Ender, tuvo que elegir incluso entre aquellas que sí lo eran, y eso fue más difícil, porque normalmente podía escoger mejor las visiones por tareas que por obreras individuales. Sin embargo, por fin fue capaz de mostrarle una imagen primaria y él logró enfocarse en ella, ignorando los destellos y parpadeos de las visiones periféricas.

La puesta de una reina. Ella se lo había mostrado antes, con una visión cuidadosamente planeada la primera vez que la vio, cuando intentaba explicarle cosas.

Ahora, sin embargo, no se trataba de una presentación estilizada y cuidadosamente orquestada. La claridad había desaparecido. Era oscuro, distraído, real. Era memoria, no arte.

<Ves que tenemos el cuerpo-reina. Sabemos que es una reina porque empieza a buscar obreras, incluso como larva.>

—Entonces, ¿puedes hablarle?

<Es una estúpida. Como una obrera.>

—¿No desarrolla la inteligencia hasta que está en la crisálida?

<No. Tiene su... igual que tu cerebro. La memoria-pensamiento. Está vacía.>

—Entonces tienes que enseñarle.

<¿De qué serviría enseñarle? El pensador no está allí. La cosa encontrada. El unidor.>

—No sé de qué estás hablando.

<Deja de intentar mirar y *piensa*, entonces. Eso no se hace con los ojos.>

—Entonces deja de mostrarme cosas, si depende de otro sentido. Los ojos son demasiado importantes para los humanos. Si veo *algo*, la imagen enmascara todo menos el habla clara, y no creo que haya mucho de eso en la creación de una reina.

<¿Cómo va ahora?>

—Todavía veo algo.

<Tu cerebro lo convierte en visión.>

—Explícalo. Ayúdame a encontrarle un sentido.

<Es la forma en que nos sentimos unas hacia otras. Localizamos el lugar de búsqueda en el cuerpo-reina. Todas las obreras lo tienen también, pero todo lo que busca es la reina y cuando la encuentra la búsqueda ha terminado. La reina nunca deja de buscar. De llamar.>

—¿Entonces la encuentras?

<Sabemos dónde está. El cuerpo-reina. El llamador-de-obreras. El contenedor-de-memoria.>

—¿Quieres decir que hay algo más? ¿Algo aparte del cuerpo de la reina?

<Sí, por supuesto. La reina es sólo un cuerpo, igual que las obreras. ¿No lo sabías?>

—No, nunca lo había visto.

<No se puede ver. No con los ojos.>

—No sabía buscar otra cosa. Vi la creación de la reina cuando me lo mostraste por primera vez hace años. Entonces creí comprender.

<Creíamos que lo habías hecho.>

—Entonces, si la reina es solamente un cuerpo, ¿quién eres tú?

<Somos la reina colmena. Y todas las obreras. Venimos y hacemos una persona de todo. El cuerpo-reina obedece igual que los cuerpos-obreras. Los unimos, los protegemos, los dejamos trabajar perfectamente según sea necesario. Somos el centro. Cada una de nosotras.>

—Pero siempre has hablado como si *fueras* la reina colmena.

<Lo somos. Y también todas las obreras. Lo somos todas juntas.>

—Pero esa cosa-centro, ese unidor...

<Lo llamamos para que venga y tome el cuerpo-reina, para que pueda ser sabia, nuestra hermana.>

—Lo llamáis. ¿Qué es?

<La cosa que llamamos.>

—Sí, pero ¿qué es?

<¿Qué me pides? Es la cosa-llamada. La llamamos.>

Era casi insoportablemente frustrante. Gran parte de lo que hacía la reina colmena era instintivo. No tenía ningún lenguaje y por eso nunca se había visto en la necesidad de desarrollar explicaciones claras para lo que nunca había necesitado ser explicado hasta el momento. Por eso tenía que ayudarla a encontrar una forma de clarificar lo que no podía percibir directamente.

—¿Dónde la encontráis?

<Oye nuestra llamada y viene.>

—Pero ¿cómo llamáis?

<Como tú nos llamaste. Imaginamos la cosa en que debe convertirse. La pauta de la colmena. La reina y las obreras y la unión. Entonces viene una que comprende la pauta y puede contenerla. Le damos el cuerpo-reina.>

—Entonces llamáis a otra criatura para que venga y tome posesión de la reina.

<Para que se *convierta* en la reina y la colmena y todo. Para que contenga la pauta que imaginamos.>

—¿Y de dónde viene?

<De dondequiera que esté cuando siente la llamada.>

—¿Pero dónde está eso?

<Aquí no.>

—Bien, te creo. ¿Pero de dónde viene?

<No puedo pensar en el lugar.>

—¿Lo has olvidado?

<Queremos decir que el lugar donde está no puede ser pensado. Si pudiéramos pensar en el lugar, entonces ellos habrían pensado en sí mismos y ninguno necesitaría tomar la pauta que mostramos.>

—¿Qué clase de cosa es el unidor?

<No podemos verlo. No podemos saberlo hasta que encuentra la pauta y luego cuando está aquí es como nosotras.>

Ender no pudo evitar un estremecimiento. Desde el principio había pensado que hablaba con la reina colmena. Ahora se dio cuenta de que la cosa que le hablaba en su mente estaba solamente usando ese cuerpo igual que usaba a los insectores. Simbiosis. Un parásito controlador, que poseía todo el sistema de la reina colmena, utilizándolo.

<No. Es fea, la cosa terrible en la que estás pensando. No somos otra cosa. Somos *esta* cosa. *Somos* la reina colmena, igual que tú eres el cuerpo. Tú dices mi cuerpo, y eres tu cuerpo, pero eres también poseedor del cuerpo. La reina colmena es nosotras mismas, este

cuerpo soy yo, no otra cosa dentro. Yo. No fui hasta que descubrí la imaginación.>

—No comprendo. ¿Cómo fue?

<¿Cómo puedo recordar? No tuve memoria hasta que seguí la imaginación y llegué a este lugar y me convertí en la reina colmena.>

—Entonces, ¿cómo sabes que no eres la reina colmena?

<Porque después de que viniera, ellas me dieron los recuerdos. Vi el cuerpo-reina antes de venir, y luego después de estar en él. Fui lo bastante fuerte para contener la pauta en mi mente, y por eso pude poseerlo. Me convertí en él. Tardé muchos días pero entonces fuimos completas y pudieron darnos los recuerdos porque yo tenía toda la memoria.>

La visión que le había ofrecido la reina colmena empezó a desaparecer. No servía de nada de todas formas, o al menos de ninguna manera que él alcanzara a comprender. Sin embargo, una imagen mental se aclaraba ahora para Ender, una que venía de su propia mente para explicar todas las cosas que ella estaba diciendo. Las otras reinas colmena (no presentes físicamente, la mayoría de ellas, sino enlazadas filóticamente con la reina que tenía que estar allí) contenían la pauta de la relación entre reina colmena y obreras en sus mentes, hasta que una de las misteriosas criaturas sin memoria podía contener la pauta en su mente y entonces tomar posesión de ella.

<Sí.>

—Pero ¿de dónde vienen esas cosas? ¿Dónde tenéis que ir para conseguirlas?

<No vamos a ninguna parte. Llamamos, y allí están.>

—Entonces, ¿están *en todas partes*?

<No están aquí. En ningún sitio. En otro lugar.>

—Pero has dicho que no tenéis que ir a ninguna parte para conseguirlas.

<Puertas. No sabemos dónde están, pero en todas partes hay una puerta.>

—¿Como son las puertas?

<Tu cerebro hizo la palabra que pronuncias. Puerta. Puerta.>

Ahora Ender advirtió que «puerta» era la palabra que su cerebro había invocado para etiquetar el concepto que ella ponía en su mente. De repente encontró una explicación lógica.

—No están en el mismo continuum espacio temporal que nosotros. Pero pueden entrar en cualquier punto.

<Para ellos todos los puntos son el mismo punto. Todos los lugares son el mismo lugar. Sólo encuentran un lugar en la pauta.>

—Pero esto es increíble. Llamáis a algún ser de otro sitio, y...

<Llamar no es nada. Todas las cosas lo hacen. Todas las nuevas creaciones. Tú lo haces. Cada bebé humano tiene esta cosa. Los pequeninos son también estas cosas. Hierba y luz. Todas las cosas los llaman, y ellos vienen a la pauta. Si ya hay alguien que comprende la pauta, entonces vienen y lo poseen. Las pautas pequeñas son muy fáciles. Nuestra pauta es muy difícil. Sólo uno muy sabio puede poseerla.>

—Filotes —dijo Ender—. Las cosas de las que están hechas todas las otras cosas.

<La palabra que dices no tiene el significado que nosotras queremos decir.>

—Porque solamente estoy haciendo la conexión. Nunca pretendimos lo que has descrito, pero lo que sí pretendimos, puede que sea lo que describiste.

<Muy confuso.>

—Bienvenida al club.

<Muy bienvenido risueño feliz.>

—Así que cuando tenéis una reina colmena, ya tenéis el cuerpo biológico, y esta cosa nueva, este flote que llamáis al no-lugar donde están los filotes, tiene que ser uno capaz de comprender la compleja pauta que tenéis en vuestra mente de lo que es una reina colmena; y cuando viene uno para hacerlo, toma esa identidad y posee el cuerpo y *se convierte* en la esencia de ese cuerpo...

<De todos los cuerpos.>

—Pero todavía no hay obreras cuando se crea la reina.

<Se convierte en la esencia de las obreras-que-vendrán.>

—Estamos hablando del paso a otra clase de espacio. Un lugar donde ya están los filotes.

<Todos en el mismo no-lugar. Ninguna situación en ese lugar. Ningún emplazamiento. Todos hambrientos de lugar. Todos sedientos de pauta. Todos solitarios de entidad.>

—¿Y dices que *nosotros* estamos hechos de las mismas cosas?

<¿Cómo podríamos haberte encontrado si no fuera así?>

—Pero dijiste que encontrarme fue como crear a una reina colmena.

<No pudimos encontrar la pauta en ti. Intentamos crear una pauta entre tú y los otros humanos, pero seguías cambiando y cambiando, y no conseguimos encontrarle sentido. Y tú tampoco pudiste encontrarnos sentido, por eso tu búsqueda tampoco logró crear una pauta. Por eso tomamos la tercera pauta. Tu búsqueda en la máquina. Tu ansia de ella. Como el ansia de vida de un nuevo cuerpo-reina. Estabas uniéndote al programa del ordenador. Te mostraba imágenes. Encontramos las imágenes en el ordenador y las encontramos en tu mente. Las emparejamos mientras tú mirabas. El ordenador era muy complicado y tú lo eras aún más, pero era una pauta que se mantenía. Os movíais juntos y mientras estabais juntos os poseíais unos a otros, teníais la misma visión. Y

cuando imaginabas algo y lo hacías, el ordenador sacaba algo de tu imaginación e imaginaba algo más. Muy primitivo por parte del ordenador. No era una entidad. Pero tú la creabas con tu ansia. La búsqueda que hacías.>

—El Juego de Fantasía —dijo Ender—. Sacaste una pauta del Juego de Fantasía.

<Imaginamos lo mismo que tú. Todas nosotras juntas. Llamamos. Fue muy complicado y extraño, pero mucho más simple que nada de lo que encontramos en ti. Desde entonces sabemos que muy pocos humanos son capaces de concentrarse de la forma en que tú te concentraste en aquel juego. Tampoco hemos visto ningún otro programa de ordenador que respondiera a un humano de la forma en que ese juego te respondía. También ansiaba. Daba vueltas y vueltas, intentando encontrar algo que crear para ti.>

—Y cuando llamasteis…

<Vino. El puente que necesitábamos. El unidor para ti y el programa. Contuvo la pauta de forma que cobró vida aunque tú no le prestaras atención. Estaba unido a ti, y tú formabas parte de él, y a la vez nosotras podíamos comprenderlo. Fue el puente.>

—Pero cuando un filote toma posesión de una nueva reina colmena, la controla, al cuerpo-reina y a los cuerpos-obrera. ¿Por qué no me controló este puente que establecisteis?

<¿Crees que no lo intentamos?>

—¿Por qué no funcionó?

<No fuiste capaz de dejar que una pauta como ésa te controlara. Pudiste convertirte voluntariamente en parte de una pauta que era real y estaba viva, pero no pudiste ser controlado por ella. Ni siquiera pudiste ser destruido por ella. Y había tanto en ti en la pauta que tampoco nosotros pudimos controlarla. Demasiado extraña.>

—Pero la usasteis para leer mi mente.

<La usamos para estar conectados contigo a pesar de

toda la extrañeza. Te estudiamos, sobre todo cuando juga-bas. Y a medida que te fuimos comprendiendo, empeza-mos a entender a toda tu especie. Que cada uno de vues-tros individuos estaba vivo, sin ninguna reina colmena.>

—¿Más complicado de lo que esperabais?

<Y también menos. Vuestras mentes individuales eran más simples en las formas en que esperábamos que fueran complicadas, y complicadas en formas que espe-rábamos fuera simples. Nos dimos cuenta de que esta-bais verdaderamente vivos y erais hermosos a vuestro modo trágico, perverso y solitario, y decidimos no en-viar otra nave colonial a vuestros mundos.>

—Pero nosotros lo ignorábamos. ¿Cómo podría-mos haberlo sabido?

<También nos dimos cuenta de que erais peligrosos y terribles. Tú en concreto, peligroso porque encontra-bas todas nuestras pautas y no podíamos pensar en nada lo bastante complicado para confundirte. Así que nos destruiste a todas menos a mí. Ahora te comprendo mejor. He tenido todos estos años para estudiarte. No eres tan aterradoramente inteligente como creíamos.>

—Lástima. Inteligencia aterradora es lo que nos ha-ría falta ahora.

<Nosotros preferimos un brillo confortable de inte-ligencia.>

—Los humanos nos hacemos más lentos al envejo-cer. Dame unos cuantos años más y será completamente acogedor.

<Sabemos que morirás algún día. Aunque lo hayas pospuesto tanto.>

Ender no quería que aquello se convirtiera en otra conversación acerca de la mortalidad o cualquiera de los otros aspectos de la vida humana que tanto fascinaban a la reina colmena. Pero quedaba otro tema que se le había ocurrido durante la explicación de la reina. Una posibilidad intrigante.

—El puente que tendisteis. ¿Dónde estaba? ¿En el ordenador?

<Dentro de ti. Como yo estoy dentro del cuerpo de la reina colmena.>

—Pero no forma parte de mí.

<Parte de ti pero también no-parte. Otro. Fuera pero dentro. Unido a ti pero libre. No podía controlarte ni tú podías controlarlo.>

—¿Podía controlar al ordenador?

<No se nos ocurrió. No nos importó. Tal vez.>

—¿Cuánto tiempo utilizasteis el puente? ¿Cuánto tiempo estuvo allí?

<Dejamos de pensar en él. Pensábamos en ti.>

—Pero estuvo presente todo el tiempo que estuvisteis estudiándome.

<¿Adónde podría ir?>

—¿Cuánto podría durar?

<Nunca hicimos antes uno como ése. ¿Cómo podríamos saberlo? La reina colmena muere cuando muere el cuerpo-reina.>

—¿Pero en qué cuerpo estaba el puente?

<En el tuyo. En el centro de la pauta.>

—¿Esa cosa estaba *dentro* de mí?

<Por supuesto. Pero seguía siendo no-tú. Nos decepcionó cuando no nos facilitó tu control y dejamos de pensar en ella. Pero ahora vemos que fue muy importante. Tendríamos que haberla buscado. Tendríamos que haberla recordado.>

—No. Para vosotros fue como… una función corporal. Como cerrar el puño para golpear a alguien. Lo cerrasteis, y luego cuando no lo necesitasteis no advertisteis si el puño estaba allí.

<No comprendemos la relación, pero parece tener sentido para ti.>

—Está todavía viva, ¿verdad?

<Tal vez. Intentamos sentirla. Encontrarla. ¿Dónde

podemos mirar? La vieja pauta no está allí. Ya no juegas al Juego de Fantasía.>

—Pero todavía estaría unida al ordenador, ¿verdad? Una conexión entre el ordenador y yo. Sólo que la pauta habría crecido, ¿verdad? Podría incluir también a otras personas. Piensas que está unida a Miro, el joven que traje conmigo...

<El roto...>

—Y en vez de estar unida a un solo ordenador, unida a miles y miles de ellos, a través de los enlaces ansibles entre los mundos.

<Tal vez. Estaba viva. Podría crecer. Igual que nosotras crecemos cuando hacemos más obreras. Todo este tiempo. Ahora que lo mencionas, estamos seguras de que debe estar ahí, porque nosotras seguimos unidas a ti y sólo contactamos contigo a través de la pauta. La conexión es muy fuerte ahora..., es parte de lo que es, el enlace entre nosotras y tú. Creímos que la conexión se hizo más intensa porque te conocíamos mejor. Pero tal vez se intensificó porque el puente crecía.>

—Y yo siempre creí..., Jane y yo siempre creímos que ella era..., que de algún modo había llegado a existir en las conexiones ansibles entre los mundos. Es ahí probablemente donde se siente a sí misma, en el lugar que considera el centro de su..., iba a decir su cuerpo.

<Estamos intentando sentir si el puente entre nosotros sigue ahí. Es difícil.>

—Como intentar encontrar un músculo concreto que has estado usando toda la vida, pero nunca solo.

<Interesante comparación. No vemos la relación... pero no, ahora la vemos.>

—¿La comparación?

<El puente. Muy grande. La pauta es demasiado grande. No podemos comprenderla ya. Inmensa. Memoria... muy confusa. Mucho más difícil de encontrar

que tú la primera vez…, muy confusa. Nos perdemos. No podemos contenerla en nuestra mente.>

—Jane —dijo Ender—. Ahora eres una chica mayor.

La voz de Jane le respondió.

—Estás haciendo trampa, Ender. No oigo lo que ella te dice. Sólo siento el latido de tu corazón y tu respiración rápida.

<Jane. Hemos visto ese nombre en tu mente muchas veces. Pero el puente no era una persona con rostro…>

—Tampoco lo es Jane.

<Vemos una cara en tu mente cuando piensas en ese nombre. Todavía la vemos. Siempre creíamos que era una persona. Pero ahora…>

—Ella es el puente. Vosotros la creasteis.

<La *llamamos*. *Tú* creaste la pauta. *Ella* la poseyó. Lo que es, esta Jane, este puente, empezó con la pauta que descubrimos en ti y el Juego de Fantasía, sí, pero ella se ha imaginado a sí misma para ser mucho mayor. Debe de haber sido muy fuerte y poderosa, un… filote, si vuestra palabra es el nombre adecuado, para poder cambiar su propia pauta y todavía recordar ser ella misma.>

—Buscasteis a través de los años-luz y me encontrasteis porque yo os estaba buscando. Y entonces localizasteis una pauta y llamasteis a una criatura de otro espacio que se aferró a la pauta y la poseyó y se convirtió en Jane. Todo instantáneamente. Más rápido que la luz.

<Pero eso no es viajar más rápido que la luz. Es *imaginar* y *llamar* más rápido que la luz. Sigue sin recogerte aquí y ponerte allí.>

—Lo sé. Lo sé. Puede que esto no nos ayude a responder la pregunta que os he formulado. Pero tenía otra pregunta, igual de importante para mí, y nunca se me ocurrió que tuviera relación contigo, y tenías la respuesta todo el tiempo. Jane es real, ha estado viva desde el principio, y su esencia no está en el espacio, sino dentro de mí. Conectada conmigo. No pueden matarla desconectándola. Algo es algo.

<Si matan la pauta, puede morir.>

—Pero no pueden matar a *toda* la pauta, ¿no lo ves? Después de todo, no depende de los ansibles. Depende de mí y del enlace que existe entre los ordenadores y yo. No pueden cortar el enlace que existe entre los ordenadores de aquí y los satélites que orbitan Lusitania y yo. Y tal vez Jane no necesite los ansibles. Después de todo, tú no los necesitas para buscarme a través de ella.

<Muchas cosas extrañas son posibles. No podemos imaginarlas. Las cosas que pasan por tu mente parecen muy estúpidas y extrañas. Nos estás cansando mucho, con tanto pensar en cosas imaginarias, estúpidas e imposibles.>

—Te dejaré, entonces. Pero esto ayudará. Tiene que ayudar. Si Jane da con una forma de sobrevivir gracias a esto, será una auténtica victoria. La primera victoria, cuando empezaba a pensar que no habría ninguna.

En el momento en que abandonó la presencia de la reina colmena, Ender empezó a hablar con Jane para contarle lo que le había explicado la reina colmena. Quién era Jane, cómo fue creada.

Y a medida que él iba hablando, ella se analizaba a sí misma a la luz de lo que decía. Empezó a descubrir cosas acerca de sí misma que nunca había imaginado. Para cuando Ender regresó a la colonia humana, había verificado cuanto fue posible de su historia.

—Nunca lo descubrí porque siempre empezaba por una hipótesis falsa —dijo Jane—. Imaginaba que mi centro estaba en algún lugar en el espacio. Tendría que haber supuesto que estaba en tu interior por el hecho de que, incluso cuando estaba furiosa contigo, tenía que volver a ti para sentirme en paz.

—Y ahora la reina colmena dice que te has vuelto tan grande y compleja que ya no puede contener tu pauta en su mente.

—Debo haber experimentado un crecimiento supremo durante mi pubertad.

—Eso es.

—¿Pudo ser que los humanos siguieran añadiendo ordenadores y enlazándolos?

—Pero no es el hardware, Jane. Son los programas.

—He de tener la suficiente memoria física para contenerlo todo.

—Tienes la memoria. La cuestión es si puedes acceder a ella sin los ansibles.

—Lo intentaré. Tal como le dijiste a la reina, es como aprender a flexionar un músculo que no sabes que tienes.

—O aprender a vivir sin uno.

—Veré qué es posible.

Qué es posible. De regreso a casa, mientras su vehículo flotaba sobre el capim, Ender volaba también, jubiloso de saber que *algo* era posible después de todo, cuando hasta ahora no había sentido más que desesperación. Sin embargo, al volver a casa, al ver el bosque calcinado, los dos solitarios padres-árbol con sus ramas verdes, la granja experimental, la nueva choza con la sala estéril donde Plantador estaba agonizando, advirtió cuánto había todavía que perder, cuánto tendría todavía que morir, aunque ahora hubieran descubierto un medio para que Jane se salvara.

Era el final del día. Han Fei-tzu estaba exhausto, los ojos le dolían de tanto como había leído. Había ajustado una docena de veces los colores de la pantalla del ordenador, intentando descansar, pero no sirvió de nada. La última vez que había trabajado con tanta intensidad fue en sus tiempos de estudiante, y entonces era también joven. También entonces encontró resultados. Era más rápido, más capaz. Podía recompensarme consiguiendo algo. Ahora soy viejo y lento, trabajo en temas nuevos para mí y puede que estos problemas no tengan solución. Así que no hay recompensa que me anime. Sólo el agotamiento. El dolor en la base del cuello, la sensación de cansancio e hinchazón de los ojos.

Miró a Wang-mu, acurrucada en el suelo a su lado. Lo intentaba con tesón, pero su educación había empezado demasiado recientemente para que pudiera seguir la mayoría de los documentos que pasaban por la pantalla del ordenador mientras él buscaba algún marco conceptual para el viaje más rápido que la luz. Por fin, el cansancio había triunfado sobre su voluntad; estaba segura de que era inútil, porque no podía comprender lo suficiente para hacer preguntas siquiera. Así que se rindió y se quedó dormida.

Pero no eres inútil, Si Wang-mu. Incluso en tu perplejidad me ayudas. Una mente brillante para la que todas las cosas son nuevas. Como tener mi propia juventud perdida agarrada del brazo.

Como era Qing-jao de pequeña, antes de que la piedad y el orgullo la reclamaran.

No era justo. No era justo juzgar a su propia hija de aquella forma. ¿No se había sentido perfectamente satisfecho de ella hasta las últimas semanas? ¿Orgulloso de ella más allá de toda razón? La mejor y más hábil de los agraciados, todo aquello por lo que su padre había trabajado, todo lo que su madre había esperado.

Ésa era la parte que le dolía. Hasta hacía unas cuantas semanas, se sentía orgullosísimo de haber cumplido su juramento a Jiang-qing. No fue cosa fácil educar a su hija tan piadosamente para que nunca tuviera un período de duda o de rebelión contra los dioses. Cierto, había otros niños igual de piadosos, pero su piedad se conseguía a veces a expensas de su educación. Han Fei-tzu había dejado que Qing-jao lo aprendiera todo, y luego había tenido la destreza de hacerle comprender que todo encajaba con su fe en los dioses.

Ahora recogía su propia siembra. Le había dado una visión del mundo que conservaba tan perfectamente su fe que ahora, cuando había descubierto que las «voces» de los dioses no eran más que las cadenas genéticas con las que los había lastrado el Congreso, nada podía convencerla. Si Jiang-qing hubiera vivido, Fei-tzu sin duda habría entrado en conflicto con ella por su pérdida de fe. En su ausencia, había educado tan bien a su hija que Qing-jao podía adoptar a la perfección el punto de vista de su madre.

Jiang-qing también me habría abandonado, pensó Han Fei-tzu. Aunque no fuera viudo, hoy me habría quedado sin esposa.

La única compañía que me queda es esta criada, que se abrió paso hasta mi servicio justo a tiempo de convertirse en la única chispa de vida en mi vejez, el único aleteo de esperanza en mi corazón.

No es mi hija natural, pero tal vez llegará un momento y una oportunidad, cuando pase esta crisis, para hacer de Wang-mu mi hija-de-la-mente. Mi trabajo con el Congreso ha terminado. ¿No he de ser, entonces, maestro de una sola discípula, esta muchacha? ¿No he de prepararla para que sea la revolucionaria que pueda guiar al pueblo llano a la libertad de la tiranía de los agraciados, y luego guiar a Sendero a la libertad del propio Congreso? Que sea ella, y entonces podré morir en paz, sabiendo que al final de mi vida he deshecho todo mi anterior trabajo que reforzó al Congreso y ayudó a derrotar toda oposición a su poder.

La suave respiración de Wang-mu era como la suya propia, como la respiración de un bebé, como el sonido de la brisa entre la hierba. Ella es todo emoción, todo esperanza, todo frescura.

—Han Fei-tzu, creo que no estás dormido.

No lo estaba, pero casi, porque el sonido de la voz de Jane, desde el ordenador, lo sobresaltó.

—No, pero Wang-mu lo está.

—Despiértala, entonces —pidió Jane.

—¿Qué pasa? Se ha ganado su descanso.

—También se ha ganado el derecho a escuchar esto.

La cara de Ela apareció junto a la de Jane en la pantalla. Han Fei-tzu la conocía como la xenobióloga encargada del estudio de las muestras genéticas que Wang-mu y él habían recogido. Debía de haber un avance.

Se inclinó, extendió la mano, sacudió la cadera de la muchacha dormida. Ella se agitó. Se desperezó. Entonces, sin duda recordando su deber, se enderezó como impulsada por un resorte.

—¿Me he quedado dormida? ¿Qué ocurre? Perdóname, Maestro Han.

Ella estuvo a punto de inclinarse en su confusión, pero Fei-tzu no se lo permitió.

—Jane y Ela me han pedido que te despierte. Quieren que oigas lo que tienen que decirnos.

—Os anunciaré primero que lo que esperábamos es posible —dijo Ela—. Las alteraciones genéticas eran evidentes y fáciles de descubrir. Comprendo por qué el Congreso ha hecho todo lo posible para impedir que los verdaderos geneticistas trabajen con la población humana de Sendero. El gen DOC no estaba en el lugar normal, y por eso no fue identificado de inmediato por los natólogos, pero funciona casi igual que el DOC natural. Se le puede tratar fácilmente por separado de los genes que dan a los agraciados inteligencia superior y habilidades creativas. Ya he diseñado una bacteria de restricción que, inyectada en la sangre, encontrará el óvulo o los espermatozoides, entrará en ellos, desmontará el gen DOC y lo sustituirá por uno normal, sin afectar al resto del código genético. Entonces la bacteria morirá rápidamente. Está basada en una bacteria común que debería existir en muchos laboratorios de Sendero para el tratamiento inmunológico normal y la prevención de defectos de nacimiento. Así que cualquier agraciado que quiera tener hijos sin el DOC puede hacerlo.

Han Fei-tzu se echó a reír.

—Soy el único habitante de este planeta que desearía una bacteria así. Los agraciados no se compadecen de sí mismos. Se enorgullecen de su aflicción. Les confiere honor y poder.

—Entonces déjame decirte qué más hemos encontrado. Fue uno de mis ayudantes, un pequenino llamado Cristal, quien lo descubrió. Admito que no le presté demasiada atención personal a este proyecto, ya que era relativamente fácil comparado con el problema de la descolada en el que estamos trabajando.

—No te disculpes —dijo Fei-tzu—. Agradecemos tu amabilidad. No nos merecemos nada.

—Sí. Bien. —Ela pareció ruborizarse por su cortesía—. Cristal descubrió que todas las muestras genéticas menos una se dividían claramente en categorías de agraciados y no-agraciados. Hicimos la prueba a ciegas, y sólo después comprobamos de nuevo las listas de muestras que nos disteis: la correspondencia era perfecta. Todos los agraciados tienen el gen alterado. Todas las muestras que carecían del gen alterado no figuraban en la lista de agraciados.

—Has dicho que todas menos una.

—Eso nos sorprendió. Cristal es muy metódico, tiene la paciencia de un árbol. Estaba seguro de que la excepción se trataba de un error de manejo o un error en la interpretación de los datos genéticos. Lo repasó muchas veces, e hizo que otros ayudantes repitieran el proceso. No hay ninguna duda. La única excepción es claramente una mutación del gen agraciado. Carece de forma natural del DOC, mientras que conserva todas las otras habilidades que los geneticistas del Congreso proporcionaron con tanto esfuerzo.

—Entonces esa persona es ya lo que tu bacteria de restricción está diseñada para crear.

—Hay unas cuantas regiones mutadas más de las

que no estamos seguros en este momento, pero no tienen nada que ver con el DOC o las ampliaciones de inteligencia. Tampoco están implicadas en ninguno de los procesos vitales, así que esta persona debería poder tener hijos sanos que siguieran la tendencia. De hecho, si esta persona se apareara con otra que hubiera sido tratada con la bacteria de restricción, sus hijos tendrían con toda seguridad las mejoras, y no habría ninguna posibilidad de que ninguno tuviera el DOC.

—Qué afortunado es —dijo Han Fei-tzu.

—¿De quién se trata? —preguntó Wang-mu.

—Eres tú —respondió Ela—. Si Wang-mu.

—¿Yo? —Ella pareció cohibida.

Pero Han Fei-tzu no se dejó confundir.

—¡Ja! —exclamó—. Tendría que haberlo sabido. ¡Tendría que haberlo supuesto! No me extraña que hayas aprendido tan rápidamente como mi propia hija. No me extraña que tuvieras las intuiciones que nos ayudaron a todos incluso cuando apenas comprendías el tema que estabas estudiando. Eres tan agraciada como cualquiera en Sendero, Wang-mu, excepto que sólo tú estás libre de las cadenas de los rituales de limpieza.

Si Wang-mu se esforzó por contestar, pero en vez de palabras, lo que surgieron fueron lágrimas que corrieron silenciosamente por su cara.

—Nunca más volveré a permitir que me trates como a un superior —dijo Han Fei-tzu—. A partir de ahora no eres una criada en esta casa, sino mi estudiante, mi joven colega. Deja que los demás piensen lo que quieran de ti. *Nosotros* sabemos que eres tan capaz como cualquiera.

—¿Como la señora Qing-jao? —susurró Wang-mu.

—Como cualquiera —repitió Fei-tzu—. La cortesía requerirá que te inclines ante muchos. Pero en tu corazón no necesitarás hacerlo ante nadie.

—Soy indigna.

—Todo el mundo es digno de sus genes. Es mucho más probable que una mutación como ésa te hubiera lisiado. Pero en cambio te convirtió en la persona más sana del mundo.

Pero ella no podía dejar de sollozar en silencio.

Jane debía de estar mostrando la escena a Ela, pues ésta permaneció en silencio algún tiempo. Finalmente, volvió a hablar.

—Perdonadme, pero tengo mucho que hacer —dijo.

—Sí —contestó Han Fei-tzu—. Puedes irte.

—Me malinterpretas —corrigió Ela—. No necesito tu permiso para irme. Tengo más cosas que decir *antes* de hacerlo.

Han Fei-tzu inclinó la cabeza.

—Por favor. Te escuchamos.

—Sí —susurró Wang-mu—. Yo también te escucho.

—Hay posibilidad, remota, como veréis, pero posibilidad al fin y al cabo, de que si somos capaces de decodificar el virus de la descolada y domarlo, también podamos crear una adaptación que pueda ser útil en Sendero.

—¿Cómo es eso? —preguntó Han Fei-tzu—. ¿Para qué querríamos a ese monstruoso virus artificial aquí?

—La descolada existe para entrar en las células del organismo anfitrión, leer el código genético y reorganizarlo según su propio plan. Cuando la alteremos, *si* lo logramos, la despojaremos de ese plan. También la despojaremos de la mayoría de sus mecanismos de autodefensa, si conseguimos encontrarlos. En este punto, puede que sea posible usarla como un superrestrictor. Algo que pueda efectuar un cambio, no sólo en las células reproductoras, sino en *todas* las células de una criatura viva.

—Perdóname —interrumpió Han Fei-tzu—, pero he estado leyendo acerca de ese tema últimamente y el concepto de un superrestrictor ha sido descartado, porque el cuerpo empieza a rechazar sus propias células en cuanto son alteradas genéticamente.

—Sí —admitió Ela—. Así es como mata la descolada. El cuerpo se rechaza a sí mismo hasta la muerte. Pero eso sólo sucedió porque la descolada no tenía ningún plan para tratar con los humanos. Estudiaba el cuerpo humano sobre la marcha, haciendo cambios aleatorios y viendo qué pasaba. No tenía ningún plan individual para nosotros, y por eso cada víctima terminaba con muchos códigos genéticos diferentes en sus células. ¿Y si creáramos un superrestrictor según un único plan, transformando todas las células del cuerpo para que sigan una nueva pauta única? En ese caso, nuestros estudios de la descolada nos aseguran que el cambio podría efectuarse en cada persona individual en cuestión de seis horas, medio día como mucho.

—Con la suficiente rapidez antes de que el cuerpo pueda rechazarse...

—Estará tan perfectamente unido que reconocerá las nuevas pautas como propias.

Wang-mu había dejado de llorar. Ahora parecía tan nerviosa como Fei-tzu, y a pesar de toda su autodisciplina, no pudo contenerse.

—¿Puedes cambiar a *todos* los agraciados? ¿Liberar incluso a los que están ya vivos?

—*Si* logramos decodificar la descolada, entonces podremos no sólo liberar a los agraciados del DOC, sino también instalar todas las mejoras en la gente corriente. Tendría mayores efectos en los niños, naturalmente..., las personas mayores ya han pasado las etapas de crecimiento donde los nuevos genes tendrían más efecto. Pero a partir de entonces, todos los niños nacidos en Sendero disfrutarían de las mejoras.

—¿Y entonces qué? ¿Desaparecería la descolada?

—No estoy segura. Creo que tendríamos que insertar en el nuevo gen un medio para autodestruirse cuando el trabajo esté hecho. Pero usaríamos como modelo los genes de Wang-mu. Para no alargarnos, Wang-mu, te convertirías en una especie de copadre genético de toda la población de tu mundo.

Ella se echó a reír.

—¡Qué broma tan buena! ¡Tan orgullosos de ser agraciados, y sin embargo su cura vendrá de alguien como yo! —Sin embargo, de inmediato, su expresión cambió y se cubrió el rostro con las manos—. ¿Cómo he podido decir semejante cosa? Me he vuelto tan altiva y orgullosa como el peor de ellos.

Fei-tzu colocó una mano sobre su hombro.

—No te trates con dureza. Esos sentimientos son naturales. Vienen y se van rápidamente. Sólo hay que condenar a quienes hacen de ellos un modo de vida. —Se volvió hacia Ela—. Hay un problema ético.

—Lo sé. Y creo que esos problemas hay que tratarlos ahora, aunque tal vez sea imposible llevar a término la hipótesis. Estamos hablando de una alteración genética de una población entera. Cuando el Congreso lo hizo en secreto sin el conocimiento o la aprobación de la población de Sendero, fue una atrocidad. ¿Podemos deshacer una atrocidad siguiendo el mismo camino?

—Más que eso —añadió Han Fei-tzu—. Todo nuestro sistema social está basado en los agraciados. La mayoría de la gente interpretará esa transformación como una plaga de los dioses, que nos castigan. Si se hace público que fuimos la fuente, nos matarían. Sin embargo, es posible que cuando quede claro que los agraciados han perdido la voz de los dioses, el DOC, el pueblo se vuelva contra ellos y los mate. ¿Cómo los habrá ayudado entonces el liberarlos del DOC, si estarán muertos?

—Hemos discutido el tema —dijo Ela—. Y no tenemos ni idea de qué hacer. Por ahora la cuestión sobra, porque no hemos decodificado la descolada y tal vez nunca consigamos hacerlo. Pero si desarrollamos la capacidad, creemos que la decisión de usarla o no debe ser vuestra.

—¿Del pueblo de Sendero?

—No. Las primeras decisiones son *vuestras*, Han Fei-tzu, Si Wang-mu y Han Qing-jao. Sólo vosotros sabéis lo que se os ha hecho, y aunque tu hija no lo crea, representa fielmente el punto de vista de los creyentes y los agraciados de Sendero. Si conseguimos la capacidad, formuladle la pregunta. Preguntaos vosotros mismos. ¿Hay algún medio, algún sistema de llevar esta transformación a Sendero que no resulte destructivo? Y si *puede* hacerse, ¿*debe* hacerse? No..., no digáis nada ahora, no decidáis nada. Pensadlo. Nosotros no somos parte de esto. Sólo os informaremos si hemos logrado hacerlo o no. A partir de entonces, será asunto vuestro.

La cara de Ela desapareció.

Jane se quedó unos instantes más.

—¿Mereció la pena despertarte? —preguntó.

—¡Sí! —exclamó Wang-mu.

—Es bonito descubrir que eres mucho más de lo que creías, ¿verdad?

—Oh, sí.

—Ahora vuelve a dormir, Wang-mu. Y tú, Maestro Han: tu fatiga es bien patente. No nos servirás de nada si pierdes la salud. Como me ha dicho Andrew hasta la saciedad, debemos hacer todo lo que podemos hacer *sin* destruir nuestra habilidad para continuar la lucha.

Entonces también ella se marchó.

Inmediatamente, Wang-mu empezó a llorar de nuevo. Han Fei-tzu se acercó y se sentó junto a ella en el suelo, acunó su cabeza contra el hombro y la meció suavemente de un lado a otro.

—Calla, dulce hija mía, en tu corazón ya sabías quién eras, y yo también, yo también. En verdad tu nombre fue puesto con sabiduría. Si realizan sus milagros en Lusitania, serás la Real Madre de todo el mundo.

—Maestro Han —susurró ella—. Lloro también por Qing-jao. Me han dado más de lo que podía esperar. Pero ¿qué será de ella si pierde la voz de los dioses?

—Espero que vuelva a ser mi hija fiel. Que sea tan libre como tú, la hija que ha venido a mí como un pétalo en el río del invierno, traído desde la tierra de la primavera perpetua.

La sostuvo durante varios minutos más, hasta que ella empezó a dormirse en su hombro. Entonces la tendió suavemente en su esterilla y se retiró a su rincón a dormir, con el corazón esperanzado por primera vez en muchos días.

Cuando Valentine fue a ver a Grego a la cárcel, el alcalde Kovano le dijo que Olhado estaba con él.

—¿Olhado no debería estar trabajando a estas horas?

—No puede hablar en serio —dijo Kovano—. Es un buen capataz, pero creo que salvar al mundo merece que alguien le sustituya una tarde en su trabajo.

—No espere demasiado —replicó Valentine—. Quería que colaborara. *Esperaba* que lo hiciera. Pero no es físico.

Kovano se encogió de hombros.

—Yo tampoco soy carcelero, pero uno hace lo que exige la situación. No tengo ni idea de si tiene que ver con que Olhado esté aquí o con la visita de Ender de hace un rato, pero he oído más ruido y excitación ahí dentro que…, bueno, de lo que he oído nunca cuando los reclusos están sobrios. Naturalmente, en esta ciudad la gente es encarcelada sobre todo por borrachera pública.

—¿Ha venido Ender?

—Después de ver a la reina colmena. Quiere hablar con usted. No sabía dónde estaba.

—Sí. Bueno, iré a verlo cuando salga de aquí.

Valentine había estado con su marido. Jakt se preparaba para volver al espacio en la lanzadera, para preparar su propia nave a fin de marcharse rápidamente, si era posible, y para ver si la nave colonial original de Lusitania podía ser restaurada para hacer otro vuelo después de tantas décadas sin mantenimiento. La nave sólo se había usado para almacenar semillas, genes y embriones de especies terrestres, por si algún día eran necesarias. Jakt estaría fuera durante una semana al menos, quizá más, y Valentine no podía dejarlo marchar sin pasar algún tiempo con él. Jakt lo habría comprendido, por supuesto: sabía la terrible presión bajo la que se hallaba todo el mundo.

Pero Valentine también sabía que no era una de las figuras clave en aquellos acontecimientos. Sólo sería útil más tarde, al escribir la historia.

Sin embargo, cuando dejó a Jakt, no fue directamente a ver a Grego en la oficina del alcalde. Había dado un paseo por el centro de la ciudad. Resultaba muy difícil creer que hacía tan poco tiempo (¿cuántos días? ¿semanas?) que la multitud se había congregado allí, ebria y enfurecida, alimentándose de ira asesina. Ahora todo estaba muy tranquilo. La hierba se había recuperado tras los pisoteos, a excepción de una mancha de barro donde se negaba a crecer.

Pero no reinaba la paz. Al contrario. Cuando la ciudad estaba tranquila, recién llegada Valentine, se advertía agitación y actividad en el corazón de la colonia, durante todo el día. Ahora había unas cuantas personas en las calles, sí, pero se movían sombrías, casi furtivas. Sus ojos miraban al suelo, como si todo el mundo temiera caer de plano si no vigilaban cada uno de sus pasos.

Parte del clima reinante se debía probablemente a la vergüenza, pensó Valentine. Ahora había un agujero en todos los edificios de la ciudad, de donde habían arrancado bloques o ladrillos para construir la capilla. Muchos de los agujeros eran visibles desde la *praça* por donde caminaba Valentine.

Sospechaba, no obstante, que el miedo, más que la

vergüenza, había matado las vibraciones del lugar. Nadie lo decía abiertamente, pero ella captaba suficientes comentarios, suficientes miradas encubiertas hacia las colinas situadas al norte de la ciudad para darse cuenta. Lo que gravitaba sobre la colonia no era el miedo a la llegada de la flota. No era vergüenza por la matanza del bosque pequenino. Eran los insectores. Las sombras oscuras sólo se veían de vez en cuando en las colinas o entre las hierbas que rodeaban la población. Eran las pesadillas de los niños que los habían visto. El temor enfermizo en los corazones de los adultos. Los videolibros históricos cuyo argumento se desarrollaba en el período de la Guerra Insectora se prestaban continuamente en la biblioteca a medida que la gente se obsesionaba con la contemplación de los humanos venciendo a los insectores.

Y mientras contemplaban, alimentaban sus peores temores. La noción teórica de la cultura colmenar como algo hermoso y digno, como la había descrito Ender en su primer libro, la *Reina Colmena*, había desaparecido por completo para mucha gente de Lusitania, quizá para la mayoría, mientras continuaban con el castigo silencioso y el confinamiento forzado por las obreras de la reina colmena.

¿Todo nuestro trabajo ha sido en vano, después de todo?, se preguntó Valentine. Yo, la historiadora, el filósofo Demóstenes, intentando enseñar a la gente que no debe temer a los alienígenas, sino que pueden verlos como raman. Y Ender, con sus libros empáticos la *Reina Colmena*, el *Hegemón*, la *Vida de Humano...*, ¿qué fuerza tienen realmente en el mundo, comparados con el terror instintivo ante la visión de esos enormes y peligrosos insectos? La civilización es sólo una pretensión: en las crisis, nos volvemos a convertir en simios, olvidamos la tendencia racional de nuestros ideales y nos convertimos en el primate velludo a la entrada de la cueva, gritando ante el enemigo, deseando que se marche, acariciando la pesada piedra que utilizaremos en el momento en que se acerque demasiado.

Ahora estaba en un lugar limpio y seguro, no tan inquietante, aunque servía como prisión así como de centro del gobierno municipal. Un lugar donde los insectores eran considerados aliados, o al menos una indispensable fuerza pacificadora que mantenía a los antagonistas separados para su mutua protección. Hay personas, se recordó Valentine, que son capaces de trascender sus orígenes animales.

Cuando abrió la puerta de la celda, Olhado y Grego estaban tendidos en sus jergones, y el suelo y la mesa estaban cubiertos de papeles, algunos arrugados, otros lisos. Los papeles incluso cubrían el terminal del ordenador, de forma que si lo hubieran conectado, la pantalla no podría funcionar. Parecía la habitación típica de un adolescente, completa con las piernas de Grego estiradas contra la pared, con los pies descalzos bailando un extraño ritmo, retorciéndose de un lado a otro en el aire. ¿Cuál era su música interna?

—*Boa tarde, tía Valentina* —saludó Olhado.

Grego ni siquiera levantó la cabeza.

—¿Interrumpo?

—Llegas justo a tiempo —dijo Olhado—. Estamos a punto de reconceptualizar el universo. Hemos descubierto el principio iluminador de que el deseo lo crea así y todas las criaturas vivientes surgen de la nada cada vez que son necesarias.

—Si el deseo lo es todo, ¿no podemos desear viajar más rápido que la luz? —preguntó Valentine.

—Grego está haciendo cálculos matemáticos mentalmente —explicó Olhado—, así que está funcionalmente muerto. Pero sí. Creo que tiene algo, gritaba y bailaba hace un minuto. Tuvimos una experiencia de máquina de coser.

—Ah —dijo Valentine.

—Es una vieja historia de las clases de ciencias. La gente que quería inventar la máquina de coser seguía fracasando pues intentaba imitar los movimientos para coser a mano, empujando la aguja a través del tejido y tirando del hilo a través del ojo situado en la parte posterior de la aguja. Parecía obvio. Hasta que a alguien se le ocurrió poner el ojo en la nariz de la aguja y usar dos hilos en vez de uno. Una aproximación extraña e indirecta que en el fondo sigo sin comprender.

—¿Entonces vamos a salir al espacio cosiendo?

—En cierto modo. La distancia más corta entre dos puntos no es necesariamente una línea recta. Viene de algo que Andrew aprendió de la reina colmena: cómo llaman a una especie de criatura de un espacio-tiempo alternativo cuando crean una nueva reina colmena. Grego dio un brinco ante eso, como prueba de que había un espacio no-real real. No me preguntes qué quiere decir con eso. Yo me gano la vida haciendo ladrillos.

—Espacio real irreal —indicó Grego—. Lo has dicho al revés.

—El muerto despierta.

—Siéntate, Valentine —ofreció Grego—. Mi celda no es gran cosa, pero es acogedora. Las matemáticas de todo esto siguen siendo una locura, pero parecen encajar. Voy a tener que pasar algún tiempo con Jane, para hacer los cálculos y realizar algunas simulaciones, pero si la reina colmena tiene razón, y hay un espacio tan universalmente adyacente a nuestro espacio que los filotes pueden pasar a nuestro espacio desde el otro espacio en cualquier punto, y si postulamos que el paso puede realizarse al otro lado, y si la reina colmena tiene también razón en que el otro espacio contiene filotes igual que el nuestro, sólo que en el otro espacio (llamémoslo Exterior) los filotes no están organizados según las leyes naturales, sino que son en cambio solamente posibilidades, entonces esto es lo que podría funcionar...

—Son un montón de síes condicionales —observó Valentine.

—Te olvidas de que partimos de la premisa que el deseo lo crea —intervino Olhado.

—Cierto, lo olvidé —dijo Grego—. También suponemos que la reina colmena tiene razón en que los filotes no organizados responden a pautas en la mente de alguien, asumiendo cualquier rol que esté disponible en esa pauta. De forma que las cosas que están comprendidas en el Exterior existirán inmediatamente aquí.

—Todo eso está perfectamente claro. Me extraña que no se os ocurriera antes.

—Cierto —dijo Grego—. Así es como lo hacemos. En vez de intentar mover físicamente todas las partículas que componen la nave espacial y sus pasajeros y el cargamento desde la estrella A a la estrella B, simplemente lo concebimos todo (la pauta entera, incluyendo todos los contenidos humanos) como existentes, no en el Interior, sino en el Exterior. En ese momento, todos los filotes que componen la nave y la gente dentro de ella se desorganizan, atraviesan el Exterior y se reagrupan allí según la pauta familiar. Entonces volvemos a hacer lo mismo, y volvemos al Interior..., sólo que ahora estamos en la estrella B. Preferiblemente en una órbita segura a cierta distancia.

—Si todos los puntos de nuestro espacio corresponden a un punto del Exterior, ¿no tendríamos que viajar allí en vez de aquí?

—Las reglas son diferentes allí. No hay ningún lugar. Asumamos que, en *nuestro* espacio, la localización relativa es simplemente un artificio del orden que siguen los filotes. Es una *convención*. Lo mismo pasa con la distancia, por supuesto. Medimos la distancia según el tiempo que se tarda en recorrerla..., pero sólo hace falta esa cantidad de tiempo porque los filotes de los que están compuestos materia y energía siguen las convenciones de las leyes naturales. Como la velocidad de la luz.

—Sólo obedecen al límite de la velocidad.

—Sí. Excepto que para el límite de la velocidad, el *tamaño* de nuestro universo es arbitrario. Si se considera que nuestro universo es una esfera, entonces si te colocas fuera de la esfera, podría tener igualmente un centímetro de diámetro, que un millón de años-luz o un trillón.

—Y cuando vamos al Exterior...

—Entonces el universo Interior tiene exactamente el mismo tamaño que cualquiera de los filotes no organizados de allí: ninguno. Es más, ya que allí no existe ningún lugar, todos los filotes de ese espacio están igualmente cerca o no cerca del emplazamiento de nuestro universo. Y por eso podemos volver al espacio Interior en cualquier punto.

—Eso casi lo hace parecer fácil —observó Valentine.

—Bueno, sí.

—El deseo es lo que resulta difícil —apuntó Olhado.

—Para contener la pauta, hay que *comprenderla* realmente —dijo Olhado—. Cada filote que gobierna una pauta comprende sólo su parte de realidad. Depende de que los filotes dentro de esa pauta realicen su trabajo y contengan su propia pauta, y también de que el filote que controla la pauta de la que forma parte la mantenga en su lugar adecuado. El filote átomo tiene que confiar en que los filotes neutrón, protón y electrón contengan el átomo en su lugar adecuado, mientras que el filote átomo se concentra en su propio trabajo, que es mantener en su lugar a las partes del átomo. Así es como parece funcionar la realidad..., al menos en este modelo.

—De modo que se trasplanta todo al Exterior y luego otra vez al Interior —dijo Valentine—. Eso lo he comprendido.

—Sí, ¿pero *quién*? Porque el mecanismo para enviar requiere que toda la pauta de la nave y sus contenidos se establezcan como una pauta propia, no sólo una aglomeración arbitraria. Quiero decir que cuando se carga una nave y los pasajeros embarcan, no se crea una pauta viviente, un organismo filótico. No es como dar a luz a un bebé, que es un organismo que puede mantenerse a sí mismo. La nave y sus contenidos son sólo un conjunto. Pueden separarse en cualquier momento.

»Así que cuando se trasladan todos los filotes a un espacio desorganizado, que carece de lugar, de esencia y de cualquier principio organizador, ¿cómo vuelven a reagruparse? Y aunque se reagrupen en las estructuras que tenemos, ¿qué se obtiene? Un montón de átomos. Tal vez incluso células y organismos vivos, pero sin naves o trajes espaciales, porque eso es inerte. Todos los átomos y tal vez las partículas están flotando alrededor, probablemente duplicándose como locos mientras los filotes no organizados de allí empiezan a copiar la pauta, pero no tienes ninguna vida.

—Fatal.

—No, probablemente no —dijo Grego—. ¿Quién puede suponerlo? Las reglas son todas diferentes ahí fuera. El tema es que no se puede hacerlos *volver* a nuestro espacio en ese estado, porque eso sí que sería fatal.

—Entonces no podemos.

—No lo sé. La realidad se mantiene unida en el espacio Interior porque todos los filotes de que está compuesta aceptan las reglas. Todos conocen las pautas de los demás y siguen las mismas pautas ellos mismos. Tal vez todo pueda mantenerse en el espacio Exterior siempre que la nave y su carga y sus pasajeros sean completamente *conocidos*. Mientras haya una conocedora que pueda mantener toda la estructura en su cabeza.

—¿Una conocedora, en femenino?

—Como he dicho, Jane tiene que hacer los cálculos.

Ella verá si tiene acceso a suficiente memoria para contener la pauta de relaciones dentro de una nave espacial. Tiene que averiguar si puede coger la pauta e imaginar su nuevo emplazamiento.

—Ésa es la parte de los deseos —intervino Olhado—. Estoy muy orgulloso de ella, porque fui yo quien pensó en la necesidad de un conocedor para mover la nave.

—Todo este asunto es en realidad cosa de Olhado —intervino Grego—, pero tengo la intención de poner primero mi nombre en el trabajo porque a él no le importa hacerse una carrera y yo tengo que parecer competente para que la gente pase por alto esta estancia en prisión si quiero conseguir trabajo en una universidad de otro mundo.

—¿De qué estás hablando? —exclamó Valentine.

—Estoy hablando de salir de esta colonia de pacotilla. ¿No lo comprendes? Si todo esto es cierto, si funciona, entonces puedo volar a Reims, o Baía o la Tierra y volver aquí a pasar los fines de semana. El coste de energía es *nulo* porque estamos apartándonos por completo de las leyes naturales. El cansancio y el desgaste del vehículo no son nada.

—*Nada* no —precisó Olhado—. Todavía tenemos que aparecer cerca del planeta de destino.

—Como dije antes, todo depende de lo que pueda concebir Jane. Tiene que poder comprender toda la nave y sus contenidos. Tiene que poder imaginarnos en el Exterior y luego en el Interior. Tiene que poder concebir las posiciones relativas exactas del punto de partida y el punto de llegada del viaje.

—Entonces el viaje más rápido que la luz depende por completo de Jane —observó Valentine.

—Si ella no existiera, sería imposible. Aunque unieran a todos los ordenadores, aunque alguien pudiera escribir el programa para conseguirlo, no serviría de nada. Porque un programa es sólo un conjunto, no una entidad. Son sólo partes. No..., ¿cómo lo llamó Jane? No un *aiúa*.

—Significa «vida» en sánscrito —explicó Olhado—. La palabra para el filote que controla la pauta que mantiene en orden a los otros filotes. La palabra para las entidades, como los planetas, los átomos, los animales y las estrellas, que tienen una forma intrínseca y duradera.

—Jane es un aiúa, no sólo un programa. Por eso puede ser una conocedora. Puede incorporar la nave como una pauta dentro de su propia pauta. Puede digerirla y contenerla y seguirá siendo real. Ella lo convierte en parte de sí misma y la conoce tan perfecta e inconscientemente como tu aiúa conoce tu cuerpo y lo mantiene unido. Entonces puede llevarte consigo al Exterior y luego de vuelta al Interior.

—Entonces, ¿Jane debe ir? —preguntó Valentine.

—Si esto puede hacerse, será porque Jane viajará con la nave, sí —contestó Grego.

—¿Cómo? No podemos cogerla y llevarla con nosotros en un cubo.

—Hay algo que Andrew aprendió en la reina colmena —dijo Grego—. Jane existe en un sitio concreto. Es decir, su aiúa tiene un emplazamiento específico en nuestro espacio.

—¿Dónde?

—Dentro de Andrew Wiggin.

Tardaron un rato en explicarle lo que Ender había sabido de Jane gracias a la reina colmena. Era extraño considerar a la entidad informática como un ser centrado dentro del cuerpo de Ender, pero tenía sentido que Jane hubiera sido creada por las reinas colmena durante la campaña de Ender contra ellas. Para Valentine, sin embargo, había otra consecuencia más inmediata: si la nave más rápida que la luz podía ir solamente adonde

Jane la llevara, y Jane estaba dentro de Ender, sólo podía haber una conclusión posible.

—¿Entonces *Andrew* tiene que ir?

—Claro. Por supuesto —dijo Grego.

—Es mayor para ser piloto de pruebas —objetó Valentine.

—En este caso sería sólo un *pasajero* de pruebas. Sólo que da la casualidad de que contiene al piloto en su interior.

—No podemos decir que este viaje suponga ningún esfuerzo físico —intervino Olhado—. Si la teoría de Grego es exacta y funciona, estará sentado en un sitio y después de un par de minutos o un microsegundo o dos, aparecerá en otro lugar. Y si no funciona, estará aquí sentado, con todos nosotros sintiéndonos como tontos por pensar que podríamos poder viajar al espacio sólo con desearlo.

—Y si resulta que Jane puede llevarlo al Exterior pero no puede mantener las cosas unidas allí, entonces quedará atrapado en un lugar que ni siquiera tiene sitio —dijo Valentine.

—Bueno, sí —admitió Grego—. Si sólo funciona a la mitad, los pasajeros estarán muertos. Pero ya que estaremos en un lugar sin tiempo, no nos importará. Sólo será un instante eterno. Probablemente ni el tiempo suficiente para que nuestros cerebros adviertan que el experimento fracasó. Estasis.

—Naturalmente, si funciona, entonces llevaremos el espacio-tiempo con nosotros, así que habría duración —añadió Olhado—. Por tanto, nunca sabremos si fracasamos o no. Sólo nos daríamos cuenta si tuviéramos éxito.

—Pero yo lo sabré si él nunca regresa —dijo Valentine.

—Cierto. Si no vuelve, entonces lo sabrás durante unos cuantos meses hasta que llegue la flota y lo destruya todo y mande a todo el mundo al infierno.

—O hasta que la descolada vuelva del revés los genes de todo el mundo y nos mate —concluyó Olhado.

—Supongo que tenéis razón —convino Valentine—. Fracasar no los matará más que si se quedan.

—Pero ya ves la presión de tiempo a la que estamos sometidos —dijo Grego—. No nos queda mucho antes de que Jane pierda todas sus conexiones ansible. Andrew dice que tal vez sobreviva después de todo, pero quedaría lisiada. Con el cerebro dañado.

—Así que, aunque funcione, el primer vuelo podría ser el último.

—No —dijo Olhado—. Los vuelos son *instantáneos*. Si funciona, puede sacar a todo el mundo de este planeta en menos tiempo del que la gente tarda en entrar y salir de una nave.

—¿Quieres decir que podría sacarlos de la superficie del planeta?

—Todavía es un poco difícil de imaginar —dijo Grego—. Puede que sólo fuera capaz de calcular la localización en, digamos, diez mil kilómetros. No hay ningún problema de explosión o desplazamiento, ya que los filotes reingresarán en el espacio Interior dispuestos a obedecer de nuevo a las leyes naturales. Pero si la nave reaparece en mitad de un planeta, será muy difícil excavar hasta la superficie.

—Pero si realmente puede ser precisa, cuestión de un par de centímetros, por ejemplo, entonces los vuelos serán de superficie a superficie —dijo Olhado.

—Por supuesto, estamos soñando —prosiguió Grego—. Jane volverá y nos dirá que aunque pudiera convertir toda la masa estelar de la galaxia en chips de ordenador, no podría contener todos los datos que debería conocer para poder hacer que una nave viajara de esta forma. ¡Pero en este momento, todavía parece posible y estoy satisfecho!

Con eso, Grego y Olhado empezaron a aullar y a

reírse tan fuerte que el alcalde Kovano se acercó a la puerta para asegurarse de que Valentine estaba bien. Para su vergüenza, la pilló riéndose y aullando junto con ellos.

—¿Estamos contentos, entonces? —preguntó Kovano.

—Supongo que sí —rió Valentine, tratando de recuperar la compostura.

—¿Cuál de nuestros muchos problemas hemos resuelto?

—Probablemente ninguno. Sería demasiado estúpidamente conveniente si el universo pudiera manipularse para funcionar de esta forma.

—Pero se les ha ocurrido algo.

—Los genios metafísicos aquí presentes tienen una posibilidad completamente improbable —explicó Valentine—. A menos que les haya puesto algo realmente raro en el almuerzo.

Kovano se echó a reír y los dejó solos. Pero su visita tuvo el efecto de serenarlos.

—¿Es posible? —preguntó Valentine.

—Nunca lo habría creído —contestó Grego—. Quiero decir que está el problema del origen.

—La verdad es que esto *responde* al problema del origen —precisó Olhado—. La teoría del Big Bang existe desde...

—Desde antes de que *yo* naciera —completó Valentine.

—Eso creo. Lo que nadie ha podido decidir es por qué puede suceder un Big Bang. De esta forma, parece lógico. Si alguien capaz de mantener la pauta del universo entero en la cabeza salió al Exterior, entonces todos los filotes de allí se colocarían en el lugar más grande de la pauta que pudieron controlar. Ya que allí no hay tiempo, pudieron tardar un billón de años o un microsegundo, todo el tiempo que necesitaran, y cuando acabaron, *zas*, allí están, el universo entero, apareciendo en un nuevo espacio Interior. Y ya que no hay distancia ni posición, no hay lugar, entonces todo comenzaría con el tamaño de un punto geométrico.

—Ningún tamaño en absoluto —dijo Grego.

—Recuerdo algo de geometría —asintió Valentine.

—E inmediatamente se expandería, creando el espacio al ir creciendo. Al hacerlo, el tiempo parecería retardarse..., ¿o se aceleraría?

—No importa —dijo Grego—. Todo depende de si estás en el Interior del nuevo espacio o en el Exterior o en algún otro Inspacio.

—En cualquier caso, el universo ahora parece ser constante en el tiempo mientras que se extiende en el espacio. Pero si quisieras, también podría verse tan fácilmente como constante en tamaño pero cambiante en *tiempo*. La velocidad de la luz se reduce de forma que se tarda más en llegar de un planeta a otro, sólo que no podemos decir que está reduciéndose porque todo lo demás se reduce con relación a la velocidad de la luz. ¿Ves? Todo es cuestión de perspectiva. Como dijo Grego antes, el universo en el que vivimos está todavía, en términos absolutos, exactamente en el tamaño de un punto geométrico, cuando se mira desde el Exterior. Todo crecimiento que parece producirse en el Interior es sólo una cuestión de localización y tiempo relativos.

—Y lo que más me mata —dijo Grego—, es que todo es el tipo de idea que ha estado rondando en la cabeza de Olhado durante años. Esta imagen del universo como un punto sin dimensiones en el espacio Interior es la forma en que lo ha estado considerando desde el principio. No es que sea el primero en pensarlo. Es uno de los que lo creyeron y vio la relación entre eso y el no-lugar donde Andrew afirma que la reina colmena va a encontrar aíuas.

—Mientras estamos jugando a juegos metafísicos

—dijo Valentine—, ¿dónde empezó todo esto? Si lo que consideramos la realidad es sólo una pauta que alguien llevó al Exterior, y el universo existió de sopetón, entonces quienquiera que lo hizo está probablemente deambulando por ahí y creando universos dondequiera que vaya. ¿De dónde salió entonces? ¿Y qué era antes de empezar a hacerlo? Y ya que estamos en ello, ¿cómo llegó a existir el Exterior?

—Eso es pensar en el Inspacio —apuntó Olhado—. Ésa es la forma en que se conciben las cosas cuando todavía se cree en el espacio y el tiempo como absolutos. Piensas que todo empieza y acaba, que las cosas tienen orígenes, porque así es el universo observable. La cosa es que en el Exterior no hay reglas como aquí. El Exterior estuvo siempre allí y siempre lo estará. El número de filotes es infinito, y todos existieron siempre. No importa cuántos se puedan sacar y poner en universos organizados, siempre quedarán tantos como había.

—Pero alguien tuvo que empezar a crear universos.

—¿Por qué? —preguntó Olhado.

—Porque…, porque yo…

—Nada empezó jamás. Siempre ha estado en marcha. Quiero decir que si no estuviera ya en marcha, no podría empezar. En el Exterior, donde no existe ninguna pauta, sería imposible concebir pauta ninguna. No pueden actuar, por definición, porque literalmente no pueden encontrarse siquiera a sí mismas.

—Pero ¿cómo habrían estado siempre en marcha?

—Considéralo como si en este momento del tiempo, la realidad en la que vivimos en este momento, este estado de todo el universo… de *todos* los universos…

—Te refieres a *ahora.*

—Eso es. Considero que el *ahora* es la superficie de una esfera. El tiempo avanza a través del caos del Exterior como la superficie de una esfera en expansión, un globo inflándose. En el exterior, caos. En el interior, realidad.

Siempre creciendo..., como tú dijiste, Valentine. Creando de sopetón nuevos universos constantemente.

—¿Pero de dónde viene ese globo?

—Muy bien, tienes el globo. La esfera en expansión. Ahora considérala una esfera con un radio infinito.

Valentine intentó pensar en lo que eso significaría.

—La superficie sería completamente plana.

—Eso es.

—Y nunca podrías dar la vuelta.

—Eso es. Infinitamente grande. Es imposible incluso contar los universos que existen en el lado de la realidad. Y ahora, empezando a partir del borde, subes a una nave espacial y empiezas a dirigirte hacia el centro. Cuanto más entras, más viejo es todo. Todos los viejos universos, más y más al fondo. ¿Cuándo llegas al primero?

—No se llega —respondió Valentine—. No, si viajas a un ritmo finito.

—No se llega al centro de una esfera de radio infinito, si se empieza por la superficie, porque no importa lo lejos que se vaya, no importa la velocidad, el centro, el principio, siempre está infinitamente lejos.

—Y es ahí donde empezó el universo.

—Yo lo creo —dijo Olhado—. Pienso que es verdad.

—Entonces el universo funciona de esta forma porque siempre ha funcionado así —dedujo Valentine.

—La realidad funciona así porque así es la realidad. Todo lo que no funciona de esta forma vuelve al caos. Todo lo que sí lo hace, se convierte en realidad. La línea divisoria está siempre allí.

—Lo que me encanta —dijo Grego—, es la idea de que después de empezar a tantear con velocidades instantáneas en *nuestra* realidad, ¿qué nos impide encontrar otras? ¿Universos completamente nuevos?

—O crear otros —añadió Olhado.

—Eso es. Como si tú o yo pudiéramos contener una pauta para todo un universo en nuestras cabezas.

—Pero tal vez Jane pueda —sugirió Olhado—. ¿No?

—Lo que estáis diciendo, es que tal vez Jane sea Dios.

—Probablemente estará escuchando ahora mismo —asintió Grego—. El ordenador está conectado, aunque la pantalla esté bloqueada. Apuesto a que se lo está pasando de muerte.

—Tal vez cada universo duda lo suficiente para producir algo como Jane —aventuró Valentine—. Y entonces ella se marcha y crea más y...

—Continúa y continúa. ¿Por qué no?

—Pero ella es una *casualidad* —dijo Valentine.

—No —respondió Grego—. Ésa es una de las cosas que Andrew ha descubierto hoy. Tienes que hablar con él. Jane no fue ninguna casualidad. Por lo que sabemos, no existen las casualidades. Por lo que sabemos, todo ha formado parte de la pauta desde el principio.

—Todo excepto nosotros mismos —dijo Valentine—. Nuestro..., ¿cuál es la palabra para el filote que nos controla?

—Aíua —respondió Grego. Se lo deletreó.

—Sí. Nuestra *voluntad* en cualquier caso, que existió siempre, con todas las fuerzas y debilidades que tiene. Y por eso, mientras formemos parte de la pauta de la realidad, seremos libres.

—Parece que la moralista entra en acción —sonrió Olhado.

—Esto es una completa chaladura —dijo Grego—. Jane va a reírse de nosotros. Pero *Nossa Senhora*, es divertido, ¿verdad?

—Eh, por lo que sabemos, tal vez por eso existe el universo —dijo Olhado—. Porque dar vueltas por el caos y crear realidades es divertido. Tal vez Dios se lo ha estado pasando bomba.

—O tal vez sólo está esperando a que Jane salga de aquí y le haga compañía —susurró Valentine.

Le tocaba a Miro el turno con Plantador. Era tarde, más de medianoche. Y no podía sentarse a su lado y cogerle la mano. Dentro de la habitación estéril, Miro tenía que llevar un traje, no para mantener fuera la contaminación, sino para impedir que el virus de la descolada que transportaba alcanzara a Plantador.

Si me hiciera una pequeña grieta en el traje, pensó Miro, le salvaría la vida.

En ausencia de la descolada, el deterioro del cuerpo de Plantador avanzaba rápido y devastador. Todos sabían que la descolada se había mezclado con el ciclo reproductor pequenino y les había posibilitado la tercera vida como árboles, pero hasta entonces no había quedado claro cuánto de su vida diaria dependía de la descolada. Quienquiera que diseñó el virus era un monstruo despiadado y eficaz. Sin la intervención de la descolada de cada día, de cada hora, de cada minuto, las células empezaban a volverse viscosas, la producción de moléculas para almacenar energía vital se detenía, y (lo que más temían) las sinapsis del cerebro se disparaban con menos rapidez. Plantador estaba cubierto de tubos y electrodos, y yacía dentro de varios campos de observación, para que desde fuera Ela y sus ayudantes pequeninos pudieran seguir todos los aspectos de su muerte. Además, tomaban muestras de tejidos aproximadamente cada hora. El dolor de Plantador era tal que, cuando conseguía dormir, la muestra de tejidos no lo despertaba. Sin embargo, a pesar de todo, del dolor, del casi colapso que afectaba su cerebro, Plantador permaneció aturdidamente lúcido. Como si estuviera decidido por pura fuerza de voluntad a demostrar que, incluso sin la descolada, un pequenino podía ser inteligente. Plantador no lo hacía por la ciencia, naturalmente. Lo hacía por dignidad.

Los investigadores no podían perder tiempo en turnarse como trabajadores en el interior, llevando el traje y permaneciendo sentados allí, viendo a Plantador, hablándole. Sólo gente como Miro, y los hijos de Jakt y Valentine, Syfte, Lars, Ro, Varsam, y la mujer extraña y silenciosa llamada Plikt, gente que no tenía otros deberes urgentes que atender, que eran suficientemente pacientes para soportar la espera y lo bastante jóvenes para cumplir con sus deberes de precisión, sólo ellos se encargaban de los turnos. Podían haber añadido unos cuantos pequeninos al turno, pero todos los hermanos que sabían lo suficiente de las tecnologías humanas para realizar aquel trabajo formaban parte de los equipos de Ela o de Ouanda, y tenían demasiadas cosas que hacer. De todos aquellos que pasaban el tiempo dentro de la habitación estéril con Plantador, sólo Miro conocía a los pequeninos lo suficiente para comunicarse con ellos. Miro podía hablarle en el Lenguaje de los Hermanos. Eso tenía que suponer algún consuelo para él, aunque fueran virtualmente desconocidos, pues Plantador había nacido después de que Miro dejara Lusitania para realizar su viaje de treinta años.

Plantador no estaba dormido. Tenía los ojos medio abiertos, mirando a la nada, pero Miro sabía, por el movimiento de los labios, que estaba hablando. Se recitaba fragmentos de algún poema épico de su tribu. A veces cantaba selecciones de genealogía tribal. Cuando empezó a hacerlo, Ela temió que hubiera empezado a delirar. Pero él insistió en que lo hacía para probar su memoria. Para asegurarse de que al perder la descolada no perdía a su tribu, lo que sería tanto como perderse a sí mismo.

Ahora, mientras Miro subía el volumen de su traje, oyó a Plantador contando la historia de una terrible guerra contra el bosque de Hiendecielos, el «árbol que llamaba al trueno». Había una digresión en mitad de la historia que hablaba de cómo Hiendecielos consiguió su nombre.

Esta parte del relato parecía muy antigua y mística, una historia mágica acerca de un hermano que llevaba a las pequeñas madres a un lugar donde el cielo se abría y las estrellas caían al suelo. Aunque Miro estaba sumido en sus propios pensamientos sobre los descubrimientos del día (el origen de Jane, la idea de Grego y Olhado para viajar según los propios deseos), por algún motivo se dio cuenta de que prestaba atención a las palabras de Plantador. Y cuando la historia terminaba, Miro tuvo que interrumpir.

—¿Qué antigüedad tiene esa historia?

—Es vieja —susurró Plantador—. ¿Estabas escuchando?

—La última parte. —Afortunadamente, podía hablar con Plantador sin problemas. O bien no se impacientaba con su lentitud al hablar (después de todo, Plantador no tenía prisa por ir a ninguna parte), o sus propios procesos cognitivos se habían refrenado para equipararse al ritmo de Miro. Fuera lo que fuese, Plantador le dejaba acabar sus propias frases, y le respondía como si hubiera estado escuchando con atención—. ¿He comprendido bien? ¿Has dicho que Hiendecielos llevaba a las pequeñas madres consigo?

—Eso es —susurró Plantador.

—Pero no acudía al padre-árbol.

—No. Sólo tenía pequeñas madres en sus bolsas. Aprendí esta historia hace años. Antes de dedicarme a la ciencia humana.

—¿Sabes qué me parece? Que la historia puede datar de una época en que no llevabais a las pequeñas madres al padre-árbol. Entonces las pequeñas madres no lamían su sustento de la savia del árbol madre. En cambio, colgaban de las bolsas del abdomen del macho hasta que los infantes maduraban lo suficiente para surgir y ocupar el sitio de sus madres en la teta.

—Por eso te la canté —asintió Plantador—. Intentaba pensar cómo podría haber sido todo si ya éramos inteligentes *antes* de que llegara la descolada. Y finalmente recordé esa parte de la historia de la Guerra de Hiendecielos.

—Fue al lugar donde el cielo se abrió.

—La descolada llegó aquí de alguna forma, ¿verdad?

—¿Qué antigüedad tiene esta historia?

—La Guerra de Hiendecielos fue hace veintinueve generaciones. Nuestro propio bosque no es tan antiguo. Pero llevamos con nosotros canciones e historias de nuestro padre-bosque.

—Esa parte de la historia sobre el cielo y las estrellas podría ser mucho más antigua, ¿no?

—Muy antigua. El padre-árbol Hiendecielos murió hace mucho tiempo. Puede que fuera ya muy viejo cuando se libró la guerra.

—¿Crees que es posible que esto sea un recuerdo del pequenino que descubrió por primera vez la descolada? ¿Que fuera traída aquí por una nave espacial y que lo que viera fuese una especie de vehículo de reentrada?

—Por eso la canté.

—Si eso es cierto, entonces decididamente erais inteligentes antes de la llegada de la descolada.

—Todo ha desaparecido ahora —dijo Plantador.

—¿Qué ha desaparecido? No comprendo.

—Nuestros genes de esa época. Ni siquiera alcanzamos a imaginar qué nos quitó la descolada.

Era cierto. Cada virus de la descolada podía contener dentro de sí el código genético completo de todas las formas de vida nativa de Lusitania, pero sólo el código tal como era *ahora*, en su estado controlado por la descolada. Cómo era el código antes de que la descolada llegara era algo que no podría ser reconstruido jamás.

—Sin embargo, es intrigante. Pensar que ya teníais lenguaje y canciones e historias antes del virus —dijo Miro. Y entonces, aunque sabía que no debería hacerlo, añadió—: Tal vez eso hace innecesario que intentes demostrar la independencia de la inteligencia pequenina.

—Otro intento para salvar al cerdi —masculló Plantador.

Sonó una voz por el interfono. Una voz desde el exterior de la habitación.

—Puedes salir ya. —Era Ela. Se suponía que tenía que dormir durante el turno de Miro.

—No termino hasta dentro de tres horas —dijo él.

—Otra persona quiere entrar.

—Hay trajes de sobra.

—Te necesito aquí fuera, Miro. —La voz de Ela no ofrecía ninguna posibilidad de desobedecer. Además, era la científico a cargo del experimento.

Cuando Miro salió unos minutos más tarde, comprendió lo que sucedía. Allí se encontraba Quara, con aspecto glacial, y Ela estaba furiosa. Obviamente, habían vuelto a discutir, cosa que no resultaba sorprendente. La sorpresa era que Quara estuviera allí.

—Puedes volver dentro —dijo Quara en cuanto Miro salió de la cámara de esterilización.

—Ni siquiera sé por qué he salido —dijo Miro.

—Insiste en tener una conversación *privada* —anunció Ela.

—Ella te ha hecho salir, pero no quiere desconectar el sistema monitor de audio.

—Se supone que estamos registrando cada momento de conversación de Plantador. Para comprobar su lucidez.

Miro suspiró.

—Ela, crece.

Ela casi explotó.

—¡Yo! ¡Que crezca yo! Ella viene aquí como si pensara que es *Nossa Senhora* en Su trono...

—Ela —insistió Miro—. Cállate y escucha. Quara es la única esperanza que tiene Plantador para sobrevivir a este experimento. ¿Puedes decir sinceramente que no servirá a nuestro propósito dejarla...?

—Muy bien —cedió Ela, interrumpiéndose porque ya había comprendido su argumento y se plegaba a él—. Ella es la enemiga de todos los seres inteligentes de este planeta, pero cortaré el sistema registrador porque quiere tener una conversación *privada* con el hermano que está matando.

Aquello fue demasiado para Quara.

—No tienes que cortar nada por mí —espetó—. Lamento haber venido. Ha sido un error estúpido.

—¡Quara! —gritó Miro.

Ella se detuvo en la puerta del laboratorio.

—Ponte el traje y ve a hablar con Plantador. ¿Qué tiene él que ver con *ella*?

Quara volvió a mirar a Ela una vez más, pero se encaminó hacia la cámara de esterilización de la que Miro acababa de salir.

El se sintió enormemente aliviado. Ya que sabía que no tenía autoridad ninguna, y que las dos eran perfectamente capaces de decirle lo que podía hacer con sus órdenes, el hecho de que ambas hubieran cedido significaba que deseaban hacerlo. Quara quería de verdad hablar con Plantador. Y Ela deseaba que lo hiciera. Tal vez estuvieran creciendo lo suficiente para que sus diferencias personales ya no pusieran en peligro las vidas de otras personas. Tal vez aún había esperanza para la familia.

—Volverá a conectar en cuanto esté dentro —dijo Quara.

—No lo hará —aseguró Miro.

—Lo intentará.

Ela la miró, con desdén.

—*Yo* sé mantener mi palabra.

No dijeron nada más. Quara entró en la cámara de

esterilización para vestirse. Unos cuantos minutos más tarde entró en la habitación donde estaba Plantador, todavía goteando por efecto de la solución antidescolada que había rociado todo el traje en cuanto lo tuvo puesto.

Miro oyó los pasos de Quara.

—Desconecta —dijo.

Ela extendió la mano y pulsó un botón. Los pasos se apagaron.

Jane habló a Miro al oído.

—¿Quieres que te reproduzca todo lo que dicen?

—¿Todavía puedes oír lo que pasa ahí dentro? —subvocalizó él.

—El ordenador está conectado con varios monitores sensibles a la vibración. Tengo unos cuantos trucos para decodificar el habla humana a partir de la más mínima vibración. Y los instrumentos son muy sensibles.

—Adelante, pues —asintió Miro.

—¿Ninguna objeción moral por la invasión de intimidad?

—Ninguna —dijo Miro. La supervivencia de un mundo estaba en juego. Y él había mantenido su palabra: el equipo de grabación *estaba* en efecto desconectado. Ela no podía saber lo que se decía.

La conversación no fue nada importante al principio. ¿Cómo estás? Muy enfermo. ¿Duele mucho? Sí.

Fue Plantador quien rompió las formalidades agradables y se zambulló en el corazón del tema.

—¿Por qué quieres que mi pueblo sea esclavo?

Quara suspiró. Pero, en su favor, no pareció petulante. Para Miro y su experimentado oído, pareció como si estuviera emocionalmente en conflicto. No era la cara desafiante que mostraba a su familia.

—No quiero eso —respondió Quara.

—Tal vez no forjaste las cadenas, pero guardas la llave y te niegas a usarla.

—La descolada no es una cadena. Una cadena es nada. La descolada está viva.

—Y yo también. Y mi pueblo. ¿Por qué *su* vida es más importante que la nuestra?

—La descolada no os mata. Vuestro enemigo es Ela y mi madre. Ellas son las que os matarían para impedir que la descolada las mate.

—Por supuesto que lo harían —asintió Plantador—. Igual que las mataría yo para proteger a *mi* pueblo.

—Entonces tu lucha no es conmigo.

—Sí lo es. Sin lo que tú sabes, humanos y pequeninos acabarán matándose mutuamente, de un modo u otro. No tendrán elección. Mientras la descolada no pueda ser domada, acabará destruyendo a la humanidad o la humanidad tendrá que destruirla..., y a nosotros con ella.

—Ellos nunca la destruirán.

—Porque tú no los dejas.

—No más de lo que los dejaría destruiros a vosotros. La vida inteligente es la vida inteligente.

—No —objetó Plantador—. Con los raman se puede vivir y dejar vivir. Pero con los varelse, no puede haber diálogo. Sólo guerra.

—Nada de eso —dijo Quara. Entonces se lanzó a los mismos argumentos que había usado cuando Miro habló con ella.

Cuando terminó, guardaron silencio durante un rato.

—¿Todavía están hablando? —susurró Ela a la gente que observaba los monitores visuales. Miro no oyó su respuesta: probablemente alguien había contestado negando con la cabeza.

—Quara —susurró Plantador.

—Todavía estoy aquí —respondió ella. El tono de discusión había vuelto a desaparecer de su voz. No sentía ninguna alegría por su cruel rectitud moral.

—Si te niegas a ayudar no es por eso —dijo él.

—Sí lo es.

—Ayudarías en un momento si no tuvieras que rendirte a tu propia familia.

—¡Eso no es cierto! —gritó ella.

De modo que Plantador había tocado un nervio.

—Estás tan segura de tener razón porque ellos están seguros de que te equivocas.

—¡*Tengo* razón!

—¿Cuándo has visto alguna vez a alguien que *no* abrigara dudas y que también tuviera la razón en algo?

—Tengo dudas —susurró Quara.

—Escúchalas. Salva a mi pueblo y al tuyo.

—¿Quién soy yo para decidir entre la descolada y nuestro pueblo?

—Exactamente —dijo Plantador—. ¿Quién eres para tomar esa decisión?

—No es cierto. Estoy posponiendo una decisión.

—Sabes lo que puede hacer la descolada. Sabes lo que hará. Posponer una decisión es tomar una decisión.

—No es una decisión. No es una *acción*.

—No intentar detener a un asesino al que podrías parar fácilmente... ¿no es eso un asesinato?

—¿Para esto querías verme? ¿Una persona más diciéndome lo que tengo que hacer?

—Tengo todo el derecho.

—¿Porque has decidido ser mártir y morir?

—Todavía no he perdido la mente.

—Has demostrado tu argumento. Ahora déjales que vuelvan a meter la descolada aquí dentro y te salven.

—No.

—¿Por qué no? ¿Tan seguro estás de tener razón?

—Puedo decidir por mi propia vida. No soy como tú: no decido para que mueran los demás.

—Si la humanidad muere, yo moriré con ella —objetó Quara.

—¿Sabes por qué quiero morir?

—¿Por qué?

—Para no tener que ver a los humanos y a los pequeninos matándose una vez más.

Quara inclinó la cabeza.

—Grego y tú... sois los dos iguales.

El visor del traje se llenó de lágrimas.

—Eso es mentira.

—Los dos os negáis a oír a nadie más. Lo sabéis todo. Y cuando hayáis acabado, muchísima gente inocente habrá muerto.

Ella se levantó, como para marcharse.

—Muere, entonces —masculló—. Ya que soy una asesina, ¿por qué debo llorar por ti? —Pero no dio ni un solo paso. No quiere irse, pensó Miro.

—Díselo.

Ella sacudió la cabeza, tan vigorosamente que las lágrimas escaparon de sus ojos, salpicando el interior de la máscara. Si seguía así, pronto no podría ver nada.

—Si dices lo que sabes, todo el mundo será más sabio. Si lo mantienes en secreto, entonces todo el mundo seguirá ignorante.

—¡Si lo digo, la descolada morirá!

—¡Entonces déjala morir! —gritó Plantador.

El esfuerzo superó su capacidad. Los instrumentos del laboratorio enloquecieron durante unos instantes. Ela murmuró entre dientes mientras comprobaba con los técnicos.

—¿Eso es lo que quieres que piense de ti? —preguntó Quara.

—Eso es lo que piensas de mí —le susurró Plantador—. Déjala morir.

—No.

—La descolada vino y esclavizó a mi pueblo. ¿Qué más da si es inteligente o no? Es una tirana. Es una asesina. Si un ser humano se comportara de la forma en que actúa la descolada, incluso tú estarías de acuerdo en que habría que detenerlo, aunque la muerte fuera la única solución. ¿Por qué tratas a otra especie con más condescendencia que a un miembro de la tuya propia?

—Porque la descolada no sabe lo que está haciendo —dijo Quara—. No comprende que somos inteligentes.

—No le *importa*. Quienquiera que creó la descolada la envió sin importarle que las especies que capture o mate sean inteligentes o no. ¿Ésa es la criatura por la que quieres que mueran mi pueblo y el tuyo? ¿Estás tan llena de odio hacia tu familia que te pondrás de parte de un monstruo como la descolada?

Quara no tenía ninguna respuesta. Se dejó caer en el banco junto a la cama de Plantador. Éste extendió la mano y la apoyó en su hombro. El traje no era tan grueso e impermeable como para que ella no pudiera sentir su presión, aunque estaba muy débil.

—No me importa morir —dijo Plantador—. Tal vez a causa de la tercera vida, los pequeninos no sentimos el mismo miedo hacia la muerte que los humanos, con vuestras cortas vidas. Pero aunque no tenga tercera vida, Quara, *tendré* la clase de inmortalidad de que gozáis los humanos. Mi nombre vivirá en las historias. Aunque no tenga árbol, mi nombre vivirá, y también mi obra. Los humanos podéis decir que he decidido ser un mártir para nada, pero mis hermanos comprenden. Permaneciendo despejado e inteligente hasta el final, demuestro que ellos son quienes son. Ayudo a demostrar que nuestros esclavizadores no nos hicieron lo que somos, y no pueden impedir que lo seamos. La descolada puede obligarnos a hacer muchas cosas, pero no nos posee hasta el mismo centro. Dentro de nosotros hay un lugar que constituye nuestro propio yo. Por eso no me importa morir. Viviré eternamente en cada pequenino libre.

—¿Por qué dices esto cuando sólo yo puedo oír? —preguntó Quara.

—Porque sólo tú tienes el poder para matarme por completo. Sólo tú tienes el poder para hacer que mi muerte no signifique nada, de forma que todo mi pueblo muera detrás de mí y no quede ninguno para recordar. ¿Por qué no dejar mi testamento sólo contigo? Únicamente tú decidirás si tiene valor o no.

—Te odio —espetó ella—. Sabía que lo harías.

—¿Hacer qué?

—Hacerme sentir tan culpable que tenga que ceder.

—Si sabías que lo haría, ¿por qué has venido?

—¡No tendría que haberlo hecho!

—Te diré por qué has venido. Has venido para que yo te hiciera ceder. Para que, al hacerlo, fuera por mi bien, no por tu familia.

—Entonces, ¿soy tu marioneta?

—Todo lo contrario. Decidiste venir aquí. Me estás usando *a mí* para que te haga hacer lo que realmente deseas. En el fondo, sigues siendo humana, Quara. Quieres que tu pueblo viva. De lo contrario serías un monstruo.

—El que estés muriendo no te hace más sabio.

—Sí lo hace —objetó Plantador.

—¿Y si te digo que *nunca* cooperaré con el asesinato de la descolada?

—Entonces te creeré.

—Y me odiarás.

—Sí.

—No puedes.

—Sí puedo. No soy un cristiano muy bueno. No puedo amar a quien decide matarme a mí y a todo mi pueblo.

Ella guardó silencio.

—Vete ahora —dijo él—. He dicho todo lo que puedo decir. Ahora quiero cantar mis historias y mantenerme inteligente hasta que me sobrevenga la muerte.

Ella se dirigió a la cámara de esterilización.

Miro se volvió hacia Ela.

—Que todos salgan del laboratorio —ordenó.

—¿Por qué?

—Porque existe la posibilidad de que salga y te diga lo que sabe.

—Entonces soy *yo* quien debería irse, y que todos los demás se quedaran.

—No —dijo Miro—. Tú eres la única a quien se lo dirá.

—Si piensas eso, eres un completo...

—Decírselo a otra persona no la herirá lo suficiente para satisfacerla —insistió Miro—. Todo el mundo fuera.

Ela pensó un instante.

—Muy bien. Volved al laboratorio principal y comprobad vuestros ordenadores —indicó a los demás—. Os conectaré a la red si me dice algo, y podréis ver lo que introduzca sobre la marcha. Si podéis sacar sentido a lo que veáis, empezad a seguirlo. Aunque ella realmente sepa algo, seguiremos sin tener mucho tiempo para diseñar una descolada truncada para ofrecérsela a Plantador antes de que muera. Vamos.

Se marcharon.

Cuando Quara emergió de la cámara de esterilización, encontró sólo a Ela y a Miro esperándola.

—Sigo pensando que es un error matar a la descolada antes de intentar hablar con ella —dijo.

—Tal vez —respondió Ela—. Sólo sé que intento hacerlo si puedo.

—Preparad vuestros archivos. Voy a deciros todo lo que sé acerca de la inteligencia de la descolada. Si funciona y Plantador sobrevive a esto, le escupiré a la cara.

—Escúpele mil veces —dijo Ela—. Con tal de que viva.

Los archivos aparecieron en la pantalla. Quara empezó a señalar en ciertas regiones del modelo del virus de la descolada. En cuestión de pocos minutos, fue Quara quien estuvo sentada ante el terminal, tecleando, señalando, hablando, mientras Ela formulaba preguntas.

Jane volvió a hablar al oído de Miro.

—Pequeña zorra —masculló—. No tenía sus archivos en otro ordenador. Lo guardaba todo en la cabeza.

A últimas horas de la tarde del día siguiente, Plantador estaba al borde de la muerte y Ela al límite de sus fuerzas. Su equipo había estado trabajando toda la noche. Quara había ayudado, constantemente, examinando infatigable todo lo que la gente de Ela le traía, criticando, señalando errores. A media mañana, tenían un plan para un virus truncado que tal vez funcionaría. Toda capacidad de lenguaje había desaparecido, lo que significaba que los nuevos virus no podrían comunicarse entre sí. Toda la habilidad analítica se había anulado también, al menos por lo que sabían. Pero a salvo en su sitio estaban todas las partes del virus que mantenían las funciones corporales en las especies nativas de Lusitania. Por lo que podían decir sin tener ninguna muestra de trabajo del virus, el nuevo diseño era exactamente lo que necesitaban: una descolada completamente funcional en los ciclos vitales de las especies lusitanas, incluyendo a los pequeninos, pero incapaz de regulación y manipulación global. Bautizaron *recolada* al nuevo virus. El antiguo recibía su nombre por su función de separar; el nuevo por su función de unir, de mantener juntas a las especies-parejas que componían la vida nativa de Lusitania.

Ender planteó una objeción: ya que la descolada estaba poniendo a los pequeninos de un humor beligerante y expansivo, el nuevo virus tal vez los dejaría a todos en ese estado concreto. Pero Ela y Quara contestaron juntas que habían usado deliberadamente como modelo una versión más antigua de la descolada, de un momento en que los pequeninos estaban más relajados, eran más «ellos mismos». Los pequeninos que trabajaban en el proyecto estuvieron de acuerdo; había poco tiempo para consultar a nadie más excepto a Humano y Raíz, quienes también mostraron su conformidad. Con lo que Quara les había enseñado acerca del funcionamiento de la descolada, Ela puso a trabajar a un equipo en la bacteria asesina que se extendería rápidamente por la gaialogía del planeta entero, para encontrar la descolada normal en cada lugar y cada forma, hacerla pedazos y matarla. Reconocería la vieja descolada por los propios elementos de los que carecería la nueva. Liberar la recolada y la bacteria asesina al mismo tiempo completarían el trabajo.

Sólo quedaba un pequeño problema: la creación del nuevo virus. Ése fue el proyecto directo de Ela a partir de media mañana. Quara se desmoronó y se quedó dormida, al igual que la mayoría de los pequeninos. Pero Ela siguió esforzándose, intentando usar todas las herramientas de que disponía para romper el virus y recombinarlo como necesitaba. Pero cuando Ender acudió a últimas horas de la tarde para decirle que si su virus iba a salvar a Plantador era ahora o nunca, ella sólo fue capaz de desmoralizarse y llorar de agotamiento y frustración.

—No puedo —dijo.

—Entonces dile que lo has conseguido pero que no podrás tenerlo listo a tiempo y...

—Quiero decir que no puede hacerse.

—Lo has diseñado.

—Lo hemos planeado, lo hemos modelado, sí. Pero no puede *hacerse*. La descolada es un diseño realmente vicioso. No podemos construirlo de la nada porque hay demasiadas partes que no se mantienen juntas a menos que se tenga a esas secciones trabajando ya para seguir reconstruyéndose unas a otras a medida que se rompen. Y no podemos hacer modificaciones en el virus actual a menos que trabajemos más rápido de lo que podemos. Fue diseñada para vigilarse constantemente para que no pueda ser alterada, y para ser tan inestable en todas sus partes que resulte completamente imposible de crear.

—Pero *ellos* la crearon.

—Sí, pero no sé *cómo*. Al contrario que Grego, no puedo apartarme por completo de mi ciencia por un capricho metafísico y crear cosas según mi deseo. Estoy atascada con las leyes de la naturaleza tal como son aquí y ahora, y no hay ninguna regla que me permita crearla.

—Entonces sabemos adónde necesitamos ir, pero no podemos llegar desde aquí.

—Hasta anoche no sabía lo suficiente para imaginar si podríamos diseñar esta nueva recolada o no, y por tanto no tenía ninguna forma de saber que podríamos hacerlo. Suponía que si podía diseñarse, podría crearse. Estaba dispuesta a hacerlo, dispuesta a actuar en el momento en que Quara cediera. Todo lo que hemos conseguido es saber, por fin, por completo, que no puede hacerse. Quara tenía razón. Descubrimos lo suficiente para matar todos los virus de la descolada en Lusitania. Pero no somos capaces de crear la recolada que podría reemplazarla y mantener funcionando la vida aquí.

—Y si usamos la bacteria viricida…

—Todos los pequeninos del mundo estarían donde está ahora Plantador dentro de una semana o dos. Y toda la historia y los pájaros y las enredaderas y todo… Tierra calcinada. Una atrocidad. Quara tenía razón.

Ela volvió a echarse a llorar.

—Sólo estás cansada. —Era Quara, despierta ahora y con un aspecto terrible. El sueño no la había refrescado.

Ela, por su parte, no pudo contestar a su hermana. Quara parecía estar pensando en decir algo cruel, por el estilo de «ya te lo advertí». Pero lo pensó mejor, se acercó y colocó una mano sobre el hombro de Ela.

—Estás cansada, Ela. Necesitas dormir.

—Sí.

—Pero vamos a decírselo primero a Plantador.

—A decirle adiós.

—Sí, a eso me refería.

Se dirigieron al laboratorio que contenía la habitación estéril de Plantador. Los investigadores pequeninos estaban otra vez despiertos: todos se habían unido a la vigilia de las últimas horas de Plantador. Miro estaba dentro con él, y en esta ocasión no le pidieron que saliera, aunque Ender sabía que tanto Ela como Quara ansiaban acompañar al pequenino. En cambio, ambas le hablaron a través de los altavoces, explicándole lo que habían descubierto. Tener el éxito casi al alcance de la mano era peor, a su modo, que el completo fracaso, porque podía conducir fácilmente a la destrucción de todos los pequeninos, si los humanos de Lusitania se sentían suficientemente desesperados.

—No la usaréis —susurró Plantador. Los micrófonos, pese a su alto grado de sensibilidad, apenas recogían su voz.

—Nosotros no —dijo Quara—. Pero no somos las únicas personas que hay aquí.

—No la usaréis. Yo soy el único que morirá así.

Sus últimas palabras carecieron de voz. Leyeron sus labios más tarde, en la holograbación, para asegurarse de lo que había dicho.

Y, tras estas palabras, tras haber oído sus despedidas, Plantador murió.

En el momento en que las máquinas de seguimiento confirmaban su muerte, los pequeninos del grupo investigador se abalanzaron hacia la sala estéril. *Querían* que la descolada los acompañase. Apartaron bruscamente a Miro de en medio, y se pusieron a trabajar, inyectando el virus en cada parte del cuerpo de Plantador, cientos de inyecciones en unos momentos. Obviamente, se habían estado preparando para esto. Respetarían el sacrificio de Plantador en vida, pero ahora que estaba muerto, su honor satisfecho, no tenían ningún reparo en intentar salvarle para la tercera vida si era posible.

Lo llevaron al terreno despejado donde se encontraba Humano y Raíz, y lo colocaron en un punto ya marcado, formando un triángulo equilátero con los dos jóvenes padres-árbol. Allí desmembraron su cuerpo y lo abrieron. En cuestión de horas empezó a crecer un árbol, y experimentaron la breve esperanza de que fuera un padre-árbol. Pero los hermanos, expertos en reconocer a un joven padre-árbol, sólo tardaron unos cuantos días más en declarar que el esfuerzo había sido en vano. Había vida que contenía sus genes, sí, pero los recuerdos, la voluntad, la persona que era Plantador se había perdido. El árbol era mudo: no habría ninguna mente que se uniera al cónclave perpetuo de los padres-árbol. Plantador había decidido liberarse de la descolada, aunque eso significara perder la tercera vida que era el regalo de la descolada a todos los que poseía. Había tenido éxito y, al perder, ganó.

También había tenido éxito en otra cosa. Los pequeninos se apartaron de la costumbre normal de olvidar rápidamente el nombre de los hermanos-árbol. Aunque ninguna pequeña madre se arrastraría jamás por su corteza, el hermano-árbol que había crecido de este cadáver sería conocido por el nombre de Plantador y tratado con respeto, como si fuera un padre-árbol, como si fuera una persona. Aún más, su historia fue narrada una y otra vez por toda Lusitania, dondequiera que vivían los pequeninos. Plantador había demostrado que los pequeninos eran inteligentes incluso sin la descolada. Fue un noble sacrificio, y pronunciar el nombre de Plantador significaba un recordatorio para todos los pequeninos de su libertad fundamental del virus que los había esclavizado.

Pero la muerte de Plantador no detuvo los preparativos pequeninos para colonizar otros mundos. La gente de Guerrero tenía ahora la mayoría, y a medida que se extendían los rumores de que los humanos poseían una bacteria capaz de matar toda la descolada, su urgencia fue aún mayor. Deprisa, decían una y otra vez a la reina colmena. Deprisa, para que podamos liberarnos de este mundo antes de que los humanos decidan matarnos.

—Creo que puedo hacerlo —dijo Jane—. Si la nave es pequeña y simple, la carga casi nula, la tripulación lo más reducida posible, podré contener la pauta en mi mente. Si el viaje es breve y la estancia en el Expacio muy corta. En cuanto a contener la localización del principio y el final, es fácil, juego de niños; puedo hacerlo con la precisión de un milímetro, de menos. Si durmiera, podría hacerlo dormida. Así que no hay necesidad de que soporte aceleraciones o tenga sistemas para albergar vida de forma continuada. La nave puede ser simple. Un entorno sellado, sitios donde sentarse, luz, calor. Si en efecto podemos llegar allí y puedo mantenerlo todo junto y traerlo de vuelta, no estaremos en el espacio el tiempo suficiente para consumir el oxígeno de una habitación pequeña.

Todos se reunieron en el despacho del obispo para escucharla: la familia Ribeira, la de Jakt y Valentine, los investigadores pequeninos, varios sacerdotes y Filhos, y una docena de líderes de la colonia humana. El obispo insistió en celebrar la reunión en su despacho.

—Porque es suficientemente grande —arguyó—, y porque si vais a salir a cazar como Nimrod ante el Señor, si vais a enviar una nave como Babel al cielo en busca del rostro de Dios, entonces quiero estar presente para rezar a Dios para que se apiade de vosotros.

—¿Cuánto queda de tu capacidad? —le preguntó Ender a Jane.

—No mucha. Todos los ordenadores de los Cien Mundos se frenarán mientras lo hacemos, ya que usaré su memoria para contener la pauta.

—Lo pregunto porque queremos intentar ejecutar un experimento mientras estemos allí fuera.

—No andes con medias tintas, Ender —dijo Ela—. Queremos realizar un milagro mientras estemos allí. Si llegamos al Exterior, eso significará que probablemente Grego y Olhado tienen razón en cómo es. Y eso implica que las reglas serán diferentes. Las cosas pueden ser creadas sólo comprendiendo su pauta. Por eso quiero ir. Existe la posibilidad de que, mientras estoy allí, sea capaz de crearlo. Puede que consiga traer un virus que no pueda crearse en el espacio real. ¿Me llevarás? ¿Puedes contenerme allí el tiempo suficiente para crear el virus?

—¿Cuánto tiempo es eso? —preguntó Jane.

—Debería ser instantáneo —dijo Grego—. En el momento en que lleguemos, cualquiera que sean las pautas completas que contengamos en nuestras mentes deberían ser creadas en un período de tiempo demasiado breve para que los humanos lo advirtamos. El tiempo real hará falta para analizar si, de hecho, tiene el virus que quería. Tal vez cinco minutos.

—Sí —respondió Jane—. Si puedo hacer todo esto, podré hacerlo durante cinco minutos.

—El resto de la tripulación —intervino Ender.

—El resto de la tripulación seréis Miro y tú —respondió Jane—. Y nadie más.

Grego protestó con fuerza, pero no fue el único.

—Soy piloto —alegó Jakt.

—*Yo* soy la única piloto de esta nave —dijo Jane.

—Olhado y yo lo ideamos —objetó Grego.

—Ender y Miro vendrán conmigo porque no puede hacerse con margen de seguridad sin ellos. Habito dentro de Ender: donde él va, me lleva consigo. Miro, por otro lado, está tan unido a mí que tal vez forma parte de la pauta que soy yo misma. Quiero que venga porque acaso no esté entera sin él. Nadie más. No puedo contener a nadie más en la pauta. Ela será la única, aparte de ellos dos.

—Entonces ésa es la tripulación —zanjó Ender.

—Sin discusión —añadió el alcalde Kovano.

—¿Construirá la nave la reina colmena? —preguntó Jane.

—Lo hará —contestó Ender.

.—Entonces tengo que pedir un favor más. Ela, si puedo darte esos cinco minutos, ¿puedes contener también en tu mente la pauta de otro virus?

—¿El virus para Sendero? —preguntó ella.

—Se lo debemos, si es posible, por la ayuda que nos han prestado.

—Creo que sí —respondió Ela—, o al menos las diferencias entre ese virus y la descolada normal. Eso es posiblemente lo que puedo contener: las diferencias.

—¿Y cuándo sucederá esto? —preguntó el alcalde.

—En cuanto la reina colmena construya la nave —dijo Jane—. Nos quedan sólo cuarenta y ocho días antes de que los Cien Mundos desconecten sus ansibles. Ahora sabemos que sobreviviré a ese hecho, pero me dejará lisiada. Me costará reaprender todos mis recuerdos perdidos, si es que puedo hacerlo alguna vez. Hasta que eso suceda, no podré contener la pauta de una nave para que vaya al Exterior.

—La reina colmena puede mandar construir una nave tan simple como ésta mucho antes de esa fecha —dijo Ender—. En una nave tan pequeña no hay posibilidad de enviar a todas las personas y pequeninos de

Lusitania antes de que llegue la flota, y mucho menos antes de que el corte del ansible impida a Jane hacer volar esa nave. Pero habrá tiempo de llevar nuevas comunidades de pequeninos libres de la descolada, un hermano, una esposa, pequeñas madres embarazadas, a una docena de planetas y establecerlos allí. Tiempo para introducir a nuevas reinas en sus crisálidas, fertilizadas ya para poner sus primeros centenares de huevos, y llevarlas también a una docena de nuevos mundos. Si todo esto funciona, si no nos quedamos como unos idiotas sentados en una caja de cartón deseando poder volar, entonces volveremos con paz para este mundo, libres del peligro de la descolada, y con la dispersión segura de la herencia genética de las otras especies de raman que hay aquí. Hace una semana, parecía imposible. Ahora hay esperanza.

—*Graças a deus* —rezó el obispo.

Quara se echó a reír.

Todos la miraron.

—Lo siento —dijo—. Estaba pensando..., oí una oración, no hace muchas semanas. Una oración a Os Venerados, mi abuelo Gusto y mi abuela Cida. Pedimos que si no había una manera de resolver los problemas imposibles que nos acechan, que intercedieran ante Dios para que abriera un camino.

—No es una mala súplica —comentó el obispo—. Y tal vez Dios ha respondido a ella.

—Lo sé —respondió Quara—. Eso es lo que estaba pensando. ¿Y si todo este asunto del Inspacio y el Expacio no hubiera sido real antes? ¿Y si sólo se hizo verdad debido a esa oración?

—¿Y qué? —preguntó el obispo.

—Bueno, ¿no les parecería gracioso?

Por lo visto, nadie compartía su opinión.

16
VIAJE

<De modo que los humanos tienen ya lista su nave, y en cambio la que habéis estado construyendo para nosotros está todavía incompleta.>

<La que ellos querían era una caja con una puerta. Ninguna propulsión, ningún soporte vital, ningún espacio para carga. La vuestra y la nuestra son mucho más complicadas. No nos hemos retrasado, y pronto estarán listas.>

<La verdad es que no me quejo. Quería que se preparara primero la nave de Ender. Es lo que contiene auténtica esperanza.>

<Para nosotras también. Estamos de acuerdo con Ender y su pueblo en que la descolada nunca debe ser asesinada aquí en Lusitania, a menos que pueda crearse de algún modo la recolada. Pero cuando enviemos nuevas reinas a otros mundos, mataremos la descolada de la nave que las lleve, para que no haya ninguna posibilidad de contaminar nuestro nuevo hogar. Para que podamos vivir sin temor a ser destruidas por este varelse artificial.>

<Lo que hagáis con *vuestra* nave no nos importa.>

<Con suerte, nada de esto importará. Su nueva nave encontrará su camino al Exterior, regresará con la recolada,

nos liberará a todos, y entonces la nueva nave nos enviará a tantos mundos como deseemos.>

<¿Funcionará? ¿La caja que has hecho para ellos?>

<Sabemos que el lugar a donde se dirigen es real: nosotros traemos de allí nuestras propias esencias. Y el puente que construimos, lo que Ender llama Jane, es una pauta como nunca hemos visto antes. Si puede hacerse, ella podrá. Nosotras nunca lo conseguimos.>

<¿Os marcharéis si funciona la nueva nave?>

<Crearemos reinas-hermanas que llevarán consigo mis recuerdos a otros mundos. Pero nosotras nos quedaremos aquí. Este lugar donde salí de mi crisálida es mi hogar para siempre.>

<Entonces estás tan enraizada aquí como yo.>

<Para eso están las hijas. Para ir donde nosotras nunca iremos, para llevar nuestra memoria a lugares que nunca veremos.>

<Pero nosotros veremos. ¿No? Dijiste que la conexión filótica permanecería.>

<Pensábamos en el viaje a través del tiempo. Vivimos mucho tiempo, nosotras las colmenas, vosotros los árboles. Pero nuestras hijas y sus hijas nos sobrevivirán. Nada cambia eso.>

Qing-jao los escuchó mientras le presentaban la elección.

—¿Por qué debería importarme lo que decidáis? —dijo cuando terminaron—. Los dioses se reirán de vosotros.

Su padre sacudió la cabeza.

—No lo harán, hija mía, Gloriosamente Brillante. Los dioses no se preocupan más por Sendero que por cualquier otro mundo. La gente de Lusitania está a punto de crear un virus que puede liberarnos a todos. No más rituales, no más cesión al desorden de nuestros cerebros. Por eso vuelvo a preguntártelo: si es posible, ¿debemos hacerlo? Causaría desorden aquí. Wang-mu y yo hemos planeado cómo actuaremos, cómo anunciaremos lo que estamos haciendo para que el pueblo comprenda, para que haya una oportunidad de que los agraciados no sean masacrados y renuncien amablemente a sus privilegios.

—Los privilegios no son nada —dijo Qing-jao—. Tú mismo me lo enseñaste. Sólo son la forma que tiene el pueblo de expresar su reverencia a los dioses.

—Ay, hija mía, ojalá supiera que hay más agraciados que comparten esa humilde visión de nuestra situación. Demasiados consideran que es su derecho mostrarse altaneros y opresivos, porque los dioses les hablan a ellos y no a los demás.

—Entonces los dioses los castigarán. No temo a vuestro virus.

—Pero sí tienes miedo, Qing-jao, lo veo.

—¿Cómo puedo decirle a mi padre que no ve lo que afirma ver? Sólo puedo decir que yo debo de estar ciega.

—Sí, mi Qing-jao, lo estás. Ciega a propósito. Ciega a tu propio corazón. Porque incluso ahora tiemblas. Nunca has estado segura de que yo me equivocara. Desde que Jane nos mostró la auténtica naturaleza de la voz de los dioses, has estado insegura de lo que era cierto.

—Entonces estoy insegura de que sale el sol. Estoy insegura de la vida.

—Todos estamos inseguros de la vida, y el sol permanece en el mismo sitio, día y noche, sin subir ni caer. Somos nosotros quienes subimos y caemos.

—Padre, no temo nada de este virus.

—Entonces nuestra decisión está tomada. Si los lusitanos pueden traernos el virus, lo usaremos.

Han Fei-tzu se levantó para marcharse.

Pero la voz de Qing-jao le detuvo antes de que llegara a la puerta.

—¿Es éste entonces el disfraz que tomará el castigo de los dioses?

—¿Qué? —preguntó él.

—Cuando castiguen a Sendero por tu iniquidad al trabajar contra los dioses que han dado su mandato al Congreso, ¿disfrazarán su castigo haciendo que parezca un virus que los silencia?

—Ojalá los perros me hubieran arrancado la lengua antes de haberte enseñado a pensar de esa forma.

—Los perros están ya arrancándome el corazón —le respondió Qing-jao—. Padre, te lo suplico, no hagas esto. No dejes que tu rebeldía provoque a los dioses para que permanezcan silenciosos en toda la faz de este mundo.

—Lo haré, Qing-jao, de forma que no tengan que crecer más hijos siendo esclavos como lo has hecho tú. Cuando pienso en tu cara contra el suelo, siguiendo las vetas de la madera, quiero cortar los cuerpos de quienes te obligaron a hacerlo, hasta que sea su sangre la que forme líneas, que seguiría alegremente, para saber que han sido castigados.

Ella se echó a llorar.

—Padre, te lo suplico, no provoques a los dioses.

—Más que nunca estoy decidido ahora a liberar el virus, si viene.

—¿Qué puedo hacer para persuadirte? Si guardo silencio, lo harás, y si hablo para suplicarte, lo harás con toda seguridad.

—¿Sabes cómo podrías detenerme? Podrías hablarme como si supieras que la voz de los dioses es producto de un desorden cerebral, y luego, cuando yo sepa que ves el mundo con claridad y firmeza, podrías persuadirme con buenos argumentos de que un cambio tan rápido, completo y devastador sería dañino, o cualquier otro argumento que quieras presentar.

—Entonces, para convencer a mi padre, ¿debo mentirle?

—No, mi Gloriosamente Brillante. Para persuadir a tu padre debes mostrar que comprendes la verdad.

—Comprendo la verdad —afirmó Qing-jao—. Comprendo que alguno de los enemigos te ha arrancado de mí. Comprendo que ahora sólo me quedan los dioses y madre, que está entre ellos. Suplico a los dioses que me dejen morir y unirme a ella, para no tener que sufrir más el dolor que me causas, pero ellos me dejan aquí. A mi entender eso significa que quieren que siga adorándolos. Tal vez no estoy suficientemente purificada. O tal vez saben que pronto tu corazón volverá a cambiar, y vendrás a mí como solías hacerlo, hablando honorablemente de los dioses y enseñándome a ser una verdadera servidora suya.

—Eso no sucederá nunca —declaró Han Fei-tzu con firmeza.

—Una vez pensé que algún día podrías ser el dios de Sendero. Ahora veo que, lejos de ser el protector de este mundo, te has convertido en su más oscuro enemigo.

Han Fei-tzu se cubrió el rostro y salió de la habitación, sollozando por su hija. Nunca podría persuadirla mientras oyera la voz de los dioses. Pero tal vez si traían el virus, tal vez si los dioses guardaban silencio, ella lo escucharía. Tal vez podría devolverla a la razón.

Estaban sentados en la nave, que más parecía dos cuencos de metal, colocados uno sobre el otro, con una puerta en un lado. El diseño de Jane, fielmente ejecutado por la reina colmena y sus obreras, incluía muchos instrumentos en el exterior. Pero incluso rebosando de sensores no se parecía a ningún tipo de astronave vista antes. Era demasiado pequeña, y no había ningún medio de propulsión visible. La única energía que podría dirigir aquella nave a alguna parte era el invisible aíua que Ender llevaba a bordo consigo.

Estaban sentados formando un círculo. Había seis

asientos, porque el diseño de Jane permitía la posibilidad de que la nave fuera usada de nuevo para llevar a gente de un mundo a otro. Habían ocupado los asientos alternos, así que formaban los vértices de un triángulo: Ender, Miro, Ela.

Atrás quedaron las despedidas. Habían acudido amigos y familiares. Sin embargo, una ausencia fue dolorosa: Novinha. La esposa de Ender, la madre de Miro y Ela. No quería tomar parte en esto. Ése era el auténtico dolor real de la partida.

El resto era todo miedo y nerviosismo, esperanza e incredulidad. Tal vez la muerte los esperaba al cabo de unos instantes. Tal vez las ampollas que Ela llevaba en el regazo se llenarían en unos momentos, para liberar dos mundos. Tal vez fueran los pioneros de un nuevo tipo de vuelo espacial que salvaría las especies amenazadas por el Ingenio M.D.

Tal vez no fueran más que tres idiotas sentados en el suelo, en un prado ante la colonia humana de Lusitania, hasta que por fin hiciera tanto calor en el interior de la nave que tuvieran que salir de ella. Ninguno de los que esperaban fuera se reiría, por supuesto, pero habría carcajadas por toda la ciudad. Sería la risa de la desesperación. Eso significaría que no había escapatoria, ni libertad, sólo más y más miedo hasta que llegara la muerte con uno de sus muchos disfraces posibles.

—¿Estás con nosotros, Jane? —preguntó Ender.

La voz en su oído sonó tranquila.

—Mientras esté haciendo esto, Ender, no podré dedicarte ninguna atención.

—Entonces estarás con nosotros, pero muda. ¿Cómo sabré que estás ahí?

Ella se rió suavemente.

—Qué tonto eres, Ender. Si tú estás ahí, yo estaré dentro de ti. Y si no estoy dentro de ti, no tendrás ningún lugar en el que estar.

Ender se imaginó fragmentándose en un trillón de partes, dispersándose por el caos. La supervivencia personal dependía no sólo de que Jane mantuviera la pauta de la nave, sino también de que él pudiera contener la pauta de su mente y su cuerpo. Pero no tenía ni idea de que su mente fuera lo bastante fuerte para mantener la pauta cuando estuviera en el lugar donde las leyes de la naturaleza carecían de vigencia.

—¿Preparados? —preguntó Jane.

—Pregunta si estamos preparados —dijo Ender.

Miro estaba ya asintiendo. Ela inclinó la cabeza. Luego, después de un instante, se persignó, asió con fuerza la cajita con las ampollas que tenía en el regazo, y asintió también.

—Si vamos y volvemos, Ela —dijo Ender—, entonces no será un fracaso, aunque no crees el virus que deseas. Si la nave funciona bien, podremos volver otra vez. No pienses que todo depende de lo que imagines hoy.

Ella sonrió.

—No me sorprenderá si fracaso, pero también estoy preparada para triunfar. Mi equipo está dispuesto para liberar cientos de bacterias en el mundo, si regreso con la recolada y podemos anular la descolada. Será difícil, pero dentro de cincuenta años el mundo se convertirá en una gaialogía autorreguladora de nuevo. Veo ciervos y vacas en la alta hierba de Lusitania, y águilas en el cielo. —Entonces volvió a mirar las ampollas de su regazo—. También he rezado a la Virgen, para que el mismo Espíritu Santo que creó a Dios en su vientre aliente de nuevo vida en estos recipientes.

—Amén a esa oración —dijo Ender—. Y ahora, Jane, si tú estás lista, podemos irnos.

Fuera de la pequeña nave, los demás aguardaban. ¿Qué esperaban? ¿Que la nave empezara a echar humo y sacudirse? ¿Que retumbara un trueno, que destellara un rayo?

La nave estaba allí. Estaba allí, y siguió estándolo, sin moverse, sin cambiar.

Y de repente desapareció.

Cuando sucedió, no sintieron nada dentro de la nave. No se produjo ningún sonido ni movimiento que anunciara el paso del Inspacio al Expacio. Pero supieron al instante que algo había sucedido, porque ya no eran tres, sino seis.

Ender se encontró sentado entre dos personas, un hombre y una mujer, ambos jóvenes. Pero no tuvo tiempo de mirarlos, pues sus ojos se clavaron en el hombre sentado en lo que antes era el asiento vacío que tenía enfrente.

—Miro —susurró. Pues era él. Pero no Miro el lisiado, el joven minusválido que había subido a la nave con él. *Ése* estaba sentado en la siguiente plaza a la izquierda de Ender. Este Miro era el joven fuerte que conoció antaño. El hombre cuyo vigor era la esperanza de su familia, cuya belleza significaba el orgullo de la vida de Ouanda, cuya mente y cuyo corazón se habían apiadado de los pequeninos hasta negarse a dejarlos sin los beneficios que pensaba podría ofrecerles la cultura humana. Miro, entero y restaurado.

¿De dónde había salido?

—Tendría que haberlo supuesto —exclamó Ender—. Tendríamos que haberlo pensado. La pauta de ti mismo que contienes en tu mente, Miro... no es como *eres*, sino como *eras* en el pasado.

El nuevo Miro, el joven Miro, levantó la cabeza y sonrió.

—Yo sí lo pensé —dijo, y su habla sonó clara y hermosa, y las palabras salieron fácilmente de su boca—.

Lo esperaba. Le supliqué a Jane que me trajera por eso. Y se hizo realidad. Exactamente como esperaba.

—Pero ahora sois dos —observó Ela. Parecía horrorizada.

—No —respondió el nuevo Miro—. Sólo yo. Sólo el yo *real.*

—Pero ése sigue ahí.

—No por mucho tiempo. Ese viejo cascarón está ahora vacío.

Y era cierto. El viejo Miro se desmoronó en su asiento como un muerto. Ender se arrodilló ante él, lo tocó. Le palpó el cuello, buscándole el pulso.

—¿Por qué debería latir el corazón? —dijo Miro—. *Yo* soy el lugar donde habita el aiúa de Miro.

Cuando Ender retiró los dedos de la garganta del viejo Miro, la piel se desprendió con una pequeña nube de polvo. Ender retrocedió. La cabeza cayó de los hombros y aterrizó en el regazo del cadáver. Entonces se disolvió en un líquido blanquecino. Ender se levantó de un salto. Tropezó con el pie de alguien.

—Ay —se quejó Valentine.

—Mira por dónde vas —advirtió un hombre.

Valentine no está en esta nave, pensó Ender. Y también conozco la voz del hombre.

Se volvió hacia ellos, hacia el hombre y la mujer que habían aparecido en los asientos vacíos a su lado.

Valentine. Imposiblemente joven. Con el aspecto que tenía cuando, de adolescente, nadó junto a él en el lago de una residencia privada en la Tierra. El aspecto que tenía cuando él más la amaba y la necesitaba, cuando ella fue la única razón que pudo pensar para continuar con su entrenamiento militar; cuando fue la única razón que podía pensar para justificar la molestia de salvar al mundo.

—No puedes ser real —jadeó.

—Por supuesto que lo soy —respondió ella—. Me has pisado el pie, ¿no?

—Pobre Ender —dijo el joven—. Torpe y estúpido. No es una buena combinación.

Ahora Ender lo reconoció.

—Peter —dijo. Su hermano, su enemigo de la infancia, a la edad en la que se convirtió en el Hegemón. La imagen que reprodujeron todos los vids cuando Peter se las arregló para que Ender nunca pudiera regresar a la Tierra después de su gran victoria.

—Creía que nunca volvería a verte cara a cara —dijo Ender—. Moriste hace mucho tiempo.

—Nunca te creas los rumores de mi muerte. Tengo tantas vidas como un gato. Y también tantos dientes, tantas garras y la misma disposición alegre y cooperativa.

—¿De dónde venís?

Miro proporcionó la respuesta.

—Deben venir de pautas en *tu* mente, ya que tú los conoces.

—Sí, ¿pero por qué? Se supone que hemos traído nuestra autoconcepción. La pauta por la que nos conocemos a nosotros mismos.

—¿Es así, Ender? —dijo Peter—. Entonces tal vez eres realmente especial. Una personalidad tan complicada necesita dos personas para contenerla.

—No hay nada mío dentro de ti —espetó Ender.

—Y será mejor que siga así —dijo Peter, sonriendo obscenamente—. Me gustan las mujeres, no los viejos achacosos.

—No te quiero —declaró Ender.

—Nadie me quiso nunca. Te querían *a ti*. Pero me tuvieron a mí, ¿no? Me trajeron hasta aquí. ¿Crees que no conozco toda mi historia? Tú y ese libro de mentiras, el *Hegemón*. Tan sabio y comprensivo. Cómo se ablandó Peter Wiggin. Cómo resultó ser un gobernante sabio y justo. Qué risa. Portavoz de los Muertos, sí. Mientras lo escribías, sabías la verdad. Lavaste a título póstumo la sangre de mis manos, Ender, pero tú y yo sabíamos que mientras estuve vivo, anhelé esa sangre.

—Déjalo en paz —dijo Valentine—. Dijo la verdad en el *Hegemón*.

—¿Todavía protegiéndolo, pequeño ángel?

—¡No! —exclamó Ender—. He acabado contigo, Peter. Estás fuera de mi vida, desapareciste hace tres mil años.

—¡Puedes correr, pero no esconderte!

—¡Ender! ¡Ender, basta! ¡Ender!

Se volvió. Ela estaba gritando.

—¡No sé qué está pasando aquí, pero basta! Sólo nos quedan unos cuantos minutos, ayúdame con las pruebas.

Tenía razón. Pasara lo que pasara con el nuevo cuerpo de Miro, con la reaparición de Peter y Valentine, lo importante era la descolada. ¿Había tenido éxito Ela al transformarla, al crear la recolada? ¿Y el virus que transformaría a la gente de Sendero? Si Miro consiguió rehacer su cuerpo, y Ender conjurar de algún modo a los fantasmas de su pasado y volverlos nuevamente de carne y hueso, era posible, realmente posible, que las ampollas de Ela contuvieran ahora los virus cuyas pautas había mantenido en su mente.

—Ayúdame —repitió.

Ender y Miro (el nuevo Miro, su mano fuerte y segura) cogieron las ampollas que les ofreció, y dieron comienzo a la prueba. Era una prueba negativa: si las bacterias, algas y pequeños gusanos que añadían a los tubos permanecían varios minutos sin ser afectados, entonces no había descolada en las ampollas. Ya que contenían los virus cuando subieron a la nave, eso sería la prueba de que algo, al menos, había sucedido para neutralizarlos. Cuando regresaran, tendría que descubrir si era la recolada o sólo una descolada muerta e inefectiva.

Los gusanos, algas y bacterias no sufrieron ninguna transformación. En las pruebas realizadas anteriormente en Lusitania, la solución que contenían las bacterias pasaba de azul a amarillo en presencia de la descolada; ahora permaneció azul. En Lusitania, los pequeños gusanos habían muerto y flotaron en la superficie, convertidos en carcasas grises, pero ahora continuaban moviéndose, conservando el color púrpura amarronado que, al menos en ellos, significaba vida. Y las algas, en vez de descomponerse y disolverse por completo, continuaban siendo finos hilos y filamentos llenos de vida.

—Hecho, entonces —anunció Ender.

—Al menos, podemos albergar esperanza —comentó Ela.

—Sentaos —ordenó Miro—. Si hemos acabado, ella nos llevará de regreso.

Ender se sentó. Miró al asiento que antes ocupaba Miro. Su antiguo cuerpo lisiado ya no era identificable como humano. Continuaba desmoronándose, convirtiéndose en polvo o en líquido. Incluso las ropas se disolvían.

—Ya no forma parte de mi pauta —dijo Miro—. Ya no hay nada que lo mantenga.

—¿Pero qué hay de ellos? —demandó Ender—. ¿Por qué no se disuelven?

—¿Y tú? —preguntó Peter—. ¿Por qué no te disuelves? No te necesita nadie. Eres un viejo carcamal que ni siquiera puede conservar a su mujer. Y nunca has tenido un hijo propio, eunuco patético. Deja tu puesto a un hombre de verdad. Nadie te ha necesitado nunca: todo lo que has realizado podría haberlo hecho yo mucho mejor, y nunca habrías igualado todo lo que *yo* hice.

Ender se cubrió la cara con las manos. Ni en sus peores pesadillas habría imaginado una situación como ésta. Sí, sabía que iban a un lugar donde su mente podría crear cosas. Pero nunca se le había ocurrido que *Peter* estaría todavía esperando allí. Creía haber extinguido aquel antiguo odio hacía mucho tiempo.

Y Valentine..., ¿por qué iba a crear a otras Valentine? ¿Tan joven y perfecta, tan dulce y hermosa? Había una Valentine real esperándolo en Lusitania. ¿Qué pensaría al ver lo que había creado con su mente? Tal vez sería halagador saber cómo la atesoraba en su corazón; pero también sabría que él atesoraba el pasado, no su imagen del presente.

Los secretos más oscuros y más brillantes de su corazón quedarían revelados en cuanto se abriera la puerta y tuviera que salir a la superficie de Lusitania.

—Disolveos —les ordenó—. Desmoronaos.

—Hazlo tú primero, viejo —rió Peter—. Tu vida está acabada, y la mía apenas está empezando. La primera vez sólo tenía la Tierra, sólo un planeta cansado; me resultó tan fácil como ahora lo sería matarte con las manos desnudas, si quisiera. Podría romperte el cuello como una rama seca.

—Inténtalo —susurró Ender—. Ya no soy un niñito asustado.

—Ni eres rival para mí. Nunca lo fuiste, y nunca lo serás. Tienes demasiado corazón. Eres como Valentine. No te atreves a hacer lo necesario. Eso te convierte en blando y débil. Te vuelve fácil de destruir.

Un súbito destello de luz.

¿Qué era la muerte en el Expacio después de todo? ¿Había perdido Jane la pauta en su mente? ¿Iban a explotar, o caían a un sol?

No. Era la puerta al abrirse. Era la luz de la mañana lusitana, entrando en la relativa oscuridad del interior de la nave.

—¿Vais a salir? —gritó Grego. Asomó la cabeza—. ¿Vais...?

Entonces los vio. Ender advirtió que contaba en silencio.

—*Nossa Senhora* —susurró Grego—. ¿De dónde demonios han salido?

—Han salido de la mente completamente jodida de Ender —respondió Peter.

—De recuerdos antiguos y tiernos —añadió la nueva Valentine.

—Ayúdame con los virus —pidió Ela.

Ender extendió las manos, pero ella se los entregó a Miro. No explicó nada, pero él comprendió. Lo que le había sucedido en el Exterior era demasiado extraño para que pudiera aceptarlo. Fueran lo que fuesen Peter y esta nueva Valentine, no deberían existir. La creación de Miro de un nuevo cuerpo para sí tenía sentido, aunque fuera terrible ver cómo el viejo cuerpo se disolvía. La concentración de Ela fue tan pura que no había creado nada aparte de las ampollas que había traído para ese propósito. Pero Ender había convocado a dos personas completas, ambas molestas a su propio modo: la nueva Valentine porque era una parodia de la real, que seguramente esperaba ante la puerta. Y Peter conseguía ser molesto aunque todas sus burlas contenían un tono que resultaba a la vez peligroso y sugestivo.

—Jane —susurró Ender—. Jane, ¿estás conmigo?

—Sí.

—¿Has visto todo esto?

—Sí.

—¿Lo comprendes?

—Estoy muy cansada. Nunca he estado cansada antes. Nunca he hecho algo tan difícil. Requirió… toda mi atención a la vez. Y dos cuerpos más, Ender. Obligarme a que los introdujera en la pauta así…, no sé cómo lo conseguí.

—No pretendía hacerlo.

Pero ella no respondió.

—¿Venís o qué? —preguntó Peter—. Los otros han salido ya. Con todas esas muestras de orina.

—Ender, tengo miedo —dijo la joven Valentine—. No sé qué debo hacer ahora.

—Ni yo —respondió Ender—. Dios me perdone si esto te hace daño. Nunca te habría hecho volver para herirte.

—Lo sé.

—No —dijo Peter—. El dulce y viejo Ender saca de su cerebro a una joven núbil que se parece a su hermana adolescente. Mmmm, mmm, Ender, amigo mío, ¿no hay límite a tu perversión?

—Sólo una mente enferma pensaría una cosa así —masculló Ender.

Peter se echó a reír.

Ender cogió a la joven Val de la mano y la condujo hacia la puerta. Pudo sentir que su mano sudada y temblaba. Ella parecía tan real... *Era* real. Y allí mismo, en cuanto llegó a la puerta, descubrió a la Valentine de verdad, madura y casi una anciana, aunque todavía la mujer hermosa y graciosa que había conocido y amado durante todos estos años. Ésa es mi *auténtica* hermana, la que amo como a mi segundo yo. ¿Qué hacía esta joven en mi mente?

Estaba claro que Grego y Ela habían dicho lo suficiente para que la gente supiera que algo extraño había sucedido. Cuando Miro salió de la nave, robusto y vigoroso, hablando con claridad y tan exuberante que parecía a punto de ponerse a cantar, provocó un murmullo de agitación.

Un milagro. Había milagros ahí fuera, dondequiera que hubiera ido la nave.

Sin embargo, la aparición de Ender sembró el silencio. Pocos habrían sabido, al mirarla, que la muchacha que le acompañaba era Valentine en su juventud: sólo Valentine sabía quién era. Y nadie más que Valentine reconocería a Peter Wiggin en su vigorosa juventud: las imágenes de los textos de historia eran normalmente holos tomados en la madurez de su vida, cuando las holografías baratas y permanentes empezaban a difundirse.

Pero Valentine los reconoció. Ender se quedó ante la puerta, con la joven Val a su lado y Peter detrás, y Valentine los reconoció a ambos. Avanzó un paso, apartándose de Jakt, hasta encontrarse cara a cara con Ender.

—Ender —dijo—. Dulce chiquillo atormentado, ¿esto es lo que creas cuando vas a un sitio donde puedes hacer todo lo que quieras? —extendió la mano y tocó a la joven copia de sí misma en la mejilla—. Tan hermosa. Nunca he sido tan hermosa, Ender. Es perfecta. Es todo lo que quise ser pero nunca fui.

—¿No te alegras de verme, Val, mi querida Demóstenes? —Peter se abrió paso entre Ender y la joven Val—. ¿No tienes también dulces recuerdos míos? ¿No soy más hermoso de lo que recuerdas? Yo sí que me alegro de verte. Te ha ido muy bien con el personaje que creé para ti. Demóstenes. Yo te creé, pero nunca me has dado las gracias.

—Gracias, Peter —susurró Valentine. Miró de nuevo a la joven Val—. ¿Qué harás con ellos?

—¿Hacer con nosotros? —dijo Peter—. No somos suyos para que pueda hacer nada. Puede que me haya traído de vuelta, pero ahora soy mi propio dueño, como siempre.

Valentine se volvió hacia la multitud, todavía sorprendida por la extrañeza de los hechos. Después de todo, habían visto que tres personas subían a la nave, la habían visto desaparecer, y luego reaparecer en el mismo punto apenas siete minutos después… y en vez de salir tres personas, había cinco, dos de ellas desconocidas. No era de extrañar que se hubieran quedado boquiabiertos.

Pero hoy no habría respuestas para nadie. Excepto para la pregunta más importante de todas.

—¿Ha llevado Ela las ampollas al laboratorio? —preguntó Valentine—. Vámonos de aquí y veamos qué ha creado Ela para nosotros en el Expacio.

17

LOS HIJOS DE ENDER

<Pobre Ender. Ahora sus pesadillas caminan a su alrededor por su propio pie.>

<Es una forma extraña de tener hijos, después de todo.>

<Tú eres la que llama a las aíuas del caos. ¿Cómo encontró almas para ellos?>

<¿Qué te hace pensar que lo hizo?>

<Caminan. Hablan.>

<El llamado Peter vino y habló contigo, ¿no?>

<Un humano arrogante como nunca los he conocido.>

<¿Cómo crees que nació sabiendo hablar el lenguaje de los padres-árbol?>

<No lo sé. Ender lo creó. ¿Por qué no iba a crearlo sabiendo hablar?>

<Ender sigue creándolos a ambos, hora tras hora. Hemos sentido la pauta en él. Puede que no la comprenda, pero no hay ninguna diferencia entre esos dos y él mismo. Cuerpos distintos, tal vez, pero forman parte de él de todas formas. Hagan lo que hagan, digan lo que digan, es el aíua de Ender, actuando y hablando.>

<¿Lo sabe él?>

<Lo dudamos.>
<¿Se lo dirás?>
<No hasta que lo pregunte.>
<¿Cuándo crees que será eso?>
<Cuando ya sepa la respuesta.>

Era el último día de prueba de la recolada. La noticia de su éxito, hasta el momento, se había extendido ya por la colonia humana, y también entre los pequeninos, según suponía Ender. El ayudante de Ela llamado Cristal se había ofrecido voluntario como sujeto del experimento. Llevaba tres días viviendo en la misma cámara de aislamiento donde se había sacrificado Plantador. Sin embargo, esta vez mataron la descolada de su interior con la bacteria viricida que él mismo había desarrollado al colaborar con Ela. Y esta vez, ejecutando las funciones que antes cumplía la descolada, estaba el nuevo virus de la descolada. Había funcionado a la perfección. Cristal ni siquiera se sentía indispuesto. Sólo faltaba dar un último paso antes de que la recolada pudiera ser declarada un completo éxito.

Una hora antes de la prueba final, Ender, con su absurda escolta de Peter y la joven Val, se reunió con Quara y Grego en la celda donde se encontraba este último.

—Los pequeninos lo han aceptado —explicó Ender a Quara—. Están dispuestos a correr el riesgo de matar a la descolada y sustituirla con la recolada, después de haberla probado sólo con Cristal.

—No me sorprende —respondió Quara.

—A mí sí —dijo Peter—. Está claro que los cerdis como especie tienen deseos de morir.

Ender suspiró. Aunque ya no era un niñito asustado, y Peter había dejado de ser mayor, más grande y más fuerte que él, seguía sin sentir amor hacia el simulacro de su hermano que de algún modo había creado en el Exterior. Era todo lo que Ender había temido y odiado en su infancia; le enfurecía y asustaba tenerlo de vuelta.

—¿Qué quieres decir? —preguntó Grego—. Si los pequeninos no acceden a hacerlo, entonces la descolada los volverá demasiado peligrosos para que la humanidad les permita sobrevivir.

—Por supuesto —sonrió Peter—. El físico es experto en estrategia.

—Lo que Peter está diciendo —explicó Ender—, es que si *él* estuviera a cargo de los pequeninos, cosa que sin duda le gustaría, nunca renunciaría voluntariamente a la descolada hasta que hubiera ganado a cambio algo para la humanidad.

—Para sorpresa de todos, el viejo chico maravillas todavía tiene una chispa de inteligencia —observó Peter—. ¿Por qué deben matar la única arma que la humanidad tiene motivos para temer? La Flota Lusitania todavía está en camino, y sigue llevando a bordo el Ingenio D.M. ¿Por qué no hacen que Andrew se suba a ese balón de fútbol mágico y vaya a reunirse con la flota y les haga renunciar?

—Porque me fusilarían como a un perro —replicó Ender—. Los pequeninos hacen esto porque es bueno, justo y decente. Palabras que te definiré más tarde.

—Conozco las palabras. Y también lo que significan.

—¿De verdad? —preguntó la joven Val. Su voz, como siempre, era una sorpresa: suave, tenue, y sin embargo capaz de interrumpir la conversación. Ender recordó que la voz de Valentine siempre había sido así. Imposible no escucharla, aunque rara vez alzaba el tono.

—*Bueno. Justo. Decente* —se burló Peter. Las palabras parecieron sucias en sus labios—. La persona que las dice cree en esos conceptos o no. Si es que no, entonces significan que tiene a alguien detrás con un cuchillo en la mano. Y si las cree, entonces esas palabras significan que su oponente vencerá.

—Yo te diré lo que significan —intervino Quara—. Significan que vamos a felicitar a los pequeninos, y a nosotros mismos, por aniquilar una especie inteligente que tal vez no exista en ningún otro lugar del universo.

—No te engañes —dijo Peter.

—Todo el mundo está muy seguro de que la descolada es un virus diseñado —objetó Quara—, pero nadie ha considerado la alternativa, que una versión mucho más primitiva y vulnerable de la descolada evolucionara de forma natural, y luego *se* cambiara *a sí misma* hasta su estado actual. Podría ser un virus diseñado, sí, pero ¿quién lo diseñó? Y ahora la vamos a matar sin intentar conversar con ella.

Peter le sonrió, y luego a Ender.

—Me sorprende que esta pequeña comadreja no sea sangre de tu sangre. Está tan obsesionada con buscar razones para sentirse culpable como Val y tú.

Ender lo ignoró e intentó responder a Quara.

—Vamos a matarla, sí. Porque no podemos esperar más. La descolada está intentando destruirnos, y no hay tiempo para dudar. Si pudiéramos, lo haríamos.

—Comprendo todo eso —asintió Quara—. He cooperado, ¿no? Pero me pone enferma oírte hablar como si los pequeninos fueran *valientes* por colaborar en un acto de xenocidio para salvar su propia piel.

—Somos nosotros o ellos, muchachas —dijo Peter—. Nosotros o ellos.

—Posiblemente no comprendes lo mucho que me avergüenzo de oír mis propios argumentos en sus labios —se lamentó Ender.

Peter se echó a reír.

—Andrew pretende demostrar que no le gusto.

Pero es un farsante. Me admira. Me adora. Lo ha hecho siempre. Igual que este pequeño ángel que tenemos aquí.

Peter dio un pellizco a la joven Val. Ella no retrocedió. En cambio, actuó como si no hubiera sentido su dedo en el brazo.

—Nos adora a ambos. En su mente retorcida, ella es la perfección moral que nunca podrá conseguir. Y *yo* soy el poder y el genio que siempre ha estado fuera del alcance del pobrecito niño Andrew. Fue muy modesto por su parte, ¿verdad? Durante todos estos años ha llevado a sus superiores dentro de su mente.

La joven Val cogió la mano de Quara.

—Lo peor que podrías hacer en tu vida es ayudar a la gente que amas a hacer algo que en tu corazón consideras un lamentable error.

Quara se echó a llorar.

Pero no era Quara quien preocupaba a Ender. Sabía que era lo bastante fuerte para mantener las contradicciones morales de sus propias acciones y seguir cuerda. Su ambivalencia hacia sus propias acciones probablemente la debilitaría, la volvería menos segura de que su juicio era absolutamente correcto y que todos los que no estaban de acuerdo con ella se equivocaban irremisiblemente. En cualquier caso, al final de este asunto emergería más completa y compasiva, y más *decente* de lo que lo fue antes, en su acalorada juventud. Y tal vez la suave caricia de la joven Val, junto con sus palabras, que definían exactamente lo que Quara sentía, la ayudarían a sanar más pronto.

Lo que preocupaba a Ender era la admiración con la que Grego contemplaba a Peter. Más que nadie, Grego debería saber adónde podían conducir las palabras de Peter. Sin embargo aquí estaba, adorando a la pesadilla ambulante de Ender. Debo conseguir que Peter salga de aquí, pensó Ender, o tendrá más discípulos en Lusitania de los que tuvo Grego..., y los usará con más efectividad y, a la larga, el efecto será más mortífero.

Ender abrigaba pocas esperanzas de que Peter resultara ser igual que el Peter *real*, que se convirtió en un hegemón fuerte y digno. *Este* Peter, después de todo, no era un ser humano completo de carne y hueso, lleno de ambigüedad y sorpresa. Más bien, Ender había creado una caricatura del mal atractivo que habitaba en los más profundos recovecos de su mente inconsciente. No había ninguna sorpresa en este tema. Mientras se preparaban para salvar a Lusitania de la descolada, Ender les había traído un nuevo peligro, potencialmente igual de destructivo. Pero no tan difícil de matar.

Reprimió una vez más la idea, aunque se le había ocurrido una docena de veces desde que advirtió que Peter estaba sentado a su izquierda en la nave. Yo lo he creado. No es real, sólo mi pesadilla. Si lo mato, no sería asesinato, ¿verdad? Sería el equivalente moral de..., ¿de qué? ¿De despertarse? He impuesto mi pesadilla al mundo y, si lo matara, el mundo despertaría para encontrar que la pesadilla ha desaparecido, nada más.

Si se hubiera tratado sólo de Peter, Ender se habría convencido para asesinarlo, o al menos eso creía. Pero era la joven Val quien se lo impedía. Frágil, bella de espíritu... Si Peter podía morir, también podía hacerlo ella. Sí él *debía* morir, entonces tal vez ella tendría que morir también: tenía tan poco derecho como él a existir, era igual de innatural, tan estrecha y distorsionada en su creación. Pero Ender nunca podría hacerlo. Ella debía ser protegida, no dañada. Y si uno de ellos era lo bastante real para seguir con vida, también lo era el otro. Si dañar a la joven Val sería asesinato, también lo sería dañar a Peter. Habían sido producidos en el mismo acto de creación.

Mis hijos, pensó Ender con amargura. Mis queridos retoños, que salieron completamente formados de mi cabeza como Atenea de la mente de Zeus. Pero lo que yo tengo aquí no se parece a Atenas. Más bien son Diana y Hades. La virgen cazadora y el señor de los infiernos.

—Será mejor que nos vayamos —aconsejó Peter—. Antes de que Andrew se convenza para matarme.

Ender sonrió tristemente. Eso era lo peor: Peter y la joven Val parecían haber cobrado vida sabiendo más acerca de su mente que él mismo. Esperaba que con el tiempo ese conocimiento íntimo se desvaneciera. Pero mientras tanto, la humillación aumentaba por la forma en que Peter le pinchaba revelando pensamientos que nadie más habría imaginado. Y la joven Val... Ender sabía por la forma en que a veces lo miraba que también ella lo sabía. Ya no tenía secretos.

—Iré a casa contigo —le dijo Val a Quara.

—No —respondió Quara—. He hecho lo que he hecho. Me quedaré aquí para ver a Cristal hasta el final de su prueba.

—No queremos perder nuestra oportunidad de sufrir abiertamente —se mofó Peter.

—Cállate, Peter —ordenó Ender.

Peter sonrió.

—Oh, vamos. Sabes que Quara está saboreando todo esto. Es su forma de convertirse en la estrella del programa: todo el mundo se muestra cuidadoso y amable con ella cuando deberían aclamar a Ela por lo que ha conseguido. Robar protagonismo es una cosa muy fea, Quara..., justo tu especialidad.

Quara podría haber respondido, si las palabras de Peter no hubieran sido tan ultrajantes y si no hubieran contenido un germen de verdad que la dejó confusa. En cambio, fue la joven Val quien dirigió a Peter una fría mirada.

—Cállate, Peter —dijo.

Las mismas palabras que había dicho Ender, sólo que cuando las pronunciaba la joven Val, funcionaban.

Peter le sonrió, y le hizo un guiño conspirador, como diciendo, te dejaré seguir con tu jueguecito, Val, pero no creas que estás engañando a todo el mundo haciéndote la dulce. Pero no dijo nada más y se marcharon, dejando a Grego en su celda.

El alcalde Kovano se reunió con ellos fuera.

—Éste es un gran día en la historia de la humanidad —dijo—. Y por pura casualidad yo aparezco en todas las fotografías.

Todos se echaron a reír, sobre todo Peter, que había desarrollado una rápida y cómoda amistad con Kovano.

—No es ninguna casualidad —dijo—. Mucha gente en tu posición se habría dejado llevar por el pánico y lo habría estropeado todo. Hace falta una mente abierta y mucho valor para permitir que las cosas se movieran como lo hicieron.

Ender apenas pudo contener la risa con el descarado halago de Peter. Pero los halagos nunca son tan evidentes para quien los recibe. Desde luego, Kovano dio un golpecito a Peter en el brazo y lo negó todo, pero Ender comprendió que le encantaba oír aquello, y que Peter se había ganado ya más influencia con Kovano que él mismo. ¿No se da cuenta toda esta gente de la forma tan cínica en que Peter se los está ganando?

El único que veía a Peter con algo parecido al temor y la repulsión de Ender era el obispo, pero en su caso eran prejuicios teológicos, no sabiduría, lo que le impedía caer en el engaño. Horas después de regresar del Exterior, el obispo llamó a Miro y le instó a que aceptara el bautismo.

—Dios ha realizado un gran milagro con tu curación —le dijo—, pero la forma en que se ha hecho…, cambiar un cuerpo por otro, en vez de sanar directamente el antiguo…, nos deja en la peligrosa posición de que tu espíritu habita un cuerpo que no ha sido bautizado. Y ya que el bautismo se ejecuta sobre la carne, temo que puedas no estar santificado.

A Miro no le interesaban demasiado las ideas del obispo en lo concerniente a milagros (no consideraba que Dios tuviera mucho que ver con su curación), pero la completa restauración de su fuerza, su habla y su libertad lo regocijaban tanto que probablemente habría accedido a cualquier cosa. El bautismo se celebraría la semana siguiente, durante los primeros servicios en la nueva capilla.

Pero el ansia que el obispo sentía por poder bautizar a Miro no se reflejaba en su actitud hacia Peter y la joven Val.

—Es absurdo considerar a esos monstruos como *personas*. No es posible que tengan alma —declaró—. Peter es un eco de alguien que ya vivió y murió, con sus propios pecados y arrepentimientos, con el curso de su vida ya medido y su lugar en el cielo o el infierno ya asignado. Y en cuanto a esa... muchacha, a esa burla de la gracia femenina, no puede ser quien afirma, porque el lugar ya está ocupado por una mujer viva. No puede haber bautismo para los engaños de Satán. Al crearlos, Andrew Wiggin ha construido su propia Torre de Babel, intentando alcanzar el cielo para ocupar el lugar de Dios. No puede recibir el perdón hasta que los devuelva al infierno y los deje allí.

¿Imaginaba el obispo Peregrino por un momento que eso era exactamente lo que él ansiaba hacer? Pero Jane se mostró inflexible cuando Ender le sugirió la idea.

—Eso sería una tontería —dijo—. Para empezar, ¿por qué crees que irían? Y en segundo lugar, ¿qué te hace pensar que no crearías simplemente otros dos más? ¿No has oído la historia del aprendiz de brujo? Llevarlos de vuelta sería como volver a cortar las escobas por la mitad otra vez... y acabarías con más escobas. No empecemos las cosas.

Y aquí se encontraban, caminando juntos hacia el laboratorio: Peter, con el alcalde Kovano completamente en el bolsillo. La joven Val, que se había ganado igualmente a Quara, aunque su propósito era altruista en vez de explotador. Y Ender, su creador, furioso, humillado y asustado.

Yo los creé, por tanto soy responsable de todo lo que hagan. Y a la larga, los dos causarán terribles daños. Peter, porque hacer daño es su naturaleza, al menos tal como lo concebí en las pautas de mi mente. Y la joven Val, a pesar de su bondad innata, porque su propia existencia es una profunda ofensa a mi hermana Valentine.

—No dejes que Peter te engañe —susurró Jane en su oído.

—La gente cree que me pertenece —subvocalizó Ender—. Suponen que debe ser inofensivo porque *yo* lo soy. Pero no tengo control sobre él.

—Creo que lo saben.

—Tengo que sacarlo de aquí.

—Estoy trabajando en eso —le aseguró Jane.

—Tal vez debería enviarlos a algún planeta desierto. ¿Conoces la obra de Shakespeare, *La Tempestad*?

—Caliban y Ariel, ¿eso es lo que son?

—Ya que no puedo matarlos, los exiliaré.

—Estoy trabajando en ello —repitió Jane—. Después de todo, son parte de ti, ¿no? ¿Parte de la pauta de tu mente? ¿Y si puedo usarlos *a ellos* en tu lugar, para permitirme ir al Exterior? Entonces tendríamos tres naves, y no sólo una.

—Dos —dijo Ender—. Yo nunca volveré al Exterior.

—¿Ni siquiera durante un microsegundo? ¿Si te llevo y te traigo de nuevo? No hay ninguna necesidad de quedarse allí.

—La causa no fue que nos quedáramos —se lamentó Ender—. Peter y la joven Val aparecieron *instantáneamente*. Si regreso al Exterior, volveré a crearlos.

—Muy bien. Dos naves, entonces. Una con Peter, otra con la joven Val. Déjame que lo calcule, si puedo. No podemos hacer sólo un trayecto y abandonar para siempre el viaje más rápido que la luz.

—Sí que podemos. Conseguimos la recolada. Miro se procuró un cuerpo sano. Con eso basta, crearemos todo lo demás nosotros solos.

—Te equivocas —dijo Jane—. Todavía tenemos que transportar a los pequeninos y a las reinas colmenas fuera de este planeta antes de que llegue la flota. Todavía tenemos que llevar a Sendero el virus transformacional, para liberar a esa gente.

—No volveré al Exterior.

—¿Aunque no pueda usar a Peter y a la joven Val para transportar mi aíua? ¿Dejarías que los pequeninos y la reina colmena acabaran destruidos porque temes a tu propia mente inconsciente?

—No comprendes lo peligroso que es Peter.

—Tal vez no. Pero sí comprendo lo peligroso que es el Pequeño Doctor. Y si no estuvieras tan envuelto en tu propia miseria, Ender, sabrías que, aunque acabemos con quinientos pequeños Peters y Vals, tenemos que usar esta nave para llevar a los pequeninos y a la reina colmena a otros mundos.

Ender sabía que Jane tenía razón. Lo había sabido desde el principio. Sin embargo, eso no significaba que estuviera preparado para admitirlo.

—Sigue trabajando para ver si puedes hacerlo con Peter y la joven Val —subvocalizó—. Pero que Dios nos ayude si Peter puede crear cosas cuando vaya al Exterior.

—Dudo que pueda. No es tan listo como cree.

—Sí que lo es. Y si lo dudas, es que tú no eres tan lista como piensas.

Ela no fue la única que se preparó para la prueba final de Cristal yendo a visitar a Plantador. Su árbol mudo todavía no era más que un retoño, apenas un contrapunto a los gruesos troncos de Raíz y Humano. Pero los pequeninos se habían congregado alrededor de ese retoño. Y, como Ela, lo habían hecho para rezar. Era una oración extraña y silenciosa. Los sacerdotes pequeninos no ofrecían ninguna pompa, ninguna ceremonia. Simplemente, se arrodillaron con los demás y murmuraron en varias lenguas. Algunos rezaban en el Lenguaje de los Hermanos, algunos en el de los árboles. Ela supuso que lo que oía en boca de las esposas congregadas allí era su propia lengua, aunque podría ser también el lenguaje sagrado que usaban para hablar al árbol-madre. Y también había idiomas humanos surgiendo de labios pequeninos: stark y portugués por igual, e incluso latín eclesiástico en boca de los sacerdotes pequeninos. Era una Babel virtual, y sin embargo Ela sintió una gran unidad. Rezaban ante la tumba del mártir, todo lo que quedaba de él, por la vida del hermano que seguía sus pasos.

Si Cristal moría completamente hoy, sólo repetiría el sacrificio de Plantador. Y si pasaba a la tercera vida, sería una vida que debería al ejemplo y el valor de Plantador.

Como fue Ela quien trajo la recolada del Exterior, los pequeninos la honraron dejándola unos instantes a solas ante el tronco del árbol de Plantador. Abrazó el fino tronco, deseando que hubiera más vida en él. ¿Estaba perdido ahora el aíua de Plantador, deambulando en la ausencia de lugar del Exterior? ¿O lo había tomado Dios como su propia alma y lo había llevado al cielo, donde Plantador estaba ahora reunido con los santos?

Plantador, ruega por nosotros. Intercede por nosotros. Como mis venerados abuelos llevaron mi plegaria al Padre, ve ahora a Cristo y suplícale que se apiade de todos tus hermanos y hermanas. Que la recolada lleve a Cristal a la tercera vida, para que podamos, en buena fe, esparcirla por todo el mundo y reemplace a la asesina descolada. Entonces el león podrá yacer con el cordero, y podrá haber paz en este lugar.

Sin embargo, no por primera vez, Ela tuvo sus dudas. Estaba segura de que su acción era la adecuada; no sentía ninguno de los resquemores de Quara referentes a destruir la descolada en toda Lusitania.

Pero no estaba segura de que debieran haber basado la recolada en las muestras más antiguas de la descolada que habían recolectado. Si de hecho la descolada había causado la reciente beligerancia en los pequeninos, su ansia por esparcirse a nuevos lugares, entonces podría considerar que estaba restaurando a los pequeninos a su anterior condición «natural». Pero esa condición era producto de la descolada como equilibradora gaialógica, y sólo parecía natural porque era el estado en que los pequeninos se encontraban cuando llegaron los humanos. Podía considerar también que ella misma estaba causando una modificación conductual de toda una especie, al eliminar a conveniencia su agresividad para que hubiera menos conflictos con los humanos en el futuro. Y ahora los estoy convirtiendo en buenos cristianos, les guste o no. Y el hecho de que Raíz y Humano lo aprueben no me quita ningún peso de encima, si a la larga causa daño a los pequeninos.

Oh, Señor, perdóname por hacer de Dios en las vidas de estos hijos Tuyos. Cuando el aíua de Plantador vaya a verte para interceder por nosotros, concédele lo que pide en nuestro favor, pero sólo si es Tu voluntad que su especie sea alterada así. Ayúdanos a hacer el bien, pero te ruego que nos detengas si causáramos daño involuntariamente. En el nombre del Padre, y del Hijo, y del Espíritu Santo. Amén.

Se quitó con el dedo una lágrima de la mejilla y la

colocó en la suave corteza del tronco de Plantador. No estás aquí para sentir esto, Plantador, no dentro del árbol. Pero lo sientes igualmente, estoy segura. Dios no dejaría que un alma tan noble como la tuya se perdiera en la oscuridad.

Era hora de irse. Las amables manos de los hermanos la tocaron, tiraron de ella, la dirigieron hacia el laboratorio donde Cristal esperaba en aislamiento su paso a la tercera vida.

Cuando Ender había visitado anteriormente a Plantador, lo encontró en la cama, rodeado del equipo médico. El interior de la cámara de aislamiento era ahora muy distinto. Cristal gozaba de una salud perfecta, y aunque estaba conectado a todos los aparatos de seguimiento, no yacía postrado en cama. Feliz y juguetón, apenas podía contener sus ganas de continuar.

Y ahora que habían llegado Ela y los otros pequeninos, era hora de comenzar.

La única pared que ahora mantenía su aislamiento era el campo disruptor. Fuera de él, los pequeninos que se habían congregado para ver su paso a la tercera vida podían contemplar todo lo que sucediera. Sin embargo, eran los únicos que esperaban al aire libre. Tal vez por delicadeza hacia los sentimientos pequeninos, o tal vez porque así podrían tener un muro entre ellos y la brutalidad de este ritual pequenino, los humanos se habían congregado todos dentro del laboratorio, donde sólo una ventana y los monitores les permitían ver lo que le sucedería a Cristal.

El pequenino esperó hasta que todos los hermanos, ataviados con sus trajes aislantes, ocuparon su puesto a su lado, los cuchillos de madera en la mano, antes de arrancar un trozo de capim y masticarlo. Era el anestésico que le haría soportable todo el ritual. Pero también era la primera vez que un hermano destinado a la tercera vida masticaba hierba nativa que no contenía el virus de la descolada. Si el nuevo virus de Ela era adecuado, entonces el capim funcionaría como lo había hecho siempre el que controlaba la descolada.

—Si paso a la tercera vida —manifestó Cristal—, el honor pertenece a Dios y a su siervo Plantador, no a mí.

Era adecuado que Cristal eligiera usar sus últimas palabras en la lengua de los hermanos para alabar a Plantador. Pero su detalle no cambió el hecho de que pensar en el sacrificio de Plantador hiciera llorar a muchos humanos. Aunque resultaba difícil interpretar las emociones pequeninas, Ender no tuvo ninguna duda de que los sonidos de charla que emitían los pequeninos congregados en el exterior eran también sollozos, o alguna otra emoción apropiada a la memoria de Plantador. Pero Cristal se equivocaba al pensar que no había honor para él en esto. Todo el mundo sabía que todavía podían fracasar, que a pesar de todos los motivos de esperanza, no existía ninguna certeza de que la recolada de Ela tuviera poder para llevar a un hermano a la tercera vida.

Los hermanos alzaron sus cuchillos y empezaron a trabajar.

Esta vez no soy yo, pensó Ender. Gracias a Dios, no tengo que empuñar un cuchillo para causar la muerte de un hermano.

Sin embargo, no desvió la mirada, como hacían muchos otros humanos. El ritual y la sangre no le resultaban nuevos, y aunque eso no lo hacía más agradable, al menos sabía que podría soportarlo. Y si Cristal podía soportar lo que le hicieran, Ender podría soportar ser testigo de ello. Para eso servía un portavoz de los muertos, ¿no? Para ser testigo. Contempló cuanto pudo ver del ritual, mientras abrían el cuerpo de Cristal y plantaban sus órganos en la tierra, para que el árbol pudiera empezar a germinar mientras la mente de Cristal estaba todavía alerta y viva. Durante todo el ritual, Cristal no emitió ningún sonido o realizó movimiento alguno que sugiriera dolor. O su coraje estaba más allá de todo reconocimiento, o la recolada había cumplido también su misión en el capim, al mantener sus propiedades anestésicas.

Por fin el trabajo quedó terminado, y los hermanos que llevaron a Cristal a la tercera vida regresaron a la cámara estéril, donde, después de que sus trajes fueran limpiados de la recolada y las bacterias viricidas, se desprendieron de ellos y regresaron desnudos al laboratorio. Todos estaban muy solemnes, pero a Ender le pareció discernir la excitación y el júbilo que ocultaban. Todo se había desarrollado bien. Habían sentido el cuerpo de Cristal respondiéndoles. En cuestión de horas, tal vez de minutos, brotarían las primeras hojas del joven árbol. Y en sus corazones estaban seguros de que así sucedería.

Ender también advirtió que uno de ellos era un sacerdote. Se preguntó qué diría el obispo, si lo supiera. El viejo Peregrino había demostrado ser bastante adaptable a la hora de asimilar una especie alienígena a la fe católica, y para adecuar el ritual y la doctrina a fin de que encajaran con sus peculiares necesidades. Pero eso no cambiaba el hecho de que Peregrino era un anciano a quien no le complacía la idea de que los sacerdotes participaran en rituales que, a pesar de su claro parecido a la crucifixión, seguían sin ser los sacramentos reconocidos. Bueno, estos hermanos sabían lo que hacían. Hubieran anunciado al obispo la participación de uno de sus sacerdotes o no, Ender no lo mencionaría, ni lo haría ninguno de los otros humanos presentes si es que alguno se había dado cuenta.

Sí, el árbol crecía, y con gran vigor, y las hojas se alzaban visiblemente mientras miraban. Pero pasarían muchas horas, días quizás, antes de que averiguaran si era un padre-árbol, con Cristal todavía vivo y consciente en su interior. Una eternidad de espera, donde el árbol de Cristal tendría que crecer en perfecto aislamiento.

Ojalá también yo pudiera encontrar un lugar donde quedar aislado, pensó Ender, donde pudiera reflexionar acerca de las cosas tan extrañas que me han sucedido, sin interferencias.

Pero no era un pequenino, y la intranquilidad que sufría no se debía a un virus que pudiera ser aniquilado, o expulsado de su vida. Su mal estaba en la raíz de su identidad, y no sabía si podría deshacerse alguna vez de él sin destruirse a sí mismo en el proceso. Tal vez, pensó, Peter y Val representan el total de lo que soy; tal vez si desaparecieran no quedaría nada. ¿Qué parte de mi alma, qué acción de mi vida queda que no pueda explicarse como la acción de uno u otro de ellos, ejecutando su voluntad dentro de mí?

¿Soy la suma de mis hermanos? ¿O la diferencia entre ellos? ¿Cuál es la peculiar aritmética de mi alma?

Valentine intentaba no obsesionarse con la muchacha que Ender había traído consigo del Exterior. Por supuesto, sabía que era su yo más joven tal como él la recordaba, e incluso consideraba muy amable por su parte que llevara dentro de su corazón un recuerdo tan poderoso de ella a esa edad. Sólo Valentine, de todas las personas de Lusitania, sabía por qué era esa edad la que conservaba en su inconsciente. Ender había permanecido en la Escuela de Batalla hasta entonces, completamente desconectado de su familia. Aunque él no podía haberlo sabido, ella sí era consciente de que sus padres lo habían olvidado. No olvidado su existencia, desde luego, sino como presencia en sus vidas. Ender simplemente no estaba allí, ya no era su responsabilidad. Tras haberlo entregado al estado, quedaron absueltos. Habría formado más parte de sus vidas de haber muerto; tal como estaban las cosas, ni siquiera tenían una tumba que visitar. Valentine no los culpaba por ello: demostraba que eran resistentes y adaptables. Pero Valentine no supo imitarlos. Ender estaba siempre con ella, en su corazón. Y cuando, después de quedar interiormente agotado al verse obligado a superar todos los desafíos que le ofrecieron en la Escuela de Batalla, Ender decidió renunciar a toda la empresa, cuando, de hecho, se puso en huelga, el oficial encargado de convertirlo en una herramienta útil acudió a ella. La llevó a Ender. Les dio tiempo para estar juntos, el mismo hombre que los había separado y dejado heridas tan profundas en sus corazones. Ella sanó entonces a su hermano, lo suficiente para que pudiera volver y salvar a la humanidad destruyendo a los insectores.

Es natural que me conserve en la memoria a esa edad, más poderosa que ninguna de las incontables experiencias que hemos compartido desde entonces. Es natural que cuando su mente inconsciente convoca su bagaje más íntimo sea la muchacha que fui lo que más profundamente anide en su corazón.

Ella sabía todo esto, lo comprendía, lo *creía*. Sin embargo, todavía escocía, todavía dolía que aquella criatura casi perfecta fuera lo que él pensara de ella. Que la Valentine que Ender realmente amaba fuera una criatura de increíble pureza. Por bien de esta compañera imaginaria, él fue un compañero tan íntimo en todos los años que pasaron antes de que me casara con Jakt. A menos que fuera el hecho de casarme con Jakt lo que le hizo volver a la visión infantil que tenía de mí.

Tonterías. No había nada que ganar intentando imaginar lo que significaba aquella muchacha. No importaba cuál fuera el modo de su creación, ahora esta allí, y había que aceptar este hecho.

Pobre Ender..., no parecía comprender nada. Al principio pensó de verdad que podría conservar a la joven Val a su lado.

—¿No es mi hija, en cierto modo? —preguntó.

—En ningún modo lo es —admitió ella—. En cualquier caso, es *mía*. Y no está bien que la lleves a tu casa, sola. Sobre todo ya que Peter está allí, y no es el tutor más digno de confianza que ha existido.

Ender no estuvo completamente de acuerdo: habría preferido deshacerse de Peter y no de Val, pero accedió, y desde entonces la muchacha vivió en casa de Valentine, cuya intención era convertirse en amiga y mentora de la chica, aunque fue en vano. No se sentía suficientemente cómoda en compañía de Val. No dejaba de buscar motivos para salir de casa cuando Val estaba allí; siempre se sentía inapropiadamente agradecida cuando Ender venía a llevársela a dar un paseo con Peter.

Lo que finalmente sucedió fue que, como había ocurrido tan a menudo antes, Plikt intervino en silencio y resolvió el problema. Plikt se convirtió en la principal acompañante y tutora de Val en casa de Valentine. Cuando Val no estaba con Ender, estaba con Plikt. Y aquella mañana Plikt había sugerido instalar una casa propia: para ella y para Val. Quizá me apresuré al aceptarlo, pensó Valentine. Pero probablemente a Val le resulta tan duro compartir una casa conmigo como a mí con ella.

Ahora, sin embargo, mientras contemplaba a Plikt y a Val, que entraban en la nueva capilla de rodillas y arrastrándose, como se habían arrastrado todos los otros humanos que entraron, para besar el anillo del obispo Peregrino ante el altar, Valentine advirtió que no había hecho nada «por el bien» de Val, por mucho que hubiera querido convencerse de ello. Val era completamente autosuficiente, inquebrantable, tranquila. ¿Por qué debería Valentine imaginar que podía hacer que la joven Val fuera más o menos feliz, estuviera más o menos cómoda? Soy irrelevante para la vida de esta muchachita. Sin embargo, ella no es irrelevante para la mía. Es a la vez la afirmación y la negación de la relación más importante de mi infancia, y de gran parte de mi edad adulta. Ojalá se hubiera reducido a cenizas en el Exterior, como el viejo cuerpo lisiado de Miro. Ojalá nunca hubiera tenido que enfrentarme conmigo misma de esta manera.

En efecto, se enfrentaba a ella misma. Ela había efectuado esta prueba inmediatamente. La joven Val y Valentine eran genéticamente idénticas.

—Pero eso es absurdo —protestó Valentine—. Es altamente improbable que Ender memorizara mi código genético. No pudo haber una pauta de ese código en la nave.

—¿Se supone que debo ofrecer una explicación? —le preguntó Ela.

Ender sugirió una posibilidad: que el código genético de la joven Val fue fluido hasta que ella y Valentine se encontraron, y entonces los filotes del cuerpo de Val se formaron con la pauta que encontraron en Valentine.

Valentine se guardó sus opiniones para sí, pero dudaba de que la suposición de Ender fuera acertada. La joven Val tenía los genes de Valentine desde el primer momento, porque cualquier persona que encajara tan perfectamente con la visión de Valentine que tenía Ender no podía tener otros genes; la ley natural que la propia Jane ayudaba a mantener dentro de la nave lo habría requerido. O tal vez había alguna fuerza que formaba y ordenaba incluso un lugar de caos tan completo. Apenas importaba, excepto que por molesta y perfecta y tan distinta a ella que pueda ser esta nueva pseudo Valentine; la visión que Ender tenía de ella fue lo bastante veraz para que genéticamente resultaran iguales. Su visión no podía estar tan desviada. Tal vez fui de verdad así de perfecta, y sólo me he endurecido desde entonces. Tal vez fui de verdad así de hermosa. Tal vez fui de verdad así de joven.

Se arrodillaron ante el obispo. Plikt le besó el anillo, aunque no tenía que cumplir la penitencia de Lusitania.

Sin embargo, cuando le tocó el turno a la joven Val, el obispo retiró la mano y se dio la vuelta. Un sacerdote se adelantó y les indicó que ocuparan sus asientos.

—¿Cómo puedo hacerlo? —preguntó la joven Val—. No he cumplido mi penitencia todavía.

—No tienes penitencia —respondió el sacerdote—. El obispo me lo dijo antes de que vinieras; no estabas aquí cuando se cometió el pecado, así que no formas parte de la penitencia.

La joven Val lo miró tristemente.

—Fui creada por alguien que no es Dios. Por eso el obispo no quiere recibirme. Nunca tomaré la comunión mientras él viva.

El sacerdote parecía muy triste: era imposible no sentir pesar por la joven Val, pues su sencillez y dulzura la hacía parecer frágil, y la persona que la hiriera tenía por tanto que sentirse torpe por haber dañado a alguien tan tierno.

—Hasta que el papa pueda decidir —dijo—. Todo esto es muy difícil.

—Lo sé —susurró la joven Val. Entonces obedeció y se sentó entre Plikt y Valentine.

Nuestros codos se tocan, pensó Valentine. Una hija que soy exactamente yo misma, como si la hubiera clonado hace tres años.

Pero no quería otra hija, y desde luego no quería un duplicado mío. Ella lo sabe. Lo siente. Y por eso sufre algo que yo nunca sufrí: se siente no deseada y no amada por aquellos que más se parecen a ella.

¿Cómo se siente Ender? ¿También desea que se marche? ¿O ansía ser su hermano, como fue *mi* hermano menor hace tantos años? Cuando yo tenía esa edad, Ender todavía no había cometido xenocidio. Pero tampoco había hablado aún en nombre de los muertos. La *Reina Colmena*, el *Hegemón*, la *Vida de Humano*... todo eso estaba entonces más allá de él. Era sólo un niño, confuso, desesperado, temeroso. ¿Cómo podría Ender anhelar esa época?

Miro entró poco después, se arrastró hasta el altar y besó el anillo. Aunque el obispo lo había absuelto de toda responsabilidad, cumplió la penitencia con todos los demás. Valentine advirtió, naturalmente, los muchos susurros que despertó su paso. Todos los habitantes de Lusitania que lo trataron antes de su lesión cerebral reconocieron el milagro realizado: una perfecta restauración del Miro que con tanta brillantez había convivido con ellos antes.

No te conocí entonces, Miro, pensó Valentine. ¿Siempre tuviste ese aire distante y ceñudo? Tal vez tu cuerpo ha sanado, pero sigues siendo el hombre que vivió en el dolor durante un tiempo. ¿Te ha vuelto eso más frío o más compasivo?

Miro se acercó y se sentó junto a ella, en el asiento que habría sido de Jakt, si no estuviera todavía en el espacio. Con la descolada a punto de ser destruida, alguien tenía que traer a la superficie de Lusitania los miles de microbios y plantas y especies animales congelados y mantener en orden los sistemas planetarios. Era un trabajo que se había hecho en muchos otros mundos, pero resultaba más difícil de realizar por la necesidad de no competir con demasiada intensidad con las especies locales de las que dependían los pequeninos. Jakt estaba allí arriba, trabajando para todos ellos: era una buena justificación para su ausencia, pero Valentine todavía lo echaba de menos. De hecho, lo necesitaba con todas sus fuerzas, pues las creaciones de Ender la habían dejado hecha un lío. Miro no era ningún sustituto para su marido, sobre todo porque su nuevo cuerpo era un brusco recordatorio de lo que había sucedido en el Exterior.

Si yo viajara allá afuera, ¿qué crearía? Dudo que trajera de vuelta a una persona, porque temo que no hay ninguna alma en la raíz de mi psique. Ni siquiera la mía propia. ¿Qué otra cosa ha sido mi apasionado estudio de la historia, sino una búsqueda de la humanidad? Otros la encuentran escudriñando en sus propios corazones. Sólo las almas perdidas necesitan buscarla fuera de sí mismas.

—La fila casi ha terminado —susurró Miro.

Entonces el servicio empezaría pronto.

—¿Dispuesto a purgar tus pecados? —susurró Valentine.

—Como explicó el obispo, sólo purgaré los pecados de este nuevo cuerpo. Todavía tengo que confesar y cumplir penitencia por los pecados que cometí con el antiguo. Por supuesto, no fueron posibles muchos pecados carnales, pero hay bastantes de envidia, rencor, malicia y autocompasión. Y estoy intentando decidir si también tengo que confesar un suicidio. Cuando mi antiguo cuerpo se desmoronó para convertirse en nada, estaba respondiendo al deseo de mi corazón.

—Nunca tendrías que haber recuperado la voz —dijo Valentine—. Ahora farfullas sólo por oírte hablar tan bien.

Él sonrió y le palmeó el brazo.

El obispo empezó la ceremonia con una oración, dando gracias a Dios por todo lo que se había conseguido en los últimos meses. Omitió la creación de los dos nuevos ciudadanos de Lusitania, aunque la curación de Miro fue colocada definitivamente del lado de Dios. Hizo que Miro avanzara y lo bautizó casi de inmediato, y luego, porque no se trataba de una misa, pasó acto seguido a su homilía.

—La piedad del Señor tiene un alcance infinito —declaró el obispo—. Sólo podemos esperar que elija conceder más de lo que nos merecemos, y que nos perdone por nuestros terribles pecados individuales y colectivos. Sólo podemos esperar que, como Nínive, que se alejó de la destrucción a través del arrepentimiento, podamos convencer a nuestro Señor para que nos salve de la flota que ha permitido que venga a castigarnos.

—¿Envió la flota *antes* de que quemáramos el bosque? —susurró Miro, suavemente, de forma que sólo Valentine pudiera oírlo.

—Tal vez el Señor sólo cuenta el momento de llegada, no la partida —sugirió Valentine. Sin embargo, lamentó de inmediato su ligereza. Se encontraban en un acto solemne: aunque ella no fuera católica practicante, sabía que cuando una comunidad aceptaba la responsabilidad por el mal cometido y hacía verdadera penitencia por ello, se trataba de un acto sagrado.

El obispo habló de los que habían muerto en santidad: Os Venerados, que salvaron a la humanidad de la plaga de la descolada; el padre Estevão, cuyo cuerpo estaba enterrado bajo el suelo de la capilla y que sufrió el martirio defendiendo la verdad contra la herejía; Plantador, que murió para demostrar que el alma de su pueblo procedía de Dios, y no de un virus; y los pequeninos, que habían muerto como víctimas inocentes de la masacre.

Todos ellos puede que sean santos algún día, pues esta época es similar a los primeros días del cristianismo, cuando hacían mucha más falta grandes hechos y gran santidad, y por tanto se conseguían con mucha más frecuencia. Esta capilla es un altar para todos los que han amado a Dios con todo su corazón, voluntad, mente y fuerza, y que han amado a su prójimo como a sí mismos. Que todos los que entren aquí lo hagan con el corazón roto y el espíritu contrito, para que la santidad también los alcance.

La homilía no fue larga, porque había previstos muchos otros servicios idénticos para ese día: la gente acudía a la capilla por turnos, ya que era demasiado pequeña para albergar a toda la población humana de Lusitania de una sola vez. Acabaron muy pronto y Valentine se levantó para marcharse. Habría seguido a Plikt y Val, pero Miro la cogió por el brazo.

—Jane acaba de decírmelo. Supuse que querrías saberlo.

—¿Qué?

—Acaba de probar la nave, sin Ender a bordo.

—¿Cómo ha podido hacer eso?

—Peter. Jane lo llevó al Exterior y lo trajo de vuelta. Él puede contener su aíua, si es así como funciona realmente ese proceso.

Ella puso voz a su miedo inmediato.

—¿Pudo Peter...?

—¿Crear algo? No. —Miro sonrió, pero con un destello de amargura que Valentine consideró producto de su aflicción—. Asegura que ello se debe a que su mente es mucho más clara y más sana que la de Andrew.

—Tal vez.

—Yo creo que es porque ninguno de los filotes de ahí fuera están dispuesto a formar parte de *su* pauta. Demasiado retorcida.

Valentine se echó a reír.

El obispo se les acercó. Ya que eran los últimos en marcharse, se encontraban en la parte delantera de la capilla.

—Gracias por aceptar un nuevo bautismo —dijo el obispo.

Miro inclinó la cabeza.

—No muchos hombres tienen una oportunidad para ser purificados así de sus pecados.

—Y, Valentine, lamento no haber podido recibir a su... homónima.

—No se preocupe, obispo. Lo comprendo. Puede que incluso esté de acuerdo con usted.

El obispo sacudió la cabeza.

—Sería mejor si pudieran…

—¿Marcharse? —sugirió Miro—. Ya tiene su deseo cumplido. Peter se marchará pronto: Jane puede pilotar una nave con él a bordo. Sin duda ocurrirá lo mismo con la joven Val.

—No —objetó Valentine—. Ella no puede ir. Es demasiado…

—¿Joven? —preguntó Miro. Parecía divertido—. Los dos nacieron sabiendo todo lo que sabe Ender. A pesar de su cuerpo, no se puede decir que esa muchacha sea una niña.

—Si hubieran nacido, no tendrían que marcharse —alegó el obispo.

—No se marchan por su deseo —contestó Miro—. Lo hacen porque Peter va a entregar el nuevo virus de Ela a Sendero, y la nave de la joven Val partirá en busca de planetas donde puedan establecerse los pequeninos y las reinas colmenas.

—No puedes enviarla a una misión así —dijo Valentine.

—No voy a *enviarla* —respondió Miro—. Voy a *llevarla*. O más bien, ella me llevará a mí. Quiero ir. Sean cuales fueren los riesgos, los afrontaré. Ella estará a salvo, Valentine.

Valentine volvió a sacudir la cabeza, pero sabía que al final sería derrotada. La joven Val insistiría en ir, por inexperta que pudiera parecer, porque de lo contrario sólo una nave podría viajar. Y si Peter era el que hacía los viajes, nadie podía asegurar que la nave se usara para ningún buen propósito. A la larga, la propia Valentine reconocería la necesidad. Fueran cuales fuesen los riesgos que la joven Val podría correr, no eran peores que los que ya habían sido aceptados por muchas otras personas. Como Plantador. Como el padre Estevão. Como Cristal.

Los pequeninos estaban reunidos en torno al árbol de Plantador. Tendría que haber sido alrededor del de Cristal, ya que era el primero en pasar a la tercera vida con la recolada, pero casi sus primeras palabras, cuando pudieron hablar con él, fueron una inflexible negativa ante la idea de introducir en el mundo el viricida y la recolada junto a su árbol. Esta ocasión pertenecía a Plantador, declaró, y los hermanos y esposas estuvieron de acuerdo con él.

Así, Ender se apoyó contra su amigo Humano, al que había plantado para ayudarlo a pasar a la tercera vida hacía tantos años. Para Ender aquél tendría que haber sido un momento de completa alegría, la liberación de los pequeninos de la descolada..., excepto que Peter lo acompañó todo el tiempo.

—La debilidad celebra a la debilidad —dijo Peter—. Plantador *fracasó*, y aquí están, honrándolo, mientras que Cristal *tuvo éxito*, y allí está, solo en el campo experimental. Y lo más estúpido es que esto no puede significar nada para Plantador, ya que su aíua ni siquiera está aquí.

—Puede que no signifique nada para Plantador —replicó Ender, aunque no estaba seguro del tema—, pero significa mucho para esta gente.

—Sí. Significa que son débiles.

—Jane dice que te llevó al Exterior.

—Un viaje sencillo. La próxima vez, Lusitania no será mi destino.

—Dice también que pretendes llevar a Sendero el virus de Ela.

—Mi primera parada. Pero no regresaré. Cuenta con eso, muchacho.

—Necesitamos la nave.

—Tienes a ese encanto de muchacha —dijo Peter—, y la zorra insectora puede fabricar naves para ti por docenas, si consigues crear suficientes criaturas como Valzinha y yo para que las piloten.

—Con vosotros tengo suficiente.

—¿No sientes curiosidad por saber lo que pretendo hacer?

—No.

Pero era mentira, y por supuesto Peter lo sabía.

—Pretendo hacer algo que tú no puedes, porque no tienes ni cerebro ni estómago. Pretendo detener la flota.

—¿Cómo? ¿Apareciendo por arte de magia en la nave insignia?

—Bueno, puestos a lo peor, querido muchacho, siempre puedo soltar un Ingenio D.M. en la flota antes de que ellos sepan que estoy allí. Pero eso no conseguiría gran cosa, ¿no? Para detener la flota, tengo que detener al Congreso. Y para detener al Congreso, tengo que conseguir el control.

Ender comprendió de inmediato lo que eso significaba.

—Entonces, ¿piensas que puedes volver a ser el Hegemón? Dios ayude a la humanidad si tienes éxito.

—¿Por qué no podría serlo? Lo hice una vez, y no salió tan mal. Tú deberías saberlo: escribiste el libro.

—Ése era el Peter *real* —alegó Ender—. No tú, la versión retorcida salida de mi odio y mi miedo.

¿Tenía Peter alma suficiente para lamentar aquellas duras palabras? Ender pensó, al menos por un momento, que Peter hacía una pausa, que su rostro mostraba un instante de..., ¿de qué, dolor? ¿O simplemente rabia?

—Yo soy ahora el Peter real —respondió, después de una pausa momentánea—. Y será mejor que desees que tenga toda la habilidad que poseí antaño. Después de todo, conseguiste darle a Valette los mismos genes que tiene Valentine. Tal vez soy todo lo que Peter fue.

—Tal vez los cerdos tengan alas.

Peter se echó a reír.

—Las tendrían, si fueran al Exterior y creyeran con fuerza.

—Vete, pues —dijo Ender.

—Sí, sé que te alegrarás de deshacerte de mí.

—¿Y lanzarte contra el resto de la humanidad? Que eso sea castigo de sobra por haber enviado la flota. —Ender agarró a Peter por el brazo y lo atrajo hacia sí—. No creas que esta vez podrás manejarme. Ya no soy un niño pequeño, y si te descarrías, te destruiré.

—No puedes —rió Peter—. Te resultaría más fácil suicidarte.

La ceremonia comenzó. Esta vez no hubo pompa, ni anillo que besar, ni homilía. Ela y sus ayudantes trajeron simplemente varios cientos de terrones de azúcar impregnados con la bacteria viricida, y el mismo número de ampollas de solución con la recolada. Los repartieron entre los congregados, y cada uno de los pequeninos tomó el terrón, lo disolvió y lo tragó, y luego tomó el contenido de la ampolla.

—Éste es mi cuerpo, que será entregado por vosotros —entonó solemne Peter—. Haced esto en conmemoración mía.

—¿Es que no respetas nada? —preguntó Ender.

—Ésta es mi sangre, que será derramada por vosotros. Bebed en conmemoración mía. —Peter sonrió—. Ésta es una comunión que incluso yo podría tomar, aunque no esté bautizado.

—Puedo prometerte una cosa: todavía no han inventado el bautismo que te purifique.

—Apuesto a que has estado guardando esas palabras toda tu vida sólo para decírmelas. —Peter se volvió hacia él, para que Ender pudiera ver la oreja donde había sido implantada la joya que lo enlazaba con Jane. Por si Ender no se había dado cuenta, Peter tocó la joya con bastante ostentación—. Recuerda que tengo aquí la fuente de toda sabiduría. Ella te mostrará lo que voy a hacer, por si te interesa. Si no me olvidas en el momento en que me haya marchado.

—No te olvidaré —masculló Ender.

—Podrías venir.

—¿Y arriesgarme a crear más como tú en el Exterior?

—No me vendría mal la compañía.

—Te prometo, Peter, que pronto estarás tan asqueado de ti mismo como lo estoy yo.

—Nunca —replicó Peter—. No estoy lleno de autorrepulsa como tú, pobre herramienta de hombres mejores y más fuertes, siempre obsesionado por la culpa. Y si no quieres crear más compañeros para mí, bueno, ya los iré encontrando por el camino.

—No me cabe la menor duda.

Los terrones de azúcar y las ampollas llegaron hasta ellos. Comieron y bebieron.

—El sabor de la libertad —exclamó Peter—. Delicioso.

—¿Sí? Estamos matando a una especie a la que nunca llegamos a comprender.

—Sé lo que quieres decir. Es mucho más divertido destruir a un oponente cuando comprendes hasta qué punto lo has derrotado.

Entonces, por fin, Peter se marchó.

Ender se quedó hasta el final de la ceremonia, y habló con muchos de los presentes: Humano y Raíz, por supuesto, y Valentine, Ela, Ouanda y Miro.

Sin embargo, tenía otra visita que hacer. Una visita que ya había hecho varias veces antes, siempre para ser rechazado sin recibir una sola palabra. En esta ocasión, sin embargo, Novinha salió a hablar con él. Ya no parecía rebosante de odio y pena, sino bastante tranquila.

—Estoy en paz —dijo ella—. Y sé que mi ira contra ti fue indigna.

Ender se alegró al oír el sentimiento, pero se sorprendió por los términos utilizados.

¿Cuándo había hablado Novinha de dignidad?

—He comprendido que tal vez mi hijo cumplía los deseos de Dios —prosiguió ella—. Que tú no podrías, haberlo detenido, porque Dios quería que fuera con los pequeninos para poner en marcha los milagros que se han producido desde entonces. —Se echó a llorar—. Miro ha vuelto. Curado. Oh, Dios es piadoso después de todo. Y volveré a tener a Quim en el cielo, cuando muera.

Se ha convertido, pensó Ender. Después de tantos años despreciando a la Iglesia, formando parte del catolicismo sólo porque no había otro modo de ser ciudadano de la Colonia Lusitania, unas semanas con los Hijos de la Mente de Cristo la han convertido. Pero me alegro. Vuelve a hablarme.

—Andrew, quiero que volvamos a estar juntos.

Él intentó abrazarla, ansiando llorar de alivio y alegría, pero ella retrocedió.

—No comprendes —dijo—. No iré a casa contigo. Ésta es mi casa ahora.

Tenía razón: Ender no había comprendido. Pero ahora lo hizo. No se había convertido sólo al catolicismo. Se había convertido a esta orden de sacrificio permanente, a la que sólo podían unirse maridos y esposas, y únicamente juntos, para hacer votos de castidad perpetua en su matrimonio.

—Novinha, no tengo ni la fe ni la fuerza para convertirme en uno de los Hijos de la Mente de Cristo.

—Cuando las tengas, te estaré esperando aquí.

—¿Es la única esperanza que tengo de estar contigo? —susurró él—. ¿Abstenerme de amar tu cuerpo como única forma de tener tu compañía?

—Andrew, te deseo. Pero mi pecado durante muchos años fue el adulterio, y ahora mi única esperanza es negar la carne y vivir en el espíritu. Lo haré sola si debo. Pero contigo... Oh, Andrew, te echo de menos.

Y yo a ti, pensó él.

—Como el mismo aire te echo de menos —susurró él—. Pero no me pidas esto. Vive conmigo como mi esposa hasta que se agote nuestra juventud, y entonces cuando carezcamos de deseo podremos volver aquí juntos. Podría ser feliz entonces.

—¿Acaso no lo comprendes? —dijo ella—. He hecho una alianza. He hecho una *promesa.*

—También me hiciste una a mí.

—¿Debo romper mi voto a Dios para mantener el voto que te hice a ti?

—Dios lo entendería.

—Con qué facilidad declaran los que nunca oyeron Su voz lo que quiere y lo que no.

—¿Oyes Su voz últimamente?

—Oigo Su canción en mi corazón, como lo hizo el que escribió los salmos. El Señor es mi pastor. Nada me falta.

—El salmo veintitrés. Yo sólo oigo el veintidós.

Ella sonrió tristemente.

—¿Por qué me has perdonado? —citó.

—Y la parte sobre los toros de Bashán —añadió Ender—. Siempre me ha parecido estar rodeado de toros.

Ella se echó a reír.

—Ven a mí cuando puedas —dijo—. Me encontrarás aquí, cuando estés listo.

Ella casi se marchó entonces.

—Espera.

Ella obedeció.

—Te he traído el viricida y la recolada.

—El triunfo de Ela. Estaba más allá de mi habilidad, ¿sabes? No os perjudiqué en nada al abandonar mi trabajo. Mi tiempo había pasado, y ella me había superado con creces.

Novinha cogió el terrón de azúcar, lo dejó derretirse y lo tragó. Entonces alzó la ampolla a la luz.

—Con el cielo rojo del atardecer, parece que está encendido por dentro.

Lo bebió. Lo sorbió, en realidad, para saborearlo. Aunque, como Ender bien sabía, el sabor era amargo y permanecía desagradablemente en la boca durante mucho rato.

—¿Puedo visitarte?

—Una vez al mes —contestó ella. Su respuesta fue tan rápida que Ender supo que ya había considerado la cuestión y llegado a una decisión que no tenía intención de alterar.

—Entonces te visitaré una vez al mes.

—Hasta que estés dispuesto a unirte a mí.

—Hasta que estés dispuesta a regresar conmigo.

Pero Ender sabía que ella nunca claudicaría. Novinha no era una persona que cambiara fácilmente de opinión. Había fijado los límites de su futuro.

Ender tendría que haberse sentido furioso, dolido. Tendría que haber exigido la liberación de un matrimonio con una mujer que lo rechazaba.

Pero no se le ocurría para qué podría querer su libertad. Ahora nada está en mis manos, advirtió. Ninguna parte del futuro depende de mí. Mi trabajo ha finalizado, y ahora mi única influencia en el futuro será lo que hagan mis hijos, el monstruoso Peter y la imposiblemente perfecta Val.

Y Miro, Grego, Quara, Ela, Olhado… ¿no son también mis hijos? ¿No puedo reclamar el mérito de haber ayudado a crearlos, aunque procedan del amor de Libo y el cuerpo de Novinha, años antes de que yo llegara siquiera a este lugar?

Estaba completamente oscuro cuando encontró a la

joven Val, aunque no comprendió por qué estaba buscándola. Ella se hallaba en casa de Olhado, con Plikt; pero mientras que Plikt permanecía apoyada contra una pared en sombras, el rostro inescrutable, la joven Val jugaba con los hijos de Olhado.

Claro que está jugando con ellos, pensó Ender. No es más que una niña, por muchas experiencias que tenga gracias a mis recuerdos.

Pero mientras aguardaba en la puerta, observando, advirtió que ella no jugaba por igual con todos los niños. Quien requería su atención era Nimbo. El niño que se había quemado, en más de un sentido, la noche de la algarada. El juego de los niños era bastante simple, pero les impedía hablar unos con otros. Sin embargo, la conversación entre Nimbo y la joven Val era elocuente. La sonrisa que ella le dirigía era cálida, no al modo en que una mujer anima a un amante, sino como ofrece una hermana un silencioso mensaje de amor, de confianza, de fe.

Ella lo está curando, pensó Ender. Igual que Valentine me curó a mí hace tantos años.

No con palabras.

Sólo con su compañía.

¿Es posible que yo la haya creado incluso con esa habilidad intacta? ¿Tanta confianza y poder había en mi sueño de ella? Entonces tal vez Peter tenga todo lo que poseía mi hermano real: todo lo que era peligroso y terrible, pero también lo que creó un orden nuevo.

Por mucho que lo intentara, Ender no conseguía creerlo. La joven Val podría curar con la mirada, pero Peter no. Su cara era la cara que Ender, años antes, había visto mirándolo desde dentro de un espejo en el Juego de Fantasía, en una habitación terrible donde murió repetidas veces antes de poder abrazar finalmente el elemento de Peter que guardaba dentro de sí mismo y continuar. Abracé a Peter y descubrí a todo un pueblo. Lo tomé dentro de mí y cometí xenocidio. Creía, en todos estos años transcurridos, que lo había purgado. Que había desaparecido. Pero nunca me dejará.

La idea de retirarse del mundo y entrar en la orden de los Hijos de la Mente de Cristo..., había algo que lo atraía. Tal vez allí Novinha y él podrían purgar juntos los demonios que los habitaban desde hacía años. Novinha nunca ha estado tan en paz como esta noche, pensó Ender. La joven Val se dio cuenta de su presencia en la puerta, y se acercó a él.

—¿Por qué estás aquí? —le preguntó.

—Te buscaba.

—Plikt y yo vamos a pasar la noche con la familia de Olhado. —Ella miró a Nimbo y sonrió. El niño le devolvió la sonrisa, alelado.

—Jane dice que vas a salir con la nave.

—Si Peter puede contener a Jane en su interior, también podré yo. Miro vendrá conmigo. Buscaremos mundos habituales.

—Sólo si tú quieres —dijo Ender.

—No seas tonto. ¿Desde cuándo has hecho *tú* sólo lo que querías hacer? Yo haré lo que sea necesario, lo que únicamente yo puedo hacer.

Él asintió.

—¿Para eso has venido? —preguntó ella.

Él volvió a asentir.

—Supongo —dijo.

—¿O tal vez has venido porque deseas poder ser el niño que eras cuando viste por última vez a una niña con esta cara?

Las palabras le dolieron, tanto más porque Ender suponía que eso era lo que pretendía en el fondo de su corazón. La compasión de Val era mucho más dolorosa que su desprecio.

Ella debió de ver la expresión compungida de su rostro, y la malinterpretó. Ender sintió alivio al ver que era capaz de equivocarse. Me queda algo de intimidad.

—¿Te avergüenzas de mí? —preguntó ella.

—Me siento cohibido por tener mi mente consciente tan abierta al público. Pero no *avergonzado*. No de ti.

Miró a Nimbo, y luego otra vez a ella.

—Quédate aquí y termina lo que has empezado.

Ella sonrió levemente.

—Es un buen chico que creyó hacer algo bueno.

—Sí —admitió Ender—. Pero se le fue de las manos.

—No sabía lo que hacía. Cuando no comprendes las consecuencias de tus propios actos, ¿cómo puedes ser culpable de ellos?

Él supo que Val hablaba tanto de Ender el Xenocida como de Nimbo.

—No recibes la culpa, pero sí la responsabilidad —respondió—. Para sanar las heridas que causaste.

—Sí. Las heridas que tú causaste. Pero no todas las heridas del mundo.

—¡Oh! ¿Y por qué no? ¿Porque pretendes curarlas todas tú misma?

Ella se echó a reír, con una risa ligera e infantil.

—No has cambiado nada en todos estos años, Andrew.

Él le sonrió, la abrazó y la hizo regresar adentro. Luego se volvió y se encaminó hacia su casa. Había luz suficiente para que pudiera encontrar el camino, aunque tropezó y se perdió varias veces.

—Estás llorando —dijo Jane en su oído.

—Es un día muy feliz —respondió él.

—Lo es. Eres la única persona que malgasta la piedad consigo mismo esta noche.

—Muy bien, entonces —replicó Ender—. Si soy el único, al menos hay uno.

—Me tienes a mí —añadió ella—. Y nuestra relación ha sido casta desde el principio.

—Ya he tenido suficiente castidad en la vida. No esperaba más.

—Todo el mundo es casto al final. Todo el mundo acaba fuera del alcance de los pecados mortales.

—Pero yo no estoy muerto —objetó él—. Todavía no. ¿O sí lo estoy?

—¿Te parece esto el cielo?

Él se rió, pero no de forma agradable.

—Bien, entonces no puedes estar muerto.

—Te olvidas de que esto podría ser fácilmente el infierno.

—¿Lo es? —le preguntó ella.

Ender pensó en todo lo que se había conseguido. Los virus de Ela. La curación de Miro. La amabilidad de la joven Val hacia Nimbo. La sonrisa de paz en el rostro de Novinha. La alegría de los pequeninos mientras la libertad empezaba a recorrer su mundo. Sabía que el viricida está ya abriendo un sendero cada vez más amplio a través de la pradera de capim que rodeaba a la colonia. A esta hora ya debería haber alcanzado los otros bosques, y la descolada, indefensa ya, cedía a medida que la muda y pasiva recolada ocupaba su lugar. Todos esos cambios no podían suceder en el infierno.

—Supongo que todavía estoy vivo —dijo.

—Y yo también —respondió Jane—. Eso es algo. Peter y Val no son las únicas personas que brotaron de tu mente.

—No, no lo son.

—Los dos estamos todavía vivos, aunque nos esperen tiempos difíciles.

Ender recordó lo que le esperaba a ella, la mutilación mental que estaba sólo a semanas de distancia, y se avergonzó de sí mismo por haber llorado por sus propias pérdidas.

—Es mejor haber amado y perdido que no haber amado jamás —murmuró.

—Puede que sea un tópico —observó Jane—, pero eso no significa que no pueda ser cierto.

18

DIOS DE SENDERO

<No pude saborear los cambios en el virus de la descolada hasta que desapareció.>

<¿Se estaba adaptando a ti?>

<Empezaba a parecerse a mí misma. Había incluido la mayoría de mis moléculas genéticas en su propia estructura.>

<Tal vez se preparaba para cambiaros, como nos cambió a nosotros.>

<Pero cuando capturó a vuestros antepasados, los emparejó con los árboles en los que vivían. ¿Con quién nos habría emparejado a nosotras?>

<¿Qué otras formas de vida hay en Lusitania, excepto las que ya están emparejadas?>

<Tal vez la descolada pretendía combinarnos con una pareja ya existente. O reemplazar un miembro de la pareja con nosotras.>

<O tal vez emparejaros con los humanos.>

<Ahora está muerta. Fuera lo que fuese lo que tenía previsto, nunca sucederá.>

<¿Qué tipo de vida habríais llevado, emparejadas con machos humanos?>

<Eso es repugnante.>

<¿O dando a luz, tal vez, a la manera humana?>

<Basta de tonterías.>

<Estaba solamente especulando.>

<La descolada ha muerto. Estáis libres de ella.>

<Pero nunca de lo que *deberíamos* haber sido. Creo que éramos inteligentes antes de que llegara la descolada. Creo que nuestra historia es más antigua que la nave que la trajo aquí. Creo que en alguna parte de nuestros genes está encerrado el secreto de la vida pequenina de cuando habitábamos en los árboles, y no en estado larval en la vida de árboles inteligentes.>

<Si no tuvierais tercera vida ahora estarías muerto.>

<Muerto *ahora*, pero mientras hubiera vivido podría haber sido no un mero hermano, sino un padre. Mientras hubiera vivido podría haber viajado a cualquier parte, sin preocuparme de regresar a mi bosque si esperaba aparearme alguna vez. Nunca habría permanecido día tras día anclado en el mismo punto, viviendo mi vida a través de los relatos que me traen los hermanos.>

<¿No os basta estar libres de la descolada? ¿Debéis quedar libres de todas sus consecuencias o no estaréis contentos?>

<Siempre estaré contento. Soy lo que soy, no importa cómo llegué a serlo.>

<Pero sigues sin ser libre.>

<Machos y hembras por igual todavía debemos perder nuestras vidas para transmitir nuestros genes.>

<Pobre tonto. ¿Crees que yo, la reina colmena, soy *libre*? ¿Crees que los padres humanos, cuando tienen hijos, vuelven a ser verdaderamente libres alguna vez? Si para vosotros *vida* significa independencia, una libertad para hacer completamente lo que queréis, entonces ninguna de las criaturas inteligentes está viva. Ninguno de nosotros es jamás completamente libre.>

<Echa raíces, amiga mía, y dime entonces lo poco libre que eras cuando todavía podías moverte.>

Wang-mu y el Maestro Han esperaban juntos en la orilla del río a unos centenares de metros de la casa, un agradable paseo a través del jardín. Jane les había dicho que alguien vendría a verlos, un visitante de Lusitania. Los dos sabían que eso significaba que habían logrado viajar más rápido que la luz, pero aparte de eso sólo podían asumir que su visitante debería haber llegado a una órbita alrededor de Sendero, y que vendría a verlos en una lanzadera.

En cambio, una ridícula estructura de metal apareció en la orilla delante de ellos. La puerta se abrió. Emergió un hombre. Un hombre joven, de grandes huesos, caucasiano, pero atractivo de todas formas. En la mano sostenía un tubo de cristal.

Sonrió.

Wang-mu nunca había visto una sonrisa así. Él la atravesó con la mirada como si poseyera su alma. Como si la *conociera*, mucho mejor de lo que ella se conocía a sí misma.

—Wang-mu —dijo, amablemente—. Real Madre del Oeste. Y Han Fei-tzu, el gran Maestro de Sendero.

Inclinó la cabeza. Los dos repitieron el gesto.

—Mi misión aquí es breve —anunció. Tendió la ampolla al Maestro Han—. Aquí está el virus. En cuanto me marche, porque no tengo ningún deseo de sufrir ninguna alteración genética, gracias, bébetelo. Imagino que sabe a pus o algo igualmente repugnante, pero tómatelo de todas formas. Luego contacta con todas las personas posibles, en tu casa y en la ciudad cercana. Tendrás unas seis horas antes de que empieces a sentirte enfermo. Con suerte, al final del segundo día no quedará ningún síntoma. De *nada* —sonrió—. No más danzas en el aire para ti, Maestro Han, ¿eh?

—No más servidumbre para ninguno de nosotros —añadió Han Fei-tzu—. Estamos preparados para transmitir nuestros mensajes de inmediato.

—No se lo digas a nadie hasta que ya hayas esparcido la infección durante unas cuantas horas.

—Por supuesto —asintió el Maestro Han—. Tu sabiduría me enseña a ser cuidadoso, aunque mi corazón me dice que me apresure y proclame la gloriosa revolución que nos traerá esta afortunada plaga.

—Sí, muy bonito —dijo el hombre. Entonces se volvió hacia Wang-mu—. Pero tú no necesitas el virus, ¿verdad que no?

—No, señor.

—Jane dice que eres inteligente como nunca ha visto.

—Jane es demasiado generosa.

—No, me mostró los datos. —Él la miró de arriba abajo. A Wang-mu no le gustó la forma en que sus ojos tomaron posesión de todo su cuerpo—. No necesitas estar aquí para la plaga. De hecho, será mejor que te marches antes de que suceda.

—¿Que me marche?

—¿Qué te espera aquí? —preguntó el hombre—. No importa hasta dónde llegue la revolución, seguirás siendo una criada y la hija de unos padres de clase baja. En un lugar como éste, podrías pasarte toda la vida superando esta situación y seguirías sin ser otra cosa que una criada con una mente de una capacidad sorprendente. Ven conmigo y formarás parte del cambio de la historia. *Crearás* historia.

—¿Qué vaya contigo y haga *qué*?

—Derrocar al Congreso, desde luego. Cortarles las piernas a la altura de las rodillas y enviarlos arrastrándose de vuelta a casa. Hacer a todos los mundos coloniales miembros iguales de la política, limpiar de corrupción, descubrir todos los secretos viles y ordenar a la Flota Lusitania que se retire antes de que corneta una atrocidad. Establecer los derechos de todas las especies raman. Paz y libertad.

—¿Y tú intentas hacer todo eso?

—Solo no.

Ella se sintió aliviada.

—Te tendré *a ti.*

—¿Para hacer qué?

—Para escribir. Para hablar. Para hacer todo aquello para lo que te necesite.

—Pero no tengo educación, señor. El Maestro Han apenas ha empezado a enseñarme.

—¿Quién eres? —demandó el Maestro Han—. ¿Cómo puedes esperar que una muchacha modesta como ésta se vaya con un desconocido?

—¿Una muchacha modesta? ¿Una muchacha que entrega su cuerpo al capataz para tener oportunidad de estar cerca de una joven agraciada que tal vez la contrataría como doncella secreta? No, Maestro Han, ella quizás asume la actitud de una muchacha modesta, pero eso se debe a que es un camaleón. Cambia de piel cada vez que piensa que conseguirá algo.

—No soy una mentirosa, señor —declaró Wang-mu.

—No, estoy seguro de que te conviertes sinceramente en lo que pretendes ser. Así que ahora te ordeno que pretendas ser una revolucionaria conmigo. Odias a los cabrones que hicieron todo esto a vuestro mundo. A Qing-jao.

—¿Cómo sabes tanto acerca de mí?

Él se dio un golpecito en la oreja. Por primera vez, Wang-mu reparó en la joya.

—Jane me mantiene informado acerca de la gente que necesito conocer.

—Jane morirá pronto —objetó Wang-mu.

—Oh, puede que se quede medio tonta durante una temporada, pero *no* morirá. Vosotros ayudasteis a salvarla. Y, mientras tanto, te tendré a ti.

—No puedo —dijo ella—. Tengo miedo.

—Muy bien, entonces. Yo lo he intentado.

Se volvió hacia la puerta de su diminuta nave.

—Espera —pidió ella.

Él se volvió.

—¿Puedes decirme al menos quién eres?

—Me llamo Peter Wiggin, aunque imagino que a partir de ahora usaré un nombre falso durante una temporada.

—Peter Wiggin —susurró ella—. Ése es el nombre de...

—*Mi* nombre. Te lo explicaré más tarde, si me apetece. Digamos que me envió Andrew Wiggin. Me envió más o menos a la fuerza. Soy un hombre con una misión, y él supuso que sólo yo podría cumplirla en uno de los mundos donde las estructuras de poder del Congreso están más densamente concentradas. Fui Hegemón una vez, Wang-mu, y pretendo recuperar el puesto, no importa cuál sea el título cuando lo recupere. Voy a cascar un montón de huevos y causar un sorprendente montón de problemas y remover piedra sobre piedra de estos Cien Mundos, y te invito a ayudarme. Pero la verdad es que me importa un comino si lo haces o no, porque aunque sería bonito disfrutar de tu inteligencia y de tu compañía, haré el trabajo de una manera o de otra. ¿Así qué? ¿Vienes o qué?

Ella se volvió hacia el Maestro Han en una agonía de indecisión.

—Esperaba poder enseñarte —suspiró el Maestro Han—. Pero si este hombre va a intentar conseguir lo que dice, entonces con él tendrás más oportunidad de cambiar el curso de la historia humana que aquí, donde el virus hará por nosotros el trabajo principal.

—Dejarte será como perder a un padre —susurró Wang-mu.

—Y si te vas, habré perdido a mi segunda y última hija.

—No me rompáis el corazón, vosotros dos —masculló Peter—. Tengo una nave más rápida que la luz.

Dejar Sendero conmigo no es asunto de toda una vida, ¿sabéis? Si las cosas no funcionan siempre puedo devolverla en un par de días. ¿Os parece justo?

—Quieres ir, lo sé —dijo el Maestro Han.

—¿No sabes que también quiero quedarme?

—Lo sé. Pero irás.

—Sí. Iré.

—Que los dioses te cuiden, hija Wang-mu —le deseó el Maestro Han.

—Y que todas las direcciones sean el este del amanecer para ti, padre Han.

Entonces ella dio un paso al frente. El joven llamado Peter la cogió de la mano y la condujo a la nave. La puerta se cerró tras ellos. Un momento después, la nave desapareció.

El Maestro Han esperó allí diez minutos, meditando, hasta que pudo poner orden a sus sentimientos. Entonces abrió el frasquito, bebió su contenido y regresó a casa. La vieja Mu-pao lo saludó nada más cruzar la puerta.

—Maestro Han —llamó—. No sabía dónde estabas. Y Wang-mu también falta.

—No estará con nosotros durante una temporada —anunció él. Y entonces se acercó mucho a la vieja criada, para que su aliento le llegara a la cara—. Has sido más fiel a mi casa de lo que nos hemos merecido.

Una expresión de miedo apareció en el rostro de la anciana.

—Maestro Han, no me estás despidiendo, ¿verdad?

—No. Creía que te estaba dando las gracias.

Dejó a Mu-pao y recorrió la casa. Qing-jao no estaba en su habitación. Eso no constituía ninguna sorpresa. Pasaba la mayor parte del tiempo atendiendo a las visitas. Eso convendría a sus propósitos. Allí la encontró, en la habitación de la mañana, con tres viejos agraciados muy distinguidos de una ciudad situada a doscientos kilómetros de distancia.

Qing-jao los presentó graciosamente y entonces adoptó el papel de hija sumisa en presencia de su padre. Él se inclinó ante cada uno de los hombres, pero luego encontró ocasión para extender la mano y tocarlos.

Jane había explicado que el virus era extremadamente contagioso. La simple cercanía física bastaba, pero el contacto lo haría más seguro.

Y después de saludar a las visitas, el Maestro Han se volvió hacia su hija.

—Qing-jao, ¿recibirás un regalo de mi parte?

Ella se inclinó y respondió amablemente.

—Sea lo que sea lo que me haya traído mi padre, lo recibiré agradecida, aunque sé que no soy digna de su atención.

El Maestro Han extendió los brazos y la atrajo hacia sí. La sintió envarada e incómoda en su abrazo: no había hecho un acto impulsivo ante dignatarios desde que ella era una niña pequeña. Pero la abrazó de todas formas, con fuerza, pues sabía que su hija nunca le perdonaría lo que este abrazo traía consigo, y por tanto era consciente de que ésta sería la última vez que estrecharía en sus brazos a Gloriosamente Brillante.

Qing-jao sabía lo que significaba el abrazo de su padre. Le había visto hablar en el jardín con Wang-mu. Había visto la aparición de la nave en forma de almendra en la orilla del río. Le había visto tomar la ampolla de manos del desconocido de ojos redondos, y beberla. Luego acudió allí, a esta habitación, a recibir a las visitas en nombre de su padre. Cumplo con mi deber, mi honrado padre, aunque tú te dispongas a traicionarme.

E incluso ahora, sabiendo que su abrazo era su esfuerzo más cruel para arrancarla de la voz de los dioses, consciente de que la respetaba tan poco que creía poder engañarla, recibió sin embargo todo lo que él estuviera decidido a darle. ¿No era acaso su padre? El virus del mundo de Lusitania podría o no robarle la voz de los dioses; ella no alcanzaba a imaginar lo que los dioses permitirían hacer a sus enemigos. Pero estaba claro que si rechazaba a su padre y le desobedecía, los dioses la castigarían. Era mejor permanecer digna ante los dioses mostrando el debido respeto y obediencia a su padre, que desobedecerle en nombre de los dioses y hacerse por tanto indigna de sus dones.

Así, recibió su abrazo e inspiró profundamente su aliento.

Después de hablar brevemente con sus invitados, su padre se marchó. Los invitados tomaron su visita como una señal de honor; tan fielmente había ocultado Qing-jao la loca rebelión de su padre contra los dioses, que Han Fei-tzu era todavía considerado el hombre más grande de Sendero. Ella les habló con suavidad, sonrió graciosamente y los despidió. No les dio a entender que llevaban consigo un arma. ¿Por qué debería hacerlo? Las armas humanas no serían de ninguna utilidad contra el poder de los dioses, a menos que los dioses lo desearan. Y si los dioses deseaban dejar de hablar a la gente de Sendero, entonces éste bien podría ser el disfraz que hubieran elegido para su acción. Que parezca a los no creyentes que el virus lusitano de mi padre nos aparta de los dioses; *yo* sabré, como lo sabrán todos los hombres y mujeres de fe, que los dioses hablan a quien desean, y nada hecho por manos humanas podría detenerlos si ellos así lo desean. Todos los actos eran vanidosos. Si el Congreso creía que habían causado que los dioses hablaran en Sendero, que siguieran creyéndolo. Si su padre y los lusitanos pensaban que iban a causar que los dioses guardaran silencio, que lo pensaran. *Yo* sé que, si soy digna, los dioses me hablarán.

Unas pocas horas más tarde, Qing-jao se sintió mortalmente enferma. La fiebre la golpeó como el puño de un hombre fuerte; se desplomó y apenas advirtió que los criados la llevaban a su cama. Acudieron los doctores, aunque ella podría haberles dicho que no había nada que pudieran hacer y que con su visita sólo se expondrían a la infección. Pero no dijo nada, porque su cuerpo se debatía con demasiada fiereza contra la enfermedad. O, más bien, su cuerpo se debatía para rechazar sus propios tejidos y órganos, hasta que por fin la transformación de sus genes quedó completa. Incluso así, tardó tiempo en purgarse de los viejos anticuerpos. Qing-jao durmió y durmió.

Era una tarde brillante cuando despertó.

—Hora —croó, y el ordenador de su habitación anunció la hora y el día. La fiebre le había robado dos días de su vida. Ardía de sed. Se levantó y caminó tambaleándose hasta el cuarto de baño, abrió el grifo, llenó una taza y bebió y bebió hasta quedar saciada. Permanecer de pie la mareó. La boca le sabía agria. ¿Dónde estaban los criados que tendrían que haberle dado alimento y bebida durante su enfermedad?

Debían de estar también enfermos. Y padre…, tuvo que caer enfermo antes que yo. ¿Quién le llevará agua?

Lo encontró durmiendo, empapado en sudor frío, temblando. Lo despertó con una taza de agua, que bebió ansiosamente, mientras la miraba a los ojos. ¿Interrogando? O tal vez suplicando perdón. Haz tu penitencia a los dioses, padre; no debes ninguna disculpa a una simple hija.

Qing-jao también encontró a los sirvientes, uno a uno, algunos de ellos tan leales que no se habían acostado, y habían caído donde sus deberes requerían que estuvieran. Todos estaban vivos. Todos se recuperaban, y pronto estarían en pie otra vez. Sólo después de atenderlos, se dirigió Qing-jao a la cocina y encontró algo que comer. No pudo contener la primera comida que tomó. Sólo una sopa ligera, tibia. Llevó sopa a los demás, que también comieron.

Pronto todos estuvieron en pie y recuperados. Qing-jao reunió a los criados y llevó agua y sopa a las casas vecinas, ricas y pobres por igual. Todos agradecieron lo que les llevó, y muchos musitaron plegarias en su favor. No estaríais tan agradecidos, pensó Qing-jao, si supierais que la enfermedad que habéis sufrido procedió de la casa de mi padre, por su voluntad.

Pero guardó silencio.

En todo ese tiempo, los dioses no le exigieron ninguna purificación.

Por fin, pensó. Por fin los estoy complaciendo. Por fin he hecho, a la perfección, todo lo que requerían.

Cuando volvió a casa, quiso dormir de inmediato. Pero los criados que se habían quedado allí estaban congregados alrededor del holo de la cocina, viendo las noticias. Qing-jao casi nunca veía los holonoticiarios y conseguía toda su información del ordenador; pero los criados parecían tan serios, tan preocupados, que entró en la cocina y permaneció con ellos alrededor de la holovisión.

Las noticias trataban de la plaga que asolaba el mundo de Sendero. La cuarentena no había sido eficaz, o había llegado demasiado tarde. La mujer que leía los informes se había recuperado ya de la enfermedad, y anunciaba que la plaga no había matado a casi nadie, aunque interrumpió el trabajo de muchos. El virus había sido aislado, pero moría demasiado rápidamente para que lo estudiaran a fondo.

—Parece que una bacteria sigue al virus, matándolo casi en el momento en que la persona se recupera de la plaga. Los dioses nos han favorecido, al enviarnos la cura junto con la plaga.

Tontos, pensó Qing-jao. Si los dioses quisieran que os curarais, no habrían enviado la plaga en primer lugar.

De inmediato se dio cuenta de que la estúpida era ella. Por supuesto que los dioses enviarían a la vez el mal y la cura. Si llegaba una enfermedad, y la seguía la cura, entonces los dioses las habían enviado. ¿Cómo podría haber considerado una tontería a algo así? Era como si hubiera insultado a los propios dioses.

Dio un respingo por dentro, esperando la sacudida de la furia de los dioses. Había pasado tantas horas sin purificarse que sabía que cuando llegara sería una dura carga. ¿Tendría que seguir las vetas de una habitación entera otra vez?

Pero no sintió nada. Ningún deseo de seguir líneas en la madera. Ninguna necesidad de lavarse.

Por un momento, experimentó un intenso alivio. ¿Podría ser que su padre y Wang-mu y la cosa Jane tuvieran razón? ¿La había liberado por fin un cambio genético, causado por esta plaga, de un horrendo crimen cometido por el Congreso hacía siglos?

Como si la locutora hubiera oído los pensamientos de Qing-jao, empezó a leer un informe acerca de un documento que aparecía en los ordenadores de todo el mundo. El documento afirmaba que la plaga era un regalo de los dioses, para liberar al pueblo de Sendero de una alteración genética que el Congreso había causado. Hasta el momento, las ampliaciones genéticas estaban casi siempre unidas a un estado similar a los DOC, cuyas víctimas eran comúnmente conocidas como «agraciados». Pero a medida que la plaga siguiera su curso, la gente descubriría que las ampliaciones genéticas se habían esparcido ahora a todos los habitantes de Sendero, mientras que los agraciados, que antes habían llevado la más terrible de las cargas, habían sido liberados por los dioses de la necesidad de purificarse constantemente.

—Este documento asegura que todo el mundo está ahora purificado. Los dioses nos han aceptado. —La voz de la locutora temblaba al hablar—. No se sabe de dónde procede este documento. Los análisis de los ordenadores no lo relacionan con el estilo de ningún autor conocido. El hecho de que apareciera simultáneamente en millones de ordenadores sugiere que procede de una fuente de poderes inenarrables. —Vaciló, y ahora su temblor fue claramente visible—. Si esta indigna locutora puede hacer una pregunta, esperando que los sabios la oigan y le respondan con su sabiduría, ¿no podría ser que los propios dioses nos hubieran enviado este mensaje, para que comprendamos su gran regalo al pueblo de Sendero?

Qing-jao escuchó un poco más, a medida que la furia crecía en su interior. Era Jane, obviamente, quien había escrito y difundido aquel documento. ¿Cómo se atrevía a pretender saber lo que los dioses hacían? Había ido demasiado lejos. El documento debía ser refutado. Jane debía ser descubierta, y también toda la conspiración del pueblo de Lusitania.

Los criados la observaban. Ella soportó sus miradas, uno a uno, alrededor del círculo.

—¿Qué queréis preguntarme? —dijo.

—Oh, señora —respondió Mu-pao—, perdona nuestra curiosidad, pero este noticiario ha declarado algo que sólo podremos creer si tú nos aseguras que es verdad.

—¿Y qué sé yo? —contestó Qing-jao—. Sólo soy la hija tonta de un gran hombre.

—Pero eres una de las agraciadas, señora.

Eres muy osada, pensó Qing-jao, al hablar de estas cosas al descubierto.

—Durante toda esta noche, desde que acudiste a nosotros con comida y bebida, y mientras conducías a muchos de nosotros entre el pueblo, atendiendo a los enfermos, no te has excusado ni una sola vez para purificarte. Nunca habías resistido durante tanto tiempo.

—¿No se os ha ocurrido que tal vez estábamos cumpliendo con tanta precisión la voluntad de los dioses que no tuve ninguna necesidad de purificarme durante todo ese tiempo?

Mu-pao pareció avergonzada.

—No, no se nos ha ocurrido.

—Descansad ahora —aconsejó Qing-jao—. Ninguno de nosotros está repuesto del todo aún. Debo ir a hablar con mi padre.

Los dejó para que chismorrearan y especularan entre sí. Su padre estaba en la habitación, sentado ante el ordenador. La cara de Jane aparecía en la pantalla. Su padre se volvió hacia ella en cuanto entró en la habitación. Su rostro estaba radiante. Triunfal.

—¿Has visto el mensaje que preparamos Jane y yo?

—¡Tú! —exclamó Qing-jao—. ¿Mi padre, un mentiroso?

Dirigir a su padre semejante insulto era impensable. Pero siguió sin sentir ninguna necesidad de purificarse. La asustaba poder hablar con tan poco respeto y que los dioses no la rechazaran.

—¿Mentiras? —se extrañó su padre—. ¿Por qué piensas que son mentiras, hija mía? ¿Cómo sabes que los dioses no fueron la causa de que nos llegara este virus? ¿Cómo sabes que no es su voluntad dar estas ampliaciones genéticas a todo Sendero?

Sus palabras la enloquecían, o quizá sentía una nueva libertad, o quizá los dioses la estaban probando para que hablara. Sería una falta de respeto que tuvieran que reprenderla.

—¿Crees que soy tonta? —gritó Qing-jao—. ¿Crees que no sé que tu estrategia es impedir que el mundo de Sendero estalle en una revolución y una masacre? ¿Que no sé que sólo te preocupa impedir que muera gente?

—¿Hay algo malo en eso? —preguntó su padre.

—¡Es mentira!

—O es el disfraz que los dioses han preparado para ocultar sus acciones. No tuviste ningún problema en aceptar como ciertas las historias del Congreso. ¿Por qué no puedes aceptar la mía?

—Porque sé lo de tu virus, padre. Te vi cogerlo de la mano de ese desconocido. Vi a Wang-mu entrando en su vehículo. Lo vi desaparecer. Sé que ninguna de esas cosas son obra de los dioses. ¡*Ella* las hizo…, ese diablo que vive en los ordenadores!

—¿Cómo sabes que ella no es uno de los dioses? —preguntó su padre. Y aquello fue insoportable.

—Ella fue *creada* —chilló Qing-jao—. ¡Por eso lo sé! Es sólo un programa de ordenador, diseñado por seres humanos, que vive en las máquinas que fabrican los humanos. Los dioses no están hechos por ninguna mano. Los dioses han vivido siempre y siempre vivirán.

Por primera vez, Jane habló:

—Entonces *tú* eres un dios, Qing-jao, y también lo soy yo, y todas las demás personas, humanos o raman, del universo. Ningún dios creó tu alma, tu aiúa interna. Eres tan vieja como cualquier dios, y tan joven, y vivirás el mismo tiempo.

Qing-jao aulló. Nunca había emitido un sonido así antes, que recordara. Le rasgó la garganta.

—Hija mía —dijo su padre, acercándose a ella, los brazos extendidos.

Ella no soportó su abrazo. No podía hacerlo porque eso significaría su victoria completa. Significaría que había sido derrotada por los enemigos de los dioses; significaría que Jane la había superado. Significaría que Wang-mu había sido una hija más fiel a Han Fei-tzu que Qing-jao. Significaría que toda la adoración a que se había sometido durante todos estos años no significaba nada. Significaría que se había equivocado al poner en marcha la destrucción de Jane. Significaría que Jane era noble y buena por haber ayudado a transformar al pueblo de Sendero. Significaría que su madre *no* la estaría esperando cuando por fin llegara al Oeste Infinito.

¿Por qué no me habláis, oh, dioses?, gritó en silencio. ¿Por qué no me aseguráis que no os he servido en vano todos estos años? ¿Por qué me abandonáis ahora y dais el triunfo a nuestros enemigos?

Entonces le llegó la respuesta, tan simple y claramente como si su madre se la hubiera susurrado al oído: esto es una prueba, Qing-jao. Los dioses te observan a ver qué haces. Una prueba. Por supuesto. Los dioses estaban probando a todos sus servidores en Sendero, para ver cuáles eran engañados y cuáles perseveraban en perfecta obediencia. Si me están probando, entonces debe de haber algo apropiado para que yo lo haga.

Debo hacer lo que siempre he hecho, sólo que esta vez no debo esperar a que los dioses me instruyan. Se han cansado de indicarme cada día y cada hora en que necesito ser purificada. Es hora de que comprenda mi propia impureza sin sus instrucciones. Debo purificarme, con total perfección: entonces habré pasado la prueba y los dioses me recibirán de nuevo. Se arrodilló. Encontró una línea en la madera y empezó a seguirla.

No hubo ninguna sensación de liberación como respuesta, ninguna sensación de justicia; pero eso no la preocupaba, porque comprendió que formaba parte de la prueba. Si los dioses le respondían de inmediato, de la forma en que solían hacerlo, ¿cómo sería entonces una prueba de su dedicación? Donde antes había realizado su purificación bajo su constante guía, ahora debía purificarse sola. ¿Y cómo sabría si lo había hecho bien? Los dioses vendrían de nuevo a ella.

Los dioses volverían a hablarle. O tal vez se la llevarían, al lugar de la Real Madre, donde la esperaba la noble Han Jiang-qing. Allí también encontraría a Li Qing-jao, su antepasada-del-corazón. Allí todos sus antepasados la recibirían y dirían: los dioses decidieron probar a todos los agraciados de Sendero. Pocos han pasado esa prueba, pero tú, Qing-jao, nos has producido un gran honor a todos. Porque tu fe nunca se tambaleó. Ejecutaste tus purificaciones como ningún otro hijo o hija las ha ejecutado antes. Los antepasados de otros hombres y mujeres sienten envidia de nosotros. Por tu acción, ahora los dioses nos favorecen sobre todos ellos.

—¿Qué estás haciendo? —preguntó su padre. ¿Por qué sigues vetas en la madera?

Ella no respondió. Se negaba a dejarse distraer.

—La necesidad de hacer eso ha sido anulada. Lo sé: *yo* no siento ninguna necesidad de purificación.

¡Ah, padre! ¡Ojalá comprendieras! Pero aunque fracases en esta prueba, yo la pasaré... y así te honraré incluso a ti, que has abandonado todas las cosas honorables.

—Qing-jao —la llamó él—, sé lo que estás haciendo. Como esos padres que fuerzan a sus hijos mediocres a lavarse sin cesar. Estás llamando a los dioses.

Defínelo como quieras, padre. Tus palabras no son nada para mí ahora. No te volveré a escuchar hasta que los dos estemos muertos, y me digas, hija mía, fuiste mejor y más sabia que yo; todo mi honor aquí, en la casa de la Real Madre, procede de tu pureza y de tu devoción desinteresada al servicio de los dioses. Eres una hija noble. No tengo ninguna otra alegría más que tú.

El mundo de Sendero consiguió su transformación pacíficamente. Aquí y allá se produjo un asesinato; aquí y allá, uno de los agraciados que se había mostrado tiránico fue expulsado de su casa por la multitud. Pero por lo general la historia del documento fue creída, y los antiguos agraciados por los dioses recibieron grandes honores por su digno sacrificio durante los años en que soportaron la carga de los ritos de purificación. Con todo, el antiguo orden pasó rápidamente. Las escuelas se abrieron por igual a todos los niños. Los maestros informaron pronto de que los estudiantes conseguían logros sorprendentes: los niños más tontos superaban ahora todas las medias de los viejos tiempos. A pesar de las furiosas negativas del Congreso en lo referente a alteraciones genéticas, los científicos de Sendero por fin dirigieron su atención a los genes de su propio pueblo. Al estudiar los registros de lo que habían sido sus moléculas genéticas, y cómo eran ahora, los hombres y mujeres de Sendero confirmaron todo lo que decía el documento.

Lo que sucedió entonces, cuando los Cien Mundos y todas las colonias se enteraron de los crímenes del Congreso contra Sendero, Qing-jao nunca lo supo. Todo eso era un asunto de un mundo que había dejado atrás, pues ahora se pasaba todos los días al servicio de los dioses, limpiándose, purificándose.

Se difundió la historia de que la hija loca de Han Feitzu, sola entre todos los agraciados, persistía en sus rituales. Al principio la ridiculizaron por ello, pues muchos de los agraciados, por simple curiosidad, habían intentado ejecutar de nuevo sus purificaciones, y habían descubierto que ahora los rituales eran vacíos y carentes de significado. Pero Qing-jao no oyó las burlas ni se preocupó por ellas. Su mente estaba completamente dedicada al servicio de los dioses, ¿qué importaba si la gente que había fallado la prueba la despreciaba por seguir aspirando al éxito?

A medida que fueron pasando los años, muchos empezaron a recordar los viejos tiempos como una época hermosa, donde los dioses hablaban a hombres y mujeres y muchos se inclinaban a su servicio. Algunos empezaron a considerar que Qing-jao no era una loca, sino la única mujer fiel que quedaba entre aquellos que habían oído la voz de los dioses. Empezó a difundirse el rumor entre los piadosos: «En la casa de Han Fei-tzu habita la última de los agraciados».

Entonces empezaron a acudir, al principio unos pocos, luego más y más. Visitantes que querían hablar con la única mujer que todavía trabajaba en su purificación.

Al principio ella hablaba con algunos: cuando terminaba de seguir las líneas de una tabla, salía al jardín y les hablaba. Pero sus palabras la confundían. Hablaban de su labor como de la purificación de todo el planeta. Decían que llamaba a los dioses por el bien del pueblo de Sendero. Cuanto más hablaban, más difícil le resultaba concentrarse en lo que decían. Pronto ansiaba regresar a la casa, a seguir otra línea. ¿No comprendía esta gente que se equivocaba al alabarla ahora?

—No he conseguido nada —les decía—. Los dioses continúan callados. Tengo trabajo que hacer.

Entonces volvía a seguir vetas.

Su padre murió siendo muy anciano, con mucho honor por sus múltiples acciones, aunque nadie supo de su participación en la llegada de la Plaga de los Dioses, como se llamaba ahora. Sólo Qing-jao comprendía. Y mientras quemaba una fortuna en dinero real (ningún dinero falso de funerales serviría para su padre), le susurró lo que nadie más pudo oír.

—Ahora lo sabes, padre. Ahora comprendes tus errores y cómo enfureciste a los dioses. Pero no temas. Yo continuaré las purificaciones hasta que todos tus errores queden expiados. Entonces los dioses te recibirán con honor.

Ella misma envejeció y el Viaje a la Casa de Han Qing-jao era ahora la más famosa peregrinación de Sendero. De hecho, fueron muchos los que oyeron hablar de ella en otros mundos, y viajaron a Sendero sólo para verla. Pues era bien sabido que la auténtica santidad únicamente podía encontrarse en un lugar y en una sola persona, la anciana cuya espalda estaba ahora permanentemente curvada, cuyos ojos no podían ver más que las líneas de los suelos de la casa de su padre.

Santos discípulos, hombre y mujeres, atendían ahora la casa en lugar de sus criados. Pulían los suelos. Preparaban su sencilla comida y la dejaban donde pudiera encontrarla ante las puertas de las habitaciones: ella comía y bebía sólo cuando terminaba una habitación. Cuando un hombre o una mujer en cualquier lugar del mundo conseguía un gran honor, acudían a la Casa de Han Qing-jao, se arrodillaban y seguían una línea en la madera. Así, todos los honores fueron tratados como si fueran meras decoraciones del honor de la Santa Han Qing-jao.

Por fin, apenas unas semanas después de que cumpliera los cien años, encontraron a Han Qing-jao acurrucada en el suelo de la habitación de su padre. Algunos dijeron que ése era el punto exacto donde su padre se sentaba siempre cuando ejecutaba sus trabajos; resultaba difícil asegurarlo, ya que todos los muebles de la casa habían sido retirados hacía tiempo. La santa mujer no estaba muerta cuando la encontraron. Permaneció postrada varios días, murmurando, murmurando, pasándose las manos por el cuerpo como si siguiera líneas en su carne. Sus discípulos la atendían por turnos, diez cada vez, escuchándola, tratando de comprender sus murmullos, transmitiendo las palabras como mejor las comprendían. Fueron escritas en un libro titulado *Los Susurros Divinos de Han Qing-jao*.

Sus palabras más importantes fueron las que pronunció al final.

—Madre —susurró—. Padre. ¿Lo he hecho bien?

Y entonces, dijeron sus discípulos, sonrió y murió.

No llevaba un mes muerta cuando se tomó la decisión en todos los templos y altares de cada ciudad y pueblo y aldea de Sendero. Por fin había una persona de tan destacada santidad que Sendero podía elegirla como protectora y guardiana del mundo. Ningún otro mundo tenía un dios así, y lo admitieron libremente.

Sendero está bendito por encima de todos los demás mundos, aseguraron. Pues el dios de Sendero es Gloriosamente Brillante.